W0352183

Un nouveau départ à deux

Une nuit pour l'éternité

L'enfant qu'elle espérait

JANICE MAYNARD

Un nouveau départ à deux

Traduction française de
EDOUARD DIAZ

PASSIONS

HARLEQUIN

Collection : PASSIONS

Titre original :
UPSTAIRS DOWNSTAIRS TEMPTATION

© 2020, Janice Maynard.
© 2021, HarperCollins France pour la traduction française.

Ce livre est publié avec l'autorisation de HARLEQUIN BOOKS S.A.

Tous droits réservés, y compris le droit de reproduction de tout ou partie de l'ouvrage, sous quelque forme que ce soit.
Toute représentation ou reproduction, par quelque procédé que ce soit, constituerait une contrefaçon sanctionnée par les articles 425 et suivants du Code pénal.

Si vous achetez ce livre privé de tout ou partie de sa couverture, nous vous signalons qu'il est en vente irrégulière. Il est considéré comme « invendu » et l'éditeur comme l'auteur n'ont reçu aucun paiement pour ce livre « détérioré ».

Cette œuvre est une œuvre de fiction. Les noms propres, les personnages, les lieux, les intrigues, sont soit le fruit de l'imagination de l'auteur, soit utilisés dans le cadre d'une œuvre de fiction. Toute ressemblance avec des personnes réelles, vivantes ou décédées, des entreprises, des événements ou des lieux, serait une pure coïncidence.

Le visuel de couverture est reproduit avec l'autorisation de :

© MOMCILOG/GETTY IMAGES/ISTOCKPHOTO/ROYALTY FREE

Tous droits réservés.

HARPERCOLLINS FRANCE
83-85, boulevard Vincent-Auriol, 75646 PARIS CEDEX 13
Service Lectrices — Tél. : 01 45 82 47 47 - www.harlequin.fr
ISBN 978-2-2804-4646-4 — ISSN 1950-2761

Composé et édité par HarperCollins France. Achevé d'imprimer en mai 2021.
par CPI Black Print - Barcelone - Espagne
Dépôt légal : juin 2021.

MIXTE
Papier issu de sources responsables
FSC® C159065

Pour limiter l'empreinte environnementale de ses livres, HarperCollins France s'engage à n'utiliser que du papier fabriqué à partir de bois provenant de forêts gérées durablement et de manière responsable.

- 1 -

Farrell Stone détestait demander de l'aide. Il le faisait rarement dans ses affaires, et encore moins souvent dans sa vie privée. Il traçait sa propre voie. Il s'occupait de ses propres affaires, et il ne se mêlait pas de celles d'autrui.

Hélas, son assistante administrative, Katie, se mêlait absolument de tout… Et c'est ainsi qu'il s'était retrouvé acculé à cet étrange entretien avec sa jeune protégée.

La femme assise en silence en face de lui, de l'autre côté de sa table de travail, était mince et pas très grande. À peine 1,53 m. Ses cheveux épais et luisants étaient coupés en un dégradé très court qui soulignait son menton pointu.

Ses yeux immenses frangés de longs cils paraissaient trop grands pour son visage. L'expression qu'il lisait dans leurs profondeurs féminines était un mélange à parts égales de crainte et d'espoir. Au fond des iris noisette, il voyait briller des paillettes d'or et d'émeraude.

Sans être belle dans le sens traditionnel du terme, elle était étrangement captivante. Farrell se sentait irrésistiblement attiré par sa douce féminité, son aura presque palpable de vulnérabilité. Elle était exactement le type de femme qu'il trouvait sexuellement attirante. Et la réponse physique qu'il ressentait à cet instant l'alarma au plus haut point.

Il s'était entraîné à ignorer son désir sexuel. Et le moment était mal choisi pour rompre avec cette habitude.

Bien que native de cette région du Maine, Ivy Danby avait vécu l'essentiel de ces deux dernières décennies à

Charleston, en Caroline du Sud. Son CV, que Farrell tenait dans sa main à cet instant, était si mince qu'il en était presque inexistant. Elle avait terminé le lycée, occupé une poignée d'emplois. S'était mariée. Puis, plus rien. Mais le bébé endormi qu'elle portait dans ses bras expliquait peut-être le reste.

Reposant l'unique feuillet sur la table, Farrell toussota.

— Madame Danby, dit-il enfin, je vous remercie de vous être déplacée pour cet entretien, mais…

Coupant court à sa fin de non-recevoir polie, elle se pencha vivement vers lui, le faisant sursauter.

— Quoi que vous ayez besoin que je fasse, je le ferai ! assura-t-elle d'une voix vibrante de désespoir. J'apprendrai.

Elle soutenait son regard sans ciller, comme si sa seule détermination pouvait le plier à sa volonté.

Il appréciait cette assurance, mais, avec chaque minute qui s'écoulait, il se sentait plus certain qu'il n'avait pas besoin dans sa vie des complications qu'engendrerait une relation romantique avec une employée.

Elle avait une voix de gorge un peu grave, douce comme le miel. « Quoi que vous ayez besoin que je fasse… » Il n'y avait là aucun sous-entendu sexuel, bien entendu. C'était seulement la libido de Farrell qui y ajoutait des sous-titres.

C'était surprenant chez lui, et cela l'irritait. Il n'était pas vraiment prêt pour une telle conversation, mais, apparemment, la destinée venait de frapper à sa porte.

— Je n'ai pas publié d'offre d'emploi pour ce job, vous le comprenez, n'est-ce pas ? fit-il observer en soupirant.

— Oui, bien sûr, assura-t-elle. Mais Katie, votre assistante administrative, a apparemment appris qu'un poste va bientôt se libérer. Et elle sait aussi que j'ai besoin de travailler. En ce moment, je partage un appartement avec sa sœur.

— Mon assistante administrative est désormais ma belle-sœur, précisa Farrell en portant deux doigts à son front, s'efforçant de refouler la migraine qu'il sentait venir. Mon frère Quin et elle se sont mariés il y a trois mois de cela.

— Et elle vient encore à son travail chaque jour ? s'enquit-elle, visiblement étonnée.

— Je suppose que Quin s'attendait à ce qu'elle démissionne, répondit Farrell, qui trouvait cette question un peu étrange. Mais Katie est une personne très indépendante. Elle adore diriger le département R & D, et, pour être honnête, je ne sais pas ce que je ferais sans elle.

— Je ne l'ai rencontrée qu'une seule fois, observa Ivy Danby, et nous avons eu une conversation merveilleuse. Katie est une femme étonnante.

— Cela, c'est bien vrai, convint Farrell.

Il hésita un instant, avant de poursuivre :

— Je n'irai pas par quatre chemins, madame Danby. Le problème, c'est que le poste en question est au milieu de nulle part, près de la frontière canadienne.

— Oh ! fit-elle, tressaillant visiblement.

Farrell était un ingénieur. Un inventeur. Depuis toujours, il travaillait ici même, à Portland, dans son laboratoire ultramoderne parfaitement équipé. Toutefois, au cours de ces deux dernières années, il avait vu ses meilleures idées, les plus innovantes, apparaître sur le marché avant qu'il n'ait eu le temps de les faire breveter.

Ce n'était peut-être que de la paranoïa, mais l'hypothèse de l'espionnage industriel ne pouvait pas non plus être écartée.

— Mes frères et moi avons tous des maisons là-bas, sur la côte nord, l'informa-t-il. Sur ma propriété, j'ai construit moi-même, un petit labo et un bungalow pour les invités. Dès que ce sera possible, j'ai l'intention de me rendre là-bas pour continuer mon travail.

— Serait-il indiscret de vous demander pourquoi ?

— Certains aspects de mes recherches sont hautement confidentiels. J'ai décidé de devenir plus vigilant pour protéger mes brevets. En outre, j'aime me retrouver seul. C'est dans la solitude que je travaille le mieux.

— Dans ce cas, pourquoi Katie pense-t-elle que vous avez besoin d'engager une personne pour vous aider ?

— J'ai tendance, lorsque je travaille sur un projet, à oublier tout le reste, expliqua-t-il, réprimant une grimace. Il m'est arrivé de travailler trente-six heures de suite sans manger et sans dormir lorsque je tiens une idée. J'ai besoin d'une personne qui gère la maison et qui prépare les repas. Et surtout, d'une personne discrète et digne de confiance.

Une étrange lueur traversa le regard de son interlocutrice. Une expression sombre, qui le laissa tout surpris.

— Je sais me taire, monsieur Stone. Je sais garder des secrets.

Farrell lui posa enfin la question qui l'intriguait :

— Et vous, Ivy ? Pourquoi accepteriez-vous un tel emploi ? Là-bas, dans le Nord, nous avons Internet et la télévision, mais rien d'autre. Pas même une épicerie à proximité.

Était-ce son imagination, ou l'avait-il vue serrer plus fort son bébé ? Pour la première fois, elle paraissait agitée. Anxieuse.

— Je dois être totalement honnête avec vous, déclara-t-elle d'une voix capiteuse qui le troubla inexplicablement.

— Oui, bien sûr. Allez-y, je vous en prie.

— Je suis désespérée, monsieur Stone, dit-elle d'une voix tremblante, les yeux brillants de larmes retenues. Mon mari est décédé il y a quelques mois de cela, et il ne m'a rien laissé. Aucune assurance-vie. Rien. La maison a été vendue et l'argent est parti ailleurs. Je n'ai plus de parents, et pas d'autre famille. J'ai besoin d'un emploi qui me permette de garder Dolly avec moi.

— Dolly ?

— Dorothy Alice Danby, précisa-t-elle, caressant tendrement la tête de son bébé. Je sais que c'est un peu long, alors, je l'appelle Dolly tout simplement.

Ivy marqua une pause, le dévisageant avec une intensité désarmante, avant d'ajouter :

— Je sais que vous ne vous souvenez pas de moi au temps de notre enfance, mais nous étions ensemble à l'école communale. En revanche, tout le monde à Portland connaît votre famille – votre père, vos frères Zachary et Quinten. Votre entreprise d'équipements de randonnée, Stone River Outdoors, procure de bons emplois à des centaines de personnes. Tout ce que je vous demande, c'est une opportunité. Je n'ai pas peur du travail, et mon bébé fait encore deux longues siestes chaque jour. J'ai même un porte-bébé, et je peux la garder sur mon dos en faisant la cuisine ou le ménage. Si vous m'engagez, je vous jure que vous ne le regretterez pas.

Farrell songea avec une pointe de mélancolie qu'il le regrettait déjà. Il n'avait que trop de complications dans sa vie sans devoir s'en ajouter d'autres. Et, à première vue, Ivy Danby, avec son sex-appeal candide et sa toute petite fille représentait toute une montagne de complications.

Réprimant un soupir, il reconnut sa défaite.

— Vos arguments sont extrêmement convaincants, Ivy, mais sachez que je me souviens très bien de vous. Nous étions ensemble au CM2, dans la classe de Mme Hansard. Vous aviez des couettes. Votre table était dans la rangée à côté de la mienne, deux places derrière moi. Cette année-là je vous ai offert une carte pour la Saint-Valentin. Une carte que j'avais confectionnée moi-même.

— Oh ! fit-elle, ouvrant de grands yeux. Alors, vous vous souvenez !

— Accordez-moi vingt-quatre heures de réflexion. Je vous appellerai demain pour vous informer de ma décision.

Il lut sur son visage qu'elle désirait sa réponse maintenant. Tout de suite. Mais elle ravala la protestation qui montait à ses lèvres et se composa un sourire un peu vacillant.

— Je comprends, murmura-t-elle. Merci de m'avoir reçue.

Sitôt que sa visiteuse se fut retirée, Farrell pressa le bouton de l'intercom et aboya un ordre. Un instant plus tard, Katie Duncan Stone apparut sur le seuil de son bureau. Blonde aux yeux bleus, Katie était à la fois ravissante et compétente. Elle était aussi très entêtée dans sa détermination à aider les gens, qu'ils le méritent ou non.

— Crois-tu que ce soit une bonne idée, Katie ? gronda-t-il en croisant les bras. Une jeune maman avec un bébé ?

— Ne sois pas si sexiste, Farrell Stone, répliqua-t-elle en s'installant dans le confortable fauteuil qu'Ivy venait tout juste de libérer. Les jeunes mamans aussi peuvent travailler.

— Oui, si elles ont accès à un système de garde d'enfants, répondit-il, encore hanté par le regard noisette d'Ivy, et très tenté de dire oui à sa demande. Mais ma maison se trouve au fond des bois, sur le bord d'une falaise surplombant l'océan.

— Il y a cent ans, argua Katie, il n'y avait pas de gardes d'enfants, et cela n'empêchait pas les jeunes mamans de travailler dur. C'est toujours possible aujourd'hui.

— Pourquoi cela te tient-il tant à cœur ? s'enquit-il.

Son frère Quin l'avait averti que Katie ne pouvait pas s'empêcher de vouloir sauver l'humanité tout entière, sans oublier de nombreux animaux. Katie avait un cœur d'or.

— J'ai rencontré Ivy l'autre jour, en rendant visite à ma sœur à Kimball Street. Et, au cours de cette conversation, j'ai découvert qu'Ivy et toi aviez été dans la même école.

— À l'école *communale*, précisa Farrell en soupirant. Ce n'est pas vraiment une référence sérieuse.

Mais sa nouvelle belle-sœur n'entendait pas le laisser s'en tirer à si bon compte, et elle ajouta :

— Ivy est arrivée en ville sans rien, Farrell. Ni meubles ni affaires personnelles. Elle avait deux valises, un berceau pliant et un sac à langer. Rien d'autre. Ne trouves-tu pas cela un peu étrange ?

— Peut-être, et peut-être pas.

— Elle souffre, Farrell. Et elle est seule. Tu es particulièrement bien placé pour le comprendre. Perdre son conjoint change totalement le monde d'une personne.

Farrell accepta cette pique avec stoïcisme. Personne d'autre que Katie n'aurait eu l'audace de réveiller ce passé. Sept ans s'étaient écoulés depuis le décès de Sasha. Même ses propres frères n'oseraient pas s'aventurer sur ce terrain.

— Carton rouge, marmonna-t-il. Parlons d'autre chose.

Katie se leva pour déposer un baiser sur sa joue.

— Toi et moi sommes de la même famille, désormais, rappela-t-elle. Cela me donne le droit de me mêler de tes affaires. Mais, dans ce cas précis, c'est une supplique, Farrell. Ivy Danby a besoin d'un nouveau départ. Elle a besoin d'un foyer. De se sentir en sécurité. Elle a exactement besoin de ce que tu as à offrir. Donne-lui sa chance, s'il te plaît.

Dix jours après cet embarrassant entretien au siège de Stone River Outdoors, à Portland, Ivy roulait en direction du nord dans une luxueuse berline pilotée d'une main experte par Katie Stone elle-même.

À sa grande stupéfaction, le grand patron l'avait appelée. Au cours d'une très brève conversation sans chaleur, il lui avait proposé ce fameux poste, accompagné d'un salaire mirobolant. Katie lui avait téléphoné peu de temps après pour lui donner tous les détails. Ayant occupé le poste d'assistante administrative, Katie savait exactement ce que ce travail allait exiger d'Ivy. Elle savait aussi qu'elle n'avait pas de voiture, pas de meubles et aucun argent.

Mais Katie avait une solution pour chaque problème. Arguant qu'elle avait besoin de connaître la maison de son mari, désormais aussi la sienne, il était tout à fait logique qu'Ivy et Dolly soient du voyage pour s'installer dans leur nouveau logis.

Jusque-là, le voyage s'était avéré agréable. Dolly babillait et jouait, sanglée dans son siège à l'arrière. Lorsque la petite fille commença à s'agiter, Katie fit halte dans une aire de repos. Ivy put préparer un biberon, et libérer Dolly de son siège d'enfant pour qu'elle le déguste confortablement.

Elles abaissèrent les vitres pour profiter de l'agréable brise, et, le regard perdu dans l'espace, Katie murmura :

— Moi aussi, j'aimerais devenir maman. Mais je ne suis pas sûre que mon mari y soit prêt.

— Vous n'êtes pas mariée depuis très longtemps, observa Ivy en caressant tendrement la tête de Dolly. Cela viendra.

— Je sais, répondit Katie. Mais la fameuse horloge biologique me dit de me presser. Comment avez-vous su qu'il était temps pour vous d'avoir un enfant ?

Ivy se figea, ses yeux fixés sur sa fille.

— Je ne l'avais pas prévu, reconnut-elle. C'est arrivé.

— Eh bien, je suppose que vous êtes l'une des chanceuses.

— Probablement, oui, répondit Ivy, la gorge serrée.

Elle laissa le silence s'étirer entre elles. Elle devait absolument éviter de craquer. Verser des larmes sur son passé, à ce stade, pourrait lui coûter son précieux job.

— Elle en a eu assez, dit-elle, retirant gentiment la tétine de la bouche du bébé, qui fit encore quelques bruits de succion, avant de laisser retomber sa tête. Nous pouvons repartir.

— Je donnerais tout pour être aussi jeune et aussi innocente, fit remarquer Katie en souriant.

Dolly fut rapidement sanglée dans son siège pour bébé, et, bientôt, elles roulaient à nouveau vers le nord. Depuis très longtemps, Ivy gardait un contrôle sévère sur ses émotions, mais, ce jour-là, elle avait de bonnes raisons de sourire. Elle était en route vers un emploi et un logement, ainsi qu'un salaire qui lui permettrait de faire vivre sa petite famille. Et, par cette douce journée d'automne, avec ce soleil qui brillait de tous ses feux dans un ciel d'azur infini, elle sentit une minuscule étincelle d'espoir renaître en elle.

Les bouleaux, les chênes et les érables composaient un tableau fantastique de couleurs vibrantes, rouges éclatants, jaunes intenses, explosions orangées sans compter toutes les nuances de brun. Cette saison, Mère Nature s'était surpassée.

L'année prochaine, peut-être, Ivy aurait l'opportunité et les moyens financiers d'explorer cette région avec sa fille. Cette perspective lui faisait l'effet d'un rêve fantastique.

Elle fit un effort pour se ressaisir. Le chagrin l'avait privée de tous ses espoirs, de tous ses rêves, mais tout cela, c'était du passé. Elle reconstruisait sa vie. Elle se réinventait. Rien n'était impossible si elle continuait à croire en Ivy Danby.

Le fait de devoir sa bonne fortune à Farrell Stone donnait à réfléchir. Elle l'appréciait. Et même beaucoup. Un homme honorable, séduisant et sexy malgré ses manières bourrues.

Elle avait sincèrement cru que les expériences qu'elle avait vécues avaient annihilé à tout jamais sa féminité. Mais, lorsqu'elle était assise en face de Farrell, dans son bureau, elle s'était surprise à désirer davantage qu'un job. Peut-être un sourire. Un rire partagé.

Elle allait devoir faire très attention à ne pas se ridiculiser.

Katie restait concentrée sur sa conduite, et elles avaient

dépassé Bangor et Bar Harbor. À Ellsworth, elles tournèrent enfin sur la petite route qui conduisait à Stone River.

Ici, les quelques automobilistes étaient des locaux. Le paysage était une succession d'épaisses forêts et de terres agricoles, d'étangs paisibles et de lacs, un décor pastoral qui contribua grandement à ramener la paix dans l'esprit d'Ivy.

— Nous ne sommes plus très loin, observa Katie, jetant un coup d'œil à la pendule de bord. Sentez-vous déjà l'océan ?

— En fait, oui, répondit Ivy. J'ai vécu si longtemps à Charleston que je reconnais la brise marine, même si, ici, il fait moins chaud et l'air est moins humide.

— C'est juste derrière ces arbres, là-bas, indiqua Katie. Plus au nord on arriverait à la réserve naturelle de Moose Horn. Et, plus loin, bien sûr, c'est la frontière canadienne.

Ivy n'était jamais allée aussi loin vers le nord de l'État du Maine, mais, dans le bureau de Farrell, elle avait remarqué des photos aériennes de trois demeures spectaculaires bâties sur des promontoires rocheux surplombant l'océan, chacune d'elles reflétant le caractère de son propriétaire.

Presque deux siècles auparavant, un ancêtre des Stone avait acquis une énorme étendue de terres vierges, et il avait donné son nom à la petite rivière qui serpentait à travers sa propriété. Les générations suivantes avaient vendu une bonne partie des terres, mais les frères Stone étaient aujourd'hui encore propriétaires de plusieurs milliers d'hectares. Ils protégeaient leur vie privée. L'entreprise qui avait fait d'eux des milliardaires était née ici, dans ce paradis forestier.

Ivy ne craignait pas la solitude de ce lieu, ni son éloignement. Pour elle, ils représentaient la sécurité. Une opportunité d'être enfin elle-même.

Katie tourna sur la route privée donnant accès à la propriété des Stone, composa le code de la grille et repartit.

Elles roulèrent une dizaine de kilomètres sur une route goudronnée parfaitement entretenue.

Dolly commençait à se réveiller lorsqu'elles arrivèrent en vue de la maison de Farrell. En chemin, elles avaient dépassé les embranchements conduisant aux résidences que Zachary et Quin avaient fait bâtir sur le même domaine.

— Je vous montrerai notre maison un autre jour, déclara Katie. Vous devez avoir hâte de vous installer. Désirez-vous parler avec Farrell à la grande maison, ou préférez-vous que je vous conduise directement au bungalow ?

— Au bungalow, s'il vous plaît.

Elles contournèrent la magnifique résidence de Farrell, et Ivy tendit le cou pour mieux la voir. C'était une immense construction dans le style traditionnel de la Nouvelle-Angleterre, aux bardeaux de bois peints en bleu, avec des encadrements blancs. Les nombreuses fenêtres s'ouvraient presque toutes sur des vues de l'océan.

Au-delà de la résidence de Farrell, plus avant dans la forêt, se dressait un petit bungalow joli comme une maison de poupée, aux murs de rondins grossièrement équarris. Et, lorsque Ivy descendit de la voiture, une odeur de bois fraîchement scié vint caresser ses narines.

— C'est ici chez vous, l'informa Katie, mettant pied à terre à son tour. Pensez-vous que Dolly et vous vous y sentirez bien ?

— Qui ne se sentirait pas bien, ici ? répondit Ivy avec un rire incrédule. C'est parfait.

L'intérieur était même plus joli que l'extérieur. Un peu moins de 100 m², avec deux chambres confortables séparées par une salle de bains commune, une cuisine compacte mais parfaitement équipée, et un charmant salon meublé d'un sofa et de deux fauteuils assortis, et doté d'une vraie cheminée.

Quelqu'un – peut-être Farrell – avait entassé une petite pile de bûches près de l'âtre, ainsi que du petit bois d'allumage.

Des larmes brûlantes montèrent à ses paupières, et Ivy les refoula à force de volonté. Katie ne comprendrait pas, et Ivy n'avait pas envie de l'expliquer. Pas maintenant. Pas aujourd'hui. Et peut-être jamais.

— Qui a pensé à nous apporter ce berceau ? s'enquit Ivy. Est-ce vous, Katie ?

— Non, c'est Farrell qui en a eu l'idée. Il a suggéré que vous laissiez votre berceau pliant chez lui. Ainsi, Dolly pourra faire sa sieste où que vous soyez. Farrell pense en ingénieur. Toujours à étudier et à calculer.

— C'était très attentionné de sa part, commenta Ivy.

En réalité, cette merveilleuse prévenance en disait long au sujet de l'homme qu'il était. Ivy avait la gorge nouée d'émotion, et elle s'efforçait de n'en rien laisser paraître.

Dolly commençait à s'agiter, et Ivy alla ouvrir la portière arrière de la voiture de Katie.

— Ne pleure pas, mon bébé. Je sais que tu as envie de respirer l'air de la forêt.

— Regardez son expression, fit Katie en riant. Je crois qu'elle se plaît déjà, ici.

Et c'était vrai. Les pleurs avaient instantanément cessé, et, à présent, Dolly mâchonnait son poing d'un air satisfait.

Ivy prit une profonde inspiration, et elle fit de son mieux pour se composer une façade sereine avant de déclarer :

— Je ne voudrais pas vous retenir trop longtemps, Katie. Vous avez déjà fait énormément pour moi. Si cela ne vous dérange pas, pourrions-nous aller jusqu'à l'autre maison, afin que votre beau-frère puisse me montrer les lieux, et me donner ses instructions pour le travail ?

- 2 -

Farrell se sentait nerveux. Cette émotion était si inhabituelle chez lui qu'il se demanda si ce ne serait pas plutôt la faim ou la fatigue.

Mais, non. C'était bien de la nervosité.

C'était peut-être parce qu'il avait bouleversé sa vie professionnelle. Peut-être craignait-il que ce nouvel environnement de travail ne soit pas aussi propice à la créativité que son ancien labo à Portland.

Ou peut-être s'inquiétait-il encore de la possibilité d'être victime d'espionnage industriel. Était-ce cela ? Avait-il peur de se faire voler une autre invention ?

Il était un homme mesuré, en pensées et en actions. Ni aussi intrépide que son plus jeune frère, ni aussi insouciant que son frère cadet. Farrell était l'aîné. Le frère responsable.

Une seule conclusion s'imposait : ce qui le rendait nerveux, c'était l'idée qu'Ivy Danby allait s'installer chez lui.

Mais pas *avec* lui, raisonna-t-il pour se rassurer, planté devant l'immense baie vitrée face à l'océan.

Ivy préparerait ses repas et s'occuperait du ménage. Elle et sa fille *ne seraient pas* des invitées vivant sous son toit. Elles avaient leurs propres quartiers.

Lesquels, hélas, se trouvaient aussi sur sa propriété.

Farrell avait aperçu la voiture de Katie dans l'allée un peu plus tôt. À l'évidence, elle montrait le bungalow à Ivy et l'aidait à s'installer. Elles seraient là d'une minute à l'autre.

Lorsqu'il entendit enfin le carillon de l'entrée, il prit une profonde inspiration, espérant que son malaise n'était pas trop évident, et il alla ouvrir la porte.

— Bonjour, dit-il. Entrez, je vous en prie.

Dolly le dévisagea comme si elle voyait un extraterrestre. Et d'abord, que savait-il des enfants ? Rien. Zéro.

Alors, il se concentra sur les deux femmes adultes :

— Avez-vous fait bon voyage ?

— Aucun problème, assura Katie. Une agréable promenade.

— Parfait. Parfait.

— J'ai les deux derniers cartons de tes dossiers dans le coffre de ma voiture, l'informa Katie en lui lançant un regard curieux. Je crois que tu as tout ce qu'il te faut, maintenant.

Durant ces quatre derniers jours, ses deux frères et Katie l'avaient aidé à déménager son laboratoire, car personne, hormis sa famille proche, n'avait été mis au courant de ces changements. Il se demandait encore si tout cela avait été réellement nécessaire, mais le temps le dirait.

Katie dissipa la gêne de cet instant en prenant le contrôle de la situation.

— Et si je jouais un peu avec ce petit bout de chou pendant que vous parlez, tous les deux ? suggéra-t-elle.

Lorsqu'elle eut quitté la pièce, Ivy le dévisagea de ses yeux immenses. Farrell toussota pour s'éclaircir la voix.

— Je suppose que nous pouvons commencer par la cuisine.

— Oui, bien sûr, répondit Ivy d'un ton neutre.

Il lui montra le réfrigérateur, le cellier, lui expliqua l'organisation des placards, des détails que n'importe quelle femme intelligente aurait pu deviner toute seule.

— Je ne suis pas difficile à contenter, conclut-il avec un haussement d'épaules dégagé. Je règle la cafetière chaque soir pour que mon café soit prêt à mon lever, et vous n'avez pas à vous en inquiéter. Je travaille généralement de 6 heures à 8 heures, puis je m'accorde une pause pour le petit déjeuner. J'aime tout, sauf les flocons d'avoine. Pas d'avoine, s'il vous plaît.

— L'avoine est excellente pour le cœur, fit-elle remarquer, esquissant un sourire pour la première fois.

— Mon cœur se porte bien, grogna-t-il. Pas d'avoine.

— Oui, monsieur Stone, j'ai compris. Pas d'avoine.

— Et vous devez absolument m'appeler « Farrell ».

— Pourquoi ? s'enquit-elle en sourcillant.

— Parce qu'il n'y aura que nous deux ici, répondit-il, frustré par son entêtement. Et parce que nous nous connaissons depuis des années, bon sang !

— Nous sommes *trois*, ici, corrigea Ivy d'un ton désapprobateur. Et je ne veux pas que vous profériez des jurons en présence d'une enfant impressionnable. Si c'est un problème pour vous, vous pouvez me licencier tout de suite.

— Parlez-vous sérieusement ? répliqua-t-il, incrédule. Bon sang ! Ce que vous pouvez être collet monté !

— Cela fait deux fois, observa-t-elle d'un ton guindé.

En toute honnêteté, il n'avait même pas remarqué qu'il employait des jurons, et il se sentit rougir.

— Je ferai attention en présence de votre fille, grogna-t-il.

— Avez-vous un tempérament coléreux, Farrell ?

Il la dévisagea une seconde. *Coléreux ?* Personne ne l'avait jamais décrit ainsi de toute sa vie. Têtu, peut-être, mais sûrement pas coléreux.

Réprimant sa frustration, il répondit d'un ton posé :

— Je vous assure, Ivy, que la plupart des gens me considèrent comme une personne facile à vivre. Il m'arrive de m'immerger totalement dans mes projets, et j'oublierai peut-être quelquefois votre présence. Mais vous et moi aurons une relation de travail sereine, je vous le jure.

Aussi longtemps qu'il réussirait à prétendre qu'elle

n'était pas la femme la plus fascinante qu'il ait jamais rencontrée.

— Et maintenant, conclut-il, je vais aller parler avec ma belle-sœur, et vous laisser vous familiariser avec la cuisine.

Il trouva Katie sous le porche en train de montrer à Dolly les écureuils qui jouaient à l'orée du jardin.

— Nous restons à l'ombre, dit-elle en lui adressant un sourire. Je doute que Miss Dolly ait pensé à emporter de la crème solaire.

— Quelle est l'histoire d'Ivy ? s'enquit-il en baissant la voix. Depuis quand son mari est-il décédé ? A-t-il connu sa fille ? Que s'est-il passé ?

— Sa vie privée ne nous regarde pas, Farrell, rappela Katie, cessant de sourire. Ce qui est certain, c'est qu'elle n'ira pas parler de *ton* travail à qui que ce soit. D'après Delanna, elle traverse une période difficile, mais elle était bouleversée, et elle est restée vague sur les détails. Le fait est que tu lui offres une chance de reconstruire sa vie.

— Comment va ta sœur ? s'enquit-il. N'est-elle pas furieuse contre toi pour lui avoir enlevé sa colocataire ?

— Elle s'en remettra, assura Katie. Elle trouvera une autre coloc. À présent qu'elle a plaqué son minable de petit ami, Delanna s'en sort très bien. Elle ne m'emprunte même plus de l'argent. Je suis très fière d'elle.

Katie caressa les cheveux fins du bébé avant d'ajouter :

— Aimerais-tu la tenir dans tes bras ! Elle est si mignonne !

Farrell tendit ses bras d'un geste automatique, et il découvrit que Dolly était plus légère qu'elle n'en avait l'air. Son petit corps était tiède et dodu, et sa peau douce avait une bonne odeur de bébé. Au creux de sa poitrine, son cœur fit un bond. Il n'avait jamais souffert de n'être pas papa. Ce n'était pas dans ses projets. Mais, le temps d'un instant, il eut pitié de ce pauvre type qui n'avait pas pu voir sa fille grandir.

— Merci, Katie, dit-il avec un sourire reconnaissant.

— Merci pour quoi ?

— Pour avoir conduit Ivy jusqu'ici et pour l'avoir aidée à s'installer. Mais, surtout, pour avoir rendu Quin heureux.

— Ton frère t'a-t-il dit que nous allons au ski en décembre ? Juste une petite virée à Aspen pour l'aider à retrouver toute son énergie. Et beaucoup de nuits devant la cheminée avec un bon grog bien chaud, et…

— Épargne-moi le récit de tes prouesses sexuelles avec mon frère, coupa-t-il, levant une main pour l'arrêter.

— Comment sais-tu de quoi j'allais te parler ? ironisa-t-elle.

— Tu sais, Katie, dit Farrell en riant, l'idée de travailler dans ce contexte assez peu orthodoxe commence à me plaire. Qui sait ? Je pourrais avoir quelques idées brillantes.

— Je l'espère pour toi, répondit Katie. Stone River Outdoors en a besoin. Ces dernières années ont été difficiles.

— C'est vrai, convint-il.

Il replaça le bébé dans les bras de Katie, qui lui adressa un regard mélancolique, comme si elle sentait combien il lui était difficile d'établir des liens avec le bébé.

— Qu'as-tu fait d'Ivy ? s'enquit-elle.

— Elle est dans la cuisine, à essayer de trouver ses marques. Je suis sûr qu'elle ne tardera pas à venir nous rejoindre.

Ivy ouvrit le gigantesque réfrigérateur intégré dans le mur pour examiner l'intérieur, qu'elle trouva généreusement garni. Malgré l'isolement de sa propriété, Farrell pouvait apparemment se faire livrer facilement toutes les nécessités.

La cuisine était aussi fabuleuse que le reste de la maison. Ivy était bonne cuisinière. Avec un mari exigeant à nourrir durant des années, elle avait dû apprendre. Préparer les repas ici ne lui poserait aucun problème.

Elle savait déjà que la famille Stone était riche, mais la réalité de leur fortune la laissait ébahie.

D'autant plus que cette propriété était la *résidence secondaire* de Farrell. Il possédait un grand appartement à Portland, probablement plus luxueux que cette maison.

Pour sa part, Ivy désirait uniquement offrir une vie décente à sa fille et garder un toit au-dessus de leurs têtes. Si Farrell avait besoin de travailler dans un laboratoire secret au fin fond des bois, elle était déterminée à se rendre indispensable à ses yeux.

La porte de la cuisine pivota sur ses gonds, et l'objet de ses pensées entra d'un pas dégagé. Il avait tout du mâle dominant. Masculin. Puissant. Magnifique. Katie suivait sur ses talons, Dolly dans ses bras.

— Tout va bien ? s'enquit Farrell en souriant.

— Même mieux que cela, répondit Ivy, prenant Dolly des bras de Katie. Cette cuisine est extraordinaire. Mais quelles autres tâches ménagères attendez-vous de moi ?

— Je peux répondre à cette question, intervint Katie. Les hommes n'ont aucune idée de ces choses-là. Farrell reçoit des invités au moins une fois par mois, principalement des relations d'affaires. Les deux étages supérieurs comptent quatre suites chacun. Vous serez probablement appelée à vous occuper de quelques détails lorsqu'elles seront utilisées, mais vous n'aurez pas à vous y attaquer sérieusement avant le départ des invités.

— Après chaque réception importante, je fais généralement appel à un service de nettoyage, précisa Farrell. Ivy n'aura pas à se charger des gros travaux. D'après notre accord, ses fonctions ne concernent que la cuisine et *un peu* de ménage.

— Je peux le faire, objecta Ivy.

— Non, coupa Farrell. C'est à moi de décider. Pas à vous.

— Comme il vous plaira, marmonna-t-elle. C'est votre argent. Libre à vous de le gaspiller.

Farrell était un homme imposant. Sa taille et son évidente force physique auraient pu l'inquiéter si elle ne l'avait pas trouvé aussi fascinant. En outre, lui-même ne semblait pas faire grand cas de sa propre force.

Debout près de cette force de la nature, Katie, qui était plutôt grande pour une femme, paraissait minuscule.

Ses cheveux bruns, assez longs pour lui donner un air détendu et suffisamment courts pour rester dans son rôle de patron, étaient striés de caramel et d'or, une combinaison que beaucoup de femmes auraient payé une fortune pour imiter.

Ses yeux d'un vert fascinant étaient également pailletés d'or. C'étaient les yeux d'un homme qui avait une profonde connaissance de la vie. Un homme sérieux. Posé. Peu enclin à se laisser aller à des caprices.

Ivy en était soulagée. Elle détestait les surprises.

— Je dois filer, déclara Katie en consultant sa montre. Je dois être de retour à Portland avant 18 heures.

Katie serra Ivy dans ses bras et déposa un baiser sur le front de Dolly. Ivy ressentit un instant de panique devant le départ imminent de sa bienfaitrice, mais elle se ressaisit.

— Merci pour toute l'aide que vous nous avez apportée, Katie, dit-elle. Je vous en suis très reconnaissante.

— Pas de problème, assura Katie. J'adore venir ici. Quin et moi pourrions bien revenir bientôt. Nous nous reverrons à ce moment-là.

En hôte parfait, Farrell quitta la cuisine pour raccompagner sa belle-sœur jusqu'à sa voiture. Mais peut-être l'aidait-il seulement à décharger les cartons de dossiers que Katie avait mentionnés. Ivy traînailla dans la cuisine, réfléchissant à ce qu'elle pourrait préparer pour dîner. Ce premier repas risquait d'être compliqué par son manque de familiarité avec les lieux. Elle retourna donc dans le cellier et examina le contenu du congélateur pour avoir une meilleure idée des provisions à leur disposition.

Farrell réapparut un instant plus tard, ses cheveux décoiffés par la brise qui soufflait à l'extérieur.

— Pourquoi Dolly et vous ne profitez-vous pas du reste de l'après-midi pour vous familiariser avec votre nouvel environnement ? suggéra-t-il. Je me chargerai moi-même du dîner, ce soir.

— Non, Farrell ! protesta Ivy. Vous m'avez engagée pour un certain travail. J'apprécie votre sens de l'hospitalité, mais je préparerai moi-même le dîner. 18 heures, cela vous va ?

— Je sens que vous et moi allons nous accrocher occasionnellement, lâchat-il d'un ton désapprobateur.

— Je n'ai pas besoin de votre charité, répliqua-t-elle. Je tiens à gagner ma vie en travaillant.

— Pourtant, votre CV ne mentionnait aucun emploi depuis dix ans. Aimeriez-vous m'expliquer ce détail ?

Ivy prit une profonde inspiration. Elle ne s'était pas attendue à cette riposte. Malgré tous ses efforts pour afficher une attitude sereine, elle sentit qu'elle s'était mise à trembler.

Bats-toi, Ivy. Ne te laisse pas gagner par le désespoir. Bats-toi pour Dolly et pour toi-même.

— Je n'ai rien à expliquer, répondit-elle, la gorge serrée. Avez-vous changé d'avis à mon sujet ?

Une série d'émotions traversa le regard de Farrell. Surprise. Inquiétude. Frustration.

— La place est à vous, grogna-t-il. Je ne reviens jamais sur une promesse. Mais j'attends aussi de mes employés qu'ils écoutent mes suggestions.

— Vous voulez dire vos *ordres* ? répliqua-t-elle.

Elle regretta ces paroles sitôt qu'elles eurent franchi ses lèvres, et elle ajouta précipitamment :

— Je vous demande pardon. Je sais que je dois vous faire une horrible première impression. J'apprécie la considération dont vous avez fait preuve avec moi. Dolly a besoin d'une sieste, et je crois que cela me ferait du bien, à moi aussi. Dites-moi seulement à quelle heure je dois revenir pour le dîner.

Penché au-dessus de l'évier, Farrell vit sa nouvelle employée s'éloigner en direction du bungalow, à une trentaine de mètres de la maison. Son nouveau labo occupait une structure similaire, un peu plus loin sur la droite.

Il avait quelques heures devant lui avant de devoir s'occuper du dîner, mais, pour une raison mystérieuse, il n'avait pas envie d'aller s'enfermer dans son labo.

C'était un environnement de travail idéal. Outre le laboratoire lui-même, il comportait un bel espace de bureau, mais aujourd'hui, il ne se sentait pas dans son assiette. Il allait peut-être avoir besoin d'un peu de temps pour s'adapter.

Au lieu de cela, il sortit sous le porche et porta les deux cartons que Katie lui avait rapportés de Portland à l'intérieur de la maison. Il tria tous ses dossiers sur l'îlot central de la cuisine, en se demandant pour la énième fois comment quelqu'un avait pu avoir accès à ses projets les plus confidentiels.

S'agissait-il de cybercriminalité ? Ou quelqu'un s'était-il simplement introduit dans ses locaux pour photographier ses documents ? Pour ses croquis initiaux, il utilisait souvent des feuilles de papier. Lorsqu'il était satisfait de l'idée générale, et là seulement, il passait à l'informatique. Il changeait fréquemment ses mots de passe, et Zachary était le seul à les connaître. De plus, il préférait les mémoriser que les noter.

Dans l'opinion de Farrell, Stone River Outdoors prenait

toutes les précautions raisonnables pour protéger sa propriété intellectuelle. Et néanmoins, ses deux dernières réalisations innovantes s'étaient retrouvées sur le marché avant même qu'il n'ait eu le temps d'y mettre les dernières touches. Les imposteurs, en outre, avaient fait du mauvais travail. Leurs produits étaient minables, et ils avaient reçu un accueil froid du public.

Il demeurait que Farrell avait travaillé durant des mois pour rien. Dans un an ou deux, il pourrait mettre sur le marché ses propres versions. Mais l'excitation de la nouveauté se serait envolée.

Il rangea soigneusement les dossiers triés dans les cartons. Le lendemain, il les emporterait au labo. Entre-temps, il devait se faire à l'idée de la présence d'Ivy dans sa vie. Le deuil de cette jeune femme était un douloureux rappel de celle qu'il avait perdue, lui aussi.

Pourrait-il continuer à la voir tous les jours sans penser constamment à Sasha ? Il s'était dit qu'il était guéri de son chagrin.

Mais son cœur, hélas, avait son propre agenda.

- 3 -

Dolly s'endormit dans son nouveau berceau comme s'il avait toujours été le sien. Ivy remerciait le ciel que son bébé s'adapte aussi facilement. La courte vie de sa fille avait été pour le moins mouvementée. Une toute petite enfant pouvait-elle intérioriser ces expériences à un niveau plus profond ?

Son bébé était-elle marquée pour la vie ?

Et Ivy, l'était-elle aussi ?

Elle refoula fermement ces idées noires. C'était un exercice mental qu'elle maîtrisait à la perfection. Au lieu de ressasser le passé, elle emporta le moniteur pour bébé dans la seconde chambre et l'installa sur la commode.

Le lit l'attirait irrésistiblement. La fatigue – mentale et physique – était son lot quotidien depuis quelque temps. Prendre soin d'un bébé est un travail épuisant, mais la plupart des mamans ont quelqu'un pour les aider. Un mari. D'autres membres de la famille. Et toutes les nouvelles mamans n'ont pas eu à lutter contre la culpabilité et le regret.

Ivy ôta son jean et son léger pull de coton, et elle se glissa sous la couette. Jamais elle n'avait dormi dans un lit aussi doux. Un matelas parfait, des draps de haute qualité et une couette de duvet d'oie. Le rêve absolu.

La famille Stone était habituée à ce qui se fait de meilleur. Ce bungalow que Farrell avait construit dans les bois était un palais en miniature, luxueux dans chaque détail.

Meubles sur mesure. Bois précieux. Toiles originales

sur les murs. Ce bungalow jouait avec le thème rustique, mais chaque détail en était exquis.

Ivy ferma les paupières, et elle songea à Farrell Stone…

Elle se réveilla en sursaut une heure et demie plus tard, son cœur battant à tout rompre, en proie à une soudaine panique. *Dolly.* Elle se redressa vivement dans le lit pour jeter un coup d'œil au moniteur pour bébé, et elle poussa un soupir de soulagement. Sur l'écran, elle vit que sa fille venait de se réveiller de sa sieste, et qu'elle jouait avec ses petits orteils en babillant. C'était ce son qui avait réveillé Ivy.

Tout allait bien. Le bébé et elle étaient en sécurité. Il allait lui falloir un peu de temps pour s'en convaincre. Elle s'habilla rapidement et prépara un biberon avant que Dolly ne fasse une grosse colère. Sa fille tolérait mal d'avoir l'estomac vide.

Et, comme il fallait s'y attendre, Dolly se mit à hurler dès qu'elle ouvrit la porte entre les deux chambres. Ivy la souleva dans ses bras, et elle lui sourit.

— Ne sois pas si impatiente, mon cœur, dit-elle en s'installant dans le ravissant fauteuil à bascule, sa fille serrée contre son sein. Maman va te donner ton biberon.

Dolly était encore trop jeune pour tenir toute seule son biberon, mais elle tendit ses mains potelées pour s'en saisir.

Ivy ne se lasserait jamais de voir sa fille la regarder avec cette expression d'étonnement candide dans ses grands yeux.

— Je t'aime, ma douce petite fille, murmura-t-elle. Je crois que nous allons être heureuses, ici.

Si la perspective de leur sécurité financière et d'un logement confortable était sa principale raison d'espérer, une petite voix lui chuchotait que ces retrouvailles avec Farrell, aujourd'hui adulte et formidablement séduisant, seraient un bonus supplémentaire.

À 17 h 45, Ivy vérifia le contenu de son sac à langer, puis elle jeta un dernier coup d'œil à son reflet dans le miroir. Elle n'avait pas changé de vêtements. Même jean délavé. Même pull de coton rose. Farrell portait une tenue décontractée lorsqu'elle l'avait rencontré. Elle doutait sincèrement qu'il s'habille pour dîner dans sa retraite au fond des bois.

L'image que lui renvoyait le miroir montrait les effets des épreuves qu'elle venait de traverser. Elle était trop mince. Mais ce problème serait facilement réglé, à présent qu'elle s'était posée. Ses cheveux, qui retombaient autrefois jusqu'à ses épaules, atteignaient à peine son menton. Mais c'était un changement positif. Débarrassée du poids de cette chevelure, elle se sentait plus libre. Et cette coiffure serait plus facile à entretenir avec un bébé qui réclamait toute son attention.

Elle se recoiffa du bout des doigts, passa une touche de gloss rouge cerise sur ses lèvres, puis, chargée du bébé et du sac à langer, elle se mit en chemin vers la grande maison.

Par temps de pluie ou de neige, ce sentier pourrait s'avérer délicat avec un bébé dans les bras, mais, ce jour-là, il faisait un temps magnifique, et ce fut une promenade agréable.

Farrell ne lui avait pas remis de clé, mais la porte n'était pas verrouillée. Il devait penser que personne ne viendrait lui voler ses idées dans ce coin perdu.

Elle entra par une petite porte donnant sur un vestibule parfaitement ordonné où il rangeait ses bottes, ses cirés et son matériel de pêche. S'engageant dans un couloir, elle dépassa la buanderie et une petite chambre d'invités, et arriva enfin dans la cuisine. Elle aurait pu la trouver rien qu'en suivant les délicieuses odeurs qui en provenaient. Et, tout à coup, elle se rendit compte qu'elle mourait de faim. Katie et elle s'étaient arrêtées à un fast-food sur la route, mais c'était des heures plus tôt.

Lorsqu'elle entra, Farrell releva la tête.

— Ah, vous voilà, dit-il. J'étais sur le point d'aller voir comment allaient ces demoiselles.

— Nous sommes là, et nous nous portons à merveille. Cette sieste nous a fait le plus grand bien.

Le sourire de Farrell, cordial et sincère, fit bondir le cœur d'Ivy. Cela faisait tellement longtemps qu'elle n'avait pas éprouvé une émotion aussi agréable qu'elle resta ébahie par la vague de désir qui déferlait sur elle à cet instant.

C'était normal, se dit-elle. Farrell Stone était un homme extrêmement séduisant. Lorsqu'il se détourna d'elle pour recommencer à beurrer d'épaisses tartines de pain, elle en profita pour l'observer.

Elle avait bien fait de ne pas se changer. Lui aussi portait le même jean. Son pull vert mousse était tendu sur ses larges épaules, et il avait remonté les manches jusqu'aux coudes. Ses grandes mains hâlées se mouvaient avec précision.

— Ce sera bientôt prêt, assura-t-il, glissant le plat de tranches de pain dans le four.

Il marqua une pause, avant d'ajouter :

— J'ai commandé une chaise haute pour Dolly, tout à l'heure. On nous la livre dès demain. Pardonnez-moi de ne pas y avoir pensé plus tôt. Ma seule excuse, c'est que je ne suis pas habitué à avoir des bébés dans la maison.

— Vous n'étiez pas obligé de faire cela, protesta-t-elle. Ces chaises sont chères. Mais je vous rembourserai avec mon premier chèque, bien entendu.

— Non, répondit-il en lui lançant un regard sévère. Pas question. Tout ce dont Dolly et vous aurez besoin durant votre séjour ici sera compté comme frais professionnels. De la même façon qu'un ordinateur ou une imprimante. M'assurer que vous vous sentez bien, ici, fait partie de mes responsabilités. C'est moi qui vous ai éloignées de la civilisation, et le moins que je puisse faire, c'est veiller à ce que votre séjour ici soit aussi agréable que possible.

Après cela, il n'y avait plus rien à dire. Ivy accorda toute son attention à Dolly. Elle aurait bien proposé de l'aider, mais la table était déjà dressée dans le coin du petit déjeuner.

Un instant plus tard, ils étaient assis devant des assiettes fumantes de pâtes cheveux d'ange à la bolognaise, saupoudrées de parmesan fraîchement râpé et accompagnées de pain grillé frotté d'ail.

Dolly assise sur son genou, Ivy goûta une première bouchée.

— Je suis impressionnée, dit-elle. C'est délicieux.

— Ne concluez pas trop vite, répondit-il en riant. C'est Mme Peterson qui avait préparé la sauce et l'avait laissée au réfrigérateur. Tout ce que j'ai eu à faire, c'est la mettre à réchauffer et jeter quelques pâtes dans l'eau bouillante. N'importe quel idiot aurait pu s'en charger.

— Mme Peterson ?

— La gouvernante de Quin. Elle a offert d'approvisionner ma cuisine et le bungalow dès qu'elle a appris que vous alliez travailler ici. D'ailleurs, si vous avez un jour des questions et que je suis trop immergé dans mon travail pour vous répondre, elle m'a demandé de vous dire que vous pouviez l'appeler à tout moment.

Ils continuèrent leur repas un instant, mais le silence rendait Ivy nerveuse, et ce fut elle qui reprit la parole :

— Parlez-moi de vos frères, suggéra-t-elle. Je crois qu'ils sont plus jeunes que vous, n'est-ce pas ?

Farrell se leva et remplit leurs deux verres avec un vin rouge de Californie.

— C'est juste, convint-il. Nés à deux ans d'intervalle les uns des autres. Vous et moi avons le même âge, bien sûr. Ensuite viennent Zachary, puis Quin.

— Et c'est Quin qui a participé aux Jeux olympiques ?

— Oui. Quin était un skieur de classe mondiale jusqu'à cet accident dans lequel notre père a trouvé la mort.

— J'ai lu un article au sujet de cet accident dans la version en ligne du journal de Portland, murmura-t-elle.

— Quin était dans la voiture, lui aussi, et sa jambe fracturée a nécessité plusieurs opérations et une longue période de rééducation. Aujourd'hui, il marche normalement, mais le ski de compétition fait partie du passé, pour lui.

— C'est affreux. Il a dû être dévasté.

— On peut le dire, oui. Nous vivons tous des épisodes qui changent nos vies. Heureusement pour Quin, Katie est apparue dans la sienne et l'a aidé à rassembler les morceaux. Mon petit frère est un nouvel homme, aujourd'hui. Un homme meilleur, même. Le ski consumait toute sa vie. Il est plus équilibré, à présent. En paix avec le monde.

— Et Zachary ?

— Zachary collectionne les conquêtes. Je doute qu'une femme puisse jamais le domestiquer.

Ivy brûlait de questionner Farrell au sujet de son épouse défunte. Elle savait qu'il était veuf… mais rien de plus. Mais, en s'aventurant sur le terrain personnel avec lui, elle s'exposerait à devoir répondre à des questions concernant son propre passé. Et cela, elle ne pouvait pas se le permettre. Alors, elle savoura ses pâtes et fit taire sa curiosité.

Hélas, son patron était curieux, lui aussi.

— Je sais que vous avez quitté Portland il y a très longtemps, observa-t-il. Qu'est-ce qui a incité votre famille à partir s'installer en Caroline du Sud ?

Ivy réprima un soupir de soulagement. C'était une question à laquelle elle pouvait répondre sans danger.

— Mon père était un pêcheur de langoustes du Maine, mais il avait des tantes et des oncles dans le Sud. Par le biais de ces relations, on lui a offert un poste de capitaine sur un bateau qui emmenait des touristes pêcher à la journée. Maman détestait les hivers froids du Nord, et nous avons fait nos bagages. Moi, j'avais douze ans, et l'idée de ne plus voir mes amis ne m'enchantait guère. Mais tout s'est bien passé.

Ivy sentait qu'il s'apprêtait à lui poser d'autres questions, alors elle changea précipitamment de sujet.

— Rentrerez-vous à la maison pour vos repas, ou dois-je vous les apporter dans votre laboratoire ? Cela ne me dérange pas du tout, je vous assure. Je me souviens que vous m'avez dit que, lorsque vous êtes immergé dans votre travail, vous oubliez tout le reste.

— Non, répondit-il, ce serait trop vous déranger. Pourquoi ne pas convenir d'un compromis ? J'ai un petit réfrigérateur dans mon nouveau bureau. Si vous me préparez un sandwich chaque matin pour le déjeuner, je l'emporterai avec moi. Ensuite, je mettrai un point d'honneur à rentrer à la maison pour le dîner à 18 h 30 précises. Cela vous convient-il ?

Ivy réfléchit rapidement. En temps normal, elle couchait Dolly à 19 heures. Mais, avec une petite sieste, elle tiendrait bien jusqu'à 20 heures, ce qui lui laisserait le temps de nettoyer la cuisine. Farrell Stone faisait des efforts visibles pour rendre son séjour agréable. C'était à elle de s'adapter à ses rythmes de vie, pas à lui.

— Bien sûr, répondit-elle. Et, si je prépare des plats qui ne sont pas à votre goût, n'hésitez pas à me le signaler. Je tiens à ce que vous soyez satisfait.

Elle le vit tressaillir, et il se leva brusquement. Craignant qu'il n'ait mal compris ses paroles, elle se sentit rougir, mais elle fit de son mieux pour prétendre que tout allait bien, durant les longues minutes qu'il fallut à Farrell pour sortir la crème glacée du congélateur et servir le dessert.

Lorsqu'il revint s'asseoir, le moment était passé. Tout du moins, elle l'espérait.

Elle avala sa crème glacée rapidement.

— Merci pour ce dîner, dit-elle en posant sa cuiller. Si

cela ne vous fait rien, Dolly et moi allons nous coucher tôt, ce soir. Votre petit déjeuner sera prêt demain matin à 8 heures.

— Détendez-vous, Ivy, dit-il en la dévisageant d'un air impassible. Vous n'êtes pas à l'usine. Ici, on ne pointe pas.

— Oui, je le sais. Mais vous me payez pour mes services.

Ivy réprima un soupir. Une nouvelle fois, sa réponse avait pu lui paraître ambiguë. Repoussant sa chaise, elle se leva. Elle se sentait nerveuse et désemparée.

— Verriez-vous un inconvénient à ce que Dolly et moi rentrions au bungalow ?

— Bien sûr que non. Reposez-vous bien. Ici, à la maison, je ne ferme la porte à clé que lorsque je m'absente. Nous sommes parfaitement en sécurité. Mais, par précaution, je vais vous remettre des clés pour le bungalow. Il est toujours difficile de dormir dans un endroit inconnu, au début. Vous vous sentirez mieux si vous donnez un tour de clé.

Sur ces mots, il alla poser les deux bols vides dans l'évier, puis il ouvrit un tiroir et lui tendit un trousseau de clés.

— Tenez, celles-ci sont à vous.

Ivy les prit, et, en serrant les clés aux arêtes dures dans sa paume, elle dut reconnaître qu'elle avait franchi un énorme obstacle. Le passé était le passé. Elle ne permettrait à personne de la définir par rapport à ce qui lui était arrivé.

Serrant sa petite fille contre elle, le seul trésor qu'elle ait au monde, elle leva les yeux vers Farrell, et elle lui sourit. Elle ne devait pas se laisser terrasser par ses émotions. Pas avant de pouvoir le faire en privé.

— Merci, murmura-t-elle, la gorge serrée.

Il l'observa attentivement, ses yeux d'émeraude et d'ambre l'analysant, ébauchant des hypothèses, s'efforçant de comprendre ses réticences. Puis, il hocha la tête.

— Tout le plaisir est pour moi, Ivy.

Elle soutint son regard aussi longtemps qu'elle en fut

capable, puis, marmonnant un vague « Bonsoir », elle s'enfuit dans la nuit automnale du Maine. Dolly s'était endormie contre son épaule malgré la fraîcheur du soir. La lune n'était pas levée, et elle devait veiller à ne pas trébucher sur le sentier. Des milliards d'étoiles scintillaient dans le ciel, si belles mais si lointaines... Ivy se sentait minuscule.

Elle avait un ardent besoin de paix. De bonheur. Les rêves qu'elle caressait n'avaient rien d'extraordinaire. La vie lui avait donné de précieuses leçons.

Alors qu'elle commençait à sentir le vent frisquet sur sa peau, elles arrivèrent au bungalow, et Ivy referma la porte à clé derrière elle. C'était peut-être puéril de sa part, mais elle jeta un coup d'œil dans chaque pièce et dans chaque placard, pour s'assurer que Dolly et elle étaient seules.

Certaines gens ne croyaient pas aux monstres, mais Ivy savait par expérience qu'ils existaient.

Cette journée avait été trop longue pour qu'elle donne son bain à Dolly. Au lieu de cela, Ivy la déshabilla, changea sa couche et la vêtit d'une grenouillère propre. Ensuite, elle prépara un biberon et alla jeter un coup d'œil dans la chambre qui ferait office de nursery.

Les draps du berceau étaient imprimés de minuscules animaux de cirque. Dans les tiroirs, elle trouva d'autres draps et une profusion d'articles pour bébé, ainsi qu'un sac de shopping d'un magasin de luxe, aux poignées de raphia nouées par un ruban argenté.

Dolly toujours dans ses bras, Ivy se pencha pour examiner son contenu. Un petit mot était attaché à la poignée :

« Je n'ai pas d'enfants à moi, alors, permettez-moi de gâter Dolly. Votre amie, Katie. »

La gorge serrée d'émotion, Ivy étala le contenu du sac sur le berceau. Elle ne savait plus si elle devait rire ou pleurer. Personne ne lui avait offert de présents lorsque son bébé était né, et la générosité de Katie la laissait sans voix.

Katie avait acheté une douzaine de tenues pour Dolly, une moitié dans sa taille actuelle, et l'autre une taille au-dessus. C'étaient des vêtements pour bébé très haut de gamme et vraiment adorables. Quelques articles roses, mais d'autres arborant des couleurs éclatantes. Et même un cardigan miniature d'un grand couturier.

Ivy prit une profonde inspiration. Ces largesses avaient un goût de charité. Et elle détestait qu'on ait pitié d'elle. Mais Katie ignorait tout des détails de sa vie. Elle savait seulement que Dolly était un bébé, qu'elle serait bientôt trop grande pour ses vêtements et qu'il lui en faudrait de nouveaux.

En outre, Katie avait épousé l'un des frères Stone, qui étaient tous riches à millions. Elle avait les moyens.

Sans plus y réfléchir, Ivy lui envoya un texto.

Je viens de trouver les tenues de bébé ! Vous êtes trop gentille. Dolly et moi vous remercions beaucoup…

À ce stade, Dolly refusa d'attendre plus longtemps son repas, et Ivy s'installa dans le fauteuil à bascule. L'un de ses instants favoris de la journée, c'était lorsqu'elle voyait les merveilleux cils de Dolly s'abaisser sur ses joues veloutées.

Plus tard, lorsqu'elle se glissa dans son lit et qu'elle éteignit la lumière, la pièce fut plongée dans de profondes ténèbres. Quelque part, elle entendit un craquement de bois.

Rien de sinistre. Seulement un nouvel environnement.

Et, voguant entre veille et sommeil, une image revenait dans sa mémoire. Farrell Stone. Un homme qu'elle connaissait littéralement depuis son enfance. Mais ces souvenirs pouvaient être trompeurs. Qui savait quel genre de personne il était devenu entre-temps ? Elle se souvenait d'un garçon tranquille. Un bon élève.

Ces souvenirs lointains étaient rapidement remplacés par des impressions nouvelles. Son patron était un adulte. Grand. Fort. Impressionnant. Il faisait battre son cœur plus vite.

Qu'allait-elle faire, grands dieux ?

- 4 -

Farrell avait rêvé de Sasha. Il courait dans les couloirs de l'hôpital, cherchant fiévreusement sa chambre. Puis le docteur aux yeux tristes l'informait qu'elle n'était plus…

Il se réveilla en sursaut. Son cœur battait très fort, et il fit un effort pour se ressaisir. Il croyait avoir fait la paix avec ce sentiment de deuil. Sept ans déjà… N'était-ce pas suffisant ?

Le réveil allait sonner dans quinze minutes. Autant se lever tout de suite. Il avala, coup sur coup, deux tasses de café noir et bien fort, et son cerveau retrouva sa lucidité. Son troisième café, il l'emporta au labo dans une thermos. Dehors, le gazouillis des oiseaux et le murmure du vent dans les feuillages apaisèrent son malaise, et il se mit en marche à pas lents, sentant ses membres se dégourdir et revenir à la vie.

Il avait toujours aimé travailler à Portland, mais il devait reconnaître que ce nouvel arrangement avait quelques attraits supplémentaires. Après le décès de leur père, ses frères et lui, qui n'occupaient jusque-là que des emplois à mi-temps, avaient dû endosser les responsabilités de la direction de Stone River Outdoors. Depuis, il ne leur restait plus beaucoup de temps pour flâner.

Leur père avait été un homme dur, mais généralement juste, qui avait dû élever seul ses enfants après le décès de son épouse. Lorsque ses fils avaient atteint la vingtaine, et qu'ils parcouraient le monde de fête en fête, il ne leur avait jamais fait aucun reproche.

Bien sûr, Farrell avait suivi une autre voie. Il s'était marié jeune avec sa chère Sasha. Il avait été un jeune veuf. Après cela, il avait consacré toute son énergie à la recherche et au développement de nouvelles technologies pour Stone River Outdoors. L'entreprise que leur arrière-grand-père avait fondée avait connu une croissance absolument phénoménale.

Aujourd'hui, Quin dirigeait l'ensemble, et Zachary gérait les finances. Ce qui laissait Farrell libre pour créer.

Dans son nouvel environnement il était libéré de ses vieilles routines quotidiennes. C'était un nouvel espace, mais, grâce à son esprit méthodique, à peine une demi-heure plus tard, il était totalement absorbé dans son tout dernier projet.

Lorsqu'il reprit contact avec la réalité, il jeta un coup d'œil à sa montre, et il réprima un juron. Presque 11 heures.

Or, il avait demandé à Ivy d'avoir le petit déjeuner prêt à 8 heures. Était-elle frustrée ? Furieuse ? Les deux ?

Il savait qu'il n'était pas facile à vivre. Mais il n'avait pas envie de mourir de faim. Ou de se nourrir de sandwichs au beurre de cacahuètes. Il avait besoin d'elle. Il lui promettrait de s'amender. De mieux respecter ses efforts.

Lorsqu'il se précipita dans la cuisine, il trouva Ivy et Dolly attablées devant l'îlot central. Ivy portait un corsage de coton blanc tout simple, et le même jean que la veille. Il reconnaissait la déchirure à l'un des genoux. Ivy avait trouvé un ensemble de bols miniatures multicolores dans un placard, qui servaient à présenter des sauces pour les apéritifs. Dolly en tenait un dans sa main gauche, et un autre dans sa main droite. Le reste était étalé devant elle sur le granit.

— Navré d'être en retard, s'excusa Farrell. Demain, je serai à l'heure, je vous le promets.

— C'est votre maison et votre repas, répondit Ivy d'un ton neutre. Vous avez le droit de manger à l'heure qu'il vous plaît.

— Je ne voulais pas compliquer votre travail.

— Mon travail consiste à vous préparer des repas lorsque vous le souhaitez, dit-elle en se levant, le bébé dans ses bras. Le bacon est encore présentable, et je vais simplement faire frire d'autres œufs. J'en ai déjà jeté quelques-uns en vous attendant.

— Ne craigniez-vous pas que je vous reproche ce gaspillage de nourriture ? plaisanta-t-il.

Ivy devint toute pâle, et elle recula jusqu'à l'autre bout de la cuisine. Le temps d'un instant, Farrell eut l'impression de jouer dans une pièce dont il ne connaissait pas le texte. Un instant plus tôt, il avait été affamé, mais à présent, son appétit avait disparu.

— Nous devons parler, vous et moi, déclara-t-il d'une voix lente. Pour quel genre d'homme me prenez-vous ?

Elle esquissa un haussement d'épaules fataliste, tenant le bébé serré contre elle comme un bouclier.

— Je ne vous connais pas du tout, fit-elle remarquer.

— En tout cas, je ne vous ferai jamais de reproches si j'arrive en retard et que les œufs sont froids. Est-ce clair ?

— D'accord, répondit-elle en se détendant un peu. J'ai compris. Alors, voulez-vous que je fasse frire d'autres œufs ?

Farrell se sentait ridicule. Il était tenté de lui répondre d'oublier ce fichu petit déjeuner, mais il avait peur de la contrarier. Ivy Danby était fragile. Elle ne manquait pas de courage ni de détermination, mais elle avait survécu à *quelque chose*. Les indices qu'il commençait à accumuler dans ce sens l'inquiétaient.

Devrait-il insister pour connaître la vérité, ou bien la laisser guérir toute seule de ses blessures ? Il y réfléchissait encore lorsqu'elle répéta :

— Alors, Farrell, voulez-vous d'autres œufs ?

— Non, répondit-il en soupirant. Je vais me préparer un sandwich, et avancer mon déjeuner.

Il hésita une seconde, avant d'ajouter :

— Je n'ai peut-être pas été entièrement honnête avec vous. Je ne vous houspillerai jamais pour des œufs froids, mais il peut m'arriver de me sentir frustré. Si vous m'entendez hurler, ce ne sera pas parce que je suis mécontent de vous.

Cette fois-ci, elle le dévisagea avec une telle intensité qu'il sentit ses cheveux se dresser sur sa nuque. Ce regard de femme fixé sur lui le troublait profondément. Était-elle toujours aussi sérieuse ? Aussi concentrée ?

— Voulez-vous dire que vous êtes coléreux ? s'enquit-elle.

En toute autre situation, il aurait pu s'agir d'une question innocente. Mais pas pour Ivy, il le sentait d'instinct.

— Tout le monde se met en colère à un moment ou un autre, ne croyez-vous pas ? répondit-il d'un ton léger.

— Pas moi, fit-elle après une seconde de réflexion. Mais je suppose que c'est vrai pour la plupart des gens.

— Il existe plusieurs variétés de colère, observa-t-il d'une voix douce. Certaines personnes évacuent leur frustration en criant, mais cela ne signifie rien. Ils ne sont pas dangereux.

Il la vit tressaillir au mot « dangereux ». Et il nota également qu'elle faisait de son mieux pour dissimuler cette réaction.

Trop tard, Ivy.

— Je comprends, assura-t-elle.

Ces deux mots étaient le plus gros mensonge qu'elle lui ait débité jusqu'alors. Il allait devoir faire preuve de beaucoup de douceur avec elle. Sasha lui avait dit un jour que veiller sur les autres était le langage de son amour. Mais, cela, c'était seulement pour elle, son épouse. Pas pour les autres femmes. Sasha avait été forte et indépendante, avant que le cancer n'ait raison d'elle. Il toussota, un peu gêné.

— Pourquoi n'explorez-vous pas un peu la maison pour vous familiariser avec les lieux ? suggéra-t-il. Faites comme chez vous. Aucune pièce n'est hors limites. Quant à moi, je vais me préparer un sandwich et retourner au labo.

Pour la première fois, il vit apparaître une expression amusée sur son visage en cœur. Avec ses cheveux courts et ses grands yeux, elle paraissait bien plus jeune que son âge.

— Si je vous laisse préparer vous-même votre sandwich, j'aurai manqué trois de vos repas, observa-t-elle. Prenez plutôt Dolly dans vos bras, et je m'en chargerai moi-même.

Avant qu'il n'ait eu le temps de protester, il serrait la petite fille contre sa poitrine, et il respirait sa douce fragrance de lotion et cette indéfinissable odeur de bébé.

— Quel âge a-t-elle ? s'enquit-il.

Il aurait pu le deviner à peu de chose près, mais, soudain, il tenait à le savoir avec précision. Ivy et sa petite fille étaient un mystère qui l'obsédait.

Cette expression concentrée réapparut instantanément sur le ravissant visage d'Ivy, et elle se détourna de lui pour aller ouvrir le réfrigérateur, et en sortir des tranches de bœuf rôti et de gruyère suisse.

— Sept mois, répondit-elle sans le regarder.

— Son père a-t-il eu le temps de la connaître avant son décès ? s'enquit-il, effleurant le bras du bébé d'une caresse.

— Ne faites pas cela ! gronda-t-elle en pivotant vers lui.

— Quoi donc ? s'étonna-t-il.

— N'essayez pas de m'analyser, moi ou ma vie, ou Dolly. Je suis ici pour faire un travail. Rien de plus. Vous et moi ne sommes pas des amis, Farrell.

— Alors c'est vrai, vous avez un caractère explosif, Ivy, remarqua-t-il en riant, se sentant soudain plus détendu. C'est vrai, non ? Ce n'est pas un crime.

Elle le dévisagea d'un air ébahi. Se connaissait-elle réellement si mal ? Ou avait-elle refoulé si longtemps ses émotions naturelles qu'elle en avait oublié ce que l'on ressent lorsqu'on les exprime librement, qu'elles soient positives ou négatives ?

— Pardonnez-moi d'avoir été indiscret, s'excusa-t-il. Je vais emmener Miss Dolly sous le porche pour lui montrer l'océan pendant que vous vous travaillez.

Ivy se sentait nerveuse en préparant le déjeuner de Farrell. Comment pouvait-elle s'être montrée aussi brutale avec lui ? Il la payait une fortune pour un volume de travail modeste. Elle aurait dû être à l'affût de ses moindres désirs, au lieu de lui parler durement.

C'était peut-être que les jours où elle devait surveiller ses moindres gestes et son langage en présence des hommes étaient derrière elle. Elle était une femme adulte, avec ses propres idées, sa propre façon de faire les choses. Mais elle avait encore un peu de mal à assimiler cette nouvelle liberté.

Elle ajouta des tranches de tomate fraîche et une feuille de laitue craquante sur l'épais sandwich, puis elle couvrit le tout avec une seconde tranche de pain. Comme elle n'avait pas encore *réellement* fait la cuisine, elle se devait, au moins, de faire de ce déjeuner une œuvre d'art. Elle lava une pomme qu'elle plaça dans un sac de papier brun trouvé dans un placard, y ajouta quelques serviettes de papier, puis elle y glissa le sandwich enveloppé dans de la cellophane.

Farrell choisirait lui-même sa boisson. Le réfrigérateur était bien garni, et elle ignorait ses préférences.

Lorsque le déjeuner fut prêt et que la cuisine eut retrouvé son aspect impeccable, elle alla jusqu'à une fenêtre pour observer Farrell et sa fille.

Il parlait à Dolly, lui indiquait l'océan. Ivy n'entendait pas distinctement ses paroles, mais son langage corporel lui disait ce qu'elle avait besoin de savoir. Le bébé était en sécurité, perchée sur son bras gauche. Elle levait son petit visage vers lui, et elle souriait. Elle était heureuse. Satisfaite. Et, face à ce tableau, Ivy se sentit profondément soulagée.

On dit que les chiens et les bébés sont d'excellents juges des caractères. Si cela était vrai, Farrell Stone venait de passer l'examen haut la main. Mais Ivy n'accordait pas sa confiance aussi facilement. Elle avait appris à ses dépens que les gens peuvent présenter au monde une façade trompeuse.

Aujourd'hui encore, elle avait honte de la naïveté avec laquelle elle s'était laissé abuser. Ses bévues et ses erreurs la hanteraient durant tout le reste de sa vie. Et elle allait veiller à ce que Dolly ne soit jamais aussi vulnérable qu'elle.

Farrell éclata soudain de rire, et il déposa un baiser au sommet de la tête du bébé. Cette manifestation d'affection imprévue l'étonna et lui serra le cœur. Il était tellement parfait avec Dolly, tellement naturel… Était-il vraiment le genre d'homme qu'il semblait être ?

Comme il lui tournait le dos, elle pouvait l'observer tout à loisir. De larges épaules. Un torse d'athlète. La chemise Henley qu'il portait soulignait une musculature puissante. Farrell Stone était intensément masculin. Ivy frissonna sous l'effet d'un sentiment qu'elle préférait ne pas nommer.

Le désir était comme une espèce en voie de disparition. Elle le reconnaissait. Pouvait même être tentée. Mais une femme intelligente doit savoir garder ses distances.

Farrell avait dû sentir qu'il était observé, car il se retourna et lui adressa un salut amical, puis il lui fit signe de sortir les rejoindre. Elle s'y résolut sans aucun enthousiasme, notant qu'il faisait plus doux que tout à l'heure, lorsque Dolly et elle avaient quitté le bungalow.

— Votre déjeuner est prêt, l'informa-t-elle d'une voix douce.

Dolly ne fit aucun geste pour réclamer les bras de sa

mère. Apparemment, elle était fascinée par son nouvel ami. Jusque-là, l'univers de Dolly avait été entièrement centré sur sa maman. Connaître d'autres adultes lui serait bénéfique.

— Merci, répondit Farrell, son regard fixé sur les trois bateaux qui dansaient sur les vagues, au large, leurs voiles d'un blanc éclatant se détachant sur l'azur du ciel.

— Pratiquez-vous la voile ? s'enquit Ivy.

— Oui, convint-il en se tournant vers elle. Pourquoi ? Avez-vous envie d'essayer ? Je me ferais un plaisir de vous initier.

Ignorant sa proposition, elle poussa un soupir.

— Je suis sincèrement désolée de vous avoir dit que nous ne sommes pas des amis. Ce n'était pas gentil de ma part.

— Je crois aux secondes chances, Ivy Danby, répondit-il en lui adressant un sourire d'un blanc éclatant qui la laissa sans voix. Et si nous reprenions tout au début, vous et moi ? Je m'appelle Farrell, et je suis très heureux que vous soyez ici avec moi, au fond des bois du Maine.

— C'est vrai ? s'enquit-elle d'un air un peu dubitatif. Lors de notre entretien dans votre bureau, j'ai eu l'impression que vous m'engagiez parce qu'on vous avait forcé la main.

Elle le vit rougir, comme si sa question l'avait embarrassé. Mais c'était impossible, bien sûr. Les hommes comme Farrell avaient une inébranlable confiance en eux-mêmes.

— Il est vrai que je préfère travailler dans la solitude, reconnut-il. Si je vous ai donné l'impression que vous n'étiez pas la bienvenue, je vous en demande pardon.

— Je ne suis pas une invitée, Farrell, rappela-t-elle en riant. Et je n'ai pas du tout ce sentiment-là. Vous m'avez offert un endroit fabuleux pour vivre, et vous avez acheté un berceau pour ma fille. J'ai une dette envers vous.

— Absolument pas ! s'insurgea-t-il. Nous sommes des associés égaux dans cet arrangement, Ivy. Votre contribution dans ce plan est importante. Je veux que vous le compreniez.

— Vous êtes sérieux, n'est-ce pas ? murmura-t-elle, scrutant les profondeurs vertes pailletées d'ambre de ses yeux.

Pouvait-elle le croire sur parole ? L'oserait-elle ?

— Je n'ai jamais été plus sérieux, assura-t-il. J'ai sans doute mes défauts, mais je me considère comme un homme de parole.

Ivy le dévisagea intensément. Ils étaient si près l'un de l'autre qu'elle distinguait une minuscule coupure sur son menton, qu'il avait dû se faire en se rasant ce matin-là.

— Recommencer tout au début est une bonne idée, déclara-t-elle en lui tendant sa main droite. Serrons-nous la main.

Elle regretta aussitôt ces derniers mots. Désirait-elle vraiment toucher cet homme. Son subconscient disait *oui*.

Quand Farrell referma sa grande main autour de la sienne, Ivy cessa de respirer, et elle espéra qu'il ne l'avait pas remarqué. Cette étreinte ferme et tiède scellait leur accord, mais elle était aussi porteuse d'autres promesses.

Une avalanche de sentiments inextricablement mêlés déferla sur elle. Soulagement qu'il ne lui ait pas tenu rigueur des paroles acerbes qu'elle lui avait lancées plus tôt. Ébahissement à l'idée qu'une simple poignée de main puisse transformer ses genoux en gelée.

Farrell lui faisait-il un tel effet parce qu'il s'était montré affectueux avec sa fille ? Ou bien était-ce *elle* qui désirait encore désespérément croire que les hommes de bien existaient ? Était-elle à ce point pathétique ?

Leur poignée de main se termina trop tôt. Farrell la lâcha le premier. Son regard ne dévoilait rien quand il lui tendit le bébé, déclarant qu'il devait retourner au travail.

— Bien sûr, répondit-elle, refoulant la souffrance que lui causait une telle hâte de la quitter.

Il était ici pour se concentrer sur ses nouvelles créations. Il était normal qu'il ait hâte de regagner son laboratoire. Le plus merveilleux, c'était qu'elle ne s'était pas crispée lorsqu'il lui avait serré la main. Sa force ne l'avait pas du tout effrayée. Peut-être faisait-elle quelques progrès ?

- 5 -

Farrell savait, lorsque c'était nécessaire, se concentrer sur une tâche au milieu des distractions. C'était même l'une des qualités qui avaient fait sa réussite. Créer – inventer – nécessitait un environnement tranquille et de l'*espace*.

Ici, dans le nord du Maine, il disposait de l'un et de l'autre en abondance. Le silence l'aidait à réfléchir. La beauté naturelle qui l'entourait apaisait son âme.

En toute logique, il devrait pouvoir se concentrer sur ses objectifs mieux qu'à tout autre moment par le passé. Pour un créateur, ce nouvel environnement était un paradis. Loin du siège de Portland, il n'aurait plus à s'inquiéter que cette mystérieuse personne lui vole ses idées. Il était loin des sentiers battus, et les habitants de la région savaient repérer un intrus à des kilomètres de distance.

Et cependant, il se surprenait trop souvent planté devant la fenêtre à contempler la forêt, son esprit voguant dans toutes les directions mais revenant toujours à Ivy.

Elle était ici depuis trois semaines, et ils étaient tombés dans une sorte de routine. Désormais, il arrivait toujours à l'heure pour le petit déjeuner, et la table était toujours servie lorsqu'il rentrait de son laboratoire à 8 heures précises.

Ivy était bonne cuisinière. Excellente, même. Dans sa cuisine inondée de soleil où flottait la bonne odeur du bacon, il dégustait ses œufs ou ses pancakes tout seul, car elle déjeunait plus tôt, à l'heure où le bébé se réveillait.

Au dîner, il en allait différemment. Il avait insisté pour

qu'Ivy dîne avec lui. La chaise haute pour bébé qu'il avait commandée avait été livrée, et ils prenaient leur repas ensemble – homme, femme et bébé – confortablement installés dans le coin repas de la cuisine.

En une occasion, lorsque Ivy avait essayé de le servir dans la salle à manger de réception, à la table dressée pour une seule personne, avec porcelaine fine et couverts en argent, il avait levé les yeux au ciel, et emporté assiette et couverts dans la cuisine. Elle n'avait plus insisté.

Farrell ne lui avait plus posé la moindre question au sujet de son défunt mari. Ivy et lui avaient conclu un accord tacite. Il évitait de lui poser des questions personnelles, et elle le nourrissait. Pour le moment, cette approche fonctionnait.

Ce qui le tracassait le plus, c'était qu'il restait convaincu d'être moralement tenu de découvrir la vérité au sujet de son passé, et de l'aider si possible.

En vérité, il n'en avait pas du tout envie, et cela faisait peut-être de lui un sale égoïste. Après le décès de Sasha, il s'était juré de ne plus jamais devenir aussi proche d'une autre femme. La douleur d'avoir perdu son amour d'adolescence avait fait de lui une coquille vide.

Avec le temps, la vie avait repris son cours. Le drame de Sasha s'était estompé dans les brumes du souvenir. Le temps, semble-t-il, guérit toutes les blessures. Peu à peu, il avait recommencé à vivre. Et, sous bien des aspects, sa vie s'était avérée plutôt satisfaisante.

Mais pour ce qui était de l'intimité… Non, merci. Lorsque son désir sexuel le tracassait trop, il voyageait. Il trouvait une femme aussi amoureuse de la solitude que lui, et ils s'accordaient ensemble une satisfaction strictement physique. Ce n'était pas l'idéal, mais c'était tout ce qu'il désirait.

Ivy lui faisait peur, parce qu'elle l'attirait irrésistiblement.

Parce qu'elle était tellement… *réelle*. Il désirait la protéger, et il la désirait… dans son lit.

En s'intéressant trop à son passé, à sa vie, il créerait trop de liens avec elle. Il franchirait la ligne rouge. Et pas seulement celle des convenances entre un patron et son employée, mais aussi celle de ses limites personnelles.

Il n'avait pas suffisamment d'énergie émotionnelle en lui pour offrir à une femme ce dont elle avait besoin.

Mais le problème n'était peut-être pas là. C'était peut-être simplement qu'il ne voulait plus jamais se sentir à ce point vulnérable. Il connaissait la douleur de la perte d'un être cher. Il refusait d'affronter cette souffrance une nouvelle fois.

Ivy aimait son travail. Dolly et elle s'adaptaient bien à leur nouvel environnement – même s'il lui avait fallu un jour ou deux pour être à l'aise dans la fabuleuse cuisine de Farrell.

Un vendredi matin, elle eut la surprise de voir arriver Katie juste après le petit déjeuner. Farrell et elle avaient parlé durant une heure des activités de la société, puis Katie avait rendu visite à Ivy dans son bungalow.

Face à cette ravissante femme blonde, Ivy se sentait inadéquate de toutes les manières possibles. Katie ne le faisait pas exprès, bien sûr, mais elle était superbe. Très sûre d'elle. Ivre de bonheur comme peut l'être une jeune mariée. Elle gérait les affaires courantes à Portland pendant que Farrell travaillait ici, au fond des bois.

Katie la supplia de la laisser jouer avec le bébé, et Ivy alla la sortir du berceau et la changer.

— Comment a-t-elle pu tant grandir en si peu de temps ? s'exclama Katie lorsque Ivy revint dans la cuisine avec Dolly.

— Elle est en bonne santé, et elle et heureuse, ici, répondit Ivy en souriant.

— Et vous ? s'enquit Katie, scrutant son visage.

— Moi aussi, assura Ivy en rougissant. Tout va bien.

— Farrell pense que vous êtes une fabuleuse cuisinière.

— Je me réjouis qu'il soit de cet avis.

— Vous vous entendez bien, tous les deux ?

— Nous avons eu un accrochage ou deux, les premiers jours. Mais nous nous comprenons l'un l'autre, à présent.

— C'est bien. Je… Heu… J'ai besoin de parler avec vous d'un certain sujet, mais vous devez me promettre de garder votre calme, d'accord ?

— Voilà un début de conversation assez peu rassurant, commenta Ivy, soudain nerveuse. Est-ce Farrell ? A-t-il changé d'avis, et est-il trop lâche pour me le dire lui-même ?

— Farrell Stone est l'homme le plus courageux que je connaisse, répondit Katie en riant. À part mon mari, bien sûr. Et il n'a pas changé d'avis. Mais vous vous souvenez que je vous avais dit qu'il lui arrive souvent de recevoir des invités ?

— Oui, je m'en souviens.

— Eh bien, Farrell et moi avons travaillé dur pour organiser cet événement, mais nous n'avons su qu'hier qu'il aurait vraiment lieu. Stone River Outdoors espère conclure des partenariats avec des entreprises à l'international, afin d'étendre ses débouchés commerciaux.

— Je vois, dit Ivy d'une voix soigneusement contrôlée.

— Nous allons accueillir de très grosses pointures de l'industrie pour une espèce de « sommet », ici, chez Farrell. Un fabricant de montres suisse, un célèbre organisateur de safaris de Namibie, sans compter deux tour-opérateurs des Îles Vierges. Nous avons également un couple qui organise des randonnées touristiques en Toscane. Farrell, Quin et Zachary essaieront de les convaincre d'utiliser les produits Stone River Outdoors, et, en échange, nous ferons la promotion de nos partenaires.

— Cela signifie beaucoup de repas à cuisiner.

— Pas exactement, corrigea Katie d'un air coupable. Nous allons faire venir un chef professionnel pour le week-end. Farrell souhaite que *vous* soyez son hôtesse. Ma sœur a accepté de venir, pour servir de nounou à Dolly. Ici, au bungalow, naturellement. De cette façon, vous n'aurez pas à vous inquiéter pour elle.

— Delanna ? protesta Ivy. Oh non ! Cela ne marchera pas.

— Je serai là à chaque instant, la rassura Katie. Sauf la nuit, bien sûr. Quin et moi dormirons chez nous.

— Et Zachary ? A-t-il une partenaire attitrée ?

— Zachary est l'exemple même de l'éternel célibataire. Il va là où le vent le mène. Mais, pour être juste… il voyage beaucoup moins depuis le décès de M. Stone. Zachary est le génie financier de l'entreprise. C'est grâce à lui que nous sommes encore solvables. Il sera là, lui aussi, mais il dormira dans sa propre maison.

— Lorsque vous m'aviez parlé de ce job, à Portland, j'avais supposé qu'il ne s'agirait que d'un dîner occasionnel, marmonna Ivy. Je ne suis pas la personne qu'il vous faut. En outre, je ne possède pas la garde-robe nécessaire.

Reposant Dolly sur un seul bras, Katie fouilla dans son coûteux sac de cuir, et elle en tira plusieurs catalogues.

— Nous allons régler tout de suite ce problème, déclara-t-elle. J'ai préparé une liste de tout ce dont vous aurez besoin. Farrell réglera ces achats, bien sûr. Si vous n'aimez pas les couleurs ou les styles que j'ai choisis, n'hésitez pas à me le signaler. Nous serons livrés sous vingt-quatre heures, ce qui nous donnera le temps de faire des échanges si nécessaire.

Katie lui tendit les catalogues, et Ivy passa en revue les pages qu'elle avait marquées, flottant dans une sorte de transe. Farrell n'avait pas exagéré l'efficacité de Katie. Son assistante administrative organisait tout avec la précision d'un général en campagne. Il y avait là des pantalons et des chemisiers d'une élégance raffinée, des négligés de haute couture. Un trio de robes de cocktail. De confortables vêtements de randonnée.

— Je ne peux pas, déclara Ivy, les yeux brillants de larmes retenues, effrayée par ce monde qu'elle ne connaissait pas.

— Mais si, Ivy, assura Katie en souriant. Vous le pouvez.

— Mais je ne suis pas comme vous, gémit Ivy, indiquant les catalogues. Je n'ai jamais porté des vêtements aussi luxueux.

— Vous l'ignorez peut-être, mais, avant mon mariage, je vivais dans une famille modeste. Je *travaillais* pour les frères Stone, c'était tout. Aujourd'hui, je fais partie de la famille. Il ne m'a pas été facile de m'habituer à leur style de vie, mais ce n'est pas aussi difficile que cela en a l'air. J'adore être choyée.

— Je ne connais même pas vraiment votre sœur, observa Ivy, changeant d'approche.

— Vous avez cohabité avec elle.

— Seulement quelques jours. Elle avait besoin d'une colocataire.

— Elle adore déjà Dolly. Et, même si ma sœur peut être un peu fofolle quelquefois, elle est formidable avec les enfants. De plus, comme je vous l'ai déjà dit, je serai là à chaque seconde. Vous n'avez aucune raison de vous inquiéter.

— Pourquoi ne pouvez-vous pas être l'hôtesse ?

— Parce que Farrell désire que ce soit *vous*, expliqua Katie avec un sourire satisfait. Je suis une jeune mariée. Mon mari et moi rentrerons chez nous chaque soir. Ce sera vous qui gérerez les urgences qui pourraient surgir pendant la nuit.

— La nuit ? répéta Ivy, ouvrant de grands yeux.

— Ai-je oublié de le mentionner ? s'enquit Katie, prenant

un air coupable pour la première fois. Farrell souhaite que vous dormiez dans l'une des chambres des invités.

— Pourquoi ne me l'a-t-il pas demandé lui-même ? s'étonna Ivy. Cela ne lui ressemble pas du tout.

— Il vous juge intelligente et capable, et il pense que vous serez la personne idéale pour mettre ses invités à l'aise.

Après cela, Ivy vit la situation lui échapper. Katie avait été longtemps l'assistante de Farrell. En toute logique, c'était elle qui aurait dû organiser ce week-end. Il semblait absurde d'attendre d'Ivy qu'elle intervienne sans aucune préparation dans une situation à haut risque, en prétendant être une habituée de cette sphère sociale.

Au déjeuner, Farrell eut aussi son mot à dire.

— Merci, Ivy. Katie m'informe qu'elle vous a expliqué la situation. Nous avons à peine une semaine pour tout préparer, mais Katie et Quin viendront jeudi matin pour nous aider avec les derniers détails. Zachary se chargera de louer les limousines pour aller accueillir nos invités à l'aéroport de Portland vendredi, et les accompagner jusqu'ici.

Ivy fixa tour à tour son patron et la femme à qui elle devait cet emploi extrêmement bien rémunéré. Sans qu'elle comprenne pourquoi, l'un et l'autre semblaient convaincus qu'Ivy était parfaitement capable de gérer cet événement extraordinaire. Tous deux avaient cru en elle lorsqu'elle avait touché le fond, et qu'elle ne savait pas comment sa fille et elle allaient survivre.

Elle avait déjà une dette envers eux. Comment aurait-elle pu refuser de leur rendre ce service ?

— Je ferai de mon mieux pour vous aider, répondit-elle. À une condition.

— Ah ? fit Farrell, étonné. Et laquelle ?

— C'est moi qui me chargerai de coucher Dolly, le soir.

Cela ne me prendra pas longtemps. Je ne voudrais pas que ma fille s'imagine que je l'ai abandonnée.

— C'est normal, répondit Katie. D'ailleurs, Quin et moi serons encore là à cette heure de la soirée. Ne vous faites aucun souci.

Farrell commençait déjà à douter de sa décision. Il était vrai qu'il avait besoin d'une hôtesse pour le week-end, mais Katie avait déjà tenu ce rôle par le passé, et elle l'aurait fait à nouveau s'il le lui avait demandé. Mais, sans trop savoir pourquoi, il sentait qu'Ivy ajouterait un important élément à cet événement. Elle était pratique et flexible. Et, si certains aspects de ce « sommet » ne fonctionnaient pas, elle l'en informerait honnêtement.

À cet instant précis, elle avait l'air mal à l'aise. Katie lui avait déjà fourni une avalanche d'informations, et ce n'était pas fini. Attendait-il trop de sa part ?

Il n'avait pas encore répondu à cette question lorsque Ivy se leva et commença à débarrasser la table.

— Je peux me charger de cela, intervint Katie en se levant à son tour. La salade de poulet était délicieuse, Ivy. Farrell, tu peux retourner à ton travail, et Ivy peut coucher Dolly pour qu'elle fasse sa sieste. Je m'occupe du reste.

Lorsque Ivy se fut retirée, Dolly dans les bras, Farrell se tourna vers Katie.

— Était-elle à l'aise avec ce rôle d'hôtesse ? s'enquit-il.

— Pas vraiment, reconnut Katie. J'ai dû déployer des trésors d'éloquence. Mais je pense que tu as raison. Elle sera un atout précieux pour ce week-end.

Après le déjeuner, lorsque Katie fut rentrée chez elle, Farrell retourna travailler dans son laboratoire, mais il avait l'esprit ailleurs. Ce nouveau projet était très prometteur, mais Ivy restait une énigme pour lui, et cela l'agaçait.

Cette dernière semaine, il s'était surpris à plusieurs reprises à l'observer lorsqu'elle n'en était pas consciente. Les douces rondeurs de sa poitrine. La courbe délicieuse de ses hanches. L'étincelle espiègle dans ses yeux lorsqu'elle riait.

Il se leva brusquement, poussant un soupir de frustration. Il n'arrivait pas à travailler, aujourd'hui. Il valait mieux faire une pause, et, en même temps, satisfaire sa curiosité.

Il alla frapper à la porte du bungalow, et, en attendant qu'elle vienne ouvrir, il examina la jolie construction de bois bâtie pour servir d'annexe à leurs trois maisons. Un jour, peut-être, les enfants de Quin et de Katie viendraient s'y reposer entre deux semestres à l'université. Ou peut-être y viendraient-ils pour leur lune de miel. C'était un nid douillet.

Il frappa une seconde fois, et la porte s'ouvrit d'un coup.

— Ah, c'est vous, Farrell, dit Ivy, visiblement surprise. Avez-vous besoin de moi ?

Il craignit soudain d'être tombé au mauvais moment. Ses yeux étaient gonflés de sommeil, comme s'il l'avait réveillée.

— Je suis désolé, s'excusa-t-il, Vous faisiez la sieste.

Il tournait déjà les talons lorsqu'elle l'arrêta d'une voix douce, un peu voilée, incroyablement sexy.

— Entrez, Farrell. J'avais besoin de me lever, de toute façon.

— Dolly est-elle réveillée ?

— Pas encore. Elle dormira encore presque une heure.

Ils firent quelques pas ensemble dans le salon, et Ivy alla se pelotonner dans un fauteuil recouvert de velours vert. Farrell s'assit en face d'elle sur le sofa, puis il suggéra :

— Et si j'allumais un feu ? Il a fait gris et froid, aujourd'hui.

— Ce serait merveilleux.

Elle l'observait d'un œil soupçonneux, et ce n'était pas très étonnant, car même lui se rendait compte qu'il se comportait de façon bizarre. Conscient de son regard dans son dos, il disposa du bois d'allumage et quelques bûches dans l'âtre. Quelques pommes de pin trempées dans le kérosène, une feuille de journal et une ou deux allumettes firent le reste.

— Voilà, dit-il lorsque les flammes claires montèrent dans l'âtre. Aviez-vous déjà allumé la cheminée ?

— J'ai essayé une fois ou deux, mais je ne suis pas douée.

— C'est une question de pratique, assura-t-il en se rasseyant sur le sofa avec un soupir de contentement.

— Ne devriez-vous pas être en train de mettre au point des inventions ?

— Si, reconnut-il en riant. Mais je suis un peu bloqué, ces temps derniers. Cela arrive quelquefois.

— Puis-je vous demander sur quoi vous travaillez, en ce moment ?

— Oui, bien sûr. C'est une radiobalise activée par le mouvement, à l'usage des skieurs accidentés ou des grimpeurs en difficulté en montagne. C'est un outil d'alerte plus fiable qu'un téléphone portable, car émettant sur plusieurs fréquences.

— Impressionnant.

— Cela le sera peut-être un jour, répondit-il avec un haussement d'épaules nonchalant. Si je parviens à terminer mon prototype.

— Pourquoi m'avoir demandé d'être votre hôtesse, ce week-end ? s'enquit-elle sans le regarder.

Farrell se figea. Il ne s'était pas attendu à une telle question.

— Euh… C'est-à-dire…

Elle riva son regard dans le sien, et dit d'un ton sévère :

— La vérité, s'il vous plaît.

- 6 -

Ivy n'arrivait pas à croire qu'elle avait enfin trouvé le courage de lui poser la question qui lui brûlait les lèvres.

Le visage de Farrell arborait une expression indéfinissable. Il lui lança un long regard, puis il se leva pour aller tisonner le feu. Lorsque les flammes brillèrent à sa satisfaction, il se retourna face à elle.

— Disons que mes motivations étaient diverses et variées.

Il était difficile de rester concentrée face à un spécimen d'homme aussi magnifique. Farrell exerçait une profession intellectuelle, mais il passait visiblement beaucoup de temps dans la nature. Les mèches dorées dans ses cheveux étaient d'origine naturelle, et sa musculature était celle d'un athlète.

Elle avait fait quelques recherches en ligne, au sujet des frères Stone. Quin, le mari de Katie, avait été champion olympique de ski. Elle avait vu des photos de Zachary en train de participer à une course de dromadaires au Maroc, riant comme s'il n'avait aucun souci. Farrell, quant à lui, semblait avoir tout fait, et arpenté le monde entier. Il avait peut-être trop souffert pour rester au Maine, suite à son veuvage, ou, alors, il adorait escalader des pics et planer au-dessus des glaciers.

— Diverses et variées ? répéta-t-elle. Drôle de réponse.

— D'accord, grogna-t-il. J'ai pensé que cela vous distrairait.

— Attendez, fit-elle, fronçant les sourcils. Depuis quand ai-je besoin d'être distraite ?

— *Tout le monde* a besoin de se détendre occasionnellement, Ivy. Et j'ai entendu dire que les jeunes mamans se sentent parfois dépassées par les demandes du bébé, et qu'elles ont besoin de fréquenter d'autres adultes.

— Je n'ai pas besoin d'être *maternée*, se défendit-elle. Je suis parfaitement capable de m'occuper de moi-même.

— Oui, naturellement, convint-il d'un ton irrité. Mais j'ai aussi pensé que vous pourriez être un très bon atout, ce week-end, parce que vous n'avez aucun lien avec Stone River Outdoors. J'espérais que vous pourriez nous apporter une vision nouvelle. Nous désirons organiser d'autres week-ends de travail similaires. Vous pourrez nous offrir vos commentaires sur certains détails que nous ne remarquons pas à cause de notre trop grande proximité avec le sujet. J'aimerais entendre votre opinion, lorsque ce premier week-end sera terminé.

— Oh ! fit-elle, soudain embarrassée. Cela, c'est différent. Je le ferai avec plaisir.

— J'en doute un peu, remarqua-t-il, esquissant un sourire. Mais vous l'acceptez parce que vous êtes un peu curieuse.

— Je l'accepte parce que vous êtes mon patron.

— Je vois, dit-il, cessant de sourire.

Il se leva brusquement, et alla jusqu'à la porte, avant d'ajouter :

— Dans ce cas, n'en parlons plus. Katie se chargera de tout. Excusez-moi d'avoir abusé de votre temps.

— Attendez ! s'exclama-t-elle en le rattrapant sur le seuil, atterrée par le tour qu'avait pris cette conversation.

Lorsqu'elle posa sa main sur son bras, elle sentit tout l'air s'échapper d'un seul coup de ses poumons. Avant que Farrell n'entre dans sa vie, elle n'avait pas touché un autre homme que son mari depuis plus de dix ans. Le bras de Farrell était musclé, tiède, suffisamment fort pour secourir une femme en cas de besoin. Dans son souvenir, aucun des garçons qu'elle avait connus à l'université ne lui avait fait un tel effet.

— Je suis désolée, s'excusa-t-elle, s'obligeant à reculer d'un pas. Vous avez raison. J'étais curieuse. Et, même si cette opportunité que vous m'offriez me fait peur, je suis honorée que vous l'ayez fait.

— Je ne veux pas de votre gratitude, grogna-t-il, s'adossant à la porte. Je ne vous comprends pas, Ivy, mais j'essaie. Je ne suis pas votre ennemi.

— Non, murmura-t-elle, c'est vrai. Je sais que vous ne l'êtes pas.

— Avez-vous envie d'en parler ?

Son regard d'émeraude était direct et sincère, suggérant qu'il avait deviné au moins une partie de la vérité. Dans ses yeux, elle lisait la compassion. La bonté. La prudence.

Elle désirait… lui raconter tout ce qui lui était arrivé. Elle le désirait désespérément. Mais elle avait trop honte.

— Non, répondit-elle. Pas aujourd'hui. Peut-être jamais. Mais c'est gentil à vous de me l'avoir proposé.

— Je vous parlerai de Sasha un jour, si vous avez envie de savoir, déclara-t-il brusquement. Il ne s'agit pas d'un échange. Ma tragédie est plus ancienne que la vôtre. Je n'attends pas de vous que vous mettiez votre âme à nu devant moi.

Tragédie n'était pas le bon terme dans son cas, mais elle ne pouvait pas le lui expliquer.

— Pourquoi pas maintenant ? suggéra-t-elle. Parlez-moi de Sasha maintenant. Si vous avez le temps, bien sûr.

— Je ne parle pas d'elle très souvent, reconnut-il en se détendant visiblement. Mais *vous*, vous comprendrez.

— Dans ce cas, asseyez-vous, suggéra-t-elle d'une voix douce. Je serai sage comme une image.

— Ne faites pas de promesses que vous ne pourriez

pas tenir, murmura Farrell, effleurant sa joue d'une douce caresse.

Ivy comprit qu'ils étaient arrivés à une croisée des chemins. Elle avait baissé sa garde, et, sans qu'elle en soit consciente, Farrell s'était fait une place dans son cœur.

— Comment vous êtes-vous rencontrés ? s'enquit-elle lorsqu'ils eurent regagné leurs sièges.

Le feu brûlait joyeusement dans la cheminée, et il faisait doux dans la pièce. Ivy le vit pousser un profond soupir. Visiblement, la tragédie qu'il avait vécue ne lui semblait pas aussi lointaine qu'il le prétendait.

— Nous nous sommes connus au lycée, répondit-il. Très vite, nous avons su qu'il ne s'agissait pas d'une amourette, et que nous nous aimions pour la vie. Mais Sasha était issue d'un milieu moins privilégié que nous, et mon père est intervenu. Il m'a envoyé dans une université de la côte Ouest, et il a tout fait pour détourner Sasha de moi.

— Et qu'avez-vous fait ?

— Nous avons attendu, elle et moi. J'ai décroché mon diplôme, et, à ce stade, Sasha et moi étions majeurs. Mon père ne pouvait plus rien faire pour nous séparer. Avec le temps, mon père s'est pris d'affection pour Sasha, et nous avons vécu trois merveilleuses années.

Il hocha lentement la tête, le regard perdu dans l'espace, avant d'ajouter :

— Des années incroyables. Puis, un jour, son médecin lui a annoncé qu'elle souffrait d'une forme très agressive du cancer du sein. Onze mois plus tard, elle s'est éteinte, serrant ma main dans la sienne.

— Je suis désolée, Farrell, murmura-t-elle, profondément émue par cette histoire d'amour pathétique.

Il secoua la tête, comme pour chasser ces souvenirs d'un douloureux passé, avant de poursuivre :

— Vous savez probablement ce qu'on ressent. J'ignore

si la mort de votre mari a été soudaine, ou si vous avez eu comme moi le temps de faire vos adieux. Mais la mort de l'autre est toujours terrible. Une porte se referme, et quels que soient vos efforts, vous ne reverrez jamais la personne aimée.

— Je le sais, oui. D'une certaine façon. Mais mon expérience a été très différente de la vôtre.

— La mort a toujours des visages différents, observa-t-il.

— Vous avez perdu le plus grand amour de votre vie.

— Oui. C'est vrai.

Elle baissa les yeux un instant, incapable de le regarder en face, avant de déclarer d'une voix à peine audible :

— Ce n'est pas mon cas. Je ne porte pas le deuil comme vous l'avez fait durant toutes ces années.

Farrell s'efforça de dissimuler sa stupéfaction. Que disait-elle ? Parler de Sasha n'avait pas été aussi douloureux qu'il s'y était attendu. Surtout avec une personne ayant vécu une expérience similaire. Puisque Ivy était veuve depuis peu, il avait cherché à l'encourager à parler de celui qu'elle avait perdu. Apparemment, il avait fait fausse route. Et, à présent, il ne savait plus quoi lui dire.

Mais, compte tenu de ce qu'il savait au sujet d'Ivy, n'avait-il pas déjà deviné l'existence d'un problème ?

— Je vois, dit-il en toussotant, un peu gêné.

— Non, répliqua-t-elle. Vous ne voyez rien. Et je ne peux pas vous expliquer. Mais je suis heureuse que vous ayez eu une personne comme Sasha dans votre vie. Quoi qu'il arrive, désormais, personne ne pourra vous l'enlever.

— Je ne trahirais jamais votre confiance, assura-t-il d'une voix lente. Il n'est pas sain de garder ces choses en soi.

— Première année de psychologie ? observa-t-elle d'un ton moqueur.

— Non, répondit Farrell après un instant de réflexion. Expérience personnelle. Après le décès de Sasha, j'ai dû suivre une psychothérapie pour renouer avec mes émotions. J'ai été élevé dans la croyance qu'un homme ne geint pas, et, surtout, qu'il ne doit pas pleurer. Mais je crois que j'étais au bord de la rupture. C'est Zachary qui m'a enfin convaincu de consulter. Je lui dois beaucoup. À lui, et aussi à Quin.

Soudain, ils entendirent les pleurs de Dolly dans le moniteur. Farrell se leva d'un bond, soulagé par ce sauvetage providentiel. Que lui avait-il pris d'aborder un tel sujet ?

— Elle est réveillée, remarqua-t-il. Je devrais retourner au labo. Inutile de me raccompagner à la porte.

Durant le restant de l'après-midi, il travailla distraitement sur son projet. Et la partie de son cerveau restée libre ne cessait d'analyser la situation d'Ivy.

Elle refusait le deuil ? Pour Farrell, le déni n'était pas un concept inconnu. Toutes les étapes du chagrin lui étaient familières. Il les avait toutes traversées à des degrés divers.

Était-elle encore en état de choc ? Lors de leur premier entretien, elle lui avait déclaré que son mari était décédé *quelques mois plus tôt*. Trois mois ? Six ? Neuf ? Lorsqu'il lui avait demandé si son papa avait eu le temps de connaître Dolly, Ivy avait précipitamment mis fin à la conversation.

Heureusement, Katie et Quin devaient venir dîner ce soir-là. Sinon, qu'aurait-il bien pu dire à Ivy lorsqu'il la reverrait ?

En réalité, la soirée se déroula dans une ambiance totalement détendue. Ivy avait préparé un délicieux repas – bœuf Stroganov, salade d'épinards et pain maison – et Dolly joua tranquillement avec des cuillers, perchée sur sa chaise haute pendant que les adultes bavardaient.

— Dolly est une petite fille très intelligente, fit remarquer Quin, qui semblait particulièrement charmé par le bébé.

— Vous venez de devenir mon nouveau meilleur ami,

dit Ivy en riant. Complimenter l'enfant d'une femme est une manière sûre de vous gagner des bons points.

— Mais c'est vrai ! protesta Quin. Marche-t-elle déjà ?

— Pas encore. Peut-être dans huit ou dix semaines. Ou plus tard – qui sait ? Entre huit et quinze mois, paraît-il.

— Quin a eu un développement physique spectaculaire, déclara Katie, qui aidait Ivy à servir la tarte aux pommes à la crème glacée du dessert. C'est ce qu'il m'a dit, en tout cas.

— Il a dit cela ? ironisa Farrell. Vous devriez prendre les propos de mon petit frère avec des pincettes. Un jour, il s'est fracturé un poignet rien qu'en tombant de son lit. Quin n'était pas exactement un prodige de l'athlétisme.

Pendant que Quin et Katie se chamaillaient en riant au sujet de ses exploits de jeunesse, Farrell tourna son regard vers Ivy, et il vit qu'elle contemplait les deux autres, un sourire aux lèvres.

Il était subjugué. Comment avait-il pu penser qu'elle n'était pas une beauté dans le sens conventionnel du mot ? La joie illuminait son visage. Son sourire transformait son expression, d'ordinaire si sérieuse, animait ses traits délicats, leur conférant une énergie nouvelle.

Cette métamorphose inattendue lui coupait le souffle. Ivy, cette femme complexe, l'attirait irrésistiblement. En lui parlant de Sasha, il avait satisfait un besoin qu'il ignorait avoir jusque-là. D'autres gens essayaient de vous consoler. Ivy écoutait, tout simplement.

Alors que Katie et Quin poursuivaient leur prétendue querelle, Ivy se joignit à la conversation, les faisant rire avec son humour et son esprit vif. Farrell comprit soudain qu'il voyait enfin la femme qu'elle était réellement, derrière son masque de prudence.

Ce tout premier jour, dans son bureau, il avait eu devant lui une femme fragile malmenée par la vie. Une personne qui avait touché le fond. Une jeune maman, perdue et effrayée.

Katie devait l'avoir vu, elle aussi. Et, étant la femme qu'elle était, Katie avait décidé qu'Ivy devait devenir la nouvelle collaboratrice de Farrell. Pas dans son intérêt personnel, mais dans celui d'Ivy.

Quel événement, ou quelle personne, avaient bien pu transformer la jeune femme vibrante et assurée qu'elle avait dû être en cette ombre d'elle-même ?

Il avait quelques idées à ce sujet, et toutes le rendaient malade. Mais, avant de se laisser aller à des conclusions hâtives, il allait devoir gagner sa confiance. Elle se détendait chaque jour un peu plus. Rien ne pressait.

Mais qu'allait-il faire du reste ? De la réticente attirance qu'elle exerçait sur lui ? Il soupçonnait qu'elle était mutuelle, mais il ne pouvait pas en être sûr. Et même si cela avait été une certitude, Ivy était trop fragile en ce moment.

Les autres finirent par remarquer qu'il ne participait pas à leurs plaisanteries. Quin prit une expression outrée.

— Même mon propre frère ne se précipite pas à ma défense, se plaignit-il d'un ton théâtral. Dis-lui, Farrell ! Dis à Ivy que j'étais un surdoué, au collège et au lycée.

— Bof, fit Farrell, souriant à Ivy. Quin était fort en sports.

Le sourire qu'elle lui décocha exprimait une douceur infinie, une simplicité totale. Mais il lui fit l'effet d'un coup de poing au plexus.

— C'est aussi ce que j'ai entendu dire, répondit-elle.

Peut-être par gentillesse, elle changea alors de sujet :

— Vous deux êtes l'aîné et le benjamin, dit-elle. Quelle est la place de Zachary dans vos relations familiales ?

Suivit une fraction de seconde de silence total. Farrell et Quin échangèrent un regard. Quin esquissa un sourire.

— Euh…, fit-il, Zachary est ce que l'on pourrait appeler le chéri de ces dames.

— Je t'en prie, ne sois pas ridicule, protesta Katie. Ne l'écoutez pas, Ivy. Zachary est un homme merveilleux. Un parfait gentleman. Il est vrai qu'il sort beaucoup, mais ce n'est pas un crime, que je sache.

— Une fille dans chaque port, dit Quin en se levant pour remplir leurs verres. C'est l'image qui vient à l'esprit.

— Aura-t-il une petite amie avec lui, lorsqu'il arrivera ici ?

— Pas cette fois-ci, répondit Katie. Ce week-end sera un important événement professionnel. Les petites amies de mon beau-frère ne savent même pas épeler le mot « affaires ».

— Qui est la mauvaise langue, à présent ? ironisa Farrell.

— Je n'aurais pas dû dire cela, convint Katie, l'air coupable. Vous apprécierez Zachary, Ivy. C'est un homme adorable.

— Et, qui sait ? intervint Quin. Il aura peut-être le coup de foudre pour Ivy. Rencontrer une vraie femme lui ferait le plus grand bien.

Farrell se figea. À sa grande stupéfaction, une brûlante jalousie s'était emparée de lui.

— Ivy a perdu son mari récemment, grogna-t-il. Cette conversation est déplacée.

Un grand silence se fit dans la pièce. Ivy se sentait mortifiée, et elle fusilla Farrell du regard.

— Ils ne faisaient que plaisanter, le tança-t-elle.

Elle se tourna vers les deux autres, avant d'ajouter :

— Ce dîner a été merveilleux. À présent, si vous voulez bien m'excuser, je dois ramener Dolly au bungalow et la préparer pour la nuit.

— Oh ! ne partez pas encore ! protesta Katie. Ne pouvez-vous pas la coucher dans le berceau pliable ? Et la ramener au bungalow plus tard ? Je vous donnerai un coup de main.

Ivy hésita visiblement.

— Je suis désolé, Ivy, s'excusa Quin avec une expression de chien battu. Je ne le ferai plus, je vous le jure.

Mais Farrell avait atteint ses limites, et il intervint :

— La journée a été longue, et je suis sûr qu'Ivy est fatiguée.

Dès qu'il eut prononcé ces mots, il comprit qu'elle pouvait s'imaginer qu'il cherchait à se débarrasser d'elle.

Ivy devint écarlate. Katie lui lança un regard ébahi, et elle tapota gentiment le bras d'Ivy.

— Si cela ne vous gêne pas, je vais vous raccompagner, et nous bavarderons entre filles, dit-elle en soulevant Dolly hors de sa chaise. Je ne me lasse pas de cette petite chérie.

Dès que les deux femmes furent sorties, Quin dévisagea Farrell d'un air désapprobateur.

— Quel est ton problème, Farrell ?

— Je n'en sais rien, grogna-t-il, sentant venir une migraine. Et si nous passions à un autre sujet ?

— Tu t'es comporté comme un âne, insista Quin. D'abord, tu embarrasses Ivy devant tout le monde, et ensuite tu la jettes dehors. Cette attitude ne t'aidera pas à fidéliser ton personnel.

— Assez, Quin ! gronda Farrell. Je sais que tu nages dans un bonheur sirupeux, mais ce n'est pas le cas de nous tous.

Son frère le dévisagea d'un air surpris, puis il lui sourit.

— Farrell, cela fait si longtemps que tu ne t'étais plus intéressé à une femme que je n'y avais même pas pensé. C'est cela, n'est-ce pas ? Tu as le béguin pour la douce petite Ivy Danby, et cela te rend fou. Ayant moi-même frôlé récemment le désastre romantique, je compatis avec toi.

— Je ne m'intéresse pas à Ivy Danby de cette façon, protesta Farrell d'un ton qui manquait de conviction.

— Tu devrais peut-être t'abstenir, observa Quin en soupirant. Tu es bien placé pour savoir qu'il faut du temps pour guérir le chagrin. L'heure n'est pas venue pour toi, et tu en souffrirais. Ou alors, c'est elle que tu ferais souffrir.

— Tu délires, marmonna Farrell. Je suppose que c'est l'un des effets des relations sexuelles régulières.

Le mariage est une merveilleuse institution, convint Quin en souriant d'un air satisfait. *Comment ai-je pu attendre aussi longtemps pour l'essayer ?*

- 7 -

Ivy se sentait humiliée, blessée par le comportement de Farrell lors de leur dîner impromptu de ce vendredi. Katie et Quin devaient rentrer à Portland samedi matin, et elle ne parvenait pas à décider si elle devait se réjouir de ce départ ou s'en inquiéter.

Leur présence la dispensait de s'adresser directement à Farrell. Mais, après leur départ, le plus facile serait d'éviter son patron, tout simplement.

Lorsqu'il lui avait parlé de Sasha, elle avait cru sentir *quelque chose* entre eux. Une proximité née d'expériences communes ? Mais si ce lien fugitif entre eux avait existé, il avait disparu.

Farrell regrettait peut-être de s'être montré aussi candide avec elle. Les hommes ne dévoilent pas leurs sentiments facilement. Il lui avait assuré qu'il n'attendait pas d'elle qu'elle se confie à lui en retour, mais elle soupçonnait que ce n'était pas vrai.

Il éprouvait de la curiosité pour elle. Pour son passé. Ivy appréciait Farrell, et même beaucoup. Mais pas suffisamment pour lui dévoiler le plus sombre de ses secrets. L'histoire que Farrell lui avait racontée, celle d'un homme et d'une femme qui s'aimaient depuis l'adolescence et qui avaient été séparés par la mort, était une jolie fable, tendre et touchante.

Ivy n'avait rien d'aussi innocent à lui raconter.

Tout le reste du week-end, et durant les jours qui suivirent, elle s'employa méthodiquement à remettre la maison de Farrell en ordre. Ce n'était pas une tâche titanesque. À son arrivée, tout était déjà parfait. Mais un petit coup d'aspirateur ne faisait jamais de mal.

Chaque matin, elle lui préparait son petit déjeuner sans le moindre retard. Il en allait de même à midi, et, chaque soir, elle veillait à lui cuisiner un dîner convenable. Ce qu'elle ne faisait plus, en revanche, c'était prendre ses repas avec lui. Elle s'inventait des excuses, et il faisait mine de la croire.

Lorsqu'il rentrait à la grande maison, son visage était un masque de pierre. Ses yeux d'émeraude ne souriaient plus. Il ne la taquinait plus avec ses remarques. Sans trop savoir comment cela s'était produit, ils avaient échoué sur deux versants opposés d'un énorme précipice.

Par bonheur, Dolly était généralement souriante. Sa fille était un bébé merveilleux. Ivy savait qu'elle avait beaucoup de chance. Ce job aurait été beaucoup plus difficile si elle avait dû s'occuper d'un bébé grincheux.

Comme Katie l'avait promis, plusieurs paquets furent livrés à la maison, tous adressés à Ivy. Et, les jours suivants, à l'heure de la sieste, Ivy essaya sa nouvelle garde-robe devant la glace.

Bien qu'ayant grandi dans un foyer modeste, Katie avait un œil très sûr pour la mode. Ivy, qui avait redouté cette séance de « relooking », commença à se détendre. Le résultat n'était pas mal du tout. Ces nouvelles tenues lui renvoyaient une image positive d'elle-même.

C'était la première fois depuis des années qu'elle portait des vêtements neufs. Face à cette profusion de robes, de pantalons, de chaussures et de bijoux – et même de sous-vêtements – étalée sur le lit, elle ressentait une impatience fiévreuse.

En dépit de leurs différends actuels, elle désirait que

Farrell soit fier d'elle. Il avait investi une quantité considérable de temps et d'argent pour que la réception qui s'annonçait soit une réussite. Ivy ferait sa part, elle aussi.

Mardi matin, Ivy reçut un texto de Katie. Le chef qui s'occuperait des repas était une femme, et elle apporterait tout son matériel, mais elle lui avait demandé de prévoir quelques grands plats pour servir. Comme elle en avait pris l'habitude, Ivy coucha Dolly dans le berceau portatif, dans le somptueux bureau de Farrell aux murs couverts de livres et de magnifiques tableaux. Puis, son moniteur pour bébé à la main, elle quitta la pièce sur la pointe des pieds. Elle se souvenait d'avoir remarqué quelques plats dans l'un des placards de la cuisine. Elle les trouva effectivement, sur la plus haute étagère du dernier placard. Trois grands plats en grès de fabrication artisanale d'une élégance raffinée.

Le problème, c'était qu'Ivy n'était pas très grande, et que le haut des placards était hors de sa portée. Farrell travaillait dans son laboratoire, et il n'était question de le déranger. Surtout pas après ce qui s'était passé entre eux vendredi. Depuis, ils avaient à peine échangé une douzaine de mots

Mais Ivy n'allait pas se laisser arrêter par si peu. Le petit tabouret qu'elle vit dans un coin ne serait pas tout à fait assez haut, mais en ajoutant l'annuaire du téléphone pour gagner quelques centimètres, ce serait parfait.

Farrell ne tenait plus en place, et il n'avait plus de café. Malgré le tumulte de son esprit, son projet avançait. Il avait réussi à séparer les deux versants de sa vie durant quelques heures, mais, à présent, il était impatient de rentrer à la grande maison, dans l'espoir d'y retrouver Ivy.

Il entra sans bruit et se rendit directement à la cuisine. Sur le seuil, il se figea brusquement, et son cœur cessa de battre. Perchée en équilibre précaire sur un annuaire, lui-même posé sur un tabouret, tenant un grand plat à bout de bras, Ivy était sur le point de se rompre le cou.

— Que diable croyez-vous faire ? rugit-il en s'élançant vers elle. Êtes-vous devenue folle ?

Quand il se planta devant elle, les mains tendues vers le plat, Ivy recula vivement et se couvrit le visage avec ses deux mains, tandis que le lourd plat de grès s'écrasait sur le sol.

Farrell sentit un éclat heurter sa cheville, mais il n'y prêta aucune attention. Il ne pensait qu'à la sécurité d'Ivy. La jeune femme avait les yeux vitreux comme si elle était en état de choc, et elle évitait son regard.

Sans un mot de plus, il la prit dans ses bras et la porta le long du couloir jusqu'à sa suite, où se trouvait le plus proche sofa. La suite principale de la maison était immense, et elle comportait un petit salon. Farrell reposa Ivy sur les coussins et s'accroupit devant elle.

— Ivy ? murmura-t-il d'un ton hésitant. Avez-vous cru que j'allais vous frapper ?

— Oui, reconnut-elle dans un souffle, son visage très pâle.

Farrell la dévisagea d'un air abasourdi, puis horrifié. Tout à coup, certaines pièces du puzzle se mettaient en place.

Il avait la bouche sèche, et le cerveau en ébullition.

Ces grands yeux noisette s'emplirent de larmes. Peu à peu, celles-ci commencèrent à rouler sur ses joues. Et le fait que ses pleurs soient totalement silencieux ne faisait que les rendre plus pathétiques.

Même s'il craignait de la bouleverser encore davantage, il ne pouvait pas rester sans rien faire. Alors, il se leva prudemment et s'assit près d'elle sur le sofa, lui entourant les épaules de son bras d'un geste qu'il voulait réconfortant.

Si elle avait reculé à ce contact, ou si elle avait paru gênée par cette proximité, il l'aurait relâchée immédiatement. Mais Ivy se blottit contre lui, et elle enfouit son visage contre son épaule. Ses larmes silencieuses devinrent des sanglots qui secouèrent son corps délicat.

L'une de ses mains étreignit le tissu de sa chemise, juste au-dessus de son cœur, comme si elle se cramponnait à une planche de salut dans la tempête.

La gorge serrée, en proie à une émotion qu'il préférait ne pas analyser, il la serra doucement contre lui. Désormais, il ne pouvait plus douter qu'il la désirait à en mourir. Malgré tous ses efforts pour se contrôler, ses courbes féminines éveillaient en lui un désir presque douloureux. Mais il n'était pas obligé de le lui montrer. Et ce qui était certain, c'était qu'il n'avait aucune envie de se laisser entraîner dans une relation qui mettrait sa vie sens dessus dessous, et qui le ferait souffrir.

Mais, même s'il s'efforçait consciemment de garder ses distances avec elle, il savait qu'il était déjà trop tard.

Au bout d'un long moment, les larmes d'Ivy se tarirent. Il était fort probable qu'elles couvaient depuis longtemps. Et il s'aperçut alors qu'il était en train de lui caresser les cheveux. Cette folie devait cesser.

— Je suis désolée, s'excusa-t-elle avec un soupir tremblant.

Lorsqu'elle esquissa un geste pour se lever, il la relâcha instantanément.

— Je dois aller jeter un coup d'œil au bébé, expliqua-t-elle.

— Elle dort paisiblement, observa-t-il, désignant l'écran du moniteur pour bébé. Parlez-moi, Ivy. Et, si cela vous gêne, vous pourriez peut-être parler à Katie ?

Ivy essuya ses larmes d'un revers de main impatient, puis elle baissa la tête.

— Ce n'est pas exactement ce que vous pensez, assura-t-elle, encore visiblement bouleversée.

— Votre mari ne se montrait pas violent avec vous ? gronda-t-il, incapable de contenir son indignation.

Ivy avait dû le sentir, elle aussi. Lorsqu'elle reprit la parole, son visage ne montrait quasiment aucune émotion.

— C'est une longue histoire, éluda-t-elle.

Farrell comprit qu'il devait faire un choix. Il pouvait trouver une excuse pour retourner à son labo. Il savait qu'Ivy n'émettrait aucune protestation. Peut-être même s'en réjouirait-elle. Tous deux resteraient cantonnés dans une relation patron-employée.

Sa seconde possibilité serait d'essayer de l'aider. Et de s'ouvrir ainsi à une relation plus profonde entre eux. Une relation, qui, au moins de son côté, avait le potentiel d'évoluer vers quelque chose de plus grand.

Il fuyait toute forme d'intimité depuis sept longues années. Aujourd'hui, il vivait une existence sereine. Plus d'abîmes de désespoir, mais plus de sommets de félicité non plus.

Était-il bien prudent de laisser Ivy entrer dans sa vie ? Elle s'était déjà taillé une place importante dans son cœur. Pouvait-il se risquer davantage ? Il toussota pour s'éclaircir la voix, et il déclara :

— Je vous écoute, Ivy. J'ai tout mon temps.

Il crut un instant qu'elle allait verser de nouvelles larmes. Mais elle les refoula visiblement, et elle redressa le front.

— Richard était dix ans plus âgé que moi, déclara-t-elle d'une voix douce. Il était professeur d'économie à l'université où j'étais étudiante. Il n'était pas mon professeur, mais nous nous étions rencontrés en quelques occasions. Lorsque mes parents ont trouvé la mort dans un accident de bateau, au cours de mon dernier semestre, c'est lui qui s'est occupé de toutes les formalités afin que je puisse obtenir mon diplôme.

— Pourquoi a-t-il fait cela ?

— À l'époque, j'ai pensé qu'il le faisait par pure gentillesse. J'étais dévastée de chagrin. J'étais fille unique, et je me suis retrouvée seule au monde. Richard s'est rendu indispensable.

— Et que s'est-il passé ensuite ?

Ces dernières années, j'ai un peu lu sur le sujet et j'ai vu une thérapeute. Aujourd'hui, je comprends qu'il avait profité de ma vulnérabilité pour m'amadouer. Il l'avait fait très progressivement, et je ne m'en suis pas rendu compte tout de suite. Je n'ai pas compris qu'il m'éloignait habilement de toutes les personnes qui auraient pu représenter un lien avec mes parents décédés. Il a fait la même chose avec mes amies étudiantes. Lorsque j'y pensais, j'en concluais simplement que mes amies et moi nous étions éloignées en entrant dans le monde du travail. Bientôt, Richard était le seul élément constant dans ma vie.

— C'était un prédateur, déclara Farrell, faisant de son mieux pour ravaler sa colère afin de ne pas la bouleverser davantage.

— Nous avons dîné ensemble en quelques occasions, et avons eu de longues conversations dans son bureau, poursuivit-elle d'une voix qui tremblait un peu. Un jour, il m'a embrassée. Quatre mois plus tard, nous étions mariés.

— Est-ce alors qu'il a commencé à vous frapper ?

Il était indigné pour elle, mais, à sa surprise, elle sourit. C'était un sourire triste, mais elle souriait.

— Ce que Richard aimait réellement, c'était le contrôle. Il désirait tout contrôler dans son environnement d'une manière obsessionnelle. Tout devait être rangé à sa façon, et il vérifiait tous les jours l'organisation des placards et du réfrigérateur. Je devais obéir à tous ses caprices, et c'était ce que je faisais. Parce qu'il avait tant fait pour moi.

— Quand avez-vous compris que vous aviez un problème ?

— Deux ans après la mort de mes parents, j'avais fait mon deuil, et mon chagrin était enfin devenu supportable. Pour moi, c'était comme si je sortais d'un épais brouillard.

Et, lorsque j'ai recommencé à penser à l'avenir, j'ai compris que j'étais sur la voie de la guérison, et qu'il était temps de me trouver un emploi.

— Qu'aviez-vous étudié, à l'université ?

— Éducation préscolaire pour la petite enfance, précisa-t-elle. J'ai rédigé des lettres de demande d'emploi, et, à l'automne, j'ai eu quelques entretiens avec des directrices d'école. Je n'en ai rien dit à Richard parce que je désirais lui faire la surprise.

— Avez-vous trouvé un poste ?

— Plusieurs directrices m'ont rappelée pour un second entretien, mais, avant que je n'aie pu m'y rendre, Richard a tout découvert. Il était furieux. Pas seulement irrité que j'aie fait ces démarches sans le consulter, mais réellement fou de rage. D'abord, j'ai été trop choquée pour réagir, mais lorsque j'ai eu l'audace de protester, il m'a giflée si fort que j'ai été projetée contre le mur.

— Mon Dieu, Ivy ! murmura-t-il, le cœur serré.

— C'est la seule fois où cela se soit produit, assura-t-elle, et il s'est excusé aussitôt. Mais il a insisté, disant que notre vie de famille serait plus harmonieuse si je restais à la maison. D'après lui, il gagnait largement assez d'argent pour nous faire vivre confortablement.

— Avec un salaire de professeur ?

— Il avait un second emploi, expliqua-t-elle. En fait, il restait souvent absent deux ou trois jours pour ses affaires. Je me demandais comment il conciliait ces voyages avec son poste à l'université, mais je ne lui ai jamais posé la question. J'avais appris très tôt qu'il n'aimait pas avoir à s'expliquer.

— Alors, vous n'avez jamais enseigné ? s'étonna Farrell.

— Non. Je m'étais convaincue que ce n'était pas grave. Qu'il était normal qu'il soit irrité. Que j'aurais dû l'informer que je cherchais un emploi. Je savais que certains hommes étaient très fiers de pouvoir dispenser leur épouse de travailler. Ce n'était pas la vie que j'aurais choisie, mais je savais que les couples doivent accepter quelques compromis.

— Mais Richard n'était pas un homme de compromis, n'est-ce pas ? gronda Farrell, les dents serrées.

Ivy s'effondra soudain dans le fauteuil face au sofa, comme si ses jambes ne la portaient plus, et elle resta plusieurs secondes la tête baissée. Farrell s'abstint de tout commentaire. C'était peut-être l'unique chance qu'il aurait jamais d'entendre Ivy se confier à lui, et il ne voulait pas la gâcher.

Elle paraissait si petite, si fragile ! Il ne pouvait qu'imaginer ce qu'elle avait enduré. Une femme devait être très forte pour ressortir indemne d'une telle situation.

— J'étais tellement embarrassée, répondit-elle d'une voix à peine audible. J'avais tellement honte !

— Pourquoi, Ivy ? s'enquit-il. Ce n'était pas votre faute.

Elle lui fit bravement face. Avec son visage en forme de cœur, son menton pointu et ses cheveux courts, elle avait l'air beaucoup plus jeune que ses trente-deux ans.

— Je ne l'ai pas quitté, dit-elle d'une voix brisée. J'ai laissé passer trois années. Puis cinq, puis six. Il avait placé un traceur GPS sur mon téléphone. C'était lui qui décidait du montant de mon argent de poche. Comme je n'avais pas le droit de travailler, j'inventais des subterfuges. Je confectionnais des tartes et des gâteaux pour les voisins, et je cachais l'argent que cela me rapportait.

— Parce que vous aviez l'intention de partir un jour ?

— Peut-être inconsciemment. Mais, pour commencer, cet argent m'a servi à payer les services d'une thérapeute. Avec son aide, j'ai enfin compris que la gratitude que je croyais lui devoir pour m'avoir sauvée après la mort de mes parents était un marché de dupes. Sa gentillesse n'avait été qu'une technique pour me dominer. Je ne lui devais rien.

— La pilule a dû être amère, remarqua Farrell.

— Oui, convint-elle, visiblement soulagée. Je n'étais pas sûre que vous compreniez. Je me sentais stupide, ignorante. J'avais laissé un quasi-psychopathe prendre le contrôle de ma vie. Cette thérapie, qui a duré dix-huit mois, m'a fait comprendre la réalité de ce qui m'était arrivé. Mais, le plus difficile, cela a été de me pardonner moi-même.

— Et ensuite ?

— J'ai informé ma thérapeute que je désirais le quitter. Elle était inquiète pour ma sécurité physique. Il ne m'avait frappée qu'une seule fois, mais je le savais capable de violence.

Farrell savait déjà qu'il n'avait pas entendu le pire. Il sentit son cœur se serrer, mais il garda une expression sereine pour lui poser la question qui lui brûlait les lèvres :

— Alors ? Avez-vous fini par le quitter ?

— Il avait dû se douter de quelque chose. Je faisais de mon mieux pour avoir l'air *normale*, mais, un soir, en rentrant de l'un de ses voyages, il…

Elle s'interrompit, puis elle lui adressa un regard qui le bouleversa jusqu'au tréfonds de son être, avant de balbutier :

— Je vous épargnerai les détails, mais il a saboté ma pilule anticonceptionnelle.

- 8 -

Ivy…

Face au regard de pitié qu'elle voyait dans les yeux de Farrell, elle décida de lui montrer qu'elle avait survécu. Et même prospéré.

— Cela a été un choc, coupa-t-elle, mais cela m'a convaincue que notre mariage était fini.

— Et alors, vous l'avez quitté ?

— Non, murmura-t-elle, se rappelant l'angoisse qu'elle avait ressentie. J'ai découvert que j'étais enceinte.

Avant que Farrell n'ait pu ajouter un mot, elle jeta un coup d'œil au moniteur pour bébé, et déclara, soulagée :

— Dolly est réveillée. Je devrais aller la lever.

Et, là-dessus, elle quitta précipitamment la pièce.

S'approchant du berceau, elle souleva sa précieuse enfant dans ses bras, la serrant si fort que le bébé protesta.

— Pardon, ma chérie, murmura-t-elle, au bord des larmes.

Mais elle résista. Elle ne pleurerait pas. Pas maintenant. Le pire était derrière elles. En racontant son histoire à Farrell, tout du moins dans les grandes lignes, elle avait le sentiment d'avoir mis fin à un horrible cauchemar.

Elle se sentait épuisée, mais étrangement sereine.

C'était sûrement lâche de sa part, mais elle sortit par la porte de derrière, et fila tout droit jusqu'à son bungalow. *Son* bungalow. Elle avait déjà la sensation d'y être chez elle. Combien de temps Farrell souhaiterait-il encore travailler ici, près de la frontière canadienne ? Deux mois ? Trois, peut-être ? Que ferait Ivy lorsqu'il n'aurait plus besoin d'elle ?

La routine du bébé occupa son après-midi, lui donnant une impression de normalité. Dolly rampait déjà depuis quelque temps, mais, aujourd'hui, elle eut l'intrépidité de se saisir du bord du sofa, et de se hausser sur un genou.

— Sois prudente, bout de chou, murmura-t-elle, se demandant si sa fille marcherait à Noël. Ne va pas trop vite !

Elle comprit aussitôt que penser aux fêtes de fin d'année avait été une erreur. Farrell retournerait probablement à Portland pour Noël. Permettrait-il à sa gouvernante et à sa fille de rester sur la propriété ?

Ivy avait désespérément besoin de stabilité pour son enfant. De tradition. De continuité. L'idée de passer l'hiver ici, dans la forêt du Maine, lui semblait idyllique. Bien sûr, sans Farrell, tout serait moins intéressant. Ivy en était venue à compter sur son humour bon enfant, son rire grave, son sourire follement sexy.

Il ne lui était pas indifférent.

Pendant que Dolly faisait sa sieste, elle confectionna une fournée de cookies aux pépites de chocolat. Elle les apporterait à Farrell, en gage de paix. Ou pour le remercier. Peu de gens s'intéressaient à ce qu'avait été la vie d'Ivy.

La présence de Farrell, son écoute pleine de compassion lui avaient fait l'effet d'un baume. Même si Ivy se sentait désespérément attirée vers lui, elle craignait que ce sentiment ne soit à sens unique. Par moments, il lui avait semblé sentir *quelque chose* passer entre eux. Mais ce n'était peut-être que l'effet de son imagination survoltée.

Elle rougissait encore au souvenir du mouvement de recul qu'elle avait eu malgré elle au moment où il avait tenté de l'empêcher de tomber. Un instinct de survie atavique avait fait soudain déclencher ses vieux mécanismes de défense.

Elle n'avait pas dit toute la vérité à Farrell. Désormais, ce n'était peut-être plus aussi important.

Tout à coup, elle se souvint du plat cassé sur le sol de la cuisine. Elle aurait dû nettoyer ce désastre depuis longtemps. Mais il était déjà l'heure de s'atteler à la préparation du dîner.

Après avoir emballé les cookies encore chauds, Ivy souleva le bébé dans ses bras, et elle se mit en chemin vers la grande maison. Lorsqu'elle entra dans la cuisine, elle la trouva impeccable. Aucune trace nulle part du plat cassé. Le reste des plats était aligné sur le plan de travail

Ivy y posa ses cookies, puis elle partit à la recherche de son patron. Elle n'était pas lâche. Elle n'avait rien fait de mal.

Elle trouva Farrell sous le porche, en train de remplacer une partie de la balustrade. Lorsqu'elle sortit de la maison, il releva les yeux vers elle. Une onde mystérieuse passa entre eux, un mélange de désir et d'embarras.

— J'ai apporté des cookies tout chauds, annonça-t-elle, installant Dolly sur sa hanche. Si vous avez faim…

Il se redressa et s'étira paresseusement, et Ivy le contempla, incapable de détourner son regard de lui. Il était parfait. Grand. Fort. Intelligent. Les muscles de ses bras et de son torse tendaient le tissu de sa chemise de jersey gris.

Tout à coup, ses jambes tremblantes ne la soutenaient presque plus. Ce qu'elle éprouvait pour lui était bien davantage qu'une simple attirance. *Elle le désirait.* C'était une idée troublante. Farrell Stone était le dernier homme au monde dont elle aurait dû s'enticher.

Farrell avait tant perdu… Il avait dû affronter une tristesse dévastatrice. Pour lui, le bagage émotionnel qu'Ivy charriait avec elle devait être totalement décourageant.

Ils dégustèrent les cookies ensemble dans la cuisine, accompagnés d'un verre de lait. Leurs mains se frôlaient occasionnellement lorsqu'ils choisissaient un nouveau cookie ou qu'ils se passaient le plat. Ivy se demanda s'il éprouvait comme elle ce sentiment d'intimité. Pour Ivy, hélas, c'était un tableau beaucoup *trop* intime, *trop* parfait, pour sa tranquillité d'esprit.

Pour dissiper sa gêne, elle entra dans le cellier pour passer en revue les provisions, et commencer à réfléchir au dîner.

— Oubliez le dîner, dit Farrell, juste derrière son épaule.

Lorsqu'elle se retourna vers lui et le surprit en train de croquer un quatrième cookie d'un air coupable.

— Un homme adulte ne peut pas vivre uniquement de sucre, rappela-t-elle alors qu'il léchait avec délices les dernières traces de chocolat sur ses doigts.

— Faux, répliqua-t-il en souriant. Il peut.

Tout à coup, Ivy avait la gorge sèche. Elle imaginait Farrell au lit avec une femme, traçant un chemin de baisers depuis son ventre jusqu'à…

Rougissant jusqu'aux oreilles, Ivy referma précipitamment la porte du cellier, et elle toussota pour s'éclaircir la voix.

— Eh bien, pas moi, rétorqua-t-elle. À quoi songiez-vous ?

— J'ai commandé des pizzas, répondit-il d'un ton détaché.

— Vous plaisantez, n'est-ce pas ? Ne sommes-nous pas au moins à trente kilomètres de la pizzeria la plus proche ?

— Presque quarante, précisa-t-il. Mais vous seriez étonnée de la motivation suscitée par un pourboire de cent dollars.

— Vous n'étiez pas obligé de faire cela, marmonna-t-elle, sachant qu'il l'avait fait pour elle. J'aurais très bien pu préparer le dîner.

Farrell effleura sa joue brûlante du bout de ses doigts, puis il prit Dolly des bras de sa mère pour la serrer contre lui.

— Nous avons tous besoin d'une soirée en toute simplicité, dit-il. Sans aucun souci. Ce sera amusant, vous verrez. Et rien à nettoyer après. N'est-ce pas une bonne idée ?

Son sourire n'était aucunement suggestif, mais Ivy sentit son cœur s'emballer.

— Si, si, bredouilla-t-elle. Ce sera parfait.

— J'ignorais vos goûts, alors, j'en ai commandé deux sortes.

— Farrell…

— Oui, Ivy ? répondit-il en se figeant.

— Vous n'avez pas à vous sentir désolé pour moi, déclara-t-elle d'un trait. C'est totalement inutile. Je vais très bien.

Ses yeux verts pailletés d'or vinrent se river sur elle, et elle le vit hésiter à son tour. Mais cela ne dura qu'une seconde.

— La vérité, Ivy, c'est que votre fragilité émotionnelle est la seule raison qui m'empêche de vous embrasser tout de suite. Alors, je crois qu'il vaut beaucoup mieux que je me sente désolé pour vous. C'est plus sûr.

— Vous désirez *m'embrasser* ? balbutia-t-elle en rougissant.

— Oui, reconnut-il en chatouillant le ventre de sa fille. Je meurs d'envie de vous embrasser.

Si la situation avait été différente, Farrell aurait éclaté de rire face à son expression ébahie.

— Vous ai-je choquée ? s'enquit-il.

— Heu… Je…

— Pourquoi trouvez-vous cela si difficile à croire ?

— Je ne suis pas belle, répondit-elle. Les hommes comme vous et vos frères ne sortez qu'avec des femmes ravissantes. C'est la règle d'or de tous les milliardaires.

— Vous *êtes* ravissante, assura-t-il, touché par sa candeur. Vous n'avez pas un physique de modèle de haute couture, mais vous êtes encore plus belle que cela. Vous avez un visage très intéressant, et un corps si sexy que je n'en dors plus la nuit. Et votre sourire, hélas trop rare, illumine toute une pièce. Je vous trouve absolument charmante, Ivy Danby. Et je ne sais pas trop ce que je devrais faire à ce sujet.

Le carillon de l'entrée tinta au même instant, évitant à Ivy d'avoir à répondre à cette dernière remarque.

— Dolly et moi allons réceptionner la pizza, dit-il en sortant une liasse de billets de sa poche. Et si vous mettiez la table ?

Lorsqu'il réapparut, chargé du bébé qui commençait à s'agiter et de deux grandes boîtes à pizza. Ivy n'osait plus le regarder en face.

— Je vais reprendre Dolly, dit-elle tendant ses bras.

Pendant l'échange, la main de Farrell effleura le côté d'un sein. Ce contact purement accidentel lui coupa le souffle.

Peut-être désirait-il Ivy depuis le tout premier jour. Était-ce parce qu'elle avait besoin d'être sauvée, et qu'il se sentait l'âme d'un héros ? Ou cette attirance était-elle plus viscérale ?

Ils mangèrent dans un silence presque complet. Dolly était la seule à babiller joyeusement. La présence du bébé arrangeait bien Farrell, car elle lui permettait de concentrer son regard sur un point. Et Ivy suivait son exemple.

Pourquoi lui avait-il déclaré qu'il désirait l'embrasser ? À présent qu'il l'avait dit, il ne pensait plus à rien d'autre.

Elle portait ses vieux vêtements – un jean délavé, et un confortable pull couleur cannelle. Cette couleur lui allait bien. Elle soulignait l'éclat de sa peau.

— Une autre part de pizza ? proposa-t-il.

— Non, merci. Je n'en puis plus.

Il rassembla les parts restantes dans une seule boîte, qu'il plaça dans le réfrigérateur avant de revenir s'asseoir en face d'elle à la table.

— Puis-je vous poser une question ?

— Oui, répondit-elle, visiblement inquiète.

— Pourriez-vous coucher Dolly ici ? Vous et moi n'avons

pas terminé notre conversation, tout à l'heure. J'aimerais entendre le reste de votre histoire.

— Ce n'est pas important, marmonna-t-elle, pâlissant visiblement.

Si cela avait été vrai, il n'aurait peut-être pas insisté. Mais il soupçonnait qu'Ivy avait besoin d'évacuer ce poison de son système. De priver ses souvenirs de leur pouvoir de nuisance.

Il connaissait le problème. Des années plus tôt, lorsqu'il avait enfin été capable de penser à Sasha sereinement, sans utiliser toute son énergie à prétendre que ces souvenirs n'étaient pas réels, sa guérison avait commencé.

Ivy avait souffert. Elle souffrait encore. L'aider n'était peut-être pas son affaire, mais elle n'avait que lui, ici.

— S'il vous plaît ? murmura-t-il.

Le silence qui suivit dura une bonne minute, durant laquelle Ivy évita soigneusement son regard. Puis elle se leva en soupirant, et elle acquiesça.

— Soit, mais je vais devoir aller chercher son pyjama et une ou deux petites choses.

— Pas de problème, assura-t-il. Dolly et moi nous distrairons l'un l'autre jusqu'à votre retour.

Lorsque Ivy sortit de la cuisine, Farrell souleva le bébé hors de la chaise haute, et il l'emporta jusque dans sa chambre.

— Que dirais-tu de jouer avec une brosse à dents toute neuve ? suggéra-t-il.

Au bungalow, Ivy rassembla rapidement tout ce dont elle avait besoin pour le couchage de Dolly, et, une vingtaine de minutes plus tard, elle était de retour dans la grande maison. La cuisine était déserte. Suivant le son de la voix de Farrell, elle le trouva dans sa chambre assis sur le lit immense avec Dolly. Sa fille jouait en babillant avec… une brosse à dents ?

— N'ayez aucune inquiétude, la rassura-t-il. Elle est neuve.

Ce qu'elle voyait aurait dû être une scène familiale. Mais ce n'était pas le cas. Farrell n'était pas le papa du bébé, profitant d'un peu de temps privilégié avec sa fille à la fin d'une longue journée. Il avait l'ait d'un grand félin paresseusement allongé sur son flanc. Une mèche de cheveux pendait sur son front. Dolly avait dû l'empoigner pour la tirer. Cette torture était l'un de ses jeux favoris.

Ivy s'arrêta à quelques pas du lit. C'était un immense lit à baldaquin finement sculpté, et le somptueux couvre-lit bleu roi avait dû coûter une fortune. Ivy ne sortait pas beaucoup, mais elle feuilletait fréquemment les catalogues. Chaque détail dans cette suite suggérait la fortune et la sophistication.

Sa salle de bains, qu'elle nettoyait chaque semaine, disposait de tous les luxes possibles et imaginables. Du sol de marbre et des porte-serviettes chauffés à la douche épicurienne, c'était l'univers d'un homme fortuné.

— Je vais reprendre Dolly maintenant, si vous voulez bien, dit-elle en toussotant d'un air embarrassé.

— Je vous cède la place, répondit-il en souriant. Pour une aussi petite personne, Dolly a énormément de personnalité.

Ivy parvint à récupérer sa fille sans trop s'approcher du grand félin sauvage, avant de répondre :

— C'est vrai, convint-elle. Certains jours, il m'arrive de regretter qu'elle grandisse aussi vite.

— Et si vous veniez me rejoindre au salon, lorsque vous en aurez terminé ici ?

C'était dit très poliment, mais il lui rappelait qu'elle lui avait promis de terminer de lui raconter l'histoire de sa vie. Ivy réprima un soupir. Pourquoi avait-elle accepté ?

Elle changea Dolly et lui enfila son pyjama en lui chantant une comptine, luttant contre une vague inquiétude.

Cette routine familière du coucher était aussi importante pour la maman que pour la petite fille. Ce soir, elles étaient toutes deux privées de ce moment de sérénité. Lorsque Dolly se fut endormie, elle sortit de la pièce sur la pointe des pieds, et elle s'arrêta un instant dans la salle de bains pour se passer de l'eau sur le visage et se rafraîchir un peu. Elle aurait pu se changer dans l'une de ses tenues neuves, mais celles-ci étaient réservées pour le week-end à venir. De plus, elle ne voulait pas que Farrell aille s'imaginer qu'elle se mettait en frais pour lui.

Elle ne croyait toujours pas qu'il ait envie de l'embrasser. Il avait probablement dit cela dans le seul but de flatter son ego. C'était gentil de sa part, mais peu crédible. Elle était prête à parier qu'il aimait encore sa défunte épouse.

Lorsqu'elle fit enfin son entrée dans le salon, il faisait totalement nuit, dehors. Une pluie fine s'était mise à tomber, et l'air avait beaucoup fraîchi. Farrell avait allumé un feu dans la cheminée, et les bûches craquaient joyeusement dans les flammes claires, créant une ambiance très chaleureuse.

Le plafonnier était éteint, mais plusieurs lampes d'ambiance étaient allumées çà et là dans la pièce, et il avait tiré deux fauteuils devant l'âtre. Sur la petite table entre eux, elle vit une bouteille de vin et deux verres.

— S'est-elle endormie ? s'enquit Farrell, relevant la tête à son entrée.

— Elle dort profondément, oui. J'ai beaucoup de chance, j'en suis consciente. Dolly est un bébé facile à vivre.

— C'est vrai, convint-il. Certaines de nos employées reprenant le travail après leur congé de maternité ont l'air hagard. Être privées de sommeil nuit après nuit doit être une épreuve redoutable.

Ivy prit place dans l'un des confortables fauteuils, et, exhalant un soupir, elle se débarrassa prestement de ses chaussures et replia ses jambes sous elle.

— Puis-je poser une question personnelle ? s'enquit-elle.

Une lueur fugitive traversa son regard, mais il acquiesça.

— Oui, naturellement.

— Pourquoi avez-vous bâti une maison aussi immense uniquement pour vous ? Je sais que vous recevez beaucoup, mais, est-ce la seule raison ?

— Sasha la désirait ainsi, répondit-il d'une voix à peine audible, ses yeux verts fixés sur les flammes. Nous projetions d'y élever une ribambelle d'enfants. Sasha était une excellente artiste amateur. Un jour, alors qu'elle était déjà malade, elle a dessiné cette maison, exactement telle qu'elle est aujourd'hui. Puis elle m'a dit sur le ton de la plaisanterie que, si elle ne s'en sortait pas, je devrais construire tout de même la maison telle qu'elle l'avait dessinée.

— Elle ne parlait pas sérieusement ?

— Non. C'était seulement sa façon à elle de se distraire durant les journées pénibles. Mais, ce qu'elle dessinait, c'était toujours uniquement l'extérieur de la maison. Elle ajoutait qu'une telle maison méritait de se dresser au sommet d'une falaise, face à l'océan. Après sa mort, je l'ai bâtie selon ses spécifications. Une façon de faire mon deuil, je suppose.

Il haussa les épaules d'un air fataliste, avant d'ajouter :

— J'aime à croire qu'elle le sait.

Ivy sentit sa gorge se serrer, et sa vue se brouilla de larmes. Elle ne pouvait même pas imaginer être aimée à ce point.

— Je suis navrée si ma question vous a attristé, s'excusa-t-elle d'une voix étranglée. J'étais seulement curieuse.

— Je vais bien, assura-t-il. Tout cela s'est passé il y a très longtemps.

- 9 -

Le silence entre eux devenait embarrassant. Farrell s'en voulait d'avoir amené Sasha dans la conversation. Pourquoi avait-il fait cela ? Il lui aurait suffi de répondre qu'il avait besoin de beaucoup d'espace pour recevoir ses hôtes, et Ivy n'aurait jamais su la différence.

Peut-être espérait-il en invoquant le fantôme de Sasha qu'elle l'empêcherait de faire une bêtise ?

— Voulez-vous un verre de vin ? proposa-t-il d'un ton gêné.

Il se sentait dangereusement déstabilisé. Avec ce temps frisquet à l'extérieur, et ce cocon douillet qu'il avait créé à l'intérieur, cette conversation prenait soudain un tour plus intime qu'il ne l'avait prévu.

— Volontiers, répondit Ivy.

Il déboucha la bouteille de vin français et remplit leurs deux verres.

— À votre santé, dit-il en lui tendant le premier.

Elle goûta son vin du bout des lèvres, et elle plissa le nez.

— Je ne suis pas une autorité en vins, reconnut-elle. Parlez-moi de celui-ci. Je suppose qu'il est très cher ?

— C'est un vin de la vallée du Rhône, expliqua-t-il. Certaines bouteilles atteignent des prix astronomiques, mais ce vin est d'un cépage un peu plus modeste. Comment le décririez-vous ? Faites-moi part de votre première réaction.

— C'est un vin vif, charpenté, avec une pointe d'arôme de myrtilles. Ai-je raison ?

— Bravo, la félicita-t-il, levant son verre. Mais ne vous croyez pas obligée de finir votre verre. Je ne serai pas vexé.

— Ce vin est très bon, opina-t-elle. Je ne bois pas souvent, mais, si vous le permettez, je vais siroter ce verre avec plaisir.

— Comme il vous plaira. Lorsque nos invités internationaux seront arrivés, nous aurons le choix entre une large variété de cépages. Vous pourrez les goûter tous à votre satisfaction.

Ensuite, le pesant silence s'étira à nouveau entre eux.

Farrell termina son vin et se servit un second verre.

— Quand Dolly s'est réveillée de sa sieste du matin, vous m'avez laissé en plan, observa-t-il prudemment. Vous désiriez quitter votre mari, mais vous avez découvert que vous étiez enceinte. Que s'est-il passé ensuite ?

Ivy lui décocha un regard en coin qui aurait pu signifier n'importe quoi, puis elle reposa son verre à moitié vide.

— Je sais aujourd'hui qu'il l'avait fait délibérément, dit-elle. Il pensait que si j'étais enceinte, je ne le quitterais pas.

— Pourquoi croirait-il une chose pareille ?

— Parce qu'il savait combien la famille est importante pour moi. Après leur mort, mes parents m'avaient affreusement manqué. Richard était persuadé que je tiendrais à ce que mon enfant connaisse son père.

— Avait-il raison de le croire ?

— Peut-être pendant un certain temps. Mais j'ai vite compris qu'il essaierait de contrôler la vie de notre bébé comme il avait contrôlé la mienne. Dès lors, j'ai décidé de m'en tenir à mon plan initial.

— Alors, qu'avez-vous fait ?

Ivy se leva brusquement, et elle alla se planter devant le feu, tendant ses mains vers les flammes. Lorsqu'elle se tourna à nouveau face à lui, son expression s'était assombrie.

— Je n'avais pas compté sur les nausées matinales,

répondit-elle. Violentes. Incessantes. Avant même que mon ventre ne commence à s'arrondir, j'avais perdu huit kilos. Et, lorsque je n'étais pas en train de vomir, je me sentais si mal que j'étais incapable de sortir de mon lit.

— Et que faisait votre mari ?

— Il avait recommencé à voyager, répondit-elle avec un rire amer. Il restait absent deux ou trois nuits de suite. J'avais à peine la force de m'alimenter. Mais lui, au moins, il était sûr que je serais trop faible pour le quitter. Hélas, il avait raison. Ma fille n'était pas encore née, et je lui faisais déjà courir un danger. J'avais l'impression de n'être bonne à rien.

— Vous êtes trop dure avec vous-même, observa-t-il. Vous surviviez, un jour à la fois. C'était déjà beaucoup.

— Oui, peut-être.

— La naissance du bébé s'est-elle avérée aussi pénible que votre grossesse ?

— Par bonheur, non, répondit-elle en riant doucement. Il semblerait que j'aie des hanches faites pour la maternité. J'étais heureuse, à l'hôpital. Tout le monde était gentil avec moi, et j'avais Dolly. Elle était un miracle de perfection, et je priais le ciel pour que l'ADN de Richard ne lui nuise pas.

— Comment a-t-il réagi en devenant papa ?

— C'était très étrange. On aurait dit que cela lui était indifférent. C'était *moi* qu'il désirait contrôler. Dolly était secondaire pour lui. En général, il se contentait de l'ignorer.

Farrell était tenté de s'arrêter là. Ivy allait bien. Le bébé allait bien. Et le mari n'était pas intéressé. C'était le moment idéal pour conclure cette histoire. Mais cela n'expliquait pas pourquoi Ivy avait échoué à Portland, seule et sans un sou.

Il sentait combien il lui coûtait de lui raconter cette histoire. L'avait-elle déjà confiée à d'autres avant lui ? La tragédie qu'il avait lui-même vécue appartenait à un passé lointain, alors que les jours sombres qu'Ivy décrivait étaient relativement récents. L'aidait-il en lui demandant de lui raconter cette histoire sordide, ou la faisait-il souffrir encore davantage ?

— Votre mari était-il à la maison lorsque vous êtes rentrée de l'hôpital ? s'enquit Farrell. Ou est-il venu vous chercher ?

— Ni l'un ni l'autre, répondit-elle en soupirant. Il avait laissé une enveloppe dans ma chambre d'hôpital, contenant tout juste la somme suffisante pour que je rentre en taxi. C'était tout à fait lui. Il s'opposait à ce que je travaille, mais il me donnait juste assez d'argent pour un achat précis. Et il lui arrivait souvent de vérifier les notes d'épicerie.

— Attendez une minute, intervint-il. Même moi, je sais qu'un hôpital ne vous laisse pas partir avec un bébé sans qu'un siège adapté ait été installé dans la voiture.

— Cela a été une autre indignité qu'il m'a fait subir. On m'a obligée à voir une assistante sociale, qui m'a posé toutes sortes de questions embarrassantes. À la réflexion, j'aurais peut-être pu lui demander de m'aider à quitter Richard, mais je venais d'accoucher. J'étais épuisée et faible. Le moment était mal choisi. En tout cas, c'est ce que je me suis dit. J'ai menti à cette femme. Je lui ai dit qu'une amie passait me chercher avec une voiture équipée d'un siège pour bébé.

— Mais, en réalité, vous êtes rentrée en taxi.

— Oui. Dans un sens, j'ai eu de la chance. Richard essayait toujours de m'isoler, mais avec les années j'avais sympathisé avec quelques voisines sans qu'il le sache, et des personnes compatissantes m'apportaient des repas et des présents pour le bébé – que je devais cacher, bien sûr. Lorsque Richard est rentré à la maison, Dolly était déjà âgée d'une semaine.

— À ce moment-là ; n'a-t-il pas créé des liens avec elle ? Après tout, elle était sa chair et son sang.

— Non. Au lieu de cela, il se plaignait si Dolly pleurait, et il insistait pour que je continue à lui préparer ses repas, et que je me charge de toutes mes corvées habituelles. Il avait compris, je crois, que je retrouvais peu à peu mes forces. Et que j'apprenais à m'occuper du bébé toute seule.

— Il se sentait menacé…

— Probablement, convint-elle. Il devait sentir que je n'avais pas renoncé à mon projet de le quitter, qu'il avait déjoué presque un an plus tôt en s'assurant que je serais enceinte. Dans la maison, l'atmosphère était tendue, mais j'ai fait de mon mieux pour que Dolly n'en souffre pas. Avec elle, je m'efforçais de rester toujours calme, concentrée.

Ivy s'interrompit, comme si chaque parole lui coûtait un effort. Farrell retenait son souffle, et il se leva pour aller la rejoindre devant le feu.

— Vous n'êtes pas obligée de m'en dire davantage, Ivy, murmura-t-il. Je n'avais pas l'intention de vous mettre mal à l'aise. J'ai eu l'arrogance de croire que vous deviez vous confier à moi, que cela vous soulagerait. Au lieu de cela, je comprends que cela vous déchire. Je le lis sur votre visage.

— Votre instinct ne vous a pas trompé, Farrell, reconnut-elle avec un sourire d'une étrange douceur. Je suis heureuse que vous compreniez ce que sont le chagrin et la perte. Ce qui m'est arrivé a fait de moi la personne que je suis aujourd'hui, et je ne peux pas l'oublier. Vous avoir raconté mon histoire ne me fait pas souffrir davantage que les rêves que je fais la nuit.

Elle marqua une pause, avant d'ajouter :

— Je ne suis plus la femme que j'étais avant de le quitter. J'ai appris à faire confiance à mon instinct. La peur ne gouverne plus ma vie, aujourd'hui. Ce séjour dans le Maine en votre compagnie m'a apporté la paix, m'a aidée à guérir. Pour moi, c'est plus qu'un emploi. C'est un recommencement.

— J'admire votre résilience, répondit-il en effleurant sa joue d'une caresse. Vous avez réussi à partir avec votre bébé.

— Pas exactement.

— Ah, bon ?

— Les nouvelles mamans sont censées s'abstenir de relations sexuelles jusqu'à leur visite médicale, six semaines après l'accouchement, mais Richard m'a prise de force. Suite à cela, j'ai développé une terrible infection, et j'ai dû être à nouveau hospitalisée.

Sa voix tremblait, et, n'y tenant plus, Farrell s'avança pour la prendre dans ses bras, et il la serra simplement contre lui. Son corps enregistrait le fait qu'une femme follement désirable était blottie tout contre lui, mais il le fit taire.

— Ivy, dit-il d'une voix douce, c'est un véritable miracle que vous soyez ici avec moi à cet instant.

— Oui, je le sais, murmura-t-elle, reposant sa joue contre son torse. Le médecin m'a dit que j'aurais pu mourir. C'est à Dolly que je dois d'avoir trouvé la force de guérir et de rentrer à la maison.

— Qui s'était occupé de Dolly entre-temps ? s'enquit-il, glissant ses doigts dans la soie de ses cheveux.

— Je l'ignore, répondit-elle. Richard a refusé de me le dire. Je l'avais laissée avec lui parce que je n'avais pas d'autre choix, et cette idée me torturait.

— Regardez-la, Ivy. Elle est parfaite. Ce qu'elle a vécu n'a eu aucun effet durable sur elle. Dolly est une petite fille heureuse.

— Merci de me dire cela, dit-elle en reniflant.

— Et donc, dès que vous avez repris des forces, vous l'avez quitté, n'est-ce pas ?

Ivy s'écarta un peu pour lever ses yeux vers les siens.

Ses longs cils étaient encore humides de larmes, mais ses joues avaient repris des couleurs.

— Vous ne renoncez pas, observa-t-elle avec un petit sourire triste. Mais vous n'y êtes pas encore.

— Alors quoi ? Que s'est-il passé ?

— Dix jours après ma sortie de l'hôpital, Richard a souffert d'une crise cardiaque foudroyante. Les secouristes m'ont dit que la mort avait été instantanée.

— Mon Dieu, Ivy ! s'exclama-t-il d'un air horrifié. Quand est-ce arrivé ? Il y a cinq ou six mois ?

— Cinq mois et demi, précisa-t-elle. J'ai utilisé les cartes de crédit que j'avais trouvées dans son portefeuille pour régler l'enterrement. Comme j'ignorais qui j'aurais pu contacter, Dolly et moi avons assisté seules à la cérémonie. Après cela, je me suis sentie coupable, mais surtout soulagée. Richard ne pourrait jamais plus me faire de mal.

— Dieu merci.

— J'ai commencé à vider la maison pour pouvoir la vendre. Je ne voulais pas élever ma fille dans ce lieu où je n'avais que des mauvais souvenirs. La vente a été conclue rapidement, et Dolly et moi avons emménagé dans un appartement près de l'université. J'ai acheté une poussette, et nous faisions des promenades l'après-midi. Je savais que j'allais devoir chercher un emploi, mais je désirais d'abord profiter d'un peu de temps avec mon bébé.

— Richard avait-il une assurance-vie ?

— Oui, mais je n'en étais pas la bénéficiaire. J'ai découvert que Richard ne voyageait pas du tout pour ses affaires. Il avait vécu sous un nom d'emprunt dans une ville voisine. Il y avait une autre épouse, et deux autres enfants.

Farrell la dévisagea, stupéfait par ce qu'il entendait, tandis qu'elle poursuivait :

— L'*autre femme* ignorait mon existence comme moi la sienne. Après la disparition de son mari, elle avait engagé un détective privé, et c'est lui qui m'a retrouvée. Richard avait laissé un testament basique, et c'était *elle* la bénéficiaire. Ils m'ont tout pris. Le compte courant, les cartes de crédit, la somme qu'avait rapportée la vente de la maison. Tout. Cette femme a même exigé que je lui rembourse les sommes que j'avais déjà dépensées pour les funérailles et pour vivre. Heureusement pour moi, un juge est intervenu, et il m'a accordé cinq mille dollars parce que, selon lui, j'étais une innocente victime.

— Alors, comment êtes-vous rentrée à Portland ?

— J'étais abonnée depuis longtemps à la version en ligne du journal de Portland, et j'ai eu envie de retourner sur les lieux de mon enfance, là où j'avais été heureuse. La sœur de Katie avait placé une annonce, car elle cherchait une colocataire. Je l'ai lue, et j'ai aussitôt pris ma décision. J'ai acheté un billet d'avion, et je suis partie vers le nord. Je ne disposais que d'une petite somme, et je savais que je devais la faire durer.

— Et… c'est tout ?

— Oui, répondit-elle en sourcillant. N'est-ce pas suffisant ?

Son apparente indignation le fit sourire. Il lui releva gentiment le menton pour plonger son regard tout au fond du sien, émerveillé par son courage, par sa force.

— Ivy Danby, vous êtes la femme la plus extraordinaire que j'aie jamais rencontrée, murmura-t-il. Vous avez souffert, mais vous n'êtes pas brisée.

Il n'avait pas consciemment décidé ce qui se passa ensuite, mais aucune force au monde n'aurait pu l'empêcher d'exprimer ce qu'il ressentait à cet instant… Ce que son histoire avait déclenché en lui.

Il l'embrassa avec une douceur infinie, s'efforçant de lui communiquer toute l'admiration qu'il ressentait pour elle.

Mais ce baiser n'avait jamais fait partie de son plan.

Lorsque leurs lèvres se rencontrèrent, Ivy cessa de respirer. Ou alors c'était lui, mais ce détail n'avait aucune importance. À cet instant, leurs âmes avaient fusionné. Il avait confié à cette femme des détails de sa vie avec Sasha qu'il n'avait jamais révélés à personne d'autre. Et, de son propre aveu, Ivy n'avait jamais eu d'autre confident que lui.

Leurs tragédies respectives avaient fait exploser toutes les barrières des conventions sociales, éliminé les habituelles étapes de rigueur dans une relation. D'un seul coup, ils étaient profondément liés l'un à l'autre.

Comment était-ce arrivé ? Gémissant son nom, Farrell commença à s'écarter d'elle, une réaction automatique déclenchée par sa peur de l'intimité. Lorsque Ivy s'avança d'autant pour prolonger leur baiser, son innocent plaisir acheva de le séduire. Il eut la sensation d'être emporté par un courant dangereux.

Comme un océan d'apparence sereine peut dissimuler des courants violents sous sa surface, Ivy lui avait semblé ne représenter aucun danger. Jusqu'à cet instant. La fringale désespérée qu'il ressentait n'était pas seulement due à sa longue abstinence. C'était *elle* qu'il désirait. Pas n'importe quelle femme. Ivy s'était glissée dans son cœur sans qu'il en soit même conscient. Il était perdu.

Recueillant son ravissant visage entre ses mains, il fit de son mieux pour maîtriser son désir. Le récit qu'elle lui avait fait de sa vie l'avait indigné. Il avait mal pour elle. Il était déterminé à lui montrer à quel point elle était merveilleuse.

Il l'embrassa avec plus de passion encore, et elle noua ses bras délicats autour de son cou. Ses petits seins pressaient contre son torse, et il ne put s'empêcher de la serrer plus fort contre lui, ses mains sur ses hanches.

Son érection presque douloureuse ne souffrait plus aucune attente. Il brûlait d'entrer en elle et de lui donner du plaisir, de leur procurer à l'un et à l'autre ce dont ils avaient tant besoin. Un sofa se trouvait à proximité, et même son lit n'était qu'à quelques pas, au bout du couloir.

— Ivy, murmura-t-il, je vous désire.

— Moi aussi, Farrell, répondit-elle dans un souffle.

Elle déposa une pluie de baisers sur son menton, sur son nez, sur ses sourcils, puis, enfin, elle revint à ses lèvres. Sa timide tentative de prendre l'initiative déclencha une tempête dans son cœur. Et, lorsqu'elle l'embrassa à pleine bouche, imitant le baiser qu'il lui avait donné plus tôt, Farrell eut l'impression que ses genoux se transformaient en gelée.

— Attendez ! gémit-il d'une voix rauque, essayant désespérément de reprendre le contrôle de la situation. Je n'avais jamais prévu que ceci se produirait.

Ivy recula si brusquement qu'elle faillit trébucher. En voyant son expression dévastée, Farrell comprit qu'elle s'était peut-être méprise sur le sens de ses paroles.

— Je vous désire, assura-t-il. Cela, c'est vrai. Mais nous devons être sûrs. Et vous devez comprendre quelques règles de base.

Pour la première fois, elle ne paraissait plus ni jeune ni innocente. Dans ses yeux noisette, il lisait la trace de chacun des coups douloureux que lui avait portés la vie. Il y vit la résignation, l'acceptation indifférente d'une réalité.

— Non, Farrell, répliqua-t-elle. C'est vous qui devez comprendre. J'ai cessé de croire aux contes de fées depuis longtemps. Vous êtes le prince du château, et je suis la souillon qui essaie de survivre.

Elle marqua une pause, avant d'ajouter, sa respiration un peu haletante :

— J'ignore ce que vous désirez à cet instant, mais je ne me fais aucune illusion. L'idée de faire l'amour avec vous me semble-t-elle intéressante ? Bien sûr que oui. Mais vous n'avez pas à vous inquiéter. Tout ce qui compte pour moi dans cette vie, c'est ma fille et son bonheur. Je n'ai pas besoin d'un homme pour me choyer ou pour me protéger. Mon ogre à moi est mort. Faites l'amour avec moi, ou pas. Mais ayez la courtoisie de comprendre que je ne suis pas une gamine naïve. Je suis lucide. Je l'ai toujours été.

— Voilà un beau discours, observa-t-il d'un ton douloureux. Rien de tout ceci n'était facile pour moi non plus.

— J'aime que tout soit clair, répondit Ivy, haussant les épaules.

— Alors, que pensez-vous de cela ? Je vous désire, mais je ne veux pas vous désirer.

Il la vit tressaillir, ce qui le fit instantanément se sentir comme la pire espèce de bon à rien. Elle releva le front et le regarda bien en face avec une tranquille dignité.

— Cela, je le savais déjà, Farrell, déclara-t-elle. Vous êtes encore amoureux de votre défunte épouse.

Ce n'était pas vrai, songea-t-il. Ce n'était *plus* vrai. Tout du moins, pas dans le sens où Ivy l'interprétait. Mais il était peut-être préférable pour eux deux de se contenter de ce mensonge.

Ivy le dévisagea un instant d'un air dévasté, tandis qu'il s'efforçait de trouver une réponse, puis elle tourna les talons et s'éloigna.

— Il est temps que je ramène Dolly au bungalow, lança-t-elle par-dessus son épaule. Bonne nuit, Farrell. Merci pour le vin, et pour l'oreille attentive.

- 10 -

Ivy n'avait jamais ressenti une telle avalanche d'émotions dans un temps aussi court. Parler de Richard à Farrell avait été difficile. Extrêmement douloureux. Elle portait encore en elle la honte, la culpabilité d'avoir été en partie responsable d'avoir gâché dix années de sa vie.

Mais cela n'était rien, comparé à l'extase qu'elle avait ressentie lorsque Farrell Stone l'avait passionnément embrassée. Avant, bien sûr, de lui faire une remarque condescendante, comme s'il s'adressait à une adolescente idiote quémandant quelques miettes de son affection.

Elle l'entendit marcher derrière elle, et elle hâta le pas.

— Attendez, Ivy ! Attendez, bon sang !

— Je n'ai pas besoin que vous livriez mes batailles à ma place, ni que vous vous sentiez responsable pour moi, gronda-t-elle en pivotant face à lui. Je n'ai pas besoin de vous. Pour faire l'amour, oui, d'accord. Mais, même pour cela, je peux trouver quelqu'un d'autre.

Il la dévisagea un instant d'un regard brûlant, les lèvres serrées, puis il poussa un soupir.

— Il pleut, observa-t-il. Je vais vous escorter, Dolly et vous, jusqu'au bungalow.

— *M'escorter ?* répéta-t-elle d'un ton sarcastique. Sommes-nous en 1840 ? Je suis parfaitement capable de me mouiller toute seule sous la pluie.

Farrell saisit fermement son poignet, et il l'attira tout contre lui. La chaleur de son grand corps lui coupa le souffle.

— J'imagine très bien la scène, dit-il d'une voix rauque, la dévisageant d'un regard intense. Une peau d'ivoire. Des seins petits mais parfaits, aux pointes comme des framboises, faits sur mesure pour mes mains.

Ces paroles l'hypnotisaient. Une douce chaleur envahit son ventre, et elle serra les genoux dans un geste inconscient.

— Arrêtez ! le supplia-t-elle.

— Arrêter quoi ?

Sans attendre sa réponse, il glissa ses doigts dans ses cheveux, et sa bouche descendit lentement vers la sienne.

— Oubliez tout ce que j'ai dit, murmura-t-il. On accorde trop d'importance aux mots. Ceci est tout ce qui compte.

Ce fut un long baiser, brûlant, passionné. Ivy fondit littéralement dans ses bras. C'était embarrassant. Où était sa fierté, son respect d'elle-même ? Elle aurait dû le gifler.

Mais elle sentait le corps de Farrell tout contre elle, si parfaitement masculin. Si délicieusement ardent. Ses mains légères parcouraient son corps, la faisant frissonner. Elle était tentée de se blottir dans ses bras et de nouer ses jambes autour de sa taille. Un torrent de feu circulait à présent dans ses veines, enivrant, douloureux.

S'il la libérait maintenant, elle le supplierait. Elle le savait.

Mais Farrell ne semblait pas pressé de cesser de l'embrasser. Il butinait son cou, mordillait les lobes de ses oreilles. Il glissait une jambe entre les siennes.

Elle et lui étaient entièrement habillés. Sa vertu ne courait aucun risque. Pour le moment. Mais elle se mourait de désir.

Lorsqu'il la relâcha enfin, il haletait.

— Je ne veux pas me disputer avec vous, grogna-t-il.

— Soyez honnête, répliqua-t-elle. M'avez-vous demandé de dormir dans la grande maison pendant votre week-end d'affaires pour faire l'amour avec moi ?

— Absolument pas ! assura-t-il d'un air indigné. Pourquoi songerais-je à vous séduire devant une douzaine d'invités ?

— Oh ! fit-elle, un peu déçue. Je n'avais pas pensé à cela.

— Je vous l'ai demandé pour deux raisons. D'abord, j'ai besoin d'une hôtesse officielle, et j'ai pensé que vous, en tant qu'acteur extérieur, pourriez m'offrir une perspective originale sur la meilleure façon de présenter notre société à nos invités. J'espérais aussi que ce week-end vous distrairait, mais ce n'était qu'un bonus supplémentaire.

— Je comprends. Je vous demande pardon.

— Allez chercher le bébé. Nous finirons ceci au bungalow.

« Nous finirons ceci au bungalow. »

Tout en rassemblant les affaires du bébé, Ivy réfléchissait à ces paroles. Faisait-il allusion à leur conversation, ou à cette autre chose qu'ils avaient commencée ?

Dolly n'était pas contente qu'on l'ait réveillée. Ivy la prit dans ses bras et tapota son petit dos tiède, en murmurant :

— Je te laisserai bientôt te rendormir, ma chérie.

Ce n'est qu'alors qu'elle se rendit compte qu'elle aurait dû enfiler sa veste d'abord. Tant pis. Elle ne gèlerait pas en marchant sur une aussi courte distance. Mais Dolly aurait besoin d'être enveloppée dans une couverture.

Farrell l'attendait dans le couloir.

— Pleut-il encore ? s'enquit-elle.

— Assez fort, oui. Si vous me passez Dolly, vous pourrez porter le parapluie pour nous abriter.

— Vous n'êtes pas obligé de venir avec moi, fit-elle remarquer, serrant le bébé plus fort contre elle.

— J'aimerais vous accompagner, Ivy. Si vous le permettez.

— C'est votre bungalow.

— Mais c'est votre espace privé, rappela-t-il, déposant un baiser sur son front. Je n'y ferai pas intrusion sans invitation.

— Heu… Vous êtes invité, répondit-elle sans enthousiasme.

— Merci, Ivy, murmura-t-il, lui adressant un regard brûlant.

Dans le vestibule, ils enfilèrent des bottes en caoutchouc et des cirés. La pluie légère de tout à l'heure s'était transformée en déluge.

— Faites attention où vous mettez les pieds en marchant, conseilla-t-il. Passez-moi Dolly, s'il vous plaît. Je la porterai.

Lorsqu'ils ouvrirent la porte, une rafale de vent apporta jusqu'à eux des senteurs d'automne et de terre mouillée. La violence de la tempête semblait refléter le tumulte de ses émotions lorsque Ivy se mit en marche dans la nuit noire…

Farrell s'amusait beaucoup. Cette promenade sous la pluie battante, Dolly serrée tout contre sa poitrine, lui donnait la sensation d'être réellement vivant. Et, à cet instant, il comprit que, même s'il avait fait le deuil de Sasha, il se permettait encore très rarement de faire quoi que ce soit pour *s'amuser*.

Était-il devenu un vieux grincheux obsédé par le travail ? Ses frères et ses employés ne faisaient-ils que le tolérer ? Espéraient-ils sans le lui dire qu'il se détendrait un jour ?

Ivy déverrouilla la porte du bungalow et ôta ses vêtements de pluie avant de déclarer :

— Je vais coucher Dolly. Profitez-en pour vous sécher. Vous auriez dû porter un parapluie, vous aussi.

— Je ne me faisais pas assez confiance pour porter Dolly d'un seul bras, dit-il en lui tendant le bébé. Je ne fondrai pas.

Ivy scruta son visage. Durant un bref instant, il crut qu'elle s'apprêtait à lui répondre. Mais elle demeura silencieuse. Et elle le laissa simplement planté là, dans ses habits trempés, avec le sentiment que son univers s'écroulait autour de lui.

Lorsqu'elle eut disparu, il se débarrassa de ses bottes. Même ses chaussettes étaient trempées. Ce qu'il lui aurait fallu, à cet instant précis, c'était une bonne boisson chaude.

Il explorait les placards lorsque Ivy revint dans la cuisine.

— Avez-vous des petits chamallows quelque part ? s'enquit-il. Je nous ai préparé du chocolat chaud.

— C'est votre jour de chance, répondit-elle en ouvrant un placard qu'il n'avait pas encore exploré. Je suppose que Mme Peterson, qui a approvisionné la cuisine, connaît parfaitement les goûts des frères Stone.

Il remplit deux grandes tasses de chocolat fumant, et ajouta une poignée de petits chamallows à la sienne.

— En voulez-vous aussi ? proposa-t-il.

— Du chocolat, oui, mais je vais passer les chamallows. Trop de sucre est mauvais pour la santé.

— Une petite douceur de temps à autre ne fait pas de mal, observa-t-il d'une voix douce, fixant sa silhouette délicate.

Il porta les deux tasses jusqu'à la table, et il lui fit signe de s'asseoir, puis il sirota une première gorgée.

Il recula aussitôt, réprimant un juron, et Ivy le dévisagea.

— Vous vous êtes brûlé, n'est-ce pas ?

— Peut-être, convint-il, laissant son regard glisser sur ses cheveux courts ébouriffés, ses yeux noisette et ses douces lèvres sans aucun maquillage. Quin est le plus intrépide d'entre nous, mais je prends aussi quelques risques.

— Est-ce ce que je suis pour vous ? s'enquit-elle, rougissant jusqu'aux oreilles. Un risque ? Ce n'est pas très flatteur.

Farrell avait souvent assisté à des soirées huppées, où des top-modèles très légèrement vêtues se mêlaient à la foule des invités. Mais il n'avait jamais éprouvé avec aucune d'elles ce besoin de conquérir, de posséder.

Mais, c'était exactement ce qu'il ressentait avec Ivy.

— Je ne sais pas vraiment ce que nous sommes, reconnut-il. Sommes-nous obligés de donner un nom à cette situation ? De l'analyser ?

Elle sirota prudemment son chocolat. Quand elle reposa sa tasse, un peu de mousse adhérait à sa lèvre supérieure. Sans plus y réfléchir, Farrell se pencha et l'en débarrassa d'un petit coup de lange gourmand.

— Je ne vous avais pas bien compris, au début, observa-t-elle d'un air surpris. Je vous prenais pour un scientifique sérieux, dévoué à son travail. Mais vous êtes un rebelle, n'est-ce pas ? Un hédoniste. Un coquin.

— Ne peut-on pas être tout cela à la fois, remarqua-t-il avec un lent sourire. N'ai-je pas le droit d'avoir envie de dormir avec une femme fascinante durant mon temps libre ?

— J'espère que vous ne dormirez pas trop, répliqua-t-elle en posant sa main fine sur la sienne, un sourire timide aux lèvres. Sûrement, nous pouvons faire mieux.

Il sentit son cœur s'emballer, et il entremêla ses doigts aux siens, avant de murmurer :

— Ne jouez pas avec moi, femme. J'ai besoin d'une réponse sans aucune ambiguïté. Voulez-vous faire l'amour avec moi ? Ici ? Ce soir ?

— Oui, confirma-t-elle en souriant. Les soirs de pluie excitent toujours mon imagination. Mais nous ne devrions pas perdre de temps, car *qui-vous-savez* se réveille tôt.

Farrell la suivit dans la chambre. Compte tenu de sa douloureuse érection, il se demanda s'il aurait la force de se montrer doux avec elle. Pourtant, il le devait. Ivy n'avait déjà que trop subi la violence des hommes durant sa courte vie.

Lorsqu'ils arrivèrent près du lit, il la vit hésiter.

— N'ayez pas peur de moi, Ivy.

— Je n'ai pas peur, assura-t-elle, visiblement nerveuse. Je crains seulement de vous décevoir. Richard m'a laissée traumatisée. J'ai honte de mon corps, et je n'ai jamais...

Elle s'interrompit, une expression anxieuse sur son visage, et Farrell prit sa main dans la sienne.

— Vous n'avez jamais fait l'amour avec un autre homme que votre mari ? suggéra-t-il. C'est cela ?

— Oui, confirma-t-elle, rougissant d'embarras.

— Alors, voici quelques règles de base. Dans cette chambre, il n'y a que nous deux. Pas de Richard. Pas de Sasha. Pas de passé douloureux pour nous torturer. Quoi qu'il puisse se passer entre nous, ce sera parce que nous le désirons. J'ai l'intention de vous faire l'amour avec toute mon âme, Ivy. J'espère que vous ferez de même.

Elle scruta attentivement son visage, comme si elle y cherchait la preuve de sa sincérité. Puis, enfin, elle sourit.

— D'accord, murmura-t-elle.

Il la sentit tout de même tressaillir lorsqu'il fit passer son petit haut par-dessus sa tête. Cette réaction l'ennuya un peu, mais il continua à la déshabiller avec des gestes lents. Lorsqu'elle fut nue, il écarta les couvertures du lit.

— Couchez-vous, Ivy, murmura-t-il. Ne prenez pas froid.

— Mais, ne devrais-je pas…

— Non, coupa-t-il, devinant ses pensées. Je m'en charge.

Il se déshabilla prestement à son tour, et, lorsqu'il fit glisser son boxer sur ses jambes, Ivy ouvrit de grands yeux, contemplant son sexe en érection avec une expression de fascination très gratifiante pour son ego. À la différence d'une multitude d'autres femmes, Ivy ne prétendait pas être ce qu'elle n'était pas. Elle était comme un jeune cygne, toute petite, douce et vulnérable aux dangers du monde.

— Faites-moi une petite place, dit-il d'une voix douce. Je vais vous tenir chaud, je vous le promets.

Ivy se blottit immédiatement contre son corps nu, et il décida que c'était un bon signe.

— Je me sens bien, dit-elle en soupirant.

— Moi aussi, murmura-t-il, laissant glisser ses mains sur son derrière lisse et ferme.

Il brûlait de désir, mais il était déterminé à contrôler sa propre libido, à penser d'abord au plaisir d'Ivy.

— Je rêvais de cet instant depuis longtemps, avoua-t-il.

— Vraiment ? s'étonna-t-elle, se redressant sur un coude.

— Bien sûr. C'est ce que font les hommes, vous savez.

— Les femmes aussi, reconnut-elle. Mais vous ne me l'avez jamais montré. Pourquoi ?

— Je n'étais pas certain que cela soit convenable. Vous travaillez pour moi. Je ne voulais pas profiter de vous.

Il hésita une seconde, avant d'ajouter :

— Et, pour être honnête, je me sens toujours coupable.

— Ne dites pas d'absurdités, le tança-t-elle en se blottissant à nouveau contre lui. Cet emploi que vous m'avez procuré est temporaire, nous le savons tous deux. Le moment venu, vous retournerez au siège de Stone River Outdoors, et je retournerai à Portland pour chercher une nouvelle place. Tout va bien, Farrell. De plus, n'avions-nous pas convenu de nous concentrer uniquement sur cette chambre, ce lit, cette nuit ?

— Vous avez raison, c'est vrai, convint-il, déposant un doux baiser sur le sommet de sa tête.

— Puis-je vous poser une question ?

Il entendait une note étrange dans sa voix, mais, comme il ne pouvait pas voir son visage, il fut incapable de l'analyser.

— Oui, bien sûr, répondit-il. Tout ce que vous voudrez.

— J'aimerais explorer votre corps, dit-elle en effleurant son torse d'une caresse. Je voudrais découvrir ce qui vous plaît, ce que vous désirez ? Cela ne vous dérange pas ?

Farrell ne savait plus s'il devait rire ou pleurer. L'innocente requête d'Ivy avait transformé son sang en torrent de lave rugissant. Serait-il à la hauteur de l'expérience que lui proposait cette femme sans expérience aucune ? Ne comprenait-elle pas le pouvoir qu'elle détenait ?

— Pas du tout, mentit-il. Je suis tout à vous.

Elle commença par s'agenouiller à son côté. Ses seins étaient petits, mais parfaits. Mais, lorsqu'il essaya de la toucher, Ivy protesta :

— Ne faites pas ça. Placez vos mains derrière votre nuque.

Son désir atteignait une intensité fiévreuse, mais il obéit.

— Soyez douce avec moi, la supplia-t-il.

— J'adore votre corps, dit-elle d'une voix douce, effleurant délicatement ses tempes. Si différent du mien !

Lorsqu'elle se pencha pour placer ses deux mains sur son torse, son souffle tiède contre sa joue, il sentit qu'il tremblait.

L'expression de concentration totale sur son joli visage le charmait, le séduisait. Elle était si adorable, si précieuse…

Lorsqu'elle laissa glisser son doigt sur son sternum, il dut se mordre la lèvre pour s'empêcher de gémir. Ses hanches furent l'étape suivante de son exploration érotique. Puis elle se plaça entre ses jambes, lui écartant les cuisses pour s'installer confortablement. Le corps de Farrell passa instantanément en alerte rouge.

Au début, elle se contenta d'observer. Aucun contact physique. Son sexe en érection semblait la fasciner. Puis elle tendit sa main pour recueillir une goutte de liquide séminal du bout d'un doigt, qu'elle porta à ses lèvres.

— Connaissez-vous votre goût ? s'enquit-elle.

— Non, répondit-il d'une voix étranglée. Et vous ?

— Je vais bientôt le connaître.

Lorsqu'elle le prit dans sa bouche, il se mit à trembler comme sous l'effet d'une fièvre tropicale. Alors même qu'il était ostensiblement en contrôle, son innocente délectation eut raison de sa résistance.

Étouffant un gémissement, il explosa dans un orgasme éblouissant, se couvrant ainsi de ridicule. Visiblement surprise, elle se redressa et s'essuya les lèvres.

— Tout va bien ? s'enquit-elle.

— Je suis désolé, Ivy, grogna-t-il, se sentant devenir écarlate. Avec vous, je perds tout contrôle de moi-même.

— Je ne vous crois pas, dit-elle, fronçant ses jolis sourcils.

— Je suis un homme adulte de trente-deux ans, rappela-t-il en se redressant, appuyé sur ses coudes. Ce genre de chose ne m'était plus arrivé depuis mon adolescence. Je vous désire passionnément, Ivy. Ne le comprenez-vous pas ?

Elle quitta vivement le lit et enfila un peignoir. Lorsqu'elle eut attaché la ceinture, si serrée que même Houdini n'aurait pu défaire le nœud, elle recula contre la commode.

— Vous devriez aller vous nettoyer, déclara-t-elle. Vous trouverez des serviettes dans le placard de la salle de bains.

Pour le seul plaisir de la provoquer, Farrell se leva à son tour et alla se planter face à elle, nu comme un ver. Il aurait juré qu'elle désirait désespérément détourner les yeux. Mais son Ivy était une femme vaillante.

— N'aimez-vous pas ce que vous voyez ? la taquina-t-il, alors que son érection retrouvait toute sa vigueur.

— Vous êtes un bel homme, je le reconnais, dit-elle, ouvrant de grands yeux.

— Mais ?

— Vous êtes arrogant. Et autoritaire. Et je ne suis plus certaine d'avoir envie de faire l'amour avec vous.

— Oh ! vraiment ? ironisa-t-il. Je pense que vous mentez.

— Et moi, répliqua-t-elle avec une expression outragée comique, je pense que vous êtes un Néandertal obsédé.

— Ne bougez pas, dit-il.

Il ne lui fallut qu'un rapide aller-retour à la salle de bains pour se sentir prêt à reprendre là où ils s'étaient arrêtés.

Lorsqu'il retourna dans la chambre, Ivy était toujours à l'abri derrière son armure de tissu-éponge. Apparemment, elle était trop fière pour lui laisser penser qu'elle avait peur.

Et cela convenait parfaitement à Farrell.

Il la prit dans ses bras et écrasa sa bouche sur la sienne en un baiser dominateur, avant de murmurer, tout contre ses lèvres :

— Dernière chance, Ivy Danby. À présent, c'est mon tour. Me désirez-vous, oui ou non ?

- 11 -

Ivy était encore en état de choc. Avait-elle excité la passion de Farrell au point qu'il ne se contrôlait plus ? C'était ce qu'il désirait lui faire croire. Mais cela lui semblait assez improbable.

Lorsqu'il la serra dans ses bras et qu'il l'embrassa comme si elle était son ultime chance de salut, elle eut l'impression que ses jambes ne la soutenaient plus. Le contact de sa peau masculine contre la sienne était la plus étrange et la plus délicieuse sensation qu'elle ait jamais éprouvée.

Le corps de Farrell était une merveille. Il avait la musculature d'un homme dans la force de l'âge, acquise par le travail physique. Elle savait qu'il avait les moyens d'embaucher tous les ouvriers dont il aurait besoin, mais elle l'avait souvent vu se charger lui-même de travaux pénibles à l'extérieur de la maison.

— Je vous ai posé une question, Ivy.

— Ne cessez pas de m'embrasser, le supplia-t-elle.

— Vous devez d'abord admettre que vous me désirez, murmura-t-il, glissant une main entre ses jambes pour immiscer deux doigts en elle, la faisant gémir. Vous êtes humide et brûlante, ma douce. Votre corps ne ment pas. Mais j'ai besoin de vous l'entendre dire.

À présent, c'était Ivy qui vacillait au bord de l'orgasme. Elle frissonnait de tout son corps. Elle brûlait de désir. Elle était impatiente de le sentir en elle.

— Je vous en supplie, faites-moi l'amour, Farrell. Je vous désire. Je veux que…

— Je me charge de la suite, mon cœur, l'interrompit-il, plaçant sa main sur sa bouche.

Détacher la ceinture du peignoir s'avéra plus long qu'il ne l'avait prévu, mais, enfin, elle fut à nouveau nue devant lui. Il la souleva dans ses bras, la porta jusqu'au lit en quelques enjambées, et ils basculèrent ensemble sur le matelas.

Ivy frissonnait, et il tira les couvertures sur leurs deux corps avant de dévorer son cou de baisers. Il avait envie de lui donner du plaisir de toutes les manières imaginables, mais cela devrait attendre. Ce soir, la position du missionnaire devrait leur suffire. Il ne fallait pas la brusquer. Il sentait instinctivement que, pour Ivy, partager son lit avec lui était un grand saut dans l'inconnu. Il ne ferait rien qui puisse lui laisser des regrets.

Sous le drap, sa main droite trouva la douceur de soie de son ventre plat, et elle continua à descendre jusqu'au centre de sa féminité, pour effleurer son clitoris. En entendant Iris gémir, Farrell frissonna de la tête aux pieds. Son corps lui criait déjà son besoin de satisfaction immédiate.

Puis il se figea. Il avait *oublié* un détail.

— Je suis désolé, Ivy, gémit-il. J'ai laissé mes préservatifs dans la poche de mon pantalon.

Ivy rouvrit les yeux, comme si elle sortait d'un rêve.

— Dépêchez-vous, répondit-elle dans un souffle.

Cette réponse le galvanisa. Il ne lui fallut qu'un instant pour réparer son oubli et retourner à ses côtés, et une poignée de secondes pour enfiler la protection sur sa douloureuse érection. Puis il reprit ses caresses là où il les avait interrompues. Elle était humide et brûlante, prête pour lui.

Il la serra plus fort contre lui et l'embrassa avec une sorte de désespoir, avant de murmurer :

— Êtes-vous prête, Ivy ? Je veux que cet instant soit aussi inoubliable pour vous que pour moi.

— Si vous me faites attendre une seconde de plus, j'empoisonnerai vos pancakes, gémit-elle contre sa bouche.

Ce trait d'humour en plein milieu de ce moment de passion désespérée lui arracha un sourire. Ivy était unique.

Puisant au fond de ses réserves de self-control, il se positionna entre ses jambes, et, en dépit de ses supplications, il se contenta d'abord d'effleurer sa chair palpitante du bout de son érection. Puis il entra très lentement en elle, centimètre par centimètre, prolongeant cette douce torture jusqu'à ce qu'il sente sa chaleur féminine l'envelopper sur toute sa longueur.

Lorsqu'il posa ses lèvres sur la colonne de son cou, il sentit son pouls battre sous la peau d'ivoire tiède.

— Votre corps est une perfection, Ivy, murmura-t-il en frissonnant tout contre elle. Pour mon plaisir et pour le vôtre.

Elle ne répondit pas. Avait-il lu le doute dans ses yeux ?

Ce serait donc à lui de le prouver. Il pinça délicatement les pointes de ses seins, et il la vit rosir. Sa peau était humide et tiède, son corps souple épousait étroitement le sien.

— Farrell…

Sa voix sensuelle, son regard chaviré, le transportèrent de joie, et il se mit alors en action. En deux vigoureux coups de reins, il acheva d'entrer en elle. Ivy cria son nom et creusa les reins pour aller à sa rencontre, ses petites mains se crispèrent sur ses épaules, ses ongles griffèrent fiévreusement sa peau.

Lorsqu'il glissa sa main entre eux pour augmenter la sensation, elle explosa dans un orgasme qui sembla se prolonger à l'infini. Alors seulement, lorsqu'il fut certain qu'elle avait savouré chaque seconde de son plaisir, il s'autorisa à accélérer ses coups de boutoir, aveuglé par la passion, sourd à toute raison.

Au bout du compte, il avait remis entre ses mains fines une partie de lui-même. C'était une idée terrifiante, mais il était trop tard pour revenir en arrière. Ivy lui avait volé son refus obstiné de vivre pleinement sa vie. Ou c'était peut-être lui qui lui avait fait don de la personne qu'il était réellement, comme une offrande. Il n'était pas impossible que cet échange ait été involontaire, tant pour l'un que pour l'autre.

Mais, ce qui était fait était fait.

Il ferma les yeux, et il s'endormit.

Ivy se réveilla dans l'obscurité, cherchant ce qui avait bien pu la tirer de son sommeil. Par habitude, elle jeta un coup d'œil au moniteur pour bébé. Dolly dormait paisiblement. Puis elle commença à comprendre. Le son qui l'avait réveillée était le doux ronflement de l'homme de taille imposante qui dormait près d'elle.

Ivy ferma les yeux, et elle cessa de respirer. Qu'avait-elle fait ? Inviter Farrell Stone dans son lit équivalait à faire entrer un loup dans une bergerie

Elle effleura son front d'une caresse. Dans son sommeil, il était tout aussi masculin, mais il semblait plus accessible.

Un bras pesant, posé juste sous ses seins, la clouait contre le matelas. Ils étaient blottis l'un contre l'autre comme des amants de longue date, pas comme des inconnus partageant une brève aventure.

C'était sûrement parce qu'elle s'était sentie seule, et qu'elle avait désespérément besoin d'un contact social. Rien de plus. Et Farrell avait eu besoin de rompre son long jeûne sexuel.

Elle devait se garder d'attacher trop d'importance à cet épisode. Mais, entre-temps, comme elle se délectait de l'avoir pour elle seule, blotti tout contre elle ! Sa fragrance, un mélange de peau masculine tiède et de senteurs boisées, s'était imprégnée entre les draps.

Peut-être ne devrait-elle plus les laver.

Le réveil indiquait qu'il était plus de 4 heures du matin. Dans une heure et demie, Dolly allait se réveiller. Elle se dégagea doucement de l'étreinte de Farrell pour une rapide visite à la salle de bains. Lorsqu'elle retourna dans la chambre, son amant était à moitié réveillé, et il avait déjà remarqué son absence.

— Revenez au lit, marmonna-t-il d'une voix ensommeillée.

— C'est ce que je m'apprêtais à faire, assura-t-elle.

Elle se débarrassa de son peignoir et se glissa sous les couvertures, et, aussitôt, Farrell l'attira à lui. Tout en lui mordillant le cou, il murmura :

— Encore, Ivy ?

— Oui, répondit-elle dans un soupir. Oh ! oui !

Ce fut effectivement Dolly qui fut la cause de son réveil suivant. Le réveil n'avait pas sonné, mais elle entendait le babil matinal de sa fille sur le moniteur pour bébé.

Ivy s'étira voluptueusement. Lorsqu'elle se tourna de l'autre côté du lit, elle constata que Farrell n'était plus là. Mais il lui avait laissé un mot. Un mot bref et impersonnel.

Chère Ivy,

Je dois retourner dans mon labo. Ne vous faites aucun souci pour le petit déjeuner. J'ai chipé une banane dans votre cuisine. À plus tard.

Farrell.

Ivy fronça les sourcils. *À plus tard ?* Que voulait-il dire ? Certes, elle avait peu d'expérience des lendemains de nuits de passion, mais ce message laconique n'était pas exactement une déclaration d'amour.

Mais, bien sûr, Farrell et elle ne s'étaient fait aucune promesse d'amour éternel. Il avait besoin de sexe. Elle désirait se sentir à nouveau normale. Avoir fait l'amour avec un homme comme Farrell signifiait qu'elle était réellement sur la voie de la guérison.

Tous deux avaient obtenu ce qu'ils désiraient. Elle n'avait aucune raison de se sentir triste ou abandonnée. Cette journée n'était pas différente de celle de la veille. La vie continuait.

Elle allait simplement ignorer ce vague à l'âme qu'elle ressentait. Ce n'était pas une réaction acceptable pour elle.

Comme Dolly jouait encore tranquillement avec son ours en peluche, Ivy s'habilla rapidement et prépara un biberon avant de se rendre dans la chambre du bébé.

Farrell était peut-être parti sans fanfare, mais Dolly fut visiblement heureuse de revoir sa maman. C'était gratifiant.

Ivy changea les couches du bébé et l'habilla avec l'une des jolies barboteuses que Katie leur avait offertes. Puis, elle s'installa dans le fauteuil à bascule pour lui donner le biberon. Dolly commençait à manger des bananes écrasées aux céréales et d'autres nourritures simples, mais Ivy prenait encore plaisir à lui donner le biberon matin et soir.

Lorsque Dolly fut rassasiée, Ivy comprit qu'elle ne pouvait pas retarder plus longtemps le moment de retourner à la grande maison.

Farrell l'avait dispensée de lui préparer le petit déjeuner, mais il pourrait bien revenir à l'heure du déjeuner, car il n'avait pas emporté de sandwich. Ivy décida de préparer une soupe de légumes. C'était encore une autre journée fraîche et brumeuse. Une bonne soupe serait d'actualité.

Elle devait admettre qu'elle se sentait nerveuse. Comment était-elle censée se comporter avec Farrell, ce matin ? Lui suffirait-il simplement de prendre exemple sur lui ? Le temps d'un court instant, elle fut tentée d'aller le voir à son labo. Mais c'était une idée folle, et elle y renonça aussitôt.

Ils n'avaient pas cette sorte de relation. D'ailleurs, même

si Farrell et elle avaient été un vrai couple, il lui avait déclaré en plusieurs occasions que, lorsqu'il travaillait sur un projet, il avait besoin d'une concentration totale. Il n'apprécierait pas d'être dérangé.

L'heure du déjeuner passa sans qu'il donne signe de vie. Par précaution, elle laissa la soupe à feu doux sur un coin de la plaque. Elle déjeuna elle-même et nourrit le bébé, puis elle la coucha dans son berceau pliant pour sa sieste.

Toujours aucune nouvelle de Farrell.

À 14 heures, son téléphone tinta, annonçant qu'elle avait reçu un texto. Le message de Farrell était aussi concis que le mot qu'il lui avait laissé sur l'oreiller :

> Ivy, j'ai dû retourner à Portland pour régler une affaire urgente. J'y suis en ce moment. Je rentrerai demain matin avec Katie et Quin. Farrell.

Elle fixa le téléphone dans sa main, le cœur serré. Farrell était-il réellement parti pour régler une affaire urgente, ou parce qu'il tenait à ce que tout soit clair entre eux ? Pour lui dire que ce qui s'était passé cette nuit n'était pas très important ? Craignait-il qu'elle se fasse de fausses idées ?

Ou, pire encore, avait-il l'impression d'avoir trahi la seule femme à qui il ait donné son cœur, sa défunte épouse ? S'était-il senti coupable en se réveillant ce matin ?

La maison vide et ces réflexions déprimantes firent s'évaporer toute la joie de cette journée. Elle avait été si heureuse, ici… Un nouveau job. Un nouvel ami. Car Farrell *était* son ami, en dépit de tout ce qui s'était passé.

Mais Farrell ne la considérait peut-être pas comme telle.

Allait-elle devoir partir ? Si une seule nuit dans le lit d'Ivy lui avait fait aussi peur, il leur deviendrait peut-être impossible de cohabiter.

L'idée de retourner à Portland lui brisait le cœur. Elle adorait cette retraite nordique de Farrell. Certaines femmes rêvaient peut-être de restaurants et de vie nocturne, mais Ivy n'avait jamais vraiment connu ce genre d'existence. Pour elle, ce refuge privé était un paradis. Si elle avait gardé ses distances avec Farrell, sa situation n'aurait pas été compromise.

Et, à présent, pour avoir perdu le contrôle de ses émotions, elle allait peut-être perdre son emploi et son logement, et elle allait devoir repartir de zéro. Encore une fois.

Pour chasser ces idées noires, elle effectua un dernier tour d'inspection du premier et du second étage, mais tout était en ordre. Les chambres que Farrell réservait à ses invités étaient ravissantes. Chacune d'elles était décorée dans des tons différents, certaines avec vue sur l'océan, d'autres sur la forêt, mais toutes étaient luxueuses dans le moindre détail.

Elle se sentait à la fois excitée et nerveuse à l'idée de la réception qui devait avoir lieu le week-end suivant. Katie serait là pour l'aider avec les noms des gens et d'autres détails, et c'était rassurant.

Mais, pourquoi Farrell était-il retourné à Portland ?

Qu'est-ce que cela signifiait ?

Elle prit instantanément une décision. Farrell n'aurait aucune raison de regretter d'avoir partagé son lit. Elle lui déclarerait que ses émotions n'avaient pas fait partie de l'équation, et qu'ils pouvaient garder la même relation que par le passé. Une prudente amitié.

Le mercredi s'étira, interminable, et Ivy savait pourquoi. Farrell n'était pas là pour communiquer sa passion, son énergie à la maison. Il lui manquait.

Bien sûr, c'était un problème. Mais elle le résoudrait.

Dolly et elle passèrent ensemble un après-midi et une soirée agréables. Ivy se coucha tôt. Les quatre jours à venir allaient être éprouvants, et elle avait besoin de se reposer.

Mais son sommeil fut peuplé de rêves sombres, dérangeants. Et Farrell tenait le rôle principal dans chacun d'eux.

Jeudi matin, elle se rendit à la grande maison de bonne heure. Katie – et non pas Farrell – lui avait envoyé un texto pour l'avertir que Farrell, Quin et elle arriveraient avant midi, et pour lui demander de leur préparer un déjeuner léger.

C'était son travail, bien sûr, et cela ne la dérangeait pas du tout. Elle fit cuire des escalopes de poulet au gril et prépara une salade de pâtes. Dans le cellier, elle trouva quelques pommes qui avaient besoin d'être consommées. Elle les pela, les découpa en tranches et prépara une tarte.

Bientôt, une délicieuse odeur flotta dans la cuisine.

Vers 10 heures, le soleil avait percé entre les nuages, dissipant le brouillant matinal. C'était probablement une chance pour les invités du week-end. Tout le monde n'aimait pas comme Ivy regarder tomber la pluie.

Juste avant midi, elle entendit des claquements de portière. Elle alla se poster à la fenêtre, et elle vit les trois adultes descendre de deux voitures. Elle avait rarement l'occasion d'observer Farrell sans qu'il la voie. Il avait l'air encore plus grand que dans son souvenir. À cet instant, il riait aux propos de l'un des autres, et il avait l'air beaucoup plus jeune qu'il ne l'était vraiment. C'était probablement cet homme-là que Sasha avait connu.

Lorsqu'ils entrèrent dans la cuisine, Ivy les accueillit avec un sourire.

— Pile à l'heure, remarqua-t-elle. J'espère que vous avez faim, tous les trois.

— Nous nous sommes levés trop tôt, ce matin, se plaignit Quin, avant de s'étirer paresseusement. Je meurs de faim.

— Moi aussi, convint Katie, serrant brièvement Ivy dans ses bras. Tout cela sent si bon ! Puis-je vous aider ?

Ivy ne manqua pas de noter que Farrell ne disait rien. Il examinait la pile de courrier dans ses mains. C'était peut-être son excuse pour ignorer la femme avec qui il avait tout récemment fait l'amour.

— Si vous pouviez vous charger des boissons des hommes, répondit-elle en sortant trois assiettes et en commençant à servir le repas, tout le reste est prêt.

— Où est votre assiette ? s'enquit Katie, étonnée.

— J'ai déjeuné plus tôt, mentit-elle. Dolly était réveillée depuis l'aube, et j'ai eu trop faim pour attendre.

Katie ne parut pas convaincue, mais elle n'insista pas.

Lorsqu'elle eut servi tout le monde, Ivy quitta discrètement la cuisine, et elle alla se réfugier dans le bureau. Dolly dormait encore dans son berceau pliant.

Ivy s'installa dans un confortable fauteuil, et adossée au cuir elle ferma les yeux. Elle désirait Farrell à en mourir, et elle souffrait de constater qu'il l'évitait. Avait-elle tout gâché en faisant l'amour avec lui ? En cédant à cette folie qui s'était emparée d'eux, une relation physique apparemment inévitable ?

Farrell avait été si bon pour elle. Il était si incroyablement sexy. Comment s'étonner qu'elle soit tombée amoureuse de lui ?

Cette nuit qu'ils avaient partagée, ses douces caresses, le plaisir qu'il lui avait donné, avaient été des expériences inoubliables, qu'elle ne savait pas elle-même désirer.

Avec Farrell, elle se sentait entière.

- 12 -

Confiant à Katie le soin d'installer chacun dans ses quartiers, Farrell les quitta sous un prétexte quelconque, et partit à la recherche d'Ivy. Il se sentait affreusement coupable. Comment allait-il bien pouvoir lui expliquer son comportement ?

Il lui fallut quelques minutes pour la retrouver. C'est lorsqu'il entrouvrit sans bruit la porte du bureau qu'il les vit – le bébé endormi et sa maman… aussi endormie que lui. Ou, en tout cas, c'était ce qu'il semblait.

Farrell entra sur la pointe des pieds et referma doucement la porte derrière lui. Adossé au vantail, il contempla la mère et la fille, et il sentit son cœur se serrer.

Ivy n'était pas consciente de sa présence. Pas encore. Peut-être était-elle très fatiguée, ou le bruit du ventilateur avait couvert celui de son arrivée.

Trente heures s'étaient écoulées depuis qu'il avait quitté le lit d'Ivy, le matin précédent. Une éternité.

Dans la cuisine, un peu plus tôt, il s'était comporté comme un idiot. Au premier regard qu'il avait posé sur Ivy, il avait eu le souffle coupé, et faire semblant de lire ce fichu courrier était tout ce qu'il avait trouvé pour dissimuler son trouble.

Ivy méritait qu'il lui présente au moins des excuses.

En même temps, s'il ne projetait pas de répéter leurs ébats sexuels, le mieux serait de prétendre que tout était normal. Mais en serait-il capable ? Pourrait-il se comporter comme si partager le lit d'Ivy Danby n'avait pas été pour lui la plus merveilleuse expérience de ces sept dernières années ?

Plusieurs longues minutes s'écoulèrent ainsi. Comme Ivy n'avait toujours pas bougé, il décida que la Destinée lui envoyait un signal : *Ne regarde jamais en arrière.*

Et, malgré les protestations de sa conscience et de son cœur, il tourna le bouton de la porte dans son dos et il ressortit du bureau aussi silencieusement qu'il y était entré.

— Je crois que c'est tout, déclara Katie, son bloc-notes à l'ancienne et son crayon à la main. Le traiteur arrivera ici à 8 heures du matin. Elle m'a envoyé tous les menus du week-end pour approbation. Nous avons une personne végane, une autre allergique aux arachides et deux qui requièrent des menus sans gluten. Je pense que nous sommes fin prêts.

— N'est-elle pas extraordinaire ? remarqua Quin, déposant un doux baiser sur la joue de son épouse.

— Katie a été mon assistante administrative longtemps avant de devenir ton épouse, rappela Farrell en riant. Je suis parfaitement conscient de ses talents.

— Pas de tous, répliqua Quin en lui mordillant le lobe de l'oreille.

— On se calme ! le rabroua Katie avec un sourire qui annulait la portée de ses paroles. Ceci est une réunion de travail, Quin. Essaie de rester adulte.

— Oui, madame, répondit Quin d'un air faussement contrit.

— Puisque vous avez la situation sous contrôle, les tourtereaux, dit Farrell, je crois que je vais filer au labo. Dès que le chaos aura commencé, je vais devoir tout abandonner jusqu'à lundi.

— Où en sommes-nous avec le prototype de radiobalise ? s'enquit Quin. Y a-t-il eu de nouvelles fuites d'information ?

— Pas que je sache. Cela signifie qu'il y a de fortes chances pour que le labo de Portland ait réellement été compromis.

— Zachary essaie de trouver un expert pour une analyse complète de tous les ordinateurs de travail, assura Quin.

— Cela semble être une tâche titanesque, observa Katie. Si tout va bien, ici, je vote pour que tu continues à travailler à distance jusqu'à ce que nous ayons le fin mot de cette histoire.

— Ce qui m'inquiète, marmonna Farrell, c'est que nous ne le saurons peut-être *jamais* avec certitude.

— Si un espion industriel, ou un hacker, sévit à Stone River Outdoors, déclara Quin, marchant de long en large dans la cuisine, nous le démasquerons. Un point, c'est tout.

— J'aimerais le croire, convint Farrell. Mais la police n'a pas assez de personnel pour s'en occuper. Le suspect dans l'accident de voiture dont papa et toi avez été victimes est mort. C'était un toxicomane, un vagabond, et il n'y a aucune preuve que cet accident ait un lien avec le vol de mes designs, ou qu'il s'agisse d'autre chose qu'un simple accident.

— Alors, c'est tout ? gronda Quin. On passe à autre chose ?

— Non, répondit Farrell. Si Zachary et toi êtes d'accord, j'aimerais que nous engagions un détective privé.

— Cela va nous coûter une fortune, grommela Quin.

— Mais ce sera de l'argent bien dépensé, non ?

— Oui, tu as raison. Tu peux compter sur mon vote.

— Engager un détective est une excellente idée, opina Katie en rassemblant ses affaires. Mais, pour le moment, nous avons d'autres chats à fouetter. Rentrons à la maison, Quin.

Elle se tourna vers Farrell, avant d'ajouter :

— Nous serons de retour demain matin à 7 heures. Et, pour Ivy ?

— Quoi, Ivy ? fit Farrell, s'efforçant d'adopter un ton léger.

— Je me demandais si tu l'avais mise au courant de tous les détails. Ou préfères-tu que je le fasse moi-même ?

— Je suis sûr qu'elle appréciera toute l'aide que tu pourras lui offrir, répondit Farrell. Je pense qu'elle doit être dans le bureau avec le bébé. Dolly est généralement réveillée à cette heure-ci. Va donc les voir.

Lorsque Farrell eut quitté la pièce à grands pas, Katie se tourna vers Quin.

— Tu ne trouves pas que c'était bizarre ?

— Bizarre comment ?

— Je ne sais pas, dit-elle, le front barré d'un pli de perplexité. Ils se sont à peine adressé la parole, depuis notre arrivée, J'aurais pensé qu'après tout ce temps, Farrell se sentirait à l'aise avec Ivy, et vice versa.

— Katie, la tança gentiment Quin, cela ne nous regarde pas. C'est déjà toi qui l'as convaincu d'engager Ivy. Je pense que tu en as assez fait.

— C'était la solution idéale, insista-t-elle.

— Peut-être. Mais notre Farrell est un ermite endurci. La perte de Sasha, il y a toutes ces années, l'a transformé. Il *aime* être seul. La présence d'une gouvernante et d'un nourrisson dans sa maison a peut-être éprouvé sa patience.

Ivy, qui avait entendu chaque mot de cette conversation, s'immobilisa sur le seuil. Ses joues étaient devenues brûlantes, et elle avait la nausée. Était-ce vrai ? Farrell avait-il décidé qu'il préférait se nourrir de sandwichs plutôt que de les avoir constamment dans ses jambes, Dolly et elle ?

Regrettait-il d'avoir fait l'amour avec elle ?

Soudain, elle souffrait le martyre.

Une demi-heure plus tôt, alors qu'elle somnolait près du berceau pliant, dans le bureau, Farrell était entré sans bruit. Avec cet instinct qu'ont les jeunes mamans, elle s'était réveillée en sursaut, et, retenant son souffle, elle avait attendu qu'il parle pour ouvrir les yeux. Mais il était simplement resté là à les regarder. À quoi pouvait-il penser ?

Il était peut-être venu lui annoncer que ce prochain week-end marquerait la fin de sa mission. Qu'il avait décidé qu'il n'avait plus besoin d'une gouvernante. Si c'était le cas, pourquoi ne l'avait-il pas fait ?

Il n'était sûrement pas venu pour parler de leur coup de folie temporaire. Ils étaient deux adultes. Célibataires. Disponibles. Ils n'avaient rien fait qui soit scandaleux.

Chacun désirait l'autre, avait besoin de l'autre.

Dolly gloussa bruyamment à cet instant, ce qui signifiait qu'Ivy ne pouvait plus cacher plus longtemps sa présence dans le couloir. En outre, le moment était mal choisi pour analyser les raisons qu'avait pu avoir Farrell pour faire l'amour avec elle avant de la laisser froidement tomber.

Ivy toussota, et, tapotant sa joue en feu, elle entra d'un pas alerte dans la cuisine.

— Ai-je entendu mon nom ? s'enquit-elle d'un ton guilleret.

Katie avait l'air accablée. Mais Quin prit la situation en main comme un vrai professionnel :

— Katie me disait qu'elle devait vous procurer toutes les informations nécessaires, concernant nos invités. Les détails de dernière minute, enfin vous voyez.

— Oui, naturellement, répondit Ivy. J'ai besoin de savoir ce que vous attendez tous de moi, durant ce week-end.

Katie lui prit Dolly des bras, puis elle la repassa à Quin.

— Prends son manteau dans le couloir, et promène-la sous le porche durant quelques minutes, veux-tu ? Ivy et moi avons à réfléchir ensemble.

Dès que Quin fut sorti avec Dolly, Ivy se percha sur l'un des tabourets devant l'îlot central.

— Expliquez-moi tout.

— D'accord, répondit Katie, poussant son bloc-notes jaune vers elle. Pourriez-vous prendre des photos de ces quelques pages avec votre téléphone ? Ces notes vous aideront à vous souvenir des noms. La seconde page concerne les particularités diététiques de chacun, mais le traiteur sait déjà tout cela.

— Votre beau-frère me paie un salaire généreux, observa Ivy. J'aurais très bien pu me charger de la cuisine.

— N'y pensez même pas. Farrell a été très clair à ce sujet. Il a besoin de vous en tant qu'hôtesse.

— Je n'ai jamais fait rien de semblable. Mon mari ne recevait jamais personne.

— C'est la première fois que vous mentionnez votre mari devant moi, remarqua Katie d'une voix douce. Comment vous en sortez-vous ? Tout va bien ?

— Oui, ça va, répondit Ivy. Ce n'était pas un mariage heureux.

— Oh ! fit Katie, ouvrant de grands yeux. Je ne savais pas.

— Vous ne pouviez pas le savoir. Je ne l'avais même pas dit à votre sœur lorsqu'elle cherchait une colocataire. J'essayais encore d'assimiler que Richard était mort, et ce que cela signifiait pour Dolly et moi. Je suppose que c'est toujours le cas.

— Que diriez-vous si je vous accompagnais à votre bungalow ? proposa Katie en souriant. Nous pourrions choisir ensemble les tenues que vous porterez à chacun des événements du week-end.

— Mille fois oui ! répondit Ivy avec un soupir de soulagement. C'était un sujet qui me tracassait.

— Je vais informer Quin que je serai chez vous.

— Ne vous en voudra-t-il pas de l'obliger à garder Dolly ?

— Pas du tout, assura Katie. Et si Dolly est aussi mignonne et aussi charmante qu'à son habitude, elle donnera peut-être quelques idées à mon mari.

Quinze minutes plus tard, Ivy déverrouillait la porte du bungalow. Katie entra sur ses talons et parcourut l'intérieur d'un regard curieux.

— J'aime beaucoup la façon dont vous l'avez arrangé.

— Si c'est une manière polie de dire que des jouets traînent partout, c'est vrai, ironisa Ivy.

— C'est ce que j'appelle un chaos organisé. J'adore.

Elles allèrent jusqu'à la chambre, que, par bonheur, Ivy avait laissée propre et bien rangée ce matin-là.

— J'ai tout accroché sur des cintres, et défroissé les articles qui en avaient besoin, mais, il y en avait tant…

— Ceci sera parfait pour le déjeuner de demain, déclara Katie, passant en revue les vêtements. On dit que la première impression est la plus durable.

La tenue que Katie indiquait était un tailleur-pantalon noir très sophistiqué, accompagné d'un débardeur de satin bleu sarcelle et de bijoux assortis. Le collier et les boucles d'oreilles seuls auraient englouti son salaire d'une semaine.

Les ballerines de cuir noir portaient la marque d'un grand bottier. Toute cette opulence la laissait sans voix.

— Et après le déjeuner ? s'enquit-elle.

— Les frères Stone ont prévu une petite randonnée de cinq kilomètres. Rien de bien fatigant. Leur but est de montrer cette propriété dont ils sont si fiers, et, par la même occasion, démontrer la qualité de quelques-uns de nos meilleurs équipements de sport d'extérieur. Vous avez peut-être remarqué que je vous ai commandé des chaussures de randonnée, et des pantalons à séchage ultrarapide. Et vous avez plusieurs choix de hauts.

— Je ne m'étonne plus que Farrell ait décidé de faire

appel à un traiteur. Après cette marche forcée, ils auront faim.

— Sûrement, convint Ivy, examinant une nouvelle tenue. J'adore celle-ci. Elle sera parfaite pour demain soir. Les hommes ont prévu quelques cocktails face à l'océan, puis un dîner formel.

La robe, que Katie avait choisie sur catalogue, était dotée de manches trois quarts et d'un col rond, et l'ourlet s'arrêtait juste au-dessus du genou. Mais, lorsque Ivy l'avait essayée quelques jours auparavant, la soie cramoisie moulait son corps d'une telle façon que chacune de ses courbes, si modestes soient-elles, devenait une provocation.

— Elle est très… rouge, observa-t-elle d'un ton hésitant.

— Bien sûr, répondit Katie en riant. Et elle s'harmonise parfaitement avec votre teint. Elle est vraiment très sage.

— Peut-être en avez-vous une autre moins… ajustée ?

— Du rouge pour demain soir, décréta Katie. Aucun doute possible. Relevez fièrement la tête, et soyez fabuleuse.

— Je ne crois pas que « fabuleuse » fasse partie de mon répertoire.

— Cela fait partie du répertoire de toutes les femmes, insista Katie. Mais, quelquefois, nous nous laissons aller à croire les critiques. Celles des autres et les nôtres. Vous êtes une femme adorable, Ivy. Je suis navrée que votre mariage ait été malheureux.

— Je vous raconterai peut-être un jour, dit Ivy, haussant les épaules. Ce qui est sûr, c'est que Richard ne m'aurait jamais permis de sortir vêtue d'une robe pareille. Mais, aujourd'hui, c'est moi qui prends mes propres décisions.

— Raison de plus pour briller. Vous commencez une nouvelle vie, Ivy. Quelle qu'en ait été la raison, à l'origine, c'est une opportunité d'avancer.

— Je commence à comprendre pourquoi vous étiez la personne idéale pour sortir Quin de sa déprime. Je ne m'étonne pas qu'il soit tombé amoureux de vous.

— Je n'ai aucun mérite, assura Katie. Je lui ai seulement donné une petite poussée. Quin a dû gérer tout seul l'interruption de sa carrière de skieur de classe internationale. Il lui a fallu du temps pour faire son deuil. Je suis fière de lui.

Ivy l'enviait un peu. Katie était visiblement pleine d'assurance *avant* d'avoir rencontré Quin. Katie travaillait pour Farrell en tant que directrice du service Recherche et Développement depuis plusieurs années déjà. Mais, aujourd'hui, elle était littéralement rayonnante, comme seule peut l'être une femme qui se sait aimée.

— Très bien, conclut Ivy. Nous avons choisi la garde-robe du vendredi. Mais, et la suite ? J'étais loin de me douter que nous aurions autant d'opportunités de nous changer.

— Ce haut et ce pantalon pour samedi matin, dit Katie en se tournant à nouveau vers le placard. Encore quelques vêtements de plein air pour l'après-midi, et la robe bleu roi pour le samedi soir.

Rapidement, avec l'aide de Katie, Ivy organisa ses tenues dans l'ordre où elle en aurait besoin. Même si elle n'était pas encore tout à fait débarrassée de son appréhension, Ivy était impatiente de porter ces fabuleux vêtements.

Leur tâche accomplie, elles partirent à la recherche de Quin. Elles le trouvèrent dans la cuisine, où il permettait à Dolly de sortir toutes les casseroles du placard du bas.

— Quin, ton frère doit accueillir des hôtes importants demain matin, le gronda-t-elle. Es-tu devenu fou ?

— Dolly en avait envie, répondit-il avec un sourire lumineux. Qu'y puis-je ? Elle me mène par le bout du nez.

— Ne vous faites aucun souci, intervint Ivy, plus amusée que Katie par cette situation. Je rangerai tout après elle.

Quin devenait rapidement l'un de ses personnages préférés

dans cette famille. Son côté malicieux, son humour charmant, rendaient sa compagnie très agréable. Tout l'opposé de son trop solennel grand frère.

— Nous allons ranger tout de suite, insista Katie. Désolée, Dolly, mais ce week-end est important. Nous allons tous devoir être très sages.

Ivy vit le bloc-notes sur le plan de travail, et, jetant un coup d'œil à la première page, elle fronça les sourcils.

— Pourquoi m'a-t-on réservé la chambre rose ? C'est la plus belle de toute la maison. Face à l'océan, un lit immense, elle aurait dû revenir à l'un de nos hôtes. Je peux dormir ailleurs.

Katie et Quin échangèrent un regard, puis Katie lui sourit.

— Nous n'utilisons que six des huit chambres du premier étage, expliqua-t-elle. Quin tenait à ce que vous soyez convenablement logée. Les autres invités seront aussi très bien traités, je vous le promets.

— Nous sommes dans la maison de Farrell, intervint Quin, qui laissait Dolly se livrer à son jeu favori, consistant à tirer les cheveux des gens. C'est lui qui décide de tout.

— Mais… Cela n'a aucun sens !

Le couple se consulta une nouvelle fois du regard, et ce fut Quin qui reprit la parole :

— Mon frère vous apprécie beaucoup, Ivy. C'est lui qui a pris ces dispositions. À votre place, je me garderais bien de protester.

— Très bien, répondit Ivy, visiblement peu convaincue, en lui prenant Dolly des bras. Je crains d'avoir abusé de votre temps, vous devriez rentrer vous reposer. À quelle heure serez-vous de retour pour dîner ?

— À vrai dire, mon mari a proposé de me préparer un dîner romantique pour deux, ce soir, répondit Katie, reposant sa tête sur l'épaule de Quin. Farrell et vous serez tout seuls.

- 13 -

Portant Dolly dans ses bras, Ivy sortit sous le porche pour dire au revoir au jeune couple. Quin et Katie montèrent dans leur voiture, et ils disparurent au bout de l'allée. Ivy avait perdu sa dernière ligne de défense. Elle était seule avec Farrell jusqu'au lendemain matin.

Luttant contre une vague inquiétude, Ivy passa en revue les options qui lui restaient ouvertes. Ce qui était sûr, c'était que Farrell et elle avaient besoin d'avoir une franche discussion avant l'arrivée des invités. Mais comment ?

Calant le bébé sur sa hanche, elle sortit son téléphone pour envoyer un texto à son patron.

> Pour quelle heure souhaitez-vous que je prépare le dîner ce soir ?

Voilà, c'était fait. Simple et direct. Aucun motif caché. Vingt minutes passèrent sans que Farrell ne réponde à son texto. Et, lorsqu'il le fit, sa réponse n'était pas rassurante :

> Je vais me préparer un sandwich. Mon travail avance bien. Profitez de la soirée pour vous détendre avec Dolly.

Ivy fronça les sourcils, s'efforçant de lire entre les lignes de ce message. Farrell l'évitait. Pas d'autre explication possible. Ce week-end à venir s'annonçait mal, mais, à part forcer une confrontation avec lui, que pouvait-elle faire ?

Cette impasse lui rappela un problème auquel elle pensait depuis quelque temps. Dolly et elle avaient besoin d'un moyen de transport fiable. Rien de luxueux. Si Katie pouvait lui indiquer où elle pouvait trouver un véhicule d'occasion, Ivy avait assez d'argent pour en verser un acompte.

Sans plus attendre, elle envoya un texto à Katie à cet effet. Puis, se sentant un peu coupable, elle en envoya un second :

Rien ne presse pour la voiture. Nous en reparlerons plus tard.

Katie lui envoya une brève réponse amicale.

Après cela, Ivy se sentit un peu désœuvrée. La maison était impeccable. Le patron n'avait pas envie de dîner. Il ne lui restait plus qu'à se détendre avec Dolly… Et, plus tard, ce soir, potasser sa liste des invités du week-end.

Comme elle avait faim, et qu'elle ne souhaitait pas se retrouver nez à nez avec Farrell plus tard, elle installa Dolly sur sa chaise haute, elle plaça quelques victuailles dans un panier d'osier. Elle mangerait les restes du repas de midi sitôt de retour au bungalow, et plus tard dans la soirée, un peu de fromage et quelques fruits feraient très bien l'affaire.

Elle se débrouilla pour se charger à la fois du panier et de sa fille, mais, en arrivant au bungalow, elle était à bout de souffle, même si ce n'était qu'une courte distance.

Avant d'ouvrir, elle s'arrêta pour reprendre sa respiration et tourna son regard en direction de la forêt. Elle apercevait le toit du labo de Farrell entre les arbres. Comment réagirait-il si elle se présentait tout simplement sur le pas de sa porte ?

Elle n'était pas assez courageuse pour le vérifier.

Avoir quartier libre durant une bonne partie de l'après-midi et toute la soirée aurait dû être une divine surprise, mais le reste de la journée s'écoula avec une lenteur désespérante. Les bébés sont des êtres merveilleux, mais avec Dolly, la conversation était à sens unique.

Comme Dolly avait manqué l'une de ses deux siestes,

ce jour-là, Ivy put la coucher vers 19 h 30. La pauvre petite somnolait déjà lorsqu'elle lui enfila son pyjama. Laissant Dolly profondément endormie dans son berceau, Ivy prit une douche, se lava les cheveux et les sécha. Le T-shirt et le pantalon de jogging qu'elle enfila dataient de ses années d'université. Elle regarda distraitement un film, et elle était sur le point de se coucher lorsqu'elle entendit qu'on frappait doucement à la porte. Ce visiteur ne pouvait être que Farrell.

Son cœur battait la chamade. Elle aurait pu l'ignorer, bien sûr. Les lumières des pièces de façade étaient éteintes. Farrell penserait qu'elle dormait.

Hélas, aucune force au monde n'aurait pu arrêter ses pas. Quel qu'en fût le prix, elle désirait le voir.

Lorsqu'elle ouvrit la porte, les traits de son visage disparaissaient dans l'obscurité.

— Puis-je entrer ? s'enquit-il.

— Oui, bien sûr, répondit-elle après une seconde d'hésitation.

Il la suivit à l'intérieur, et attendit en silence pendant qu'elle allumait une ou deux lampes, créant un éclairage intime. Mais, lorsqu'elle se retourna face à lui, il la saisit par un poignet pour l'attirer à lui, et il enfouit son visage au creux de son épaule.

— Je vous demande pardon, Ivy, gémit-il.

Sa souffrance était bien réelle, et, la vue brouillée de larmes d'émotion, elle glissa ses doigts dans ses cheveux.

— Tout va bien, murmura-t-elle.

— Tout ne va pas bien du tout, répliqua-t-il en relevant brusquement la tête. J'ai fait l'amour avec vous, et, ensuite, j'ai disparu.

À tout autre moment, son indignation aurait pu la faire rire. Mais pas aujourd'hui. Elle aurait pu lui demander pourquoi il lui faisait ses excuses, mais elle le savait déjà.

— Vous avez eu le sentiment d'avoir trahi votre épouse. Et je devine que vous avez réagi ainsi chaque fois que vous êtes devenu intime avec une femme, ces sept dernières années.

— Cela a été vrai autrefois, reconnut-il en soupirant. Mais plus maintenant, à moins que cela ne soit inconscient. Mercredi matin, je n'ai pas quitté votre lit à cause de Sasha.

— Alors pour quelle raison, Farrell ? Et pourquoi aviez-vous ce comportement bizarre aujourd'hui, lorsque Katie, Quin et vous êtes arrivés ?

Il se laissa tomber dans un fauteuil, fixant le sol à ses pieds. Lorsqu'il releva enfin les yeux vers elle, l'expression qu'elle lut sur son visage lui fit comprendre que les contes de fées qu'elle avait pu se laisser aller à imaginer étaient morts et enterrés. Sans aucun espoir de retour.

— Je suis parti parce qu'en me réveillant près de vous, j'ai trouvé cela tout naturel. Parfaitement approprié. Mais je ne peux pas faire cela, Ivy. Je ne peux pas.

— Vous ne pouvez pas vous réveiller près de moi ? répéta-t-elle, perplexe. J'ai peur de ne pas vous comprendre.

— Je ne peux pas m'attacher à vous, répondit-il en se remettant debout, les mains au fond de ses poches, tout son corps rigide. Pas de cette façon. Alors, avoir eu des relations sexuelles avec vous a été une obscénité.

— Ce n'est pas l'impression que j'en ai retirée, remarqua-t-elle s'efforçant de sourire malgré sa souffrance.

— Ce n'est pas une plaisanterie, insista-t-il d'un air sombre. La perte de Sasha a failli me briser. Je me suis juré de ne jamais plus m'attacher à une femme. J'ai perdu mon épouse, mon père, et j'ai failli perdre Quin. Je ne veux plus jamais avoir à affronter une telle douleur. Un lien s'est créé entre nous deux, je n'essaierai pas de le nier. Mais je n'en veux pas. Et je ne veux pas non plus vous faire souffrir.

— Mais ?

— Mais je vous désire malgré moi, et ce désir me dévore. Que diable vais-je pouvoir faire à ce sujet ?

— Ce n'était qu'une rencontre sexuelle, marmonna-t-elle.

— Non, ce n'est pas vrai, répliqua-t-il, rivant son regard dans le sien comme s'il voyait clair dans son mensonge. Je suppose que vous cherchiez à vous assurer que vous étiez toujours une femme désirable. Ou peut-être que vous pouviez encore éprouver du désir. Je crois que nous avons tous deux trouvé la réponse à cette question.

— Et vous ? s'enquit-elle dans un souffle, se cramponnant au dossier d'une chaise pour éviter de s'effondrer. S'il ne s'agissait pas seulement de sexe, qu'est-ce que c'était, pour vous ?

— J'avais besoin de vous, précisa-t-il d'une voix sans timbre. Désespérément besoin. Je ne m'étais pas approché d'une femme depuis presque un an. Avec la mort de mon père et les blessures de Quin, sans compter tous les problèmes au travail, je m'étais isolé émotionnellement. J'essayais de me dire que j'étais de taille à gérer toutes les situations, mais c'était faux. Parce que, dès votre arrivée, j'ai commencé à désirer davantage. J'avais besoin d'un lien.

Et cependant, vous étiez totalement sincère lorsque vous m'avez déclaré que vous ne *vouliez pas* me désirer.

— Je sais, convint-il, le regard morne. Je suis une catastrophe, ne trouvez-vous pas ? Vous devriez me fuir.

À ce stade, Ivy tremblait de tous ses membres. Sa peau était glacée. L'instant était crucial. Pas seulement pour elle, mais pour Farrell aussi. La direction qu'ils prendraient, à compter de cet instant, laisserait des traces permanentes dans leurs vies à tous les deux.

— Voilà la situation, dit-elle, s'efforçant de s'exprimer d'un ton calme, raisonnable. J'ai traversé une mauvaise période, mais, aujourd'hui, je vais bien. Ou, en tout cas, je progresse dans la bonne direction. Un jour, peut-être, je rencontrerai un homme qui aura les mêmes désirs que moi, mais, à l'évidence, ce n'est pas vous. J'ai besoin de cet emploi jusqu'à ce que j'aie économisé assez pour trouver un autre endroit pour vivre. Vous avez tort de croire que vous vous servez de moi, ou que vous me faites souffrir. Je sais ce que je désire. Le sexe sans promesses de lendemain ne me fait pas peur.

— Cela, j'en doute sérieusement, répliqua-t-il, la gardant sous le feu de son regard.

— C'est la vérité, insista-t-elle. Comme je vous l'ai déjà dit, je ne suis pas une fleur fragile et innocente. Dans ma vie, j'ai connu le bon et le mauvais, et je peux vous affirmer que le sexe avec Farrell Stone appartient à la première catégorie. Mais je respecte vos limites. Vous n'avez pas à vous inquiéter pour moi. J'ai vécu dix ans mariée à un homme qui ne m'aimait pas. J'ai trop de respect pour moi-même pour me placer deux fois dans la même situation.

— Vous auriez dû devenir avocate, marmonna-t-il d'un air résigné. Je ne suis pas certain de comprendre la place que j'occupe dans votre argument.

— Je vous pardonne de vous être enfuis, déclara-t-elle, lui tendant sa main d'un air magnanime.

— Je ne me suis pas enfui, corrigea-t-il, souriant pour la première fois. J'ai effectué un repli stratégique.

Lorsqu'il ne fit aucun geste pour prendre sa main, elle la retira précipitamment. Cette histoire de sexe sans promesses n'allait pas s'avérer facile.

— Je ne peux pas entrer en compétition avec votre douce Sasha, Farrell. Je n'essaierais jamais de faire cela. Que désirez-vous, exactement ?

— Vous savez ce que je désire, répondit-il d'un ton douloureux.

— Et pourtant, vous êtes là-bas, et je suis ici, observa-t-elle. Je ne veux pas que vous vous sentiez responsable de moi, Farrell. Ce n'est pas ce que j'attends de vous. J'ai seulement besoin d'un job, et de votre corps ultra-sexy. Cela vous va ?

— Le jour où je vous ai rencontrée pour la première fois, j'ai cru que vous étiez une personne douce et timide, murmura-t-il en s'approchant d'elle à pas lents. Je me trompais complètement, n'est-ce pas ?

— Je ne sais pas, murmura-t-elle, effleurant le contour de ses lèvres du bout d'un doigt. Quel est votre avis ? Ai-je l'air douce et timide ?

— Je ne suis pas certain d'être de taille à manipuler une bombe telle que vous, Ivy Danby.

— Faites de votre mieux. Vous êtes un grand garçon.

Farrell avait perdu le contrôle de la situation à l'instant où il avait frappé à la porte d'Ivy. Le petit bungalow l'avait attiré comme un aimant. Il lui avait été impossible de ne pas y courir. Pourtant, il avait résisté. Il avait passé deux heures à explorer la boîte où il rangeait les affaires de Sasha, des objets dont il n'avait jamais osé se défaire, de peur de perdre le dernier lien qui le rattachait à sa défunte épouse. Son parfum imprégnait encore son foulard de soie, mais il ne parvenait plus à se rappeler ses traits avec précision.

Après sept années, Sasha était réellement partie.

Pour être honnête, Farrell le savait déjà depuis longtemps, et il l'avait accepté. Ce qu'il n'avait toujours pas accepté, c'était sa solitude. Une solitude qu'il avait choisie. Parce qu'il ne supporterait pas de perdre quelqu'un d'autre.

Il emporta Ivy dans ses bras, et il la déposa gentiment sur le lit. Farrell se débattait dans un maelström de confusion et de brûlant désir. Un homme dans son état ne devrait jamais être autorisé à prendre des décisions.

Le plafonnier était éteint. La seule lumière dans la chambre provenait d'une petite lampe posée sur la table de chevet. Dans les yeux immenses d'Ivy, il lisait un mélange d'appréhension et de voluptueuse anticipation. Le léger T-shirt qu'elle portait adhérait à ses seins, attirant irrésistiblement le regard vers leurs pointes durcies. Le pantalon de jersey léger qui lui servait de pyjama gainait des cuisses minces et fermes. Un derrière rond. Une taille étroite.

Il devrait peut-être lui parler, dire quelque chose. Mais les mots refusaient de se former. Comment expliquerait-il à Ivy quelque chose qu'il n'avait pas encore compris lui-même ?

Il se débarrassa rapidement de tous ses vêtements et tira quelques préservatifs de la poche de son jean. Lorsqu'elle les vit, il aurait pu jurer qu'elle rougissait.

Par bonheur, elle resta silencieuse. Tout à l'heure, sa voix de gorge capiteuse l'avait enveloppé comme une coulée de miel, l'empêchant de réfléchir correctement.

— Poussez-vous un peu, Ivy.

Le lit n'était pas aussi grand que le sien, et il en était le seul responsable. Lorsqu'il avait meublé ce bungalow, il n'avait pas l'intention d'y dormir lui-même.

— Farrell ? murmura Ivy, posant sa main sur sa cuisse sous les couvertures.

Les bouts de ses doigts touchaient presque son sexe. Était-ce intentionnel ? Essayait-elle de le rendre fou ?

— Oui ? balbutia-t-il.

— Avant toute chose, puis-je vous poser une question ?

Farrell ferma les yeux. Lorsqu'il répondit, sa voix n'était qu'une sorte de croassement :

— Oui, bien sûr.

— Katie m'a informée que vous comptez me réserver la magnifique chambre avec vue sur l'océan, au premier étage. Je vous remercie de cette attention, mais je préférerais dormir dans la petite chambre à l'arrière de la maison. Offrez plutôt la plus belle chambre à l'un de vos invités.

— Vous allez travailler très dur, ce week-end, et je…

Elle l'arrêta, posant sa main délicate sur sa bouche. Son sourire provoqua une sorte de vertige en lui.

— Vous ne m'avez pas écoutée, Farrell. Ce que je désire, c'est dormir avec vous chaque nuit. Si vous êtes soucieux des apparences, je m'installerai avec plaisir dans l'une des chambres d'amis, mais, j'espérais que vous et moi pourrions…

Le reste de sa phrase mourut sur ses lèvres, peut-être parce qu'il n'avait pas encore dit un mot.

Le cerveau de Farrell cessa de fonctionner, analysant la requête qu'elle lui faisait, et il fit de son mieux pour dissimuler la réaction enthousiaste de son corps.

— Ce serait bien, répondit-il.

— *Bien ?* répéta-t-elle en le dévisageant. C'est tout ? C'est beaucoup d'embarras pour quelque chose de bien.

Cette pique n'était pas injustifiée, et il posa sa main sur la sienne. Sur la petite main féminine qui reposait sur sa cuisse.

— Caressez-moi, supplia-t-il, saisissant son bras pour le placer en travers de son ventre dur. Oui, mille fois oui, je désire que vous dormiez dans ma suite pendant le week-end. Mais, à cet instant précis, tout ce que je désire, c'est vous.

Lorsqu'elle referma ses doigts délicats autour de son érection, il l'entendit gémir. Ou, était-ce lui ? Peut-être avaient-ils gémi ensemble. Il n'était plus sûr de rien.

Elle avait dû comprendre la profondeur de son désespoir, car elle changea de position dans le lit, et, reposant sa joue sur son torse, elle exhala un soupir.

— Monsieur Stone, vous avez un corps absolument superbe. J'adore le fait qu'il soit si différent du mien.

Et, sur ces mots, elle entreprit d'explorer chacune de ses zones érogènes, déchaînant une alerte rouge dans sa libido masculine, une frénésie des sens.

Il allait s'en plaindre lorsqu'elle abandonna soudain son

érection palpitante. Mais cette punition amenait avec elle sa propre récompense, car Ivy posa d'abord ses lèvres sur ses chevilles, puis elle remonta lentement, contournant son pubis pour déposer une pluie de baisers sur ses abdominaux, sur son torse, sur son cou, sur son menton.

Puis elle le chevaucha, et, recueillant ses joues entre ses mains, elle l'embrassa sur la bouche.

Farrell tremblait comme s'il était pris de fièvre. Il serrait ses hanches entre ses mains se délectant du contact de ses rondeurs fermes. La bouche brûlante d'Ivy l'avait transporté dans un autre univers.

Leurs deux corps étaient étroitement soudés l'un à l'autre. Elle était drapée sur lui comme la plus parfaite, la plus sensuelle des couvertures.

Mais, déjà, il désirait davantage. Il en avait *besoin,* sous peine d'exploser en une combustion spontanée.

— Ivy ? chuchota-t-il. Pouvons-nous le faire maintenant ? S'il vous plaît ?

Elle s'écarta un peu se lui, et elle lui sourit. Un sourire de chat devant un canari qui illumina son visage, et qui l'aurait fait rire si son érection douloureuse le lui avait permis.

— Naturellement, Farrell. Qu'attendez-vous donc ?

Il l'écarta avec une hâte maladroite et tendit la main vers la protection. Il ne lui fallut qu'une milliseconde pour décider.

— Vous… dessus, dit-il d'une voix étranglée. Vite.

— Oui, monsieur.

La manœuvre aurait peut-être été plus facile si elle n'avait pas essayé assez maladroitement de l'aider, mais, enfin, ils furent parfaitement alignés, et il murmura d'une voix rauque de désir :

— Regardez-moi.

Presque avec timidité, ses yeux se levèrent vers les siens.

— Je vous regarde.

— Je ne veux pas que vous ayez de regrets.

C'étaient les paroles les plus sincères qu'il ait jamais prononcées, puisées tout au fond de son âme. Et le doux sourire d'Ivy fut comme une absolution.

— Je ne regretterai rien, Farrell, assura-t-elle. Sincèrement.

- 14 -

Ivy savait qu'elle allait au-devant d'un chagrin d'amour. Et cependant, elle continuait dans cette voie. Lorsqu'il entra en elle, elle ferma les yeux, tout entière concentrée sur la sensation divine de cette douce invasion. Centimètre par centimètre, il l'emplit complétement, et la fit sienne.

C'était une expérience enivrante et terrifiante tout à la fois. Pour elle, c'était une découverte, un éblouissement. Richard lui avait volé tant de choses ! À présent, enfin, elle avait trouvé l'élu de son cœur. Elle aimait Farrell Stone. Plus qu'elle n'aurait cru possible d'aimer un autre homme.

Mais il n'était pas à elle, et elle ne pouvait pas le garder.

Dans ce lit si confortable, il lui fit l'amour avec une telle passion, une telle tendresse qu'elle était au bord des larmes. Une avalanche de sentiments confus déferlait sur elle, la secouant jusqu'au tréfonds de son âme.

Telle une plume emportée par le vent, Ivy voguait vers une destination inconnue. Là-bas, de l'autre côté, c'était la tragédie qui l'attendait. C'était une certitude. Elle était suffisamment intelligente pour le savoir.

Et cependant, rien n'aurait pu la convaincre de renoncer à ces prochains jours d'émerveillement et de joie.

Sans aucun avertissement, Farrell se positionna au-dessus d'elle, et il s'enfonça profondément dans sa féminité brûlante, la faisant gémir de délices, ondulant sous lui tandis qu'une vague de plaisir infini envahissait peu à peu tout son corps.

Elle désirait faire durer ce plaisir. Savourer ces instants

d'intimité totale où il était tout à elle, où elle n'avait pas à le partager avec un fantôme, ou même avec une foule d'invités.

Mais c'était trop bon. Farrell connaissait déjà parfaitement son corps, et elle sentait approcher un orgasme monumental.

Lorsqu'il posa sa bouche juste sous son oreille pour lui chuchoter des mots tendres, Ivy cessa de lutter. Un cri monta de sa gorge, et elle bascula dans un abîme de plaisir infini.

Puis, enfin, elle se détendit dans ses bras.

Ils s'endormirent tous deux.

Ivy rouvrit les yeux vers 2 heures du matin. Assis sur le bord du matelas, Farrell s'étirait.

— Qu'est-ce qui vous tracasse ? s'enquit-elle.

— Rien, assura-t-il en se penchant pour l'embrasser. Mais je viens tout juste d'avoir une idée pour mon projet de radiobalise. Je ne compte pas me sauver, je vous le jure.

Elle lui rendit son sourire, trop satisfaite, trop heureuse pour le contredire en quoi que ce soit.

— Je vous crois, Farrell. Allez-y. C'est votre dernière chance de travailler avant lundi, n'est-ce pas ?

— Vraiment, vous ne m'en voulez pas ?

— Pas du tout, dit-elle en prenant sa main pour la porter tendrement à sa joue. Faites ce que vous avez à faire. Moi, je vais me rendormir. Je vous verrai demain matin.

Farrell se sentait comme ivre. Il venait de passer quatre heures dans son labo, à peaufiner les derniers détails de son invention. Les idées avaient jailli en succession si rapide qu'il peinait à les noter toutes.

Il aurait préféré ne pas quitter le lit d'Ivy, mais il savait par expérience que l'inspiration se manifeste souvent dans les moments les plus incommodes. Cette nuit, la création avait été pour lui une expérience transcendantale. Son esprit était en feu. Il bouillonnait d'énergie.

Après s'être douché et changé, il avait fait une petite sieste dans l'un des fauteuils de son bureau, et, à présent, il était porté par l'énergie de trois tasses de café qu'il s'était accordées pour saluer le lever du jour. Katie et Quin arrivèrent pile à l'heure avec des visages ensommeillés. Delanna, la sœur de Katie, les accompagnait.

— Où sont Ivy Danby et le bébé ? s'enquit la jeune femme en venant le saluer. Je suis prête à me mettre au travail. Ma sœur m'a dit que les invités allaient bientôt arriver.

— Quin et moi allons accueillir la responsable du traiteur, et l'aider à tout mettre en place, déclara Katie. Farrell, pourquoi n'emmènes-tu pas Delanna au bungalow ?

Habitué à être « géré » par son assistante ultra-efficace, Farrell n'opposa aucune résistance. Et, de plus, le bungalow était justement l'endroit où il avait le plus envie d'être.

— Oui, bien sûr, répondit-il. Venez, Delanna, suivez-moi.

Au bungalow, Delanna retrouva son ancienne colocataire avec une joie sincère.

— Merci d'être venue, dit Ivy, J'espère que mon départ précipité ne vous a pas causé trop de gêne. Avez-vous trouvé une autre colocataire ?

— Oui, confirma Delanna. Une fille super. Et, pour ne rien gâcher, une excellente cuisinière. Ne vous inquiétez pas, Ivy. Tout finit toujours par s'arranger.

Farrell n'était pas certain que ce soit toujours vrai, mais il se garda bien de la contredire. La sœur de Katie était un esprit libre.

Lorsque Ivy eut terminé sa routine du lever de Dolly, et qu'elle eut confié le bébé à sa nouvelle baby-sitter, Farrell l'entraîna un peu à l'écart.

— Vous êtes ravissante, murmura-t-il.

Il était très tenté de l'embrasser, mais il savait qu'elle

objecterait, compte tenu de la situation. Ivy portait un pantalon noir très ajusté et une veste également noire. Son chemisier de soie était du même bleu que l'océan sous le ciel des tropiques.

— Merci, répondit-elle avec un sourire qui manquait de conviction. J'avoue que je me sens nerveuse. Au lieu des ballerines qui devaient correspondre à cet ensemble, j'ai choisi de porter des talons hauts. Me sentir plus grande me donne de l'assurance.

— Soyez simplement vous-même, Ivy. J'ai seulement besoin que vous analysiez la façon dont nous conduisons cette réunion. Prenez note de tout ce que nous devrions changer ou supprimer, selon vous. Vos remarques nous seront précieuses plus tard, au moment de l'évaluation.

— À vous entendre, cela paraît facile, observa-t-elle. Mais ce sera ma première réception de milliardaires. Je ne saurai pas quoi leur dire.

— *Moi aussi*, je suis un milliardaire, rappela-t-il avec un sourire coquin. Et, la nuit passée, vous étiez très à l'aise avec moi. Vous me criiez même votre approbation.

Ivy se sentit rougir jusqu'aux oreilles, et elle jeta un coup d'œil affolé autour d'elle. Par bonheur, Delanna n'était plus dans la pièce, et elle n'avait pas entendu ces remarques.

— Détendez-vous, dit Farrell en riant. Votre ancienne coloc est sortie avec Dolly pour écouter les oiseaux.

— Oh ! fit Ivy, soulagée. Mais ce n'était pas drôle.

— Moi, j'ai trouvé cela assez amusant, répliqua-t-il, déposant un baiser sur sa joue en évitant de la décoiffer. Votre parfum est divin. Devons-nous prendre votre valise ?

— Je le ferai cet après-midi, en rentrant pour me changer. Nous devrions retourner à la maison, maintenant.

En rentrant du bungalow, ils constatèrent que l'équipe du traiteur avait pris le contrôle de la cuisine de la grande maison. Katie et Quin avaient été bannis dans le grand hall d'entrée, et les premières limousines commençaient à remonter l'allée, Zachary à la tête du cortège.

La demi-heure qui suivit fut un moment de chaos contrôlé. Lorsque toutes les présentations furent faites, les trois frères – épaulés par Katie et Ivy – entreprirent de conduire chacun des couples d'invités à sa chambre.

Farrell ne quittait pas des yeux Ivy, curieux de voir comment elle réagirait aux divers groupes. Mais il n'aurait pas dû s'inquiéter. Ivy se mêlait aux invités avec un naturel parfait, bavardant avec les uns et les autres, écoutant et offrant son aide en cas de besoin.

La vaste salle à manger, que Farrell n'utilisait que pour des occasions comme celle-ci, était déjà prête pour le déjeuner. Lorsque le traiteur – une femme souriante d'une trentaine d'années – lui donna le feu vert, les invités avaient eu le temps de se rafraîchir. Farrell était optimiste, quant aux résultats de ce week-end. Ses frères, Katie et lui vérifièrent une dernière fois les dossiers d'information qu'ils distribueraient après le repas.

Chaque dossier, à la couverture bleu marine frappée du logo de Stone River Outdoors, contenait de magnifiques images sur papier glacé des tout nouveaux produits de l'entreprise qu'ils espéraient voir adoptés par les entreprises de leurs invités.

Lorsque Farrell arriva dans la salle à manger, à 11 h 30, tout le monde était déjà là, et Ivy bavardait gaiement avec l'unique invité « célibataire » du groupe. Farrell s'arrêta derrière la porte entrouverte pour écouter sans vergogne leur conversation.

— Je suis sérieuse ! assurait Ivy en riant. Quand Farrell m'a informée qu'un fabricant de montres suisse allait venir, j'avais imaginé un vieil homme voûté avec une longue barbe blanche et des petites lunettes cerclées d'or. Vous ne correspondez pas du tout à cette image.

— J'espère ne pas vous avoir déçue, *mademoiselle*, répondit Lucas Bain, prenant sa main pour la porter à ses lèvres avec une élégance tout européenne.

Farrell enrageait. Bain était célibataire, sophistiqué et grand voyageur, et il était à la tête d'une fortune colossale. Il était aussi grand collectionneur de cœurs féminins – tous brisés tôt ou tard. Jusqu'à cet instant, Farrell n'avait jamais pensé qu'Ivy puisse être vulnérable au charme suave de Lucas Bain.

Ce baisemain la fit rougir. Les femmes adoraient ce genre de simagrées. L'inquiétude de Farrell monta d'un cran.

— Je crois que nos deux places sont par ici, près de la fenêtre, dit-elle. Et vous parlez français ? Je m'attendais à entendre un accent allemand.

— Notre pays a quatre langues nationales, expliqua Lucas. Dans ma région, on parle surtout français.

Leur conversation continuait, mais Farrell dut abandonner son poste d'observation pour s'occuper des autres invités. Par bonheur, les Italiens étaient accompagnés de leurs deux filles, de ravissantes jumelles âgées de dix-neuf ans, et leur présence rééquilibrerait un peu la situation.

Farrell ne pouvait pas décemment insister pour être assis près de son amante. Ses frères, Katie, Ivy et lui étaient dispersés autour de la table. Lorsque tout le monde eut pris sa place, marquée d'une étiquette calligraphiée, il prit la parole :

— Nous sommes ravis que vous soyez tous venus, dit-il. Nous espérons que ce week-end sera pour vous un agréable moment de détente… Un moment où nous pourrons tous apprendre à nous connaître, et qui, nous l'espérons, conduira à de futures fructueuses collaborations.

Il leva son verre de vin, avant d'ajouter :

— À nos futures entreprises. Qu'elles prospèrent dans chacun de nos pays.

Ivy adressa un sourire lumineux à Farrell. Elle n'était peut-être pas entièrement objective, mais, pour elle, Farrell était de loin l'homme le plus impressionnant dans cette pièce. Il possédait une autorité naturelle, et, lorsqu'il voulait s'en donner la peine, une attitude chaleureuse qui faisait que les gens se sentaient à l'aise dans sa fabuleuse maison.

Entre-temps, Lucas Bain, assis à sa droite, s'efforçait de monopoliser son attention. Il était bel homme, probablement *trop* bel homme. Un peu imbu de lui-même. À la première occasion, elle se tourna vers les invités à sa gauche, un couple de Namibiens, tous deux grands et aux manières réservées, qui parlaient avec un délicieux accent africain. Leur société de safari était l'une des plus importantes entreprises touristiques du continent, avec une clientèle principalement européenne.

Le déjeuner terminé, le planning de la journée prévoyait une heure de quartier libre avant les activités de l'après-midi. Zachary prit Ivy à l'écart dans le couloir.

— Je tiens à vous remercier pour tout ce que vous avez fait pour mon frère.

Ivy réfléchit une seconde à cette déclaration, et elle décida qu'il était impossible qu'il sache qu'ils avaient fait l'amour.

— En réalité, c'est moi qui devrais remercier les frères Stone. J'étais au bout du rouleau. J'avais besoin d'un emploi. Katie s'est portée garante pour moi. Votre entreprise me paie généreusement pour mon aide.

— Tout de même, observa Zachary, savoir que vous étiez là pour veiller sur Farrell nous a beaucoup rassurés.

— Votre frère est un homme adulte, fit remarquer Ivy. Il n'avait pas besoin d'une baby-sitter.

— Ce n'est pas ce que je voulais dire, assura Zachary, baissant la voix. Il a perdu son épouse il y a quelques années de cela, et il en a beaucoup souffert. Nous adorons Farrell, mais nous craignons toujours de le voir disparaître dans son fichu laboratoire pour ne jamais plus en ressortir. J'ai toujours admiré mon grand frère, et je voudrais qu'il renoue avec le bonheur. En attendant, nous sommes contents de savoir qu'il mange bien et que quelqu'un veille sur lui.

— Ivy, les interrompit Katie, voulez-vous bien m'aider avec les snacks ?

Si leurs invités internationaux avaient droit à du temps de loisirs, le reste du groupe restait constamment occupé. Quin marcherait en tête lors de la randonnée qu'ils avaient prévue. Ses frères et lui avaient fourni des sacs à dos neufs à tous les marcheurs, ainsi que des bouteilles d'eau.

Lorsque les provisions furent prêtes, y compris le jus d'oranges fraîchement pressées et les barres de céréales, Ivy courut au bungalow pour se changer et récupérer sa valise. Elle avait soigneusement plié ses vêtements neufs, et elle n'allait pas très loin. À son arrivée, Delanna lisait un roman, et Dolly faisait une sieste.

— Je serai de retour à 20 heures pour la coucher, promit Ivy.

— En plein milieu de votre banquet ? s'étonna Delanna.

— Je suis sûre que je ne leur manquerai pas.

En rentrant à la grande maison, Ivy était en nage. Avoir choisi la plus petite chambre, au premier étage, était une décision logique. D'ailleurs, elle était à peine moins « désirable » que les autres. L'ameublement et le décor étaient même ravissants.

Elle se sentait un peu empruntée dans sa tenue de randonnée toute neuve. L'étiquette du prix, sur la chemise, lui avait coupé le souffle. Pour la famille Stone, rien n'était trop beau. Et, apparemment, pour elle non plus.

Il avait été convenu que tout le monde se retrouverait devant la maison à 14 h 30. Ivy arriva seulement trois minutes avant l'heure. Farrell fronça les sourcils, mais elle le défia du regard, et elle lui tourna le dos. Ce n'était pas lui qui jonglait avec deux résidences et un bébé. Sans mentionner un évident manque d'expérience en matière de mondanités.

Le groupe se mit en marche à travers la forêt avec enthousiasme. Chacun des visiteurs des Stone avait voyagé à travers le monde, et tous étaient familiers des challenges physiques de haut niveau. Le couple d'Italiens, approchant la soixantaine, avait fait fortune dans le commerce des vins. Leur nouvelle entreprise d'organisation de randonnées en Toscane n'était, d'après eux, qu'un hobby pour leur retraite. Mais Katie avait confié à Ivy que ce hobby à lui seul leur procurait un revenu à sept chiffres.

Il en allait de même avec le couple d'Irlandais expatriés, qui organisait des séjours éco-touristiques dans les îles Vierges britanniques.

Seul Lucas Bain demeurait un mystère. Il avait fait le tour du monde, lui aussi. Il avait skié avec Quin, et participé à des courses de formule 1 avec Zachary. Farrell et lui avaient escaladé ensemble des sommets dans les Alpes.

Même les deux jeunes filles italiennes avaient plus d'expérience du monde qu'Ivy. L'une d'elles avait déjà commencé une carrière internationale de modèle, et l'autre s'apprêtait à entrer à l'université au printemps suivant, pour faire des études de médecine.

Ivy constata avec soulagement qu'elle gardait le pas avec le groupe. Même si ce genre de randonnée ne faisait pas partie de ses habitudes, elle avait fait énormément d'exercice après la naissance de Dolly, et elle était en forme.

Le sentier serpentait à travers la forêt, puis la pente devint plus raide, et ils arrivèrent à un promontoire surplombant l'océan. Une brise légère soufflait du large, séchant la transpiration sur tous les fronts. Le groupe s'était arrêté pour se désaltérer à l'endroit même où l'ancêtre des frères Stone avait pris possession de son immense domaine.

Quin leur raconta brièvement, et avec beaucoup d'humour, l'histoire de la famille Stone.

— Je sais que vous êtes tous fatigués, mais vous vous réveillerez probablement tôt demain matin. Je vous recommande le lever du soleil. Nous sommes l'État le plus à l'est du pays, et le soleil se lève plus tôt ici que chez nos autres concitoyens. Mon aïeul disait souvent que c'était pour cette raison que Stone River Outdoors avait prospéré.

Katie et Ivy étaient ensemble, un peu à l'écart du groupe, écoutant et observant les autres. Katie soupira.

— Ne trouvez-vous pas que mon mari est merveilleux ?

— C'est vrai, convint Ivy en riant. Mais Quin a aussi beaucoup de chance de vous avoir rencontrée. Vous êtes un couple parfait.

— Je l'espère, répondit Katie. Je m'inquiète quelquefois qu'il se lasse de moi. Sa vie n'a été qu'une suite d'aventures. Pour un célibataire avec des ressources illimitées, le monde est un catalogue de plaisirs et d'expériences. Pensez-vous qu'il se fera à la vie domestique ?

— N'était-ce pas vous qui m'aviez conseillé d'ignorer les questions financières ? rappela Ivy. D'être simplement fabuleuse ? Vous aurez une vie merveilleuse ensemble. Quin vous adore. Il a besoin de vous.

Ce qui n'était pas du tout le cas pour Farrell et elle. Farrell la désirait physiquement. Il n'avait aucune envie de commencer une vraie relation avec elle. Il avait été très clair à ce sujet. Même si son cœur en souffrait, elle était déterminée à profiter pleinement de son séjour dans le Maine. Ce bonheur ne durerait pas toujours.

Dans le brouhaha qui suivit le discours de Quin, Ivy s'avança jusqu'au bord de la petite falaise, face à l'océan. Elle avait vécu toute sa vie sur la côte, et cette immensité l'avait toujours fascinée. Elle savait que quitter Farrell serait une épreuve, mais elle était plus forte aujourd'hui qu'à la mort de ses parents. Ivy ne serait plus jamais aussi vulnérable.

Sa fille et elle étaient une famille. Ivy désirait lui offrir ici, dans le Maine, le genre d'enfance qui avait été la sienne. Cet État était vaste. Elle pourrait facilement éviter Farrell.

Elle l'observa du coin de l'œil un instant. Le soleil accrochait des reflets d'or bruni dans ses cheveux, et la brise portait jusqu'à elle son rire masculin. Il était comme une étoile, très loin, hors de sa portée. Bien sûr, il était aussi un homme de chair et de sang, mais les milliardaires n'épousent pas des veuves pauvres déjà mères de famille.

Si elle se répétait cette vérité suffisamment souvent, elle finirait peut-être par y croire.

- 15 -

Appuyé à la balustrade de la terrasse de sa maison, ce samedi après-midi, Farrell sirotait une tasse de café, perdu dans ses pensées. Même l'azur parfait d'un ciel sans nuages ne dissipait pas son humeur mélancolique. Certaines parties de ce week-end avaient pris des directions fâcheuses, mais c'était personnel. Aucun rapport avec les affaires.

Pour Stone River Outdoors, ce week-end de travail avait été un succès. Soucieux de clore ces journées dans la bonne humeur, au lieu du dîner formel qui avait été prévu, ses frères et lui avaient installé des tables sous le porche pour profiter du temps presque idyllique.

Zachary avait allumé deux barbecues à gaz pour servir à leurs hôtes des hamburgers de bison et du poulet. Le personnel du traiteur avait préparé un assortiment de gourmandises pour les accompagner, qui avaient été servies au grand air. Quin, lui, s'était chargé d'allumer un grand feu de camp sous les étoiles après le dîner. Les très distingués hôtes de Farrell offrirent un accueil enthousiaste à cette soirée très américaine.

La nuit était bien avancée lorsqu'ils se séparèrent. Tout le monde était épuisé. Ivy, qui s'était éclipsée pour aller coucher Dolly, était revenue comme promis. Mais, même alors, elle avait esquivé toutes les tentatives de Farrell de lui parler en privé. Plus tôt, elle lui avait déclaré qu'elle désirait dormir avec lui. Au lieu de cela, alors que les jumelles italiennes se retiraient, elle s'était excusée, et elle était montée avec elles, prétextant qu'elle allait les aider à trouver un programme de télévision. Mais elle n'était jamais revenue.

Ivy avait peut-être changé d'avis.

Ce matin, le petit déjeuner s'était déroulé dans une ambiance festive. Le groupe avait resserré ses liens, ce qui était, au moins en partie, le but de l'opération.

Au cours d'une séance de brainstorming de deux heures, animée avant l'heure du déjeuner par Zachary, Quin et Farrell, le groupe avait discuté des moyens par lesquels ils pouvaient jeter les bases de relations d'affaires mutuellement profitables entre tous ses membres.

Ivy n'y avait pas assisté, ce qui lui convenait très bien.

Mais elle était bien présente au repas de midi, lorsque Lucas Bain s'installa à côté d'elle, déployant tout son charme européen. Farrell ignorait à quel point elle était sensible à sa cour persistante, mais, dans cette situation, tout était possible.

Durant l'expédition de l'après-midi – une sortie en kayak de mer –, Ivy avait partagé un kayak avec Lucas, qui s'était déclaré ravi de lui enseigner les rudiments de ce sport.

Farrell avait partagé *son* embarcation avec l'une des ravissantes jumelles italiennes. C'était une jeune fille rieuse, charmante, et très intéressée par ce nouveau sport. Quin l'avait taquiné discrètement au sujet de cette adorable compagnie, mais Farrell ne s'intéressait pas du tout à cette adolescente de dix-neuf ans. Il n'avait d'yeux que pour Ivy.

Voilà ce qui arrivait, lorsqu'un homme mélangeait les affaires et le plaisir.

Ce soir, ce serait un dîner formel. Il allait devoir se raser et enfiler son plus beau smoking. Mais il avait pris une décision. Ivy serait placée à côté de lui.

Il se retourna pour rentrer dans la maison, et il cessa de respirer. Ivy était à quelques pas de lui, et elle l'observait.

— Étiez-vous là depuis longtemps ? s'enquit-il.

— Un moment, convint-elle en rougissant. J'adore vous regarder. Dans le soleil, vos cheveux ont des reflets dorés. Nous sommes restés tellement occupés que nous n'avons pas eu beaucoup d'occasions de parler ensemble. Avez-vous progressé dans vos recherches ? Je sais que vous dormez peu.

Il inhala profondément sa fragrance féminine, et, soudain, il retrouva tout son optimisme. Ivy l'apaisait. Il savait qu'il l'embarrasserait en le lui disant, mais sa voix teintée d'accent du Sud était pour lui le son le plus sexy du monde.

C'était peut-être à cause de cette voix qu'il l'avait engagée.

Il reposa sa tasse sur la balustrade, résistant bravement à son envie de la serrer dans ses bras et de la couvrir de baisers. Une douzaine de personnes se trouvaient à proximité, et il se devait de faire preuve de discrétion.

— Ce week-end est une réussite, dit-il, au lieu de lui exprimer ce qu'il avait réellement sur le cœur. Merci pour tout ce que vous avez fait.

— Heureuse d'avoir été utile. Ces gens sont très amusants.

Cet après-midi-là, il faisait très doux, et Ivy portait un autre des ensembles que Katie avait choisis avec elle. La robe de coton turquoise à pois jaunes découvrait ses jolis bras et soulignait la finesse de sa taille.

Avec ses cheveux courts et ses traits délicats, elle était toute douceur et innocence. Mais, seul avec elle, au lit, Farrell avait découvert une tout autre facette de sa très sage Ivy. Lorsqu'il lui faisait l'amour, elle était le feu et la chaleur. Elle était forte et sensuelle. Chacune de leurs rencontres était plus éblouissante que la précédente… ce qui lui laissait un peu d'espoir pour cette nuit à venir.

— Viendrez-vous dans ma chambre, plus tard ? murmura-t-il d'une voix à peine audible.

Ils se tenaient épaule contre épaule, face à l'océan. N'y tenant plus, il toucha sa main, laissant glisser ses doigts sur son poignet délicat, et, à ce simple contact, son corps prit feu.

— Viendrez-vous ? insista-t-il. Vous avez disparu, hier soir.

— C'était… embarrassant. De plus, il était très tard.

— Je comprends, assura-t-il en souriant. Mais, si cela vous convient mieux, je peux très bien venir dans la vôtre.

— Non, répondit-elle aussitôt. C'est mon espace privé. C'est moi qui viendrai chez vous.

— Oh ! oui, soyez-en sûre, dit-il en se rapprochant d'elle. Je vais m'en assurer.

— Farrell ! gémit Ivy, jetant un regard affolé autour d'elle.

— Détendez-vous, murmura-t-il Je ne vous placerai jamais dans une position embarrassante, je vous le jure.

Serrant doucement sa main, il s'éloigna de trois pas en lui décochant un sourire de *bad boy*, avant d'ajouter :

— Mais, derrière une porte close, la promesse ne tient plus.

Il la taquinait, mais le feu qu'elle voyait brûler dans son regard lui coupa le souffle. Elle avait déclaré à Farrell qu'elle désirait partager son lit, mais, depuis l'arrivée des invités de son « patron », elle avait gardé ses distances avec lui. Il ne fallait pas que les gens aillent se faire des idées fausses, et surtout pas la famille de Farrell.

Elle brûlait d'être avec lui, mais ce que Farrell et elle avaient partagé dans l'intimité ne regardait qu'eux. Et cela ne durerait que le temps de cet interlude dans la forêt du Maine. Aucun avenir radieux ne les attendait. Mais ce moment qu'ils vivaient ensemble n'en était pas moins spécial.

Ivy sentait le vent dans ses cheveux. Ses vêtements neufs ne lui semblaient plus aussi étrangers. Elle n'avait plus le sentiment d'être une petite fille jouant à se déguiser en dame. Katie avait vu juste. Cette élégante garde-robe lui avait insufflé une nouvelle confiance en elle-même.

Leurs riches invités l'avaient surprise de bien des façons. Ivy avait pensé qu'ils seraient des personnages arrogants, exigeant un traitement préférentiel et des signes de respect.

Au lieu de cela, ils avaient tous été charmants, et d'une simplicité désarmante. Il demeurait que, lorsque Farrell avait mentionné le prix de deux montres que la société de Lucas venait de vendre, elle avait failli s'étrangler.

— Je devrais probablement aller me changer, observa-t-elle.

Il y avait de la mélancolie dans sa voix. Ces instants avec lui étaient précieux. La nuit passée, si elle n'était pas allée rejoindre Farrell dans sa chambre, c'était par pure lâcheté. Mais elle ne commettrait pas deux fois la même erreur.

— Alors, dîner à 19 heures ? s'enquit-il en lui lançant un regard qui la fit fondre instantanément. J'aimerais pouvoir sauter ce stupide dîner et vous emmener directement dans ma chambre. Cela fait presque quarante-huit heures, Ivy. Pourquoi me torturez-vous ainsi ?

Elle allait lui lancer une réplique ironique lorsqu'elle lut dans son regard qu'il ne plaisantait pas. Que pouvait répondre une femme à une telle déclaration ?

— Je… vous désire, moi aussi, avoua-t-elle dans un souffle.

Elle vit le sang affluer aux joues de Farrell. Une lueur d'incendie brillait au fond de son regard.

— Rentrez vite dans la maison, Ivy. S'il vous plaît. Avant que je ne commette une folie.

Farrell avait hâte que ce week-end soit terminé. Mais il devait tenir jusqu'au déjeuner du dimanche avant de pouvoir prendre congé de ses nombreux invités. Après ces jours bénis de paix et de tranquillité avec Ivy et Dolly pour seule compagnie, la présence de ces visiteurs, pourtant charmants, commençait à lui sembler pesante.

Il importait peu que, du point de vue des affaires de Stone River Outdoors, ce week-end ait été un succès total. Ou que ses invités aient été intelligents, charmants et coopératifs. Il avait envie d'être seul avec Ivy.

Tandis que le groupe s'installait à table, pour le dîner, il garda les yeux fixés sur la porte, guettant son arrivée.

Déjà, le champagne coulait à flots. Ce soir, l'ambiance était à la fête. Sur la table couverte d'une magnifique nappe de lin d'Irlande, porcelaine fine et cristal composaient un décor somptueux. Katie avait fait livrer des fleurs fraîches, qui illuminaient toute la pièce de leurs couleurs éclatantes. C'était un décor magique, et Farrell songea que sa maison n'avait jamais été aussi belle. Puis Ivy entra enfin dans la pièce, Farrell se désintéressa instantanément du décor.

— Bonté divine ! chuchota-t-il.

Katie, qui se tenait à proximité, devait l'avoir entendu, car elle esquissa un sourire satisfait.

— J'ai bien travaillé, n'est-ce pas ?

— Je n'en suis pas aussi sûr, marmonna-t-il, suivant du regard Lucas Bain, qui se dirigeait tout droit vers Ivy. Nous devons trouver un moyen d'éloigner ce satyre suisse d'elle.

— Allons, le gronda Katie. Lucas est un gentleman charmant, et Ivy une femme adulte. Elle peut décider par elle-même qui l'intéresse – ou pas.

— Ceci devait être un week-end de *travail*, grogna-t-il.

— Ne sois pas absurde. Notre travail est terminé. Ivy a bien le droit de s'amuser un peu, ce soir. Elle a vécu quelques mois difficiles. Si Lucas s'intéresse à elle, où est le mal ?

Et, sur ces mots, Katie s'éloigna pour bavarder avec l'un des invités. Farrell resta là à se morfondre, mais il était incapable de mettre un pied devant l'autre pour aller rejoindre Ivy. Il ne pouvait que l'observer de loin. Ivy. Son

Ivy. Douce, modeste, délicieuse Ivy, toujours belle à ses yeux quels que soient les vêtements qu'elle portait.

Malheureusement pour la paix de son esprit, sa tenue, ce soir, aurait damné un saint. Si le corsage de sa robe écarlate et sa longueur étaient plutôt sage, sa coupe mettait en valeur ses petits seins tout en soulignant la finesse de sa taille et son adorable derrière rond.

Et ces jambes, ces jambes…

Il avala le reste de sa coupe de champagne d'un trait, espérant soulager sa gorge sèche. Il ne contrôlait son érection naissante qu'à la seule force de sa volonté.

À vrai dire, cette robe rouge n'avait rien d'obscène. Mais, pour un homme comme lui, déjà torturé par le désir, c'était comme agiter un chiffon rouge devant un taureau furieux.

Trois heures, songea-t-il. Encore trois heures, et tout le monde montera se coucher. Tous, à l'exception de son Ivy.

Le repas fut exquis. Les invités se perdirent en compliments. La responsable du traiteur rayonnait. La tablée bruissait de conversations intéressantes. S'il avait fallu qualifier cette soirée, le mot juste aurait été « parfaite ».

Mais Farrell avait seulement hâte qu'elle soit terminée.

Au dessert, consistant en de généreuses parts de tarte aux noix de pécan nappées de crème fraîche, Farrell n'en pouvait plus. Il se voyait en train d'enduire le corps nu d'Ivy de cette crème, puis le parcourir avec sa bouche des pieds à la tête.

Mais, alors même qu'il était dévoré de désir, un doute subsistait. Il se rapprochait trop d'Ivy. Il ne pouvait pas se permettre de s'attacher… ou d'espérer davantage. S'il perdait une autre personne qui lui était chère, il serait détruit. Aucune relation ne justifiait une telle souffrance. Il avait réussi à se convaincre qu'il pouvait risquer une relation physique sans complications. Mais… Et s'il s'était trompé ?

Il desserra sa cravate, se disant que personne n'était

jamais mort de privation sexuelle. Puis, soudain, il se leva, bien décidé à débloquer la situation.

Ivy était assise entre le mari irlandais et le fabricant de montres suisse. Farrell n'avait pas eu le temps de faire l'échange des cartes qui marquaient la place de chacun, et, *une nouvelle fois*, il n'était pas assis près d'Ivy.

— Puis-je vous demander de m'accompagner un instant dans mon bureau ? s'enquit-il d'une voix suave. J'ai besoin de votre aide. Cela ne prendra pas longtemps.

Ivy se leva et le suivit. Mais, dans le couloir, elle lui adressa un regard scrutateur.

— Qu'y a-t-il ?

Farrell réfléchit intensément. Il avait besoin d'un endroit tranquille. Saisissant Ivy par le poignet, il l'entraîna jusqu'à son bureau. Une fois à l'intérieur, il verrouilla la porte derrière eux. Puis, lentement, il la repoussa jusqu'au mur.

— Cette robe, grommela-t-il.

— Quel est le problème ? s'étonna-t-elle, baissant les yeux vers son corsage. Ai-je taché ma robe ? J'espère que non. Cette soie ne supporte que le nettoyage à sec.

— Votre robe n'est pas tachée, marmonna-t-il, posant ses mains à plat sur le mur de part et d'autre de sa tête, son regard fixé sur ses lèvres de corail. J'ai envie de vous embrasser.

Ivy ouvrit de grands yeux, comme si elle venait seulement de comprendre le véritable motif de cet aparté.

— Je croyais que nous patienterions jusqu'à plus tard.

— Impossible, fit-il d'un ton bourru. Cette robe…

Il tendit lentement sa main pour recueillir un sein dans sa paume. Lui laissa le temps de dire non… de le repousser. Au lieu de cela, elle lui sourit.

— Patience, Farrell. Tout vient à point à qui sait attendre.

— Qui a dit cela ? répliqua-t-il, appuyant son front contre le sien. Et si nous filions discrètement jusqu'au bungalow ?

— Dolly et Delanna sont là-bas, rappela Ivy.

— C'est incroyable, gémit-il. Je suis sûrement le seul homme au monde qui, même après s'être bâti une forteresse de solitude au fin fond des forêts du Maine, ne dispose même pas d'un coin tranquille pour embrasser une fille.

— Je suis une femme, Farrell, corrigea Ivy en posant ses lèvres sur les siennes.

Ce fut un lent baiser d'une douceur infinie, mais un baiser torride, incendiaire, qui déclencha un torrent de feu dans son sang. Il la serra étroitement contre lui, si fort qu'il avait l'impression de sentir son cœur battre tout contre le sien.

Glissant ses mains derrière elle, il releva l'ourlet de sa robe sur ses hanches. La peau de ses cuisses était plus douce que la soie. Lorsque ses doigts trouvèrent le string de dentelle noire, il cessa de respirer. Déshabiller Ivy plus tard allait être un régal. Il brûlait de le faire immédiatement, mais il se fit violence pour conserver un semblant de self-control.

Ses mains étaient posées sur ses fesses fermes, mais elles restèrent immobiles.

Il aurait tout donné pour la dévorer de baisers, mais, au lieu de cela, ils regagnèrent bientôt la salle à manger. Depuis son arrivée dans sa retraite océane, Ivy s'était véritablement épanouie. L'homme qui la ferait sienne aurait gagné un trésor. Mais ce ne serait pas lui, songea Farrell. Très bientôt, il allait devoir prendre des décisions difficiles.

— Savez-vous combien vous êtes spéciale, Ivy ? dit-il, posant ses lèvres sur son cou délicat. Je vous ai observée, ce week-end. Les gens vous adorent. Ils se confient à vous. Stone River Outdoors vous doit beaucoup.

— Merci, murmura Ivy, caressant son dos à travers sa chemise. J'ai passé un très bon moment.

Elle poussa un soupir, avant d'ajouter :

— Nous devons retourner avec les autres, vous le savez.

— Oui, vous avez raison, convint-il, serrant une dernière fois sa chair ferme avec délices. C'est bien dommage.

Ivy lui décocha ce sourire que les femmes utilisaient depuis la nuit des âges pour calmer les hommes pressés.

– Ne soyez pas impatient, Farrell. Nous avons toute la nuit.

- 16 -

Ivy n'était pas très douée pour la dissimulation. L'unique fois où elle avait essayé de sécher l'école pour aller à la plage, ses parents l'avaient découvert, et elle avait été privée de sorties durant un mois. Ivy était une fille *sage*.

Mais qu'y avait-elle gagné ? Si elle n'avait pas été aussi anxieuse de faire plaisir à tout le monde, elle aurait peut-être mis Richard à la porte bien plus tôt. Mais elle avait essayé de suivre les règles. De faire fonctionner son mariage.

Avec le recul, elle comprenait que cela n'avait jamais été un mariage du tout. Elle avait été prisonnière des mensonges de Richard, de son propre chagrin, et, au bout du compte, de sa crainte de se retrouver seule.

Elle ne répéterait pas ces erreurs. Et, d'ailleurs, Farrell lui avait clairement signifié qu'il était incapable de s'engager dans une relation. Ivy appréciait son honnêteté.

Aujourd'hui, Dolly et elle étaient une famille. Ce qui pourrait se produire avec Farrell ne serait jamais qu'un bref et agréable épisode dans sa vie. Sa vraie mission était d'offrir à sa fille une enfance stable et sûre, un foyer heureux.

Mais, cette nuit…

Ivy tapota ses joues pâles devant le miroir de la salle de bains. Il lui suffirait de descendre nonchalamment l'escalier, comme si elle allait simplement se verser un verre de lait dans la cuisine. Les vêtements de nuit que Katie avait choisis pour elle étaient à la fois élégants et très sexy. La chemise de nuit de satin noir glissait sur sa peau comme une caresse, aussi confortable que la nudité totale, mais infiniment plus provocante. Elle était fendue quasiment jusqu'au nombril sur le devant, et jusqu'au bas des reins dans son dos. Avec chaque mouvement de son corps, elle était un appel au sexe.

Le déshabillé assorti était tout aussi luxueux, mais beaucoup plus soucieux des bienséances. Certainement assez pudique pour pouvoir croiser l'un des invités sans que l'un ou l'autre en soit gêné. Elle serra fermement la ceinture.

Mais Ivy avait eu tort de s'inquiéter. La maison était silencieuse lorsqu'elle descendit le grand escalier sur la pointe des pieds, et qu'elle suivit le couloir conduisant à la chambre de Farrell. Personne en vue. La porte de Farrell était entrouverte. Elle frappa quelques coups discrets, et elle entra.

Un grand feu brûlait dans la cheminée. Les couvertures du lit monumental étaient tirées. Farrell se tenait devant l'âtre, uniquement vêtu d'un pantalon de pyjama de jersey bleu marine porté bas sur ses hanches, qui laissait peu de place à l'imagination.

Ivy se figea et prit une profonde inspiration. Ses jambes ne la portaient plus, et elle dut s'appuyer à l'une des colonnes du lit pour garder son équilibre.

— C'est… très cosy, chez vous, dit-elle, faute de mieux.

— Venez près du feu, suggéra-t-il. Je vous offre un verre ?

— Non, merci.

À cette heure tardive, l'alcool lui ferait tourner la tête, et elle ne voulait surtout rien manquer de ce qui allait suivre.

Soudain, elle comprenait, le cœur serré, qu'elle s'était trompée en pensant que cet interlude avec Farrell ne portait pas à conséquence. Qu'elle en avait envie, et que c'était tout à fait naturel. Que lorsque cette parenthèse se refermerait, et qu'ils s'en iraient chacun de leur côté, elle se souviendrait avec tendresse de ces moments qu'ils avaient partagés. Elle avait cru qu'elle se satisferait d'avoir connu et aimé Farrell Stone, ne serait-ce que durant un bref laps de temps.

Mais la réalité était tout autre. Partir en laissant derrière elle cette maison – cet homme compliqué, chaleureux, généreux, cet homme extraordinaire – la détruirait.

Farrell avait dû remarquer un changement dans son expression, car il cessa de sourire.

— Qu'y a-t-il, Ivy ?

— Rien, assura-t-elle, la gorge serrée, le cœur battant à tout rompre. Je me sens seulement nerveuse.

— Détendez-vous, murmura-t-il en s'approchant pour se placer derrière elle, nouant ses bras puissants autour de sa taille. Cette nuit nous appartient. Aucune pression. Seulement du désir.

Il reposa son menton sur le sommet de sa tête, et, dénouant prestement la ceinture de son déshabillé, il ajouta :

— Tout à l'heure, dans cette robe rouge, vous étiez fabuleuse. Mais j'aime encore davantage ce que je vois maintenant. Un présent que je meurs d'envie de déballer.

Conquise par sa force et sa douceur, elle acheva d'ôter le léger déshabillé elle-même et le jeta dans un fauteuil. Dès lors, les paroles devinrent inutiles. L'un et l'autre étaient restés adultes à cent pour cent durant tout ce week-end, concentrés sur leurs rôles d'hôtes, travaillant avec application pour que l'événement soit un succès.

Il était grand temps qu'ils se fassent plaisir.

Farrell la souleva dans ses bras et la porta jusqu'au lit. Il n'était plus l'hôte parfait, mais un homme libéré des contraintes des conventions sociales. Il était fabuleux en smoking, mais elle préférait cette version moins civilisée de lui.

Elle brûlait de lui avouer qu'elle l'aimait. Mais, cela ferait-il une différence ? La croirait-il ? Ou répondrait-il qu'elle sortait tout juste d'un autre mariage, et qu'il était trop tôt ?

Et il se sentirait peut-être obligé de la remettre gentiment à sa place, de lui rappeler que son cœur appartenait à sa chère Sasha, aujourd'hui et pour toujours.

Ne connaissant la réponse à aucune de ces questions, elle se tut. L'incertitude était préférable à un humiliant rejet, aussi gentil soit-il.

L'impatience de Farrell l'enchantait. Elle se sentait spéciale. Désirée. Désirable.

Bien qu'il l'ait complimentée sur l'élégance de son déshabillé, il entreprit aussitôt de le lui ôter, puis son pantalon de pyjama alla rejoindre sa lingerie fine sur le tapis. Lorsqu'ils furent tous deux nus, il tira les couvertures sur eux, et il l'attira contre la chaleur de son corps. Une chaleur torride. L'étreinte de ses bras vigoureux autour d'elle était une sensation divine.

Elle laissa glisser ses mains sur son large dos, effleurant les muscles puissants du bout des doigts, et, enfouissant son visage au creux de son épaule, elle avoua d'une voix douce :

— J'étais jalouse de la jeune fille italienne dans votre kayak.

— Dans ce cas, nous sommes à égalité, répondit-il avec un rire grave. J'étais furieux contre mon frère pour vous avoir proposé de vous initier à ce sport.

Farrell regretta ces paroles sitôt qu'elles eurent franchi ses lèvres. Son aveu révélait un niveau d'investissement dans cette relation qu'il n'était pas encore prêt à reconnaître.

— Parlez-vous sérieusement ? murmura-t-elle en s'écartant pour le dévisager, son doux visage éclairé par les flammes.

— Oui, confirma-t-il, haussant les épaules. Nous étions tous censés prendre à notre bord l'un des invités. Puis, certains d'entre eux ont préféré partager leur kayak avec leur épouse, et, tout à coup, Zachary s'est retrouvé avec vous.

— Zachary est merveilleux, mais il n'est pas Farrell Stone.

— Que dois-je comprendre par là ?

— Il est séduisant et très drôle, mais *vous*, vous êtes davantage comme moi. Vous avez besoin de peu pour être heureux. C'est tout du moins mon impression. Ai-je tort ?

Sa clairvoyance le laissa ébahi. Elle le comprenait.

— Zachary a toujours eu beaucoup de succès auprès des dames.

— Ce serait aussi vrai pour vous si vous n'aviez pas cette attitude grognonne, cette façon de vous isoler.

Elle lui offrit un sourire espiègle, avant d'ajouter :

— Mais je vous aime bien quand même, parce que vous avez d'autres *qualités* que je trouve intéressantes.

Lorsque sa main fine se referma autour de son érection pour la parcourir lentement sur toute sa longueur, il cessa de respirer.

— Vous travaillez dur, alors que vous êtes milliardaire, murmura-t-elle en empoignant fermement son sexe, l'amenant tout au bord de la folie. Vous êtes gentil, même si, à mon avis, vous n'aimez pas qu'on vous décrive de cette façon. Et vous m'avez offert l'opportunité de remettre ma vie sur les rails avec ce job.

— Je ne veux pas de votre gratitude, répliqua-t-il, un peu plus fort qu'il n'en avait eu l'intention. Ce que nous sommes à cet instant, ici, dans ce lit, n'a rien à voir avec la gentillesse ou avec la gratitude. Je vous désire, Ivy. J'ai besoin de vous. Comprenez-vous ce que j'essaie de vous dire ?

— Oui, répondit-elle d'une voix douce. Je comprends.

Il tendit sa main vers la table de chevet, puis il se protégea, et la souleva pour la placer à califourchon sur lui.

— Je suis tout à vous, Ivy. Dites-moi ce que vous désirez.

La pénombre intime qui entourait le lit ne l'empêchait pas de voir le visage de son amante. Ses adorables cheveux courts étaient un peu ébouriffés, et ses joues avaient la couleur des roses. Son Ivy apprenait à devenir hardie, mais sa timidité naturelle transparaissait encore. Lorsqu'elle se redressa sur un genou pour aligner leurs deux corps, il se figea, le souffle coupé, attendant l'instant divin de la jonction. Attendant. Attendant ardemment.

Son corps accepta facilement la plus solide érection qu'il ait éprouvée de toute sa vie. Il agrippa ses hanches rondes, l'immobilisant pendant qu'il entrait en elle, la vue brouillée de larmes d'émotion. C'était un bonheur. Un bonheur absolu.

Il n'avait jamais cru se sentir à nouveau aussi proche d'une femme. Et cela le terrifiait. Il se sentait vulnérable.

Posant ses mains menues sur ses épaules, Ivy se pencha pour l'embrasser. Ce changement de position déclencha des sensations qui leur coupèrent le souffle, à l'un et à l'autre.

— Je vous désire, murmura-t-elle tout contre sa bouche. Aussi longtemps que cela durera, et je ne demanderai pas davantage. Alors, Farrell, faites-moi l'amour encore et encore. Avec douceur. Avec passion. Comme il vous plaira. J'ai de nombreuses années vides à rattraper. Et j'ai aussi besoin de vous.

À ce stade, il perdit tout contrôle. Il la fit basculer sur le matelas pour se positionner au-dessus d'elle, et il la prit avec une joie sauvage jusqu'à la libération finale.

Dans le silence qui suivit, on n'entendit plus que les battements précipités de leurs deux cœurs. C'était peut-être le moment idéal pour une sorte de confession, songea Farrell. Sûrement, elle avait dû comprendre que l'interdiction de tout lien émotionnel avec une femme qu'il s'imposait était, au mieux, fragile ? Mais sa peur le poussa à se taire. Réprimant un bâillement, il déposa un baiser sur son épaule.

— Avez-vous sommeil, Ivy ? murmura-t-il. La journée a été longue.

— Oui, répondit-elle en bâillant à son tour derrière sa main. Je crois que je vais remonter dans ma chambre, maintenant.

— Pourquoi feriez-vous une chose pareille ? s'insurgea-t-il. Il est 2 heures du matin. Restez ici, Ivy. Restez avec moi.

— Je préfère ne pas prendre de risques avec nos invités, répondit-elle en lui tapotant la joue comme elle l'aurait fait avec un petit garçon désobéissant. Je me sentirai mieux dans ma propre chambre.

Lorsqu'elle quitta le lit, et qu'elle se pencha pour ramasser ses affaires, il eut droit au fabuleux spectacle de son merveilleux derrière rond. Farrell en eut le souffle coupé, mais ce bonheur ne dura qu'une seconde.

— Je peux faire en sorte que vous vous sentiez mieux ici, fit-il remarquer, sans chercher à cacher sa déception.

Ivy acheva de nouer la ceinture de son déshabillé, et elle lui offrit un sourire de douce lassitude.

— Je vous verrai demain matin, Farrell. Tâchez de dormir.

Ivy avait dormi comme une souche, et elle se réveilla fraîche et dispose après cinq heures de sommeil. La nuit passée avait rallumé en elle la flamme de l'espoir, même si c'était peut-être déraisonnable. Farrell s'était montré si tendre, si doux ! Sûrement qu'un homme ne pouvait pas faire l'amour de cette façon sans ressentir *quelque chose*, n'est-ce pas ?

La matinée s'écoula rapidement. Après le petit déjeuner, les invités remontèrent dans leurs chambres pour faire leurs bagages. Les trois frères Stone se relayèrent pour transporter toutes ces affaires dans le grand hall d'entrée. Les limousines devaient se présenter à la propriété à 14 heures précises, pour ramener tout le monde à Portland. Zachary, Quin, Katie et Delanna repartiraient en même temps.

Bientôt, Farrell, Ivy et Dolly seraient à nouveau seuls.

Ivy se languissait de Dolly, même si sa fille s'était beaucoup amusée avec Delanna, qui avait été une baby-sitter parfaite. Dolly l'adorait visiblement.

Après le déjeuner, pendant que les frères Stone se réunissaient pour une dernière brève séance de planning, Katie et Ivy aidèrent le traiteur à tout remballer. Cette femme avait fait quotidiennement le voyage depuis Bar Harbor, matin et soir, et Ivy espérait qu'elle avait été généreusement rémunérée pour ses services.

Lorsque la cuisine fut impeccable, Katie disparut pour aller participer à la réunion, et Ivy monta dans sa chambre pour ranger ses propres affaires, qu'elle descendit ensuite dans le vestibule à l'arrière de la maison. Ce soir, elle retournerait à son propre lit dans le bungalow. Ce que Farrell, comptait faire était pour elle un mystère.

Peu de temps après, tout le groupe se rassembla sous le porche pour se faire leurs adieux. Des liens s'étaient créés entre toutes ces personnes. Ivy les appréciait tous. Delanna était là aussi, Dolly dans ses bras, profitant au maximum de ses derniers câlins.

À la grande surprise d'Ivy, Lucas l'agrippa fermement par les épaules, et le baiser qu'il déposa sur ses lèvres était plus qu'amical. Lorsqu'il la relâcha, il n'y avait pas la moindre trace de repentir dans son regard.

— Lorsque vous viendrez en Suisse, mademoiselle, vous devez me rendre visite, et je vous emmènerai dîner dans le meilleur restaurant du monde.

— Je n'y manquerai pas, assura-t-elle en lui rendant son sourire, flattée malgré elle par ce discours flamboyant.

Quin et Katie, qui l'avaient rejointe, éclatèrent de rire.

— Je crois que vous vous êtes fait un grand ami, plaisanta Quin.

— Pas de sarcasmes, Quin, le tança Katie, prenant Ivy par le bras. Je sais que vous économisez de l'argent pour vous acheter une voiture, Ivy. Quin et moi nous sommes souvenus que ma vieille berline dort depuis longtemps dans le garage de notre maison, de l'autre côté des bois, à ramasser de la poussière. Prenez-la si elle est à votre goût. Elle a beaucoup de kilomètres au compteur, mais c'est une très bonne voiture.

— Vous ne pouvez pas me faire cadeau d'une voiture ! protesta Ivy. Je vous la paierai.

— Pas question, décréta Quin. J'ai déjà plus de véhicules qu'il ne m'en faut, et je viens d'acheter une Land Rover toute neuve à Katie le mois dernier. Vous nous rendriez un grand service en acceptant la voiture.

Sur ces mots, il sortit un trousseau de clés de sa poche, et le tendit à Ivy avant s'ajouter :

— Elle est toute à vous. Farrell vous aidera pour tous les documents nécessaires.

Farrell, qui arrivait dans leur direction, entendit les derniers mots de Quin, et il fronça les sourcils.

— Pourquoi Ivy aurait-elle besoin d'une voiture ?

— Une femme doit pouvoir être indépendante, rappela Katie, fixant l'homme qui était à la fois son beau-frère et son patron d'un air désapprobateur. Ivy et Dolly ont besoin d'un moyen de transport sûr et fiable.

— J'ai plus que suffisamment de véhicules, répliqua Farrell, se tournant vers Ivy. Si vous aviez besoin d'emprunter une voiture, il vous suffisait de demander.

— Je leur ai dit que je souhaitais *acheter* une voiture, observa Ivy. Ils me proposent l'ancienne voiture de Katie.

— Prenez l'une des miennes, alors. Gratuitement.

— J'apprécie votre offre, répondit-elle, comprenant qu'il était sérieux. Mais, comme je suis votre employée, il serait peut-être moins compliqué de m'adresser à Katie et à Quin.

— Moins compliqué ? répéta-t-il, visiblement en colère.

Elle soutint tranquillement son regard, le défiant de faire un esclandre. Personne ne savait que Farrell et elle étaient amants, et elle préférait que cela reste ainsi.

— Et si nous changions de sujet ? suggéra-t-elle. Vos hôtes sont prêts pour le départ.

Farrell s'éloigna à grands pas et alla se planter à l'autre bout du porche. Katie et Quin le suivirent d'un regard ébahi.

— Qu'est-ce qui lui prend ? s'étonna Quin, se tournant vers Ivy. Il était furieux, et je n'avais pourtant rien fait.

Katie, elle, fixait Ivy comme si son cerveau effectuait des calculs, et qu'elle trouvait peut-être les réponses appropriées.

— Qui sait ? répondit Ivy en leur adressant un grand sourire, espérant détourner les soupçons de Katie. Votre frère est un peu grincheux quelquefois. À présent, si vous voulez bien m'excuser, je dois encore dire au revoir à quelques personnes.

Elle bavarda un instant avec le couple namibien, puis les parents des jumelles italiennes et elle échangèrent leurs adresses e-mail. Les limousines de location étaient déjà alignées devant les marches du porche, mais personne ne semblait pressé de rentrer à Portland.

Zachary fit signe aux chauffeurs de commencer à charger les bagages. Ivy s'approcha et offrit d'aider à porter une valise ou deux, mais Zachary secoua la tête.

— Ce n'est pas nécessaire, dit-il avec un sourire presque identique à celui de son frère. Mais merci de l'avoir proposé.

Le plus jeune des chauffeurs, essayant peut-être d'impressionner les jumelles italiennes, se chargea de trois valises à la fois, deux dans ses mains, et la troisième sous son bras. Lorsqu'il se tourna pour descendre les marches du porche, le coin de l'une des valises heurta la hanche d'Ivy. Elle recula instinctivement pour faire de la place au jeune homme, mais son pied ne rencontra que le vide.

Elle tenta désespérément de retrouver son équilibre, mais il était déjà trop tard. Le monde se mit à tourbillonner follement, et elle dégringola dans l'escalier.

- 17 -

Farrell avait hâte que tous ces gens soient partis pour avoir à nouveau sa maison toute à lui. Alors qu'il raccompagnait quelques personnes vers les limousines, il entendit quelqu'un crier. Il pivota sur les talons, juste à temps pour voir Ivy rouler dans l'escalier du porche.

Son cœur cessa de battre, et la terreur le cloua sur place.

Morte. Elle pourrait être morte.

Tout le monde se précipita en même temps. À l'exception de Farrell. Il essaya de bouger, mais il était comme paralysé.

Zachary arriva près d'Ivy le premier. C'est seulement en voyant qu'Ivy parlait à son frère que Farrell retrouva la force de descendre les marches.

Quelqu'un proposa d'appeler une ambulance, mais Farrell repoussa cette suggestion, s'agenouillant près de son amante.

— Inutile, dit-il d'un air bourru. Il leur faudrait une heure pour arriver jusqu'ici.

— Il a raison, confirma Zachary, se penchant pour examiner de plus près l'écorchure sur la joue d'Ivy, d'où coulait un petit filet de sang. J'ai reçu une formation de secouriste. Nous allons évaluer son état avant de prendre une décision.

— Attendez, protesta Ivy. Je vais bien. J'ai été maladroite, et j'aurai sûrement quelques bleus, mais ce n'est rien de grave.

— C'est à nous d'en juger, répliqua Farrell d'un ton qui n'admettait aucune contestation.

Sous le regard inquiet de Quin et de Katie, qui échangeaient des chuchotements, Farrell et Zachary palpèrent ses bras et ses jambes pour s'assurer qu'il n'y avait pas de fractures. Puis, Farrell la souleva dans ses bras et la porta avec précaution à l'intérieur de la maison. Il ne s'arrêta que lorsqu'ils furent arrivés dans la suite principale, pour la déposer doucement sur le lit. Le lit sur lequel ils s'étaient aimés la nuit précédente.

Zachary prit son pouls, examina ses pupilles, lui posa quelques questions, mais Ivy répondit d'une voix ferme :

— Je me suis égratigné la joue sur le coin d'une marche, mais je n'ai même pas une migraine. C'est ma hanche qui a souffert le plus. Avec un simple analgésique, tout ira bien. J'ai besoin de retourner auprès de Dolly pour libérer Delanna.

— Quin est parti avec le groupe, car certains d'entre eux ont des avions à prendre, l'informa Farrell, mais Katie est là pour s'occuper du bébé. Restez immobile, bon sang !

— Je connais mon propre corps, répliqua-t-elle en le fusillant du regard. Je ne suis pas gravement blessée.

— Peut-être pas, répondit Zachary d'un ton prudent. Mais nous devons nous assurer que vous n'êtes pas en état de choc. Farrell, tu vas rester avec elle. Je vais chercher de quoi nettoyer cette plaie.

Un silence assourdissant suivit son départ. Ivy refusait de le regarder, et Farrell était incapable de prononcer les mots qui lui brûlaient les lèvres. Il ressentait une vague nausée, et il aurait préféré se trouver à des kilomètres de là. L'image d'Ivy en train de tomber revenait en boucle dans sa mémoire.

Zachary réapparut peu après. Il nettoya la joue d'Ivy,

puis il étala une pommade antiseptique sur la plaie avant de la recouvrir d'un pansement adhésif.

— Merci, Zachary, dit-elle en souriant. Cela va aller, je vous assure.

Farrell fixait obstinément le lit, le cœur serré. Pourquoi fallait-il qu'Ivy ait l'air si minuscule, tellement vulnérable ? Que signifiaient ces sentiments confus qui se bousculaient dans son cœur ? Il n'était pas amoureux d'Ivy. Il s'inquiétait pour elle, c'était tout.

— Nous allons vous laisser vous reposer, déclara-t-il soudain. Mon frère et moi allons rejoindre Katie et décider d'un plan.

Dans la cuisine, les trois adultes tinrent un bref conciliabule, et Katie demanda :

— Dolly doit faire sa sieste d'après-midi. Que puis-je faire ?

— Couche-la dans le bureau, et apporte-moi le moniteur. Ensuite, Zach et toi pourrez filer et essayer de rattraper le reste du groupe. Quin va avoir besoin d'aide à Portland pour tout organiser, car nos invités ne sont pas tous descendus dans le même hôtel.

— Très bien, répondit Zachary. De plus, je crois me souvenir que l'un d'eux ne reprend l'avion que demain.

— Il me semble que c'est Lucas, affirma Katie, Dolly serrée contre sa poitrine. Je vais coucher ce bout de chou et dire au revoir à Ivy. Zachary, avertis-moi quand tu seras prêt à partir.

— Disons quinze minutes ? suggéra-t-il.

— Je te retrouverai devant la maison.

— Crois-tu vraiment qu'Ivy soit hors de danger ? s'enquit Farrell, s'adressant à Zachary.

— Elle assure que c'est seulement sa joue, et je n'ai vu aucun signe inquiétant. Mais surveille-la bien durant les quelques heures à suivre, d'accord ?

— Tu peux parier là-dessus.

Ivy ouvrit les yeux en entendant le craquement de la porte de la chambre, et elle poussa un soupir de soulagement en reconnaissant Katie. Farrell se comportait de façon bizarre, et elle n'avait pas la force de se demander pourquoi à cet instant précis. Tout son corps était endolori.

— Dolly fait sa sieste, murmura Katie en s'asseyant sur le bord du matelas. Farrell a récupéré le moniteur pour bébé. Zachary et moi allons maintenant nous mettre en route pour Portland afin d'aider Quin là-bas.

— Je suis désolée d'avoir perturbé vos plans pour rien.

— Tomber dans un escalier, ce n'est pas exactement rien, observa Katie. Êtes-vous sûre de ne pas vouloir vous faire examiner à l'hôpital ?

— Tout à fait certaine, assura Ivy. Je suis tout endolorie, mais je n'ai aucune blessure grave. Je ne mettrais jamais ma vie en danger. Je suis une maman, et Dolly a besoin de moi.

— Alors, je vais y aller, dit Katie en se levant. La réaction de Farrell, dans toute cette situation, m'a laissée perplexe. Est-ce que lui et vous… heu…

— Farrell est seulement mon patron, l'interrompit Ivy précipitamment. D'ailleurs, vous le connaissez. Cet homme est une énigme. N'essayez pas de l'analyser. Vous n'y gagneriez que frustration.

— Vous avez peut-être raison.

— Nous devons partir, lança Zachary à l'autre bout du couloir. À bientôt, Ivy.

Lorsque la maison redevint silencieuse, Ivy se leva. Farrell devait être dehors, à faire ses adieux aux autres. Dans la salle de bains, elle contempla son image dans le miroir, et elle soupira. Ses cheveux étaient tout ébouriffés, et elle était trop pâle, sans même mentionner sa joue blessée. À son retour dans la chambre, cinq minutes plus tard, elle trouva Farrell adossé à l'une des colonnes du lit, les bras croisés.

— Je vous avais dit de rester au lit, bougonna-t-il.

— J'ai dû utiliser la salle de bains, répliqua-t-elle. Je n'ai pas besoin de nounou, Farrell, mais merci de vous être inquiété.

— Vous devriez vous reposer. Je surveillerai moi-même le moniteur pour bébé.

— Ce n'est pas nécessaire, assura-t-elle.

Quelque chose préoccupait Farrell, elle le sentait. Il avait l'air en colère. Mais pourquoi ?

— Vous devriez retourner dans votre labo, lui dit-elle en s'approchant pour poser une main sur son épaule. Je sais que vous brûlez d'envie de vous remettre au travail sur votre projet. Je vais bien, je vous assure. J'ai trouvé un médicament dans votre pharmacie, et, dès qu'il aura fait effet, je serai presque comme neuve.

Elle reposa sa tête contre son torse, avant de murmurer :

— Ce week-end a été très amusant, mais je suis heureuse que tout le monde soit reparti.

Elle sentit son grand corps se crisper, puis il se dégagea de son étreinte et se dirigea vers la porte.

— Vous avez raison, dit-il sans la regarder. J'ai besoin de travailler. Mais je veux que vous m'envoyiez un texto toutes les trente minutes pour m'informer de ce que vous faites.

Tout à coup, elle comprit qu'elle était en train de le perdre, même si elle ne s'expliquait pas pourquoi.

— D'accord, répondit-elle d'une voix soigneusement contrôlée. Aimeriez-vous venir dîner au bungalow, ce soir ? Rien de très compliqué. Et lorsque Dolly dormira, nous pourrions… nous détendre.

Farrell ne se retourna même pas.

— Je travaillerai probablement tard, l'informa-t-il. Et

il reste quelques plats à réchauffer dans le réfrigérateur. Je vous verrai demain. N'oubliez pas les textos.

Consternée, Ivy se dirigea tout droit vers la porte.

Trois heures plus tard, elle n'avait toujours pas compris ce qui s'était passé. Elle se sentait tout endolorie par sa chute, mais ce n'était rien, comparé aux souffrances de son cœur.

Comme promis, elle envoya un texto à Farrell toutes les demi-heures pour lui faire savoir qu'elle était vivante. Cet humour noir cadrait parfaitement avec son état d'esprit.

La nuit précédente, Farrell lui avait fait l'amour comme s'il ne voulait jamais la laisser partir. Aujourd'hui, il supportait à peine de poser les yeux sur elle. Ses brusques changements d'humeur la mettaient en rage. Et ils la blessaient, aussi, mais elle préférait se concentrer sur sa colère. Elle aimait cet homme insupportable – avec une sorte de désespoir, il fallait bien le reconnaître. Si elle trouvait le courage de le lui avouer, et qu'il la repoussait, elle n'aurait d'autre choix que partir.

Farrell n'essayait même pas de dormir. Il faisait les cent pas dans son petit labo, cherchant une issue à cette situation. Il n'était pas amoureux d'Ivy. La terreur qu'il avait ressentie lorsqu'il l'avait vue basculer dans l'escalier n'était rien de plus que de l'inquiétude pour une amie. Pour une employée.

L'idée qu'il était *peut-être* en train de devenir trop proche d'elle acheva de le galvaniser. Il ne *pouvait pas* se permettre de perdre une personne chère une seconde fois. S'il existait la moindre chance qu'il soit en train de tomber amoureux d'Ivy, il devait immédiatement mettre un terme à cette folie.

Mais, dans un recoin de sa conscience, il savait qu'il se mentait à lui-même. Et il avait honte de sa lâcheté. Avec chaque jour qui passait, Ivy devenait plus chère à son cœur. Il l'aimait, bien sûr. Comment aurait-il pu en être autrement ?

Mais il avait été brillant dans son déni de la vérité.

Sa chute dans l'escalier lui avait révélé la profondeur de son amour, mais aussi l'impossibilité de lui avouer ses sentiments.

Il désirait son corps délectable. Cela, au moins, était vrai. Mais il n'était pas trop tard pour s'empêcher de commettre une terrible erreur.

Chaque instant qu'il avait passé au lit avec Ivy lui avait procuré un plaisir exquis. Mais il demeurait qu'il avait déjà réussi à se passer de sexe par le passé. Et même durant de nombreux mois. Il pouvait se nier ce plaisir. Il n'avait pas d'autre choix.

Il devait la laisser partir…

Ivy avait dormi comme un loir. Lundi matin, le jour se leva sur une aube grise, fraîche et venteuse. Comme si le temps était resté ensoleillé pour le seul bénéfice de leurs visiteurs internationaux, et que, la fête finie, Mère Nature faisait une grosse colère.

Delanna avait été une nounou merveilleuse pour Dolly, mais, à présent, un joyeux désordre régnait dans le bungalow. Ignorant ses courbatures, Ivy fit deux lessives et se lança dans un grand ménage tandis que Dolly, assise sur le sol, jouait joyeusement avec quelques casseroles.

À 10 heures 30, elle décida de se rendre à la grande maison pour préparer le déjeuner. Elle ignorait ce qu'il restait des provisions, mais elle pouvait peut-être faire mieux que de réchauffer les restes de la veille.

Il ne pleuvait pas encore, mais elle prit soin d'emmitoufler sa fille dans une couverture pour leur courte marche.

— Viens, ma chérie, dit-elle en soulevant Dolly dans ses bras. Nous allons faire une promenade.

Il lui sembla étrange de retrouver la maison silencieuse

après toute l'agitation du week-end, mais cette paix retrouvée était très agréable. Ce serait l'occasion de réfléchir.

Dolly bien calée sur sa hanche, elle se dirigea vers la cuisine. Sur l'îlot central, appuyée contre une banane, elle trouva une enveloppe adressée à son nom. Elle reconnut l'écriture énergique de Farrell.

Elle eut le pressentiment qu'elle n'allait pas aimer ce qu'elle contenait. Si Farrell avait une requête particulière, pourquoi ne lui avait-il pas envoyé un texto ?

Elle installa Dolly dans sa chaise haute avec une poignée de céréales et ouvrit l'enveloppe avec des mains tremblantes.

Ivy,

À présent que les visiteurs du week-end sont partis, et que mon projet entre dans ses dernières phases, je pense qu'il vaut mieux que vous retourniez à Portland. Comme cette échéance arrive plus tôt que vous ne l'aviez prévu, vous trouverez ci-joint un chèque incluant des indemnités de licenciement, ainsi qu'une lettre de recommandation.

Je compte rentrer à la maison à 14 heures. Je vous aiderai à faire vos bagages, et je vous ramènerai à Portland dans mon SUV afin de pouvoir transporter la chaise haute et le berceau pliant du bébé. N'hésitez pas à envoyer un texto à Katie si vous avez besoin de quoi que ce soit là-bas.

F.

Ivy fixa la feuille de papier dans sa main, s'efforçant d'assimiler ce qu'elle lisait. « *Plus tôt que vous ne l'aviez prévu. Indemnités de licenciement.* »

Et pas même son nom en entier. Seulement « F. »

Elle se sentait malade. Trahie. En état de choc. Farrell l'avait prévenue dès le début qu'il ne permettrait pas à ses sentiments d'entrer en ligne de compte dans leur relation. Ce n'était pas sa faute si elle ne l'avait pas cru.

La colère l'aurait aidée. Elle essayait de se mettre en colère. Elle désirait être en colère, comme elle l'avait été par le passé. Mais elle n'en avait pas la force. Son corps était endolori, couvert d'ecchymoses, et, à présent, son esprit souffrait encore davantage.

Farrell avait-il craint qu'elle s'attache trop à lui, et qu'elle devienne exigeante ? Avait-il décidé qu'il valait mieux couper court à leur brève liaison avant que les choses s'enveniment ?

Un flot de larmes brûlait derrière ses paupières, mais elle refusa de les laisser couler.

Tous les chèques de salaire qu'elle avait reçus étaient encore dans son sac, au bungalow. Celui qu'elle tenait dans sa main, comprenant ses indemnités de licenciement, était d'un montant humiliant, mais elle n'avait pas les moyens de le déchirer et de laisser les morceaux sur le plan de travail.

Alors, elle fit ce que chaque survivante avait toujours fait. Elle souleva son bébé dans ses bras et elle se mit en marche.

Farrell marchait de long en large comme un fauve en cage, dans son bureau de Portland. Ses frères et Katie, assis à proximité, l'observaient, et la compassion qu'il lisait dans leur regard l'horripilait. C'était cette même expression qu'avaient les gens quand ils s'adressaient à lui après le décès de Sasha. À l'époque, déjà, il détestait cela, et c'était toujours vrai aujourd'hui. Ces regards signifiaient que sa vie était fichue. Détruite. Finie.

Durant cinq longues semaines, il avait cherché sans relâche Ivy et Dolly dans toute la ville. En vain. Elles s'étaient volatilisées. Au bord du désespoir, il avait fini par admettre qu'il avait besoin d'aide. Alors, il avait rassemblé sa famille, et il leur avait tout raconté.

— Lorsqu'elle a eu cet accident dans l'escalier, dit-il d'une voix brisée, se rappelant ce jour terrible, j'ai soudain compris que j'étais en train de tomber amoureux d'elle, et j'ai eu peur.

— Et donc, observa Quin en soupirant, tu as décidé de te débarrasser d'elle.

— Je ne supportais pas l'idée de perdre quelqu'un d'autre. Ivy aurait pu mourir en tombant sur ces marches.

— Mais elle n'est pas morte, remarqua Zachary. Et maintenant, tu l'as tout de même perdue.

Farrell prit une profonde inspiration. Zachary avait raison. Il avait commis une terrible erreur, et il devait la réparer.

— Tu dois m'aider à la retrouver, dit-il d'un ton pressant. Elle n'a même pas emporté toutes les affaires du bébé.

— En tant que femme, observa Katie en allant se planter devant la fenêtre, je ne peux qu'imaginer ce qu'elle vit à l'heure actuelle. Une femme comme Ivy ne se donne pas à un homme facilement. Je pense qu'elle t'aimait, Farrell. Mais, la connaissant, elle aura gardé ses sentiments pour elle, car elle est persuadée que tu es encore amoureux de Sasha.

— Pourquoi croirait-elle une chose pareille ? s'écria Farrell, saisi de panique.

— Parce que c'était ce que nous croyions tous, répondit Quin d'une voix douce. Avant l'arrivée d'Ivy, tu n'avais pas eu de relation sérieuse avec une femme depuis sept ans. Ivy n'avait aucun moyen de savoir que tu avais des sentiments pour elle. Tu ne le lui as jamais dit toi-même, et, surtout, tu l'as renvoyée.

— Nous la retrouverons, affirma Zachary. Quelle zone as-tu couverte jusqu'ici ?

— J'ai commencé dans la région de Charleston. Deux semaines d'enquête avec un détective privé. Tout ce que nous avons appris, c'est qu'elle n'était pas rentrée en Caroline du Nord depuis son départ pour Portland, lorsqu'elle a loué cet appartement avec Delanna. Alors, j'ai ratissé tous les ensembles d'appartements de la ville, et un copain du service des cartes grises a essayé de tracer la plaque d'immatriculation de la voiture que tu lui avais offerte.

— Réfléchissez ! intervint Katie en se retournant vers les trois hommes. Ivy préfère probablement recevoir une contravention plutôt que de prendre le risque que Farrell puisse retrouver sa trace. Elle n'aura sûrement pas fait changer la carte grise.

Cette évidence acheva de démoraliser Farrell.

— Alors, que pouvons-nous faire ? gémit-il. Le pays est vaste. Où commencer à chercher ?

— Bar Harbor, dit Katie, une nouvelle lueur d'espoir dans son regard. Lorsque j'ai conduit Ivy et Dolly chez toi, la première fois, nous avons dépassé le croisement de la route de Bar Harbor, et Ivy m'a dit qu'elle avait toujours désiré passer un peu de temps là-bas. Sa famille avait visité Acadia avec elle lorsqu'elle était enfant, et Ivy était fascinée par le parc de cette ville.

— C'est une idée qui en vaut bien une autre, opina Quin.

Assis dans le fauteuil de Farrell, Zachary prenait des notes, et il arborait une expression sérieuse, bien différente de la façade d'insouciance qu'il présentait habituellement au reste du monde.

— Ce sera compliqué, dit-il, mais je pourrais demander à un ami se tracer son numéro de sécurité sociale.

— Cela ne fonctionnera pas, déclara Katie. Si une femme souhaite se cacher, elle choisira un job qui paie en cash.

— Alors, concentrons-nous sur Bar Harbor, décida

Farrell. Si nécessaire, je vendrai une partie de mes actions dans la société pour financer les recherches.

— Ne dis pas d'âneries, grand frère, rétorqua Quin. Et ne nous insulte pas. Si Ivy compte tellement pour toi, nous te soutiendrons tous. À cent pour cent.

- 18 -

Après dix jours de recherches dans la région de Bar Harbor, Farrell se sentait épuisé. Depuis plusieurs semaines, il dormait à peine trois ou quatre heures par nuit. Il était dévoré de honte et de regret. L'idée qu'Ivy en soit réduite à s'épuiser au travail pour survivre, seule avec son enfant, était pour lui une véritable torture.

Il aimait cette femme têtue et précieuse, et il ne le lui avait jamais avoué. Il avait permis à sa peur de l'éloigner de lui. Il devait la retrouver. Il avait besoin de s'excuser de ce qu'il avait fait. De lui dire ce qu'il ressentait. Et, quoi qu'elle décide, il la supplierait de lui pardonner.

En disparaissant, elle avait laissé derrière elle le berceau. La chaise haute. Tous les luxueux vêtements de haute couture que Katie l'avait aidée à choisir.

La femme qui était venue se réfugier dans le Maine, fuyant le souvenir d'un mariage catastrophique, avait quitté la maison de Farrell avec les vêtements qu'elle portait sur le dos, et quasiment rien d'autre.

Parce qu'il l'avait blessée. Gravement.

À présent, au moins, il allait pouvoir réparer ses erreurs. Du moins, il l'espérait. Fidèles à leur parole, Zachary, Quin et Katie consacraient tout leur temps et tous leurs efforts à retrouver une femme qui ne souhaitait pas qu'on la retrouve.

Même dans une relativement petite communauté telle que Bar Harbor, ces recherches avaient pris du temps.

À présent, c'était à lui d'agir. Depuis sa voiture de location anonyme, Farrell surveillait le petit motel un peu délabré. Il avait choisi cette approche discrète pour éviter qu'Ivy le repère, et qu'elle s'enfuie une nouvelle fois.

Le Summer's Beauty n'était certes pas un établissement de luxe. Dans les années 1950, c'était probablement un motel pour vacanciers de passage. Aujourd'hui hors des circuits touristiques, il s'étiolait lentement et se confondait avec la colline environnante.

La berline que Katie avait offerte à Ivy était garée devant l'unité 7E. Farrell savait que sa quête ne faisait que commencer, et il pria silencieusement pour qu'un dieu bienveillant prenne pitié de lui et intervienne en sa faveur.

Il était 18 h 15 à sa montre. Suffisamment tôt pour que Dolly ne soit pas encore endormie. Suffisamment tard pour que celles qui avaient conquis son cœur aient déjà dîné.

Farrell, lui, avait perdu tout appétit depuis des semaines. Empochant ses clés et son téléphone, il descendit de la voiture. La vingtaine de pas qui le séparaient de la porte verte à la peinture écaillée lui firent l'effet d'un marathon. Que pouvait-il lui dire pour réparer le mal qu'il avait fait ?

Ou, pire encore… Et si les mots pour cela n'existaient pas ?

Ivy tressaillit lorsqu'on frappa à sa porte. Depuis qu'elle s'était installée dans ce motel, ce n'était pas la première fois qu'un ivrogne se trompait de chambre.

Elle alla jeter un coup d'œil dans le judas, et elle s'adossa aussitôt au vantail, réprimant un gémissement, Dolly serrée contre sa poitrine. Comment était-ce possible ?

Elle demeura parfaitement immobile, son cœur battant à tout rompre, sa bouche sèche.

— Je sais que vous êtes là, Ivy, dit Farrell, frappant de nouveau à la porte. Ouvrez-moi.

Comment pouvait-il le savoir ? Bien sûr, la voiture de Katie était garée devant sa porte. Ivy avait toujours l'intention de la lui payer, mais les dépenses courantes épuisaient ses maigres réserves à une vitesse inquiétante.

Dolly choisit cet instant pour se mettre à babiller, ce qu'elle faisait de plus en plus souvent, ces temps-ci. Ivy était très fière des progrès de sa fille, mais le moment était mal choisi pour les exprimer.

— Chut, mon cœur ! dit-elle à voix basse.

Dehors, ce fut le silence durant une minute. Puis deux. Puis trois. Farrell avait peut-être renoncé ?

Que sa première réaction à cette éventualité ait été une profonde déception prouvait qu'elle avait un grave problème.

Si elle jetait un nouveau coup d'œil dans le judas, se rendrait-il compte qu'elle l'observait ? Elle devait absolument vérifier s'il était toujours là.

Écarter les rideaux n'était pas une option non plus. Le Farrell qu'elle connaissait s'en apercevrait immédiatement.

S'il n'était pas encore parti.

Avant qu'elle n'ait eu le temps de se décider, une carte de visite de carton blanc fut glissée sous sa porte. C'était celle de Farrell, naturellement. Au dos, on avait griffonné quatre mots : « Je vous demande pardon. »

Un flot de larmes monta à ses paupières. Tout cela n'avait pas grande importance sur le long terme, au fond. Mais, puisqu'il ne comptait pas partir, elle allait devoir l'affronter.

Il lui suffirait de rester sereine une vingtaine de minutes au maximum. Il aurait soulagé sa conscience. Elle lui aurait pardonné. Et chacun repartirait de son côté.

Pourrait-elle le supporter ? Il lui avait tant manqué qu'elle ne finissait par s'endormir que parce qu'elle était épuisée. Et elle rêvait de lui chaque nuit.

Elle avait quitté le bungalow pour ce logement temporaire presque sept semaines plus tôt. Dès qu'elle aurait accumulé un pécule suffisant pour la caution et pour le premier et le dernier mois du loyer, elle louerait un joli appartement à

Portland. Elle trouverait plus facilement un emploi décent là-bas, dans une ville plus grande et moins dépendante de la saison touristique.

Elle n'était pas seule au monde. Elle avait noué des liens d'amitié avec Katie et avec Delanna. Un jour, peut-être, elles pourraient constituer le noyau de son nouveau cercle d'amis. Mais, pour le moment, elle ne les avait pas encore contactées, ni l'une ni l'autre, de crainte que Farrell n'apprenne où elle était. Bien sûr, cette situation ne devait pas trop le préoccuper, puisqu'il lui avait fallu si longtemps pour se présenter à sa porte. Pourquoi était-il ici ?

Tout au fond de son cœur, elle le savait. Farrell était un homme décent, et il savait qu'il l'avait blessée. C'était tout ce qu'elle était disposée à admettre… Aucune raison qu'il sache ce qu'elle ressentait réellement. Absolument aucune.

On frappa de nouveau. Plus fort, cette fois-ci.

— Ouvrez-moi, Ivy !

Elle jeta un coup d'œil à sa tenue, espérant que son jean blanchi par les lavages et son T-shirt bleu marine à manches longues ne lui donnaient pas l'air trop négligé. On était à des années-lumière de la garde-robe qu'elle avait portée à la réception du week-end. Elle avait même une tache de banane écrasée sur sa manche.

Cendrillon était de retour à la case départ.

Avant de manquer de courage, elle recoiffa ses cheveux courts du bout des doigts, et elle ouvrit la porte en grand.

— Bonjour, Farrell. Qu'est-ce qui vous amène ici ?

Farrell avait été à deux doigts de renoncer. Si Ivy refusait de le voir, était-il *obligé* de partir ? Ou pouvait-il essayer de se racheter d'une façon ou d'une autre ? Il se débattait encore avec cette épineuse question lorsqu'elle apparut devant lui.

— Ivy…

Les mots lui manquèrent. Elle s'écarta et le laissa entrer.

La chambre du motel était sinistre, mais Ivy était aussi belle que dans son souvenir, et même davantage. Les mêmes yeux noisette au regard circonspect. Le petit menton pointu. Les lèvres de corail dépourvues de tout maquillage qui l'avaient embrassé, et qui lui avaient rendu la joie de vivre. Il aurait tout donné pour pouvoir la serrer dans ses bras et ne jamais plus la laisser repartir.

Mais même un aveugle aurait senti la profondeur du gouffre qui les séparait.

— Vous retrouver n'a pas été facile, fit-il observer.

— J'étais à une heure à peine de chez vous, rappela-t-elle.

— Ne faites pas l'innocente. Vous vous êtes cachée au milieu de la foule. Je vous ai cherchée à Charleston durant deux semaines. Et aussi aux quatre coins de Portland. Vous n'avez pas changé la carte grise de la voiture, bon sang !

Il avait élevé la voix, et il vit le visage d'Ivy se fermer.

— Je suis navrée de vous avoir causé tant de désagréments, Farrell, répondit-elle d'un ton froid. Mais je ne vois pas ce que cela a à voir avec moi.

— Pourrions-nous nous asseoir, s'il vous plaît ? suggéra-t-il, tournant son regard vers les lits jumeaux recouverts de dessus-de-lit du même vert bilieux que la porte.

— Si vous voulez, répondit-elle, haussant les épaules.

Dolly le fixait d'un air méfiant. Cette gosse avait-elle oublié les nombreuses fois où il avait joué avec elle ? Où il lui avait chanté des chansons jusqu'à ce qu'elle s'endorme ?

Un silence pesant s'était installé dans la pièce. Par où allait-il bien pouvoir commencer ?

Ivy jeta un coup d'œil à sa montre.

Farrell décida alors d'aller droit au but.

— Je ne suis plus amoureux de Sasha, déclara-t-il. Je le jure. Elle a été mon premier amour et je vénérerai toujours sa mémoire, mais elle fait partie de mon passé.

— D'accord, dit-elle, visiblement étonnée.

À l'évidence, cette femme obstinée ne comptait pas lui faciliter la tâche. Au fond, il ne pouvait pas l'en blâmer. Alors, il prit une profonde inspiration, et il poursuivit :

— Je suis désolé de vous avoir licenciée. C'était lâche de ma part. Et c'était injuste.

Il la vit tressaillir, mais elle se reprit vite.

— Je comprends, dit-elle. Pas de problème.

— S'il vous plaît, rentrez avec moi ! supplia-t-il.

Cette fois-ci, ses beaux yeux lancèrent des éclairs.

— Non, je vous remercie, répondit-elle d'un ton exagérément poli. Dolly et moi nous débrouillons très bien.

— Avez-vous même trouvé un emploi ? s'enquit-il d'un ton désespéré. Nous avons essayé de tracer votre numéro de sécurité sociale, et nous n'avons rien trouvé.

— *Nous ?* répéta-t-elle, fronçant les sourcils. Qui, *nous ?*

— Zachary, Kate et Quin, naturellement. J'avais besoin d'aide pour vous retrouver. Alors, je leur ai tout raconté.

— Non ! s'écria-t-elle, paniquée.

— Pas les détails intimes, bien sûr, la rassura-t-il. Mais suffisamment pour qu'ils aient une idée de l'urgence de ma situation.

— Quelle urgence ? coupa-t-elle.

— Je leur ai dit que je vous aimais, mais que je vous avais très mal traitée, et qu'à cause de mes actions, vous étiez partie.

Ivy devint si pâle qu'il crut qu'elle allait s'évanouir. L'écorchure sur sa joue, bien qu'en partie cicatrisée, était encore visible, et elle était beaucoup trop mince. Mangeait-elle suffisamment ?

— C'est vrai, mais j'ai trouvé un autre emploi depuis.

— Que faites-vous ?

— Je suis serveuse dans un bar, six soirs par semaine, de 21 heures jusqu'à 1 heure du matin. Ma voisine vient me garder Dolly, et elle regarde la télévision dans ma chambre pendant qu'elle dort. Au bar, les pourboires sont décents, et je lui donne une partie de ce que je gagne pour la dédommager.

Cela signifiait qu'elle marchait seule dans les rues en pleine nuit, exposée au danger, songea-t-il, épouvanté.

Et tout cela à cause de lui.

— Alors, quand dormez-vous ? s'enquit-il, le cœur serré.

— De 2 heures à 7 heures, lorsque Dolly se réveille, précisa-t-elle. Et aussi durant ses siestes. Cela nous convient.

Farrell promena son regard autour de lui, notant l'affreux papier peint orange et or et la moquette usée jusqu'à la corde et tachée. Il avait envie de pleurer, et il l'aurait fait s'il avait pensé qu'Ivy le prendrait en pitié.

Mais pourquoi lui pardonnerait-elle ce qu'il avait fait ? Au moins, son détestable mari lui avait assuré un toit. Farrell, lui, l'avait jetée à la rue.

— Avez-vous entendu ce que je vous disais tout à l'heure ?

— À quel sujet ?

— J'ai avoué à Katie et à Quin que je vous aimais.

— Mais vous ne me l'aviez jamais dit, à moi, remarqua-t-elle d'une voix mal assurée.

Il vit de grosses larmes rouler sur ses joues, jusque sur la tête du bébé, et, s'agenouillant près du lit, il s'empara de sa main libre pour l'embrasser avant de la porter à sa joue.

— Je vous aime, Ivy Danby. Vous avez fait irruption dans mon univers, non pas comme une comète flamboyante, mais comme une lune discrète que l'on remarque à peine. Au début, je notais à peine votre présence, puis j'ai commencé à vous chercher du regard. Constamment.

— Vous n'êtes pas très doué pour la métaphore, observa-t-elle, souriant entre ses larmes. Contentez-vous d'inventer.

Il leva son regard vers elle, lui montrant sans honte les affreuses nuits d'agonie qu'il avait endurées, son profond regret, son inébranlable espoir.

— Je vous adore, Ivy. Je l'ai su lorsque nous avons fait l'amour, cette dernière nuit, mais je croyais pouvoir ignorer mes émotions. Puis vous êtes tombée dans ce maudit escalier, et j'ai soudain compris que j'avais failli vous perdre. Et cette idée m'a terrifié. Je ne voulais surtout pas ressentir à nouveau cette souffrance. Alors, je vous ai repoussée.

Il reposa sa joue sur sa cuisse, avant de murmurer :

— Je suis sincèrement désolé, mon amour. Plus que vous ne le saurez jamais. Pourrez-vous me pardonner un jour ?

Des doigts délicats se glissèrent dans ses cheveux, et son cœur cessa de battre. Fit un bond. Recommença à battre comme s'il allait bondir hors de sa poitrine.

Ivy exhala un soupir tremblant, qui eut pour effet immédiat d'ajouter des braises sur le feu de sa passion.

— Je vous pardonne, Farrell. Je suis sincère. Et, même, je vous comprends. Mais je ne peux pas remplacer votre Sasha.

Farrell se leva brusquement, et il prit le bébé des bras d'Ivy. Puis il ramassa les jouets favoris de Dolly sur la commode, et reposa le bébé et ses jouets dans le berceau pliant flambant neuf.

— Accorde-moi dix minutes, Dolly, s'il te plaît. Si tu es sage, tu auras un poney pour ton cinquième anniversaire.

Par chance, le bébé était d'excellente humeur, et elle ne broncha pas. Farrell se retourna vers Ivy, et, saisissant ses mains glacées dans les siennes, il la fit se lever.

— Écoutez-moi, Ivy, dit-il, plongeant son regard tout au fond de ses magnifiques yeux noisette. Vous n'êtes la remplaçante de personne. Vous ne le serez jamais. Vous n'êtes pas un prix de consolation. Vous êtes forte et brave, indomptable et vulnérable à la fois. J'aime tout chez vous. Lorsque vous vous êtes trouvée dans une situation tragique, vous vous êtes battue, et vous avez réussi à survivre avec votre bébé alors que tout était contre vous.

Il la vit secouer lentement la tête. Rien dans son expression n'indiquait qu'elle l'ait entendu, ou qu'elle ait cru un seul mot de ce qu'il lui avait dit.

— Je n'ai pas besoin que vous me sauviez, Farrell. Je me suis sauvée toute seule. J'aurai bientôt quitté ce motel. J'ai déjà plusieurs entretiens d'embauche sur mon calendrier. J'ai des projets d'avenir, pour moi et pour Dolly. J'ai aimé faire l'amour avec vous. Beaucoup. Mais ma vie est ailleurs.

— Ne me mentez pas, mon cœur. J'étais là. Vous m'avez offert votre précieux corps, et vous avez conquis le mien. Nous étions ensemble, dans tous les sens du terme. Vous êtes mon avenir, Ivy. Je ne peux pas vivre sans vous. Je ne le supporterai pas. S'il le faut, je louerai la chambre voisine de la vôtre, et je vous attendrai toutes les nuits, jusqu'à ce que vous veniez à moi. Vous êtes mon avenir, Ivy. J'ignorais que ce serait ainsi, et je sais bien que je ne vous mérite pas, mais, si vous m'accordez une nouvelle chance, vous n'aurez plus jamais aucune raison de douter de moi.

À ce stade, il était à bout de souffle. À bout d'arguments.

Seules leurs mains se touchaient.

Les yeux immenses d'Ivy scrutaient son visage. Il ignorait ce qu'elle y voyait. Il avait vécu dans une telle angoisse, ces quelques dernières semaines, qu'il n'était plus le même homme.

— Ivy ?

Elle leva lentement ses mains pour les poser sur ses joues, effleura la barbe naissante sur son menton et caressa son front, avant de murmurer :

— Vous êtes sincère, n'est-ce pas ?

— Oui, assura-t-il, espérant qu'elle le comprendrait. Je n'ai jamais rien ressenti de tel avant vous. J'étais un très jeune homme lorsque j'ai rencontré Sasha. Nous étions jeunes et naïfs, ignorants des épreuves du monde réel. Mais vous et moi avons connu l'enfer, et nous en sommes revenus. Nous avons passé le test. Personne ne sait ce que l'avenir lui réserve, mais je vous aimerai chaque jour que nous vivrons sur cette terre, et j'espère que ces jours seront innombrables.

Elle renifla, et s'essuya le nez sur sa coûteuse chemise de coton égyptien, avant de remarquer d'une voix tremblante :

— J'ignorais que les ingénieurs pouvaient être poètes.

Puis elle noua ses bras autour de son cou et se blottit étroitement contre lui, avant de murmurer :

— Je vous aime, moi aussi. Quasiment depuis le début. Et il n'est pas question que je vous laisse partir, moi non plus.

Cet aveu le fit frissonner, et une immense vague de soulagement déferla sur lui. Ils demeurèrent ainsi, dans les bras l'un de l'autre, durant un temps interminable, comprenant qu'ils avaient failli se perdre l'un l'autre. Puis, n'y tenant plus, Farrell posa ses lèvres sur les siennes. Et il l'embrassa jusqu'à ce qu'ils soient tous deux tout étourdis.

— Tu es mon univers, Ivy, murmura-t-il effleurant sa joue d'une caresse. Toi et Dolly.

— Et tu es l'homme le plus merveilleux que j'aie jamais rencontré, répondit-elle, ses yeux brillant comme des étoiles. Si tu le veux bien, j'aimerais devenir ton épouse.

— Est-ce une proposition ? s'enquit-il en riant.

La femme dans ses bras lui adressa un regard qui fit instantanément fondre la glace qui emprisonnait son cœur.

— Ramène-moi à la maison, Farrell. À ton bungalow au fond des bois. Là où commencent tous les contes de fées. Et nous serons heureux, et aurons beaucoup d'enfants.

– Sois-en sûre, mon amour. Cela, tu peux y compter.

Vous avez aimé *Un nouveau départ à deux* ?
Découvrez la suite et fin de la série
« Les héritiers de Stone River »
dès le mois prochain, dans votre collection Passions.

JOSS WOOD

Une nuit pour l'éternité

Traduction française de
SOPHIE LECOQ

PASSIONS

HARLEQUIN

Titre original :
ONE NIGHT TO FOREVER

© 2018, Joss Wood.
© 2021, HarperCollins France pour la traduction française.

- 1 -

Lachlyn Latimore pénétra dans le hall d'entrée de ce qui était probablement le plus célèbre bâtiment en brique rouge de Manhattan.

Les New Yorkais l'appelaient le Den.

La famille Ballantyne possédait et occupait ses cinq étages depuis des générations.

Une famille à laquelle son ADN la liait.

Lachlyn remercia poliment Linc Ballantyne lorsqu'il lui prit son manteau, acheté d'occasion, et le déposa avec soin sur le dossier d'un fauteuil moelleux installé près de la grande porte qu'elle venait de passer.

Elle pria secrètement pour qu'il ne remarque pas la poche décousue et le bouton qui manquait.

Résistant au besoin impérieux d'essuyer ses mains moites sur son jean noir, elle croisa les bras et se tint droite.

Lachlyn venait de découvrir qu'elle était la fille illégitime de Connor Ballantyne, joaillier et bijoutier des plus grosses fortunes et des plus grands de ce monde. Il était une légende à New York, un nom connu dans le monde entier.

Il y avait de quoi se sentir intimidée. Connor s'était éteint quatre ans plus tôt, mais ses enfants étaient devenus aussi influents que leur père. Et tout autant admirés.

Lachlyn jeta un œil au portrait du patriarche qui trônait sur le mur du grand escalier.

Elle avait hérité de lui le bleu de ses yeux, ses cheveux

raides et blonds comme les blés, son joli nez droit. Elle avait la bouche généreuse, le large sourire et la petite carrure de sa mère. Mais pour le reste, pas de doute, elle était une pure Ballantyne.

— Merci d'être venue, Lachlyn. Je t'en prie, passons au salon privé.

Linc lui indiqua la direction et l'invita à le suivre.

On sonna à la porte.

Linc se tourna vers elle :

— Pardonne-moi, c'est le baby-sitter de mon fils.

Il pivota, posa la main sur le noyau en bois sculpté de l'escalier et appela :

— Shaw, Reame est là.

Linc tourna le verrou de la porte et Lachlyn vit entrer un homme encore plus grand que lui. Il s'arrêta dans le hall d'entrée : il dominait l'espace.

C'était un sacré baby-sitter, pensa-t-elle.

Tandis que Linc et cet inconnu, décidément très sexy, se donnaient une amicale tape dans le dos, elle fit mentalement la liste des atouts de cette nounou d'un genre nouveau : cheveux couleur caramel, peau mate, barbe naissante sur une mâchoire carrée, larges épaules, muscles saillants, hanches étroites et fessier admirablement bien dessiné.

Étonnant… Elle n'était pas du genre à remarquer cette partie de l'anatomie masculine habituellement.

L'homme posa son regard – deux émeraudes – sur elle. Lachlyn se sentit soudain plus femme que jamais, intensément désirable.

Elle chercha à reprendre son souffle mais, n'y parvenant pas, décida que respirer était secondaire tant qu'elle pouvait se délecter de cette apparition. Elle se sentit soudainement vivante, glamour, connectée à tout ce qu'il y avait de féminin en elle.

Il émanait un tel aplomb de cet inconnu, une telle maîtrise de tout.

Elle était galvanisée. C'était donc cela qu'on appelait l'attirance sexuelle ? Un instinct brûlant, le sang en ébullition, une envie presque intolérable de le toucher et qu'il pose à son tour ses mains sur elle ?

Il lui évoquait un Galaad des temps modernes, le chevalier blanc des mythes et légendes : fort, sûr de lui, habile et charmant. Celui qui, au fil des siècles, avait toujours fait tourner la tête des femmes.

Il n'était cependant pas son genre.

Pour avoir un genre, encore fallait-il être intéressée par les rencontres, par les hommes et les relations amoureuses en général.

Lachlyn entendit des hurlements dans son dos. Elle détacha son regard des cuisses musclées devant elle – mais qu'est-ce que ses yeux étaient venus faire là ? – et se retourna pour voir un enfant sauter de la cinquième marche comme un diable sortant de sa boîte.

Elle ne put retenir un cri d'effroi. Le petit garçon allait s'écraser contre le sol ! Elle s'avança comme elle put mais le chevalier lui barra la route, attrapa l'enfant au vol et repartit avec l'enfant sous le bras comme s'il tenait un ballon de rugby.

Lachlyn porta la main à son cœur et ferma les yeux. Elle s'était imaginé l'enfant en mille morceaux sur le parquet.

Linc intervint :

— Il faut que tu arrêtes avec ça, Shaw.

Le père n'avait pas l'air plus contrarié ou inquiet que ça. À vrai dire, elle était la seule des trois adultes à visualiser du sang, des os brisés, des points de suture.

Linc fit un geste de la main à l'attention de Lachlyn :

— Reame, je te présente Lachlyn Latimore. Lachlyn,

voici Reame Jepsen, mon plus vieil ami. Et sous son bras c'est mon fils, Shaw.

L'homme remit l'enfant debout. Ils échangèrent un regard qui lui fit l'effet d'une collision.

Lachlyn fut de nouveau au bord de la suffocation.

— Mademoiselle Latimore.

Sa voix était grave, légèrement rauque, presque rugueuse. Lachlyn avait très envie de savoir l'effet que ses paroles auraient s'il venait à les prononcer contre sa peau nue…

Il lui tendit une main qu'elle imagina volontiers glisser le long de sa hanche, s'emparer d'un sein.

Elle sentit le rouge lui monter aux joues et ignora brusquement cette poigne virile qu'il lui présentait. Il n'était pas prudent de le toucher.

Elle risquait de prendre feu et de déclencher un incendie dans le hall d'entrée du Den.

Elle baissa les yeux et parvint à articuler :

— Bonjour.

— Bonjour aussi.

La pointe de moquerie dans sa voix était évidente. Elle se força donc à lever les yeux… Et eut le temps d'apercevoir un petit sourire narquois sur ses lèvres.

Reame Jepsen savourait l'effet qu'il avait sur les femmes et ne parut pas le moins du monde surpris par sa réaction hébétée.

Ce genre de moue moqueuse sur le visage d'un homme lui faisait habituellement l'effet d'une douche froide, mais pas cette fois.

L'assurance de ce type lui allait comme un gant. C'était même follement attirant.

Pas bon du tout. Non, non. Très mauvaise idée.

— Tonton Reame !

Reame tourna la tête vers le petit garçon – Dieu merci,

elle allait pouvoir retrouver un semblant de mobilité et reprendre son souffle.

Shaw était suspendu au bras musclé du meilleur ami de son père. Très, très musclé. *Ça suffit, jeune fille !*

Le petit garçon entreprit d'escalader le corps de Reame et finit par s'installer sur sa hanche. Il leva la tête pour montrer à son « baby-sitter » le trou béant entre ses dents de devant.

— Ma dent est tombée.

Il zozotait légèrement. Le petit garçon fronça subitement les sourcils :

— La petite souris a oublié de passer.

Linc esquissa un petit sourire et leva les yeux au ciel. Lachlyn n'était pas une professionnelle des enfants, mais quelqu'un avait vraisemblablement oublié de laisser une pièce sous l'oreille du petit garçon.

— La petite souris qui officie dans le quartier est certainement un peu paresseuse.

Reame lutta pour garder son sérieux.

— Maman a dit que c'est parce que je n'avais pas rangé ma chambre et que la petite souris elle n'aime pas le fouillis.

— C'est sûrement ça.

Il n'y avait rien de plus sexy que d'assister à une discussion entre un bel homme et un adorable petit garçon, décida Lachlyn.

S'ils avaient dû faire une publicité de cette scène, le produit en question se serait vendu comme des petits pains.

— Retente ta chance ce soir, mon bonhomme.

Lachlyn eut un petit sourire en coin quand Reame lança un regard insistant à Linc comme pour lui dire « N'oublie pas cette fois-ci, hein ? »

Shaw tira sur le bras de Reame et pleurnicha :

— On peut y aller, dis ?

Reame hocha la tête et sourit tendrement à l'enfant. Son visage s'éclaira, il n'était plus qu'affection.

Il ne restait plus aucune trace de son petit air narquois. C'était dix fois plus touchant.

Il était indéniablement proche de Shaw, et Linc lui confiait son fils les yeux fermés. Il était de notoriété publique que Linc Ballantyne était un père dévoué et protecteur : il savait visiblement Shaw entre de bonnes mains.

Cette marque de confiance voulait dire que ce Reame Jepsen avait d'autres atouts que son physique ravageur.

Lachlyn écouta les deux hommes convenir de l'organisation et, trente secondes plus tard, le beau chevalier et le petit garçon, qui était visiblement son plus grand fan, s'en allèrent.

Elle se retrouva seule avec Linc.

Elle était curieuse d'en savoir plus sur ce Reame, sur sa place dans la vie de Linc et de son fils.

À sa grande surprise, elle s'entendit poser la question.

— On se connaît depuis toujours. C'était mon voisin quand on était petits. On a déménagé quand ma mère a été embauchée par Connor en tant que gouvernante, mais on ne s'est jamais perdus de vue.

Elle aurait dû arrêter là les questions, mais jamais un homme ne lui avait fait un tel effet. Et puis elle était curieuse de nature.

— Il travaille pour vous chez Ballantyne International ?

Linc secoua la tête.

— Dieu merci, non. On s'étriperait.

Il ne semblait pas du tout dérangé par ce petit interrogatoire.

— Reame dirige une agence de sécurité. C'est un ancien soldat, dans les unités spéciales secrètes qui font des choses spéciales et secrètes, vous voyez ? Il a un sacré palmarès militaire. Il a notamment été décoré pour ses actes de bravoure. Pendant plusieurs années, je n'avais des nouvelles que de temps à autre. Je le voyais peu. C'est le genre de vie qu'on mène dans les forces spéciales. Et puis…

Linc hésita. Lachlyn plissa les yeux et tendit l'oreille. Il n'allait pas s'arrêter là, si ?

— Et puis ?

Elle avait envie de le secouer pour qu'il raconte tout.

— Il a dû rentrer à cause d'un gros souci familial. Pour aider sa mère et ses sœurs. Il a quitté l'armée, et Connor l'a pris comme garde du corps. Il a l'entrepreneuriat dans le sang. Il a décroché d'autres missions et commencé à embaucher d'anciens amis militaires. Son activité a été lancée comme ça. Ajoutez à ça de l'espionnage de conjoints volages et de la cybersécurité pour les grosses entreprises et vous obtenez Jepsen & Associates, l'une des plus grosses agences de sécurité et protection de New York.

Linc était visiblement fier de son ami.

Il était beau, baraqué et brillant.

Une chance qu'elle n'ait pas à le recroiser. Ce type ne pouvait que lui attirer des ennuis.

De beaux et vigoureux ennuis.

Une fois dehors, Reame ralentit le pas afin que Shaw puisse rester à sa hauteur son avoir à trotter.

— Alors, tu me dis maintenant pourquoi tu m'as envoyé ce SOS par texto ? On s'était mis d'accord, c'était seulement en cas d'urgence.

Reame ne s'était pas inquiété lorsqu'il avait reçu cet appel au secours sous forme de SMS depuis le téléphone de Tate : il était alors en ligne avec Linc et il n'y avait rien à signaler au Den.

— C'était une urgence, Spike voulait m'emmener au base-ball à ta place.

Ça, c'était de l'urgence.

— Une urgence, c'est quand quelqu'un est en danger, quand il y a un blessé, du sang ou s'il y a le feu, mon bonhomme. Pas quand on reçoit une invitation à faire du base-ball de la part d'un dragon à barbe.

Il s'arrêta et fixa son filleul :

— Est-ce que Tate sait que tu t'es servi de son téléphone ?

Tate était la fiancée de Linc. C'était à elle que tout le monde devait l'allure guillerette et l'air satisfait de son meilleur ami.

La fratrie Ballantyne s'en tirait admirablement bien en amour. C'était étrange de voir tous ses amis d'enfance se mettre ainsi en couple.

L'époque n'était pas si lointaine où ils sillonnaient Manhattan en profitant joyeusement de leur statut de célibataires les plus en vue de New York.

Mais ils étaient tous tombés amoureux l'un après l'autre. Raides dingues, même.

Reame, qui ne voulait aucune attache et était même phobique de l'engagement, avait bien rigolé.

Il appréciait Piper, Cady, Tate et respectait le choix de ses amis. Mais le couple ? Très peu pour lui. La simple idée d'être à leur place lui nouait la gorge et les tripes.

Le mariage, ou l'anesthésie émotionnelle garantie…

Revenant à l'instant présent, il se souvint que Shaw n'avait toujours pas répondu à sa question :

— Alors ?

— Plus ou moins.

Cela voulait dire non. Avant que Reame ait le temps de lui faire la morale, le petit garçon leva son regard bleu vers lui.

— C'était vraiment une urgence, tonton Ree. J'aurais dû aller chez tata Piper parce que papa voulait parler à la dame. Et j'aurais été obligé de jouer avec les bébés.

Comme tu es juste au travail, je me suis dit que je pourrais rester avec toi.

« Juste au travail » : c'était une définition bien succincte pour quelqu'un qui dirigeait une entreprise internationale à plusieurs millions de dollars.

Shaw prit son air le plus sérieux.

— J'avais absolument besoin que tu viennes à ma rescousse.

Cet enfant était un manipulateur de compétition. Un irrésistible manipulateur… Reame secoua la tête et soupira.

Il avait survécu aux entraînements militaires les plus brutaux, mené des combats intenses, à la guerre comme pour monter son entreprise, pourtant cet enfant faisait de lui ce qu'il voulait.

C'était la pure vérité : que Shaw – ou quiconque chez les Ballantyne – l'appelle, et il lâchait tout pour les retrouver.

Ils étaient sa famille. Il en allait ainsi entre eux.

— Elle était jolie, la dame.

Shaw, malin comme un singe, avait trouvé comment changer de sujet.

Jolie ? Non. Elle était belle à se damner. Cela faisait longtemps qu'il n'avait eu une réaction aussi primitive, instinctive face à une femme. Cela faisait une éternité.

C'était même peut-être la première fois.

Reame étudia le petit air espiègle de son filleul et leva un sourcil :

— Tu n'es pas trop jeune pour remarquer les jolies filles, toi ?

Shaw fit une adorable grimace, fronçant les yeux et le nez, toutes taches de rousseur dehors. Dieu qu'il aimait ce petit.

— C'est la fille de Grandpa Connor. Mais il ne l'a pas adoptée comme il a fait avec papa.

— C'est ce qu'on raconte, mon bonhomme.

Lorsque les Ballantyne avaient eu vent du possible lien entre Lachlyn et leur famille – par l'intermédiaire de son frère, Tyce Latimore –, Reame avait immédiatement mis son meilleur enquêteur sur l'affaire.

Ce dernier avait fouillé sa vie et n'avait rien signalé de particulier.

Elle vivait seule, travaillait pour la bibliothèque municipale de New York et semblait mener une existence discrète. Rien n'avait alerté Reame, mais lorsqu'il avait vu sa photo dans le dossier, son cœur s'était arrêté de battre l'espace d'un instant. Il ne l'avait pas encore rencontrée mais déjà elle semait le trouble en lui. Il ne savait pour ainsi dire rien d'elle, excepté qu'elle était la fille de Connor, alors d'où lui venait cette soudaine agitation, cette vague nausée ?

L'instinct vital qui lui avait sauvé la mise bien des fois lors de ses opérations avec les forces spéciales s'était réveillé : cette femme risquait de bousculer sa vie.

La rencontrer n'avait rien arrangé et la tornade qui rugissait au creux de son ventre ne s'était pas calmée.

Il était plongé dans ses pensées, une main légère posée sur l'épaule de Shaw tandis qu'ils se rapprochaient du club de base-ball à quelques minutes du Den.

Les photos du dossier ne rendaient pas justice à Lachlyn. Elle avait le visage et les yeux de son père, à cela près que ces derniers étaient plus foncés, d'un bleu tirant sur le violet.

Ses traits étaient plus fins, ses pommettes joliment dessinées. Sa bouche était une invitation à elle seule.

Lachlyn était petite et lui arrivait à peine à l'épaule, mais son corps était pulpeux, aussi tendu que les cordes d'une guitare électrique.

Il avait dû réaliser un effort surhumain pour détacher son regard de ce délicieux minois et rattraper Shaw quand il s'était jeté du haut des marches.

Reame frissonna : il s'en était fallu de peu. Ce petit

bonhomme le prenait pour un superhéros, il était temps que cela cesse.

Ou que lui-même apprenne à rester concentré en présence de jolies femmes.

Il y parvenait habituellement sans trop de difficulté. Les femmes étaient sensibles à son charme et il le leur rendait bien – lorsqu'il avait le temps, ce qui n'était pas souvent le cas.

Son entreprise accaparait toute son énergie et il consacrait le peu de liberté que son travail et ses amis – les Ballantyne en tête – lui laissaient à ses sœurs et à sa mère vaguement psychotique.

Les choses bougeaient enfin et il était en mesure de s'offrir un peu de temps pour lui. Son activité avait bien prospéré et il pouvait se reposer sur ses collaborateurs pour se dégager un peu de temps libre.

Il était aussi en toute vraisemblance libéré du poids de sa propre famille. Un beau jour, après vingt-cinq ans de mariage, son père s'était envolé et Reame avait eu à gérer les factures, les dépenses et les états d'âme de sa mère et de ses sœurs.

À présent, la plus jeune venait de décrocher un emploi : il ne serait bientôt plus, Dieu merci, responsable d'elle.

Dans deux semaines, sa mère et ce qu'elle appelait ses « petits problèmes » partaient pour trois mois de croisière avec Tracy, la tante de Reame.

Il était le seul des trois enfants à vivre près de chez leur mère, c'est naturellement vers lui qu'elle se tournait quand elle avait besoin de quelque chose. Ce qui arrivait. Souvent.

Elle n'hésitait pas à le faire culpabiliser pour qu'il lui rende visite. Si son petit manège ne fonctionnait pas, elle s'inventait des soucis de santé ou des réparations à faire. Et bien sûr, il accourait.

Encore quatorze jours à patienter… Il allait faire la fête

comme jamais et s'amuser avec des femmes décomplexées, de celles qui connaissent les règles du jeu et ne veulent rien de plus que prendre du bon temps.

Il n'allait pas se priver, après dix ans d'attente, il allait laisser ses sens prendre le contrôle et s'offrir sans retenue tout ce que son corps lui réclamait.

Peut-être se lançait-il dans cette course effrénée par peur de l'amour et de l'engagement ?

L'idée lui traversa l'esprit. Il se connaissait suffisamment pour savoir que ces moments dont il rêvait allaient au-delà de la simple envie de profiter de la vie.

Il aimait à se voir comme un homme responsable, qui ne ferait pas courir à une femme le risque de subir une déception, ou pire.

Il n'était pas comme son père : jamais il n'avait manqué à son devoir et il ne comptait pas commencer maintenant.

Quelles que fussent ses raisons profondes, il méritait bien de libérer la puissance qui grondait en lui et de chevaucher… la vie.

Il était désormais uniquement responsable de ses actes. Pour l'analyse, il verrait plus tard, une fois l'ouragan passé.

En poussant la porte du club de base-ball, Reame décida qu'il pouvait commencer le soir même si bon lui semblait. Une fois qu'il aurait déposé Shaw chez Tate, il pourrait sortir, trouver une idée.

Il secoua cependant la tête : il n'avait aucune envie d'aller draguer dans un bar.

Il s'était inscrit sur une application de rencontre quelques mois plus tôt. L'heure était peut-être venue de s'y mettre sérieusement.

New York était une grande ville et il avait, à ses heures perdues, parcouru les profils qui se présentaient à lui et glissé son pouce vers la droite quand la photo lui plaisait.

Il avait eu de brefs échanges avec plusieurs femmes, sans passer à l'étape supérieure.

Cette blonde aux yeux noisette était à son goût, et il y avait aussi cette psychologue qui l'avait intrigué. Il tenta de se remémorer son visage, mais à la place apparut devant ses yeux celui de Lachlyn Latimore.

Sortir avec la « nouvelle » sœur de Linc n'était pas, mais alors pas du tout, une bonne idée. *Pense à autre chose, mon gars, tu vas droit dans le mur.* Il s'agaçait lui-même.

Il décida d'aller travailler et se promit de faire de sa future conquête sa priorité du lendemain.

Shaw tira sur son manteau et Reame baissa les yeux vers le petit garçon :

— Tu ne m'écoutes pas du tout, tonton Reame !

Reame tiqua : il n'avait effectivement rien écouté de ce que son filleul venait de lui dire.

— Désolé, mon bonhomme, redis-moi ça ?

Shaw plongea la main dans la poche de son blouson et en ressortit Spike, son dragon à longue barbe et à l'air bougon.

— Spike voudra manger de la pizza tout à l'heure. Le base-ball lui donne très faim, tu sais.

Reame n'avait pas faim de pizza… Mais si Lachlyn Ballantyne proposait d'en partager une avec lui, il pourrait certainement faire un effort.

- 2 -

Le Den n'était qu'à quelques minutes à pied de Central Park.

Lachlyn peinait à se remettre de l'idée tandis qu'elle suivait Linc dans l'escalier qui menait au grand salon.

Son regard fut retenu par un tableau sur le mur à sa gauche. Lachlyn retint son souffle : cela ne pouvait pas être un *vrai* Picasso, si ?

Ils passèrent ensuite devant une console du XVIIIe siècle, dont l'impeccable plateau verni accueillait une collection de cadres en argent : l'actuelle famille Ballantyne était là au grand complet.

Lachlyn inspira profondément et tenta de se détendre.

Jusqu'à ses quinze ans, elle avait désiré plus que tout être une fille normale – dans une famille américaine normale. Elle y pensait sans cesse.

Elle vivait avec une mère totalement dépassée et un frère qui avait dû très tôt trouver un petit boulot pour compléter le maigre salaire que cette dernière percevait.

Lachlyn était seule la plupart du temps et calmait sa peine en s'imaginant une autre vie.

Dans les magazines, elle découpait les photos de familles parfaites à ses yeux, et les collait avec soin dans ses cahiers de *scrapbooking*.

Elle en avait aussi recouvert les murs de sa minuscule chambre avant de baptiser ses frères et sœurs imaginaires, avec qui elle partageait des journées à la plage, des petits goûters secrets, des repas du dimanche et des discussions enflammées.

Dans ses cahiers, ses amies étaient intelligentes et jamais à court d'idées, ses petits copains – des hommes soigneusement découpés –, de preux chevaliers venus pour la sauver.

Puis vint ce soir d'été où tout bascula pour elle, où les liens du sang perdirent tout leur sens.

Elle avait pris la réalité en pleine face avec une rare violence.

Déchirées, les photos sur les murs. Arrachées, les pages de ses cahiers secrets…

Car pourquoi vivre ainsi dans un monde fantasmé ? Lachlyn s'était résignée à sa solitude. Personne ne viendrait la sauver – ni sa famille, ni ses amis, ni aucun prince charmant. Elle ne devait plus attendre de soutien de quiconque.

Elle ne pouvait plus et n'allait plus compter que sur elle seule.

Elle avait décidé, ce soir-là, de ne plus rien demander, de ne plus rien attendre. Plus jamais.

Elle était à peine une jeune fille à l'époque, mais elle avait fait le bon choix et il gouvernait toujours sa vie à présent.

Peu d'amis, pas de petit copain, quelques contacts espacés avec son frère.

Devant ces cadres en argent et ces photos de famille, elle sentit, loin, très loin, un petit pincement au cœur.

— Tout va bien, Lachlyn ? Tu es toute pâle.

Elle n'était pas habituée aux intérieurs luxueux, elle venait de croiser le seul homme dont le simple regard avait fait de son corps un brasier et elle ne savait pas du tout ce qui l'attendait dans les minutes qui allaient suivre. Il était donc relativement compréhensible qu'elle soit un tantinet nerveuse, non ?

Elle s'arrêta et tourna la tête vers Linc. Elle voulut dire

quelque chose d'intelligent ou de charmant mais elle vit alors de la compassion dans ses yeux.

Pouvait-elle lui dire que tout cela faisait beaucoup pour une seule personne ? Rencontrer les Ballantyne, *tous*, en même temps.

Il y avait bien longtemps qu'elle gardait ses émotions pour elle. Elle sourit et répondit :

— Tout va bien.

Linc afficha un sourire peu convaincu mais empreint d'une douceur sincère.

Sa beauté sauta soudainement aux yeux de Lachlyn. À vrai dire, toute la fratrie avait un physique à faire la une des magazines. Ce qu'ils avaient d'ailleurs tous fait, lui semblait-il.

Sexy, cultivés, talentueux et très bons en affaires : les Ballantyne incarnaient mieux que quiconque le rêve américain. Tout ce qu'elle-même n'était pas, alors même qu'elle était la seule à partager l'ADN de Connor, le patriarche.

— Je comprends que ça fasse beaucoup à digérer pour une seule personne.

La voix grave de Linc avait quelque chose de rassurant.

— C'est pour ça que je n'ai fait venir que la fratrie ce soir. Toi, moi, Jaeger, Beck et Sage.

Quatre contre une…

Un rendez-vous, un court échange et tout cela serait derrière elle.

Lachlyn pénétra dans une vaste pièce équipée d'une splendide cuisine qui s'ouvrait sur un espace repas puis un grand salon vivant, confortablement meublé, plein de livres et de jouets.

Jaeger et Beck se levèrent et lui tendirent la main. Sage, jambes repliées sous elle, esquissa un sourire hésitant depuis l'angle d'un immense canapé.

Elle avait les traits tirés et les yeux cernés. Tout cela à cause d'un homme, qui n'était autre que Tyce, son frère à elle.

La situation était pour le moins dérangeante, mais elle ne pouvait ignorer la douleur de Sage, aussi se baissa-t-elle pour lui toucher doucement le bras, lançant un regard doux dans la direction du ventre rond de la jeune femme.

— Tout va bien ? Le bébé ?

Sage hocha la tête. Ses yeux étaient rouges, encore humides.

— Le bébé va bien, mais ton frère va me rendre folle.

Elle avait tenté un vague sourire, en vain.

Lachlyn aurait voulu lui dire que Tyce était victime de leur passé commun, vécu dans une famille qui n'en était pas réellement une, sans aucune expérience d'une vie, ni même d'une relation, réussie.

Tout bas, comme obligée de s'excuser, Lachlyn murmura :

— Je suis désolée, Sage.

Les Latimore n'étaient pas très doués en amour.

Elle était solitaire, et Tyce portait ses propres fardeaux. Tous deux étaient passés maîtres dans l'art de se murer pour se protéger.

Jaeger attendit qu'elle prenne place pour lui servir un verre de vin rouge puis se rassit entre Sage et Beck sur le grand canapé.

Linc s'installa sur une méridienne et but une gorgée de la bouteille de bière que Jaeger venait de lui tendre. Il prit ensuite la parole.

— Bon, venons-en directement aux faits. C'est pour ça que nous t'avons fait venir.

Le tutoiement allait donc être de rigueur.

Lachlyn posa son verre sur la table basse et croisa les mains sur ses genoux.

Linc allait lui proposer une somme en échange de son silence et de son anonymat. Ils allaient racheter les actions

Ballantyne International que son frère Tyce avait achetées pour elle et étoufferaient tout bruit médiatique sur cette affaire. Plus de trace de son lien de parenté avec eux.

Tout reviendrait à la normale.

Elle attendait ce moment avec impatience. Être ainsi en société l'épuisait.

— Nous avons parlé de toi, de ton arrivée dans nos existences respectives et de la façon dont chacun de nous le vit.

Linc parlait sans la quitter des yeux.

— Cette année a été assez dingue pour nous. Il y a six mois de ça, nous étions tous célibataires. Aujourd'hui, nous avons tous trouvé notre âme sœur.

Jaeger afficha un large sourire.

— Et il y a une ribambelle de bébés en route : Piper, Cady, Sage…

— Certains sont des enfants par les liens du sang, d'autres part les liens du cœur, poursuivit Beck presque pour lui.

Il leva un sourcil inquisiteur à l'intention de Linc, qui secoua vigoureusement la tête.

— Nous avons un petit escroc de cinq ans et un de dix-huit mois, prêt à marcher dans ses pas. Ça nous suffit pour le moment.

Lachlyn tourna la tête vers l'un puis l'autre, tâchant de comprendre la conversation.

Elle espérait que les grossesses n'avaient rien de contagieux. Ah non, bien sûr : un minimum de vie sexuelle était nécessaire.

Un visage à la peau mate et aux yeux émeraude apparut instantanément dans son esprit. C'était beau de rêver.

— Trois auraient largement suffi, cependant Jaeger n'a pas pu faire comme tout le monde et voilà qu'il a fait des jumeaux à Piper.

Beck avait à peine fini de marmonner ces paroles qu'il passa le bras autour du cou de l'intéressé et serra fort.

Si cette bagarre goguenarde entre frères faisait rire Lachlyn, elle souhaitait avant tout que Linc poursuive son idée et finisse son petit discours.

Elle attendait la suite et préférait retirer le pansement d'un coup sec plutôt que de noyer tout ça dans des échanges agréables.

Sage intervint :

— Revenons à nos moutons, si vous voulez bien.

Lachlyn lui sourit timidement. Elle allait écouter, finir son verre, refuser l'argent et retourner d'où elle était venue...

Linc se passa la main dans les cheveux.

— Quand Tyce nous a dit que tu étais la fille de Connor, cela a été un vrai choc pour nous, Lachlyn. Comme tu le sais Connor nous a quittés il y a quelques années mais il souffrait de la maladie d'Alzheimer. Même s'il était encore parmi nous, nous n'aurions pas pu obtenir la vérité de sa bouche. En revanche, l'ADN ne ment pas, et tu fais bien partie de la famille.

Un instant... Sa voix était tout sauf glaciale.

— Si Connor avait eu vent de ton existence, il t'aurait élevée, cela ne fait aucun doute pour nous. Il était anti-mariage et contre toute forme d'engagement, mais il avait le sens des responsabilités et il nous adorait, nous, ses enfants qui n'étions pas vraiment les siens. Il t'aurait porté tout son amour.

Lachlyn mourait d'envie de lui faire répéter ce qu'il venait de dire. Ils la considéraient comme un membre de la famille ? Une Ballantyne ? Ils n'avaient pas prévu de la laisser sur la touche ?

Quoi ? Elle n'appartenait pas à cette famille, elle n'en avait aucune envie !

— Tu es la fille de Connor, et à ce titre il nous paraît juste que tu reçoives ta part de son patrimoine.

Ils ne lui proposaient pas un arrangement, mais bien plus. Lachlyn fit un effort pour faire sortir quelques mots de sa gorge serrée et bouger ses lèvres tétanisées :

— Ma part ?

Linc se pencha et posa les coudes sur ses cuisses, tenant toujours dans une main sa bouteille de bière.

— En tant que frères et sœur, nous détenons les actifs de Ballantyne International, et nous voulons les partager avec toi.

— Les actifs ?

Linc désigna du menton un classeur posé sur la table basse.

— Des actions, des œuvres d'art, des biens immobiliers, des pierres précieuses. Tout est répertorié là-dedans. Nous avons également convenu de te verser chacun une somme fixe depuis nos comptes afin de réduire les écarts de trésorerie entre nous.

Lachlyn sentait les pensées se bousculer en elle :

— Euh… Cela représente quoi ?

Le sourire de Linc s'effaça aussitôt et Lachlyn devina qu'elle venait de commettre un impair.

Cela lui donnait une image de femme intéressée et vénale, alors qu'elle tenait simplement à situer le montant sur une échelle, de jauger leur geste. Ils allaient lui proposer quoi, dix, vingt mille dollars ?

— Nous avons pensé commencer par dix millions chacun, mais cela peut se négocier.

Dix… millions ? Soit quarante au total ! Lachlyn glissa ses mains entre ses genoux pour s'empêcher de vaciller.

Il lui sembla que la pièce venait de se vider de son oxygène. Elle s'attendait à être gentiment écartée de la scène moyennant quelques milliers de dollars, et voici qu'ils lui proposaient une véritable fortune.

Mais le plus terrifiant était qu'ils lui ouvraient les portes de leur famille.

Ils voulaient qu'elle devienne une Ballantyne.

Non, c'était impossible. Les gens, les relations, la famille, ce n'était pas du tout dans ses cordes… Lachlyn sentit Sage se redresser et lui poser la main dans le bas du dos.

— Tout va bien ?

Lachlyn secoua la tête et répondit d'une voix à peine perceptible :

— Non.

— Tu vas te faire à l'idée. Avec le temps on réalise que ce n'est que de l'argent. Un outil, un moyen comme un autre.

Lachlyn ouvrit grand les yeux et se tint immobile. Ils pensaient donc que l'argent était la raison de son vertige soudain ? Certes, la somme avait de quoi en faire vaciller plus d'un.

Mais cela restait des chiffres alignés sur un morceau de papier. Non, ils se trompaient. Elle tremblait à l'idée de faire partie d'une famille, de leur famille.

Elle avait toujours fait cavalière seule, sa vie en solitaire lui convenait parfaitement. La famille n'était tout simplement pas son truc. Déjà que l'amitié lui était difficile !

Quarante millions de dollars, bon sang. Comment refusait-on une somme pareille ? Lachlyn respira profondément, se centra sur elle-même et comprit qu'elle pouvait aisément y parvenir. Elle n'avait aucunement besoin d'une telle somme.

Il lui fallait simplement une forme de sécurité affective. Et elle y parvenait justement en se tenant à bonne distance de tout le monde, famille et hommes compris.

C'était une offre plus que généreuse, elle n'avait pas le droit de leur opposer une fin de non-recevoir brutale.

Elle ouvrit la bouche mais Beck leva une main, l'air soudainement grave.

— Tu l'as peut-être vu, la presse a eu vent de cette histoire et il faut certainement s'attendre à une petite tempête médiatique. Enfin, quand je dis petite…

Il ne manquait plus que ça. Tous les regards se posèrent sur elle, portant en eux la question restée sans réponse. Acceptait-elle leur offre ?

Ils semblaient vouloir lire dans ses pensées. Elle était sûre d'une chose : cela faisait beaucoup d'informations à intégrer et il était trop tôt pour qu'elle puisse s'exprimer.

Elle ne les connaissait pas et eux n'avaient aucune idée de la personne qu'elle était. Ils avaient tous besoin de temps avant de prendre des décisions de cet ordre et dont les implications s'annonçaient nombreuses.

Lachlyn releva la tête et se redressa. Elle regarda chacun des Ballantyne dans les yeux. Elle but une gorgée de vin et se leva, suppliant ses genoux de bien vouloir la soutenir.

— Je vous remercie infiniment pour votre proposition, mais je suggère que nous ne prenions aucune décision majeure, financière notamment, à ce stade.

Linc échangea des regards avec ses frères et sa sœur et Lachlyn sentit qu'elle avait comme réussi un test et en sortait grandie à leurs yeux.

Elle poursuivit d'une voix hésitante :

— Je suis venue ici en pensant que j'allais avaler quelques cacahuètes et revenir à ma vie normale. Très normale, et solitaire. L'idée d'un battage médiatique change la donne. Je ne peux pas ignorer l'impact que cela aurait, pas plus que je ne peux tourner les talons comme si de rien n'était. Et je ne suis pas non plus en mesure d'accepter votre très généreuse offre.

Sage l'interrogea :

— Penses-tu que cela puisse changer un jour ?

— Je n'en sais rien.

Lachlyn se leva.

— Il faut que je réfléchisse. Et que je m'en aille.

Trop d'informations, trop de monde.

Il fallait qu'elle parte, qu'elle sorte et trouve un endroit au calme pour tenter de remettre ses pensées en ordre, de recouvrer ses esprits. Sa vie venait de prendre un tournant totalement fou.

Il lui fallait de l'oxygène. Elle attrapa son sac à main et prit la fuite.

Lachlyn Latimore était la fille de Connor Ballantyne : la nouvelle n'avait pas déclenché la tempête médiatique crainte par Beck.

C'était bien pire, du moins à ses yeux.

L'incessante présence des médias autour d'elle lui faisait l'effet d'une invasion de sauterelles annonçant l'Apocalypse.

La moindre phrase qu'elle prononçait était disséquée, le moindre de ses gestes étudié à la loupe.

Elle dut se résoudre à quitter temporairement son poste d'archiviste au sein de la bibliothèque de New York et de prendre deux semaines de congé dans l'espoir que la frénésie des journalistes s'essouffle enfin.

Elle accepta également à contrecœur d'emménager au Den car les cameramen et photographes faisaient le pied de grue partout où elle se rendait.

Elle qui défendait férocement son intimité et sa liberté de femme solitaire se sentait assiégée, sans apercevoir le bout du tunnel. Elle était, mentalement et physiquement, à bout.

Cady, l'épouse de Beck et attachée de presse de la famille Ballantyne, finit par la persuader que garder le silence n'était nullement dans son intérêt. Plus tôt les journalistes obtiendraient ce qu'ils étaient venus chercher, plus vite leur engouement s'évanouirait. La vie reprendrait son cours normal. Enfin, une normalité toute nouvelle.

Cady proposa une séance photo, quelques interviews avec des journalistes acquis aux Ballantyne, une apparition en direct lors d'une matinale télévisée devant des – *au secours !* - millions de personnes et des entretiens accordés à une poignée de journaux et magazines.

Lachlyn refusa tout net et pria jour et nuit qu'une star ou une autre connaisse le déboire du siècle afin que toutes les têtes se tournent ailleurs.

Sage lui offrit un peu de répit en acceptant la demande en mariage de Tyce. Leurs fiançailles offraient une parfaite excuse pour organiser une grande fête mais aussi, décida Cady, pour présenter Lachlyn aux partenaires professionnels ainsi qu'aux proches des Ballantyne.

C'est ainsi qu'elle se retrouva au beau milieu de la splendide salle de bal de l'emblématique Forrester Hotel, dans une robe de soirée prêtée par Sage et qui valait au bas mot un an de son salaire à la bibliothèque.

Lachlyn se retrouva à parler de la pluie et du beau temps avec des invités parfois adorables, parfois impolis, invariablement indiscrets.

Un vrai monde de requins, pensa-t-elle en avalant une gorgée de son champagne, sans bulles à présent. Elle était le menu fretin tâchant de ne pas se faire avaler tout cru.

— Comment ça va ?

Elle sentit une main sur son bras et se retourna. Sage était lumineuse, le bonheur se lisait dans ses yeux. La déclaration enflammée de son frère en était la cause.

Lachlyn se sentit soudainement fière de son frère. Tyce avait laissé sa chance à l'amour et respirait la joie.

Il avait fait preuve de courage.

L'air interrogateur de Sage la ramena à l'instant présent.

— Bien, je te remercie.

— Tu en as peut-être marre que tout le monde te pose sans cesse les mêmes questions ?

Sage inclina la tête sur le côté. Son regard bleu était franc.

Lachlyn grimaça en guise d'acquiescement. Sa future belle-sœur lui prit son verre des mains, pivota légèrement et fit un geste en direction d'un grand citronnier dans un coin de la pièce.

— Mon petit doigt me dit que tu ferais bien une pause.

— Ce n'est pas de refus.

Lachlyn était en état de saturation. Elle subissait un trop-plein de contacts humains.

— Tu vois cet arbre ? Derrière il y a un petit escalier en colimaçon. Tout en haut il y a balcon au calme. Il est trop petit pour que les couples viennent s'y cacher, mais toi tu y seras tranquille.

Levant les yeux, Lachlyn aperçut effectivement un petit balcon façon Roméo et Juliette, en fer forgé. C'était exactement ce qu'il lui fallait, pour une heure ou deux. Ou plus, si la chance lui souriait.

Elle se souvint cependant que la soirée était aussi d'une certaine manière en son honneur. Elle fronça les sourcils et se mordit les lèvres.

— Tu es sûre que je peux ?

— Vas-y, je te dis. Fuis, la vieille Mme Preston est à tes trousses, la voilà qui arrive. Elle vient te tirer les vers du nez, quoi qu'il en coûte. Je vais faire diversion.

Lachlyn lui adressa un sourire complice.

— Merci, Sage.

— Mais de rien.

Sage lui rendit son sourire et s'interposa entre la sœur de Tyce et le spécimen botoxé qui s'approchait d'elles.

Lachlyn esquiva deux hommes en costume prêts à

l'intercepter et se dirigea vers l'escalier secret. Elle prit au passage un verre de champagne sur le plateau que tenait un serveur.

Elle souleva sa robe et grimpa jusqu'au balcon. Enfin un peu de paix.

Elle avait besoin de s'évader, au moins mentalement. Elle pensa à la collection qu'elle était occupée à archiver au sein de la bibliothèque.

Le petit-fils d'un célèbre collectionneur d'art et critique français venait de léguer à l'institution les journaux intimes, les lettres, les œuvres et les souvenirs de son grand-père. L'ensemble formait un fabuleux témoignage sur le Paris artistique des années 1920. Ce projet d'une vie racontait les Années folles et l'insouciance de l'entre-deux-guerres.

Lachlyn avait hâte que ses vacances s'achèvent et de pouvoir se remettre au travail ainsi que réintégrer son appartement, au calme. Seule.

Surprise par des rires sous elle, elle se pencha et observa la salle de bal : des robes de soirée qui rivalisaient de luxe, des visages parfaitement maquillés et des conversations très distinguées.

Un groupe de jazz animait le tout, et quelques couples dansaient au son de mélodies des années 1940.

Lachlyn laissa ses yeux se poser d'un visage à l'autre et retrouva rapidement celui de son frère dans la foule. Il enveloppait d'un geste tendre le ventre rond de Sage. Il ne pouvait pas comprendre le besoin qu'elle avait de tenir les Ballantyne – et le monde entier – à distance.

Il respectait toutefois son choix. Ils s'étaient mis d'accord et Tyce veillait tant bien que mal à ne pas l'importuner. Il peinait à comprendre que sa sœur puisse aimer la solitude.

Une famille, une âme sœur : il en avait davantage besoin qu'elle.

Lachlyn ne lui avait jamais raconté la terrible soirée d'été. Elle n'en avait même jamais parlé à personne.

Elle n'avait pas besoin de se concentrer pour se souvenir de l'haleine aigre contre son visage, du goût de la langue visqueuse, des mains brutales glissées dans son chemisier, entre ses jambes.

Elle avait crié, hurlé, mais sa mère, engluée dans les brumes de la dépression, des somnifères et, surtout, du désintérêt total pour sa fille, n'avait pas fait le moindre geste pour venir à son secours.

Avant que l'agression ne finisse de la dévaster, Lachlyn était parvenue à dégager son coude et l'envoyer dans le nez du monstre au-dessus d'elle, puis son genou dans ses parties intimes. Il avait déguerpi.

Elle s'était ensuite laissée glisser sur le sol de sa chambre et avait pleuré, seule, profondément seule, toutes les larmes de son corps.

Demander de l'aide, quelle qu'elle soit, affective ou physique, la ramenait irrémédiablement à ce soir-là, à cette petite fille sans défense. Il était hors de question que quiconque la voie ainsi.

Certes, cela l'empêchait au passage de se faire des amis, d'entretenir des relations normales avec des hommes normaux. Mais ce n'était pas si cher payé.

Il lui arrivait, aux heures douces du petit matin, à la lumière d'une possible vérité, de se dire que cette petite fille était peut-être encore là, à rêver d'une vie à deux, loin de la solitude, entourée d'une famille à elle.

D'une épaule contre laquelle s'appuyer, enfin.

Un scénario auquel elle refusait de goûter par peur d'appeler une fois encore au secours et que ses cris résonnent dans le vide. Encore.

Elle était bien mieux seule. Fin de la discussion.

Lachlyn perçut une effervescence soudaine et en identifia bientôt l'origine. Il était là, mâle alpha parmi les mâles. Elle but une gorgée de champagne, savourant le liquide frais dans sa bouche.

Elle n'avait croisé Reame Jepsen qu'à deux reprises, la première fois au Den et la seconde à la galerie d'art où Tyce avait demandé sa main à Sage.

Malgré cela, et pour son plus grand agacement, ce maudit homme occupait les plus inavouables de ses pensées.

Comme la plupart des mâles alpha, Reame était grand – un mètre quatre-vingt-dix ? Un peu plus ? Lachlyn enroula ses doigts autour du garde-corps en fer forgé et l'observa tandis qu'il se frayait un chemin dans l'assemblée.

Elle le vit saluer un personnage important, poignée de main ferme et sourire de façade à l'appui. M. Important baissa la tête, signe de soumission au mâle dominant. Reame se joignit au groupe auquel appartenait M. Important, composé de quatre hommes, deux P-DG de très grandes entreprises, un riche investisseur et un économiste mondialement connu. Les quatre reculèrent instinctivement afin de le laisser entrer.

Reame Jepsen ne faisait pas que dominer l'espace, il se l'appropriait. Il était roi parmi des hommes de pouvoir habitués à donner des ordres et mener des combats.

Lachlyn soupira. Pourquoi lui consacrait-elle toutes ces réflexions ?

Bientôt vinrent les papillons de nuit, attirés par la lumière. Lachlyn s'en amusa. Une grande blonde filiforme qui discutait avec un groupe voisin se retourna et, dans un cri aigu, se jeta littéralement dans les bras de Reame. Elle avait à peine déposé un baiser sur sa joue qu'elle fut poussée du coude par une rousse. Puis arriva une brune…

Tout cela devait être d'une banalité sans nom pour un homme comme lui. Avec ses cheveux aux reflets cuivrés, sa peau mate, ses yeux clairs et ses traits virils, il faisait frémir le cœur et le corps des femmes.

Elle s'était laissé dire que le meilleur ami de Linc était le célibataire le plus courtisé depuis Connor Ballantyne et, jusqu'à récemment, ses propres frères, aussi beaux et riches que l'avait été leur père.

Il était le poisson à ferrer, la timbale à décrocher, le plus beau prix à rafler.

Lachlyn n'était pas joueuse, pas le moins du monde.

Elle s'apprêtait à se retourner, à cesser de dévisager cet homme quand il leva la tête. Leurs regards se croisèrent et le temps sembla s'arrêter.

Il porta son verre de whisky à ses lèvres sans la quitter un instant des yeux, ignorant royalement la créature pendue à son bras.

L'air se déchira, comme transpercé par un éclair soudain.

Lachlyn appuya un peu plus son regard : elle avait envie de lui. Son pouls s'accéléra sous l'effet du désir, du besoin, son corps soumis à une vague brûlante qui ne tarda pas à l'atteindre entre les cuisses.

Peinant à reprendre son souffle, elle sentit sa nuque frissonner, les fourmis monter dans ses bras. Imaginer cette bouche tellement excitante sur sa peau, la sensation, le goût de cet homme – whisky, menthe, mâle – anesthésia ses pensées.

Elle se vit robe relevée jusqu'à la taille, dos collé au mur, les mains de Reame posées derrière ses cuisses et…

L'image était plus vivace encore qu'un souvenir, comme si la scène s'était produite la veille.

Elle n'était pas dupe : il était l'homme le plus grand et le plus puissant de l'assemblée, tout cela n'était qu'un réflexe biologique bête comme chou.

Elle, comme toutes les autres femmes présentes, désirait s'accoupler avec ce mâle dominant afin d'avoir une progéniture plus viable que les autres, avec les meilleurs gènes. C'était de l'instinct animal, rien de plus. Il n'y avait pas de quoi s'en émouvoir. Ni s'en inquiéter.

De plus, elle ne sortait jamais avec des mâles alpha. À vrai dire, elle ne sortait jamais avec personne. Il aurait été très facile de l'expliquer par l'agression qu'elle avait subie à quinze ans, mais elle refusait de donner une telle importance à ce violeur en puissance.

La sexualité ne lui posait pas de problème, elle savait au moins cela.

Non, grâce à son indifférence totale aux besoins de sa fille, sa mère avait créé chez elle une autre forme de peur. Lachlyn refusait de demander quoi que ce soit, de rogner un tant soit peu sur son sentiment d'indépendance, de faire de la place à un homme dans sa vie et de lui réclamer ne serait-ce qu'un peu de compagnie.

Les hommes aimaient que les femmes aient besoin d'eux. Ce qui était absolument hors de question pour elle. Plus jamais. Fin de la discussion.

Lachlyn fit taire ces sombres pensées et se concentra sur le visage du mâle alpha. Elle n'allait pas se priver d'apprécier ce beau spécimen, auquel son corps répondait d'une manière tout à fait normale, naturelle même.

Le regarder était à peu près comme admirer un tableau de maître, une sculpture. À la différence d'une œuvre d'art, il y avait en revanche une personnalité derrière ce physique avantageux. Et pas des moindres, si elle en jugeait par ce que lui soufflait son intuition. C'était un type solide, de ceux à qui on faisait une confiance aveugle.

Il devait attendre d'une femme, de sa compagne, qu'elle le laisse la protéger, la défendre et tuer si nécessaire tous les dragons.

Bien des années plus tôt, c'est exactement ce qu'elle

avait espéré de la personne censée l'aimer plus que tout : qu'elle vienne à bout de ce monstrueux dragon.

Pourtant Lachlyn avait dû faire face seule. Par chance, elle était sortie victorieuse du combat. Victorieuse mais décidée à ne plus jamais laisser quiconque la décevoir.

- 3 -

Non.

Bon Dieu, stop !

Reame but une rasade de whisky et se dégagea des tentacules féminins accrochés à lui. Il aurait aimé pouvoir se libérer aussi facilement du nœud qu'il avait dans la gorge.

Il passa sa main dans ses cheveux coupés court, balaya la pièce du regard et vit Linc, à l'autre bout. Son ami le dévisagea et fit un geste du menton pour l'interroger silencieusement : « Qu'est-ce qui se passe ? »

Il y avait fort à parier que Linc n'avait aucune envie de savoir la scène torride qu'il venait d'imaginer avec sa nouvelle sœur. Lachlyn, robe relevée autour de la taille, gorge offerte, décolleté affolant, enroulant ses jambes autour de lui tandis qu'il…

Arrête ça, Jepsen, tu deviens ridicule.

Il en était certain, Linc préférerait ne pas connaître ses pensées en cet instant précis.

Il héla un serveur pour lui commander un nouveau whisky et leva la tête vers le balcon façon Roméo et Juliette, devina l'étoffe d'une robe, le scintillant d'un collier.

Il fronça des sourcils quand il remarqua que la nouvelle Ballantyne avait coupé ses cheveux. Sa longue crinière blond platine n'était plus. Bon sang, il s'était imaginé plusieurs fois enrouler cette blondeur soyeuse autour de son poing au moment d'entrer en elle, la sentir contre son ventre, contre sa…

Il se mit mentalement une bonne paire de claques : Lachlyn n'était pas une femme débridée et certainement pas de celles avec qui s'aventurer dans une telle histoire. Il s'agissait de la sœur de son plus vieil ami. Autant se jeter contre un mur directement.

Elle était également la fille de Connor, à qui Reame devait beaucoup. Enfin et surtout, il n'avait aucune envie de faire le beau auprès d'une femme dont les yeux étaient un curieux mélange de lapis-lazuli, de vulnérabilité et d'intelligence hors norme.

Lachlyn Latimore portait un sens interdit invisible autour du cou.

Et s'il était aussi malin qu'on le disait, la meilleure chose à faire pour lui était de se tenir loin, très loin de cette femme. Il cherchait une aventure sans lendemain et ce n'était certainement pas avec elle qu'il pourrait la vivre.

Linc s'approcha et se pencha vers son oreille :

— Souris un peu, veux-tu, ta mine renfrognée effraie mes invités.

— Détrompe-toi, je suis on ne peut plus jovial. Ça ne se voit pas ?

Linc fit signe à Lachlyn de les rejoindre. Reame le maudit intérieurement. Il la vit regarder du côté de la sortie, comme pour calculer le temps qu'il lui faudrait pour s'échapper.

À contrecœur, elle se fraya un chemin entre les groupes de convives et avança, l'air peu ravi, vers son nouveau frère. Devait-il se sentir insulté ou au contraire compatir ?

Linc attrapa le verre de whisky que le serveur apportait sur un plateau et se l'appropria. Reame le maudit une fois de plus et hésita à le lui arracher des mains.

Se résignant à faire preuve d'un semblant de maturité, il glissa les mains dans ses poches et commanda un nouveau verre, priant pour qu'il soit servi sans tarder.

Linc revint à la charge.

— D'où sort ton air bougon ?

Reame haussa les épaules, en évitant soigneusement de le regarder dans les yeux.

— Tu connais mon amour pour ce genre de soirées mondaines. Je préférerais être en pleine fusillade.

Linc lui sourit.

— Je sais, je te remercie pour cet énorme sacrifice.

Reame esquissa un sourire et soupira. Tournant le dos à son fantasme plus vivace que jamais qui approchait lentement, il se campa sur ses jambes et croisa les bras sur son torse.

Il scruta son ami et lu de l'inquiétude sur son visage, vit sa mâchoire se serrer.

— Je peux faire quelque chose ?

Avant que Linc ne puisse répondre, Lachlyn arriva à sa hauteur. Elle salua Reame froidement. Sa réponse ne fut pas plus chaleureuse.

Il se moqua d'eux-mêmes en silence : ne venaient-ils pas tous d'eux d'échanger un regard – et certainement des pensées – enflammé ?

— Jolie robe.

Dans son cas, « jolie » signifiait plutôt extrêmement, spectaculairement sexy.

Le bleu de ses yeux tourna au violet tandis que le rose lui monta aux joues.

— Merci.

— Linc, tu allais me demander quelque chose ?

Il se tourna vers son ami, qui avala son verre d'un trait puis le fit rouler entre ses mains. Linc répondit à voix basse :

— L'existence de Lachlyn et son entrée dans notre famille ont eu un retentissement bien plus fort que ce à quoi nous, même Cady, nous attendions. Lachlyn a emménagé au Den, Reame. Depuis, les journalistes font le pied de grue sur le trottoir. Il nous est devenu impossible de sortir de la maison sans être harcelés. Hier, Lachlyn a voulu sortir, et c'est tout juste s'ils ne lui ont pas déchiré ses vêtements. Elle a rebroussé chemin comme une biche poursuivie par des chasseurs.

Lachlyn intervint.

— Là, tu exagères un peu.

Reame fit un petit bruit lui intimant de se taire. Il voulait savoir ce que Linc avait à dire.

Mais son ami fut soudain happé par la présence d'une femme aux diamants plus gros que des œufs de caille et des rides plus profondes que le Grand Canyon.

Linc se tourna vers elle. Lachlyn en profita pour donner un coup de coude à Reame.

— Ne vous avisez pas de me dire « Chut ! »

— Linc était en train de parler sérieusement, et vous l'avez coupé.

Reame espérait voir de nouveau des éclairs violets s'allumer dans les yeux bleus de son interlocutrice.

— J'aurais peut-être dû vous embrasser pour vous faire taire. Cela aurait été bien plus agréable.

Et voilà, du beau violet, avec quelques éclats métalliques.

— Vous êtes soûl ?

C'est vous qui m'enivrez... Mais enfin, que lui arrivait-il ? Il lui saisit le poignet et, de son pouce, mesura son pouls. Il l'aurait parié : un vrai cheval au galop. Et lui n'était pas en reste.

Il jeta un coup d'œil en direction de Linc et s'assura qu'il ne pouvait l'entendre avant de murmurer :

— Je sais que vous étiez en train de nous imaginer nus, l'un et l'autre.

Il parvint tout juste à s'empêcher de porter ce délicat poignet à ses lèvres.

D'un geste vif, Lachlyn retira sa main.

— Vous avec beaucoup d'imagination, c'est à la fois insultant et pénible. Et j'ai besoin d'un verre.

Lui aussi en avait besoin.

— Vous m'en rapportez un ? Un double whisky avec glaçons.

Reame affichait un petit air satisfait et ne fut pas le moins du monde surpris lorsque Lachlyn leva les yeux au ciel et, menton relevé, tourna les talons, ne lui présentant plus que les courbes de son dos.

Il soupira. Il n'était pas parti du bon pied avec la nouvelle venue dans la famille Ballantyne…

Mais c'était elle qui avait commencé ! Avant même de la connaître, elle l'avait perturbé. Voire un peu plus…

Et pourquoi, alors que des dizaines de femmes semblaient prêtes à se jeter à ses pieds – sans compter les femmes mariées, qu'il se refusait de courtiser –, fallait-il que ce soit elle, la sœur de son meilleur ami, qui réveille en lui les plus sulfureuses des images ?

Il s'engageait sur une pente glissante, il devenait urgent de faire demi-tour.

S'il ne reprenait pas ses esprits tout de suite, les choses risquaient de très mal tourner.

Lync, qui venait de terminer son petit jeu diplomatique avec la femme aux gros diamants, se retourna enfin. Reame reprit le fil de leur conversation :

— Donc, tu disais ?

Linc passa une main dans ses cheveux blonds.

— Quelqu'un a mis la main sur le numéro de téléphone de Lachlyn et ça sonne non-stop. Elle est harcelée sur les réseaux sociaux et ça ne semble pas vouloir se calmer.

Reame hocha la tête : il comprenait bien la situation.

— Je vais demander à mon cyber-spécialiste d'effacer sa trace au maximum. Il va modifier son adresse, c'est votre boîte postale qui s'affichera à la place. On va aussi lui prendre un nouveau numéro, au nom de l'une de mes sociétés. Et installer des pare-feux autour de ses comptes sur les réseaux. Enfin, tu connais la chanson.

Reame et son équipe avaient fait le même travail pour Connor et les Ballantyne. Les grandes fortunes attiraient les fous et les criminels, les premiers étant parfois prêts à passer à l'acte.

Reame se tut, sentant que Linc n'avait pas fini. Il avait l'air préoccupé. Il se gratta le menton et poursuivit :

— Tate tourne un documentaire sur les Rocheuses la semaine prochaine. J'avais prévu de la rejoindre là-bas avec les enfants.

Linc et Tate semblaient parvenir à jongler avec son rôle de P-DG à lui et son poste de présentatrice sur une chaîne de voyages à elle en se libérant du temps pour Shaw et Ellie, leur fille adoptive.

— Je ne veux pas que Lachlyn reste seule au Den, mais elle refuse catégoriquement d'aller chez Sage et Tyce ou chez Jaeger et Beck.

Si c'était pour tenir la chandelle, Reame la comprenait. Les Ballantyne en étaient tous au début de leurs relations respectives, leurs couples n'étaient qu'œillades amoureuses et baisers langoureux.

— C'est comment chez elle ?

— Petit, j'imagine.

— Tu crois que l'une de mes gardes du corps pourrait emménager avec elle ?

— À mon avis, non, mais qu'est-ce que j'en sais, Lachlyn est une tombe.

Si Reame savait qu'elle n'avait toujours pas accepté l'offre de la famille Ballantyne, le reste du monde la pensait riche comme Crésus. À ce titre, elle devenait une cible potentielle. Linc disait juste, il lui fallait une protection rapprochée et un logement ultra-sécurisé.

Et la sécurité était justement son domaine.

Linc fit la grimace.

— Je sais qu'à ses yeux j'en fais trop. Elle est persuadée de pouvoir retourner travailler la semaine prochaine, que tout ce battage médiatique sera retombé comme un soufflet. Elle se trompe si elle pense que sa nouvelle coiffure lui redonne son anonymat.

D'un geste du menton, il désigna Lachlyn, qui attendait au bar, et Reame eut enfin une bonne excuse pour la dévisager.

Comme il l'avait remarqué un peu plus tôt, elle portait désormais une coupe courte, dont la frange mettait en valeur ses pommettes saillantes, ses incroyables yeux comme un véritable appel au péché, ses lèvres, la plus sensuelle des tentations.

Malgré ses talons de cinq centimètres, elle lui arrivait à peine aux épaules. Sans eux, elle devait mesurer un peu moins d'un mètre soixante. C'était une fée avec un corps de femme : des seins voluptueux et insolents, une taille dont il pouvait faire le tour avec ses mains, de longues jambes et des hanches généreuses.

Et des fesses à se damner.

— Elle a besoin de protection, Ree.

Reame grogna, se demandant s'il allait devoir prendre un serveur en otage pour avoir enfin un verre.

Mettant de côté ses hormones déchaînées, il se concentra sur le travail. Linc lui demandait de protéger cette femme. Si cela n'avait pas été lui, il aurait refusé tout net.

Il ravala un soupir. Son entreprise manquait déjà de gardes du corps pour ce type de protection à temps plein. Liam, son directeur des opérations, allait le tuer. Et une menace venant d'un militaire était toujours à prendre au sérieux.

Mais il s'agissait de son meilleur ami…

— OK, je passe demain pour discuter avec elle, et avec toi. À quelle heure tu pars ?

— En milieu de matinée.

Linc serra le bras musclé de son ami dans un geste de reconnaissance.

— Merci, vraiment. Tu me factures directement, ou l'entreprise. On peut se le permettre, on ne va pas se priver.

Reame secoua la tête et, comme à chaque fois, ignora la demande de Linc.

Lorsqu'il venait de quitter l'armée, Connor lui avait tendu la main, offert son premier travail et chanté ses louanges auprès de toutes ses connaissances.

La mise de départ pour lancer son entreprise était également venue de lui. Linc et son père avaient fait preuve d'un soutien indéfectible à son égard, ils étaient devenus ses meilleurs porte-parole.

Il leur devait sa renommée et sa réussite professionnelle.

Grâce à eux, il avait pu payer les études de ses sœurs, l'appartement luxueux dans lequel il vivait, les travaux dans la maison de sa mère.

Grâce à son entreprise, il avait pu embaucher ses anciens camarades militaires et mettre de côté une vraie fortune. Tant qu'il serait à la tête de Jepsen & Associates, les Ballantyne n'auraient jamais à débourser un centime pour leur protection personnelle.

Contrairement à son père, Reame avait un code de l'honneur et valorisait la loyauté.

Il regardait la vie droit dans les yeux, acceptant sans ciller qu'elle n'était qu'une succession de sommets et de gouffres. Il fallait simplement continuer de marcher.

Reame laissa son regard se promener sur l'exquis profil de Lachlyn, soudainement horrifié par une pensée : elle était peut-être la seule femme à même de le faire trébucher.

Le lendemain matin, Lachlyn terminait son café quand son téléphone sonna. Elle vérifia le numéro qui s'affichait sur l'écran, pensant qu'il s'agissait une fois de plus d'un journaliste en transe.

Pas cette fois-ci : c'était sa responsable au sein de la bibliothèque de New York. Annie était non seulement sa supérieure directe, mais aussi la personne dont elle était la plus proche, un peu grande sœur, un peu meilleure amie.

— Salut, toi. Comment tu vas ? Tu tiens le coup ?

Lachlyn, téléphone contre l'oreille, posa la paume de sa main sur la vitre froide du petit salon au premier étage du Den.

— C'est un peu un cauchemar.

Lachlyn écarta le rideau pour observer le trottoir. L'assemblée qui attendait devant le portail en fer forgé discutait gaiement, mais les caméras étaient braquées sur la porte d'entrée.

Quand l'un des reporters vit du mouvement à la fenêtre, il la pointa du doigt et une dizaine d'objectifs se tournèrent aussitôt dans sa direction.

Lachlyn recula et ignora les appels sourds qui venaient de l'extérieur et lui réclamaient ici une photo, là un commentaire ou une interview.

Frottant son front, elle se laissa glisser sur l'épais tapis persan qui habillait le parquet en bois massif.

— J'ai tellement hâte de revenir au travail la semaine prochaine, si tu savais.

Le silence se fit à l'autre bout de la ligne. Lachlyn sentit son ventre se nouer. Annie était plutôt du genre volubile, se taire ainsi n'était pas du tout dans ses habitudes.

— Cela ne va pas être possible de sitôt, Lach.

L'étau se resserra un peu plus autour de son crâne.

— Comment ça ?

— Il y a un tel tapage autour de cette histoire, autour de

toi. On reçoit sans arrêt des appels, des gens se renseignent auprès du premier employé qu'ils trouvent. Tu n'es pas revenue que c'est déjà la folie ici.

Une chape de plomb s'abattit sur les épaules de Lachlyn.

— Qu'est-ce que tu essaies de me dire, Annie ?

— Le directeur suggère que tu poses tous tes congés. Ça fait à peu près deux mois en cumulé.

Annie avait sans aucun doute répété son discours avant d'appeler.

D'une voix à peine audible, Lachlyn tenta de résumer sa nouvelle réalité :

— Je n'ai plus de travail ?

Elle était terrifiée. Horrifiée.

— Pas pour les prochains mois. Après ça, on avisera.

Le ton enjoué d'Annie n'avait rien de convaincant.

— Comme, d'après ce que dit la presse, la question de l'argent n'en est plus une, tu pourrais partir à la découverte des plus belles bibliothèques du monde, visiter les musées qui t'ont toujours fait rêver, voir en vrai les œuvres que tu as si souvent admirées dans les pages de tes livres.

Annie faisait tout pour être convaincante :

— C'est une vraie opportunité, Lach, pas une punition.

Annie ne comprenait pas que, si la solitude ne lui pesait en rien, être inoccupée, n'avoir aucun objectif lui était insupportable.

Le vide appelait invariablement les souvenirs du passé, d'une enfance faite d'interminables journées, de nuits sans fin, avec un vieux téléviseur pour seule compagnie.

À peine rentrée du travail, sa mère avalait deux somnifères achetés à un type au coin de la rue et tombait dans une insondable léthargie.

Tyce était sans cesse parti, cherchant à vendre ses toiles pour payer les factures que sa mère était incapable de régler elle-même.

Le refuge de Lachlyn avait longtemps été la bibliothèque de quartier. Les livres lui offraient leur présence indéfectible.

Aujourd'hui, elle passait le plus clair de ses journées isolée du reste du monde, accaparée par son travail.

— Lachlyn ? Tu es là ?

Elle se força à reprendre pied, ramenant ses pensées vers le sol frais sous ses pieds nus qui dépassaient du tapis, laissant la clameur étouffée des journalistes et photographes monter jusqu'à elle.

L'écran de son téléphone lui rappela qu'Annie était toujours en ligne.

— Je dois y aller.

— Écoute, si les choses évoluent de ton côté, je pourrai peut-être revenir à la charge auprès de Martin.

Les signes d'agacement dans sa voix n'échappèrent pas à Lachlyn. « Pourquoi diable vouloir passer ses journées le nez dans la paperasse quand on peut se payer des voyages de rêve, faire les magasins quand cela nous chante et vivre dans le luxe ? »

Personne ne semblait comprendre qu'accepter cet argent n'était pas le plus difficile pour elle dans cette histoire. Il ne représentait que quelques zéros – OK, beaucoup de zéros – en plus sur son compte en banque. Elle pouvait en faire ce que bon lui semblait, le garder, le distribuer, le dépenser.

Cependant, cela restait des chiffres sur des bouts de papier.

Il y avait des personnes derrière tout cela. Les Ballantyne formaient une famille unie, et pas n'importe laquelle.

Elle ne s'était certainement pas attendue à ce qu'on lui offre un pont d'or pareil, une carte de crédit sans plafond, un logement au Den… Pas plus qu'elle n'aurait pensé être pourchassée ainsi par les médias.

La possibilité que cette famille lui ouvre grand les bras

ne l'avait même pas effleurée. Elle était touchée par leur geste. Mais si leur générosité forçait le respect, elle la terrifiait tout autant.

Les Ballantyne étaient des individus en chair et en os. Et qui disait individus disait relations.

Et cela n'était pas du tout dans ses cordes. Seulement comment pouvait-elle le leur faire comprendre sans les blesser ?

— Lachlyn ?

La voix grave de Reame la tira de ses pensées.

Elle se leva d'un bond et passa le revers de sa main sur ses joues humides, embarrassée par les traces de larmes. Elle n'avait aucune envie que Reame la voit ainsi.

— Bonjour.

Elle enfonça ses mains tremblantes dans les poches arrière de son jean. Celle de droite était trouée. Reame était beau comme un dieu, avec sa chemise bleu clair et sa veste beige.

Il lui offrit un sourire un peu forcé et regarda vite ailleurs.

Lachlyn regarda derrière lui avec un peu d'espoir :

— Où est Linc ?

— Shaw.

Il n'avait pas besoin d'en dire davantage. Elle savait que Linc consacrait régulièrement du temps à son fils.

— Ah, OK.

Reame avança vers la fenêtre et écarta le rideau de façon à pouvoir observer les journalistes sans être photographié.

— On dirait qu'il y a encore plus de monde que tout à l'heure.

— J'aimerais tellement qu'ils s'en aillent.

Lachlyn avait parlé tout bas, presque pour elle-même.

— Je ne comprends pas pourquoi je les fascine tant.

— Vous êtes jeune, jolie et vous venez de toucher le jackpot familial. Vous êtes un gros poisson pour les médias.

Reame avait parlé d'une voix neutre, en lui tournant le dos.

— Vous êtes l'héroïne d'un conte de fées moderne auquel ils assistent en direct.

Il pivota et désigna le canapé.

— Asseyez-vous. Un canapé, c'est quand même plus confortable que le parquet.

S'il l'avait vue par terre, ses larmes, ses yeux rougis et sa mine déconfite n'avaient pas dû lui échapper non plus. À vrai dire, pas grand-chose n'avait l'air d'échapper à Reame Jepsen.

En ce début de journée, ses yeux avaient des reflets de menthe claire et, comme toujours, semblaient sonder son âme, lire ses pensées les plus intimes.

Lachlyn se sentait mise à nue et mal à l'aise. Elle pria pour que leur conversation ne s'éternise pas.

— Parlons sécurité, votre sécurité plus exactement.

Son regard était froid, sa voix brusque.

Elle se força à soutenir son regard et hocha la tête.

— Linc s'inquiète que vous restiez ainsi toute seule.

— Il n'a pas besoin de s'en faire. J'ai l'habitude.

— Si vous étiez une femme ordinaire comme c'était le cas il y a encore un mois, je serais d'accord avec vous. Mais vous pouvez oublier Lachlyn Latimore. Vous êtes une Ballantyne à présent – du moins aux yeux des journalistes – et cela change la donne.

La suavité de sa voix recouvrait le corps de Lachlyn comme un voile chaud et moite.

— Vous venez d'entrer dans une famille de premier plan, qui intéresse et fascine. Les habitants de cette ville ont grandi avec les Ballantyne. Ils se souviennent du jour où Connor a pris sous son aile trois orphelins, de celui où il a adopté Linc, Jaeger, Beck puis Sage. Ils ont pleuré quand il nous a quittés. L'attrait exercé par les Ballantyne ici, à New York, ne se dément pas. Vous êtes la fille de Connor, imaginez la nouvelle pour eux. Et les autres enfants qui vous accueillent dans la famille et partagent leur fortune avec vous : c'est l'info de l'année !

Sans réfléchir, Lachlyn l'interrompit :

— Je ne vais pas accepter l'argent.

Pour une raison qu'elle ignorait, il lui tenait à cœur qu'il ne la perçoive pas comme une femme intéressée.

— Ah non ?

Une expression de surprise passa subrepticement sur le visage de Reame, mais son masque d'impassibilité refit aussitôt surface et il haussa une épaule d'un air qui se voulait indifférent.

— C'est votre histoire, cela ne me concerne pas. Mon job c'est d'assurer votre protection.

Rien dans sa posture ni dans sa voix ne laissait penser qu'ils avaient échangé un regard brûlant la veille, au beau milieu d'une assemblée de convives. Comme s'il n'y avait jamais eu ce déclic, cette décharge électrique entre leurs corps.

Il avait la tête froide et pensait uniquement à sa mission.

Parfait, je préfère ça.

Mais alors comment expliquer cette petite pointe de déception qui lui chatouillait les sens ?

Reame prit place sur le canapé, s'y installa confortablement et posa une cheville sur le genou opposé. Il se tapota la cuisse.

— Linc veut aussi que je vous attribue un CPR.

Tout cela semblait bien formel.

— Un quoi ?

— Un chargé de protection rapprochée. Un garde du corps, si vous préférez.

Visiblement, Reame s'impatientait face à toutes ces questions.

— Il vous faut un bouclier contre les journalistes. Sans parler des dingos.

— Les dingos ?

— Cette ville compte huit millions d'habitants, dont la plupart connaissent au minimum votre nom, pour l'avoir lu ou entendu. Là-dedans il y en a un paquet prêt à se faire des films, à vouloir faire de vous leur meilleure amie, leur copine ou bien pire. D'ici à ce que tout ça retombe, on ne sera pas trop prudent.

Lachlyn essaya d'assimiler ce qu'il venait de lui expliquer. Son esprit bouillonnait, loin d'être aidé par la vue de ce corps exquis.

Quel effet ces lèvres auraient-elles sur les siennes ? Et ces mains sur sa peau, seraient-elles rugueuses, douces, curieuses, espiègles ?

Bon sang, c'était bien la première fois qu'un homme arrivait à lui faire perdre sa concentration de la sorte. Elle avait même la bouche sèche.

Qu'avait-il de si particulier pour réussir à sortir sa libido de son éternelle torpeur ?

Voyons… Peut-être parce qu'il était l'homme le plus sexy qu'il lui avait été donné de rencontrer ?

Agacée par elle-même, agacée tout court, Lachlyn se rappela à l'ordre et revint dans le moment présent. De quoi parlaient-ils ? Ah oui, de gardes du corps.

Reame jouait avec les lacets de ses luxueuses chaussures.

— Pour que je puisse vous apporter la meilleure protection, j'ai besoin d'en savoir plus sur vous. Commençons par les choses simples. Votre travail, déjà. Vous êtes bibliothécaire ?

Lachlyn secoua la tête.

— Je suis archiviste. À la bibliothèque de New York.

Un sourire se dessina sur les lèvres de Reame, un papillon dansa en elle, suivi par des dizaines d'autres.

— Ce doit être sympa d'y travailler tous les jours. Le bâtiment est magnifique, j'adore.

C'était un exemple de style Beaux-Arts et son endroit préféré au monde.

— Moi aussi, j'adore.

Reame avait cadenassé son regard, pénétrant, imperturbable, à celui de Lachlyn et semblait avoir jeté la clé.

— Et vous aimez ce que vous faites ?

— Plus que ça. Les bibliothèques, les livres, les documents anciens, ça me rend complètement dingue.

Une flamme s'alluma dans les yeux de Reame, qui parut soudainement s'imaginer des choses. Elle maudit son choix de vocabulaire. Elle avait ouvert une porte et le désir s'était engouffré entre eux, épais, insolent.

— Euh, enfin je…

Reame détourna enfin le regard. Son torse fut soulevé par une profonde inspiration. Son visage était tellement impassible qu'il était impossible de dire s'il ressentait la même attirance qu'elle ou s'il cherchait à masquer un quelconque agacement.

Son regard ne dégageait plus l'intensité incandescente de la veille. Elle l'avait d'ailleurs peut-être rêvée…

Elle était toujours cachée sous sa carapace, ne laissant aucune émotion rentrer : sans expérience des hommes, elle avait très bien pu s'inventer la scène.

Reame passa subtilement à la suite, ignorant ses joues en feu :

— OK. Voyons côté logement. Vous vivez à Woodside ?

Lachlyn se trouva ridicule d'avoir de telles pensées, mais dissipa son malaise en visualisant son adorable appartement. Il était baigné de lumière, joyeux, plein de livres. Elle soupira :

— J'habite dans un petit appartement au-dessus d'une boulangerie.

— Et vous souhaiteriez y rester ?

Elle lui lança un regard plein d'espoir :

— Ah oui, clairement. Mais Linc semble penser que ce n'est pas la meilleure idée du monde, que c'est trop petit et trop loin.

Reame ne paraissait pas très intéressé par la question.

— Mon job c'est de faciliter la vie de mes clients, pas de mes collaborateurs. Et, en l'occurrence, tout ce qui m'importe, c'est votre sécurité.

Il parlait en professionnel, en homme d'affaires et de terrain, en meneur intraitable et implacable. Ses équipes devaient être au garde-à-vous dès qu'il ouvrait la bouche, et même avant.

— Si votre appartement est un lieu sûr pour vous, alors c'est bon. Si ce n'est pas le cas, on passe au plan B.

— Le plan B étant… ?

— Aucune idée. Pour le moment. Deux CPR vous seront affectés. Un pour la soirée, un autre pour la nuit et pour vous conduire au bureau le matin. J'imagine que vous n'êtes pas en contact avec le public, là-bas ?

Lachlyn confirma d'un mouvement de la tête.

— Mon espace de travail est interdit au public. Cela dit, la question ne posera pas.

Elle se passa le bout des doigts sur le front et secoua la tête.

— Pour le moment je n'ai plus de travail.

Reame fronça les sourcils.

— Ils vous ont licenciée ?

— Disons plutôt que j'ai une période de congés à durée relativement indéterminée. Enfin, deux mois au total, on m'a demandé de prendre tout mon solde. Ils estiment que ma présence sur place risque de provoquer trop de raffut.

— Je ne peux qu'aller dans leur sens. Qu'allez-vous faire de votre temps libre ?

— Je n'en ai pas la moindre idée.

La mine de Lachlyn s'assombrit. Cette question la torturait au-delà du raisonnable.

Elle entendit le bip discret d'un téléphone portable. Reame glissa une main dans la poche de sa veste, légèrement irrité. Il consulta son téléphone et leva les yeux vers elle :

— Il faut je retourne au bureau. Le Den est l'une des maisons les plus sécurisées de New York. Vous rencontrerez vos CPR cet après-midi. Ils vous raccompagneront chez vous et prendront le relais pour votre protection.

Tout en se levant, Reame toucha l'écran et porta l'appareil à son oreille. Il glissa sa main libre dans la poche avant de son pantalon :

— Cora, je vous écoute ?

Lachlyn perçut les notes aiguës d'une voix féminine et se demanda si elle devait quitter la pièce pour lui laisser un peu d'intimité. Mais il était déjà debout et pouvait bien s'éloigner s'il le souhaitait.

— Oui, désolé, j'ai perdu du temps ce matin… *Merci, c'est sympa.*

— Dites-leur que je suis là dans vingt minutes. Et sinon j'ai besoin que Liam me sorte les profils de CPR disponibles dès cet après-midi. Voilà, ouvrez un dossier. Lachlyn Latimore. Oui, comme d'habitude.

Cette fois-ci, les aigus se firent plus nets et Lachlyn distingua deux mots : « gratuitement » et « bénévolat ». Elle bondit et leva la main pour lui signaler d'arrêter.

Elle avait suffisamment bénéficié de la charité des autres dans sa vie – dons de vêtements, repas chauds, bourse d'études – pour accepter cette faveur, encore plus si elle venait de ce Reame Jepsen.

Recevoir sans rien donner en échange revenait à

demander de l'aide, et elle n'en avait pas besoin, surtout pas venant de lui.

Elle interrompit la conversation :

— Non ! Ni gratuitement ni bénévolement.

Elle croisa le regard de Reame et tâcha de ne pas baisser les yeux devant son air réprobateur. Il baissa le bras et maintint le téléphone contre sa cuisse.

— Ce que je dis ne vous regarde pas.

— Ah tiens donc, bien sûr que si, ça me regarde !

Elle se mordilla le pouce :

— Écoutez, on oublie cette histoire de protection, ça va aller.

— Et puis quoi encore ? Je crois que vous n'avez pas bien compris ce qui se passe. Linc et moi avons un accord…

Comme lui, Lachlyn avait haussé le ton.

— Et moi je vous dis que si vous n'acceptez pas que je paie, alors c'est non. Je prends le risque.

C'était bien la première fois qu'elle tenait tête à un ancien soldat des forces spéciales. Il reprit son appel et elle pensa avoir gagné la bataille.

Mais il la dévisagea avec un peu plus de détermination encore, sans lui céder le moindre centimètre de terrain :

— Cora, deux CPR, leur profil sur mon bureau quand je reviens. Ouvre le dossier en non facturé.

Lachlyn le fusilla du regard au moment où il raccrocha. Elle ouvrit la bouche mais il fut plus rapide.

— C'est ma boîte, c'est moi qui dicte les règles. Vous n'avez pas votre mot à dire.

Elle pointa son pouce vers sa poitrine :

— Mon corps, ma protection, je paie.

Reame grogna.

— Ce n'est pas possible, vous allez être ce genre de cliente insupportable ?

— Vous n'avez pas idée.

Elle le vit regarder sa bouche et revenir rapidement à ses yeux. L'air se chargea de nouveau en électricité et le court-circuit déclencha un incendie au creux de ses reins.

Son intimité la plus secrète s'enflamma. Elle désirait plus que tout sentir ses mains sur elle. Le sentir lui, *en* elle.

— Dès que je suis de retour au bureau, je vous ouvre un dossier officiel, en bonne et due forme. Contente ? Pour l'heure, vous n'êtes pas ma cliente… Pas encore.

Ces paroles n'avaient aucun sens mais elle remarqua la façon dont son regard glissa sur sa bouche avant de remonter vers ses yeux.

Il la regardait comme si elle était un roman qu'il lui tardait de lire depuis de longs mois, la dernière création de son artiste préféré, un monde qu'il désirait plus que tout explorer.

Oh non : comme s'il voulait l'embrasser.

Il tendit les bras et la saisit par les hanches avant de l'attirer contre lui. Elle entra en collision avec ce corps puissant.

Elle sentit sa chaleur et, contre son ventre, quelque chose de long, de dur et d'impressionnant…

— Je proscris tout contact physique avec les clients.

Il leva le poignet et consulta sa montre.

— J'ai encore un petit peu de temps.

Incapable d'articuler la moindre pensée ou parole, Lachlyn sentit les mains de Reame se resserrer autour de sa taille et vit ses lèvres s'approcher dangereusement des siennes.

Elle prit une rapide inspiration – il lui sembla qu'elle allait avoir besoin d'air – et sentit ses genoux s'entrechoquer tandis qu'il la soulevait sans peine afin qu'elle soit à sa hauteur et… *Dieu du ciel !*

Leurs lèvres fusionnèrent, leurs bouches s'ouvrirent, leurs langues dansèrent. Une chaleur indolente s'insinua en elle, se propagea dans ses membres et dans ses veines.

Reame l'embrassait, le temps et l'espace s'étaient distendus.

Tout lui paraissait naturel : enrouler ses jambes autour de lui, se suspendre à son cou, cueillir cet instant dont elle avait secrètement rêvé. Ce baiser était meilleur encore que ce qu'elle avait imaginé – elle était en proie aux sensations dont parlaient les romans qu'elle avait lus.

Pour la première fois de sa vie, la tête lui tournait, son corps était en effervescence et toute sa peau était galvanisée.

C'était si parfait. Comme une évidence.

Reame écarta son visage, planta son regard intense et sombre dans le sien. Le vert de ses yeux s'était enflammé. Il jura tout bas et fonça droit de nouveau sur elle. Il était déterminé.

Il ne jouait plus, c'était un baiser sous stéroïdes, de ceux qu'on s'offre en sachant qu'une telle occasion ne se reproduira jamais.

Lachlyn ne se souvenait pas s'être jamais abandonnée de la sorte. Elle avait fait taire ses pensées et savourait l'instant présent, s'autorisant à goûter, à explorer ce territoire nouveau. Elle pressa son corps un peu plus fort contre celui de Reame, elle se serait lovée en lui si elle avait pu.

D'une main, elle joua avec ses cheveux et de l'autre dessina les contours de sa mâchoire virile que recouvrait une barbe naissante. Elle ne put retenir un gémissement sourd lorsqu'il s'invita sous son T-shirt et passa sa main dans son jean puis sous la ficelle de son string.

Elle eut soudainement envie de plus, sa bouche ailleurs sur elle, ses doigts sur les contrées abandonnées de son corps.

Elle avait envie de lui. Personne ne lui faisait jamais aucun effet. Et encore moins avec une telle force.

C'était une sensation étrange et troublante.

— Tiens donc !

Lachlyn sentit le corps de Reame se raidir contre elle. Elle arracha sa bouche de celle de cet homme et regarda derrière son épaule : Linc se tenait là, la main reposant sur la poignée de la porte, figé dans son mouvement.

Reame la déposa à terre et Lachlyn remit sa frange en place. Elle prit une longue inspiration, contente d'être partiellement cachée derrière son imposante stature.

Elle passa ses doigts sur ses lèvres enflées et baissa la tête vers ses seins, dont les pointes dures poussaient la dentelle de son soutien-gorge et le fin coton de son T-shirt. Prendre un air détaché ne servirait pas à grand-chose.

— Impeccable, j'ai envie de dire.

Lachlyn était incapable de croiser son regard mais perçut le ton amusé de Linc.

— Vous voulez que je m'esquive et que je revienne dans un quart d'heure ?

Reame la regarda, les yeux chargés de désir et d'un soupçon de regret. Il secoua lentement la tête.

— Non, c'est bon, on a fini.

Lachlyn opina du chef. Elle était d'accord. Fini. Il ne pouvait pas en être autrement.

- 4 -

Reame jeta sa veste sur son fauteuil et son téléphone sur son bureau, où il vint heurter une photo de sa mère et de ses sœurs.

Il agrippa le dossier en cuir qui s'offrait à lui et ferma les yeux. L'expression amusée et taquine de Linc lui revenait sans cesse en mémoire. Il se doutait très bien de ce qui avait pu se passer dans la tête de son ami.

Lorsque Reame avait quitté l'armée, Sage avait vingt-deux ans et Connor, paix à son âme, avait joué les entremetteurs. Avant qu'Alzheimer ne ravage son cerveau, il avait tout fait pour les jeter dans les bras l'un de l'autre, glissant l'air de rien qu'il serait ravi d'avoir Reame pour beau-fils.

Seulement il y avait un tout petit problème : même avec une bonbonne de gaz et un briquet, rien n'aurait pu faire naître une étincelle entre Sage et lui.

Alors qu'avec Lachlyn…

Et Linc en avait été le témoin.

Il se retint de prendre son téléphone pour l'appeler et lui dire que tout cela n'était qu'une broutille et qu'il n'y avait surtout pas de quoi en faire un plat.

Ce baiser n'avait été rien de plus qu'une étrange parenthèse. Une sortie de piste. Voilà. Il n'y avait pas la moindre chance qu'il s'implique ou se marie avec un membre de la famille Ballantyne. Il n'avait d'ailleurs pas l'intention d'épouser quiconque, il voulait juste passer du bon temps.

Il avait récemment vu ses amis – Linc, Jaeger et Beck

– tomber amoureux et assumer le poids de nombreuses responsabilités.

Ils avaient désormais des comptes à rendre. S'il avait eu quelques liaisons, Reame n'avait jamais fait l'expérience de relations proches et passionnées comme celles de ses amis.

Les voir ainsi ferrés le confirmait dans son choix de profiter autrement de la vie. Entretenir une relation, qu'elle soit sérieuse ou non, exigeait de faire preuve d'un minimum de responsabilité, et il avait déjà donné.

Sans parler de l'aspect affectif. Il avait été le témoin de la chute aux enfers de sa mère, dévastée par la disparition de son père après vingt-cinq ans de mariage.

Il fallait être fou pour vouloir prendre un tel risque.

Et si, pire encore, il rencontrait une femme et l'épousait pour ensuite comprendre qu'il avait commis une énorme erreur ?

Se marier, c'était faire le grand saut. Épouser un membre de la famille Ballantyne, c'était se jeter d'une falaise. Il avait partagé tellement de moments avec eux, ils étaient sa famille de cœur, leurs liens aussi forts que ceux du sang.

Un mariage qui tournait mal n'était jamais une chose souhaitable, mais alors, avec une Ballantyne… Les conséquences seraient tragiques.

Il perdrait ses meilleurs amis, ses précieux clients et tout un pan – le plus génial – de sa vie. Il n'était certainement pas prêt à prendre un tel risque, et ne le serait jamais.

Mais ce baiser avait été tellement sauvage, excitant. Il ne se souvenait pas avoir vécu un tel moment dans un passé récent.

Pourquoi, bon sang ?

— Reame ?

Il se retourna brusquement. Son assistante se tenait dans l'embrasure de la porte.

— Quoi ? Qu'est-ce qu'il y a ?

Cora posa son poing sur sa hanche et lui intima silencieusement de baisser d'un ton. Il avait bien conscience de l'importance de son assistante dans son quotidien professionnel et obtempéra.

— Désolé, la matinée a été longue… Et ce n'est que le début.

Cora se contenta de lever un sourcil et avança pour lui remettre plusieurs dossiers. Elle se tapota la lèvre inférieure.

— Il est sympa, votre nouveau gloss, la couleur vous va bien.

Reame jura et se frotta les lèvres du dos de la main. Il n'avait pas besoin qu'elle vienne fureter dans sa vie.

— Je vous déconseille de vous aventurer dans cette voie, Cora.

Elle lui décocha un clin d'œil :

— Je croyais qu'on ne fricotait pas avec les clients ?

— OK, alors si on disait que je suis le patron ici, que vous me respectez et que c'est moi qui vous verse votre salaire chaque mois ?

Son assistante leva les yeux au ciel :

— Compris. Voici les profils disponibles pour Lachlyn Latimore.

Reame fit le tour de son bureau et s'affala dans son siège. Son cœur battait à tout rompre. Il ouvrit le premier dossier, vit la photo du CPR et l'écarta immédiatement.

— Pas assez d'expérience.

Il trouva pareillement à redire aux cinq autres candidats, sous le regard scrutateur de Cora assise sur l'accoudoir du siège d'en face.

Quelqu'un frappa contre la vitre derrière lui.

— Patron, Liam m'a dit de vous prévenir que je suis dispo.

Daniel, qu'il venait de recruter, était l'un de ses meilleurs éléments.

— Tu ne devais pas t'occuper du cheikh ?

— Il est rentré en Arabie saoudite plus tôt que prévu. Donc, me voilà libre !

Daniel avait vingt-six ans – neuf de moins que lui – et un physique très avantageux dont il savait faire usage. Il était parfait pour s'occuper de la protection de Lachlyn, sympa mais très professionnel. Il semblait par ailleurs avoir un sixième sens et très bien cerner les gens. Il anticipait le moindre couac avant qu'il ne se produise.

Reame ouvrit la bouche pour lui expliquer sa nouvelle mission mais les mots restèrent bloqués dans sa gorge.

— Patron ?

L'air surpris, Daniel entra dans la pièce.

— Tout va bien ?

Cora fit un geste de la main et lui sourit d'un air entendu :

— Oh ! ne t'en fais pas, c'est juste que ce dossier lui tient très, très à cœur.

— Comment ça ?

Cora pencha la tête sur le côté et observa son supérieur.

— Disons qu'il en fait une affaire personnelle…

La nuque de Reame se tendit sous l'effet de la contrariété. Il demanda à Daniel de sortir du bureau et de fermer la porte derrière lui. Il se tourna alors vers Cora et lui lança un regard noir, lui intimant silencieusement d'arrêter ce petit manège.

— Vous me faites quoi, là ?

Cora n'avait pas l'air le moins du monde intimidée.

— À vous, rien, mais une chose est sûre : vous n'allez autoriser personne d'autre que vous à assurer la protection de Lachlyn Latimore-Ballantyne.

— Vous racontez n'importe quoi.

Reame abattit sa main sur la pile de dossiers.

— J'ai juste besoin qu'on me fiche la paix quelques minutes pour pouvoir me décider.

Il décrocha son téléphone, composa un numéro interne et attendit que Liam décroche. Ils avaient combattu ensemble et Liam était aujourd'hui son bras droit chez Jepsen & Associates. Après Linc, il était l'homme en qui Reame avait le plus confiance.

— Reame ! Daniel est revenu sans pouvoir me donner plus d'infos, il y a un souci ?

Alors, comme ça, on ne se dit même plus bonjour dans cette boîte ?

Reame ouvrit la bouche pour lui rappeler la politesse de base, puis se ravisa quand il se souvint que Cora était encore là. Il soupira.

— J'ai besoin de deux femmes CPR dès cet après-midi, pour plusieurs semaines.

— Oui, mais non. Tu ne t'emballes pas un peu ?

Liam avait un petit ton amusé.

— Si, c'est possible.

— Pour commencer, nous manquons déjà de femmes CPR pour assurer les missions courantes. Dès qu'on en recrute une, elle est aussitôt affectée. La demande ne tarit pas. Tu me demandes de récupérer deux CPR en mission pour un dossier sans facturation ?

Il était vrai que dit comme ça…

— Je peux peut-être mettre Fiona sur le coup, d'ici environ deux semaines.

C'était trop loin. Reame raccrocha avec un peu trop de vigueur et tapota le cuir de son sous-main d'un geste impatient.

Il saisit un dossier et l'ouvrit de nouveau. Tout cela était ridicule. Il avait pris ce genre de décision des milliers de fois, pour des centaines de clients. Une mission, un agent, et c'était tout.

Cora toussota et l'interpella d'un air provocateur :

— Sinon, il y a vous. Enfin, moi ce que j'en dis…

Reame tenta une fois de plus de faire sortir un nom de sa bouche. Un agent compétent qui pourrait tout à fait s'occuper de Lachlyn.

C'était peine perdue. Il ne confierait ce dossier à personne d'autre qu'à lui-même. Il avait même tout un tas d'arguments dans ce sens. Elle était désormais une Ballantyne, la nouvelle sœur de Linc. Il devait son propre succès à Connor et honorerait sa mémoire en protégeant sa fille légitime.

Excellente prestation, il avait failli se convaincre lui-même.

— Je préviens Daniel qu'il est affecté à la mission ?

La voix de Cora était tout miel, mais son regard lançait des éclairs espiègles. Il était hors de question qu'un étudiant un peu trop avenant passe des heures entières auprès de Lachlyn.

Cora éclata de rire :

— C'est bien ce que je pensais.

— Je vous déteste en cet instant précis, vous le savez ?

Après avoir murmuré ces paroles, Reame vint cogner son front contre son bureau.

Son assistante posa une main amicale sur son épaule.

— Vous voyez bien que j'avais raison. Je vous apporte un café ?

— Oui. J'ai également besoin d'une petite greffe de cerveau, trois fois rien. Ah, et aussi d'une nouvelle assistante, si vous voulez bien.

— Je vais voir ce que je peux faire.

Au Den, Lachlyn prit place dans l'un des canapés en cuir du salon et fixa son regard au-delà des grandes baies vitrées, sur le jardin parfaitement tenu.

Elle était encore sous le choc de l'instant passé avec Reame. D'une main délicate, elle toucha ses lèvres. Elle semblait pouvoir encore sentir son odeur, un mélange entêtant d'adoucissant, de mâle alpha et de gel douche.

Elle posa les coudes sur ses genoux et la tête dans ses mains. Quel baiser !

Lorsque, plus jeune, elle avait voulu reprendre sa sexualité en main, Lachlyn avait embrassé quelques hommes, s'était laissé caresser et avait caressé en retour. Elle avait même ressenti du plaisir à une ou deux occasions.

Ces premiers rapprochements lui avaient demandé de réels efforts. La peur lui collait à la peau. Ce n'était pas tant l'aspect physique qui la terrifiait. Si elle appréciait la personne, elle pouvait savourer le contact et la promiscuité des corps ne la dérangeait pas.

Non, ce qui lui serrait la poitrine et lui nouait la gorge était la composante affective. Elle cherchait toujours à rester dans la légèreté, pourtant elle semblait tomber sur des hommes qui espéraient toujours davantage.

Tous, sans exception, abordaient sans tarder la question de la suite, de l'avenir.

Certains avaient parlé d'emménager ensemble. Le terrible mot en *a* avait même été prononcé. Elle était alors partie en courant, laissant ces hommes perdus et blessés face à sa fuite panique.

Ces dernières années, elle n'avait rencontré aucun homme plus intéressant qu'une tasse de thé accompagnée d'un bon livre.

Il y avait bien eu ces quelques soirées en compagnie d'un maître de conférences en histoire, puis cet artiste dont elle avait fait la connaissance par l'entremise de Tyce.

Elle avait gardé la maîtrise des choses. Un café signifiait un baiser ordinaire, un dîner un baiser plus appuyé. Au bout de quelques dîners, peut-être des caresses moins chastes. Tous deux avaient eu envie de plus – de sexualité et d'un engagement mutuel.

Elle avait embrassé Reame sans penser à rien. Elle avait plongé tête la première dans ce délicieux tourbillon et cueilli l'instant.

De sa bouche, il avait réveillé sa peau et par elle dissipé ses moindres pensées. Il lui avait fait le même effet que l'alcool. Elle était même d'ailleurs encore enivrée. Et elle n'était pas le moins du monde repue.

Elle en voulait plus, ses lèvres, sa peau, sa présence près d'elle, en elle. Embrasser Reame avait été magique, excitant, vertigineux. Une *bêtise* magique, excitante et vertigineuse.

Lachlyn se leva et avança vers la porte vitrée. Elle posa ses mains sur la vitre fraîche. Sa libido se réveillait au pire moment.

Bien sûr, une partie d'elle se réjouissait de sentir ainsi ses sens en éveil. De savoir qu'elle était capable de ressentir une telle passion, d'aller bien au-delà des baisers sans âme et des caresses prodiguées au hasard, la réjouissait.

Mais elle se trouvait dans une situation qui lui échappait de plus en plus.

Elle était en pourparlers avec les Ballantyne, était soudainement devenue le centre d'une inconcevable frénésie médiatique et devait prendre une décision à plusieurs dizaines de millions de dollars.

Elle vivait un moment crucial dans sa vie, il n'y avait aucune place pour les divagations sensuelles, aussi exquises fussent-elles. Elle avait d'autres soucis en tête.

Il lui fallait gérer l'attente que la famille Ballantyne posait sur elle et leur faire prendre conscience, sans leur fournir d'explications, qu'elle tirerait bientôt sa révérence et ne réapparaîtrait qu'à l'occasion d'événements familiaux liés à Tyce, en tant que tante du futur bébé.

Elle n'était pas en mesure de leur dire qu'elle était

habituée à sa vie solitaire et qu'elle n'aurait jamais aucun besoin, aucune demande ou exigence envers eux.

Voilà ce qui la tourmentait. Et il n'y avait pas que cela.

Comment allait-elle combler ses journées maintenant qu'elle n'avait plus de travail ? Et tout cela sous le regard permanent d'un « chargé de protection rapprochée ».

Elle tenait à son intimité et n'avait pas de chambre d'amis à proposer. Cohabiter avec un inconnu relevait tout bonnement du cauchemar.

Et pendant ce temps, le monde entier la croyait en plein conte de fées. Ah, ah !

Le bon côté des choses allait être l'absence de Reame : elle pourrait enfin y voir clair et se comporter en adulte.

Cette perspective fut vite balayée lorsque ce dernier se présenta à l'entrée du Den avec une heure de retard sur l'horaire convenu pour lui annoncer la suite des événements.

Lachlyn passa une tête dans l'entrebâillement de la porte et se souvint aussitôt que c'était une très mauvaise idée.

Elle recula immédiatement.

— Tenez-vous éloignée de ces vautours, Lachlyn.

Reame avait parlé d'un ton sec. Il claqua la porte avec plus de force que nécessaire, remit son blouson en place et posa les poings sur ses hanches.

Lachlyn se demanda si ses muscles dessinaient un creux sur son bas-ventre, comme chez ces danseurs sexy qui faisaient convulser les femmes.

Voilà ! Voilà pourquoi elle ne devait pas se trouver dans la même pièce que lui.

Elle se rappela la raison de sa présence et s'enquit :

— Où sont mes gardes du corps ?

Pourquoi posait-elle la question alors qu'elle rechignait à l'idée et qu'elle n'avait pas les moyens de les payer ?

Reame passa une main dans ses cheveux soyeux et désigna la porte d'un geste de la tête.

— C'est moi.

Lachlyn fronça les sourcils.

— C'est vous qui quoi ?

— Qui m'assurerai de votre sécurité.

Il serra la mâchoire et poursuivit :

— Vous êtes prête, on peut y aller ?

Elle recula d'un pas et leva les mains devant elle.

— Une petite minute. Qu'est-ce que ça veut dire ?

— À court terme, c'est moi qui me charge de votre garde rapprochée.

— Rapprochée ? Vous pouvez m'en dire plus ?

Reame attrapa une petite statue en bronze qui trônait sur la console et passa un doigt sur la délicate silhouette de la ballerine qu'elle représentait.

Lachlyn s'imagina à la place de la danseuse, caressée par ces mains viriles. Elle en avait terriblement envie. Mais c'était une très mauvaise idée.

Ne venait-elle pas de se le répéter ?

Il suffisait qu'elle passe cinq minutes en présence de Reame pour que toutes ses bonnes résolutions disparaissent.

— Cela veut dire que je m'occupe de vous à titre personnel.

Lachlyn fit tous les efforts du monde pour rester concentrée.

— Que cela vous plaise ou non, je ne serai jamais bien loin.

Cela ne lui plaisait pas. Pas du tout. Pourtant, si l'idée la rebutait autant qu'elle le disait, d'où lui venait cette petite pointe d'excitation au creux du ventre ?

— Vous ne pouvez pas assurer la surveillance jour et nuit.

Elle avait mis autant de vigueur et de dépit que possible dans sa voix.

— Tout prête à le croire, parce que bien évidemment

je suis un crétin fini, mais c'est pourtant bien ce qui va se passer.

Disant cela, il souleva la lourde valise de Lachlyn aussi facilement qu'il aurait soulevé un sac à main.

— Écoutez, je suis encore à la recherche d'un CPR qui conviendrait pour cette mission, j'ai juste besoin d'un peu plus de temps. Je me suis dit que j'allais déjà vous conduire à Woodside et vérifier votre appartement. Quand ce sera fait, je prendrai les décisions qui s'imposent au sujet de votre sécurité.

Lachlyn fit une moue dépitée :

— Cela veut dire que je ne vais peut-être pas pouvoir dormir chez moi ce soir ?

Son lit, son oreiller, ses affaires… Elle voulait juste retrouver son cocon, un lieu où elle se sentait bien.

En silence, une chose étrange semblait se passer entre eux, il y avait trop de tension, la température avait grimpé. Son appartement était petit, leurs corps allaient se percuter et ce serait l'explosion. Tout l'immeuble risquait même de prendre feu.

— Je tiens à préciser par principe que le fait de vous avoir comme garde du corps ne me convient absolument pas.

Elle sentit monter en elle un vent de panique prêt à la balayer. Il serait là quand elle se réveillerait, le soir au coucher, juste là sous son nez. En continu.

— C'est même tout bonnement impossible. Vous avez une entreprise à gérer. Vous n'allez pas être derrière moi toute la journée.

Sa valise retomba au sol dans un bruit sourd. Reame croisa les bras et pencha la tête sur le côté :

— Je vous trouve bien nerveuse. Pourtant vous n'avez aucune raison de l'être.

Il avait une voix à apaiser le plus sauvage des chevaux.

— Il s'est produit ce qui s'est produit entre nous, mais

cela n'arrivera plus, soyez-en certaine. Vous êtes désormais ma cliente, et à ce titre vous devenez intouchable. Le premier de mes collaborateurs qui viendrait à franchir une telle ligne serait immédiatement renvoyé. Je m'impose la même conduite.

Pourquoi ces mots qui auraient dû la rassurer faisaient-ils naître en elle un fond de déception ? C'était à n'y rien comprendre.

— Par ailleurs, et si cela peut vous rassurer, vous n'êtes pas du tout mon genre.

Oh ! Qu'on vienne en aide aux femmes qu'il embrassait et qui *étaient* son genre !

— Ah bon ?

— Pour commencer, vous êtes la sœur de Linc, et je ne fricote pas avec les sœurs de mes amis car cela a tendance à énerver les grands frères. Ensuite, les relations, l'engagement, tout ça, ce n'est pas mon rayon. Je me contente de m'amuser avec des femmes qui veulent s'amuser elles aussi. Et ça s'arrête là.

Reame se passa la main sur le visage.

— Ce qui s'est passé ce matin était…

Lachlyn intervint, le souffle court :

— Une erreur.

— Voilà. Et cela ne se reproduira plus.

Elle se répéta que sa déception soudaine était très mal venue. Elle ne comprenait pas ce qui lui arrivait. Il avait tout à fait raison, c'était précisément la bonne décision à prendre. Elle partageait tout à fait son opinion.

— Maintenant que cette question est réglée, pouvons-nous y aller ?

Il attrapa la valise et allait partir lorsqu'il se ravisa.

— Je vais la laisser ici, je repasserai la prendre quand cette bande de groupies sera au lit. S'ils vous voient partir avec une valise, ils vont vous suivre, et c'est précisément ce que nous voulons éviter. Vous avez besoin de récupérer quelque chose dedans ?

Oui, des sous-vêtements, sa trousse de toilettes et des livres. Elle pesta discrètement lorsque Reame mit à plat la valise pour l'ouvrir.

Après les livres, sa lingerie était tout ce qu'elle aimait s'offrir, son petit plaisir à elle. Et bien sûr elle l'avait disposée au-dessus du reste.

Elle rougit lorsque apparurent son soutien-gorge à imprimé camouflage rose, son string violet et son shorty en dentelle presque transparente.

Elle le vit déglutir une première fois, puis une seconde, avant de se lever et de lui faire signe maladroitement :

— Prenez ce dont vous avez besoin et mettez tout dans votre sac à main. Je demanderai à l'un de mes agents de passer prendre le reste ce soir.

Lachlyn opina du chef, s'accroupit et, en équilibre sur ses orteils, sortit deux ensembles assortis, en soie et satin, un T-shirt, sa trousse de toilette et trois livres. Son cabas en cuir était plein à craquer.

Elle referma la valise et se leva.

Reame tendit une main pour lui prendre son sac.

— C'est bon, je peux le porter toute seule, merci.

Il hocha la tête et prévint :

— Je vais ouvrir la porte et vous resterez derrière moi. Tenez bien ma main et ne parlez pas, même pour leur dire que vous ne voulez rien commenter.

Lachlyn acquiesça.

— Je vois. Zut, mes lunettes de soleil !

Elle en avait besoin pour se protéger du soleil d'hiver, mais surtout parce que, face à tous ces journalistes, son expression devenait celle d'un lapin égaré pris dans les phares d'une voiture.

Elle ouvrit son sac sous son bras et fouilla dedans en

vain. *Flûte.* Elle attrapa ses sous-vêtements et les tendit à Reame, puis deux livres, un autre soutien-gorge et sa trousse de toilette. Puis encore un livre. Elle sonda les profondeurs de son cabas, le secoua et vit enfin les lunettes, sous son porte-monnaie.

Elle les sortit, les posa sur son nez et se tourna vers Reame, qui tenait dans ses bras ses ensembles en soie et satin, ses bouquins et, suspendue à son index, sa trousse de toilette.

Le voir ainsi tenir dans ses mains sa lingerie fine envoya une décharge de chaleur entre ses jambes.

Bon sang, il fallait qu'elle arrête de lui laisser un tel pouvoir sur elle. Elle n'était pas son genre et lui ne figurait pas du tout au programme de ses semaines à venir.

Trop grand, trop intense, trop vivant. Tentant, incontrôlable, fascinant. Trop tout cela.

Et bien trop dangereux.

On se détend, on inspire un bon coup et ça va aller, jeune fille.

Lachlyn ouvrit grand son sac et indiqua à Reame de tout remettre dedans sans s'embêter. Elle ne put réprimer un sourire en le voyant légèrement déstabilisé, pour une fois.

Elle leva les yeux vers lui :

— On y va ?

Il se passa une main sur le visage avant de la poser sur la poignée de la porte d'entrée.

— Euh, oui. Souvenez-vous, regardez droit devant vous et pas un mot.

— Et je vous tiens la main.

Elle joignit le geste à la parole, leurs doigts s'entremêlèrent et elle vit le regard de Reame s'embraser.

— Je ne vous lâcherai pas, Lachlyn.

Il voulait dire le temps de rejoindre la voiture qui les attendait, pensa-t-elle tandis que les voix s'élevèrent autour d'eux pour lui poser mille et une questions. Rien de plus. Pour elle non plus.

Parce qu'avec le passé qui était le sien, tout cela lui était de toute façon impossible.

- 5 -

Reame trouva une place de stationnement pour son SUV à quelques rues de chez elle.

Il sortit et fit le tour du véhicule pour aller ouvrir la portière à Lachlyn, qui rejoignit le trottoir d'un petit bon, tirant derrière elle son sac déformé par le poids.

Dedans se trouvaient les pièces de soie et de satin qu'il s'efforçait d'effacer de sa mémoire.

Mais l'image de Lachlyn, chevelure blonde en bataille, ne portant rien d'autre qu'un soutien-gorge de couleur vive, et sa culotte très moulante assortie lui revenait sans cesse en tête.

Il rêvait d'écarter le doux tissu pour laisser apparaître une pointe de sein pâle, puis de faire de même avec la dentelle du bas – un dessous qui ressemblait, selon lui, davantage à une arme de distraction massive – avant de la faire glisser le long de ses jambes.

Lachlyn claqua la portière passager, et le bruit ramena Reame à la réalité. Quel excellent garde du corps il faisait. Il était supposé assurer la sécurité de sa cliente quand secrètement il ne voulait qu'une chose : voir ce qui se cachait sous ses vêtements.

Le gouvernement américain avait dépensé des millions de dollars pour le former, le préparer à tout, à rester en veille permanente, à anticiper les situations. Et voilà qu'il se laissait complètement happer par ses fantasmes.

Il fallait que cela cesse.

Il scruta les alentours mais ne remarqua rien de suspect. Mieux encore, il ne repéra aucun journaliste : son cyber-agent avait fait du bon boulot et avait brouillé les pistes quant à l'adresse de Lachlyn.

Il la suivit quand elle avança d'un pas déterminé et tourna à l'angle de la rue. Café, couturier, pressing, librairie d'occasion, traiteur, restaurant philippin. Jusque-là tout était OK.

— Ça fait longtemps que vous vivez dans le quartier ?

Il lui tira en même temps sur le bras car un skateur fonçait droit sur elle.

Lachlyn dégagea la frange qui lui barrait le front et bloqua la mèche derrière son oreille droite. Il aimait habituellement les longues crinières mais cette petite coupe courte commençait à lui faire de l'effet.

— Bientôt quatre ans.

Elle embrassa la rue du regard et il vit naître un sourire sur ses lèvres.

— L'immobilier est abordable, il y a de la mixité et je me sens en sécurité ici. Et je peux rejoindre le centre-ville en trente minutes.

Elle pointa du doigt un pub irlandais de l'autre côté de la rue.

— Ils font des burgers à tomber.

Reame leva un sourcil sceptique. Elle insista :

— Je connais toutes les bonnes adresses à burgers de New York. Et là, à côté, de la cuisine thaïe. C'est hyper bon.

— Vous allez l'air bien sûre de vous, Latimore.

— J'ai de quoi. Je suis une piètre cuisinière, je dîne souvent à l'extérieur. Et j'ai le goût de l'aventure, c'est pour ça que ce quartier me correspond à merveille.

Il ne put s'empêcher de se demander si elle avait aussi le goût de l'aventure au lit.

Certes, il n'était pas censé nourrir de telles pensées à son égard, mais il était un homme au sang chaud, assailli par les hormones, face à un mètre cinquante-huit de sensualité. Bon sang qu'elle était sexy.

Tu as vraiment besoin de lâcher la bête, Jepsen.

Une nuit, quelques nuits, des semaines de pur sexe, de plaisir sans lendemain. Il avait sérieusement besoin de s'extirper de la misère charnelle dans laquelle il se trouvait.

Quand Lachlyn entra dans une boulangerie italienne, il lui emboîta le pas. L'odeur des viennoiseries au four lui chatouilla aussitôt les narines. Son estomac gronda et il se souvint qu'il n'avait rien avalé de la journée, à l'exception de son smoothie détox après son cours de gym matinal.

— *Ciao, bella !*

Reame nota l'accueil plus que chaleureux du boulanger, auquel Lachlyn répondit par un geste de la main et un grand sourire. Son estomac le ramena aussitôt vers les vitrines réfrigérées et les délices qui l'attendaient là : cheesecake à la ricotta, focaccia à l'ail, biscuits chocolatés…

Lui aussi avait le goût de l'aventure en matière de gastronomie. Il avait grandi dans un quartier populaire où les restaurants se succédaient au fil des rues.

Ce goût ne s'arrêtait pas à la nourriture et, à en juger par la façon dont elle l'avait embrassé, il en allait de même pour Lachlyn.

Mais ça, il ne le saurait jamais.

— Reame ?

Il dit un au revoir silencieux aux beignets qui lui faisaient de l'œil et vit que Lachlyn l'attendait derrière le comptoir. Il se dépêcha de la rejoindre et salua Riccardo lorsqu'elle fit les présentations.

Ils quittèrent le boulanger et rejoignirent un escalier qui se trouvait au fond de la boutique.

— C'est au deuxième, annonça Lachlyn en montant les marches d'un pas joyeux.

— Vous accédez à votre appartement par la boulangerie ?

— Ric habite au premier, je suis au-dessus. Il y a une autre entrée à l'arrière du bâtiment mais c'est plus facile par ici, ça m'évite la ruelle un peu sombre.

— C'est pas mal, ça. Vous avez demandé à Riccardo si des gens ont cherché à vous voir ces dernières semaines ?

— Je lui ai parlé vite fait avant qu'on parte du Den et il m'a dit que non.

Reame l'écoutait d'une oreille, peinant à détacher son regard des magnifiques fesses qu'elle lui présentait sans le vouloir et de ses jambes délicatement dessinées.

Il était surpris qu'aucun employé de la boulangerie n'ait prévenu la presse. Malgré les efforts déployés par son équipe pour effacer sa trace, il s'attendait à ce que des journalistes parviennent à dégoter son adresse.

Étrange, pensa-t-il. Du coin de l'œil, il vit soudainement une ombre passer sur le mur en haut des marches. D'instinct, il saisit le poignet de Lachlyn et la fit rebrousser chemin en la tirant sans ménagement.

Elle cria quand il la fit passer derrière lui, faisant bouclier entre elle et les trois journalistes armés d'une caméra qui attendaient là-haut.

— Combien les Ballantyne vous ont-ils offert ?

— Vous revenez chez vous pour de bon ?

— Qu'est-ce que ça fait d'être l'une des femmes les plus riches de New York ?

Reame lâcha un juron, se retourna et passa une main dans le dos de Lachlyn pour lui faire descendre les marches rapidement.

Ils émergèrent dans la boulangerie où les attendait une assemblée bien plus importante. Tout ce petit monde était déjà là quelques minutes plus tôt, bien caché.

Riccardo avait tout manigancé derrière leur dos. Reame enroula son bras autour de Lachlyn et la conduisit à la porte d'entrée, se servant de sa taille et de sa force pour fendre la foule de journalistes et de curieux.

— J'ai besoin de vêtements, Reame.

Les mots de Lachlyn étaient presque inaudibles dans le brouhaha ambiant. Les questions fusaient de tous côtés.

Reame se pencha pour lui parler à l'oreille, serrant un peu plus son bras autour d'elle.

— J'enverrai quelqu'un vous prendre des affaires. Pour le moment, je dois vous sortir d'ici.

— Comment ont-ils su ?

Lachlyn était en colère et terrorisée.

— À votre avis, Lach ? Qui a bien pu laisser ce petit manège avoir lieu ?

Elle se libéra aussitôt de son étreinte et chercha Riccardo du regard.

L'homme se tenait debout derrière le comptoir, l'air pleinement satisfait. Trahir Lachlyn ainsi lui permettait de bénéficier d'une belle publicité gratuite.

Quand il croisa son regard, il se contenta de hausser les épaules comme pour dire « C'est comme ça. »

Pourri.

Reame jura en silence et frappa la porte de la paume de sa main, tout près de l'oreille d'un journaliste qui tentait de leur barrer le passage. Reame le toisa et sentit l'adrénaline monter en même temps que la colère.

— Je te jure que, si tu ne bouges pas, je te fais passer par la vitrine.

Le paparazzi comprit vite qu'il ne plaisantait pas et déguerpit aussitôt.

La foule de journalistes les suivit jusqu'à la voiture, comme autant de rapaces à leurs trousses.

— Ric m'a tendu un piège, dit Lachlyn tout bas lorsqu'ils eurent enfin démarré.

— Ça y ressemble bien.

— Je croyais qu'on était amis…

Sa voix tremblait sous l'effet du chagrin et de l'incompréhension.

— Pourquoi a-t-il fait une chose pareille ?

Lachlyn remarqua le regard étonné de Reame.

— Ils lui ont proposé de l'argent ou un bon coup de pub. Et les gars qui attendaient dans l'escalier ont dû bien lui graisser la patte.

— Alors il m'a vendue pour une centaine de dollars ?

— Ou quelques milliers.

Lachlyn posa sa main sur son cœur, qui menaçait encore d'exploser. Ric et elle buvaient souvent le café ensemble, allaient dîner tous les deux certains soirs, partageaient leurs livres et de bons moments de manière générale.

Elle aurait pu s'attendre à ce que l'un de ses employés profite de la situation, mais pas lui.

Pourtant l'expression de culpabilité qu'elle avait lue sur son visage en partant ne laissait aucun doute.

Son ami, l'un des rares qu'elle s'était autorisée à se faire, venait de lui planter un couteau dans le dos pour une poignée de dollars ou un instant de gloire.

Cela ne lui donnait que davantage raison : faire confiance à quiconque était la plus stupide des idées.

Elle appuya sa tête contre la vitre et ferma les yeux. Elle était épuisée, émotionnellement comme physiquement.

Reame posa sa main sur sa cuisse et serra fort.

— Allez, remettez-vous. Soyez forte car vous avez une grande décision à prendre.

Lachlyn émit un petit grognement, espérant secrètement qu'il laisse sa main un peu de temps encore. La sensation était plutôt… délicieuse. Malgré le tissu du jean qui les séparait, elle sentait la chaleur de cette main puissante sur sa peau.

Elle ouvrit les yeux et vit que Reame la dévisageait avec un désir et une ferveur incontrôlés. Elle réalisa qu'ils étaient arrêtés à un feu rouge et comprit qu'elle était à deux doigts d'être soulevée et déposée sur ses genoux, à la merci de ses lèvres passionnées.

Elle resta ainsi, immobile, ses doigts reposant délicatement sur la main de Reame.

— C'est fou, il suffit que je vous regarde pour oublier que vous êtes harcelée par la presse, sous ma protection et que par-dessus le marché vous êtes la sœur de Linc.

Sa voix était rauque à présent.

— J'en oublie même que vous êtes une cliente.

Elle tenta vainement de protester :

— Je ne suis pas encore votre cliente…

Elle-même ne parvenait pas à s'en convaincre.

Reame avait vraiment fait bouclier entre elle et les journalistes. Sans lui, ils l'auraient pourchassée jusque dans son appartement.

Elle regarda autour d'elle :

— Où allons-nous ?

Ils venaient de traverser le pont de Brooklyn. Elle se redressa sur son siège et lui lança un regard interrogateur :

— Pourquoi vous ne me déposez pas au Den ?

— Parce que c'est là que vous attendront tous vos petits camarades à micro.

— Vous m'avez trouvé un hôtel ?

Il lui fit non de la tête et dit avant de prendre une contre-allée et de s'engouffrer dans un parking souterrain :

— On va chez moi.

Lachlyn vit des places réservées, marquées au nom de Jepsen & Associates. Reame se gara sur l'une d'elles, près d'un ascenseur, entre une moto de course et une voiture sportive allemande. Plutôt pas mal.

Mais elle était fatiguée et avait juste envie d'être enfin au calme quelque part, n'importe où.

— Reame, si vous voulez bien faire vite au bureau. Je voudrais aller à l'hôtel et pouvoir souffler un peu.

— Pas à l'hôtel, Lachlyn, vous dormez là ce soir. Ne vous inquiétez pas, j'ai de quoi vous offrir votre petit coin d'intimité. Mon duplex est au dernier étage et il y a un studio pour les invités de dernière minute et nos clients exclusifs. Vous y serez en sécurité le temps que tout ça se calme. Mon bâtiment est ultra-sécurisé et personne ne peut y entrer sans se faire attraper par une demi-douzaine d'ex-soldats remontés à bloc. Pour vos sorties, Liam, mon bras droit, ou moi vous escorterons en fonction de nos disponibilités.

Elle aurait tellement préféré être loin de cet homme qui faisait chavirer ses sens.

— Je pense qu'un hôtel aurait été un meilleur choix.

— Pour notre attirance mutuelle, certes. Mais pour votre sécurité, impossible.

Reame se pencha vers elle, et Lachlyn retint son souffle dans l'attente d'un baiser. Elle bascula la tête en arrière et se mordit la lèvre inférieure, incapable de lui résister. De ses lèvres, il effleura le contour de son oreille.

— Vous êtes si belle…

Sa voix mit son corps en émoi. Elle s'approcha un peu plus de lui et se percha sur la pointe des pieds pour glisser son nez dans son cou.

— Vous sentez si bon. Et vous aussi, vous êtes beau.

La bouche de Reame s'ouvrit sur un large sourire et Lachlyn sentit aussitôt la pointe de ses seins se durcir, une pulsation chaude battre entre ses jambes.

Elle voulait sentir ce sourire sur ses lèvres, que sa langue vienne à sa rencontre. Elle commença le baiser et perçut sa surprise puis son hésitation. Sans lui laisser le temps de réfléchir, elle mordilla sa lèvre et savoura le râle qui sortit de lui.

Cet homme la désirait plus que tout et cela l'excitait plus que tout.

Il prit le contrôle de la situation et but à ses lèvres comme un pèlerin perdu dans le désert. Il finit cependant par rompre le charme et, posant son front contre celui de Lachlyn, soupira.

Ses yeux trahissaient sa détermination autant que sa frustration.

— On ne doit pas aller plus loin. Ce n'est pas du tout ce que je recherche.

— C'est-à-dire ?

— Je veux du sexe à l'état pur, que ça transpire et qu'on s'y donne à fond, avec quelqu'un qui a envie de la même chose que moi.

— Et vous pensez que moi j'attends autre chose ?

— À dire vrai cela m'importe peu. J'ai mérité ce moment. Depuis dix ans, mes journées tournent autour des factures à payer, des rendez-vous à honorer, avec des week-ends de travail, la pression pour être un grand frère sur qui on peut compter, un fils responsable, un boss fiable. J'ai fait passer tout le monde avant moi. Maintenant c'est mon tour, Lachlyn. Et vous et moi, ça doit rester strictement professionnel. OK ?

Lachlyn posa une main sur son estomac pour soulager l'acidité qui venait de s'y déposer. Elle transforma sa colonne vertébrale en barre d'acier, leva un menton fier et le transperça d'une invisible lance de glace :

— Vu que c'est vous qui passez votre temps à me tripoter, pourquoi ne suivez-vous pas vos propres conseils, monsieur Jepsen ?

- 6 -

Deux jours plus tard, le dimanche matin, Lachlyn fut réveillée par un message de Reame qui l'invitait à partager son petit déjeuner. Elle rêvait de pouvoir sortir de ce bâtiment, de prendre l'air dans les rues de la ville, de changer de décor, n'était-ce que pour quelques minutes.

Puis elle pensa à Reame.

Il était le chêne solide dans la tempête, le pilier contre lequel sa famille et ses amis pouvaient s'appuyer. Calme, compétent, loyal.

Elle avait peut-être envie d'aller plus loin avec lui et ne refusait pas son aide en tant que garde du corps, mais c'était tout.

Elle était une femme indépendante, forte, capable. Elle s'offrait à elle-même tout le soutien mental et affectif dont elle avait besoin. Elle était son propre phare dans la nuit, son propre refuge.

Elle frappa à la porte de Reame qui lui cria d'entrer. Elle pénétra dans son espace personnel : son appartement était bien plus grand qu'elle ne l'avait imaginé.

Elle devinait les pièces au-delà du salon, qui s'ouvrait sur un grand balcon. Les timides rayons de ce soleil de mars tentaient de percer entre les nuages. Temps gris ou non, la vue était époustouflante. Entendant des bruits de pas derrière elle, Lachlyn se retourna.

— Bonjour.

Reame la scanna d'un rapide regard. Il portait un polo

vert et blanc sur un jean parfaitement taillé : lui aussi était époustouflant.

— Comment ça va ? Vous avez tout ce que vous voulez ?

Il partit dans la cuisine, avançant en silence, pieds nus sur le parquet.

— Je vais bien, merci. Du café ?

Il lança la machine à espresso et Lachlyn huma l'agréable odeur des grains fraîchement moulus. L'appartement respirait le propre et Reame sentait bon le gel douche.

— Le studio vous plaît ?

— C'est très bien.

L'expression était facile et toute trouvée, elle ne manquerait pas de l'employer aussi souvent que nécessaire.

Reame lui sourit :

— Menteuse. Le studio est surtout très blanc et très froid. C'était d'ailleurs mon but.

— Vraiment ? Pourquoi donc ?

— Nous l'utilisons de temps à autre pour des clients haut de gamme qui désirent disparaître des radars. Mais je ne veux pas qu'ils s'y attardent, donc j'ai fait en sorte qu'on ne s'y sente pas totalement bien.

Il lui tendit son café et elle le remercia.

— Vous avez l'air chafouin, il y a un problème ?

— Demain on est lundi et j'aimerais tellement pouvoir aller au travail. Mais ma direction est clairement contre.

Quelqu'un d'autre se verrait attribué son projet autour du critique parisien et choisirait les pièces à conserver ou non.

— Parlez-moi de ce que vous faites.

Habituellement, ce type de demande la laissait sans voix et hésitante. Mais cette fois, les mots lui vinrent sans effort. Étonnant.

Elle haussa les épaules et secoua la tête :

— Je suis tellement frustrée. Je viens de commencer à trier une collection de journaux intimes et de documents datant des Années folles à Paris, cette période un peu dingue des années 1920. On vient juste de nous livrer tous les cartons et j'étais comme une enfant devant.

Elle posa ses avant-bras sur le comptoir de la cuisine et pensa à tous les trésors qui l'attendaient là-bas. Elle allait devoir y renoncer.

— Qu'est-ce cela a de si spécial à vos yeux ?

Reame semblait réellement intéressé.

Il n'y avait rien de personnel dans tout cela, elle s'autorisa donc à poursuivre.

— Maxwell Cummings-Brown était un Américain qui vivait à Paris. Il avait beaucoup d'argent et en profitait. C'était un personnage éclatant, il était ami avec Max Ernst et Salvador Dali. Il allait voir Joséphine Baker danser – presque nue – aux Folies Bergère. Il achetait ses bijoux chez Cartier et Frédéric Boucheron et en couvrait ses amants, hommes et femmes. Ce qui est magique, c'est qu'il a tout conservé : les menus des restaurants, les cartes de visite, ses journaux. Autant d'instantanés de cette époque.

— Je ne me figure pas bien le travail d'une archiviste. Vous recevez tout ça dans des cartons…

— Parfois il faut un camion, tellement il y en a.

— Et ensuite ?

— Pour faire simple, j'organise la collection. Je lui donne forme, si vous préférez. Je classifie et nomme tout, afin que les chercheurs puissent accéder à l'information sans difficulté. Je suis spécialisée dans la fin du XIXe et le début du XXe siècle. Cette donation tout droit venue de Paris était exactement dans mes cordes.

Lachlyn soupira longuement.

— Et, plutôt que de m'y consacrer, je me retrouve à errer comme une âme en peine. Enfin, plutôt à rester statique face à vos maudits murs blancs.

Reame pencha la tête. Elle vit qu'il réfléchissait à quelque chose.

— Et si vous aviez une nouvelle collection à gérer ?

Elle lui répondit par une moue désabusée. Elle ne voulait pas se montrer ingrate ou impolie, mais elle doutait qu'il puisse mesurer l'ampleur des projets qu'elle menait habituellement. Sa mission ne se limitait pas à ranger des boîtes et dessiner des frises chronologiques.

— C'est gentil à vous d'y penser, mais on ne sort pas ce genre de choses de son chapeau.

Reame lui décocha un sourire qui la fit frissonner de la tête aux pieds.

— On parie ?

Une heure plus tard, elle arpentait la Cinquième Avenue en direction des locaux de Ballantyne International, cachée sous un chapeau à larges bords et des lunettes de soleil XXL.

La devanture du bâtiment était d'une élégance exquise. Reame, qui portait un jean vieilli et un blouson en cuir usé, scannait la rue, sur le qui-vive.

Lachlyn voulut prendre le temps d'admirer un magnifique tour de cou en perles et diamants dans la vitrine, mais Reame lui interdit de s'arrêter.

— Pourquoi tant de hâte ? On est dimanche, le jour du repos, vous vous souvenez ?

— On a beau être dimanche, nous sommes sur l'avenue la plus fréquentée de Manhattan. Autant vous dire que vous avez toutes les chances d'être repérée. Je préfère vous savoir à l'abri.

— Et moi je préférerais me savoir face à un petit déjeuner, marmonna-t-elle.

Après leur échange sur son travail à l'appartement, il était sorti de la cuisine, avait foncé dans ses quartiers privés et refermé la porte. Lachlyn avait compris le message et deviné que le petit déjeuner n'était plus vraiment au programme. Elle avait donc fini son café sur le balcon et observé le ballet matinal dans Midtown.

Quinze minutes plus tard, Reame était revenu lui dire qu'ils sortaient.

Et elle n'avait toujours rien avalé.

Elle tenta d'ignorer son estomac qui criait famine et se laissa guider par Reame qui lui avait pris la main. On leur ouvrit la porte du bâtiment et il la fit passer en premier.

L'heure d'ouverture de la bijouterie était proche, mais pour l'heure cet emblème du chic était délicieusement serein. Seul un employé se tenait derrière le comptoir au fond de la vaste pièce.

Lachlyn prit une profonde inspiration et ferma les yeux un instant. Reame la dévisagea d'un air curieux.

— Que faites-vous ?

Elle expira et haussa une épaule :

— C'est juste que j'adore l'odeur des fleurs fraîches.

Elle balaya la pièce du regard et ouvrit grand les mains :

— Que faisons-nous ici ?

— Vous verrez bien.

Reame semblait prendre très à cœur son nouveau rôle de M. Mystérieux. Il tira sur son bras et lui fit traverser la boutique puis passer une porte sur laquelle figurait un panneau « Réservé aux membres du personnel ».

— Je vous en supplie, dites-moi qu'il y aura à manger là où vous m'emmenez.

Il lui lança un sourire espiègle.

— Arrêtez de râler, jeune femme.

Il composa le code d'une nouvelle porte, blindée cette fois-ci, et la tint pour elle.

— Vous avez les codes d'accès de chez Ballantyne ?

— C'est un code éphémère, valide pendant huit heures seulement.

Au bout d'un long couloir se trouvaient deux ascenseurs. Elle ne comprenait toujours pas ce qu'elle faisait là ni pourquoi il s'entêtait à réaliser ce petit tour du propriétaire alors qu'elle mourait de faim.

Avant qu'elle n'ait le temps de se renseigner davantage, Reame s'arrêta devant le plus petit des deux ascenseurs.

Celui d'à côté était d'un format courant, avec des flèches haut et bas. Celui-ci était en revanche équipé d'un digicode. Il composa les quatre chiffres, les portes s'ouvrirent et ils y entrèrent.

Cette minuscule cabine était bien trop petite pour deux personnes. Lachlyn fut contrainte de se coller aux biceps de Reame. Il posa à son tour une main sur sa hanche et se décala de façon à se placer derrière elle.

Les portes se fermèrent sans bruit et Reame tendit le bras sous son nez pour appuyer sur le dernier bouton de la rangée. Incapable d'oublier la présence de sa main sur sa hanche, de son corps solide contre le sien, Lachlyn tentait de récupérer un semblant de respiration normale.

Elle sentait son souffle délicat derrière elle, son torse qui la dominait. Il lui aurait suffi de se cambrer imperceptiblement pour venir effleurer sa…

Elle soupira bruyamment et son ventre gargouilla à l'unisson. La faim se manifestait encore. Le rire gentiment moqueur de Reame caressa ses cheveux :

— Vous avez faim ?

— Ça fait une heure que je vous le répète !

Elle pivota pour lui faire face. Ne sachant pas où poser ses mains, elle aplatit ses deux paumes sur son torse.

— Vous m'avez promis un petit déj, vous vous souvenez ?

Il leva une main et écarta la frange de Lachlyn.

— Ce qui vous attend est encore mieux, faites-moi confiance.

Il baissa son regard vers ses lèvres et plia l'index pour lui caresser la joue.

— Vous avez une peau de pêche.

Sa voix était devenue plus rauque.

Lachlyn pressa son visage dans le creux de sa main, telle une chatte demandant des câlins. De son pouce, Reame dessina la courbe de sa lèvre inférieure en prenant tout son temps.

Un râle lui échappa. Il posa son front contre celui de Lachlyn.

— Vous êtes une cliente…

— Pas exactement, rectifia-t-elle dans un murmure alors que les portes de l'ascenseur s'ouvraient.

Elle sentit l'air frais autour d'elle.

— Si, vous l'êtes. Et même si ce n'était pas le cas, vous restez la petite sœur de mon meilleur ami.

— Non plus.

Ce n'était pas tout à fait vrai. Il venait juste de la rencontrer. Avoir une sœur signifiait partager un passé commun, des souvenirs d'enfance.

— Troisièmement, j'ai juste envie de prendre du bon temps, et ce n'est clairement pas votre genre.

Lachlyn le fusilla du regard :

— En voilà une supposition, monsieur Jepsen. Peut-être bien que je ne rêve que d'une aventure brûlante, sans lendemain. C'est peut-être même précisément ce qu'il me faut.

Ce n'était que du flan, mais c'était tellement bon de voir ce visage un rien arrogant se décomposer soudainement…

Excepté que Reame n'en fit que sourire davantage.

— Vous voulez dire que nous pourrions faire l'amour comme des dingues dans la limousine qui nous conduit au dîner de famille ce soir et que vous pourriez ensuite faire comme si de rien n'était en arrivant au Den ? Genre sereine, impassible, alors que vous auriez crié mon nom, le corps en feu, dix minutes plus tôt ?

Dit comme cela…

— Non, peut-être pas.

Déjà parce qu'elle n'avait jamais connu de vrai orgasme dans sa vie.

Elle soupira de nouveau, sachant pertinemment qu'il n'était pas dupe.

— Je ne suis pas aussi sophistiquée que vos fantasmes. C'est votre définition d'une soirée très chaude, faire l'amour dans une limousine ?

— J'en ai d'autres sous le coude.

Lachlyn lut une passion non feinte dans ses yeux et rougit aussitôt.

— Vous m'attirez énormément, Lachlyn. Je ne vais pas le nier. Mais ce n'est pas du tout ce que je recherche.

— Et vous recherchez… ?

— La simplicité, la facilité, une femme qui veut juste s'amuser un peu.

Une distance venait de se réinstaller entre eux.

— J'ai besoin d'une partenaire qui n'en soit pas une, dont je n'aie pas à me soucier, qui ne va pas faire un drame si je ne lui donne pas de nouvelles. Je veux cette liberté. Je me mets en pause, plus de responsabilité pour moi pendant quelque temps.

Derrière son air déterminé et ces paroles qui semblaient couler de source, elle perçut une pointe de peur.

Cet homme tentait de masquer ses propres démons.

— C'est marrant, je ne vous vois pas du tout dans ce rôle.

Un silence pesant s'abattit entre eux. Il le rompit quelques instants plus tard :

— Qu'entendez-vous par là ?

Il semblait soudainement de mauvaise humeur et lui donna un petit coup de coude pour la faire avancer.

Le hall sur lequel s'était ouvert l'ascenseur était bien éclairé. Lachlyn regarda autour d'elle. À droite, une pile de cartons attendait devant une lourde porte partiellement ouverte.

Elle reconnut immédiatement l'odeur du vieux papier, de la poussière et de l'humidité.

— Où sommes-nous ?

— Au sous-sol.

— Merci pour l'information…

Lachlyn fit un pas en avant mais Reame lui saisit le bras pour l'arrêter dans son mouvement.

— Vous avez voulu dire quoi, à l'instant ?

Oh là là, ne pouvait-il pas passer à autre chose ? Elle n'aimait pas qu'on lui fasse subir une psychanalyse à ses dépens, aussi tâchait-elle de ne pas faire de même aux autres.

Reame était calme, maîtrisait ses émotions, avait une volonté de bien faire et le sens du devoir.

Il semblait aimer l'organisation, les choses carrées et bien structurées. Il n'y avait rien d'impulsif ni d'impétueux en lui. Elle peinait à l'imaginer sortir en boîte de nuit pour draguer à grand renfort de cocktails offerts à ces dames.

— Votre discours sur le fait de sortir le soir, de mener une vie débridée, cela ne vous ressemble pas. Pas plus que de faire l'amour dans une limousine. C'est beaucoup trop… Enfin pas très au carré tout ça.

— Vous ne me connaissez pas.

— Certes. Mais je trouve ça marrant cette manière que vous avez d'employer les mots « je » et « veux » à tous moments. « Je veux faire ci », « Je veux faire ça ». Vous êtes bel homme, riche, bon en affaires. Qu'est-ce qui vous empêche de faire ce que voulez ?

Lachlyn se passa la main dans les cheveux, et les coins de ses lèvres s'ouvrirent légèrement.

— Je ne suis pas votre genre, aucun problème. Dieu

sait que ma vie est suffisamment compliquée à l'heure actuelle. Mais je peux vous poser une dernière question ?

Le visage de Reame se durcit et elle lut l'impatience dans ses yeux. Le sujet le mettait visiblement très mal à l'aise, cependant il était bien trop poli pour lui demander de la boucler.

— Je vous écoute.

— Y a-t-il à manger derrière la porte numéro un ?

La première et la dernière fois qu'il s'était rendu au sous-sol de ce bâtiment avait été au tout début de son contrat avec Connor, alors qu'il venait de quitter l'armée et que ce dernier l'avait embauché.

Il l'avait accompagné ici, et le grand bijoutier lui avait demandé de mettre la main sur un carnet de croquis datant des années 1950. Hetty Clark-Grimbly voulait qu'il refaçonne la bague de fiançailles de sa mère, qu'il avait dessinée à l'époque et qu'elle avait perdue en plongeant dans la Méditerranée depuis son yacht privé.

« Trouve ce carnet, mon garçon », avait-il insisté.

Obéissant, le « garçon » avait fouillé la pièce deux jours durant, parcourant des décennies d'archives et de bazar appartenant aux Ballantyne avant que Connor pense à lui dire qu'il avait retrouvé le fameux carnet dans un tiroir, chez lui.

Il aimait vraiment son patron mais avait failli l'étrangler ce jour-là.

L'immense pièce était encore plus encombrée qu'à l'époque. Il y avait là un amoncellement de cartons et de meubles, posés à même le béton.

On y devinait même des éléments de scénographie, des tableaux contre les murs. Encore fallait-il parvenir à voir entre les cartons.

Un tel fouillis, une telle désorganisation et cette quantité de poussière donnaient de l'urticaire à Reame, qui avait l'ordre militaire dans la peau.

Mais Lachlyn eut la sensation de découvrir la bibliothèque d'Alexandrie.

— Lachlyn Latimore, je vous présente votre nouveau projet.

Elle leva des yeux perdus vers lui :

— Quoi ?

— L'idée m'est venue quand vous m'avez parlé de votre travail à la bibliothèque de New York. Comme vous l'aurez remarqué, je passe beaucoup de temps avec les Ballantyne. Et ça fait des années qu'ils n'arrivent pas à se décider sur le sort de cette pièce. Enfin, de ce qu'elle recèle pour être plus précis. Ils passent leur temps à remettre le sujet à plus tard. Ils jurent leurs grands dieux qu'il faut impérativement mettre de l'ordre là-dedans, qu'il s'agit de l'histoire des Ballantyne et que sa préservation doit être une priorité. En attendant, les années passent et rien n'est fait. Tous les deux ans, ils font une descente ici en se promettant que c'est cette fois-ci c'est la bonne.

— Et à peine ont-ils poussé la porte qu'ils rebroussent chemin ?

Reame hocha la tête.

— Vous avez tout compris. C'est demi-tour immédiat.

Il avança jusqu'à l'autre bout de la pièce et fit un bruit de bouche réprobateur.

— C'est un bazar sans nom, ici. Je ne me souvenais pas que c'était dans un tel état. Mais maintenant que j'y pense, Beck m'a parlé d'un chargement venu tout droit de la boutique de Londres. Elle est arrivée l'année dernière, il n'y avait plus de place là-bas pour stocker tous ces cartons.

Reame pointa un index vers le plafond :

— Le magasin au-dessus de nous a ouvert ses portes

en 1890. Celui de Londres a suivi quelques mois plus tard. Certains documents ne datent pas d'hier. Quand ils ont reçu ce nouvel arrivage, ils ont tout posé en vrac ici.

— Il y a quoi exactement dans ces cartons ? Des lettres ? Des comptes ? Des carnets de commandes ?

— Un peu de tout ça. J'ai posé la question à Beck. Il m'a dit que les éléments venaient des boutiques Ballantyne, des affiches, des croquis, des prototypes, par exemple, mais qu'il y avait aussi des documents personnels. C'est un peu le passé de la famille Ballantyne mis en cartons, génération après génération.

Reame glissa ses mains dans les poches arrière de son jean.

— Il vous faut une occupation, Lachlyn. Et moi, ça m'aiderait que vous mettiez votre nez là-dedans. Ce bâtiment est aussi sécurisé que la réserve fédérale américaine. Vous voyez Fort Knox ? Eh bien, c'est pareil. Vous ne pourrez pas être plus tranquille qu'ici. Je peux vous déposer le matin et passer vous récupérer en fin de journée. Et vous pourrez aller et venir autant que vous voulez dans le bâtiment.

Reame veillait à parler calmement, sans exercer une quelconque pression sur elle.

— Cela vous permettrait aussi d'en savoir davantage sur cette famille qui est désormais la vôtre.

Lachlyn avait du mal à tenir en place.

— Ils sont tous au courant de votre démarche ? Ça leur va ?

— Si ça leur va ?

Reame éclata de rire :

— Je crois avoir entendu que si vous acceptiez, on vous offrirait une licorne, et des rites sacrificiels seraient organisés en votre honneur.

Il se passa une main dans la nuque, ne sachant pas comment lui annoncer la suite.

La subtilité n'était pas son fort, aussi décida-t-il de dire les choses telles qu'elles étaient :

— Ils ont aussi dit que vous seriez rémunérée pour cette vaste mission.

Lachlyn se raidit, et le bleu de ses yeux vira soudainement au sombre.

— En plus des quarante millions de dollars, vous voulez dire ?

Tant que ça ? Dieu du ciel ! Ils ont été généreux.

Reame conserva son masque d'indifférence et poursuivit, comme si l'information était totalement anodine.

— Me permettez-vous de souligner que tous les Ballantyne travaillent pour l'entreprise et reçoivent un salaire en échange ? Il n'y a rien d'insultant dans cette histoire. Linc vous propose une rémunération pour une mission dont il faut de toute façon s'occuper, et pour laquelle vous avez les compétences, je vous le rappelle.

Lachlyn baissa la tête et il vit le rose qui colorait à présent ses joues. Il avait totalement fait fausse route en croyant qu'elle ne courait qu'après l'argent des Ballantyne.

Il l'avait très mal jugée. Cette femme était plus insondable et complexe qu'il ne l'avait imaginé.

Et bien plus clairvoyante, aussi. Sa perspicacité le surprenait.

Il entreprit de faire le tour de la pièce et ne put réprimer un sourire quand, revenant sur ses pas, il la trouva assise par terre, dans la poussière, occupée à trier une liasse de documents, poussant sans ménagement sa frange qui lui tombait devant les yeux et l'empêchait de lire ce qui était inscrit dessus.

Il sortit de sa poche son téléphone qui vibrait et en consulta l'écran.

Il ouvrit la conversation de groupe qu'il partageait avec

les Ballantyne et lut la série de messages qu'il venait de recevoir.

Est-ce que Lachlyn a mordu à l'hameçon ?

Alors, elle va accepter ?

Je t'en supplie, dis-moi qu'elle est d'accord !

Reame posa son regard sur Lachlyn et sentit son cœur se serrer lorsqu'il la vit passer un doigt délicat sur le bord écorné d'une vieille photo.

D'une voix à peine audible, il appela :

— Lach ?

Elle ne répondit pas. Il recommença.

— Lach ? Allez, venez, c'est l'heure du petit déjeuner.

Il n'obtint qu'un vague « Hum » en guide de réponse.

Il fut à la fois amusé et touché de la voir plonger une main dans un nouveau carton et en sortir des papiers tandis qu'elle consultait ceux qu'elle tenait encore dans l'autre.

Sa présence lui était devenue totalement indifférente, tout comme la faim qui lui tiraillait encore le ventre quelques minutes plus tôt.

Il prit une profonde inspiration et sourit.

D'une main rapide, il composa un message sur son téléphone :

Je crois que vous avez trouvé votre archiviste.

- 7 -

Quelques jours plus tard, Reame frappa à la porte du studio, s'attendant à ce que la porte s'ouvre sur une Lachlyn rayonnante.

Mais personne ne répondit. Il fronça les sourcils et frappa de nouveau.

Toujours rien. Il régnait un silence total à l'intérieur. Il appuya sur la poignée et poussa la porte.

Lachlyn était assise en boule sur le canapé blanc. Elle était encore en pyjama. Sur ses genoux reposait une épaisse pile de documents.

Reame l'observa de plus près : elle avait les yeux rougis. Elle paraissait épuisée.

— Hello.

— Hum, salut.

Le sourire qu'elle avait esquissé n'était pas du tout convaincant.

Il avança et s'assit face à elle sur la table basse, blanche et terriblement impersonnelle, comme le reste dans ce studio.

— Vous avez dormi au moins, cette nuit ?

— Pas beaucoup.

Cela voulait dire non.

— Vous ne vous sentez pas bien ?

Lachlyn secoua la tête et baissa les yeux vers son pyjama en flanelle.

— Désolée, je suis un peu retard. Je n'ai pas vu l'heure passer. Vous me laissez vingt minutes pour me préparer ?

Elle soupira et dégagea ses jambes, qu'elle avait repliées sous elle. Elle portait un vernis à ongles rose pâle.

Jolis orteils.

Celui du milieu portait un petit anneau. Mignon et sexy.

— Que vous arrive-t-il, Lachlyn ?

Elle prit la pile de papiers, la mit en ordre en la tapant contre son genou et la reposa à côté d'elle.

— Linc a embauché une avocate pour m'aider à relire l'accord qu'ils me proposent. Je peux lui poser toutes mes questions si je n'ose pas m'adresser directement à eux.

C'était typique de Linc, pensa Reame. Sympa, attentif et faisant tout son possible pour lui faciliter les choses.

— J'ai rendez-vous avec elle à 9 h 30.

Elle fit une petite moue désolée.

— J'ai oublié de vous prévenir. Je peux reporter si vous voulez.

Reame vit qu'elle espérait qu'il dise oui. Elle faisait son possible pour éviter ce moment, voire pour ne pas gérer toute cette histoire d'héritage.

Lui était du genre à foncer, à accepter les situations qui se présentaient sans tenter de les esquiver. Il en allait d'ailleurs de même pour les conflits.

Il soupçonnait que c'était tout l'inverse pour Lachlyn. Non seulement elle était solitaire et ne courait pas après les contacts humains, mais elle semblait de surcroît détester les cas un peu difficiles.

Cette femme était une île, autonome, autarcique.

S'il lui était impossible de parler avec sa future belle-sœur ou ses frères, elle n'allait pas s'ouvrir davantage devant une avocate.

Pourtant il le fallait. Tout cela n'avait rien d'une partie

de Monopoly : on parlait de vrais billets de banque, d'une somme bien concrète.

— Vous devez aller à ce rendez-vous, Lach.

Elle fit non de la tête.

— Pour quoi faire ? Les choses sont plutôt simples. Ils veulent me verser cet argent et me transmettre ma part des actifs. Je ne vois pas ce qui est compliqué.

— À vous écouter, on croirait qu'ils cherchent à vous transmettre un microbe, Lach. Tout ça n'est qu'une bonne nouvelle en fin de compte, vous n'êtes pas d'accord ?

Lachlyn se leva d'un bond et se dirigea vers la cafetière dans la cuisine. Malgré ses efforts de professionnalisme, il ne put s'empêcher de remarquer qu'elle ne portait pas de soutien-gorge. Ses seins rebondis étaient parfaitement dessinés.

Ah, mais arrête avec ça, Jepsen !

Elle souleva la cafetière dans sa direction. Il hocha la tête. Une bonne tasse de café aurait le mérite d'occuper ses mains fébriles.

— Alors pourquoi cette hésitation ? Qu'est-ce qui vous empêche d'accepter leur offre ?

Reame voyait bien que Lachlyn aurait préféré changer de sujet dans la seconde.

Il se demanda si elle allait lui offrir une réponse.

— Les gens ont l'air de croire qu'il n'y a rien de plus facile comme situation. Qu'il me suffit de dire oui et, hop, je fais soudainement partie de cette grande famille. On ne refuse pas une partie de l'héritage des Ballantyne. Voilà ce que tout le monde pense.

— Et où est le problème, Lach ?

Elle s'assit, posa ses pieds sur la table basse et enveloppa ses jambes avec ses bras, l'air maussade.

— Je ne sais pas ce que faire partie d'une famille veut

dire. Comment on se comporte avec ses frères et sœurs ? Qu'est-ce qu'on se raconte ?

Elle se dévoilait de plus en plus. Lachlyn Latimore était ainsi, naturelle, sans fard. Elle ne cherchait pas à être quelqu'un d'autre. Pour la seconde fois cette semaine, il se sentit touché par elle. Par le fait que cette femme si réservée s'ouvre ainsi à lui.

— Tyce et moi n'avons pas eu une enfance toute rose, Reame. Loin de là. Nous n'avons pas été épargnés. Notre mère rapportait tout juste de quoi pourvoir au minimum vital pour nous. À tout moment, notre vie pouvait basculer et nous mener droit dans la rue, sans abri. Quand elle rentrait du travail, ma mère s'écroulait, littéralement. Elle se jetait sur son lit ou sur le canapé et n'en bougeait plus. Généralement, on n'avait même pas droit à un petit mot. Elle rentrait dans une phase de léthargie qui durait jusqu'à son réveil pour retourner travailler.

Reame signala son écoute attentive par un petit son de compassion. Il n'ouvrit pas la bouche. Elle ne supporterait pas qu'il ait pitié d'elle.

— Tyce m'emmenait à l'école et, jusqu'à ce que je devienne autonome, s'arrangeait pour que je passe une nuit chez des voisins, que j'attende à la bibliothèque ou dans des foyers sociaux. Dès qu'il pouvait me placer quelque part, il le faisait.

Reame était intrigué :

— Il a dix ans de plus que vous. Pourquoi ne s'occupait-il pas de vous lui-même ?

— Parce qu'il essayait sans cesse de grappiller quelques dollars ici ou là. On était sur le fil du rasoir, les revenus de ma mère payaient tout juste notre quotidien. Tyce devait rapporter de quoi parer aux imprévus. Il lavait des vitres, des voitures, vendait ses dessins. Il faisait son possible pour faire face. Et il lui tenait à cœur de bien faire avec moi.

Lachlyn fit une pause. Elle inspira profondément et reprit le fil de ses souvenirs.

— Entre mes trois et mes six ou sept ans, je ne savais pas chez qui j'allais atterrir le soir même ou passer la journée. Parfois c'était chez des gens que je ne connaissais même pas. Tout ce que je savais c'était que je devais être bien sage, voire invisible, jusqu'à ce que Tyce vienne me chercher, en général dans l'après-midi pour que je dorme quand même à la maison. Quand il était en retard, je me mettais instantanément à paniquer.

Elle regarda dans le vide. Reame posa les coudes sur ses cuisses sans cesser de la regarder. S'il perdait ce contact visuel, elle allait se refermer comme une huître.

Elle cachait quelque chose, l'histoire ne s'arrêtait pas là, et si elle ne parlait pas maintenant, il y avait de grandes chances qu'elle ne le fasse jamais.

— Je rêvais jour et nuit d'appartenir à une vraie famille. Je m'accrochais comme une folle à cet espoir. Parfois, ça m'obsédait. L'idée tournait en boucle dans ma tête. Quand j'ai eu quinze ans, j'ai fini par accepter la réalité, par comprendre ce qu'était ma vie. Depuis, cela ne me dérange plus.

Un joli mensonge, pensa Reame.

La situation ne lui convenait pas plus aujourd'hui qu'elle ne lui avait convenu hier.

Il avait à cœur de savoir ce qui avait bien pu détruire ce rêve en elle.

— Douze ans plus tard, voilà qu'on m'apporte mon rêve sur un plateau. Mais je ne peux pas l'accepter. Ce rêve n'est plus vraiment le mien. Je ne peux pas revenir en arrière, à celle que j'étais, à mes espoirs d'alors. Tout ça c'est du passé. Un lointain passé. J'en suis totalement déconnectée.

— De votre rêve ? De votre passé ? Un jour peut-être

vous me raconterez ce qui s'est produit pour que vous en arriviez là.

Un éclair de panique passa dans ses yeux et Reame se maudit d'avoir prononcé ces paroles.

Trop direct, trop tôt, imbécile.

— C'est plus facile d'être seule, Reame.

— Mais beaucoup moins drôle, quand même.

— Les Ballantyne sont très proches, ils partagent vraiment quelque chose. J'ai rarement vu ça entre frères et sœur. Ils savent se comprendre sans se parler, le rire a une vraie place entre eux. Un petit regard suffit et c'est parti. C'est comme s'ils avaient leur propre langage.

Lachlyn parlait en agitant les mains dans le vide.

— Vous voyez ce que je veux dire. Vous aussi vous êtes comme ça… Avec eux. Moi, j'en suis incapable. Ce n'est pas dans mes gènes. C'est… beaucoup trop pour moi.

— Tyce semble s'être intégré facilement.

Cette fois-ci, il avait pris soin de parler posément, d'une voix neutre.

— Bien évidemment ! Il est amoureux de Sage. Il est prêt à tout pour rester avec elle.

— Êtes-vous en train d'insinuer qu'il fait semblant ? Que ses sourires et ses gestes ne sont que de façade ? Avec eux, avec moi ?

Lachlyn se massa la nuque.

— Bien sûr que non. Je crois bien que c'est même la première fois qu'il a des amis. De vrais amis, je veux dire.

— Et donc, s'il a réussi à dépasser tout ça, à mettre de côté votre enfance difficile pour intégrer une nouvelle famille, pourquoi pas vous ?

— Parce que je n'ai ni sa force ni son courage.

Reame vit de la colère dans ses yeux.

— C'est votre famille, Lach. C'est précisément l'endroit où ni la force ni le courage ne sont nécessaires. C'est là qu'on baisse les armes. Plus besoin de se montrer indépendant, de dire à tout le monde qu'on est autonome. On peut se laisser porter, partager son fardeau.

Un sourire se dessina sur les lèvres de Lachlyn, si triste qu'il en eut le cœur brisé.

— Je sais que vous allez avoir du mal à le comprendre, mais il n'y a rien qui appelle plus la solitude qu'un endroit où vos attentes ne sont pas comblées, où personne ne répond à vos besoins. Où ceux qui sont censés vous aimer ont le pouvoir de vous détruire de l'intérieur.

Reame tendit le bras vers elle, désireux de faire disparaître toute la tristesse qu'il lisait sur son visage. Mais elle fut plus rapide que lui et s'en alla en direction de la salle de bains.

— Rendez-vous en bas dans vingt minutes ?

Observant la place vide sur le canapé, Reame pesta. Il se leva et, en quelques pas, fut devant elle. Il allait ouvrir la bouche lorsque leurs regards se croisèrent.

Il lut de la gêne dans ses yeux, de la peur aussi et une insondable vulnérabilité. Il avait essuyé des tirs et échappé à des bombardements, combattu avec courage et détermination.

Mais cette femme ébranlait comme jamais son for intérieur.

Elle baissa les yeux vers son poignet pâle, qu'il tenait d'une main ferme à la peau mate.

Il caressa doucement son bras d'un mouvement de pouce, avant de la libérer. Il n'allait certainement pas la forcer. La force n'était pas du tout dans son vocabulaire en ce qui concernait les femmes. Il changea de sujet.

— J'ai besoin du studio pour quelques jours. J'ai un gros client qui a besoin de se faire discret. Je m'occupe de lui trouver une adresse au vert, mais en attendant il va venir ici.

Lachlyn ouvrit de grands yeux.

— Au vert ?

— Tout à fait. Il va témoigner contre un cartel. Des trafiquants de drogue. Il pense que la police est incapable d'assurer sa protection alors il a fait appel à nous. Il est complètement à côté de la plaque, ces types font un super boulot. Mais il a les poches bien remplies et envie de dépenser son argent pour sa protection. Je vais donc vous installer dans ma chambre d'amis pour deux ou trois nuits. C'est OK pour vous ?

Elle leva un sourcil d'un air soudainement espiègle :

— Je ne vais pas faire tache chez vous ?

Reame éclata de rire.

— Je crois que je vais pouvoir tenir le coup, ce ne sera pas si long.

Lachlyn lui offrit son plus beau sourire et il fut ravi de voir le voile sombre disparaître de son visage.

— Au fait, ç'en est où votre projet limousine ? Vous avez trouvé quelqu'un pour monter en selle avec vous ? Enfin, sur vous ?

Pas tout à fait. Pas encore. Enfin, pas du tout.

— Croyez-moi, vous êtes une Ballantyne. Typique. Cette question est tellement…

Il grogna et se dirigea vers la porte d'entrée. C'était tout ce qu'il avait trouvé pour ne pas lui sauter dessus sur-le-champ et l'embrasser comme un damné.

Il râla encore un peu :

— Eh bien, je n'ai pas fini de me faire tancer, moi. Tous les mêmes.

Ce soir-là, Lachlyn posa ses bagages dans la chambre d'amis de Reame, mit son téléphone en charge et se rendit dans le salon.

Trente secondes plus tard, elle entendit la porte de sa chambre s'ouvrir et se retourna pour le voir arriver. Il était à tomber.

Il s'apprêtait, en toute vraisemblance, à sortir.

D'où lui venait donc cette petite pointe de déception qu'elle sentait en elle ? Elle aimait sa solitude, non ?

Reame ajusta son col de chemise et sa veste en avançant jusqu'au canapé en face d'elle. Il s'assit pour se chausser.

Il leva les yeux vers elle et, *trop tard*, remarqua l'effet qu'il avait sur elle.

Son regard se fit plus brûlant, le rose lui monta aux joues et il s'arrêta net dans son mouvement. Lachlyn frissonna, peau électrisée, sang chaud dans ses veines. Son entrejambe se contracta une première fois, puis une seconde.

Elle avait envie de lui. Encore.

En elle, tout n'était que confusion.

Dans le regard brûlant de Reame, elle lut l'étreinte, le baiser langoureux, ses mains viriles sur sa peau claire, sa langue sur ses lèvres fébriles.

Elle écarta imperceptiblement, involontairement, les cuisses, son intimité la plus secrète prise dans un tourment nouveau.

Reame se passa la main sur le visage et jura tout bas. Il se leva brusquement et Lachlyn vit le tissu de son pantalon tendu sur son érection. Il grogna de nouveau avant de repartir vers sa chambre.

Très bien, donc tout cela n'avait pas franchement l'air de le réjouir. À dire vrai elle le comprenait parfaitement : elle n'était elle-même pas plus enchantée que ça de constater l'effet qu'il avait sur elle.

On frappa à la porte d'entrée. Elle ne bougea pas. Reame lui avait intimé de n'ouvrir sous aucun prétexte.

Il cria cependant depuis sa chambre :

— Vous voulez bien y aller ?

Elle se leva sans hâte et avança vers l'entrée, non sans vérifier sa tête dans le miroir au-dessus de la console. Yeux brillants, joues roses, bouche humide. Ah oui, donc son excitation se lisait même sur son visage. Parfait.

Irritée au possible, elle passa le dos de sa main sur ses lèvres et se rappela intérieurement à l'ordre.

Répète après moi : « Je ne vais pas coucher avec Reame Jepsen. »

Elle allait rester dans cet appartement jusqu'à ce que le battage médiatique se calme et quitterait sans bruit sa vie et celle des Ballantyne.

Elle mit la main sur la poignée – *voilà, encore une fois, tu ne vas pas coucher avec…* - et ouvrit machinalement la porte.

— Qu'est-ce que tu marmonnes, Lach ?

Tyce apparut, habillé en tenue de sport et tenant deux boîtes à pizza entre les mains. Sage était avec lui, comme toujours.

— Ah, ah ! Euh… Salut, tous les deux.

Elle s'écarta pour les laisser entrer.

Des gens, zut.

— Rentrez, rentrez.

— Reame et moi allons entretenir nos corps de rêve.

Il fourra subitement les pizzas dans les mains de Sage.

— Vous deux pouvez passer un moment ensemble.

Voyant la mine déconfite de Lachlyn, Sage intervint :

— Je peux aller faire un tour, plutôt, si ça t'arrange, Lachlyn. Reame nous a dit qu'il n'y avait rien à manger chez lui, je te laisse les pizzas.

— Non, non, entre.

Elle n'allait pas continuer à fuir les Ballantyne indéfiniment – à dire vrai, ils ne lui en laissaient pas franchement l'occasion. Il était temps de faire un petit effort.

Elle allait avaler une part de pizza, écouter poliment la

plaidoirie de Sage au sujet de l'accord financier et passer à autre chose. La fiancée de son frère se piquerait de lui parler de Connor, de ce père qu'elle ne connaîtrait jamais.

Elle se demanda où Reame rangeait son aspirine…

Sage lui posa la main sur le bras et l'arrêta dans son mouvement.

— Lach, est-ce qu'on peut, juste pour quelques heures, oublier cette histoire d'argent, Connor et le fait que je sois une Ballantyne ? Est-ce que je peux juste être une fille normale qui tient à connaître un peu mieux sa future belle-sœur ?

Lachlyn sourit et sentit aussitôt son mal de tête se dissiper.

— Oui, trois fois oui !

- 8 -

Reame sentit la main aux ongles vernis se poser sur sa cuisse et remonter doucement vers sa braguette. Il attendit que tout cela se réveille, qu'un petit signe, même faible, d'excitation se produise : rien.

Pas la moindre réaction là-dedans.

Ce n'est pas vrai !

Il tourna la tête vers celle avec qui il venait de dîner et se demanda ce qu'il lui arrivait.

Ils étaient dans le taxi qui les conduisait à son hôtel, ils avaient passé une bonne soirée, la conversation avait été facile et intéressante. Mais son corps semblait totalement indifférent à tous ces arguments.

Gretchen était grande, plantureuse, sûre d'elle et très habile de ses mains. Exactement ce qu'il lui fallait.

— Tout va bien ?

— Très bien, pourquoi ?

— Disons que nous avons passé une bonne soirée et…

Elle baissa le regard en direction de son pantalon.

— Bref, en tout cas, moi j'ai passé une bonne soirée.

— C'était très bien, Gretchen.

— « Très bien ». Ouh, attention, je pourrais m'emballer.

Son ton s'était fait plus froid et elle fouilla dans son sac sans raison comme pour calmer sa colère.

— Je pensais qu'on était sur la même longueur d'onde, toi et moi ?

Lui aussi. Il soupira, hésita à sortir une excuse de son

chapeau mais se ravisa. Gretchen méritait la vérité. Il se passa la main dans les cheveux et s'efforça de lui sourire.

— J'ai vraiment passé un bon moment en ta compagnie. Tu as un boulot fascinant, une vie tout aussi passionnante. À vrai dire tu *es* fascinante. Mais en ce moment…

— … Il y a un mois, si je n'avais pas eu cet avion à prendre, on aurait passé la nuit ensemble, toi et moi.

— Je sais.

— Mais pas ce soir, si j'ai bien compris ?

Par chance, le taxi venait de s'arrêter devant son hôtel. Reame tendit le bras vers la portière.

— Je te raccompagne.

Il soupira quand il vit Gretchen choisir l'autre et sortir toute seule.

— Merci pour le restaurant, Reame. Je suis navrée que ça se termine comme ça.

— Moi aussi.

C'était vrai. Se glisser sous la couette avec Gretchen aurait été dix fois plus simple que de gérer la tornade blonde qui logeait chez lui.

Celle qu'il désirait par-dessus tout, dont l'image entêtante l'obsédait.

Installée devant la télévision sur le canapé de Reame, Lachlyn plongea la main dans le sachet de cacahuètes enrobées de chocolat qu'elle tenait en équilibre sur ses genoux. Elle ouvrit la bouche pour en engloutir une pleine poignée.

Au même instant, elle entendit la porte d'entrée claquer et des pas dans le couloir. Elle coupa le son et consulta sa montre. Reame rentrait bien tôt.

— Bonsoir. La soirée a été bonne ?

Elle se réjouit du ton neutre et vaguement indifférent qu'elle avait réussi à adopter.

— Ouais.

Elle sentit que Reame la dévisageait et leva la tête pour lui sourire avant de reprendre le fil de son émission comme si de rien n'était.

Les questions qu'elle se refusait à lui poser se bousculaient dans sa tête. *Pourquoi rentrez-vous si tôt ? Vous avez zappé le plat de résistance et pris le dessert à l'hôtel ? Alors, elle embrasse bien ? C'est son parfum que je sens ?*

— Mais vous regardez vraiment ça ?

— Carrément. C'est franchement passionnant.

— Ah oui ? La taxidermie pour les débutants ? C'est votre petit péché mignon ?

Hein, quoi ? Lachlyn regarda enfin l'écran et y vit effectivement un bonhomme joufflu et rougeaud gratter la peau d'un animal mort avec une lame et beaucoup d'entrain.

Reame lui arracha la télécommande des mains et zappa sur une chaîne de sport.

Du menton, il désigna ses mains et replia son index pour lui réclamer quelque chose.

Elle prit son air le plus innocent possible :

— Quoi ?

Si elle lui donnait son sachet de chocolats, elle pouvait dire adieu à ce qu'il en restait.

— Je sais ce que vous cachez derrière votre dos.

— Vous divaguez. Vous avez bu ce soir ?

— Les chocolats, je les veux.

Il avança et passa son pouce sur la lèvre inférieure de Lachlyn avant de le mettre dans sa bouche pour en sucer le chocolat.

Elle se sentit défaillir. Incapable de détacher son regard du sien, de ces deux émeraudes brillantes, elle n'eut pas le temps de réagir lorsqu'il arracha le paquet qu'elle gardait dans sa prétendue cachette secrète.

— Rendez-moi ça, c'est à moi !

Elle bondit mais il tint le paquet à bout de bras, et les efforts de Lachlyn furent vains.

— Je vous ai dit de me le rendre.

Elle posa une main sur son épaule pour se hisser un peu plus haut sans perdre l'équilibre.

Elle s'appuya contre son torse.

— Allez, ne soyez pas vache, c'est mon dîner que vous tenez entre vos mains. Parce que moi, monsieur, je n'ai pas eu la chance de dîner dans l'un des meilleurs restaurants de la ville.

Elle fondit de nouveau sur lui et Reame l'accueillit en passant son bras autour de sa taille.

Il l'attira contre lui. Elle écarta une jambe pour la passer derrière sa cuisse et tenter de le déstabiliser.

Un geste qui lui avait semblé tout naturel l'instant d'avant mais lui apparut d'un coup comme particulièrement dangereux.

— Alors, comme ça, on a mangé du chocolat en guise de dîner ?

— Ce n'est pas comme si votre frigo était plein. Et de toute façon je n'ai toujours pas saisi vos procédures de sécurité pour me faire livrer à domicile, alors… D'autant plus que votre nouveau client est dans le bâtiment. Je n'allais pas prendre de risque.

— Mille fois désolé, gente dame.

Il posa une main ferme sur sa hanche et s'affala sur le canapé en l'entraînant avec lui.

Il avait l'air ravi de la voir ainsi à califourchon sur lui… délicatement posée sur sa désormais vigoureuse érection.

Elle se passa la langue sur les lèvres.

— Bon, racontez, vous avez mangé quoi ?

Reame posa les yeux sur ces mêmes lèvres.

— Pavé de bœuf, légumes.

Il fallait qu'elle lui pose la question qui allait suivre,

car il était impensable que leur petit jeu aille plus loin s'il avait n'était-ce qu'embrassé une autre femme ce même soir.

À voix basse, elle poursuivit son interrogatoire :

— Et pour le dessert ?

— Vous me demandez si j'ai couché avec mon rendez-vous de ce soir ?

— Je vous demande simplement s'il s'est passé quelque chose entre vous. Parce que, si c'est le cas, je vous dis bonne nuit tout de suite.

Reame resserra son étreinte autour de ses hanches. Le papier du sachet de cacahuètes lui griffa doucement la peau du dos.

— Il ne s'est rien passé.

Tout bas, Lachlyn demanda :

— Ah bon ? Pourquoi ?

— Parce que ce n'était pas d'elle dont j'avais envie.

Reame jeta le paquet de chocolats sur la table basse et posa ses mains autour du visage de Lachlyn.

— J'y ai pensé, pourtant. J'ai été tenté de libérer avec une autre la fougue que vous déclenchez en moi. Je voulais coucher avec elle rien que pour ça. Mais j'en ai été incapable.

Lachlyn posa son front sur celui de Reame.

— Je suis ravie de l'entendre. Je sais qu'il y a une liste longue comme le bras de raisons de ne *pas* aller plus loin. Cependant, moi aussi j'ai de la tension à libérer. Peut-être qu'une fois que ce sera fait les choses reviendront à la normale. Et que je serai enfin davantage disponible pour penser à la suite que je veux donner à la proposition des Ballantyne.

— Vous êtes déjà une Ballantyne.

Lachlyn ignora ces paroles.

— Et vous pourrez de nouveau coucher avec des partenaires débridées.

Les choses n'allaient peut-être pas se passer ainsi, mais peu lui importait. Elle en avait envie.

Elle avait envie de Reame.

Une nuit, juste une, pour explorer ce territoire brûlant et explosif, ce désir intense que lui seul avait su déclencher en elle.

Elle voulait à son tour connaître ces délices inconnues, savoir si les sommets du plaisir étaient aussi magiques qu'on le prétendait dans les magazines.

Il fallait, disait-on, trouver un homme qui sache s'y prendre.

C'était précisément le cas de Reame, elle n'en doutait pas une seule seconde.

De son pouce, ce dernier caressa ses joues. Il fronça légèrement les sourcils.

— Tu es sûre, Lach ?

Ce tutoiement soudain lui envoya une décharge au creux des reins.

— Non, mais j'en ai très envie. J'ai envie… de toi.

Trois mots – *envie de toi* – et Lachlyn vit Reame capituler.

Il passa une main derrière ses cheveux blonds et l'attira à lui, lui offrant le plus puissant, le plus sensationnel des baisers.

Une vague de chaleur s'empara aussitôt du corps de Lachlyn et mit chacune de ses terminaisons nerveuses en émoi. Toute sa peau, tout son être était en effervescence.

Elle aurait préféré prendre son temps, laisser l'instant monter crescendo.

Mais elle en était incapable. Reame provoquait en elle des étincelles auxquelles elle ne pouvait que se soumettre. Elle ne pouvait résister à ses supplications silencieuses.

Écartant sa bouche de celle de son « garde du corps », elle attrapa son T-shirt léger à deux mains et l'ôta d'un geste sûr. Elle le jeta au sol et lut l'excitation dans les yeux de Reame lorsqu'ils se posèrent sur ses seins et son soutien-gorge blanc en coton.

Elle regretta ne pas avoir mis un ensemble plus joli, plus sexy. Mais, à en juger par le regard brûlant de Reame, lui s'en fichait éperdument.

Sa puissante main enveloppa un sein. De son pouce, il flatta la pointe et, dans un gémissement, Lachlyn laissa ses hanches avancer, son corps onduler le long du membre dur que Reame lui présentait involontairement.

Elle convoitait plus que tout ce qui se cachait sous ses vêtements. Sa peau chaude et… le reste. Elle défit un à un les boutons de sa chemise, en écarta les pans et le débarrassa de ce bout de tissu dont elle n'avait que faire.

Sa peau masculine, parfumée, était si différente de la sienne. Elle laissa sa main vagabonder sur le duvet clair, les mamelons plats, puis s'aventurer le long des abdominaux parfaitement dessinés.

Reame soupira de plaisir et elle comprit le pouvoir que lui conférait sa place de femme, capable de faire gémir un puissant mâle alpha.

Il était en demande. Il avait besoin d'elle.

Lachlyn avait, elle aussi, soif de plus. Tout de suite.

Ces préludes prenaient trop de temps et elle craignait que son courage ne la quitte sans crier gare.

Elle passa une jambe au-dessus des genoux de Reame, se mit debout et fit glisser son pantalon de yoga à terre. Il était temps maintenant de dire adieu à son ensemble en coton blanc…

Elle allait dégrafer son soutien-gorge quand Reame se pencha en avant, l'attrapa par les hanches et posa des lèvres avides sur son ventre.

De sa langue, il traça des incantations brûlantes sur sa peau à nue.

Il chuchota :

— Attends un peu, veux-tu ?

Il ne comprenait pas.

Lachlyn sentait que son corps était tendu comme un arc sous l'effet du désir et elle était terrifiée à l'idée que tout cela disparaisse si elle s'arrêtait, si elle hésitait une seule seconde.

Elle posa les mains sur lui, enfonça ses doigts dans sa chevelure soyeuse et savoura les caresses qu'il lui prodiguait dans le dos.

D'une main habile, il dégrafa son soutien-gorge et le lui retira d'un seul doigt.

Plutôt que de la toucher, il souffla doucement sur la pointe de son sein exposé, effleura sa peau avec son nez.

— Tu es encore plus jolie que ce que j'imaginais, et Dieu sait que j'ai de l'imagination.

— Embrasse-le, Reame, murmura-t-elle en guise de réponse.

Et c'est ce qu'il fit. Sa langue s'enroula autour du bouton rose fièrement dressé.

D'une main, il agrippa ensuite une fesse et balada ses doigts habiles de l'une à l'autre puis le long de ses cuisses, avant de les passer sous la culotte de coton blanc qu'elle portait encore.

Elle ouvrit ses jambes pour lui et sentit sa main approcher dangereusement près du brasier qui se languissait de ses caresses.

Lachlyn le supplia de la toucher, envoyant au diable tout faux-semblant. Reame fit glisser sa culotte le long de ses jambes et entreprit bientôt de trouver, au creux de son intimité, son épicentre du plaisir.

Ses doigts d'homme, agiles et connaisseurs, s'invitèrent en elle tandis qu'il continuait de la caresser avec son pouce.

Lachlyn sentit l'orgasme monter et se vit partir dans une course frénétique vers l'impossible.

Le souffle court, le corps arqué, elle guida son visage vers son sein et le supplia, en silence, de le prendre en bouche.

Devant ses yeux dansaient les étoiles du plaisir, paysage brouillé de désir infini.

Son sang pulsait dans ses veines, elle se savait proche, plus qu'elle ne l'avait jamais été, de l'apothéose.

Mais elle ne voulait pas vivre son premier orgasme ainsi, en solo.

Elle désirait que Reame le ressente aussi. Qu'il partage avec elle son plaisir, qu'il en fasse pleinement partie.

— Préservatif ?

Reame hocha la tête.

— Poche intérieure de ma veste.

Lachlyn tendit la main pour attraper le vêtement et y trouva des sachets de préservatifs à détacher.

Elle en ouvrit un et en sortit le morceau de latex qu'elle contempla un moment, l'esprit et le corps emportés dans un étrange tourbillon.

Elle le donna à Reame.

— J'ai les mains qui tremblent, fais-le, toi.

Reame baissa les yeux en direction de son érection, que recouvrait toujours son pantalon, puis de sa main, toujours au creux de Lachlyn.

— Je suis occupé, jeune femme. Si tu me veux, libère-moi.

Lachlyn s'attaqua à sa boucle de ceinture, défit le bouton de sa braguette puis l'ouvrit dans un petit bruit métallique.

Elle prit une discrète inspiration et s'aventura, sous l'élastique de son caleçon, à sa rencontre.

Il était doux et très, très dur. Elle fut prise d'un vertige. Il était si masculin, bien au-delà de ce qu'elle s'était figuré.

Et Dieu sait qu'elle avait de l'imagination.

Reame émit un râle suave.

— Décale-toi.

Elle obéit et il se mit debout. Il se débarrassa de ses

chaussures sans même se baisser, retira ses chaussettes et finit d'enlever sa chemise et sa veste.

Le corps de Lachlyn n'était plus qu'une intense pulsation, mélange de chaleur et d'impatience.

Chaque centimètre carré de sa peau était à présent galvanisé à la vue de cet exemple de perfection. Ce large torse – dont seule une cicatrice à droite, sous les côtes, venait altérer l'aspect parfaitement lisse –, ce ventre ferme, ces cuisses d'acier.

Et ce beau, ce magnifique…

Reame lui prit le préservatif des mains et le déroula sur son sexe fier.

D'un bras, il souleva Lachlyn et contourna le canapé. Il la plaça face au dossier. D'un mouvement de pied, lui écarta les jambes.

Il enroula son bras autour de sa taille et, de sa main libre, la caressa langoureusement de haut en bas et entre les cuisses.

Elle ne s'était pas attendue à cela, mais elle trouvait la situation jouissive et excitante.

— Tu es si belle, murmura Reame en posant sur sa nuque un chapelet de baisers torrides. Et maintenant tu vas être à moi.

Elle avait tellement hâte. Elle sentit qu'il était prêt à entrer en elle.

Quand il se fraya un chemin, poussant ses chairs les plus intimes, elle sut que c'était exactement ce qu'elle voulait.

— Détends-toi, mon cœur. Tu es toute serrée.

Reame avança une main confiante entre ses jambes et s'appliqua sur la pointe rose de son clitoris. Lachlyn se sentit devenir plus humide encore.

D'instinct, elle se cambra et vint à la rencontre de Reame qui s'invitait en elle. Elle ressentit une douleur subite qui fit bientôt place à une indicible fête des sens.

Reame s'arrêta net.

— Mais qu'est-ce…

— Pas maintenant, pour l'amour du ciel.

Lachlyn lui agrippa la cuisse.

— Lach, je…

Elle haussa le ton :

— Pas maintenant !

Puis elle donna une ruade vers l'arrière pour que revienne cette sensation miraculeuse.

Reame hésita, jura d'une voix rauque et s'enfonça en elle avec vigueur, chaud et dur, la faisant fondre de toutes parts.

Écoutant son corps qui en voulait plus, elle entreprit de se caresser, mais Reame la devança et joua la plus exquise des partitions entre ses jambes, sans jamais cesser ses assauts répétés en elle.

Lachlyn eut bientôt devant les yeux, dans un chavirement exquis, un univers d'étoiles.

Son ventre se contracta, puis ce fut la chute vertigineuse, délicieuse. Emportée aux confins des sensations charnelles, elle toucha du doigt l'Univers et tout ce qui le composait.

De loin lui parvint le râle de Reame, son cri libérateur, son prénom prononcé comme un étendard du plaisir.

Elle ne répondit pas, occupée qu'elle était à danser sur les étoiles.

Quelques instants plus tard, elle libéra l'avant-bras de Reame de la morsure de ses ongles, désolée de voir les empreintes en demi-lune qu'ils venaient d'y laisser.

Elle les caressa comme pour les effacer, consciente du tableau qu'ils formaient, la main de Reame toujours entre ses cuisses, son sexe en elle, les dernières secousses du plaisir parcourant son corps solide.

Il posa tendrement les lèvres sur son épaule.

— Je suis désolé.

— Moi pas.

Elle disait la vérité. Pour une première fois, cela avait été magique.

— Je ne comprends pas…

Reame parlait tout bas.

— Je pensais qu'à ton âge…

— N'en fais pas toute une histoire, Reame. S'il te plaît. J'ai pris du bon temps avec d'autres, mais je n'ai jamais accroché suffisamment pour aller plus loin.

Elle sentit Reame se crisper. Il prit une longue inspiration :

— Lach…

Il paraissait sur la défensive, comme s'il craignait qu'elle en attende désormais plus de lui.

Elle tapota son bras d'un geste rassurant.

— Pas de panique, Reame. Pour moi aussi il est clair que tout ça n'est que du sexe. Certes, je ne suis pas la fine connaisseuse que tu espérais, mais je n'ai aucunement l'intention de te réclamer plus.

Elle laissa un court silence s'installer entre eux, afin qu'il comprenne qu'elle était sérieuse.

— Tu sais, les relations personnelles et moi ça fait deux. Tu n'as pas oublié, quand même ?

Reame posa sa joue l'épaule de Lachlyn et répondit sur un ton qui se voulait plus léger :

— C'était plutôt coquin, pour une première fois.

Sa voix était comme lestée d'une vague tristesse.

Lachlyn se dégagea doucement de son étreinte et se contorsionna pour le regarder.

Elle lui décocha un petit sourire mutin car il semblait avoir besoin d'un petit remontant.

— C'est vrai, hein ?

Reame ferma les yeux et secoua la tête. Un sourire éclaira faiblement son visage.

Il soupira.

— Ton frère va me tuer.

— Je crois surtout que je fais ce que je veux. Et si ça te chagrine, il n'y a qu'à ne rien dire.

— Il va le deviner rien qu'en me voyant.

Reame avait la mine sombre.

Lachlyn se cambra et recula d'un petit mouvement des reins. Elle le sentit durcir de nouveau en elle.

Il lui semblait que les hommes avaient besoin d'un petit moment pour récupérer avant de pouvoir repartir à la charge, non ?

— Eh bien, quitte à ce que tu sois condamné à l'échafaud, autant recommencer, non ?

Pour son plus grand plaisir, Reame éclata de rire.

Elle se plaignit lorsqu'il se retira d'elle.

La chaleur et la peau de Reame lui manquaient déjà.

— Rangeons un peu, et ensuite…

Il se pencha pour déposer un baiser sur son nez.

— … On pourra remettre ça, et le faire comme il faut.

— Dans ce cas, je préfère comme il ne faut pas.

Il fit couler la douche et Lachlyn se glissa avec délice sous l'eau chaude.

Elle ne pensait à rien, l'esprit tout entier engourdi par ce qu'elle venait de vivre.

Et, à en juger par l'expression de Reame au moment où il entra dans sa douche, elle allait bénéficier d'un supplément.

Une hâte fébrile s'empara d'elle.

- 9 -

Le lendemain matin, trouvant la place vide à côté de lui, Reame sortit du lit, enfila un jogging, un vieux pull et partit à la recherche de sa partenaire peu farouche qui n'avait plus rien de virginale.

Il se passa la main sur le visage.

Une partie de lui peinait à croire que cette amante enflammée et extrêmement désirante avait aussi peu d'expérience.

Il ne trouva Lachlyn ni au salon ni à la cuisine.

Il lançait la machine à café quand il sentit un courant d'air dans son dos. La baie vitrée était entrouverte.

Lachlyn était sur le balcon ?

Elle devait être morte de froid.

Il avança, fit glisser la baie, se pencha et la vit installée dans un fauteuil, genoux repliés contre elle, enroulée dans une couverture en cachemire.

— Lach ?

Elle leva doucement les yeux, et sa bouche s'ouvrit lentement sur un timide sourire.

— Tu as dormi un peu, quand même ?

La couverture glissa un peu et il vit qu'elle lui avait emprunté sa grande parka, dont elle s'était fait un cocon.

— Je ne dors pas très bien de manière générale.

Cela voulait dire non.

Il tira une chaise, s'assit face à elle et passa le bout de ses doigts sur les joues roses et fraîches de Lachlyn.

— Il fait vraiment froid dehors. Tu ne veux pas rentrer ?

Lachlyn ignora sa question et posa les yeux sur l'anneau qu'elle tenait au creux de la main.

D'un geste délicat, il le saisit et en admira à son tour la finesse.

Ses yeux s'embuèrent.

— Il appartenait à Connor. C'est Linc qui te l'a donné ?

Lachlyn fit oui de la tête.

— Je me souviens de l'époque où Connor et Sage l'ont dessiné et façonné. Durant des mois, cela n'a été que récriminations entre eux. Et ils pestaient sur les matériaux, sur tout.

Il sourit en se remémorant les scènes.

Lachlyn prit l'anneau, se le passa au pouce et le fit tourner entre ses doigts.

— C'est bizarre, parce que vous avez tous des souvenirs de Connor et moi non. J'ai le même sang que lui, je possède ses gènes, mais c'est un inconnu pour moi. À vrai dire, ma mère aussi, si on considère le peu d'attention qu'elle m'a accordée.

Lachlyn esquissa un vague sourire qui ne parvint pas à gommer la tristesse dans son regard. Reame y lut un besoin profond de lien affectif.

Il lui prit la main et, de son pouce, fit naître de petites arabesques sur le sien.

— Connor a fait partie de ma vie durant de longues années. Pose-moi toutes les questions que tu veux, j'y répondrai volontiers, vraiment.

— Tout le monde me répète que s'il avait eu vent de mon existence, il m'aurait ouvert grand les bras.

Elle avait prononcé ces mots d'une voix si faible que la brise avait manqué les emporter aussitôt.

— Tu crois que c'est vrai, ou bien c'est juste une phrase

toute faite pour que je n'aie pas de scrupule à accepter la proposition des Linc et des autres ?

Linc prit le temps de réfléchir à sa réponse, conscient du fait que cette question avait dû lui être difficile à poser.

— Je dirais que ses actes, ses choix parlent d'eux-mêmes. Regarde ce qu'il a fait pour ses neveux et sa nièce. Alors même qu'il était célibataire, il les a pris sous son aile à la mort de leurs parents. Et du jour où Linc est entré dans sa vie et a emménagé chez lui, il l'a traité comme son propre fils alors qu'il n'était que celui de sa femme à tout faire. Il ne faisait pas de différence entre lui et les trois autres. Personne ne l'a forcé à les adopter tous les quatre, Lach. Il n'avait rien à y gagner sur le plan juridique. Mais il tenait à signifier au monde entier que ces enfants comptaient plus que tout pour lui. Penses-tu, en toute honnêteté, qu'il aurait été capable d'agir autrement à ton égard ?

Reame savait que la logique et l'évidence rationnelle de tout cela ne pouvaient lui échapper, cependant il devinait qu'il ne lui était pas si simple d'y croire au plus profond d'elle-même.

En toute vraisemblance, elle peinait à intégrer cette vérité. Et il le comprenait très bien.

Comment pouvait-elle accepter le fait qu'elle était bel et bien la fille biologique de Connor Ballantyne quand elle avait vécu une enfance si malheureuse, privée de tout et surtout d'affection ?

Pendant toutes ces années, elle avait souffert. Ses frères et sœur eux, avaient vécu une enfance dorée, choyés par un homme qui n'était pas leur vrai père.

— Est-ce que ça te met en colère, Lach ?

Il la vit se raidir, imperceptiblement mais suffisamment pour savoir qu'il venait de toucher un point sensible.

— Mais non, bien sûr ! Pourquoi tu dis ça ?

Il posa son autre main sur son genou à présent exposé et serra.

— Tu sais, tu peux me parler.

Son regard bleu se fit glacial.

— Qu'attends-tu de moi, Reame ? Que veux-tu que je te dise ?

— La vérité.

— La vérité ?

Elle bondit hors du fauteuil et posa ses pieds nus sur le béton gelé.

Elle semblait ne pas sentir la morsure du froid sur sa peau, ne pas réaliser qu'elle nageait dans ce manteau qui lui faisait une robe surdimensionnée aux manches bien trop longues.

— Oui, je suis en colère, qu'est-ce que tu crois ? Ça me tue de me dire qu'ils l'ont connu et pas moi. Qu'ils ont eu un père aimant, qui tenait suffisamment à eux pour se comporter comme tel. Ils n'ont pas eu à subir les pleurs incessants d'une mère, qui remplaçaient les berceuses et les rires. J'ai vu toutes leurs photos, Reame. Ils partaient en vacances ensemble sur les plus belles plages du monde. Ils passaient Noël au ski, la pile de cadeaux dépassait presque le sapin. Et je ne te parle pas des anniversaires de rêve… Pour moi, Noël n'était rien d'autre qu'un jour de l'année lambda. Tyce me faisait un dessin pour mon anniversaire. Jamais je n'ai soufflé de bougie. Aucun papa pour me prendre sur ses genoux, me tendre un gros paquet-cadeau ou dessiner une bague avec moi.

Reame comprenait à présent. Sage avait vécu la vie dont Lachlyn avait rêvé, celle qu'elle aurait dû vivre. Toutes ces émotions l'assaillaient, ne lui laissant aucun répit.

— J'aime bien Sage, vraiment. Elle porte l'enfant de Tyce, bientôt nous serons belles-sœurs. C'est juste que…

Elle se mordit la lèvre inférieure et baissa les yeux, bras croisés sur sa poitrine.

Qui était-il pour l'accuser de quoi que ce soit ou la juger ? Elle avait un chemin à parcourir, une introspection à mener au sujet de ces sentiments à l'égard de Sage et de Connor.

Il sentait cependant que son possible ressentiment, justifié peut-être et certainement légitime, cachait autre chose encore.

Il devinait qu'un plus gros secret affleurait à la surface de ses émotions, qu'elle ne pouvait ou ne voulait pas partager avec lui.

Il désirait tant qu'elle se confie. Qu'elle se libère de ce poids en le déposant à ses pieds, qu'il puisse l'aider à porter ce lourd fardeau…

Mais non, il n'était plus comme ça ! Fini le rôle de chevalier servant. Il avait décidé de ne plus verser dans les opérations de sauvetage à tout-va.

Lachlyn devait combattre ses démons seule.

De son côté, il devenait impératif qu'il instaure une certaine distance entre eux. Physique, certes, mais aussi mentale et affective.

Il avait enfin du temps pour lui… Il avait fait n'importe quoi en passant cette nuit avec elle et, pis, en l'incitant à se confier ainsi.

— Tu sais, Linc et les autres essaient simplement d'être réglo. Ils font ce qu'ils pensent être juste.

— Et si je n'ai pas envie que la situation soit rectifiée ? Et si j'attends autre chose de leur part ? Que mon besoin ne se situe pas là où ils le croient ?

— À quoi penses-tu ?

Lachlyn soutint le regard perçant de Reame.

— Si je dois demander, mendier, alors ça annule tout.

— En même temps, comment veux-tu qu'ils devinent ?

Reame fit un geste en direction sa chambre.

— Dans la vie, il vaut mieux parler franchement, dire les choses comme elles sont.

— Ah oui, eh bien, vas-y. Mais si tu t'avises de commenter le fait que j'étais vierge avec ton petit air supérieur, je ne réponds plus de moi, Reame.

Jamais il ne pourrait faire une chose pareille. Si elle avait décidé de ne s'offrir à personne jusque-là, cela ne trahissait en aucun cas un manque d'expérience ou de maturité.

— Hier soir, tu as dit que c'était juste une aventure d'une nuit. Tu es toujours dans cet état esprit ?

Dis-moi que oui, sinon je ne réponds plus de moi et de mon désir pour toi.

Le bon sens lui hurlait d'arrêter tout cela avant qu'il ne soit trop tard, avant que des sentiments interdits s'installent entre eux.

Il ne voulait pas d'une relation amoureuse. Seule son absolue liberté lui importait.

Il était responsable de lui-même et c'était déjà beaucoup. Sa demande était recevable, non ?

Lachlyn hocha la tête :

— Je pense qu'il vaut mieux effacer cette nuit de notre mémoire. C'était un moment de folie, rien de plus.

Reame ignora la déception qui lui mordit les entrailles.

— Je suis bien d'accord.

Lachlyn esquissa un léger sourire.

Elle partit en direction de la chambre d'amis et Reame se retint de toutes ses forces pour ne pas lui courir après, la prendre dans ses bras et l'embrasser.

Rien ne voulait s'effacer. Il lui semblait même que les images de la veille s'imprimaient de plus en plus en fort en lui.

La semaine suivante, Lachlyn revint au sous-sol du bâtiment des Ballantyne, poussa la porte de la vaste pièce de stockage et se hissa sur la table en fer qui se trouvait au centre.

Elle s'assit en tailleur entre les piles de feuilles et ouvrit la petite boîte en carton blanc qu'elle tenait dans la main. Les parfums alléchants du caramel et du chocolat l'enveloppèrent.

Elle sortit son muffin de la boîte et, d'un geste lent, le plaça sous son nez pour se laisser un peu plus encore envahir par son odeur sucrée.

Si Reame apprenait sa petite escapade hors des locaux de Ballantyne International, il serait furieux. La boulangerie se trouvait quand même deux pâtés de maison plus bas.

Ça, c'est un bon muffin, décida Lachlyn. *Joyeux anniversaire à moi.*

Elle fêtait ses vingt-huit ans aujourd'hui.

Personne n'était au courant. Tyce aurait dû l'être mais il avait certainement d'autres préoccupations en tête. Les anniversaires étaient toujours passés à la trappe dans leur famille.

Les choses avaient tellement changé depuis. Et ce n'était pas fini. Elle était enfin allée jusqu'au bout, elle avait fait l'amour avec un homme qu'elle appréciait. Et l'expérience avait été à la hauteur de ses espoirs.

Elle se rapprochait de plus en plus de Sage, aussi.

Elle voyait un peu moins les Ballantyne dernièrement. Linc n'était pas rentré de son séjour dans les Rocheuses, du moins à ce qu'elle savait. Jaeger et Beck étaient toujours très occupés.

Cependant, Cady et Piper prenaient quelques nouvelles d'elle par texto, lui proposaient de se joindre à elles si elle avait envie d'un peu de compagnie.

Pour la première fois depuis plus de dix ans, elle autorisa ses pensées à vagabonder, le film à se dérouler sous ses yeux.

Dans ce film, elle serait en retard pour le dîner au Den et traverserait Manhattan à toute allure. Toute la famille l'attendrait pour se mettre à table.

Son arrivée donnerait lieu à des embrassades, des bonjours chaleureux. Quelqu'un lui tendrait un verre de vin, un autre lui demanderait comment s'est passée sa journée, lui poserait des questions sur son travail. Elle se sentirait si heureuse et détendue, en présence de sa famille, de son clan. Son repos de la guerrière.

Puis ils se retourneraient tous en entendant de lourds bruits de pas dans l'escalier. Reame apparaîtrait dans l'encadrement de la porte, la chercherait du regard. Shaw se jetterait dans ses bras mais Reame continuerait de la regarder et lui sourirait dans un « Tu m'as manqué » silencieux. Elle pourrait bien patienter – un tout petit peu – avant de pouvoir l'embrasser, car la vie les attendrait. Il serait à elle pour toujours.

Eh bien, c'est beau l'imagination !

Lachlyn reprit soudainement contact avec la réalité, se redressa et sentit un frisson lui parcourir le corps. Elle connaissait très bien ce petit rêve, ce fantasme. Celui d'une grande famille dans une grande maison, pleine de rires et d'amour.

Il fallait donc croire qu'elle n'avait pas grandi et croyait toujours, comme à douze ans, au pouvoir des rêves…

Pourtant non, un grand non. Il était hors de question qu'elle aille de nouveau dans cette direction.

— La boulangerie Good Bakery, Latimore ?

Lachlyn sursauta, pivota et aperçut Reame dans l'entrebâillement de la porte.

Il n'avait pas l'air ravi. Mais alors pas du tout.

— Ne me dis pas que tu es sortie et que tu as fait tout ce chemin aller et retour juste pour un muffin ?

— Je ne suis *pas* sous ta responsabilité. Je refuse de l'être ! Je suis assez grande pour m'occuper de moi. C'est ce que j'ai toujours fait et ça ne risque pas de changer !

Reame s'approcha d'elle, lui saisit le poignet et l'attira violemment contre lui.

Oh que non, ne l'embrasse pas, Lachlyn Latimore. Tu m'entends ? Au secours, bonjour le cliché !

Reame lâcha un grognement sourd et posa sur ses lèvres une bouche conquérante.

Lachlyn tenta de s'y refuser, de ne pas laisser sa langue se faufiler en elle à sa guise. Mais il eut bientôt raison d'elle, de sa colère et de sa tentation.

Il la saisit par les fesses et la souleva. La tenant d'un bras, il se servit de son autre main pour lui tenir l'arrière de la tête. Il la fit basculer pour mieux encore pouvoir prendre sa bouche.

De son érection, il vint effleurer ce que ses jambes ouvertes ne masquaient plus. La chaleur et l'épaisseur de son membre dur comme du bois filtraient à travers son jogging à lui et son legging à elle.

Ses mains se frayèrent un chemin sous le long sweat-shirt qu'elle portait et enveloppèrent ses reins tandis qu'il l'amenait encore un peu plus à lui.

S'il continuait ainsi à opérer un va-et-vient sensuel contre elle, Lachlyn n'allait pas pouvoir retenir la vague de plaisir qui montait en elle.

Encore un peu, supplia-t-elle silencieusement en ondulant le long de son désir fièrement dressé. *Embrasse-moi plus fort, vas-y, plus…*

Elle sentit soudainement le fer froid de la table sous elle et *non non non*, Reame arracha ses lèvres des siennes. Elle tendit les bras pour le rattraper mais il leva les deux mains comme un homme pris en flagrant délit.

Puis il se courba, posant les paumes de ses mains sur ses cuisses, et fixa le béton au sol.

— Je n'ai pas besoin de ça dans ma vie.

Les mots qu'il venait de murmurer touchèrent Lachlyn au cœur aussi sûrement que l'auraient fait deux balles à bout portant.

Il avait raison. Il n'avait pas du tout besoin d'elle, c'était une évidence.

— Je reviens te chercher à 17 heures pour rentrer. Et ne m'oblige pas à te chercher partout, Lachlyn.

Elle ne pouvait plus loger chez lui. Elle refusait d'être un poids pour lui une seconde de plus.

— Je vais m'organiser autrement, Reame. Je refuse d'être un fardeau et, je te le répète, tout ça n'est en rien ta responsabilité.

— 17 heures, Latimore. Pétantes.

Il tourna les talons, navigua entre les cartons et partit en claquant la porte derrière lui.

Lachlyn posa les yeux sur la boîte blanche qui contenait son muffin. Elle se laissa tomber de la table, marcha jusqu'à la poubelle et jeta tout.

Elle en avait vécu des anniversaires déprimants, mais là c'était du jamais vu.

La mauvaise humeur de Reame ne s'était toujours pas dissipée lorsqu'il revint à son bureau.

« Un fardeau ». Pourquoi ne s'accordait-elle aucune valeur ? Elle était persuadée de n'avoir rien à offrir quand elle était en réalité intelligente, drôle et sensible.

Arrête de penser à elle, mon vieux, et remets-toi au boulot !

Cora frappa doucement à la porte. Ravi, pour une fois, d'être interrompu, Reame lui dit d'entrer.

Son assistante tenait un café dans une main et plusieurs dossiers dans l'autre.

— C'est bon, je peux entrer ou il me faut un drapeau blanc ?

Reame lui jeta un regard faussement énervé au moment où elle déposa la tasse sur son bureau.

— Merci. Vous voulez bien faire une réservation pour moi ? Une table pour deux, ce soir. Quelque chose de très classe.

— Comptez sur moi. Glory, c'est très bien, par exemple, surtout lorsqu'on fête l'anniversaire d'une dame. Ils sortent le grand jeu, avec cocktail exclusif pour l'occasion.

Mais de quoi parlait-elle ? Reame feuilleta distraitement les documents qu'elle venait de poser devant lui.

— Pourquoi me parlez-vous d'anniversaires ?

Cora eut l'air étonné.

— Eh bien, je pensais que vous emmeniez Lachlyn au restaurant parce que c'est son anniversaire.

Le pouls de Reame s'accéléra.

Oh non, dites-moi que ce n'est pas vrai.

Cela expliquait le muffin.

Cette célébration silencieuse et solitaire lui serra le cœur. La confession de Lachlyn lui revint : « Jamais je n'ai soufflé de bougie. »

Reame referma brutalement le dossier qu'il venait d'ouvrir, prit d'une soudaine nausée. Il avait passé une bonne journée, au téléphone avec des clients et des amis, autour d'une pizza à midi avec ses collaborateurs, et il s'était même accordé une bière avec les frères Ballantyne un peu plus tard.

Pendant ce temps, Lachlyn s'était offert un muffin. Un simple muffin. Et il le lui avait vertement reproché.

Il frissonna et posa sa tête soudainement lourde dans ses mains.

Lachlyn serra Tyce dans ses bras et ferma les yeux. Son grand frère se courba pour mieux l'entourer. C'était le plus tendre des moments qu'ils avaient jamais échangés et la plus belle des manières d'achever ce qui avait sans conteste été la plus belle soirée de sa vie.

— Je suis tellement désolé d'avoir oublié, Lach.

Il était 23 heures passées et ils se tenaient devant l'entrée du sous-sol dans le bâtiment de Ballantyne International.

Les autres étaient partis, à l'exception de Reame et Sage qui patientaient devant l'ascenseur pour leur laisser le temps d'échanger quelques mots.

Lachlyn bascula la tête pour le regarder dans les yeux.

— Ne t'en fais pas, Tyce, on n'a jamais trop su faire, toi et moi, côté anniversaires.

Tyce lui glissa une mèche de cheveux derrière l'oreille.

— Et je m'en veux aussi pour ça.

Lachlyn baissa les paupières et une larme perla sur sa joue.

— Tu n'y es pour rien. Tu te démenais pour nous rapporter à manger, pour qu'on ait un toit au-dessus de la tête et de quoi nous vêtir pour aller à l'école. Tu n'es coupable de rien. Au contraire, tu as toujours été là et je t'en suis à jamais reconnaissante.

Tyce posa un baiser sur le front de sa sœur et lui enveloppa le visage avec ses mains.

— Tu as l'occasion de changer de vie, petite sœur.

— C'est bien trop d'argent, Tyce.

— Je ne te parle pas de ça, Lach, et tu le sais très bien. Je te parle de t'autoriser à aimer cette famille. À aimer un homme.

Lachlyn secoua lentement la tête, refusant immédiatement cette pensée.

— Il ne veut pas d'une relation, et ça tombe bien parce que moi non plus. Il reste à mes côtés simplement parce que Linc le lui a demandé.

— Arrête ton char, Lachlyn ! Il a cent agents sous ses ordres. Tu ne crois pas qu'il aurait pu missionner l'un d'eux plutôt que de se désigner lui-même, comme par hasard ? Il t'a fait venir chez lui alors qu'il aurait pu te trouver un hôtel ou une autre adresse. Il t'a organisé un anniversaire surprise en un temps record et en nous menaçant des pires châtiments si on ne venait pas. Il nous a fait annuler nos programmes respectifs pour qu'on vienne fêter ça avec toi ici.

— C'est vrai que j'ai eu le sentiment de faire partie de la famille ce soir.

— Ma sœurette, tu *fais* partie de cette famille. La seule personne à ne pas en avoir conscience, c'est toi. C'est tout ce dont tu as toujours rêvé. Cette nouvelle vie te tend les bras, profites-en !

— J'ai peur, Tyce.

— Je sais, Lach. Moi aussi j'avais peur. Je vois tout à fait ce que tu ressens. C'est finalement plus simple de rester seule. Mais c'est aussi égoïste… et un peu trop facile, non ?

Tyce lui prit les deux mains et serra fort. Ses yeux s'embuèrent.

— Maman était égoïste. Elle prenait plaisir à se vautrer dans sa dépression. Elle appréciait cet état de léthargie, incapable qu'elle était de faire quoi que ce soit.

Lachlyn tenta de récupérer ses mains, mais Tyce tint bon.

— Ne dis pas ça, Tyce. C'était une vraie maladie.

— Certes, mais il existe des solutions pour s'en tirer. Prendre ses antidépresseurs, pour commencer. Pourtant, non, elle a choisi de ne pas le faire, Lachlyn. Elle s'est tout bonnement retirée du jeu. Et tu sais pourquoi ? Parce qu'aller mieux, interagir avec nous, nous aimer et s'occuper de nous voulait dire faire des efforts, beaucoup trop d'efforts pour elle. Elle préférait fuir, dormir. Devenir transparente.

Tyce baissa les yeux et secoua la tête.

Il poursuivit :

— En ne nous élevant pas, en n'étant pas la bonne mère qu'elle aurait dû être, elle a fait de nous des personnes égoïstes, Lach. Elle nous a laissés penser que vivre planqué était tout à fait normal. Que la fuite était une vraie réponse dans la vie.

Tyce lui serra un peu plus fort les mains.

— Tu te dois d'essayer, petite sœur.

— Je voulais juste qu'elle m'aime, Tyce.

Les larmes qui avaient pesé sur son cœur toute la soirée coulaient enfin sur les joues de Lachlyn.

— Et son incapacité à le faire était son problème, pas le tien. Personne, à part maman visiblement, ne meurt sans avoir eu des bleus au cœur, au corps et à l'âme. Quand vas-tu décider de laisser ton enfance derrière toi, Lach ? T'en libérer pour de bon ? Tu as beau être devenue une femme indépendante, tu as toujours besoin qu'on s'occupe de toi de temps en temps. Tu le mérites. Cette famille, et Reame, semblent être partants pour le faire.

Sage l'interrompit :

— Tyce, tu es prêt ? On y va ?

— J'arrive.

Il serra Lachlyn fort dans ses bras et rejoignit sa future épouse devant l'ascenseur.

Quand Sage et Tyce furent partis, Lachlyn vit Reame caler son téléphone contre l'une des boîtes à pizza. Une mélodie envoûtante emplit la pièce.

Reame lui tendit la main et lui sourit sans la quitter des yeux.

— Nous avons une demi-heure. Voulez-vous danser avec moi, mademoiselle ?

Lachlyn posa sa main dans celle qu'il lui tendait. Loin en elle, un soupir s'envola lorsqu'elle avança vers lui et qu'il posa sa main puissante dans son dos. Le menton délicatement collé à la tempe de Lachlyn, Reame l'entraîna en petits cercles tout autour de la pièce.

— Je ne t'ai pas acheté de cadeau.

Ces mots résonnèrent contre sa tempe et coulèrent le long de sa nuque.

— Je n'ai pas besoin de cadeau, Reame. J'ai passé une magnifique soirée, qui s'achève sur cette danse. Merci pour tout.

Reame la serra un peu plus fort contre lui et elle l'entendit inspirer profondément.

— Je ne veux pas te blesser, Lach. Mais je ne suis pas en mesure de t'offrir ce dont tu as besoin.

Lachlyn passa son pouce le long du muscle saillant de son cou et sentit ce corps solide frissonner.

— Je ne sais même pas moi-même ce dont j'ai besoin, Ree. Tu me ramènes à la maison ? Tu me consacres ta nuit ?

Il l'attira contre lui et souffla sa réponse dans la chevelure blonde qu'effleuraient ses lèvres :

— D'accord.

Reame la regarda dans les yeux :

— La nuit est à nous, on verra bien demain.

- 10 -

Sage caressa le ventre :

— Oh ! Ça gigote là-dedans.

Elle était assise sur l'une des trois tables en fer de la réserve au sous-sol, coincée entre une pile de documents relatifs à la famille Ballantyne et des boîtes de photographies datant des années 1920 et 1930.

Depuis sa fête d'anniversaire surprise dix jours plus tôt, les Ballantyne et leurs conjoints passaient parfois lui rendre visite. Sage venait presque tous les jours.

Lorsqu'elle ne voyait pas son adorable bouille, Lachlyn avait un pincement au cœur. Sage était non seulement sa future belle-sœur, mais elle devenait petit à petit sa plus proche amie.

Pour ce qui était de garder ses distances, ce n'était pas franchement une réussite.

Elle plongea le bras dans un nouveau carton et en sortit un journal personnel à la couverture en cuir.

Elle lut les initiales qui y étaient gravées et fronça les sourcils :

— Qu'est-ce que le carnet de 1928 de ton arrière-grand-mère fait dans un carton contenant des correspondances des années 1950 ? C'est n'importe quoi, Sage !

— Je sais, c'est à peu près la vingtième fois que tu me le répètes.

Sage croqua dans sa pomme et poursuivit, la bouche pleine :

— Tu as entendu ce que je viens de te dire au sujet de mes frères ?

J'essaie de faire semblant que non.

— On ne comprend pas pourquoi tu hésites, Lachlyn. Les garçons veulent une réponse pour la fin du mois. C'est-à-dire dans dix jours.

— Je dois me décider sous dix jours ?

— Non, une semaine. Il nous faut le temps de prévenir notre comptable afin qu'il puisse lancer… les opérations nécessaires.

Reame fit son apparition, et Sage s'en alla peu après, non sans l'avoir prié de tenter de raisonner Lachlyn.

Il s'avança vers un gros fauteuil qui trônait là et s'y affala, l'air épuisé.

— Salut.

— Salut à toi aussi.

Lachlyn était postée devant la table et ses piles de photos en noir et blanc.

— Tu es en retard.

Reame ne répondit pas. Il bascula la tête en arrière et détailla le plafond en béton brut.

Lachlyn ouvrit la bouche pour lui demander ce qui n'allait pas mais se ravisa. Ce n'était pas le bon moment.

Elle sentait qu'il avait besoin de silence, de pouvoir se retirer dans ses pensées et d'en dénouer le fil.

Reame était encore moins à l'aise en compagnie d'un autre qu'elle ne l'était elle-même.

Ils tâchaient d'un commun accord de ne rien compliquer entre eux. Ils partageaient leurs nuits mais évitaient toute conversation trop intime.

Lachlyn se tourna vers le carton qu'elle terminait d'organiser.

— On dirait que ta journée a été sacrément pénible.

Quand elle passa près de lui, Reame lui attrapa la main

et la fit asseoir sur ses genoux. Il posa une main sur sa cuisse. Dans l'autre, il tenait une bouteille de whisky.

— Ma mère est partie en croisière aujourd'hui. Au moment d'embarquer, elle a réalisé qu'elle avait oublié son passeport et son billet sur le comptoir de sa cuisine. Elle habite South Orange, dans le New Jersey. Ce n'est pas tout près.

— Oui, mais c'est charmant comme tout !

Lachlyn se figura les jolies rues ombragées, les belles maisons.

— J'ai pensé envoyer Cora mais elle s'y est opposée. Il fallait que ce soit moi parce que ma mère ne veut pas que des inconnus rentrent chez elle. Cora travaille pour moi depuis cinq ans et ma chère génitrice l'a vue au bas mot une vingtaine de fois, mais non penses-tu. J'ai donc fait l'aller et retour en bombardant et je l'ai retrouvée sur l'embarcadère. Elle m'a fait subir un monologue d'un quart d'heure durant lequel elle a énuméré toutes les bonnes raisons de ne *pas* monter dans ce bateau. J'ai filé dès que j'ai pu.

Lachlyn détourna la tête, cherchant à masquer son sourire. Derrière ses plaintes de fils ulcéré, elle percevait l'affection qu'il avait malgré tout pour sa mère.

— Attends, ce n'est pas fini. Quand je suis arrivé au bureau, j'avais un message de Lara, ma petite sœur. Là encore, des plaintes sur son travail et, à la fin, l'annonce du jour : elle a posé sa démission. Donc elle se retrouve au chômage, et sans logement figure-toi. Finalement, la comptabilité, ce n'est pas son truc.

— Tu veux que je trouve autre part où aller pour que ta sœur puisse s'installer dans ta chambre d'amis ?

Reame eut l'air horrifié.

— Surtout pas ça ! Mais bon sang, elle n'aurait pas pu s'en rendre compte plus tôt et m'éviter ses frais d'inscription en prépa puis en école spécialisée ?

— Tu as payé ses études ?

— Il fallait bien que quelqu'un le fasse. J'ai trois petites sœurs, et lorsque la première est arrivée en terminale, mon père s'est fait la malle après vingt-cinq ans de mariage en emportant tout ce qui se trouvait sur les comptes en banque qu'ils avaient avec ma mère.

Lachlyn vit le visage de Reame brutalement ravagé par le chagrin et la déception.

— Il s'est passé quoi ensuite ?

— J'avais vingt-cinq ans moi aussi, j'étais dans l'armée et j'adorais ce que je faisais. Les combats étaient durs, certes, et, en tant que troupe d'élite, nous étions clairement sous pression. Chaque jour, j'étais confronté à des choix cruciaux dont dépendaient la vie et la mort de nombreuses personnes. Mais je croyais en notre mission et j'avais foi en mes hommes. Nous formions un groupe très soudé.

Reame se tut un instant, plongé dans ses souvenirs.

— Ma mère m'a annoncé la nouvelle et m'a dit qu'elle n'allait pas tenir. Elle n'avait plus un dollar en poche, et mes sœurs, qui avaient de quinze à dix-sept ans, étaient en craquage total. Je n'ai pas eu le choix. J'ai dû rentrer. J'ai retrouvé ma mère, qui ressemblait davantage à un zombie, et mes sœurs, qui géraient chacune à sa manière. L'une d'elle s'était jetée à corps perdu dans les études et ne dormait plus, l'autre faisait le mur la nuit et la plus jeune passait les siennes chez son petit copain. Il était impensable que je reparte en mission. Elles avaient besoin de moi.

— C'est là que Connor intervient ?

— Ouais. Il a fait de moi son garde du corps, puis m'a placé à la tête de son équipe de sécurité. Quand il a vu que tout se passait bien, il m'a suggéré de me lancer à mon compte. Il m'a avancé la trésorerie et, entre mes premiers bénéfices et les emprunts étudiants, mes sœurs ont pu aller à la fac.

— Et ta maman ?

— Elle a trouvé du travail et j'ai complété le manque à gagner. Elle a fini par retomber sur ses pieds. Du moins sur le plan matériel. Affectivement parlant, elle ne s'en est jamais remise. Elle pensait vivre un rêve, filer le mariage parfait avec l'homme qu'elle aimait. Elle était aveugle. Et puis un jour elle a compris qui mon père était vraiment.

— À savoir ?

— Un sacré égoïste qui se sentait enfermé dans sa vie de famille, privé de liberté, enchaîné à sa femme et ses enfants. On lui coûtait du temps et de l'argent, que veux-tu…

Lachlyn ôta ses baskets et glissa ses pieds sous elle, se roulant en boule contre Reame.

— Il s'est passé quoi d'autre aujourd'hui, Reame ?

Il leva un sourcil mécontent.

— Ça fait beaucoup déjà, non ? On dirait que ça ne te suffit pas.

— Tu as été dans les forces spéciales, Reame Jepsen. Certes, le comportement de ta sœur est déplaisant, voire fâcheux, et le coup de ta mère ce n'est pas super non plus. Mais pas de quoi te mettre les nerfs en pelote, non plus, je me trompe ?

Reame soupira. Il concéda :

— Tu as raison. On a transféré notre client important aujourd'hui. Il a quitté le grand studio que tu connais pour s'installer dans la maison que je lui avais trouvée. Lui et mes hommes ont été pris en embuscade durant le trajet parce que cet imbécile avait tout expliqué à sa nouvelle maîtresse la veille.

Reame avait gardé un ton calme, mais Lachlyn sentait la rage derrière chacun de ses mots.

— J'aurais dû me trouver avec eux, mais j'ai demandé à Liam de me remplacer au pied levé pour que j'aille chercher ces maudits papiers chez ma mère. Ils se sont fait tirer dessus depuis une voiture, Lach.

Elle fut soudainement prise d'effroi.

— Quelqu'un a été blessé ?

— Non, et le client est en sécurité à présent.

Reame serrait ses poings si fort que ses doigts étaient blancs.

— Ça aurait vraiment pu mal tourner, tu sais. Tout ça parce que monsieur a été infichu de tenir sa langue.

Lachlyn joua avec le bouchon de la bouteille de whisky.

— Franchement, il n'a aucune cervelle, ce type.

— Je ne te le fais pas dire. Il a mis mes gars en danger. J'ai rompu notre contrat. Hors de question de protéger un type ingérable.

Reame leva les yeux au plafond.

— J'en ai tellement marre de toutes ces responsabilités… Liam a une épouse, des enfants. S'il lui était arrivé quelque chose, je ne l'aurais pas supporté, Lach.

Elle étudia son visage. Il avait les traits tirés, les muscles contractés. Cela faisait beaucoup à porter pour un seul homme.

— Tu n'as pas envie parfois de t'allonger, d'étendre les bras et d'attendre qu'on s'occupe de toi ? Pour une fois.

Reame baissa la tête et la dévisagea d'un air curieux et légèrement intéressé :

— Si. Il m'arrive même d'espérer que quelqu'un se pointe et prenne les décisions à ma place.

Sa réponse était honnête et laissait apparaître plus de vulnérabilité qu'elle ne l'aurait cru.

Elle pouvait peut-être faire quelque chose pour lui…

— C'est nul, d'être grand, lui souffla-t-elle à l'oreille avant de se lever et d'aller vers la porte, qu'elle verrouilla.

Ils étaient à présent enfermés de l'intérieur, à l'abri de toute interruption intempestive.

Lachlyn inspira calmement. Elle était tout à fait capable de gérer la situation, pensa-t-elle. De faire le premier pas. Elle allait initier les choses en serrant fort les doigts pour qu'il se laisse faire.

D'une voix grave, il demanda :

— Qu'est-ce que tu fais, Lach ?

— Je m'occupe de toi.

— Je croyais que tout devait rester superficiel entre nous, simple et facile ?

Elle émit un petit son réprobateur et articula très lentement :

— Chut, on débranche son cerveau, monsieur Jepsen. Laisse tes sens prendre le relais. Oublie tout, fais le vide en toi et laisse-moi t'aimer.

Elle ôta son T-shirt sans quitter Reame des yeux et rougit lorsqu'elle se trouva debout devant lui en soutien-gorge rose, la peau parcourue d'un frisson d'anticipation.

Elle s'installa à califourchon sur lui et posa les mains sur ses épaules.

Reame se raidit légèrement :

— Lach, tu es sûre que c'est une bonne idée ?

Il avait posé sa question tandis que ses mains viriles l'empoignaient par la taille. De ses pouces, il caressa la peau douce qu'elle lui offrait.

— Ce n'est pas toi qui mènes le jeu, Reame. Je décide, OK ? Ici, pas de choix stratégique à faire, pas de scénarios à élaborer ou de pièges à déjouer… Contente-toi de savourer.

Un râle profond émana de sa gorge. Il bascula la tête en arrière et ferma les yeux. Lachlyn sut qu'elle venait de remporter cette première bataille.

Baissant les yeux, elle vit la forme épaisse et dure qui semblait vouloir s'échapper de son pantalon.

La voix lourde de désir, elle constata :

— Tu m'as l'air un peu à l'étroit là-dedans. Je n'aime pas te savoir en position inconfortable.

— Tu n'as pas idée.

Lachlyn lui sourit.

Il demanda :

— J'ai le droit de me servir de mes mains ?

Elle secoua la tête, inflexible, et mit fin à toute protestation par un long baiser.

De sa langue, elle dessina des promesses inavouables sur ses lèvres scellées, dont elle força délicatement le passage.

Il se joignit bien volontiers à elle, et sa hardiesse la galvanisa un peu plus encore.

La confiance qu'il lui accordait la touchait en plein cœur. D'un geste assuré, elle défit sa ceinture et déboutonna son pantalon de costume.

Posant la main sur son boxer en coton, elle entreprit de le caresser. Elle laissa filer sa main le long de cette érection qui n'était que pour elle. Rien qu'à elle. Elle flatta de son pouce l'extrémité conquérante de son sexe et fondit de désir lorsqu'il tressaillit.

Elle avait envie de sentir ses lèvres, qu'il invite sa main experte entre ses jambes. Mais elle savait que cela signerait le glas de leur petit accord tacite et qu'il reprendrait aussitôt les rênes de la situation.

— Préservatif ?

— Dans mon portefeuille, là.

Ses pupilles n'étaient plus que deux flammes brûlantes.

— Va le chercher, ordonna-t-elle.

Il se leva et elle en profita pour lui retirer son pantalon et déboutonner sa chemise. Il ressemblait à un dieu, planté fièrement devant elle, torse exposé, virilité à peine masquée.

Reame portait le sachet du préservatif à sa bouche quand elle murmura :

— J'ai tellement envie de toi.

À ces mots, son regard guerrier se fit sombre, plein de promesses sensuelles. Il ne tiendrait pas longtemps ainsi, il allait vite reprendre le contrôle.

De ses dents, il déchira le papier et lui tendit le préservatif. Il se pencha pour s'emparer de sa bouche tout en se débarrassant de sa veste et de sa chemise.

Il s'attaqua ensuite au jean de Lachlyn et passa une main avide sous les deux couches qui le séparaient de sa peau nue. Il fit glisser sa culotte et son pantalon, l'exposant tout entière.

D'une voix tremblante, elle l'interrompit :

— Tu fais quoi ? J'allais te faire l'amour.

— Eh bien, pas de chance, la roue tourne. Il m'est impossible de rester passif face à toi. Il faut que je te touche.

Lachlyn ferma les yeux, savourant ses mots, les laissant fondre sur sa langue comme un bonbon sucré. Sa température monta d'un cran.

La bouche toujours sur elle, Reame se renseigna :

— Ça y est, je suis couvert ?

Sans attendre de réponse, il mit sa main sur celle de Lachlyn et l'aida à dérouler le bout de latex sur son sexe tendu à l'extrême.

D'une voix rauque, il poursuivit :

— Tu es prête pour moi, mon cœur ?

Lachlyn parvint à articuler un « Oui » à peine audible.

— Mieux vaut que je vérifie.

D'un doigt, puis deux, il s'aventura en elle. Lachlyn eut le souffle coupé. Il lâcha un soupir rauque et posa son front sur sa frange blonde.

— Chaude et humide, quel accueil.

Elle l'embrassa en guise de réponse. Il la souleva et elle enroula ses jambes autour de lui.

Il fut bientôt en elle, la comblant pleinement, l'enveloppant autant qu'il la pénétrait. Il fit quelques pas et le fer froid de la table sur laquelle il la reposa n'altéra pas le moins du monde l'ardeur qu'elle ressentait.

— J'ai besoin de toi, de toi, de toi, susurra-t-il au creux de son oreille.

Incapable de prononcer le moindre mot, Lachlyn se cambra un peu plus encore, s'offrit à lui et se laissa entraîner dans un voyage vertigineux à travers un monde qui n'appartenait qu'à eux.

D'une voix ferme mais haletante, il ordonna :

— Maintenant, Lach, vas-y.

La lumière jaillit d'elle. Éblouie par tant de sensations, elle ne perçut que lointainement la jouissance exaltée de Reame avant qu'il ne vienne s'échouer dans ses bras.

Plus rien ne comptait plus que lui, ses bras autour d'elle, son souffle éperdu dans sa nuque moite. Il la serrait comme il aurait tenu un bijou précieux.

Elle se sentait très satisfaite.

Peut-être même heureuse.

- 11 -

Tirée de sa concentration par des bruits de pas derrière elle, Lachlyn tourna la tête, s'attendant à voir apparaître Reame venu la chercher.

Il avait dû s'éclipser après leur rencontre passionnée pour aller boire un verre avec un client. Il lui avait promis de la raccompagner, espérant qu'il ne rentrerait pas tard de son rendez-vous.

Malheureusement, ce n'était pas lui, mais l'une des femmes de ménage du service de nuit.

Elle poussait son chariot plein à craquer de matériel et produits ménagers. Souriant poliment à Lachlyn, elle lui demanda si elle ne tombait pas mal. Elle ne voulait visiblement pas l'importuner.

Lachlyn lui fit signe d'entrer, en pensant à sa mère, près de trente ans plus tôt, dans un uniforme du même vert, chiffon à la main à ces heures impossibles.

Sur son badge, Lachlyn lut le nom de la femme : Greta. Cette dernière toussa et renifla. Elle avait le regard fiévreux.

Elle était venue travailler malgré une grippe naissante, très probablement parce qu'elle avait des bouches à nourrir et un loyer à payer.

Lachlyn s'avança et lui proposa une chaise.

— Vous ne voulez pas vous reposer un peu ?

Greta secoua la tête si fort que son chignon strié de blanc et gris manqua se défaire.

— Impossible, sinon je vais manquer de temps après.

— Combien de temps vous est alloué pour nettoyer cette pièce ?

Elle regarda la chaise avec envie puis consulta sa montre :

— Vingt minutes.

— Dans ce cas, vous pouvez prendre vingt minutes de pause. Installez-vous. Quelqu'un est déjà passé faire le ménage hier soir, ça suffit amplement.

Devant la mine réticente de Greta, Lachlyn insista :

— Je m'appelle Lachlyn Ballantyne et j'insiste : vous pouvez prendre cette pause bien méritée.

Disant cela, elle prit la cafetière et servit une tasse à Greta, dont les mains tremblaient légèrement.

— Vous êtes malade ?

— Un rhume tenace.

La femme de ménage but un peu de café. Elle n'avait vraiment pas l'air en forme et, pire encore, pas du tout tranquille à l'idée de boire son café aux côtés d'une Ballantyne.

Lachlyn tenta de la mettre à l'aise :

— Ma mère était femme de ménage de nuit, ici même. C'est comme ça qu'elle a connu Connor Ballantyne.

Greta leva un sourcil surpris.

— Je croyais que ce n'étaient que des racontars, des histoires inventées de toutes pièces pour faire vendre les magazines.

— Non, c'est la vérité. Elle a travaillé ici pendant quelques années. Elle était responsable du bureau de Connor.

Greta posa ses bras sur ses genoux, tenant toujours la tasse de café bien chaud entre ses mains. Elle regardait dans le vague.

— Je n'arrive pas à croire que M. Connor nous a quittés il y a bientôt quatre ans. Avant de tomber malade, il était souvent là tard le soir. C'était un homme chaleureux qui parlait avec tout le monde. Il avait quelque chose de spécial, il rayonnait de l'intérieur, vous voyez ce que je veux dire ?

Malheureusement non. Mais elle sourit tout de même à Greta.

— Il n'aimait pas le silence. On savait toujours quand il restait travailler tard parce qu'il mettait sa musique à fond ou chantonnait à tue-tête dans les locaux. Parfois c'était les deux en même temps. Et il chantait faux, si je peux me permettre cette petite confidence.

L'image titilla les zygomatiques de Lachlyn. Elle se pencha, comme pour faire une confession.

— Je ne fais pas beaucoup mieux que lui, je dois aussi l'avouer. Une vraie casserole.

— Je suis navrée d'apprendre que vous ne l'avez jamais rencontré.

Greta tapota nerveusement sa tasse à café.

— Cela dit, je suis sûre que votre mère a dû vous en parler.

Cela aurait pu être le cas mais… non.

— D'ailleurs, elle doit être fière de vous, Lachlyn.

Cette phrase en apparence toute simple la toucha en plein cœur. Elle avait usé bien trop d'énergie, perdu suffisamment de temps à penser à sa mère, à ressasser ses souvenirs d'enfance.

Cette supposition innocente venue d'une inconnue lui fit l'effet d'un électrochoc.

Tyce avait raison. Carol n'avait pas fait le moindre effort pour se soigner et être une vraie mère. Certes, elle n'était pas responsable de sa terrible dépression, elle en était même la première victime. Mais elle n'avait jamais cherché à y remédier.

Elle n'avait même jamais voulu s'en sortir. Elle s'était accrochée à sa maladie.

Plutôt que de chasser, comme elle le faisait habituellement, les pensées négatives et les émotions qui les accompagnaient, Lachlyn accepta enfin la situation telle qu'elle était.

Dans une lumière nouvelle, la vérité lui apparut, purement et simplement.

Quelques instants plus tard, une fois la vague passée, elle sentit le soulagement l'envahir. La rage et la tristesse firent place à l'apaisement.

Sa mère aurait dû être là pour elle, se remettre sur pied pour ses enfants, plutôt que de les laisser tomber à répétition et de les laisser se débrouiller seuls.

Lachlyn avait tenu bon, contre vents et marées.

Il faut que je me libère d'elle, que je la laisse s'en aller. Il est temps de lui dire au revoir, ainsi qu'à mon enfance.

N'importe quelle autre mère se serait battue pour ses enfants, aurait déboulé dans la chambre de sa fille pour faire décamper l'agresseur qui avait osé poser la main sur elle.

De son côté Connor n'avait peut-être pas su retenir ses pulsions, mais tous ceux qu'elles avaient croisés le juraient : il était un honnête homme et aimait son épouse.

Il avait un cœur gros comme ça et avait transmis son amour des autres aux enfants qu'il avait élevés avec la plus grande tendresse. Il leur avait enseigné la gentillesse, l'empathie, l'équité. Il leur avait expliqué que la famille était un rocher sur lequel construire sa vie.

Et aujourd'hui, elle désirait que les Ballantyne l'acceptent sur ce rocher.

Alors pourquoi leur refusait-elle obstinément l'accès à son cœur ? Pourquoi avait-elle ainsi fui toute relation qui impliquait un tant soit peu d'intimité ?

Parce qu'elle jugeait les autres à travers le filtre de son enfance, dominée par l'absence d'une figure protectrice et l'image d'une mère dépressive, isolée et égoïste.

Cela n'avait plus aucun sens. C'était même très injuste. Pour elle comme pour la famille qui lui tendait les bras.

Elle ressemblait plus à sa mère qu'elle ne voulait l'admettre. Plutôt que de se cacher derrière sa dépression, elle se cachait derrière son image de femme indépendante.

Sa peur de dépendre des autres lui faisait office de barricade. Aucun sentiment ne passait.

Ça suffit. Il est temps que ça cesse.

Lachlyn, debout dans la réserve du sous-sol, une femme de ménage assoupie derrière elle, donna un coup de pied dans la fourmilière et décida qu'elle voulait vivre sa vie pleinement. Elle voulait être comme son vrai père, qui avait croqué la sienne à pleines dents.

Pour lui, chaque jour avait été un cadeau, une bénédiction, une aventure.

Elle avait envie d'aimer, d'ouvrir son cœur. Elle se devait d'être honnête sur ses sentiments, sur les gens qu'elle voulait faire entrer pour de bon dans son existence.

Pauvre, riche ou quelque part entre les deux, elle souhaitait que les Ballantyne fassent partie de son quotidien.

Elle voulait pouvoir pousser la porte du Den et jeter son manteau nonchalamment dans le fauteuil de l'entrée comme ils le faisaient tous, s'offrir des soirées entre filles avec Sage, Tate, Piper et Cady, pouvoir se lover dans les bras costauds de ses frères, voir les enfants de Tyce grandir dans leur environnement privilégié sans jamais oublier les valeurs familiales et l'importance de rester généreux.

Et les enfants qu'elle et Reame…

Bon sang.

Lachlyn croisa ses mains derrière sa tête. Reame faisait bel et bien partie de son rêve d'avenir. Elle avait tant besoin de lui. Elle l'aimait. Plus que cela encore.

Elle soupira.

— Je suis de retour !

Levant brusquement la tête, elle l'aperçut, tout en muscles et centimètres. *Son* Reame. À voir ses cheveux, elle devinait qu'il avait passé la soirée à y glisser sa main. Il avait desserré sa cravate. Sa barbe blonde naissante lui donnait un charme fou et son regard ambré était captivant, comme toujours.

Il s'arrêta net. Il avait lu dans ses pensées. Et, à en croire les contractions de sa mâchoire et sa soudaine pâleur, il ne désirait rien savoir de son aveu silencieux.

— Tu as pris ta décision au sujet des Ballantyne, observa-t-il simplement.

Lachlyn sentit ses genoux se dérober sous elle et agrippa le bord de la table. Elle était tellement soulagée : il n'avait pas lu l'amour dans ses yeux. Il avait attribué son émotion apparente à sa décision de faire son entrée dans la célèbre fratrie.

Dieu merci. Elle pourrait continuer à le voir en prétendant ne rechercher que de torrides instants, en toute amitié.

Peut-être même aurait-elle encore l'occasion de dormir à ses côtés.

Lui dire la vérité le ferait fuir. Ils commenceraient à s'éviter et, lors des réunions de famille au Den, elle aurait à subir sa présence et à échanger des banalités avec lui.

Reame ne voulait pas d'une relation amoureuse, il le lui avait suffisamment répété.

Avait-elle le droit de déposer ce nouveau fardeau sur ses épaules ? D'évoquer ses propres sentiments quand les conséquences risquaient de s'étendre à toute la famille ?

Certainement pas.

— Dis-moi ce qui se passe, Lachlyn ?

La voix de Reame la ramena à l'instant présent. Elle cligna plusieurs fois des yeux avant de lui montrer Greta d'un geste discret du menton.

Celle-ci sembla soudainement très mal à l'aise et un peu nerveuse. Lachlyn lui sourit pour la rassurer.

— Laisse-moi une minute et je suis à toi, Reame.

Elle décrocha le combiné du téléphone posé sur un carton.

— Sécurité ? Ici Lachlyn Latimore-Ballantyne. Pouvez-vous prévenir le responsable propreté que Greta va rentrer chez elle ? J'en prends la responsabilité, elle est malade. Pouvez-vous également appeler un taxi pour la ramener chez elle ? Merci.

Greta tenta de s'opposer à l'idée :

— Mademoiselle Lachlyn, je ne peux pas…

Lachlyn s'accroupit face à elle et posa une main sur son genou.

— Il faut que vous rentriez chez vous pour vous remettre sur pied, Greta.

— Je suis seule avec mes deux filles. Il faut que je travaille, j'ai besoin de cet argent. Si je m'absente trop longtemps, je risque de perdre ma place.

Il en était hors de question. Elle ne laisserait certainement pas une telle chose se produire.

— Ne craignez rien, rentrez tranquille. Le reste, j'en fais mon affaire.

Elle leva les yeux vers Reame, qui la dévisageait d'un air fasciné.

— Reame, tu veux bien m'aider ?

Il avança et aida la femme, dont les cheveux parurent à Lachlyn plus blancs encore que lorsqu'elle était entrée, à se lever. Lui offrant son bras, il l'accompagna jusqu'à la porte.

— Vous venez avec nous, mademoiselle Latimore-*Ballantyne* ?

Il n'avait rien raté de son appel avec la sécurité, le bougre. Elle allait devoir se méfier de lui et veiller à bien masquer ses sentiments, sinon elle serait rapidement démasquée.

Reame se gara et admira l'agréable profil de Lachlyn sous la lumière tamisée de l'habitacle. Le moment était certainement malvenu pour avoir cette conversation – la journée avait été longue et un rien étrange –, mais il n'était pas du genre à procrastiner, et encore moins à faire l'autruche.

Il détestait ne pas être au courant… Surtout lorsque cela concernait Lachlyn.

Elle voulut ouvrir la porte mais il verrouilla le véhicule.

— Tu ne vas pas me lâcher, n'est-ce pas ? Je n'aurai aucun répit tant que tu n'auras pas obtenu de moi les informations que tu veux ?

Reame secoua la tête.

— Pas lorsque cela touche de près à mes amis, autant sur le plan professionnel que personnel.

— À t'écouter, on dirait que je vais leur faire du mal.

Lachlyn semblait blessée par ses propos.

Mince, t'as encore été maladroit, Jepsen.

— Bon, que veux-tu savoir ?

— Ce qui a bien pu te traverser la tête ce soir ?

— Je crois que je vais accepter l'offre des Ballantyne.

— Cela en soi n'est pas une grosse surprise. Je crois que tu étais la seule à te persuader du contraire. Qu'est-ce qui a motivé ta décision, au juste ?

Elle semblait lessivée sur le plan émotionnel, mais elle était plus belle que jamais. La main posée sur le cuir du levier de vitesse, Reame s'imagina caresser sa peau si douce…

— J'ai décidé de laisser mon passé derrière moi, et ma mère avec.

— Tu peux préciser ? Je crois que tu ne me dis pas tout. Et moi je veux tout savoir, Lach.

Après un long silence, elle se lança :

— Un jour, il était autour de 18 heures, ma mère était déjà couchée, j'ai entendu qu'on frappait à la porte. C'était un garçon que je connaissais du collège.

Sa voix avait changé, elle était plus froide, plus sèche.

— Je le trouvais mignon, je l'avais remarqué dans la cour. Alors je l'ai laissé rentrer.

— Tu avais quel âge ?

Reame espéra que la nausée qui montait en lui n'avait rien de justifié.

— Quatorze ans, presque quinze. Il a demandé à voir ma chambre. Il m'a suivie puis a claqué la porte derrière lui et m'a sauté dessus.

Reame savait qu'il ne devait surtout rien laisser transparaître de sa rage, au risque de la braquer et qu'elle se referme pour de bon. Il voulait impérativement en savoir plus, obtenir un nom, parce que ce gamin était aujourd'hui un adulte et qu'il se ferait un plaisir de mettre la main dessus.

— Est-ce qu'il t'a violée ?

Il avait parlé sans ménagement et tiqua face à son propre manque de tact.

Lachlyn secoua la tête. Il sentit ses poings se desserrer légèrement.

— Non. Il a écrasé sa bouche sur la mienne et a réussi à me toucher çà et là. J'ai hurlé comme une dingue.

— Comment ça se fait que ta mère… Elle n'a rien entendu parce qu'elle dormait, c'est ça ?

— Nos murs, c'était du papier crépon. On entendait les mouches voler. Elle était soit azimutée par les médicaments, soit trop peu concernée pour me venir en aide. Ce jour-là, ma vie a basculé.

Comment aurait-il pu en être autrement ?

— Une agression sexuelle a de quoi traumatiser la victime.

— Il n'est pas allé jusque-là, je te l'ai dit. Je ne lui cherche aucune excuse, mais ce n'est pas à cause de ça que je me suis repliée sur moi-même. Je ne veux pas que tu penses que c'est ce qui m'a empêché de coucher avec des hommes avant toi non plus. Je n'ai jamais été particulièrement effarouchée par la suite.

— Tu es allée porter plainte, au moins ?

Lachlyn resta silencieuse. Reame posa un doigt sous son menton et le souleva délicatement afin qu'elle le regarde dans les yeux. Il l'interrogea de nouveau du regard.

— Tu es la première personne à qui j'en parle.

— Quoi ? Mais c'était une tentative de viol !

— Calme-toi, Reame. Une tentative de quelque chose, ouais, mais je l'ai fait fuir. Toute seule. Sans l'aide de ma mère. Et c'est précisément là que je veux en venir ! Laisse-moi parler, bon sang.

Il inspira profondément et tâcha de mettre de côté l'image de ce petit merdeux aux mains baladeuses.

— Jusqu'à ce soir-là, je rêvais d'une vraie vie de famille. Un clan, des gens que j'aimerais et qui m'aimeraient en retour. L'absence totale de réaction de la part de ma mère, alors même que j'étais en danger, m'a fait tellement mal que j'ai décidé que le mot « famille » n'avait plus aucune valeur à mes yeux. Que la confiance mutuelle n'existait pas, était impossible. Celle qui était censée m'aimer le plus au monde m'a abandonnée. Ma route solitaire était toute tracée. Depuis ce jour, j'ai refusé de redevenir cette petite fille désespérée.

Reame sentit son cœur se serrer à la pensée de cette jeune Lachlyn aux rêves brisés.

— Ce soir j'ai réalisé que j'accordais bien trop d'importance à ma mère et à cet épisode. Il est temps que j'arrête de laisser tout ça régir ma vie. J'ai décidé de saisir la spectaculaire opportunité qui s'offre à moi. De devenir une Ballantyne. Cela m'apparaît désormais comme une évidence.

Reame lui sourit.

— Tu as spectaculairement raison, Lach.

— Et, tant que je suis dans les confidences, autant aller jusqu'au bout.

Reame se redressa et voulut la supplier de renoncer à en dire plus.

— Comme tu le sais, tu es le premier avec qui j'ai… Pas parce que j'avais peur ni par pudeur, et encore moins parce que j'attendais le mariage, mais parce que je n'avais pas trouvé le bon, celui qui m'inspirait suffisamment pour sauter le pas.

Elle semblait choisir ses mots avec précaution, mais Reame ne voulait pas connaître la suite.

— J'ai vite su que ça allait être différent avec toi.

— S'il te plaît, Lachlyn, ne fais pas ça.

— Ça quoi ? Te dire à quel point je te trouve génial ? Que je pense qu'on formerait un super couple et que j'aimerais nous donner une chance ?

Reame fut saisi par une soudaine colère. Pourquoi ne respectait-elle pas les règles du jeu ?

Mais, sous la colère, il sentit poindre quelque chose. Une envie, un élan vers ce possible, la famille qu'ils pourraient fonder au sein de leur plus vaste famille de cœur, celle des Ballantyne.

L'espoir qu'il ressentit fut bientôt teinté de peur. Et lorsque celle-ci se manifestait en lui, il répondait toujours de la même manière : en attaquant.

— OK, reprenons les bases.

Sa voix se fit tranchante, son ton soudainement moqueur et agressif.

— Je t'ai dit au début que je ne pouvais pas coucher avec toi, que tu étais une cliente, rien de plus. Quand on a quand même fini par coucher ensemble, je t'ai répété que je ne voulais pas de relation sérieuse. Je te l'ai dit et redit, enfin !

Plutôt que de réagir à sa colère, Lachlyn se contenta de le regarder droit dans les yeux. Elle acquiesça.

— OK.

— C'est tout ?

Lachlyn pencha la tête sur le côté et lui décocha un sourire glacial.

— Tu ne pensais tout de même pas que j'allais te supplier ? Me mettre à pleurer parce que tu me dis non ? OK, ça veut dire que je comprends, que je t'ai entendu. Et que j'accepte sans aucune équivoque ni arrière-pensée le fait que tu es uniquement intéressé par le sexe et que tu ne désires rien de plus avec moi.

Reame eut le sentiment d'être pris dans des sables mouvants qui l'avalaient à grande vitesse. La situation était en train de lui échapper. Lachlyn tira sur la poignée de la porte.

— Euh… Tu veux bien me laisser sortir maintenant ?

Ne sachant plus très bien que dire ou faire, Reame déverrouilla son SUV et suivi Lachlyn des yeux quand elle prit son sac et sortit.

Il la rejoignit à l'ascenseur, non sans remarquer sa nuque et son dos raides. Lorsqu'elle se retourna, son visage habituellement rayonnant était devenu un masque froid et sans expression.

— Je reste là ce soir, mais je voudrais retourner au Den demain si tu peux organiser ça. Linc et Tate sont rentrés et ils n'ont cessé de me répéter que je pouvais venir chez eux. Si tu penses que j'ai toujours besoin d'un CPR, j'accepterai tous les profils que tu me présenteras. Et je paierai pour ses services.

Il ne pouvait pas laisser les choses se terminer ainsi. Il ne voulait pas la perdre, nom de… Pourquoi la situation devait-elle changer ?

Il l'appréciait, il adorait leurs nuits secrètes et ça lui

plaisait de l'avoir chez lui. Sans elle, ses journées allaient être bien mornes.

Mais il n'était pas en mesure de lui offrir ce dont elle avait besoin.

— Tu es peut-être simplement chamboulée par ce que tu vis depuis quelques semaines.

— Je t'arrête tout de suite, Reame. Je sais pertinemment où j'en suis. Ah, ce serait facile de te croire, parce qu'il est bien plus facile de ne pas aimer, de ne pas s'impliquer. Bref, de ne faire aucun effort. Mais ça, c'est fini pour moi. Tu n'es pas amoureux de moi ? J'en prends bonne note et tant pis, ça ne va pas m'empêcher de vivre. J'ai appris à mes dépens que je ne pouvais forcer personne à m'aimer. Je ne vais pas te courir après, sois-en certain. Ne t'en fais pas pour moi, Reame.

La porte de l'ascenseur s'ouvrit. Lachlyn fonça vers sa chambre et la ferma à double tour.

Reame appuya son front et ses paumes sur la porte close.

Il venait peut-être de rater son unique chance d'être spectaculairement heureux.

- 12 -

Lachlyn avança vers la fenêtre et écarta discrètement les rideaux pour voir si la silhouette familière d'un homme aux cheveux blonds et à la carrure imposante approchait.

Rien.

Reame n'était toujours pas là.

Elle avait quitté son appartement quelques jours plus tôt, talonnée par un CPR mutique prénommé Jack.

Elle avait écrit sur le groupe de la famille pour solliciter un rendez-vous à leur convenance afin de discuter de la suite.

Elle espérait que Reame viendrait, qu'il leur serait possible d'entretenir une relation amicale, et platonique. Peut-être pas tout de suite, mais plus tard, un jour.

Linc entra dans le salon familial et Lachlyn lui sourit.

— Tu es sûre de toi ?

Elle hocha la tête.

— Alors c'est parfait.

Il pointa un index vers les cernes sous ses yeux :

— Tu ne dors pas mieux ?

— Pas trop.

— Reame ?

Lui et Linc étaient meilleurs amis depuis l'enfance. Il était hors de question qu'elle le critique ou qu'elle se plaigne ouvertement de lui.

Il ne l'aimait pas et n'était pas intéressé par autre chose qu'une relation à caractère purement sexuel. S'il en allait différemment pour elle, Reame n'en était pas responsable.

— Il n'y est pour rien, Linc. Tout est de ma faute.

Linc fronça les sourcils.

— Reame est comme un frère pour moi, mais je n'ai jamais rencontré quelqu'un d'aussi borné. Et je sais de quoi je parle, j'ai grandi avec Beck et Jaeger.

— Peut-être, mais je ne veux pas que tu lui en tiennes rigueur.

— Tu sais, Lach, tu as une place dans mon cœur parce que tu es la fille de Connor. Mais mieux que ça, je t'apprécie vraiment pour ce que tu es, une fille en or.

Lachlyn sentit sa gorge se nouer et les larmes lui monter aux yeux. Elle posa sa tête sur l'épaule de son frère, reconnaissante de pouvoir profiter de sa solidité. Elle allait en avoir besoin.

Reame avait enregistré l'interview que les Ballantyne avaient accordée à la télévision locale. Il ne comptait pourtant pas la regarder.

Il avait résisté à la tentation durant plus de quarante-huit heures et s'envoya un chapelet d'injures lorsque, n'y tenant plus, il alluma son téléviseur et avança jusqu'au passage où Lachlyn prenait enfin la parole.

En y regardant de près, il vit que ses mains tremblaient. Les autres n'avaient pas dû remarquer. Lui la connaissait bien. Elle était terrifiée mais donnait très bien le change.

Il aurait dû être auprès d'elle, dans la loge. Lui masser le dos, la rassurer avant son passage devant les caméras. Se placer ensuite dans son champ de vision pour lui offrir un repère sur lequel s'appuyer.

— Dites-nous-en un peu plus sur l'accord financier.

À l'écran, Sage serra la main de Lachlyn en signe d'encouragement. Aucun des autres ne prit la parole, pour lui laisser enfin la chance de s'exprimer.

Lachlyn s'éclaircit la gorge et il se sentit démesurément fier d'elle. Elle osait enfin s'affirmer en tant que membre de la famille Ballantyne.

— Nous n'allons pas en divulguer les détails au public, Lora, mais je peux toutefois vous dire que nous avons décidé, tous ensemble, de lancer une fondation pour venir en aide aux enfants isolés, vivant dans des familles défavorisées et dont les parents souffrent de dépression.

La présentatrice hocha la tête, visiblement intéressée.

— Je vais en assurer le pilotage, en complément de mon poste d'archiviste et historienne de Ballantyne International. Bien entendu, mes frères et sœur seront à mes côtés.

Décidément, Reame était fier d'elle. Il était ému de la voir enfin accepter la main qu'on lui tendait, l'amour qu'on lui offrait.

Malgré toutes les médailles qu'il avait reçues dans sa carrière, il n'avait pas le tiers de son courage.

Son ventre se noua et il ne fut bientôt qu'une crampe douloureuse.

Oui, il l'aimait. Il en était plutôt certain.

Mais cela ne suffirait jamais.

Il enfila son manteau, prit ses clés et sortit de chez lui en trombe.

Les coudes sur le comptoir, assis face au verre de whisky qu'il faisait tourner entre ses doigts depuis deux heures, Reame se répéta qu'il était temps de rentrer chez lui.

— Alors, Jepsen, on noie son chagrin dans l'alcool ?

Il sursauta. Sage le dévisageait, ses yeux de Ballantyne lui renvoyant toute l'étendue de son mécontentement. Il balaya la pièce du regard à la recherche de Tyce. À sa place, il vit Piper, au ventre très, très rond, et Cady, à peine moins arrondie, avancer vers lui. Les clients s'écartaient pour les laisser passer. Tate était juste derrière.

Sage commanda une tournée de boissons sans alcool.

Passablement agacé de les voir dans ce bar, Reame les interrogea sans ménagement :

— Qu'est-ce que vous faites là, toutes les quatre ?

Sage pencha la tête sur le côté et lui sourit à pleines dents.

— On est venues s'occuper de ton cas. Te trouver une femme libérée pour une nuit torride.

Bien sûr. Bon sang, ses amis ne pouvaient-ils pas tenir leur langue ?

Par ailleurs, la seule femme qui l'intéressait pour une nuit torride n'était pas ici.

Ses fées enceintes l'encerclèrent et déposèrent chacune un baiser sur sa joue. Si elles avaient voulu faire fuir toute prétendante, elles n'auraient pas pu mieux s'y prendre.

Fort heureusement, il n'était plus, n'était pas d'humeur à ramener une conquête chez lui.

— Bon, dites-moi enfin ce que vous faites là ?

— Alors écoute, nos hommes ont décidé de ne pas se mêler de vos affaires, à toi et Lachlyn, mais nous, eh bien… C'est un peu différent.

— C'est bien dommage.

— Vous oubliez tous qu'eux aussi ont eu besoin d'un petit coup de pouce pour rafler d'aussi fabuleux trophées que nous.

Reame ne put s'empêcher de sourire. Les femmes de la famille Ballantyne n'étaient en effet rien moins que fabuleuses.

Piper intervint :

— Personnellement, je pense qu'ils ont la trouille de toi et de tes réflexes guerriers.

Reame jaugea son ventre :

— Tu ne vas pas accoucher tout de suite, rassure-moi ?

— Oh ! c'est pour ce soir ou demain, ne t'inquiète pas, je gère.

Il devint blême.

— Mais non, je plaisante ! Mon terme n'est que dans six semaines. Des jumeaux, ça prend de la place.

Il expira bruyamment.

— Vous n'êtes pas drôles.

Sage se plaça entre ses cuisses et posa ses mains de part et d'autre de sa mâchoire carrée. Elle prit un air grave.

— Toi non plus, Reame, tu n'es pas drôle. Pourquoi tu t'infliges ça ? Et à Lachlyn aussi ? N'importe qui verrait que vous êtes faits l'un pour l'autre. Quand vous êtes ensemble, il y a des étincelles dans l'air. Tu l'aimes et elle t'aime, point à la ligne.

Reame protesta :

— Je ne suis pas amoureux d'elle.

Son cœur se fendit sous l'énormité de ce mensonge.

— Alors comment expliques-tu ton whisky à peine touché et toutes ces femmes qui te regardent sans que tu ne leur prêtes aucune attention ?

Il se passa la main dans les cheveux et décida de jouer cartes sur table.

— Écoute-moi, veux-tu ? J'ai peur que ce que je ressens aujourd'hui pour elle, enfin si je m'autorisais à ressentir quoi que ce soit pour elle, ne dure pas. Qu'on se réveille un matin et qu'il n'y ait plus rien entre nous.

— Tu sembles oublier que l'amour n'est pas qu'un sentiment, Reame. C'est aussi un choix. Lorsque les problèmes surviennent ou si on traverse une passe difficile, le sentiment amoureux est mis à mal, certes. Mais il faut choisir l'amour, tenir bon durant cette phase où on croit ne plus rien ressentir pour l'autre. Se dire qu'une fois la tempête passée, tout redeviendra comme avant, en mieux. En s'en donnant les moyens, en communiquant et en y mettant du sien.

Elle disait vrai, pensa Reame. Un secret espoir se nicha

au creux de son âme. S'il suivait ses conseils, il pouvait se permettre de se rapprocher de Lachlyn, doucement, tranquillement, en ne se projetant pas trop loin dans l'avenir.

Tate ouvrit son sac à main et en sortit un petit écrin en velours noir.

— Qu'est-ce que c'est ?

— Aucune idée, c'est ton meilleur ami Linc qui m'a chargée de te le donner.

Le DJ lança une nouvelle chanson et le visage de Tate s'éclaira.

— J'adore cette chanson ! Qui vient avec moi ?

Cady et Piper lui emboîtèrent gaiement le pas.

Se tournant vers la piste de danse, Reame observa Piper et Cady se balançant doucement, les bras enveloppant amoureusement leur ventre arrondi. Tate se déhanchait comme jamais.

Il baissa les yeux vers l'écrin et le fit tourner entre ses doigts.

Sage lui donna un petit coup d'épaule.

— Ouvre-le, Ree.

Il s'exécuta et sortit de la boîte l'anneau de Connor. Celui que Lachlyn avait tenu entre ses mains et qu'il aimait tant. Son cœur se mit à battre la chamade.

— Elle t'aime, Ree, murmura Sage.

— Je sais… Et je l'aime aussi.

Il se passa le précieux bijou à l'annulaire droit, mais il était un peu trop étroit. Il tenta la main gauche : il lui allait parfaitement.

Sage lui tira doucement sur la main.

— Allez, viens danser toi aussi.

Il rangea l'écrin vide dans la poche intérieure de sa veste et la suivit au son de la musique.

— Alors, ce duplex rénové mesure cent cinquante mètres carrés. Les baies vitrées s'ouvrent sur des balcons orientés nord et est. Voyez les plafonds hauts et les moulures.

Lachlyn écoutait l'agente immobilière. Elle étudia le parquet, les grandes fenêtres, les volumes.

Cet endroit, pourtant splendide, ne lui convenait pas. Pas plus que le Den. Elle aimait sa nouvelle famille mais avait besoin de son propre espace.

Elle pouvait retourner dans son ancien appartement à Woodside, cependant ce n'était pas un bon choix d'un point de vue pratique. L'accès était trop peu sécurisé, elle en voulait toujours à Riccardo et elle préférait s'épargner les trente minutes de transport pour aller au travail.

Il lui fallait un appartement dans Manhattan.

Lorsqu'elle avait accepté de devenir une Ballantyne, Linc avait été étonnamment intraitable sur l'utilisation des quarante millions. Il avait accepté qu'une partie de cette somme soit injectée dans la fondation Latimore-Ballantyne, mais à condition qu'elle en conserve au minimum la moitié pour elle.

Elle percevrait également des dividendes de Ballantyne International, un salaire pour son poste d'archiviste et historienne et un cinquième des bénéfices en cas de vente d'un actif.

Son compte en banque menaçait d'exploser et elle pouvait s'offrir l'appartement de son choix à New York.

Elle avait parcouru une vingtaine d'annonces et fait autant de visites, mais rien ne l'avait séduite.

Elle savait pertinemment que seul un appartement lui convenait : celui qui se trouvait au dernier étage de Jepsen & Associates.

Elle ne parvint plus à faire semblant et l'agente se lassa. Posant son front sur une fenêtre, Lachlyn ferma les yeux et tâcha d'envisager la suite positivement, de rester optimiste.

Reame ne voulait pas d'elle à ses côtés. Pas plus qu'il ne voulait de son amitié.

Plus tôt elle l'accepterait, plus vite elle pourrait dire oui au bonheur.

Elle se força à regarder de nouveau autour d'elle. L'appartement était lumineux, spacieux et plus charmant que ceux qu'elle avait visités plus tôt.

Si seulement elle n'était pas autant accrochée à l'autre appartement… Ainsi qu'à son propriétaire.

— Et vous, qu'en dites-vous, Jack ?

Son garde du corps était silencieusement posté dans l'entrée.

— Je préfère le mien.

Reame. Le cœur de Lachlyn fit un bond dans sa poitrine et une décharge électrique lui traversa le corps. Son premier élan la poussa à se retourner pour lui sauter dans les bras.

Elle s'en empêcha et resta dos à lui, les yeux dans le vague.

— Certes, mais il n'est pas disponible, répondit Lachlyn tout bas. Que fais-tu ici, Reame ?

Elle l'entendit approcher, le sentit s'appuyer dos à la fenêtre. Sa chaleur lui parvint. Elle leva les yeux pour les poser sur ce visage qu'elle aimait tant. L'expression de Reame était, comme souvent, indéchiffrable.

— Bonjour.

Il tendit l'auriculaire et effleura sa main. Elle se força pour ne pas la reculer.

— Je suis venu car j'ai des choses à te dire.

Elle n'était pas sûre d'avoir envie de les entendre.

— OK.

— Déjà, félicitations. Pour la fondation, pour l'interview. Cela n'a pas dû être facile et tu as toute mon admiration.

Lachlyn hocha la tête. Voilà, elle était certaine que cela allait tourner autour de son accord avec les Ballantyne.

Ensuite il allait la remercier pour l'anneau et s'en retourner d'où il était venu. Avait-elle la force d'affronter de nouveau son départ ? Elle n'allait pas avoir le choix.

Reame resta silencieux pendant un long moment et elle fut tentée de combler le vide par des banalités.

Elle se retint.

Il se passa une main dans les cheveux puis se frotta le menton.

— Tu es tellement plus courageuse que moi, Lach. Quand je te dis que je t'admire, je le pense.

Lachlyn ouvrit de grands yeux.

— Toi, le soldat maintes fois médaillé pour actes de bravoure ?

— Mettre mon corps à l'épreuve ne m'effraie pas. Mais mon cœur ? La blague. Jusqu'à toi. Avant, je balayais l'idée de l'amour d'un revers de main. C'était facile de dire que je n'en voulais pas, que le jeu n'en valait pas la chandelle.

Il referma sa main sur celle de Lachlyn.

— Aujourd'hui je suis prêt à prendre le risque, Lach. Pour toi.

Elle n'osait à peine comprendre ce qu'impliquaient ses paroles.

Elle le scruta à la recherche d'une réponse et, dans ses yeux, lut tout son amour pour elle.

— Je t'aime, Lachlyn. Latimore ou Ballantyne, peu m'importe. Celle que tu es est celle que je veux, là où tu te trouves est là où je veux être. Est-ce qu'il y a le moindre espoir pour que tu me pardonnes d'avoir été aussi nul ? Que tu me donnes une seconde chance et qu'on voie où cela nous mène ?

Lachlyn posa le front sur l'épaule de Reame, envahie par l'émotion.

Les mots d'amour s'entrechoquaient dans sa gorge mais s'envolaient dès qu'ils touchaient sa langue.

Il lui fallut quelques instants pour parvenir à articuler une phrase.

— Au sujet de cet appartement…

Elle sentit le corps de Reame se tendre tout entier puis son épaule tomber sous l'effet de la déception.

Se hissant sur la pointe des pieds, elle déposa un baiser sur l'os saillant de sa mâchoire. Elle avait tellement hâte de goûter au bonheur avec lui.

— … Je le déteste, comme tous ceux que j'ai visités avant. Pourquoi ? Parce que tu n'es pas dedans. Je veux m'endormir dans tes bras, me réveiller avec ton sourire. Je veux que tu sois mon meilleur ami, mon amant, mon amoureux et mon contact numéro un en cas d'urgence.

Reame, soulagé, glissa ses bras autour de sa taille, l'attira entre ses jambes et contre son torse.

— Et ton mari ? Tu crois que ce serait possible ? J'ai déjà l'anneau.

Il leva sa main gauche et lui présenta son index. Lachlyn exécuta quelques pas de danse ravis.

— Tu portes l'anneau de Connor !

Reame sourit, et Lachlyn sentit son cœur fondre pour de bon.

Il lui décocha un clin d'œil :

— C'est le seul doigt auquel je peux l'enfiler, c'est fou non ? Je pourrais l'enlever, mais puisque mon cœur t'appartient pour toujours, quel intérêt ?

Les yeux embués, Lachlyn, demanda :

— Tu l'ôteras quand même le jour de notre mariage, au moment de l'échange des vœux ?

Reame lui prit le visage dans les mains. Il avait l'air plus jeune, plus tendre et plus heureux que jamais.

— Tu peux compter sur moi.

D'un pouce, il caressa sa lèvre inférieure.

— J'imagine que tu voudrais une bague, toi aussi ?

Elle sourit. Faisant mine de réfléchir, elle leva une main innocente.

— Si seulement on avait une chasseuse de pierres précieuses et un joaillier dans la famille.

Reame éclata de rire.

— C'est vrai que ce serait plus facile si on connaissait un bijoutier.

Il se pencha pour l'embrasser. Ses lèvres avaient un parfum de promesse, un parfum d'avenir.

Lachlyn écarta son visage et son ton se fit plus grave.

— Ça ne va pas être facile, Reame. On n'est pas des cadeaux, toi et moi.

— Je sais, mais je déteste la facilité autant que toi. Je te promets de me battre pour nous deux, de ne jamais laisser aucune déferlante s'abattre sur nous. Et toi tu feras pareil. Je te veux toi, tout entière, sans concession. Je ne veux pas en laisser une miette.

— Et moi, je t'aime, Ree. Tellement. Et pour toujours.

Elle fit un pas en arrière et prit un air ennuyé.

— Mais je n'ai toujours pas d'appartement…

— J'ai bien une adresse à te proposer…

— Il y a de la place pour un garde du corps, là-bas ?

— Un quoi ? Tu n'en as plus besoin, je suis là. Et pour toujours.

Épilogue

Lachlyn releva sa robe en mousseline de soie pour descendre les marches. Elle avait choisi la couleur qui se rapprochait le plus de celle des yeux de Reame.

Elle se pencha et les vit tous, en costumes et robes de cocktail : le clan Ballantyne au complet se tenait dans le vaste hall d'entrée du Den.

Dehors, quatre limousines les attendaient pour les conduire au Forrester Hotel, où se tenait un gala de charité pour la fondation Latimore-Ballantyne.

Il s'agissait aussi d'une soirée de fiançailles informelle pour Reame et elle.

Trois mois plus tôt, à peine entrée dans la famille Ballantyne, elle avait cru partir pour l'échafaud en se rendant à ce même hôtel.

Avant de les rejoindre, elle s'arrêta pour contempler cette famille qui était à présent la sienne.

Tous ceux qui comptaient pour elle se tenaient là – à l'exception de générations à venir. Tyce et Sage, avec son ventre de plus en plus rond. Ses frères Ballantyne, beaux et élégants, qui se taquinaient comme ils l'avaient toujours fait, avec une affection non feinte. Cady et Piper, dont la première venait de donner naissance à une petite fille rousse et la seconde à des jumeaux. Toutes deux étaient resplendissantes.

Une émotion joyeuse et profonde s'empara d'elle. Ils

étaient sa famille. Elle n'osait pas regarder Reame de peur de chavirer complètement et de ruiner les longues minutes qu'elle venait de passer à se maquiller.

Impossible. Il était tellement sexy, posté là en bas de l'escalier dans son costume sur mesure et sa cravate noire.

Lachlyn sentit son regard sur elle et su immédiatement les pensées inavouables qu'il contenait, car elle partageait les mêmes.

Viens, on s'échappe et on file sous la couette !

Lachlyn lui répondit par un large sourire et un regard complice, priant en silence pour que cette passion qui les liait ne s'érode jamais.

Par son visage rayonnant, Reame lui réchauffait le corps entier.

Elle descendit les marches qui la séparaient du groupe sans le quitter un instant du regard. Elle se dirigeait vers lui, vers ses bras qu'il ouvrait grand pour elle. Elle était si reconnaissante d'être aimée par un homme aussi… spectaculaire.

Attirée par le portrait de Connor accroché au mur, elle tourna la tête et envoya en pensée un baiser à son père disparu. *Merci, papa. J'aurais tant voulu te connaître.*

La voix de Connor, profonde et malicieuse, résonna en elle. « *Tu me connais, Lachlyn. Je suis la force tranquille de Linc, l'esprit aventureux de Jaeger, l'intelligence de Beck, la créativité de Sage. Et je suis ton courage.* »

Avant qu'elle n'ait le temps de comprendre ce qui se passait, Lachlyn sentit un courant d'air la frôler et vit l'imprimé d'un pyjama la doubler à toute vitesse.

Shaw poussa un cri d'animal sauvage et s'élança dans les airs. Une fois encore, Reame le récupéra au vol et le maintint d'un bras solide sur son épaule.

Lachlyn resta interdite, tandis que le reste du clan Ballantyne continuait de discuter sans ciller. Elle rejoignit

Reame et se sentit de nouveau happée par le portrait de son père.

Elle sentit les lèvres de Reame sur sa tempe, dans ses cheveux.

— Tu es belle comme le jour et tu es à moi.

Connor approuverait leur union, elle n'en doutait pas. Il avait eu tellement d'affection pour Reame.

Elle étudia de nouveau le tableau qui le représentait – la version masculine d'elle-même – et battit des paupières pour mieux le distinguer entre deux larmes de joie.

La voix de son père s'invita de nouveau en elle, grave et rassurante. « *Vois en moi l'ange gardien des Ballantyne. Je vis en toi, avec toi, autour de toi. Je te protège chaque jour.* » S'ensuivit un long soupir. « *Je dois toutefois admettre que j'ai du mal à garder le rythme avec Shaw. Ce petit court plus vite que je ne peux voler.* »

KATHIE DENOSKY

L'enfant qu'elle espérait

Traduction française de
EDOUARD DIAZ

PASSIONS

HARLEQUIN

Titre original :
IN BED WITH THE OPPOSITION

Ce roman a déjà été publié en 2012.

© 2011, Harlequin Books S.A.
© 2012, 2021, HarperCollins France pour la traduction française.

- 1 -

Brad fixa l'objet qu'il avait en main, puis son regard se posa de nouveau sur le tout petit bout de fille qui lui souriait tout en s'efforçant d'introduire ses orteils dans sa bouche. À quel moment Sunnie avait-elle perdu sa chaussette rose ?

Fronçant les sourcils, il se mit à la chercher par terre. Sunnie l'avait encore lorsqu'ils étaient arrivés au Texas Cattleman's Club, moins de deux minutes auparavant. Comment un bébé de moins de six mois pouvait-il être aussi rapide ?

Jetant un nouveau coup d'œil à la couche jetable qu'il tenait dans sa main, il soupira. Que lui avait-il pris d'accepter la responsabilité d'élever la fille de son frère disparu ? Il était à peu près aussi qualifié pour élever un bébé que pour piloter un vaisseau spatial.

Lorsqu'il avait pris la décision d'adopter Sunnie, il avait été jusqu'à songer sérieusement à renoncer à se présenter à l'élection pour la présidence du TCC. Mais, à vrai dire, pas très longtemps. Il s'était engagé à briguer ce poste, et il ne revenait jamais sur ses engagements. En outre, il croyait au club et à tout ce qu'il représentait, et il avait l'intention d'élever Sunnie selon les mêmes valeurs.

L'organisation avait besoin d'un leader doté d'une tête solide et d'un plan précis. Et il était le candidat le mieux préparé. Il avait déjà quelques idées sur la façon de réduire la fracture toujours grandissante entre la vieille garde et les membres plus jeunes du TCC, afin de retrouver l'unité et la solidarité qui avaient toujours été la marque du TCC. Une tâche à laquelle il était urgent de s'atteler pour assurer l'avenir du club et continuer, comme par le passé, à offrir de précieux services à la population de Royal, au Texas.

Mais s'il ne devinait pas très rapidement le mode d'emploi de cette satanée couche jetable, le problème ne se poserait même plus, car il n'aurait pas l'occasion d'exposer sa vision de l'avenir du TCC devant les membres du club lors de l'assemblée générale annuelle. Et, pour la première fois dans la longue histoire du TCC, une femme — la toute première femme à être admise en tant que membre à part entière — deviendrait la présidente du club par défaut. Ce que jamais il ne tolérerait.

Brad ferma les yeux et compta jusqu'à dix. Il était capable de résoudre ce problème. Il était titulaire d'un master en gestion financière. Il était sorti dans les premiers de sa promotion à l'Université du Texas, avant de faire une brillante carrière dans la finance, amassant une jolie fortune personnelle. Il était sûrement capable de changer un bébé.

Mais par où commencer ? À supposer qu'il comprenne comment ôter la couche sale et mettre en place la propre, comment était-il censé la fixer autour de la taille du bébé ?

Tout en étudiant les côtés de la couche que portait Sunnie, il fit un effort pour se remémorer les conseils que lui avait prodigués Juanita, sa gouvernante, avant de partir précipitamment pour Dallas afin d'assister à la naissance de son troisième petit-enfant. Malheureusement, ce jour-là, il mettait les dernières touches au discours qu'il devait prononcer à l'assemblée générale, et il ne l'avait écoutée que d'une oreille distraite. À présent, il regrettait amèrement de ne pas avoir pris de notes détaillées.

Il s'était résolu à trouver une femme parmi le personnel du TCC pour l'aider à changer sa nièce lorsqu'il entendit la porte du vestiaire s'ouvrir derrière lui.

Dieu merci, songea-t-il, espérant voir entrer une personne plus versée que lui dans les mystères des couches pour bébés.

— Pourrais-je vous demander de m'aider un instant ? demanda-t-il sans se retourner.

— Alors, monsieur Price, on a un petit problème ? s'enquit une voix familière.

Le ton d'Abigail Langley était légèrement ironique, mais Brad était bien trop soulagé de voir arriver cette aide providentielle pour songer une seconde à s'en formaliser.

Il se retourna et vit sa rivale de toujours plantée sur le seuil. Un sourire entendu relevait les coins de ses lèvres rouge corail. Brad ne put s'empêcher de pousser un soupir de frustration. Abigail et lui avaient été en compétition depuis leur plus tendre enfance et, depuis quelques mois, ils étaient engagés dans une lutte féroce pour le poste très convoité de président du TCC. À tout autre moment, ce sourire gouailleur l'aurait agacé mais, en cet instant, il n'éprouvait que de la gratitude.

— Que sais-tu de l'art de changer les couches ? demanda-t-il en levant devant lui l'objet de sa perplexité.

Abigail pouffa et alla accrocher son manteau avant de se retourner vers lui.

— Ne me dis pas que le grand Bradford Price a rencontré un problème qu'il ne peut résoudre grâce à sa logique supérieure.

Pas du tout surpris qu'elle saisisse cette occasion pour se moquer de lui, Brad se réfugia derrière un sourire sarcastique.

— Très spirituel, Langley. Et maintenant que tu as bien ri, si tu venais ici me donner un coup de main ?

Elle s'approcha du canapé aux coussins de peluche sur lequel sa nièce s'efforçait toujours d'introduire son petit pied dodu dans sa bouche.

— Tu n'as pas la moindre idée de ce que tu fais, n'est-ce pas, Bradford ?

Comme chaque fois qu'elle s'adressait à lui en utilisant son prénom officiel, Brad se sentit bouillonner intérieurement. Il savait qu'elle le faisait pour l'agacer. C'était déjà son habitude à l'école primaire, mais il ne pouvait pas se permettre de la remettre à sa place, car il avait besoin de son aide. Il savait aussi bien qu'elle qu'il avait entrepris une tâche au-dessus de ses forces. D'ailleurs, ce n'était pas en se disputant avec elle qu'il résoudrait le problème de cette satanée couche jetable.

— C'est assez évident, je crois, marmonna-t-il, l'irritation familière qu'il ressentait toujours en sa présence se substituant peu à peu au soulagement qu'il avait ressenti en la voyant apparaître. Et maintenant, vas-tu te décider à m'aider, ou dois-je partir à la recherche d'une personne plus serviable ?

— Bien sûr, je vais changer Sunnie, répondit-elle en s'asseyant sur le canapé près du bébé. Mais je ne le fais pas pour toi.

Elle chatouilla le petit ventre rond de Sunnie avant d'ajouter :

— Je le fais pour ce petit ange.

— À ton aise.

Peu lui importait pour qui elle le faisait. Ce qui comptait, c'était que sa nièce soit changée et qu'il puisse s'arranger pour la faire garder le temps de prononcer son dernier discours de campagne devant l'assemblée générale du TCC. Ensuite, lorsque les candidats se seraient exprimés et qu'on leur demanderait de quitter la salle pour les délibérations finales, il était bien décidé à ramener Sunnie à la maison et à faire une petite sieste. Tous deux en avaient grandement besoin.

La journée avait à peine commencé, et il se sentait déjà

épuisé. S'occuper d'un bébé était une tâche beaucoup plus compliquée qu'il ne l'avait prévu. Outre les repas qu'il fallait préparer aux heures les plus saugrenues du jour et de la nuit, chaque déplacement était une expédition, avec toutes les affaires qu'il fallait emporter avec soi.

— Pourquoi n'as-tu pas laissé le bébé à Juanita ? demanda Abby en lui prenant la couche des mains.

— Elle a été appelée très tôt ce matin pour la naissance de sa petite-fille à Dallas, répondit-il d'un air absent. Elle ne sera pas de retour avant au moins deux semaines.

Fasciné par l'efficacité de ses gestes, il observa Abby qui disposait devant elle les lingettes pour bébé et le talc, puis soulevait Sunnie pour glisser sous son dos un plan à langer souple décoré de petits lapins roses. Par quel miracle les femmes savaient-elles d'instinct comment prendre soin d'un bébé ? Disposaient-elles d'un gène spécial dont les hommes étaient dépourvus ?

Probablement, décida-t-il. Abby et lui avaient le même âge, et, avant que Sunnie n'apparaisse dans sa vie, ils étaient l'un et l'autre sans enfant. Pourtant, ces gestes semblaient venir tout naturellement à Abby, alors qu'il ne pouvait que constater sa propre ignorance.

En ce qui lui parut être un temps record, Abby avait ôté la couche sale et l'avait remplacée par une propre.

— Pour l'attacher, tu utilises ces petits rabats, expliquait-elle. C'est une sorte de Velcro en plus doux, pour ne pas irriter la peau délicate du bébé. Tu dois seulement t'assurer que la couche n'est ni trop serrée ni trop lâche, et ensuite…

Sous le charme de sa voix mélodieuse — et non sans se demander pourquoi il la trouvait tout à coup si attirante —, Brad mit un instant à s'apercevoir qu'elle s'était tue.

— Heu… comment ?

— Fais un peu attention, Price. Il n'y aura pas toujours

quelqu'un pour venir à ton secours lorsque Sunnie aura besoin qu'on la change.

— Je t'écoute attentivement, assura-t-il, s'abstenant prudemment de préciser qu'il avait été plus fasciné par la douceur de sa voix et le mouvement de ses lèvres que par le cours express de puériculture qu'elle lui donnait.

— Ah oui ? répliqua-t-elle. Dans ce cas, répète-moi ce que je viens de te dire.

Abby avait sans doute les yeux les plus bleus de tout l'État du Texas. Bleus comme les lupins sauvages qui poussaient au printemps dans les prairies. Brad ne put s'empêcher de se demander pourquoi il n'avait jamais remarqué auparavant toute l'expressivité de son regard.

La couche bien en place, Abby prit Sunnie dans ses bras et vint se planter face à lui.

— Alors, monsieur Price ? Votre nièce et moi attendons.

Il toussota pour gagner du temps et fit un effort pour se souvenir de ses propos exacts. Mais l'image d'Abby déposant un baiser sur la joue de Sunnie resterait à jamais gravée dans sa mémoire, même s'il aurait été bien en peine d'expliquer pourquoi il l'avait trouvée aussi irrésistible.

— Euh… voyons.

Que lui prenait-il ? Pourquoi lui était-il tout à coup impossible de se concentrer ? Et pourquoi fallait-il que ce moment d'absence se produise justement devant *elle* ?

Il n'avait jamais éprouvé la moindre difficulté à suivre une conversation. Pourquoi alors ne pouvait-il penser à rien d'autre qu'à la forme parfaite de ses lèvres, dont il croyait déjà sentir la douceur sur sa peau ?

— Ni trop serrée ni trop lâche, articula-t-il enfin. Attacher avec le Velcro. Ne pas pincer la peau délicate. J'ai compris.

— Et il t'a fallu aussi longtemps pour te souvenir d'une opération aussi simple ? ironisa-t-elle.

— Oui, convint-il avec un haussement d'épaules détaché. Mais l'essentiel, c'est que j'aie compris.

— Tu devras faire mieux, Bradford, observa-t-elle, secouant la tête d'un air désapprobateur. Tu ne peux pas improviser à tout bout de champ. Tu dois apprendre à faire toutes ces choses pour Sunnie. Tu es son père, désormais. Elle compte sur toi.

Abby avait raison. Il lui arrivait quelquefois de se sentir écrasé par la responsabilité qu'il avait assumée en adoptant la fille de son frère disparu.

— Je t'assure que je compte bien veiller à ce que Sunnie ait accès à tout ce qui se fait de meilleur, y compris les soins dont elle a besoin, répliqua-t-il, irrité qu'elle ait pu penser qu'il ferait moins que le maximum. Je pense que tu me connais assez bien pour savoir que je ne fais jamais les choses à moitié. Lorsque je m'engage, c'est jusqu'au bout.

Elle le dévisagea un instant en silence, puis hocha lentement la tête.

— Assure-toi que ce soit le cas.

Elle venait à peine de prononcer ces mots que Sunnie posa sa petite tête sur son épaule. À l'évidence, elle s'apprêtait à s'endormir. Abby ferma les yeux et serra le bébé plus fort contre sa poitrine.

— N'oublie jamais la chance que tu as de l'avoir dans ta vie, Brad.

— Jamais.

La sincérité qu'il avait sentie dans cette déclaration, et le fait qu'elle l'ait appelé « Brad » — qu'il préférait de loin à Bradford —, le prit au dépourvu et, avant de comprendre ce qu'il faisait, il tendit la main pour effleurer d'une caresse sa joue veloutée.

— Tu feras une maman formidable un jour, Abigail Langley.

Lorsqu'elle ouvrit les yeux, un nuage de tristesse avait

voilé l'azur transparent de son regard, et il s'en voulut de s'être montré aussi insensible. Une année à peine s'était écoulée depuis le décès de Richard, son mari, et Brad savait que le couple songeait à fonder une famille au moment du tragique événement.

— Je te demande pardon, Abby, s'excusa-t-il précipitamment. Je suis certain qu'un jour tu auras une famille bien à toi.

— J'aimerais que ce soit vrai, répondit-elle d'une voix douce. Mais… heu…

Elle prit une profonde inspiration, avant de déclarer d'un trait :

— Malheureusement, je crains que les enfants ne fassent pas partie de mon avenir.

— Bien sûr que si, assura-t-il. Tu as encore largement le temps de mettre au monde des enfants. Tu n'as que trente-deux ans, comme moi, et même si tu ne trouves pas d'autre homme avec qui tu aies envie de passer le reste de ta vie, ce n'est pas grave beaucoup de femmes élèvent des enfants seules, de nos jours.

— Il s'agit d'un problème plus compliqué que celui de trouver un mari ou de choisir de devenir mère célibataire, répondit-elle après un long silence.

— Cela t'apparaît ainsi aujourd'hui, observa-t-il, mais un jour viendra où tu verras les choses différemment.

Lorsqu'elle releva les yeux vers lui, il vit une larme solitaire rouler lentement sur sa joue.

— Le temps ne fera aucune différence, murmura-t-elle.

— Qu'y a-t-il, Abby ? insista-t-il, frappé par son apparente résignation.

Elle le dévisagea durant plusieurs longues secondes avant de déclarer dans un souffle :

— Je… ne peux pas avoir d'enfants. Je suis stérile.

C'était la dernière chose qu'il s'attendait à entendre, et, tout à coup, il se sentit idiot d'avoir tant insisté.

— Je suis désolé, Abby. Je ne savais pas…

Le reste de sa phrase mourut sur ses lèvres. Qu'aurait-il pu ajouter sans aggraver encore le faux pas qu'il venait de commettre ?

Mais Abby haussa les épaules.

— Ce n'est pas comme si je venais de l'apprendre. J'ai reçu les résultats des tests quelques jours après les obsèques de Richard.

C'était moins d'un an auparavant, et Brad devinait qu'elle s'efforçait encore d'accepter ce cruel verdict. Comment ne pas la comprendre ? À quelques jours d'intervalle, cette femme avait perdu son mari et appris qu'elle ne pourrait jamais avoir d'enfant. N'importe qui, à sa place, aurait été dévasté.

Craignant de la blesser davantage par des paroles inconsidérées, il décida de se taire et de lui montrer son soutien par d'autres moyens. Il ouvrit les bras et l'enlaça, elle et sa nièce endormie sur sa poitrine, et il resta simplement là à les serrer dans ses bras en silence.

Toutefois, ce geste de réconfort ne tarda pas à lui rappeler un autre temps où il aurait tout donné pour serrer son corps mince contre le sien. C'était au début des vacances, après leur première année au lycée, et il était en pleine crise d'adolescence. À quinze ans, il avait ardemment désiré qu'elle devienne sa petite amie.

Malheureusement, Richard Langley avait capté son attention et, dès lors, il avait été évident qu'Abby et Richard étaient destinés à être ensemble. Et cela valait mieux ainsi, avait-il décidé. Elle connaissait tous ses points faibles et était capable de le mettre hors de lui plus vite que n'importe qui d'autre. Elle avait ce pouvoir alors, et le passage des années n'y avait rien changé.

— Nous devrions peut-être commencer à nous rapprocher de la salle de réunion, suggéra-t-elle, le ramenant brusquement à la réalité. L'assemblée générale va bientôt commencer.

Sa voix s'était raffermie, et il devina qu'elle avait retrouvé une bonne partie de sa maîtrise de soi. Brad hocha la tête et mit fin à leur étreinte.

— Je devrais avoir tout juste le temps de demander à une employée de garder Sunnie avant le début des discours, dit-il en consultant sa montre.

— Combien de temps penses-tu qu'elle dormira ? s'enquit-elle en reposant délicatement le bébé dans son couffin de transport. Si tu crois que sa sieste va durer un petit moment, je peux tout à fait la garder pendant que tu t'adresseras à l'assemblée générale.

Depuis que Sunnie était entrée dans sa vie, une sorte de trêve s'était établie entre eux, mais il n'est pas si facile de se débarrasser des vieilles habitudes. Brad ne croyait pas une seconde qu'Abby l'aiderait volontairement à conquérir le poste qu'ils convoitaient tous deux. Mais il ne la croyait pas non plus capable de lui jouer un mauvais tour tel que réveiller le bébé en plein milieu de son discours. Durant toutes ces années où ils avaient été en compétition, ni elle ni lui n'avaient jamais eu recours à ce type de manigance pour sortir vainqueur d'une situation.

— Vraiment, cela ne te dérange pas ?

— Pas du tout, assura-t-elle en replaçant les lingettes et le talc dans le sac à langer. Mais ne crois surtout pas que je le fais pour faciliter ta victoire, ni que je ne prendrai pas le plus grand plaisir à t'avoir battu lorsque le résultat des élections sera annoncé, au bal de Noël.

Soulagé de se retrouver sur le terrain familier de leur rivalité de toujours, Brad esquissa un sourire.

— Bien sûr que non. Tu le fais pour…

— Je le fais pour Sunnie, coupa-t-elle en ramassant son sac à main et le sac à langer.

Souriant toujours, Brad saisit la poignée du couffin et, posant son autre main dans le dos d'Abby, il la guida doucement vers la porte du vestiaire.

— Prête à entendre le plus mémorable discours de clôture de ta vie ?

— Tu rêves, Price, rétorqua-t-elle en le précédant dans la salle. Je connais tes discours, et il en faudrait davantage pour commencer à m'impressionner.

— Dans ce cas, tu ferais mieux de te préparer, parce que tu es sur le point d'être balayée par un raz-de-marée.

Assise à une table en compagnie des candidats aux divers postes soumis au vote, Abby tourna son regard vers Sunnie, paisiblement endormie dans le couffin posé sur une chaise entre Brad et elle. De toute évidence, le bébé allait continuer sa sieste pendant toute la durée des discours, et elle en profita pour tourner son attention vers la foule des membres du TCC qui se pressait dans la grande salle.

Sept mois auparavant, le Texas Cattleman's Club était encore une organisation entièrement masculine peu pressée d'admettre les femmes dans son cénacle. Dans toute la longue histoire du club, elle avait été la première représentante du sexe féminin à s'imposer dans ce repaire de mâles sexistes et à devenir membre de plein droit.

Hélas, si on l'avait invitée à devenir membre du TCC, ce n'était pas en raison de ce qu'elle pouvait apporter au club, mais par respect pour son nom. Fondé par l'arrière-arrière-arrière grand-père de feu son mari, Tex Langley, plus d'un siècle auparavant, le TCC s'était toujours enorgueilli de compter un membre de la famille Langley dans ses rangs. Mais la mort de Richard, un an auparavant, était venue interrompre cette longue tradition. Abby ne devait son admission qu'à une obscure clause du règlement du club requérant qu'un membre de la famille Langley soit automatiquement nommé au conseil d'administration.

Exhalant un soupir, elle redressa les épaules. Peu importaient les raisons de cette décision. Elle avait ouvert une nouvelle voie, et elle avait bien l'intention de faire entrer d'autres femmes dans ce cercle exclusif, et ce dès qu'elle serait élue présidente. Elle ne pouvait imaginer de meilleur moyen d'inaugurer le nouveau club-house sur le point d'être construit que d'inclure dans la liste des membres des femmes qui avaient activement soutenu le Texas Cattleman's Club durant toutes ces années.

Lorsqu'elle fut conviée à prendre la parole, elle lança un dernier regard à Sunnie avant de gagner la tribune pour présenter son programme. Parcourant la salle du regard, elle devina que certains membres âgés du club ne se réjouissaient guère qu'elle ait été admise dans leurs rangs, et plus encore qu'elle ose briguer la présidence du club. Mais c'était tant pis pour eux. Il était temps qu'ils entrent dans le XXIe siècle et qu'ils comprennent qu'une femme pouvait être au moins aussi efficace qu'un homme à ce poste.

Elle exposa point par point sa vision pour l'avenir du club et termina son discours par le projet qui lui tenait le plus à cœur.

— Le comité des travaux a engagé un architecte et présenté ses plans pour le nouveau club-house. J'espère sincèrement que vous voterez tous en faveur de ce projet et que nous pourrons bientôt démarrer la construction d'un nouvel espace en harmonie avec cette nouvelle ère qui s'ouvre pour nous. Je conclurai en vous invitant à réfléchir aux propositions que je viens de vous faire aujourd'hui et en vous demandant de m'accorder votre confiance sur la seule base de ce que je peux apporter à la présidence de ce club, et non en fonction de mon sexe ou du nom que je porte. Merci à tous, et j'espère pouvoir bientôt vous servir en tant que présidente du TCC.

Ses propos furent salués par une bruyante ovation des plus jeunes membres du club et par quelques hochements de tête respectueux des plus âgés. Elle était satisfaite d'avoir fait de son mieux pour représenter dignement les Langley et le sexe féminin. À présent, c'était aux membres du club de décider des futures orientations du TCC, lorsque le véritable vote aurait lieu, le lendemain.

— Essaie donc de faire mieux, Price, lança-t-elle, défiant son éternel rival.

Ses yeux noisette pétillants de défi, il se leva et se prépara à prendre la parole à son tour.

— Rien de plus facile, chérie.

Elle ne se trompait pas une seconde sur l'importance que Brad accordait à ce mot tendre. Comme la plupart des Texans, il s'adressait à toutes les femmes de cette façon. Ce qu'elle ne comprenait pas, en revanche, c'était le petit frisson que ce mot avait déclenché dans tout son corps. Décidant qu'il valait mieux ignorer cette curieuse réaction, elle se concentra sur le discours de Brad à la tribune. Elle devait admettre qu'il était un orateur brillant et qu'il avait beaucoup d'excellentes idées — dont certaines recouvraient tout à fait les siennes. Mais cela ne signifiait nullement qu'elle soit prête à lui concéder la victoire.

Aussi loin qu'elle s'en souvienne, Brad et elle avaient toujours été adversaires dans une compétition ou une autre. Parfois, c'était lui qui gagnait. D'autres fois, c'était elle qui remportait la victoire. Mais cette rivalité entre eux était toujours présente et souvent extrêmement vive.

Abby ne put s'empêcher de sourire en songeant à certaines des compétitions qui les avaient opposés. Leur rivalité avait commencé au cours préparatoire, où chacun d'eux avait parié qu'il remporterait plus de prix que l'autre à la fin de l'année. Au collège, ils avaient été en compétition pour devenir délégué de leur classe. Durant leurs années de lycée, ils avaient été engagés dans une course sans merci pour déterminer lequel des deux sortirait major de sa promotion. Ce combat particulier s'était terminé par un match nul, et ils avaient dû se partager les honneurs et la gloire.

Durant toutes ces années, ils s'étaient sans cesse défiés, aiguillonnés, taquinés, et même si leur rivalité n'était jamais devenue un combat à mort, ils n'étaient pas non plus amis. Raison pour laquelle elle avait été prise au dépourvu, tout à l'heure dans le vestiaire, lorsque Brad avait fait preuve d'une sincère compassion envers elle. Ce qui peut-être l'avait poussée à lui confier son infertilité.

Elle prit une profonde inspiration. Son impossibilité à devenir mère n'était pas un sujet dont elle pouvait discuter librement, et elle ne comprenait pas ce qui l'avait poussée à l'évoquer devant Brad. Pourquoi avait-elle partagé avec lui l'un de ses secrets les plus douloureux ?

Elle réfléchissait à cet étrange comportement lorsque Sunnie commença à s'agiter dans son couffin. Abby comprit qu'elle était sur le point de se réveiller. Pire, elle commençait à geindre, lui laissant craindre une bruyante crise de larmes. Sans attendre que ses cris interrompent le discours de Brad, elle ramassa son sac à main et le sac à langer, souleva le bébé hors de son couffin et quitta la salle en la portant dans ses bras.

Elles étaient dans le hall d'entrée du club depuis quelques minutes à peine lorsque Brad — chargé du couffin du bébé — les rejoignit, suivi par les autres candidats au conseil d'administration.

— Après le vote de demain, déclara-t-il en reposant le

couffin sur le sol près de lui, il ne nous restera plus qu'à attendre le gala de Noël pour l'annonce des résultats.

— En avons-nous terminé pour aujourd'hui ? s'enquit-elle, plaçant une tétine entre les lèvres avides de Sunnie.

Brad acquiesça.

— Je m'en réjouis, crois-moi. Je pense que je vais ramener cette petite princesse chez nous et lui donner le biberon. Ensuite, nous occuperons le reste de l'après-midi à faire une bonne sieste.

— Tu as songé à engager une nounou ?

— Je n'ai pas l'intention d'abandonner à une autre personne le soin de s'occuper de Sunnie, répliqua-t-il d'un ton bourru. J'ai accepté la responsabilité de l'élever, et c'est exactement ce que j'ai l'intention de faire. Tout au plus, je la ferai garder occasionnellement s'il m'arrive de sortir un soir ou de me rendre à un rendez-vous d'affaires.

— Comment comptes-tu faire pour t'occuper d'elle durant les deux prochaines semaines, sans les conseils de ta gouvernante ? ne put-elle s'empêcher de remarquer, songeant à sa panique tout à l'heure, avec les couches.

— Je ferai de mon mieux, répondit-il, visiblement embarrassé. Et si je suis confronté à un problème insoluble, j'appellerai Sheila, l'épouse de mon ami Zeke Travers. Ou alors ma sœur, Sadie. Sheila est infirmière, et elle s'est occupée de Sunnie jusqu'à ce que j'obtienne sa garde. Je suis sûr que l'une d'elles ne refusera pas d'accourir à mon aide en cas de besoin. Et, au fait, merci d'avoir gardé Sunnie pendant mon discours. Je t'en suis sincèrement reconnaissant.

— Ce fut un plaisir, assura Abby en installant délicatement le bébé dans son couffin. Elle attacha les sangles et remonta la petite couverture du bébé jusqu'à son menton. Mon ranch n'est pas très loin de chez toi. Si tu ne parviens pas à joindre Sadie ou Sheila, tu peux m'appeler, et je tâcherai de répondre à tes questions.

— Je m'en souviendrai, dit-il d'un ton sérieux.

Lorsqu'elle se redressa, ils restèrent un long moment face à face à se dévisager en silence. Tous les autres étaient partis, et ils étaient seuls dans le hall.

— As-tu remarqué ce qu'il y a juste au-dessus de ta tête ? s'enquit-il, esquissant un sourire.

— Non, répondit-elle d'un ton prudent. Aurais-je dû ?

— Lève les yeux. Tu es sous un bouquet de gui.

— Je ne l'avais pas…

Sans lui laisser le temps de terminer sa phrase, il s'avança et la prit par la taille. Il ne songeait quand même pas à l'embrasser ?

— La tradition m'y oblige, dit-il comme s'il avait lu dans ses pensées.

Avant qu'elle ait pu lui rappeler qu'ils étaient adversaires et qu'elle se contrefichait de cette tradition, il posa ses lèvres sur les siennes et l'embrassa avec une délicatesse qui la laissa sans voix. Ses lèvres étaient fermes et douces, et caressaient les siennes avec un art consommé, confirmant sa réputation de séducteur. Aucun homme n'embrassait de cette façon, à moins d'avoir un sens inné de ce qui pouvait satisfaire les femmes ou une très longue expérience d'elles. Abby soupçonnait que Bradford Price avait les deux. Soudain, ses jambes cessèrent de la porter, et elle leva les mains pour s'accrocher à ses larges épaules. La force, la solidité qu'elle sentit sous le tissu de sa veste Armani noire firent battre son cœur plus vite, mais ne l'aidèrent nullement à se sentir ferme sur ses jambes. Lorsqu'il l'attira à elle et la serra dans ses bras, ses genoux la trahirent tout à fait, et elle se laissa aller mollement contre lui.

Heureusement, Sunnie choisit cet instant pour expulser sa tétine et se mettre à hurler de toute la force de ses petits poumons, la libérant du sortilège que Brad semblait avoir jeté sur elle. Elle s'écarta de lui, jetant un regard affolé tout autour d'elle pour s'assurer que personne n'avait été témoin de cette scène, et constata à son grand soulagement que le hall était désert.

— Je… dois… aller chercher mon manteau, balbutia-t-elle, luttant contre l'impression que tout l'oxygène s'était évaporé de la pièce. Sheila et moi… devons faire un peu de shopping pour la soirée de Noël… au foyer d'accueil pour femmes.

— Oui, répondit-il d'un ton détaché. Quant à moi, je dois rentrer pour donner son biberon à Sunnie et faire une petite sieste.

À son grand déplaisir, elle ne pouvait que constater que ce baiser ne semblait pas l'avoir affecté le moins du monde.

Il lui tendit la main et, d'un réflexe automatique, elle la serra. À l'instant où leurs paumes entrèrent en contact l'une avec l'autre, elle sentit une onde de chaleur remonter le long de son bras. Elle retira précipitamment sa main et recula d'un pas.

— Que le meilleur gagne, dit-il avec ce sourire en coin qui lui avait toujours donné envie de le gifler.

— Ou la meilleure, répliqua-t-elle.

— Je suppose qu'il n'y a aucun mal à te laisser caresser ce rêve encore quelque temps, jusqu'à ce que l'on annonce officiellement que j'ai gagné l'élection.

— Ne t'inquiète pas pour moi, Price, car c'est exactement ce que je compte faire. Je suis impatiente de voir la tête que tu feras lorsqu'on annoncera ma victoire.

— Nous verrons, Langley.

Il reprit le couffin et le sac à langer et, tournant les talons, se dirigea vers la sortie.

— À ta place, je ne crierais pas victoire trop vite, dit-il sans se retourner.

— J'en ai autant à ton service, lança-t-elle.

Son rire moqueur l'accompagna jusqu'à la sortie, et elle le suivit du regard, bouillonnante de colère. Que lui avait-il pris de lui permettre de l'embrasser, et que faisait-elle plantée là comme une idiote à le dévorer des yeux ?

Consternée par son propre comportement, Abby prit le chemin du vestiaire. Comment avait-elle pu se conduire d'une façon aussi étrangère à ses habitudes ? La seule réponse qui lui venait à l'esprit était qu'elle avait dû temporairement perdre la raison.

Le front plissé, elle enfila son manteau et regagna sa voiture. Elle ne savait pas avec certitude contre qui elle devait être furieuse. Contre lui, pour son insupportable arrogance, ou contre elle, pour l'avoir laissé s'en tirer à si bon compte.

Mais une chose était certaine. Cela ne se reproduirait plus. Outre qu'elle n'avait nulle envie d'être embrassée par un homme, quel qu'il soit, elle se sentait beaucoup plus à l'aise avec Bradford Price, l'éternel adversaire, qu'elle ne le serait jamais avec Brad Price, propriétaire des lèvres les plus extraordinaires de tout le sud-ouest du Texas.

- 2 -

— Zeke, Sheila est-elle à la maison ? demanda Brad dès que son ami eut décroché le téléphone.

— Salut Brad, répondit Zeke Travers d'un ton guilleret. Quoi de neuf ?

— En ce moment, j'ai quelques problèmes.

— Je l'entends d'ici, répondit Zeke en riant. On dirait que Sunnie te donne un de ces récitals de hurlements dont elle a le secret. Où est Juanita ?

— Elle est partie à Dallas et…

— Oh ! oh ! Ce qui signifie que tu es tout seul avec le bébé, n'est-ce pas ?

— Oui, et elle refuse de cesser de pleurer, reconnut Brad, se demandant comment un bébé aussi petit pouvait produire un bruit aussi assourdissant. J'espérais que Sheila aurait peut-être une idée des raisons de cette mauvaise humeur.

— Désolé, mon vieux. Sheila est partie avec Abby faire du shopping pour la soirée de Noël organisée pour les enfants du foyer d'accueil pour femmes de Sommerset. Sunnie a peut-être faim, qui sait ? Lorsque Sheila s'occupait d'elle, il m'était déjà arrivé de remarquer que cette petite n'avait aucune patience lorsqu'il était question de son biberon.

— Elle a pris son biberon il n'y a pas très longtemps, et tout allait bien jusqu'à il y a une dizaine de minutes. Puis elle s'est mise à pleurer et elle ne s'est plus arrêtée depuis.

— Elle a peut-être besoin que tu changes sa couche.

— Je viens de le faire, répondit Brad en s'approchant de

la balancelle où sa nièce hurlait de plus belle. J'ai essayé de la balancer, de la bercer contre mon épaule en marchant, mais rien ne semble fonctionner.

— Mon vieux, je ne sais quoi te répondre, dit Zeke d'un ton embarrassé.

Il marqua une pause, avant de reprendre :

— Attends une seconde. La voiture d'Abby vient de s'arrêter dans l'allée. Je vais expliquer la situation à Sheila, et elle te rappellera.

— Merci, Zeke. Tu me sauves la vie.

Brad coupa la communication, jeta son téléphone sur le canapé et, prenant Sunnie dans les bras, recommença à arpenter la pièce en la berçant contre lui.

Il détestait devoir déranger Zeke et Sheila. Ils étaient jeunes mariés, et ils devaient avoir des façons plus agréables de passer leurs soirées que de lui donner des conseils de puériculture. Mais il était à bout de solutions et, au moins, il avait le courage d'admettre qu'il avait besoin d'une aide extérieure.

— Tout va bien, mon bébé, roucoula-t-il en tapotant son petit dos. On va trouver une solution.

Pour toute réponse, Sunnie se mit à hurler de plus belle, et, pour la première fois de sa vie, Brad sentit le poids accablant de l'échec. Il avait cru bien agir en adoptant la fille de son frère, Michael, décédé dans des circonstances tragiques. Mais, si la journée d'aujourd'hui était un bon indicateur de ses aptitudes à s'occuper d'un enfant, peut-être s'était-il fourvoyé. Bien sûr, il maîtrisait maintenant le changement de couches et la préparation du biberon, mais il devait reconnaître son ignorance totale lorsqu'il s'agissait de comprendre l'origine de ces pleurs et le meilleur moyen de les faire cesser.

Pourquoi Zeke et Sheila mettaient-ils aussi longtemps à le rappeler ? se demanda-t-il, consultant sa montre. Une bonne dizaine de minutes s'étaient écoulées depuis que Zeke lui avait assuré que Sheila allait le faire.

Sunnie hurlait dans ses oreilles comme une petite diablesse si bien qu'il n'entendit pas tout de suite que quelqu'un sonnait à sa porte. Submergé par une vague de gratitude, il se précipita pour ouvrir, pensant trouver Sheila sur le seuil.

— J'apprécie énormément…

Le reste de sa phrase mourut sur ses lèvres. Ce n'était pas Sheila qu'il avait en face de lui, mais Abby, la main levée, qui s'apprêtait à sonner une seconde fois. *Génial*, songea-t-il. La dernière chose dont il avait besoin, c'était qu'elle soit de nouveau le témoin de son ignorance en matière de soins à prodiguer aux bébés.

— Rassure-toi, je ne suis pas plus heureuse de me trouver ici que tu ne l'es de me voir, dit-elle en passant devant lui sans lui accorder un regard. Mais Sheila a eu un malaise pendant que nous faisions nos courses, et elle m'a demandé de passer pour m'assurer que Sunnie et toi alliez bien.

Apparemment, il n'avait pas très bien dissimulé l'agacement qu'il avait éprouvé en la revoyant. Néanmoins, comme les cris du bébé ne semblaient pas devoir cesser, bien au contraire, l'aide d'Abby était préférable à l'absence totale d'aide.

— Rien ne marche, dit-il d'un ton découragé. Elle se calme un peu et semble sur le point de s'endormir, puis, tout à coup, elle rouvre les yeux et se met à hurler de plus belle.

Abby ôta rapidement son manteau et le lui tendit avec son sac à main, puis elle lui prit le bébé des bras.

— Calme-toi, mon ange. Tout va bien. Je suis ici pour t'aider. Où est sa tétine ?

Il lui tendit celle qu'il avait inutilement proposée à Sunnie à de nombreuses reprises, et Abby la glissa dans la bouche du bébé qui l'accepta sans hésitation. Une seconde après, les pleurs de Sunnie commencèrent à baisser en intensité.

— Tu as un fauteuil à bascule ?

Il lui avait suffi d'apparaître et de prendre le bébé dans ses bras pour que le niveau sonore baisse de plusieurs décibels, songea-t-il, un peu vexé, en allant poser son manteau sur le banc du vestibule. Qu'avait-elle donc qu'il n'avait pas ?

Il lui fit signe de le suivre dans le salon, et lui indiqua d'un geste le fauteuil à bascule tout neuf dont il avait fait l'acquisition juste avant de ramener Sunnie chez lui. Les mains au fond des poches de son jean, il observa Abby qui s'asseyait et commençait à bercer le bébé contre elle. Une minute plus tard, les pleurs de Sunnie s'étaient taris, et seul un gémissement occasionnel venait troubler le silence. Il devina que son petit ange était sur le point de s'endormir.

— Lorsque j'ai essayé de la bercer, ses cris ont redoublé d'intensité, fit-il remarquer, incapable de dissimuler son dépit.

— À mon avis, tu es nerveux à l'idée de t'occuper d'elle tout seul, et Sunnie le sent.

— Je ne suis pas du tout nerveux, grogna-t-il. J'appréhende peut-être un peu d'être seul responsable d'elle, mais je ne suis pas du genre à m'angoisser.

— Nervosité, appréhension, c'est du pareil au même, répliqua-t-elle en riant. En tout cas, elle le sent, et elle te fait savoir que ce n'est pas à son goût, de la seule manière qu'elle connaisse.

Se sentant un peu insulté, il fusilla du regard la femme en train de bercer tranquillement sa nièce.

— Alors, d'après toi, c'est ma faute si elle ne cesse pas de pleurer ?

— Pas entièrement, concéda-t-elle. Une partie du problème, c'est qu'elle lutte pour rester éveillée. Elle découvre le monde autour d'elle, et elle craint probablement de manquer un épisode intéressant.

Pendant qu'Abby berçait Sunnie dans le fauteuil à bascule, Brad passa dans la cuisine pour préparer du café, espérant que Juanita avait confectionné une de ses fameuses tartes aux pommes avant de partir. Le moins qu'il puisse faire, c'était offrir une tasse de café et un peu de tarte à Abby pour la remercier d'avoir ramené le calme dans la maison.

Lorsqu'il retourna dans le salon, Sunnie était profondément endormie. Abby leva les yeux et lui sourit.

— Je crois que nous ne devrions pas risquer de la réveiller, dit-elle à voix basse. Si tu me montres sa chambre, je la mettrai moi-même au lit.

Ils montèrent l'escalier et entrèrent dans la chambre du premier étage qu'il avait transformée en nursery, et il ne put s'empêcher de remarquer le naturel des gestes d'Abby vis-à-vis du bébé. Si une femme était faite pour être maman, c'était bien Abigail Langley. Quel dommage qu'elle n'envisage pas de se donner cette chance.

Lui-même était devenu père par le biais de l'adoption. Abby, elle aussi, pouvait devenir mère en adoptant un bébé. Il lui suffisait de rester ouverte à cette possibilité. Mais, apparemment, elle n'y était pas disposée, et ce n'était pas son rôle que de le lui suggérer.

Tandis qu'elle installait le bébé dans son berceau, il alluma la caméra et prit le moniteur vidéo pour l'emporter avec eux dans le salon.

— Je te remercie d'être passée, dit-il alors qu'ils redescendaient l'escalier. C'est la seconde fois aujourd'hui que tu viens à ma rescousse.

— J'ai remarqué que Sunnie portait une couche propre. Dois-je en conclure que tu as maîtrisé ce challenge ?

— En réalité, cela s'est avéré bien plus facile que de la mettre au lit le soir, répondit-il en souriant. Que dirais-tu d'une tasse de café et d'une part de tarte ?

— Je… devrais rentrer et te laisser profiter de ta paix

retrouvée, dit-elle en allant jusqu'au banc où il avait posé son manteau et son sac. Si tu as d'autres problèmes, n'hésite pas à m'appeler.

Avant qu'elle ait le temps de ramasser ses affaires, il posa une main au creux de son dos et la poussa gentiment vers le salon.

— Je dois avouer que la compagnie d'un adulte durant un petit instant me ferait le plus grand bien. Comme tu as pu le constater ce soir, Sunnie n'est pas encore capable de conversation spirituelle.

— Certes, répondit Abby en allant s'asseoir sur le canapé. Mais tu dois au moins reconnaître qu'elle sait déjà se faire comprendre.

— C'est le moins qu'on puisse dire. J'en ai encore les oreilles qui sifflent.

— Si cela ne te fait rien, je crois que je vais m'abstenir de café et de tarte. Si je bois du café à cette heure-ci, je ne dormirai pas de la nuit.

— Puis-je te proposer autre chose ? fit-il. Je n'ai pas d'alcools, mais je devrais pouvoir te trouver un jus de fruits dans le réfrigérateur.

Sadie, la sœur de Brad, avait confié un jour à Abby que ce dernier ne buvait jamais rien de plus fort que du café ou du thé glacé, parce que leur frère aîné avait été dépendant de l'alcool et des drogues et qu'il avait péri de façon tragique dans un accident de voiture.

— Je ne bois pas beaucoup non plus, convint-elle. Un verre de vin au dîner de temps à autre, c'est tout.

Brad s'installa confortablement dans le fauteuil moelleux jouxtant le canapé.

— Comprends-moi bien, reprit-il, je n'ai rien contre une consommation d'alcool modérée. C'est lorsque les gens ne savent pas s'arrêter que cela devient un problème.

— Comme cela l'a été pour ton frère ?

Brad hocha la tête.

— Michael a toujours été un fils rebelle, et il aurait fait n'importe quoi pour humilier notre père. Quel meilleur moyen d'y parvenir qu'en devenant l'ivrogne de la ville ?

Elle devinait que Brad en voulait un peu à son frère d'avoir ainsi humilié la famille Price, et elle comprenait parfaitement ce qu'il ressentait. Lors de sa dernière année au lycée, elle aussi avait souffert d'un scandale auquel sa famille avait été mêlée. Elle se souvenait encore des ragots et des spéculations qui avaient couru à leur sujet, et cela avait été l'un des pires chapitres de toute sa vie.

— Beaucoup d'adolescents sont tentés par les comportements à risques, observa-t-elle d'une voix douce. Je suis sûre que Michael n'avait jamais imaginé que cela deviendrait un énorme problème pour lui et pour sa famille.

— Tu as probablement raison. Malheureusement, Michael n'a jamais pu s'en sortir, et les choses n'ont fait qu'empirer lorsque notre père l'a chassé de la maison.

Abby n'avait que peu connu Michael, mais elle se souvenait de sa réputation de fêtard invétéré.

— Est-ce parce que ton père ne voulait plus de lui à la maison qu'il a quitté Royal ? demanda-t-elle.

— Papa avait atteint les limites de sa patience, expliqua Brad. Dans un accès de colère, il lui a ordonné de disparaître de sa vue et, plutôt que d'attendre qu'il se soit calmé, Michael est parti. Nous n'avons plus eu la moindre nouvelle de lui jusqu'à il y a environ huit mois, lorsqu'on nous a informés qu'il était mort.

— La mort de Michael a dû briser le cœur de ton père, observa-t-elle.

Elle pouvait à peine imaginer le degré de désespoir qui avait conduit le père de Brad à prendre une décision aussi radicale. Perdre son fils avant d'avoir pu se réconcilier avec lui avait dû être dévastateur pour lui.

— Je suis sûr qu'il en souffrait plus qu'il ne le montrait, répondit Brad avec un regard insistant. Mais jamais il n'aurait pu faire autrement. Tu sais combien les apparences sont importantes pour lui. Sadie n'aurait pas pris la décision d'aller s'installer à Houston lorsqu'elle est tombée enceinte des jumelles si elle n'avait pas craint d'avoir à affronter la désapprobation de notre père.

À cette époque-là, Abby vivait à Seattle, et elle travaillait dans la société de développement de réseaux informatiques qu'elle avait créée avec l'une de ses amies d'université juste après l'obtention de leur diplôme. Ce n'est qu'en rentrant à Royal pour épouser Richard, après avoir vendu ses parts avec un joli profit, qu'elle avait appris toute l'histoire de la grossesse de Sadie et de son départ pour Houston.

— Je suis heureuse qu'elle ait décidé de rentrer à Royal, dit-elle avec sincérité. Si elle était restée à Houston, Rick et elle ne se seraient peut-être jamais revus.

La sœur de Brad était tombée enceinte après une unique nuit dans les bras de Rick Pruitt, juste avant que le fringant marine soit envoyé en mission au Moyen-Orient. Ils avaient alors perdu tout contact, et ce n'est que trois ans plus tard qu'ils s'étaient retrouvés par hasard au club-house du TCC. Aujourd'hui, ils étaient mariés et heureux avec leurs adorables jumelles, âgées de deux ans, et l'avenir leur souriait.

— Le caractère de mon père s'est adouci au fil des ans, et il a été heureux de voir revenir Sadie et ses deux filles, poursuivit Brad. Tout s'est donc arrangé pour le mieux.

Il jeta un coup d'œil au moniteur vidéo, avant d'ajouter d'un ton inquiet :

— Tu crois que Sunnie va bien ? Elle pleurait vraiment fort, tout à l'heure.

— Cela arrive parfois aux bébés, le rassura Abby.

Elle réprima un sourire amusé. C'était la première fois

qu'elle voyait Brad perdre sa belle assurance, et elle trouvait que la situation ne manquait pas de piquant.

— Je suis sûre qu'elle va très bien, Brad. Sincèrement.

— J'espère que c'est le cas, marmonna-t-il.

— Cet après-midi, tu as affirmé que tu n'avais nullement l'intention d'engager une nounou, reprit-elle alors qu'il fixait de nouveau l'écran du moniteur, comme pour se rassurer. Tu aurais peut-être l'esprit plus tranquille si tu avais quelqu'un pour t'aider à t'occuper du bébé.

— Je ne suis pas tout à fait certain qu'il soit dans l'intérêt de Sunnie que je la confie aux soins d'une autre personne.

— Tu comptes vraiment assumer cette tâche sans aucune aide extérieure ?

Elle n'avait pas eu l'intention de laisser transparaître son incrédulité, mais les hommes à la tête d'une fortune comme celle que Bradford Price avait amassée employaient généralement du personnel pour s'occuper de leurs enfants, même lorsqu'ils étaient mariés.

— Oui, bien sûr, répondit-il d'un ton assuré.

Il marqua une pause, avant de poursuivre :

— Il ne s'agit pas de moi ni de mon petit confort. Il s'agit de Sunnie. Durant sa courte vie, elle a été abandonnée par sa mère, utilisée comme un pion dans une tentative d'extorsion de fonds, et est passée de main en main, d'un inconnu à un autre. Elle n'a jamais vraiment eu le temps de créer un lien avec une autre personne. Elle mérite beaucoup mieux que cela.

Abby ne pouvait qu'adhérer à cette analyse. Sunnie était le fruit de l'unique nuit que Michael avait passée dans le lit d'une femme sans scrupule, complice d'un trafiquant de drogue, qui, après avoir accouché du bébé, avait tenté de l'utiliser pour extorquer de l'argent à la famille Price. Les deux complices avaient envoyé des lettres de chantage à Brad ainsi qu'à plusieurs autres membres du TCC, affirmant à chacun d'entre eux qu'il était le père de l'enfant, dans le but d'obtenir le plus d'argent possible.

Toutefois, lorsque Brad et les autres cibles des maîtres chanteurs avaient refusé de payer, ceux-ci avaient renoncé à leur plan initial et abandonné le bébé devant l'entrée du TCC, avec une lettre épinglée à sa couverture désignant Brad comme son géniteur. Des tests ADN avaient démontré que Brad n'était pas son père, mais qu'il existait un lien génétique entre Sunnie et lui. Zeke avait alors ouvert une enquête et retrouvé la mère du bébé, qui avait avoué que le père de l'enfant n'était pas Brad mais Michael. Soit par devoir envers son frère, soit parce que Sunnie avait capturé son cœur, Brad avait décidé d'assumer la responsabilité de sa nièce et avait aussitôt entrepris les démarches en vue de son adoption.

— Je salue ton dévouement, dit-elle, en choisissant soigneusement ses mots. Mais ne penses-tu pas qu'il serait sage d'accepter un peu d'aide ? Au moins jusqu'à ce que tu aies pris un peu plus l'habitude de t'occuper d'elle tout seul ?

— Elle a vu trop de gens aller et venir dans sa vie, répondit-il avec un haussement d'épaules. Je veux qu'elle sache que je ne suis pas un simple intervenant qui va s'occuper d'elle jusqu'à l'arrivée du prochain inconnu. Je veux qu'elle comprenne très tôt que je serai toujours là pour elle. C'est pourquoi j'ai décidé de travailler à la maison durant les six prochains mois.

— Je vois que tu as mûrement réfléchi à la question, remarqua-t-elle d'une voix douce, impressionnée par sa détermination à faire tout ce qui était en son pouvoir pour apporter du bonheur à la petite Sunnie.

— En effet, confirma-t-il. Mon assistante gère le quotidien de la société, et lorsqu'elle rencontre un problème trop ardu pour elle, elle m'envoie un e-mail ou un fax. Lorsque Sunnie aura un an, je réévaluerai la situation, et je déciderai si je continue à travailler à la maison ou si je retourne au bureau.

Brad avait gagné le respect d'Abby lorsqu'elle avait appris qu'il comptait adopter Sunnie et l'élever comme sa propre enfant. Mais ce respect venait de se transformer en admiration. Elle connaissait beaucoup d'hommes dotés d'une fortune égale à la sienne et d'une position similaire dans la communauté qui n'auraient pas songé une seule seconde à consentir de tels sacrifices pour leurs propres enfants, et encore moins pour une nièce adoptée.

Le contraste entre Bradford Price, le play-boy génie de la finance, et Brad Price, le nouveau papa au merveilleux dévouement, était saisissant. Abby avait besoin de temps pour assimiler et comprendre ces deux facettes de sa personnalité. Il avait été plus facile de voir en lui son sempiternel rival et son impitoyable adversaire dans la course à la présidence du TCC que l'homme pratique et chaleureux qu'elle avait découvert au cours de cette journée.

Décidant qu'il était urgent de mettre un peu de distance entre eux, elle consulta ostensiblement sa montre et se leva.

— Je dois rentrer, déclara-t-elle. J'ai besoin de me lever tôt demain matin pour aider Summer Franklin dans sa campagne de collecte de dons.

— Autrement dit, tu comptes placer ces affreux flamants roses en plastique sur la pelouse d'un innocent citoyen de cette ville jusqu'à ce qu'il accepte de contribuer généreusement au foyer d'accueil pour femmes Helping Hands ?

— C'est pour une bonne cause, se défendit Abby.

— Je n'ai jamais dit le contraire, répondit Brad en riant. Mais, des flamants roses ? Sérieusement, ils auraient pu imaginer quelque chose de meilleur goût.

Dans le vestibule, elle ramassa son manteau et son sac avant de se tourner vers lui.

— S'ils étaient jolis, les gens seraient moins pressés de les voir partir, et nous ne collecterions pas autant de dons.

— Je suppose que ton argument se tient. Mais rends-moi un service.

— Lequel ? demanda-t-elle alors qu'il lui prenait son manteau des mains pour l'aider à l'enfiler.

Il plaça les mains sur ses épaules et, la retournant gentiment face à lui, lui sourit.

— Lorsque tu arriveras devant ma propriété, je t'en prie, ne ralentis pas ! Je ferai un don substantiel à Helping Hands pour avoir le privilège de ne pas les voir.

Avant qu'elle comprenne ce qui lui arrivait, il la prit dans ses bras et la serra contre lui.

— Merci encore d'être venue à ma rescousse ce matin, et de nouveau ce soir. Je t'en suis très reconnaissant, chérie.

Pour une raison inconnue, ce terme affectueux que la plupart des Texans employaient à tout bout de champ avec les femmes déclencha un nouveau frisson dans tout son corps et la ramena instantanément à ce moment magique où Brad l'avait embrassée sous le gui. À quel moment de sa vie cet homme autrefois chétif, son rival de toujours, avait-il acquis cette musculature impressionnante ? Et pourquoi se sentait-elle si bien dans ses bras ?

Elle s'éloigna précipitamment de lui et se dirigea vers la porte, espérant qu'il n'ait pas remarqué qu'elle était restée dans ses bras un tout petit peu plus longtemps que nécessaire pour une accolade entre amis.

— Si cela peut te rassurer, je te garantis que ces flamants roses ne seront pas sur ta pelouse demain matin lorsque tu te réveilleras.

— Tu m'en vois soulagé, ironisa-t-il, les mains au fond des poches de son jean.

Elle sortit et se retourna une dernière fois, incapable de s'empêcher de lui lancer une dernière pique :

— Mais ne te fais pas trop d'illusions, Price. Ton heure viendra, et ceci quand tu t'y attendras le moins.

Avait-elle perdu la tête ? songea-t-elle avec irritation en regagnant sa voiture. Pourquoi, après toutes ces années, remarquait-elle tout à coup la musculature impressionnante de Brad ? Pourquoi se sentait-elle tellement en sécurité dans ses bras, et pourquoi son cœur battait-il aussi vite ? Cela faisait-il donc si longtemps qu'elle n'avait pas serré un homme dans ses bras que même Bradford Price lui faisait un tel effet ?

Sans doute, décida-t-elle, contournant l'allée circulaire pour regagner la rue. Elle était folle à lier.

Elle n'avait pas besoin qu'un homme la serre dans ses bras, et surtout pas un play-boy comme Bradford Price. Son regard noisette pénétrant et sa beauté virile ne laissaient présager que de gros problèmes. Qu'elle n'avait nulle envie d'affronter.

D'ailleurs, après avoir connu la douleur de perdre son mari, elle n'était pas prête à donner son cœur à un autre homme et à courir le risque de revivre la même situation. Elle était une survivante, et c'est en se consacrant à diverses associations caritatives qu'elle avait surmonté les nombreuses déceptions qui avaient émaillé sa vie depuis un an. Et, même s'il lui arrivait parfois de ressentir la solitude, elle misait sur son engagement social pour l'atténuer. C'était bien moins dangereux pour la paix de son esprit que la combinaison presque irrésistible d'un Bradford Price aux biceps d'acier et au physique de star d'Hollywood et du plus délicieux petit bébé sur lequel elle ait jamais posé les yeux.

— Combien de temps crois-tu que nous devrons rester avant de pouvoir nous esquiver élégamment ? chuchota Brad à l'oreille de Zeke.

Ce cocktail informel avait été organisé en l'honneur des candidats aux divers postes électifs du TCC, et c'était l'unique raison pour laquelle il avait accepté l'invitation. Il avait siroté son eau minérale, socialisé poliment avec les autres invités et compté les minutes qui le séparaient du moment où il pourrait rentrer chez lui.

— Pourquoi tant de hâte ? s'étonna Zeke. Je pensais que tu te réjouirais de pouvoir échapper pour un soir à tes devoirs de père. Après tout, cela fait déjà une semaine que tu t'occupes de Sunnie sans aucune aide.

Brad haussa les épaules.

— Sunnie n'est pas la championne du monde de l'endormissement rapide, et je suis sûr que ma sœur n'en peut plus et qu'elle attend impatiemment mon retour.

— Qu'est devenu Brad le Terrible, la coqueluche de toutes les femmes du campus ? remarqua Zeke en riant. Si tu ne fais pas attention, tu risques de ruiner ta réputation de play-boy de classe internationale.

— Les chroniques de mes conquêtes passées ont été très exagérées, assura Brad, esquissant un sourire. Si tu te souviens bien, c'était moi qui restais dans ma chambre pour étudier pendant que Chris Richards et toi faisiez les jolis cœurs en ville.

— Oui, une fois ou deux peut-être, répliqua Zeke avec un large sourire. Mais si *tu* te souviens bien, Chris et moi passions la plupart de nos soirées à étudier avec toi.

Alors que son ami et lui se laissaient aller à ces réminiscences du temps passé en compagnie de leur ami Chris — un autre membre du TCC —, Brad aperçut Abby qui venait de faire son entrée dans le grand salon des Whelan. Vêtue d'un ensemble pantalon noir et d'un chemisier de soie rose poudre, elle était absolument éblouissante. À sa grande surprise, il se rendit compte qu'il avait du mal à respirer.

Zeke avait peut-être raison, décida-t-il, s'efforçant de ne pas la fixer avec trop d'insistance. Il avait besoin d'une soirée de liberté. Si la vue de son adversaire de toujours éveillait ainsi son intérêt, cela signifiait clairement qu'il avait besoin de compagnie féminine.

— On dirait que Sheila essaie d'attirer mon attention, dit Zeke en se tournant vers son épouse. Je crois qu'elle ne se sent toujours pas très bien, et qu'elle a envie de rentrer à la maison.

— A-t-elle consulté un médecin ? s'enquit Brad, inquiet pour celle qui serait bientôt la marraine de Sunnie.

— Pas encore, reconnut Zeke d'un ton soucieux. Elle a rendez-vous demain.

Il reposa sa coupe de champagne sur le plateau d'un serveur qui passait à proximité.

— Je te verrai après-demain à la réunion avec le président de la ligue de football, ajouta-t-il.

— Dis à Sheila que j'espère qu'elle se sentira mieux bientôt, lança Brad alors que son ami le laissait pour rejoindre son épouse.

— Je me fais du souci pour Sheila, déclara Abby en arrivant à sa hauteur.

— Zeke aussi, mais je suis sûr qu'elle se remettra rapidement, répondit Brad. Tu es très en beauté, ce soir.

— Vraiment ? dit-elle en le dévisageant d'un air soupçonneux.

— Je ne l'aurais pas dit si je ne le pensais pas, assura-t-il, étonné par sa question.

— Dans ce cas, merci.

— Pourquoi douterais-tu de ma sincérité ?

Elle éclata d'un rire franc, qui fit naître une étrange chaleur au creux de la poitrine de Brad.

— Tu as vraiment besoin de me poser une telle question ? Tu ne m'as pas habituée à cela, Price. Des insultes voilées et des plaisanteries à mes dépens, peut-être. Mais des compliments ? Jamais.

Brad fut sur le point de réfuter ces accusations en bloc, mais il se ravisa presque aussitôt. Elle avait raison. Lorsqu'elle avait été admise au conseil d'administration du TCC, il n'avait pas lésiné sur les commentaires et les plaisanteries à son sujet. Avec le recul, il n'en était pas très fier. Dès lors, il ne devait pas s'étonner qu'elle doute de sa sincérité lorsqu'il lui faisait un compliment.

Il toussota pour s'éclaircir la voix.

— Je crois que je te dois des excuses, dit-il.

— À quel sujet ? s'étonna-t-elle.

— Chut !

Il posa son verre et la prit gentiment par le coude pour l'entraîner dans le patio des Whelan, loin des regards curieux. S'il devait la supplier à genoux de lui pardonner, il aimait autant le faire sans témoin.

— Qu'est-ce que tu complotes encore, Price ? marmonna-t-elle en accélérant le pas pour rester à sa hauteur.

Dès qu'ils furent hors de portée des oreilles indiscrètes, Brad la saisit par les épaules pour la retenir.

— Si tu veux bien te garder de tirer des conclusions trop hâtives et me laisser finir, j'aimerais te dire que mon comportement envers toi au cours des derniers mois a été totalement déplacé.

Il marqua une pause, conscient, devant l'expression surprise de ses yeux d'azur vibrant, que c'était la dernière chose au monde à laquelle elle s'attendait de sa part.

— Je te demande de me pardonner, Abby, termina-t-il.

— Je… heu… je ne sais pas quoi répondre.

— Tu pourrais commencer par me dire que tu acceptes mes excuses, observa-t-il avec un haussement d'épaules. Mais, bien sûr, c'est à toi de décider.

— Hum… oui. Je les accepte.

— Parfait, dit-il en souriant. À présent que nous avons réglé ce détail, je veux que tu saches que mon compliment était sincère.

Il laissa glisser lentement les paumes le long de ses bras, puis s'empara de ses mains et s'écarta un peu pour mieux la contempler.

— Tu es réellement fabuleuse, Abby.

— Merci, répondit-elle d'une voix douce.

Dans la faible lumière de l'éclairage extérieur, il lui sembla — mais il n'aurait pas pu l'affirmer avec certitude — qu'elle avait rougi. Fascinant. Pour des raisons qu'il comprenait mal lui-même, Brad l'attira à lui et la serra un long moment dans ses bras.

— Que diable crois-tu faire ? s'enquit-elle en tentant faiblement de s'écarter de lui.

— Je te serre dans mes bras comme on fait avec une amie, afin de donner plus de poids à mes excuses, expliqua-t-il, en se délectant de la sensation de son corps mince et souple contre le sien.

— Depuis quand sommes-nous des amis ?

Brad la libéra et recula d'un pas.

— Ne penses-tu pas qu'il est temps d'oublier notre rivalité et de conclure une trêve ? demanda-t-il.

— Pourquoi maintenant, après toutes ces années ? observa-t-elle d'un ton soupçonneux.

Il haussa les épaules.

— Lorsque je serai devenu président du TCC, l'une de mes premières priorités sera de restaurer l'unité au sein du club.

— Ah, vraiment ? répliqua-t-elle avec un rire moqueur. *Tu* vas être élu président ? Je savais bien que ta soudaine générosité cachait d'autres motifs.

Sans un mot de plus, elle tourna les talons et rentra.

Brad la vit disparaître et, fourrant les mains au fond de ses poches, il leva les yeux vers la voûte étoilée.

Que diable lui avait-il pris ?

Ces derniers temps, il semblait ne pas perdre une occasion de toucher Abby, de la serrer dans ses bras. Tout avait commencé l'autre jour au club-house lorsqu'elle l'avait aidé à changer Sunnie. Il l'avait serrée contre lui pour la réconforter après qu'elle lui eut avoué qu'elle ne pourrait jamais devenir mère. Mais cela n'expliquait nullement qu'il l'ait embrassée sous le gui. Et, plus tard ce jour-là, lorsqu'elle était accourue pour faire cesser les larmes de Sunnie, il avait tenté de se convaincre que s'il l'avait prise dans ses bras, c'était par pure gratitude. En vérité, un simple « merci » aurait suffi.

Ce comportement curieux avait une explication toute simple, et il n'était nul besoin d'être grand clerc pour la deviner. Il était un homme en parfaite santé, avec des appétits tout à fait normaux vis-à-vis des représentantes du sexe opposé. Depuis qu'il s'occupait de sa nièce, il avait mis entre parenthèses son intérêt pour les femmes, et il était tout à fait naturel qu'il gravite autour d'Abby, cette dernière étant la seule femme qu'il ait côtoyée au cours des dernières semaines.

Satisfait d'avoir découvert la raison d'un comportement si inhabituel pour lui, Brad alla trouver l'hôte et l'hôtesse de la soirée, les remercia pour leur accueil et entreprit de s'en aller. Il allait devoir demander à sa sœur de garder de nouveau Sunnie très bientôt, afin de se ménager une autre soirée de liberté. Jusque-là, il éviterait soigneusement tout contact avec Abby.

- 3 -

Souriant à sa nièce, Brad plaça son couffin à l'intérieur du chariot du supermarché.

— Jusque-là, tout va bien, mon bébé. Tu as été déclarée en bonne santé par le pédiatre et tu as dormi pendant toute la réunion avec les responsables de la ligue de football. À présent, il ne nous reste plus qu'à trouver du lait maternisé et des couches pour toi, une douzaine de pizzas surgelées pour moi, sans oublier le produit pour enlever les taches dont tu macules mes vêtements lorsque tu fais ton petit rot. Ensuite, nous pourrons enfin rentrer à la maison et faire une sieste.

Après avoir eu confirmation ce jour-là, au cabinet du pédiatre, que Sunnie était en parfaite santé, Brad s'efforçait de prendre tout le reste avec philosophie et de ne pas se laisser démoraliser par les choses qu'il ne pouvait changer. La vie était ainsi. Les bébés pleuraient. Ils pleuraient beaucoup. Parfois avec des torrents de larmes, parfois avec les yeux secs. Il soupçonnait fortement que Sunnie, la plupart du temps, ne hurlait que pour s'assurer qu'il restait alerte et attentif. Mais, cet après-midi-là, pendant que Zeke et Chris Richards négociaient avec les dirigeants de la ligue de football régionale les derniers détails juridiques du transfert de l'équipe semi-professionnelle qu'ils avaient décidé d'acquérir, elle avait été un ange.

La seule pensée de faire venir cette équipe à Royal le fit sourire. Comme partout au Texas, le football américain était une véritable religion pour les résidents de Royal, et ce sport avait occupé une grande partie de sa vie durant ses années de lycée, puis à l'université. Chris, Zeke et lui avaient été une force sur laquelle il fallait compter sur le terrain, et il se réjouissait de s'être associé à eux pour faire venir l'équipe dans leur ville. Toutefois, ils avaient décidé d'attendre le bal de Noël du TCC pour faire l'annonce officielle. À ce stade, ils espéraient avoir convaincu Mitch Hayward, l'ex-star du football professionnel, d'accepter le poste de directeur sportif de l'équipe. Il ne leur resterait plus alors qu'à demander à Daniel Warren, l'architecte gagnant de l'appel d'offres pour la construction du nouveau club-house du TCC, de commencer à travailler sur les plans d'un nouveau stade.

Tout en poussant son chariot dans les rayons du magasin, il ne put s'empêcher d'esquisser un sourire. Si quelqu'un lui avait affirmé il y a six mois qu'il renoncerait à travailler au bureau afin d'être disponible pour changer des couches ou qu'il pousserait un bébé dans un chariot entre les rayons d'un supermarché, il aurait ricané.

Relevant les yeux, il aperçut Abby qui venait à sa rencontre. Avec ses bottes, son jean et son T-shirt fuchsia sous un blouson en denim, elle avait l'allure typique d'une Texane élevée dans un ranch. Il ne put s'empêcher de remarquer une nouvelle fois combien elle était belle.

Il fronça les sourcils. C'était la seconde fois en quelques jours qu'il se surprenait à songer à Abby comme à une femme désirable. À présent, il était sûr d'avoir besoin d'une soirée de détente avec une femme douce, ardente et sans complications. Sitôt rentré à la maison, il appellerait Sadie pour lui demander de lui servir très bientôt de baby-sitter.

Satisfait de sa décision, il sourit de nouveau.

— Tu sembles très content de toi, Bradford, remarqua

Abby en le considérant d'un air ironique. Je suppose que tu es toujours certain de ta victoire ?

— Bien entendu. Je suis aussi certain d'être élu président que tu l'es de me battre.

— À vrai dire, c'est exactement ce que je compte faire, déclara-t-elle en s'approchant du bébé. Comment va notre petit ange ?

— Sunnie a été déclarée en parfaite santé par le pédiatre cet après-midi, et elle n'a pas trop pleuré lorsqu'il lui a fait sa vaccination, répondit-il en souriant. À présent, nous allons fêter cela, elle avec un biberon et moi avec une pizza surgelée, et ensuite nous passerons une fabuleuse soirée devant la télévision.

— Je suppose que le médecin t'a averti d'une possible réaction au vaccin, et qu'il t'a informé sur ce qu'il convient de faire dans ce cas ?

— Il n'a rien oublié, assura Brad. Sunnie n'a pas beaucoup aimé la piqûre, mais elle se porte comme un charme. Tu n'as pas à t'inquiéter. Je commence à devenir un véritable expert en puériculture, et je pense que nous n'aurons plus de problèmes, désormais.

Abby leva son regard vers le sien, visiblement peu convaincue.

— J'espère que tu as raison.

— Nous nous en tirerons très bien, insista-t-il, agacé par son manque d'enthousiasme. J'ai même compris qu'il est beaucoup plus facile de l'inciter à s'endormir si elle ne sait pas que c'est ce que je fais.

Devant son irritation, Abby éclata de rire.

— Oh ! voilà qui devrait être intéressant ! Je meurs d'envie de connaître ton secret, Bradford.

— Pourquoi ne passerais-tu pas chez moi ce soir afin que je te fasse une petite démonstration ? se surprit-il à lui proposer.

Il était bien difficile de renoncer à certaines habitudes, décida-t-il. À l'évidence, elle ne le croyait pas et, soudain, lui prouver qu'elle avait tort était devenu un challenge. Depuis qu'ils se connaissaient, Abby n'avait jamais su refuser un défi qu'il lui lançait, et lui non plus.

Mais, à sa grande surprise, elle secoua la tête.

— J'adorerais assister à cet immense exploit parental dont tu sembles si fier, mais je vais devoir refuser cet honneur. J'ai travaillé au ranch toute la journée, et je suis épuisée.

— Tu as peur de reconnaître que j'ai raison et que je m'en tire très bien, n'est-ce pas ?

Ses yeux bleus se plantèrent dans les siens.

— Je souhaite peut-être simplement éviter de te voir te couvrir de ridicule lorsque tu échoueras lamentablement.

— Je ne te crois pas une seconde, répliqua-t-il. Tu adorerais me voir échouer, et nous le savons tous les deux.

— Je reconnais que l'idée est tentante, convint-elle, tournant son regard vers le bébé. Mais je…

— Parfait, coupa-t-il. Quelle pizza préfères-tu ? *Pepperoni*, saucisse ou seulement au fromage ?

Elle fronça les sourcils.

— Je n'ai jamais dit que…

— Peu importe. Je prendrai un assortiment de pizzas surgelées et tu n'auras qu'à choisir en arrivant. Sunnie et moi t'attendons vers 18 h 30.

Sans lui laisser le temps de lui opposer un refus, il s'éloigna rapidement, poussant le chariot devant lui. Il avait vaincu sa résistance, et c'était une première petite victoire.

Il baissa les yeux vers Sunnie, qui babillait joyeusement dans son couffin.

— J'ai gagné ce round, dit-il, mais tu vas devoir m'aider pour le prochain. Abby est persuadée que je ne sais pas te faire dormir sans que tu te mettes à hurler comme une diablesse. Nous allons lui prouver qu'elle a tort, n'est-ce pas, mon trésor ?

Sunnie se mit à rire aux éclats, et ce fut sa récompense.

— Merveilleux, murmura-t-il tout bas en se dirigeant vers les caisses. Respecte ta part de notre marché, et je t'achèterai une jolie voiture pour tes seize ans.

Abby arrêta sa voiture dans l'allée circulaire devant la villa et coupa le contact. Vraiment, elle devait avoir perdu la tête pour avoir renoncé à une soirée tranquille avec un bon livre pour venir frapper à la porte de Brad.

Elle avait passé les deux dernières heures à batailler contre elle-même, partagée entre son désir de passer du temps avec Sunnie et sa réticence à s'approcher trop près de son oncle. Elle avait même été jusqu'à décrocher le téléphone pour se décommander sous un prétexte quelconque.

Mais la perspective de tenir ce ravissant bébé dans ses bras, de jouer avec elle, avait emporté la décision. Sunnie était une petite fille heureuse et équilibrée, bien que ses premiers mois aient été éprouvants, et Abby s'était sentie incapable de renoncer à passer la soirée avec elle. Hélas, le bébé avait un gardien d'un mètre quatre-vingt-cinq de haut, tout en muscles. À son grand désespoir, elle découvrait aussi tout à coup que Brad était l'homme le plus séduisant et le plus troublant sur lequel elle ait posé les yeux depuis très longtemps. Et sans nul doute la plus grande source potentielle de problèmes. À plusieurs reprises, Sadie avait remarqué en plaisantant que Brad s'était donné pour mission de séduire toutes les femmes célibataires de Royal sans aucune exception. Pourtant, il avait apparemment renoncé à son existence de play-boy pour s'occuper d'une toute petite fille de six mois, et ce, sans l'aide d'une nounou. Parmi les hommes qu'elle connaissait, peu nombreux étaient ceux qui auraient songé à assumer de telles responsabilités, et plus rares encore étaient ceux qui l'auraient fait. Brad semblait ne pas ménager ses efforts pour être un bon père pour Sunnie, et Abby ne pouvait s'empêcher de trouver cette attitude attendrissante. Et aussi, à sa grande surprise, extrêmement sexy. C'était bien la preuve qu'elle avait perdu le peu de raison qui lui restait encore.

Se promettant de ne rester que quelques minutes avant de se retirer sous un prétexte quelconque, Abby prit une profonde inspiration et frappa à la porte.

Quelques instants plus tard, lorsque Brad vint lui ouvrir, Sunnie confortablement installée sur un bras, un T-shirt sous l'autre, elle cessa de respirer, et son cœur manqua plusieurs battements.

— Tu es… torse nu, observa-t-elle.

— Vraiment ? répliqua-t-il en riant. Je ne m'en étais pas rendu compte.

Elle s'efforça de ne pas fixer avec trop d'insistance ce torse sculptural, mais la tâche était ardue, car jamais elle n'avait vu de sa vie de musculature aussi parfaite. Ses épaules avaient-elles été toujours aussi larges ? Ses hanches aussi étroites ? Elle ne put s'empêcher de suivre des yeux la légère toison qui traçait une étroite ligne sombre entre ses abdominaux pour disparaître sous la ceinture de son jean posé bas sur ses hanches.

Comment n'avait-elle jamais soupçonné, durant toutes ces années, qu'il dissimulait ce corps fabuleux sous ses complets Armani ? Les joues brûlantes, elle détourna le regard et passa devant lui pour entrer dans le vestibule.

— Veux-tu me tenir le bébé pendant que j'enfile ce T-shirt ? s'enquit-il en refermant la porte derrière elle. Sunnie est un peu grognonne depuis que nous sommes rentrés, et elle veut être dans les bras.

Apparemment, Brad n'avait pas remarqué sa réaction

en le découvrant torse nu, et c'était tant mieux. Elle avait déjà suffisamment de difficulté à maîtriser l'effet que ce spectacle avait eu sur elle sans avoir en outre à affronter ses commentaires.

Elle lui prit Sunnie des bras et l'observa discrètement pendant qu'il enfilait son T-shirt noir.

— Je crois que les bébés sont allergiques à l'odeur de linge propre, dit-il. Tous mes T-shirts ont des taches de régurgitation.

— Ne sais-tu pas qu'on place une petite serviette sur son épaule avant de donner le biberon au bébé ? répondit Abby, concentrant prudemment son attention sur la petite fille dans ses bras.

Lorsque Brad posa sa main au creux de son dos et la guida doucement vers le salon, elle fit de son mieux pour ignorer l'étrange chaleur qui irradiait dans tout son corps à ce contact.

— C'est ce que je fais, assura-t-il en riant. Mais elle glisse, ou Sunnie l'enlève. Le résultat, c'est que je change souvent de T-shirt.

— Si cela peut te consoler, le pire sera passé d'ici un mois ou deux, répondit Abby, fixant toujours le bébé dans ses bras. Normalement, vers huit mois, les bébés n'ont plus besoin de faire de rot après les repas. C'est aussi le moment où elle sera capable de s'asseoir toute seule.

— Tu sembles très bien informée, remarqua-t-il.

Son sourire lui coupa le souffle. Comment avait-elle pu rester insensible jusqu'à présent à tant de beauté masculine ?

— À une certaine époque, j'ai lu tout ce que je pouvais trouver sur les bébés et les différents stades de leur développement, expliqua-t-elle, réfléchissant déjà à l'excuse qui lui permettrait de faire une sortie honorable. C'était…

— Lorsque Richard et toi songiez à avoir un bébé ? compléta-t-il d'une voix douce.

Elle hésita un instant, puis elle acquiesça.

Il était plus facile de lui laisser penser que c'était la seule fois qu'elle s'était intéressée à la question. Or, il y avait eu un autre moment dans sa vie où elle avait cru qu'un bébé faisait partie de son avenir, mais ce souvenir était encore trop douloureux pour qu'elle puisse le partager avec quiconque.

Ils restèrent silencieux, jusqu'au moment où Sunnie reposa son front sur son épaule. Abby sentit aussitôt que sa température était anormalement élevée.

— Oh ! fit-elle. Brad, tu as un thermomètre ?

— Il y avait un de ces modèles à lecture digitale parmi les affaires de Sunnie, répondit-il. Pourquoi ?

Abby posa la joue contre celle du bébé et leva les yeux sur Brad.

— Je crois qu'elle nous fait un petit peu de fièvre.

— Je dois appeler le pédiatre ? demanda-t-il, le front barré d'un pli soucieux.

— Pas forcément, le rassura-t-elle. Va chercher le thermomètre ; on va commencer par prendre sa température.

— Je reviens, promit-il, traversant le vestibule au pas de course.

Moins d'une minute plus tard, il lui tendit l'instrument électronique en lui reprenant le bébé des bras.

— Je ne sais pas exactement comment cet engin fonctionne, s'excusa-t-il d'un ton embarrassé. Je préfère que tu t'en charges si tu n'y vois pas d'objection.

Abby introduisit délicatement l'extrémité du thermomètre dans l'oreille du bébé et appuya sur le bouton. Le résultat apparut presque instantanément à l'écran.

— Elle n'a qu'une légère fièvre, annonça-t-elle.

— Combien ? insista-t-il, visiblement inquiet.

— Juste un tout petit peu au-dessus de la normale,

assura-t-elle. Le médecin t'a-t-il prescrit un médicament pour la fièvre, suite au vaccin de cet après-midi ?

Brad acquiesça et lui confia de nouveau le bébé.

— Il m'a fait prendre des gouttes à la pharmacie. Tu crois que le vaccin a causé la fièvre ?

— Probablement.

Elle lui offrit un sourire rassurant et alla s'asseoir avec le bébé dans le fauteuil à bascule.

— Il n'est pas rare que les bébés soient grognons et fassent un peu de température après une vaccination, ajouta-t-elle.

Pendant que Brad allait chercher le médicament, elle serra Sunnie contre elle et massa son petit dos pour la réconforter.

— Tout va bien, ma chérie. Tu te sentiras bientôt mieux.

À peine avait-elle prononcé ces mots qu'elle sentit un liquide tiède couler sur son épaule.

— Hmm ! fit-elle. J'aurais peut-être dû suivre mes propres conseils.

— La prescription est d'une dose toutes les quatre à six heures, déclara Brad en réapparaissant dans la pièce.

— Je peux t'aider pour la première dose, lui dit Abby, mais je vais devoir rentrer après.

— Pourquoi ? demanda-t-il, visiblement alarmé.

— Je crois que tu avais raison, répondit-elle en désignant la tache sur son épaule. L'odeur de linge propre semble donner la nausée aux bébés.

— Alors, elle t'a eue aussi ? remarqua-t-il en riant.

Il remplit le compte-gouttes avec la dose prescrite et administra le médicament à sa nièce avant de tourner de nouveau son regard vers Abby.

— Tu n'es pas obligée de partir, dit-il d'une voix douce. Je peux te prêter une de mes affaires.

Son offre était un peu trop tentante pour qu'elle se risque à l'accepter, aussi secoua-t-elle la tête.

— Merci, mais…

Il s'accroupit en face d'elle et plaça les mains sur les bras du fauteuil à bascule, lui coupant toute retraite.

— J'ai honte de le reconnaître, Abby, mais c'est la première fois que Sunnie est souffrante, et je me sentirais plus rassuré si tu restais encore un peu.

Il tendit la main pour caresser la joue du bébé. Dans ce geste, ses doigts effleurèrent la poitrine d'Abby, et sa voix devint un murmure quand il ajouta :

— Au moins jusqu'à ce que la fièvre soit retombée.

Abby comprenait aisément l'appréhension de Brad. Il commençait à peine à être à l'aise dans son rôle de père, et ce premier état fiévreux devait avoir quelque chose d'effrayant pour lui, même s'il ne s'agissait que d'une petite réaction à un vaccin. Or, le contact de ses doigts contre une zone particulièrement sensible de sa peau, même à travers le tissu, avait généré une onde de désir dans tout son corps, et son instinct de conservation lui criait de sortir de cette maison au plus vite. Elle devait s'excuser et partir. Tout de suite.

— Je suis certaine que Sheila ou Sadie seront heureuses de venir t'aider, répondit-elle, intriguée par son air indécis.

C'était une facette de Brad qu'elle ne connaissait pas, et qui contrastait fortement avec l'homme conquérant et sûr de lui qu'elle avait connu toute sa vie. Et, sans vraiment comprendre pourquoi, elle en était tout attendrie.

— Zeke et Sheila sont partis en week-end, dit-il. Et Sadie, Rick et les filles sont allés à Somerset pour le festival des lumières de Noël.

Abby aurait pu refuser, mais elle croisa son irrésistible regard noisette. Elle ne l'avait jamais vu aussi inquiet, et même si cet argument était discutable, elle se dit qu'il n'avait personne d'autre pour l'aider.

— Bon, d'accord, capitula-t-elle. Mais juste un petit moment.

— Je vais t'apporter un de mes T-shirts pour que tu puisses te changer, dit-il en se redressant, visiblement soulagé.

Elle fut à deux doigts de lui répondre que c'était inutile. Porter son T-shirt lui semblait être un peu trop intime pour des personnes qui n'avaient eu que des rapports de compétition durant presque toute leur vie. Mais la tache sur son chemisier était plutôt étendue, et la sensation de la soie humide contre sa peau lui était très désagréable.

— Et voilà ! s'exclama-t-il en réapparaissant dans le salon avec un T-shirt de coton. La salle de bains se trouve là-bas, au bout du couloir.

Elle la trouva sans difficulté. Derrière la porte fermée, elle déboutonna rapidement son chemisier. Heureusement, le T-shirt que Brad lui avait choisi était gris anthracite et relativement épais. Au moins, son soutien-gorge ne serait pas aussi visible qu'avec un T-shirt blanc.

En l'enfilant, elle eut l'impression que l'homme qui l'attendait dans le salon la prenait dans ses bras. Elle ferma les yeux et huma la fragrance masculine. Un mot lui vint alors à l'esprit : sexy.

Elle rouvrit brusquement les yeux, consternée. Brad sentait peut-être merveilleusement bon, mais elle ne pouvait pas se permettre de s'intéresser à un homme, et surtout pas à celui qui avait été pour elle comme une épine dans le pied durant toute sa vie.

D'ailleurs, l'attachement était une menace pour la paix de son esprit. Sa mère et elle avaient beaucoup souffert lorsque son père les avait abandonnées pour s'enfuir avec sa jeune assistante. Ensuite, alors qu'Abby avait retrouvé suffisamment de foi en l'amour pour se risquer à se marier, Richard, son époux, avait été foudroyé par un anévrisme cérébral, un an auparavant. Enfin, il y a à peine quelques mois, la mère du bébé qu'elle était censée adopter avait rompu leur accord. Elle en avait eu le cœur brisé. Elle avait alors décidé qu'elle ne prendrait plus jamais le risque de perdre une personne qu'elle aimait.

Prenant une profonde inspiration, elle redressa les épaules, sa résolution prise : elle allait aider Brad avec son adorable nièce, puis elle se sortirait de cette situation aussi rapidement que possible.

— Je crois qu'elle s'est finalement endormie, dit Brad à voix basse. Crois-tu qu'il soit indiqué de reprendre sa température ?

Abby et lui s'étaient relayés toute la soirée, berçant Sunnie dans leurs bras, la promenant dans toute la pièce. Dissimulant un bâillement derrière sa main, elle acquiesça.

— Oui. La dernière fois qu'on a vérifié, elle était normale, mais j'aimerais être sûre que la fièvre est vraiment tombée avant de rentrer à la maison.

Il prit le thermomètre et s'approcha du fauteuil à bascule où elle était assise, Sunnie dans les bras. Cet après-midi-là, lorsqu'ils s'étaient rencontrés dans le magasin, elle avait mentionné avoir travaillé toute la journée dans son ranch, ce qui ne l'avait pas empêchée de passer toute la soirée à l'aider à soigner un bébé malade. Elle devait être à bout de forces, et il n'était probablement pas très prudent qu'elle reprenne le volant dans cet état de fatigue. Mais, la connaissant, il suffirait qu'il lui demande de rester pour qu'elle décide aussitôt de partir, pour le seul plaisir de le contrarier.

Les chiffres sur l'écran digital indiquaient une température normale. Réprimant un soupir de soulagement, il s'apprêtait à lui lire le résultat lorsqu'il remarqua qu'elle avait les yeux lourds et qu'elle semblait lutter pour rester éveillée.

— Quel est le verdict ? s'enquit-elle d'une voix lasse.

— Encore un peu de fièvre, dit-il.

Il détestait le mensonge, mais ce petit arrangement avec la réalité lui semblait préférable au risque qu'elle s'endorme au volant en rentrant au ranch. Comment pourrait-il vivre avec un tel poids sur la conscience ?

— Pourquoi ne prendrais-je pas Sunnie pendant que tu t'allonges un moment sur le canapé pour te reposer ? Si tu t'endors, je te réveillerai lorsque ce sera ton tour de la bercer.

Sans lui laisser le temps de protester, il lui prit le bébé des bras, l'aida à se lever et la conduisit jusqu'au canapé.

— Je crois que Sunnie va déjà mieux, dit-elle d'une voix lasse. Je vais rentrer. Si tu as d'autres problèmes, n'hésite pas à téléphoner.

— Tu es tellement plus compétente que moi que je me sentirais bien plus tranquille si tu restais, répondit-il, s'efforçant de réfléchir rapidement.

Il avait volontairement omis de lui préciser que c'était sa sécurité à elle qui le préoccupait, non celle de Sunnie. D'ailleurs, même s'il le lui avait dit, elle ne l'aurait pas cru.

Elle hésita. Alors qu'il se préparait à essuyer un refus, elle s'assit sur le canapé et ôta ses chaussures.

— Je vais caler ma tête un moment contre les coussins et fermer les yeux pour les reposer un peu. Préviens-moi lorsque tu voudras que je te remplace.

— Je n'y manquerai pas, assura-t-il en souriant.

Moins d'une minute plus tard, Brad devina à sa respiration régulière qu'elle s'était endormie. Il baissa les yeux vers le bébé dans ses bras, espérant de tout son cœur qu'elle ne se réveillerait pas au moment où il la coucherait dans le berceau portatif qu'il lui avait préparé plus tôt. Lorsque ce fut fait et qu'il fut certain que Sunnie dormait paisiblement, il tourna de nouveau son regard vers la femme endormie sur le canapé à l'autre bout de la pièce. Il n'avait pas l'intention de la réveiller mais, s'il n'essayait pas de la placer dans une position plus confortable, elle se réveillerait le lendemain matin pleine de courbatures.

S'installant tout au bout du canapé, il la prit dans ses bras et posa sa tête sur son épaule. L'espace d'une seconde, il craignit de l'avoir réveillée, mais, au lieu de se redresser en protestant, elle posa une main sur son torse et se blottit davantage contre lui. La caresse de son souffle doux tout contre sa gorge réveilla instantanément chaque cellule de son corps, faisant pétiller son sang, et il comprit qu'il avait commis une grave imprudence en ayant voulu se montrer chevaleresque en cette occasion.

Fermant les yeux, il s'efforça de penser à tout sauf à la femme qu'il serrait dans ses bras. Il passa en revue ses statistiques de football et rejoua de mémoire tous ses matchs, depuis le lycée jusqu'à l'université, avant de renoncer enfin à ces vaines tentatives.

Il lui était impossible de penser à quoi que ce soit d'autre qu'au plaisir qu'il éprouvait à la sentir blottie contre lui, et à sa réaction inattendue lorsqu'elle l'avait surpris torse nu en arrivant, tout à l'heure. Elle croyait sans doute avoir réussi à dissimuler son intérêt, mais ses yeux étaient si expressifs qu'il n'avait pas pu s'empêcher de remarquer sa façon de le dévorer des yeux. Il n'avait pas prémédité d'aller lui ouvrir torse nu, mais il ne regrettait pas une seconde cet oubli des convenances.

Il sentit son pouls s'accélérer de nouveau. Pourquoi, ces derniers temps, sa libido se réveillait-elle d'une façon aussi impérieuse lorsque Abby se trouvait près de lui ? Et pourquoi la trouvait-il soudain si belle, si désirable ?

Pendant des années, Abigail Langley avait été sa bête noire, et cela lui convenait très bien. Oh ! bien sûr, il y avait eu une période, durant leurs années de lycée, où il l'avait trouvée attirante — il avait même songé à l'inviter au bal de promotion. Mais elle n'avait d'yeux que pour Richard Langley. Il avait alors bien vite repris son attitude initiale, à savoir la considérer comme une rivale, et il s'était consolé en sortant avec les pom-pom girls de l'équipe. Toutes les huit.

À cette époque lointaine, ce qu'il éprouvait n'était rien d'autre qu'un innocent béguin d'adolescent, et il se serait satisfait d'un simple baiser d'encouragement avant chaque match. Mais, aujourd'hui ?

Aujourd'hui, il était un homme, avec des désirs et des besoins d'homme. Un homme qui n'avait pas connu de femme depuis un certain temps. Ce qu'il ressentait aujourd'hui n'avait plus rien d'innocent.

Lorsque la main fine d'Abby glissa de son torse à son ventre, il serra les mâchoires. Il avait seulement prévu de l'installer plus confortablement, mais, ce faisant, il s'était condamné lui-même aux tourments de l'enfer.

Il prit une profonde inspiration et fit appel à toute sa détermination, ordonnant à son corps de se détendre. Sans qu'il sache trop comment, ils étaient revenus à leur point de départ. Comme autrefois, Abby était redevenue bien plus que sa rivale. Avec une différence notable : cette fois-ci, elle l'avait remarqué aussi.

- 4 -

Lorsque Abby rouvrit les yeux, les dernières brumes du sommeil se dissipèrent d'un seul coup, et elle prit rapidement conscience de l'incongruité de la situation dans laquelle elle se trouvait : il faisait jour, elle n'était pas dans son lit, et sa tête reposait… sur les genoux de Brad.

Elle leva les yeux et rencontra son regard qui lui souriait.

— Bonjour, Abby. As-tu bien dormi ?

— Je… euh… oui.

Comment avait-elle fini avec la tête sur ses genoux ? Elle se souvenait seulement avoir annoncé qu'elle allait s'allonger une minute. Elle se redressa précipitamment et repoussa ses cheveux en arrière.

— Comment va Sunnie ? demanda-t-elle. A-t-elle encore de la fièvre ?

— Elle va très bien, la rassura-t-il. La fièvre est tombée vers minuit.

— Je voulais rentrer chez moi, déclara-t-elle d'un ton ennuyé. Pourquoi ne m'as-tu pas réveillée ?

De sa main, il repoussa une boucle de cheveux derrière son oreille, et elle se sentit frissonner à son contact.

— Je t'ai laissée dormir parce que tu étais épuisée. Il était hors de question que je te laisse rentrer chez toi en voiture, au risque que tu t'endormes au volant.

— Il était hors de question que tu me laisses rentrer chez moi ?, répéta-t-elle, outrée. Eh bien, laisse-moi te dire une chose, Bradford : je n'ai besoin ni de ta permission ni de ton approbation pour…

Sans lui laisser le temps de lui dire le fond de sa pensée, il la prit dans ses bras. Lorsque la bouche de Bradford vint se poser sur la sienne, elle fut tentée de se libérer et de lui administrer une bonne gifle. Mais la sensation de ses lèvres fermes et douces sur les siennes, de ses bras qui l'enlaçaient pour l'attirer contre sa large et solide poitrine, provoqua en elle une onde qui se répercuta dans tout son être, étouffant en elle la moindre protestation, même symbolique.

Son baiser se fit alors plus ardent, plus profond. Son cœur battait la chamade, et une délicieuse chaleur se répandit doucement dans chaque cellule de son corps. Leur baiser sous le gui au TCC l'avait déjà ébranlée, mais celui-ci la bouleversa tout à fait. Elle ne put résister à la tentation de tester de ses doigts la fermeté de ses pectoraux et les muscles noueux de ses épaules.

Il prit alors un de ses seins dans sa paume, et un frisson d'excitation la parcourut. Cela faisait plus d'un an qu'elle n'avait pas ressenti les émois du désir et de la passion. Son corps s'éveillait de nouveau à la vie dans les bras de Brad Price, et la sensation était tout à la fois délicieuse et un peu effrayante. Car ce qu'elle éprouvait dans ses bras était infiniment plus fort que tout ce qu'elle aurait jamais cru pouvoir vivre avec un homme.

S'efforçant de faire appel à ce qu'il lui restait encore de raison et de volonté, elle voulut s'écarter de lui, mais il l'en empêcha.

— Nous… n'aurions pas dû, balbutia-t-elle, haletante.

— Probablement pas, concéda-t-il sans la lâcher des yeux. Mais je ne le regrette pas une seule seconde, chérie.

Qu'attendait-il d'elle, et pourquoi ? N'était-ce qu'un stratagème pour la convaincre de retirer sa candidature avant le dépouillement du scrutin et s'attribuer ainsi la présidence du TCC par défaut ?

— Qu'est-ce que tu cherches, Brad ? demanda-t-elle sur un ton plus accusateur qu'elle ne l'aurait voulu.

Mais il n'eut pas le loisir de répondre, car quelqu'un toussota derrière eux. Ils se retournèrent simultanément.

— J'ai frappé, et, comme je n'obtenais pas de réponse, j'ai utilisé la clé que tu m'avais donnée, expliqua Sadie avec un sourire embarrassé. J'étais seulement passée pour voir comment tu t'en tirais, seul avec le bébé. Mais je vois que tout va bien.

Elle recula d'un pas.

— Je vous en prie, ajouta-t-elle, ne vous interrompez pas pour moi. Je connais la sortie.

— Non, s'il te plaît, l'arrêta Abby, fusillant du regard Brad, qui arborait un sourire impénitent. Ne pars pas. Je m'apprêtais justement à partir.

— Non, non, insista Sadie, faites comme si je n'étais pas là. Continuez à… bavarder. Je ne faisais que passer. On m'attend au foyer d'accueil Helping Hands pour trier les jouets de la fête de Noël des enfants.

— Moi aussi, je me suis engagée à donner un peu de mon temps pour cette cause, déclara Abby, se demandant où étaient passées ses chaussures.

— Je leur dirai que tu as eu un empêchement et que tu ne pourras pas venir aujourd'hui, répondit Sadie, se retournant déjà pour partir.

— Elle a raison sur un point, remarqua Brad sans se départir de son sourire. Tu as eu un empêchement majeur. Tu as…

— Ne dis plus un mot, l'interrompit-elle en lui lançant un regard menaçant.

Elle avait l'impression que ses joues étaient en feu, et elle se sentait incapable de trouver les mots qui n'aggraveraient pas encore son embarras. Elle ferma les yeux et souhaita de toutes ses forces que tout ceci ne soit qu'un mauvais rêve. Hélas, lorsqu'elle les rouvrit, elle était toujours chez Brad, sur son canapé, et prisonnière du cercle de ses bras.

— Je dois absolument partir d'ici, marmonna-t-elle, se libérant de son étreinte pour se mettre en quête de ses chaussures.

Il se leva en même temps qu'elle.

— Merci d'être restée avec moi cette nuit.

— Je suis restée parce que Sunnie avait besoin de moi.

— Tu t'es réveillée avec la tête sur mes genoux, rappela-t-il avec un sourire entendu. Je pense que nous pouvons en conclure que tu es restée toute la nuit avec moi. Techniquement parlant, je crois aussi que l'on peut dire que nous avons dormi… ensemble.

— Attention à ce que tu dis, Brad, l'avertit-elle d'un ton sévère. Je n'ai pas dormi avec toi.

— Naturellement, il y a dormir et *dormir*, observa-t-il en riant.

Refusant d'entrer dans son badinage, elle chercha des yeux le chemisier qu'il avait passé au lave-linge plus tôt.

— Où est mon chemisier ?

— Pas encore sec, répondit-il. Comme il est en soie, je ne l'ai pas mis dans le sèche-linge. Tu devras repasser le prendre ce soir.

Elle fit volte-face et le fusilla du regard.

— Tu n'as qu'à le garder.

— C'est très gentil à toi, mais cette couleur ne me sied guère, rétorqua-t-il avec un petit rire sensuel qui la fit frissonner de la tête aux pieds. En plus, je ne suis pas sûr qu'il m'aille, alors que mon T-shirt te va très bien.

Seul le fait de n'avoir toujours pas mis la main sur son sac l'empêcha de le gifler.

— Où sont mon sac et mes chaussures ?

— J'ai rangé ton manteau et ton sac dans le placard des invités, près de l'entrée, répondit-il en se penchant pour ramasser quelque chose sous le canapé. Quant à tes chaussures, les voici.

— Merci, marmonna-t-elle.

Elle lui arracha les chaussures de jogging des mains et les laça, le plus loin possible de lui, dans un fauteuil. Puis elle se leva.

— Je demanderai au contremaître du ranch de te rapporter ton T-shirt lorsqu'il ira à Royal faire les courses dans la semaine.

Brad secoua la tête.

— Ne te donne pas cette peine, chérie. Je le récupérerai la prochaine fois que nous nous verrons.

Décidant qu'il valait mieux partir plutôt que de s'engager dans une discussion stérile avec l'homme le plus têtu du monde, elle se dirigea vers le placard au bout du couloir. Comme elle aurait dû s'y attendre, Brad lui emboîta le pas. Elle enfila rapidement son manteau avant de se tourner de nouveau vers lui.

— Je pense qu'il serait préférable de demander à Sadie ou à Sheila de venir t'aider la prochaine fois que tu auras un problème avec le bébé, déclara-t-elle avec une pointe de regret.

L'idée de ne plus voir Sunnie, de ne plus la tenir dans ses bras, la rendait triste, mais il en allait de son équilibre. Plus elle fréquentait cette merveilleuse petite fille et son oncle exaspérant, plus cela lui faisait prendre douloureusement conscience de ce qu'elle désirait le plus au monde et qu'elle ne pourrait jamais avoir — une famille bien à elle.

Au lieu de protester comme elle s'y était attendue, Brad la dévisagea un long moment, puis haussa les épaules.

— On verra.

Ce n'était pas la réponse qu'elle espérait, mais, apparemment, elle allait devoir s'en contenter. Au moins pour le moment.

— Je te verrai au bal de Noël, dit-elle, traversant le vestibule en direction de la porte.

— Oh ! je suis certain qu'on se reverra avant.

Au même instant, le babillage d'un bébé qui venait de se réveiller capta leur attention.

— Je crois qu'on m'appelle, observa-t-il en souriant. À bientôt.

Elle le suivit des yeux une seconde alors qu'il retournait s'occuper du bébé, puis elle referma doucement la porte derrière elle et regagna sa voiture. Pourquoi avait-elle l'impression qu'on venait de la congédier ?

Il ne s'était rien passé entre eux, la nuit passée. Et, à part le baiser torride de ce matin, il ne se passerait jamais rien. Jamais.

Elle avait passé la nuit chez lui pour veiller sur Sunnie fiévreuse. Un point, c'est tout. Ce n'était tout de même pas sa faute si Brad avait préféré ne pas la réveiller. Et c'était Brad, là encore, le seul responsable du baiser de ce matin. Elle n'avait rien fait pour l'encourager. Il l'avait simplement prise au dépourvu, et elle y avait mis fin sitôt qu'elle avait recouvré ses esprits.

Satisfaite d'avoir replacé la situation dans une saine perspective, elle monta dans sa voiture et démarra. En roulant sur la longue allée privée pour regagner la route, elle passa en revue ses plans pour la journée. Elle allait prendre une douche et appeler Sadie pour lui proposer un déjeuner rapide lorsqu'elles auraient terminé de trier les jouets de l'opération Noël au foyer. Et aussi réfléchir à ce qu'elle pouvait faire pour limiter les dégâts.

Lorsque Abby aurait terminé d'expliquer à Sadie les circonstances du baiser dont elle avait été le témoin, sa meilleure amie comprendrait son point de vue. Sadie, après tout, était la sœur de Brad, et elle savait à quel point celui-ci pouvait se montrer incorrigible.

Soupirant, elle quitta la route principale pour s'engager sur la voie privée conduisant au vaste ranch où elle avait vécu avec Richard.

Peut-être lui suffirait-il de se répéter suffisamment longtemps que tout ce qui s'était passé avec Brad n'avait été qu'un concours de circonstances qui ne prêtait pas à conséquence pour commencer à s'en convaincre elle-même.

Assise en face de Sadie dans un box du Royal Diner, Abby attendait anxieusement le moment propice dans leur conversation pour aborder le sujet qui lui brûlait les lèvres. Elle avait répété une bonne dizaine de fois le discours qu'elle s'apprêtait à lui tenir et avait soigneusement pesé chaque mot pour expliquer son comportement atypique avec Brad. Elle n'eut pas à attendre très longtemps.

— Bien, dit Sadie en souriant. Je suppose que si tu m'as invitée à déjeuner, c'est pour m'expliquer ce baiser.

— Il y a une explication parfaitement simple à ce que tu as vu.

— N'est-ce pas toujours le cas ? répliqua Sadie avec un sourire entendu.

— C'était la faute de ton frère.

Abby regretta cette piètre réponse sitôt que les mots eurent franchi ses lèvres. Cette conversation avec la sœur de Brad n'allait pas se dérouler comme elle l'avait prévu. Elle était censée rester calme et raisonnable. Pourquoi alors se sentait-elle comme une adolescente prise à flirter avec le capitaine de l'équipe de football de son lycée ?

De l'autre côté de la table de Formica qui avait connu des jours meilleurs, son amie hocha la tête.

— Oh ! je ne doute pas un instant que Brad ait été

l'instigateur de ce baiser. Ce que j'aimerais savoir, c'est pourquoi tu l'as laissé faire.

— Nous nous disputions, et…

— Et il t'a embrassée pour te faire taire, termina Sadie en riant. Mais cela n'explique toujours pas ta réaction.

Avant qu'Abby puisse répondre, une jeune serveuse arriva pour prendre leur commande.

— Qu'est-ce qui vous ferait plaisir, les filles ? s'enquit-elle sans cesser de mâcher son chewing-gum. Le chef vient tout juste de préparer son fameux chili, si cela vous tente.

— Bonjour, Suzy, répondit Abby. Le chili nous conviendra très bien.

— Avec deux thés glacés au citron, ajouta Sadie.

— C'est comme si c'était fait, dit Suzy en souriant.

D'un accord tacite, Abby et Sadie attendirent que leur déjeuner ait été servi avant d'aborder de nouveau le sujet du baiser. Sadie prit un biscuit salé et le trempa dans son bol avant de relever les yeux vers elle.

— Alors, explique-moi. Pourquoi n'as-tu pas protesté lorsque mon frère t'a donné un des baisers les plus torrides auxquels il m'ait été donné d'assister ? Et plus curieux encore, pourquoi lui rendais-tu son baiser avec une telle ardeur ?

— Il m'a surprise, assura Abby, n'espérant qu'à moitié que son amie se contenterait de cette explication boiteuse.

— Abigail Langley, je te rappelle que c'est à *moi* que tu parles, répliqua Sadie d'un ton sévère. Je te connais mieux que personne, et je sais parfaitement que si tu n'avais pas voulu que Brad t'embrasse, tu l'aurais arrêté avant même qu'il n'ait eu l'occasion d'essayer.

Abby s'apprêtait à nier tout en bloc, mais elle se ravisa. Sadie avait raison. Elle aurait pu mettre fin à leur étreinte avant que les choses s'emballent de la sorte, mais elle ne l'avait pas fait. Pourquoi ?

À son grand soulagement, Sadie poursuivit, sans insister pour entendre son explication.

— D'ailleurs, que faisais-tu chez lui ? Brad et toi êtes des ennemis jurés depuis l'école élémentaire. J'avais l'impression que rien n'avait changé de ce côté-là, surtout depuis que vous êtes tous les deux candidats à la présidence du TCC.

— Je… heu… c'est assez compliqué.

Sadie, qui allait porter sa cuiller à ses lèvres, suspendit son geste et dévisagea son amie, avant de reposer sa cuiller dans son bol.

— Tu avais envie de revoir Sunnie, n'est-ce pas ? suggéra-t-elle d'une voix douce.

Saisissant la perche que son amie lui tendait, Abby acquiesça. Sadie savait aussi bien qu'elle à quel point elle avait désiré un enfant et combien elle avait été inquiète pour la toute petite fille abandonnée devant la porte du TCC. Mais pour passer du temps avec le bébé, elle devait accepter la compagnie d'un oncle trop sexy pour sa tranquillité d'esprit. Comment pouvait-elle décrire avec des mots ce qu'elle ressentait pour lui, alors qu'elle ne le comprenait pas elle-même ? Comment aurait-elle pu expliquer que, même s'il l'irritait souvent au plus haut point, elle ne se sentait jamais aussi vivante que lorsqu'elle était auprès de lui ?

— Suis-je vraiment aussi transparente ? remarqua-t-elle, plus à l'aise avec l'explication de son amie qu'avec les siennes.

— Je comprends, assura Sadie, posant doucement sa main sur la sienne. Je sais comme il doit être douloureux de désirer mettre au monde un bébé et de se voir refuser cette joie. Mais une alternative existe, Abby. Tu pourrais adopter un enfant.

Consciente que son amie essayait seulement de l'aider, Abby hocha la tête. Sadie ne pouvait pas savoir qu'elle avait dû aussi renoncer à ce rêve-là.

— J'y songerai peut-être un jour, répondit-elle en soupirant.

Elles demeurèrent un moment silencieuses. Sadie fut la première à reprendre la parole.

— Alors ? Comment comptes-tu égaliser le score et punir mon frère d'avoir profité de la situation ?

— Avec un peu de chance, je gagnerai l'élection, et je pourrai enfin lui prouver une fois pour toutes que les femmes ont leur place au TCC.

— En tout cas, tu sais que tu peux compter sur mon soutien, dit Sadie en s'adossant à son siège de moleskine rouge. Brad est un peu trop installé dans ses petites routines. Il est grand temps que quelqu'un secoue un peu la branche sur laquelle il s'est endormi.

— Je crois qu'il a accompli le premier pas en prenant la responsabilité de Sunnie. Quand Juanita est partie, il ne savait même pas changer les couches.

— C'est vrai, convint Sadie. Il adore mes jumelles et, dans le rôle de tonton, il est fabuleux. Mais je vivais à Houston à l'époque où les jumelles étaient bébés. Il n'était pas là pour m'aider ni être le témoin de mes nuits blanches et des journées frénétiques que je devais endurer pour m'occuper d'elles.

— Je crois qu'il commence à comprendre, dit Abby, esquissant un sourire.

Elle décida qu'il était temps de changer de sujet.

— As-tu enfin trouvé un local pour héberger ton centre culturel familial ?

— J'espère toujours que le TCC décidera de construire un nouveau club-house, et qu'il fera don de l'ancien bâtiment à l'association, répondit Sadie. Que donnera le vote, selon toi ? Compte tenu de la situation économique actuelle, les familles ont réellement besoin d'un lieu vers lequel se tourner pour obtenir de l'aide en cas de crise.

Fronçant les sourcils d'un air pensif, Abby prit l'addition que Suzy venait de leur apporter.

— Aux dernières nouvelles, le jury était partagé, répondit-elle. La vieille garde insiste pour préserver la tradition et conserver l'ancien club-house. Les nouveaux membres, eux, souhaitent construire un nouveau bâtiment dont les plans ont été soumis par Daniel Warren.

Elles se glissèrent hors de leur box et se dirigèrent vers la caisse au bout du comptoir. Sadie leva les yeux vers la pendule au mur.

— Je dois filer, dit-elle en serrant brièvement Abby dans ses bras. Appelle-moi si tu as du nouveau, dans un sens comme dans l'autre. J'aimerais que nous commencions à travailler aussi rapidement que possible.

— Je le ferai, promit Abby en réglant l'addition.

En sortant du restaurant, elle retourna à sa voiture, et un papier plié sous l'essuie-glace attira son attention aussitôt. Elle sentit son cœur se serrer. Ce billet lui rappelait un peu trop les lettres de chantage que Brad et d'autres membres du TCC avaient reçues ces derniers mois.

Retenant sa respiration, elle saisit le papier et le déplia. Elle n'avait aucune raison de s'inquiéter. Zeke Travers avait résolu l'énigme de ces lettres lorsqu'il enquêtait pour retrouver le père de Sunnie. Le coupable avait été démasqué et allait passer le reste de sa vie en prison pour les nombreux crimes qu'il avait commis.

Elle parcourut les quelques lignes, les yeux écarquillés. L'auteur du message n'était autre que Brad, et il la prévenait que Sunnie et lui comptaient passer la voir au ranch le soir même. Abby promena son regard tout autour d'elle, mais Brad n'était nulle part. Le parking et la rue devant le restaurant étaient déserts.

Ne lui avait-elle pas expliqué assez clairement qu'il

devait s'adresser à Sadie ou à Sheila s'il avait d'autres problèmes avec le bébé ?

Rouge de colère, elle remonta dans sa voiture et prit le chemin du ranch. À l'évidence, Brad avait décidé de la tourmenter, et elle était déterminée à faire cesser son manège.

S'il se présentait à sa porte, plus tard ce soir-là, elle lui dirait sans ambages qu'elle préférait qu'il la laisse seule. Sa vie tranquille et sans complications lui convenait parfaitement. Elle avait son travail de bénévole dans l'association, son action au sein du TCC et la responsabilité de l'un des plus grands ranches d'élevage de chevaux de l'État du Texas. L'accomplissement qu'elle trouvait en aidant les autres et le plaisir d'élever ses chevaux suffisaient largement à son bonheur. Elle n'avait nul besoin des coups de théâtre et de la tension qui allaient de pair avec la présence de Bradford Price dans sa vie.

Ce soir-là, Brad arrêta le monospace qu'il venait d'acquérir devant la grande maison du ranch d'Abby, puis il descendit et alla ouvrir la porte latérale coulissante pour sortir Sunnie de son siège bébé. Il avait encore du mal à croire qu'il avait acheté un véhicule de cette taille, et plus encore qu'il l'utilisait désormais plus souvent que sa chère Corvette. À présent que Sunnie était entrée dans sa vie, l'heure n'était plus à chercher à impressionner la gent féminine avec son bolide, et il se devait de penser avant tout à la sécurité du bébé. Contemplant sa nièce endormie, il esquissa un sourire. C'était étrange comme les priorités d'un homme pouvaient changer en si peu de temps.

Il suspendit le sac à langer à son épaule et, saisissant la poignée de transport du siège pour bébé dans une main et le bouquet de roses qu'il avait apporté dans l'autre, il se dirigea vers l'entrée de la maison. Il avait une dette envers Abby pour toute l'aide qu'elle lui avait apportée ces derniers jours et, même si ces quelques fleurs lui semblaient un bien modeste gage de son immense gratitude, elles devraient suffire pour le moment. Dès que Juanita serait de retour de Dallas, il lui demanderait de garder Sunnie un après-midi pendant qu'il emmènerait Abby déjeuner.

Satisfait de son plan, il monta les marches de la véranda et frappa à la porte. En attendant qu'Abby vienne lui ouvrir, il jeta un coup d'œil aux alentours. Richard Langley et lui n'avaient jamais été de grands amis mais, au fil des ans, le mari d'Abby l'avait parfois invité au ranch pour des parties de poker entre hommes. L'endroit paraissait différent aujourd'hui. À l'évidence, Abby y avait apposé sa marque. Une table de rotin blanche et deux fauteuils assortis avaient remplacé les vieux fauteuils à bascule que Richard affectionnait, et de jolis carillons de bambou se balançaient doucement dans la brise à chaque extrémité de la vaste véranda.

— Que viens-tu faire ici, Brad ? demanda Abby en ouvrant la porte.

— Tu n'as pas trouvé le mot que j'ai laissé sur ton pare-brise ?

— Si, reconnut-elle, croisant les bras sur la poitrine. Je l'ai lu. Et je t'ai même envoyé un message pour te prévenir que ce n'était pas la peine de venir. Apparemment, tu n'as pas ouvert ta messagerie. Je t'expliquais que j'avais d'autres projets pour ce soir.

— J'ai bien reçu ton message, Abby, répondit-il en lui tendant le bouquet de roses. Mais j'avais promis à Sunnie qu'on viendrait te remercier pour ton aide ces jours derniers, et je ne voulais pas la décevoir.

Brad connaissait l'affection d'Abby vis-à-vis de Sunnie, et il avait conscience d'en tirer profit. Mais, pour des raisons qu'il préférait ne pas trop analyser, la perspective de ne plus revoir Abby lui était insupportable. Ce qui aurait dû suffire à le convaincre de filer très vite dans la direction opposée mais, à son grand étonnement, il avait découvert qu'il ne pouvait plus se passer de la compagnie d'Abby. Aucune autre femme n'avait représenté un tel défi pour lui. Elle l'obligeait à rester vif et alerte, et même s'il ne l'avait pas compris à l'époque, elle lui avait manqué lorsqu'elle était partie s'installer à Seattle.

Elle fixa les roses couleur pêche un long moment, puis soupira et s'effaça pour le laisser entrer.

— Je suppose que je peux attendre jusqu'à demain soir pour accrocher mes décorations de Noël.

— Pourquoi ne pas le faire tout de suite ?

Il attendit qu'elle ait refermé la porte derrière lui avant de poser le siège transportable sur le sol et d'ôter sa veste. Puis il se pencha et rabattit partiellement la couverture qu'il avait drapée autour du bébé.

— Sunnie et moi serions plus qu'heureux de t'aider à installer le sapin et toutes les décorations.

Elle s'agenouilla de l'autre côté du siège du bébé et entreprit de défaire les sangles de sécurité.

— Non, cela n'a pas d'importance, répondit-elle. Je m'en occuperai demain.

— En réalité, j'aimerais vraiment que tu me permettes de t'aider, insista-t-il. Cela me donnera peut-être des idées pour décorer la maison.

— Tu n'as jamais décoré de sapin ? s'étonna-t-elle.

Secouant la tête, Brad se redressa, la dominant de sa haute stature.

— À part acheter des cadeaux pour la famille, j'avoue que je ne me suis jamais beaucoup intéressé à Noël.

— Et je parie que c'était ton assistante qui se chargeait du shopping.

Abby avait deviné juste, et son regard perspicace le fit se sentir un tout petit peu coupable de n'avoir pas accordé plus d'attention au choix de ses cadeaux de Noël.

— Je lui suggérais une fourchette de prix, et c'était elle qui choisissait, avoua-t-il.

Avec le recul, il comprenait qu'il aurait dû au moins y mettre un peu du sien, et dire à son assistante ce qu'elle devait acheter. En réalité, la plupart du temps, il ne savait même pas ce que son assistante dévouée avait choisi jusqu'à ce que le destinataire déballe son cadeau.

— Maintenant que Sunnie vit avec toi, tu vas devoir faire davantage d'efforts pour faire de ces fêtes un moment spécial, observa Abby en prenant le bébé dans ses bras.

Alors qu'ils se trouvaient ainsi l'un face à l'autre, une idée commença à germer dans l'esprit de Brad. Il ignorait tout de la manière de transformer Noël en une expérience magique pour une enfant, mais il était prêt à parier son dernier dollar qu'Abby y avait réfléchi. Longuement.

— Tu accepterais de m'y aider ? demanda-t-il, plein d'espoir.

Abby fronça les sourcils.

— Je suis sûre que Sadie se fera un plaisir de te donner quelques idées. Après tout, avec ses jumelles, elle doit avoir une certaine expérience du sujet.

— Non, j'ai envie que Sunnie et moi créions notre propre tradition. Je ne veux pas me contenter de copier ce que ma sœur fait pour ses enfants. De plus, c'est le premier Noël que Sadie et Rick passent en famille depuis qu'ils sont mariés. Je ne veux pas les importuner.

Abby demeura silencieuse quelques secondes, comme si elle réfléchissait à ce qu'il venait de lui dire.

— Je comprends. Mais je ne suis pas certaine d'être la personne la mieux qualifiée pour te prodiguer de bons conseils.

— Moi, je suis sûr du contraire, dit-il en s'approchant. Allez, chérie, fais-moi plaisir. Dis-moi que tu m'aideras à faire de ce Noël une expérience unique pour Sunnie.

Il la vit fermer les yeux comme si elle hésitait à prendre une décision. Lorsqu'elle les rouvrit, elle secoua la tête.

— Je ne le ferais pas pour t'aider, l'avertit-elle. Je le ferais seulement pour Sunnie.

— Bien entendu, convint-il, en prenant soin de cacher la jubilation qu'il ressentait.

Que ce soit pour lui ou pour Sunnie, Abby allait faire ce qu'il lui avait demandé, mais, conscient de ne pas vouloir gâcher sa chance, il jugea préférable de s'abstenir de tout commentaire.

Il prit une profonde inspiration. Il était plus que temps pour lui d'admettre ce qu'il avait refusé d'envisager depuis qu'il l'avait embrassée sous le gui, ce jour-là dans le club-house. Il y avait autre chose que de la rivalité entre eux, et il soupçonnait qu'elle en était aussi consciente que lui. Le problème désormais était de savoir quoi en faire. Était-il prêt à reconnaître qu'il y avait une alchimie entre eux, qui existait probablement depuis leur enfance ?

Il n'en était pas certain. Cela équivaudrait à ouvrir la boîte de Pandore, et les conséquences étaient imprévisibles. En règle générale, il préférait les femmes qui n'attendaient rien d'autre que de passer un moment agréable avec lui. Mais Abby n'était pas de celles-là, et elle ne le serait jamais. Abigail Langley était une femme qui s'engageait totalement dans une relation, le genre de femme avec qui un homme se mariait et fondait une famille.

Tout à coup, il eut la gorge serrée. Que lui prenait-il ? Tout ce qu'il lui demandait, et tout ce dont il avait besoin pour le moment, c'était qu'elle l'aide à préparer le premier Noël de sa nièce.

Il se pencha pour déposer un baiser sur la joue du bébé, puis il sourit à Abby.

— Alors ? Par où commençons-nous ?

— Commencer quoi ?

— Concentre-toi un peu, Abby, la réprimanda-t-il gentiment. Tu viens d'accepter de m'aider à organiser le Noël de Sunnie, et j'aimerais savoir par où commencer.

— Je te rappelle que mes paroles exactes étaient : « *Si* je t'aidais, ce serait pour Sunnie. » Je ne t'ai pas promis de t'aider.

— Mais tu vas le faire.

Ce n'était pas une question, et il ne doutait pas une seconde qu'elle accepterait. Il soupçonnait que sa réticence était sa façon d'exercer son libre arbitre.

Elle le dévisagea encore un moment, puis soupira.

— D'accord, je t'aiderai. Pour Sunnie.

— Parfait, dit-il en ramassant le siège vide du bébé. On va commencer par décorer ta maison, puis on continuera avec la mienne. Où veux-tu installer le sapin ?

— Devant la baie vitrée, dans le salon, précisa-t-elle, marchant dans cette direction.

Il lui emboîta le pas, déjà impatient d'avoir terminé de décorer sa maison pour s'attaquer à la sienne. Il avait déjà sa petite idée sur ce qu'il avait envie de faire, et, si tout se déroulait comme il l'avait prévu, ces fêtes de fin d'année compteraient peut-être parmi les meilleures de sa vie.

- 5 -

Pendant que Brad achevait d'accrocher les guirlandes lumineuses dans la véranda, Abby fit chauffer du lait pour préparer deux grandes tasses de chocolat chaud. Elle avait seulement prévu d'installer un sapin, et peut-être une couronne de Noël sur sa porte, mais, à mesure qu'elle ouvrait tous les cartons de décorations qu'elle avait amassées depuis son enfance, elle sentit son enthousiasme grandir.

Incroyable comme ces fêtes de fin d'année s'annonçaient différentes des précédentes, songea-t-elle en versant le lait chaud dans les tasses. Elle venait alors de devenir veuve et d'apprendre qu'elle n'aurait jamais de famille à elle, et elle n'avait pas le cœur à la fête. Mais, avec le temps, la douleur d'avoir perdu Richard s'était estompée, et même si elle souffrait encore de son infertilité, elle avait appris à vivre avec cette souffrance.

— J'ai installé les guirlandes lumineuses à l'extérieur, devant chaque fenêtre de la façade, annonça Brad en entrant dans la cuisine. Tu as autre chose à accrocher ?

— Je crois que c'est tout, répondit-elle, versant une bonne cuillerée de crème au marshmallow dans chaque tasse avant de lui tendre la sienne. Sunnie dort toujours ?

Il but une gorgée de chocolat avant de répondre :

— Oui. Bizarrement, elle semble adorer dormir dans ce siège pour voiture, et pourtant elle a l'air d'y être à l'étroit.

— Pourquoi crois-tu que certains hommes s'endorment dès qu'ils s'assoient dans un fauteuil-relax ?

— Je n'en ai pas, répondit-il, perplexe. Mais je suppose que c'est parce qu'ils sont très confortables.

— Exactement, dit-elle en riant. Les sièges voiture sont un peu des fauteuils-relax pour bébés.

Ils passèrent dans le salon, et Abby prit place sur le canapé devant la cheminée.

— Cette pièce est aussi jolie que je l'avais imaginée, avec toutes ces décorations, remarqua-t-elle en contemplant le fruit de leurs efforts.

— Tu ne l'avais pas décorée l'année dernière ? s'étonna-t-il en allant s'asseoir près d'elle.

Elle secoua lentement la tête et se tourna vers lui.

— Richard est décédé quelques semaines avant les fêtes de fin d'année, et je n'ai pas voulu rester seule ici pour ce qui aurait dû être notre premier Noël en tant que couple.

— Je comprends, murmura Brad. Où as-tu passé les fêtes ?

— Je suis retournée à Seattle, répondit-elle avec un haussement d'épaules. Je possède encore une maison au lac Washington.

— Est-elle sur la rive même du lac ?

— Non, répondit-elle, esquissant un sourire. La maison est *sur* le lac. C'est une maison flottante, dans un paysage très paisible qui me rappelle le lac où nous allions pêcher quand nous étions enfants.

— C'est là-bas que je t'ai embrassée pour la première fois, rappela-t-il, esquissant un sourire. Tu t'en souviens ?

— Comment aurais-je pu l'oublier ? dit-elle en frissonnant. Tu avais à peine effleuré mes lèvres, puis tu avais essayé de glisser une sauterelle dans l'encolure de mon T-shirt.

— Si je me souviens bien, tu avais menacé de me la faire manger, rappela-t-il.

Ils rirent ensemble. Abby sirota une gorgée de son chocolat.

— Je suis surprise que tu te souviennes encore de ce petit incident.

— C'était l'été de nos six ans, juste avant qu'on entre à l'école élémentaire, dit-il, tendant la main pour effleurer ses cheveux. Tu crois que cela a été la première escarmouche de notre petite guerre ?

— Peut-être.

Elle s'efforça de se souvenir de l'époque exacte où leur rivalité avait commencé, mais les riches accents de sa voix, la sensation de ses doigts caressant ses cheveux l'empêchaient de se concentrer.

— C'était… il y a si longtemps… Je ne sais plus vraiment comment cela a commencé, ni pourquoi.

— Moi non plus, murmura-t-il en glissant les doigts dans sa chevelure bouclée. Ce dont je suis sûr, c'est que tu m'as rendu fou durant la plus grande partie de ma vie, Abigail Langley.

— J'en suis vraiment désolée, répondit-elle, hypnotisée par son regard noisette rivé au sien. Mais tu n'étais pas en reste non plus pour me rendre folle.

Il glissa la main derrière sa nuque délicate et l'attira doucement à lui.

— Ne sois pas désolée, chérie, murmura-t-il tout contre ses lèvres. Il y a plus d'une sorte de folie. À cet instant précis, je dirais que c'est une folie très agréable.

Il posa sa bouche sur la sienne, et Abby ferma les paupières. Elle n'était pas aussi sûre que ce qui se produisait entre eux soit une bonne chose, mais il avait au moins raison sur un point : ils commettaient une folie. C'était Brad Price qui l'embrassait, son plus grand rival de tous les temps, et aujourd'hui son concurrent pour l'élection à la présidence du TCC. Il était le dernier homme qu'elle aurait dû embrasser, mais elle n'avait pas la force d'essayer de l'en empêcher.

Il la serra plus fort contre lui, et son baiser se fit plus ardent. Le cœur cognant dans sa poitrine, Abby cessa de réfléchir et s'abandonna à la délicieuse sensation de son torse puissant pressé contre ses seins, du goût merveilleux de ses lèvres, de ses bras vigoureux qui l'étreignaient avec passion. Renonçant définitivement à analyser les conséquences de ce moment de faiblesse, elle s'accrocha à ses larges épaules et céda à la tentation de se sentir de nouveau désirée par un homme.

La main de Brad vint effleurer la courbe d'un sein, s'attarda sur la pointe durcie, et malgré la barrière du tissu, elle sentit naître en elle un désir d'une incroyable intensité. Elle se sentait comme en apesanteur, et il lui fallut un moment pour comprendre que Brad l'avait soulevée pour la prendre sur ses genoux. Abby s'abandonnait contre lui, et elle aurait pu facilement perdre ce qui lui restait de raison, n'eût été la sensation très nette d'un changement physique chez Brad, et l'étrange langueur qui s'emparait d'elle à ce contact.

Il la désirait, et elle le désirait avec la même force. Cette idée suffit à faire monter en elle une vague de panique qui dissipa instantanément la brume qui lui obscurcissait le cerveau.

— Je… crois que je vais nous préparer… une autre tasse de chocolat chaud, dit-elle d'une voix haletante en s'écartant précipitamment de lui.

Il secoua lentement la tête, esquissant un sourire.

— Ce n'est pas de chocolat chaud dont j'ai envie.

Ce ton suggestif, ce sourire complice étaient un appel auquel il lui était presque impossible de résister. Mais, au prix d'un effort surhumain, elle parvint à murmurer :

— C'est tout ce que je peux t'offrir, Brad.

— Pour le moment peut-être, dit-il, hochant lentement

la tête. Mais cela ne signifie nullement que ce chapitre soit définitivement clos.

Sans lui laisser le temps de le contredire, il déposa un rapide baiser sur ses lèvres.

— Je crois qu'il est temps pour Sunnie et moi d'aller nous coucher, déclara-t-il en se levant. À quelle heure veux-tu qu'on se retrouve demain, pour notre journée de shopping ?

— De quoi parles-tu ? demanda-t-elle, sidérée par la vitesse à laquelle il avait changé de sujet. Je n'ai jamais dit que j'irais faire du shopping avec toi.

— Comme je te l'ai expliqué, je n'ai jamais décoré ma maison pour les fêtes, et je n'ai rien pour le faire.

Il la remit doucement debout et, posant les mains sur ses épaules, la gratifia de son irrésistible sourire.

— Il faudra choisir un sapin, acheter des décorations, des guirlandes lumineuses et tout ce que tu jugeras nécessaire.

— Je pourrais te préparer une liste pour que tu le fasses tout seul, suggéra-t-elle, cherchant désespérément une bonne excuse pour échapper à cette épreuve.

Brad lui sourit de nouveau.

— Non, dit-il en réarrangeant soigneusement la couverture autour de sa nièce endormie. Le mieux serait qu'on y aille ensemble.

— Je préférerais vraiment que tu le fasses seul.

— Pourquoi ? demanda-t-il, en se tournant vers elle.

Comment pouvait-elle lui expliquer que plus elle passait de temps avec lui et avec le bébé, plus elle avait envie de prolonger ces instants ? Que ces précieuses heures qu'elle passait en leur compagnie venaient lui rappeler douloureusement tout ce dont elle rêvait et qu'elle n'aurait jamais ?

Elle avait dû hésiter trop longtemps, car Brad lui offrit un nouveau sourire satisfait.

— Je passerai te prendre vers midi, déclara-t-il en déposant un baiser sur ses lèvres.

Il souleva alors le bébé sanglé dans son siège et se dirigea vers la porte.

— On déjeunera quelque part avant d'aller au centre commercial, dit-il en se retournant sur le seuil. À demain, chérie.

Le souffle coupé par ce dernier baiser, incapable d'articuler une seule parole, Abby vit la porte se refermer derrière lui. Qu'est-ce qui ne fonctionnait pas chez elle ? Pourquoi suffisait-il que Brad l'embrasse pour qu'elle perde le contrôle de ses émotions et qu'elle se plie à toutes ses volontés ? Et, pour commencer, pourquoi lui avait-elle permis de l'embrasser ?

Personne ne l'avait jamais accusée d'être une faible femme. Sa mère disait d'elle qu'elle était trop indépendante pour son propre bien, et Richard s'était parfois plaint qu'il avait besoin d'elle bien davantage qu'elle de lui.

Retournant s'asseoir sur le canapé, elle regarda le sapin de Noël somptueusement décoré et fronça les sourcils. Qu'avait Bradford Price de tellement unique qu'elle perde tous ses moyens en sa présence ?

Déjà, lorsqu'ils étaient enfants, la seule pensée de le revoir l'emplissait d'un curieux sentiment d'anxiété, comme si elle attendait… quelque chose. Mais quoi ? Un geste ? Un signe de sa part, une suggestion de ses sentiments pour elle ?

Soudain, son cœur se mit à battre à grands coups dans sa poitrine, et elle parvenait à peine à respirer. Était-il possible que ce qu'elle avait pris, toutes ces années, pour de la rivalité n'ait en fait caché une attirance qui, aujourd'hui seulement, se montrait sous son véritable jour ?

Ridicule, décida-t-elle. Il devait exister une explication parfaitement logique sur ce qui se passait aujourd'hui entre eux.

Le plus probable, c'était qu'il s'agisse d'une combinaison de son désir impossible d'être mère et de la rencontre entre Brad et cette enfant tombée du ciel. Si l'on ajoutait à cela le fait qu'ils étaient les seuls membres célibataires de leur cercle d'amis, il était tout naturel qu'ils se soient tournés l'un vers l'autre.

Satisfaite d'avoir percé le mystère de leur attirance mutuelle, elle se leva et se dirigea vers l'escalier pour gagner sa chambre. Elle se sentait prête désormais à affronter la situation. Demain matin à la première heure, elle l'appellerait pour annuler leur excursion au centre commercial. Ensuite, elle mettrait toute son énergie à aider Sadie dans son projet de centre culturel familial tout en doublant ses heures de bénévolat au foyer d'accueil pour femmes.

Elle enfila sa chemise de nuit, rabattit la couette et se glissa dans son lit. Aussi longtemps qu'elle resterait occupée et garderait ses distances avec Brad et son adorable nièce, tout irait bien.

— Bonjour, dit Brad dès que Sadie eut décroché le téléphone. Comment va ma petite sœur préférée ?

— Hum… toi, tu as quelque chose à me demander ! s'exclama sa sœur en riant. Alors, qu'attends-tu de moi ?

— Je n'ai pas dit que j'attendais quelque chose, se défendit-il, portant une cuillerée de céréales à la petite bouche avide de Sunnie.

— Tu n'avais pas besoin de le faire, ironisa Sadie. Je te connais.

Il n'était pas du tout surpris que sa sœur ait deviné que cet appel matinal cachait un autre motif. Elle le connaissait mieux que quiconque, et il songeait parfois qu'elle le connaissait mieux qu'il ne se connaissait lui-même.

— Pourrais-tu me garder Sunnie quelques heures cet après-midi ?

— Bien sûr, répondit-elle comme il l'avait espéré. Les jumelles vont adorer passer un peu de temps avec leur petite cousine.

— Parfait.

Il essuya une coulée liquide sur le menton de Sunnie, avant d'ajouter :

— Je la déposerai chez toi un peu avant midi.

— Tu as un déjeuner avec l'un de tes clients ? demanda-t-elle d'un ton faussement détaché.

— Non, répondit-il. Je déjeune avec Abby, et ensuite nous allons faire un peu de shopping pour les fêtes de Noël.

Coinçant le téléphone sous son menton, il souleva le bébé de sa chaise haute.

— Abby va m'aider à préparer le premier Noël de Sunnie, termina-t-il.

Un silence s'installa.

— Tu es toujours là, Sadie ?

— Oui.

— D'accord, grogna-t-il. Qu'est-ce qui te chiffonne dans le fait qu'Abby et moi passions du temps ensemble ?

— En réalité, cela ne me dérange pas du tout, dit-elle comme si elle pesait soigneusement chacun de ses mots. Mais… je ne voudrais pas qu'Abby ait à en souffrir.

— Je n'ai aucune intention de faire souffrir Abby, assura-t-il, fronçant les sourcils. Qu'est-ce qui a bien pu te donner cette impression ?

Elle resta une seconde silencieuse, puis il l'entendit soupirer.

— Je sais que tu ne le ferais pas délibérément, mais ouvre les yeux. Tu as une réputation de don Juan. Que celle-ci soit ou non fondée, tu avoueras que tu as collectionné les petites amies, sans jamais songer à t'impliquer de façon durable dans une relation.

Il ne pouvait pas la contredire. En effet, il avait eu un bon nombre de petites amies, ces dix dernières années. Mais il ne leur avait jamais menti. Elles savaient dès le départ qu'il ne recherchait que le plaisir d'une nuit ou deux en leur compagnie.

— Abby et moi sommes amis, déclara-t-il en passant dans le salon, Sunnie dans les bras, pour l'installer sur sa balancelle. Elle m'a aidé à mieux comprendre les besoins du bébé.

— Bradford Price, ne me raconte pas d'histoires, répliqua Sadie d'un ton sévère. D'abord, Abby et toi n'avez jamais été amis.

— Nous aimons tous deux la compétition, et nous nous sommes souvent mesurés l'un à l'autre, reconnut-il. Mais nous n'avons jamais été des ennemis jurés.

— Je suppose que c'est vrai, concéda Sadie après un instant de silence. Mais, si tu t'en souviens bien, je t'ai vu l'embrasser l'autre jour. Et ce baiser ressemblait davantage à un prélude à la séduction qu'à une démonstration d'amitié.

Il n'avait pas l'intention d'insulter l'intelligence de sa sœur en niant la passion qu'il avait mise dans ce baiser, mais il n'avait pas non plus envie de se lancer dans une discussion sur les raisons qui l'y avaient poussé, pour la bonne raison qu'il ne les connaissait pas vraiment lui-même.

— Sadie, déclara-t-il d'un ton solennel, je te donne ma parole d'honneur que je ne ferai jamais rien intentionnellement qui puisse blesser Abby.

— Merci, Brad. Tâche aussi de ne pas la faire souffrir sans en avoir l'intention. Je sais que tu dois penser que je la protège trop, mais elle est ma meilleure amie, et cette année a été très dure pour elle. Je crois qu'il est grand temps qu'elle soit un peu heureuse.

Brad ne pouvait blâmer sa sœur de se montrer loyale avec son amie. C'était l'un des traits de caractère qu'il admirait le plus chez elle.

— Abby a de la chance de t'avoir dans son camp, dit-il, le pensant sincèrement.

Longtemps après avoir coupé la communication, Brad resta planté au milieu de son salon, à fixer le téléphone silencieux dans sa main. La dernière chose au monde qu'il souhaitait, c'était faire souffrir Abby. Dans leur intérêt à tous deux, il valait peut-être mieux qu'il reprenne ses distances et que chacun d'eux suive sa propre route.

Il rejeta aussitôt cette idée. Il ignorait ce qui le poussait si désespérément à rechercher la compagnie d'Abby, à l'imaginer dans ses bras, l'embrassant à en perdre haleine, mais c'était un fait. Et, même si elle faisait de son mieux pour le nier, il était intimement persuadé qu'elle sentait aussi cette force magnétique qui les poussait l'un vers l'autre.

C'était la première fois de sa vie qu'il éprouvait un tel sentiment pour une femme, et il leur devait, à elle et à lui, de prendre le temps d'analyser ce qui se passait entre eux. Il avait toujours pensé que refuser l'occasion que la vie offrait revenait à courir le risque de la manquer pour toujours. Et pour des raisons encore obscures, il avait le sentiment que cette occasion était de celles à ne pas manquer.

Abby avait peine à croire qu'elle était ici, au Royal Diner, en compagnie de Brad, à attendre que l'hôtesse les installe. Elle avait tenté de l'appeler à plusieurs reprises au cours de la matinée pour annuler leur shopping et avait même laissé un message sur son répondeur pour lui dire de ne pas compter sur elle. Malheureusement, soit il n'écoutait pas ses messages, soit il les ignorait. Elle penchait pour la seconde explication, mais, lorsqu'il s'était présenté à sa porte à midi, il avait nié vigoureusement en avoir eu connaissance.

— Tu préfères une table ou un box ? murmura-t-il, se penchant vers elle.

Son souffle chaud tout près de son oreille la fit frissonner, et elle s'en voulut de sa faiblesse.

— Un… box, répondit-elle d'une voix mal assurée.

— Il y a un box vide dans le coin, là-bas.

Il posa sa main au creux de son dos et la guida vers le fond de la salle. Désireuse de mettre un peu de distance entre eux, elle se glissa à sa place derrière l'abri providentiel de la table. Pour ajouter à sa confusion, elle reconnut deux membres du TCC assis dans le coin opposé de la salle, qui les fixaient avec une curiosité non dissimulée. Elle prit le menu sur la table et s'y plongea, pour se dissimuler à leur regard.

— Je crois que venir ici n'était pas une très bonne idée, dit-elle à mi-voix.

— Pourquoi ? répondit Brad. Je pensais que tout le monde dans cette ville adorait la cuisine du Royal Diner.

— Ce n'est pas que je n'aime pas leur cuisine, répondit-elle assez bas pour que lui seul puisse l'entendre. Mais on dirait que Travis Whelan et David Sorensen vont s'étouffer avec leur chili tellement ils sont surpris de nous voir ensemble.

Au lieu de faire preuve d'un peu de discrétion, Brad se retourna et leur adressa un salut amical.

— Bonjour, Trav, bonjour, Dave ! Comment vont les affaires ?

— Je ne peux pas me plaindre, répondit Travis en souriant.

— Vous êtes prêts pour le grand gala de Noël et l'annonce officielle des nouveaux élus du TCC, tous les deux ? demanda David.

— Aussi prêt que je le serai jamais, déclara Brad, souriant à son tour.

— Eh bien, bonne chance, à l'un comme à l'autre.

— Merci, répondit Abby d'une voix faible.

Formidable, songea-t-elle, découragée. À la fin de la journée, tous les membres du club jusqu'au dernier sauraient que Brad et elle avaient déjeuné ensemble.

— Qu'y a-t-il ? s'enquit Brad, fronçant les sourcils.

Elle soupira. Parfois, les hommes étaient vraiment aveugles !

— Au cas où tu ne l'aurais pas remarqué, nous venons de fournir à la machine à ragots suffisamment de carburant pour la faire tourner une semaine.

— Et c'est tout ? répliqua-t-il en riant. Je doute que le simple fait que nous déjeunions ensemble soit de nature à nourrir les commérages.

— Tu plaisantes ? rétorqua-t-elle, incrédule. Toute la ville sait depuis plusieurs mois que tu t'opposais à mon admission au TCC, et plus encore à mon éventuelle présidence.

Le sourire de Brad s'évanouit.

— Je ne nierai pas avoir souhaité que le club conserve les traditions qui ont été les siennes depuis sa fondation, répondit-il. Mais cela ne signifie pas que je ne respecte pas la décision de la majorité des membres qui ont voté autrement.

Il tendit une main au-dessus de la table et la posa doucement sur la sienne.

— Détends-toi, chérie, poursuivit-il. Si on te pose la question, nous sommes deux membres du club en train de déjeuner ensemble. Et qui sait ? Ils en concluront peut-être que nous travaillons à combler le fossé entre la vieille garde et les jeunes membres du TCC.

Elle devait reconnaître que l'argument de Brad était

sensé, mais il lui était difficile de se concentrer avec sa main prisonnière de la sienne.

— Je suppose que tu as raison, admit-elle. Mais je détesterais servir de sujet de discussion à toutes les commères de la ville jusqu'à ce que le prochain scandale capte leur attention. Je l'ai vécu une fois, et c'est plus que suffisant pour toute une vie.

— Je n'ai pas souvenir que tu aies un jour fait quoi que ce soit pour intéresser les mauvaises langues, répondit-il, visiblement perplexe.

— Ce n'est pas de moi dont il s'agit, mais de mon père, précisa-t-elle.

Seize longues années avaient passé, mais les souvenirs de cette période noire de sa vie ne s'étaient pas estompés.

— Tu fais allusion au fait qu'il vous a abandonnées, ta mère et toi, n'est-ce pas ? demanda-t-il d'une voix douce.

Elle acquiesça.

— Je détestais voir les gens s'arrêter de parler dès que j'entrais dans une pièce ou chuchoter entre eux en me regardant d'un air compatissant.

— Je comprends, dit-il en étreignant doucement sa main. Mais la meilleure façon de lutter contre les ragots, c'est de les ignorer.

Il demeura pensif un instant.

— Je pense, poursuivit-il, que pour montrer notre solidarité, ce serait une bonne chose d'aller ensemble au gala de Noël du TCC.

Elle le dévisagea une seconde, puis éclata de rire.

— Tu as perdu l'esprit ?

— Probablement, mais je crois que ce serait un message adressé à tous les membres du club. On n'a absolument rien à cacher, et quel que soit le vainqueur de cette élection, on est prêts à travailler ensemble.

Il esquissa un sourire, avant d'ajouter avec un haussement d'épaules nonchalant :

— Quoi qu'on fasse, les gens jaseront, chérie. Mais si on continue à se comporter comme si de rien n'était, ils se désintéresseront vite de nous.

— Tu es sérieux ?! s'exclama-t-elle d'un ton incrédule.

— Bien sûr.

Il libéra sa main et ouvrit son menu comme si tout était dit et qu'elle avait donné son accord à son idée farfelue.

— Je vais me laisser tenter par le chili, déclara-t-il. Et toi ?

— Je… je suppose que je vais prendre la salade du chef, répondit Abby, incapable de s'ôter de la tête l'idée d'apparaître avec Brad au gala de Noël.

Brad passa leur commande, et, à la réflexion, Abby dut admettre que son raisonnement ne manquait pas de pertinence. En se rendant ensemble à cet événement annuel, ils enverraient un message clair à tous les membres du club, à savoir que quelle que soit l'issue de l'élection, le nouveau président de ce club prestigieux se donnerait pour première mission de tourner la page des querelles qui déchiraient le club depuis plusieurs mois et de travailler à la réconciliation.

— Je suppose que je pourrais te retrouver là-bas, et on s'assiérait à la même table, suggéra Abby dès que la serveuse se fut éloignée.

— Cela n'est pas acceptable, déclara-t-il d'un ton catégorique. Je passerai te chercher et on ira ensemble.

— Je ne pense pas que ce serait…

— Tu penses trop, Abby, l'interrompit-il. Par ailleurs, s'asseoir à la même table ne constitue pas un message suffisamment clair. On pourrait supposer que c'est le fruit du hasard. Dis-moi seulement à quelle heure je dois passer te prendre.

Elle devait convenir que son argument était pertinent. Mais comment se débrouillait-elle pour se fourrer dans des situations comme celle-ci ? Et, plus important encore, comment allait-elle s'en dépêtrer ?

— Je vais y réfléchir, promit-elle, évitant de lui donner une réponse définitive.

Elle disposait encore d'une semaine avant le gala de Noël. Plus que le temps suffisant pour trouver une raison plausible pour qu'ils se rendent à la soirée chacun de leur côté.

La serveuse posa leurs plats sur la table et s'éloigna pour servir d'autres clients. Brad esquissa un sourire satisfait.

— À présent que ce détail est réglé, déjeunons, puis on ira faire notre shopping. J'ai promis à Sadie que je ne rentrerais pas trop tard. S'occuper de trois enfants de moins de trois ans en même temps n'est sûrement pas une sinécure.

Pour Abby, c'était une vision paradisiaque, et elle ne put s'empêcher de le taquiner :

— Tu devrais rendre le même service à Sadie un jour, et lui proposer de garder ses jumelles, suggéra-t-elle.

Son expression horrifiée la fit éclater de rire.

— Ce serait un désastre, marmonna-t-il. Il m'arrive encore de ne pas savoir comment m'y prendre avec Sunnie. Je n'imagine même pas le cauchemar que ce serait pour moi avec deux autres petites filles.

Il fronça les sourcils, puis son visage s'éclaira.

— Sauf si j'ai du renfort.

Abby porta un peu de salade à sa bouche et la mâcha consciencieusement, avant de relever les yeux vers lui.

— Lorsque ta gouvernante sera revenue de Dallas, tu réussiras peut-être à la convaincre de se porter volontaire.

— Non, répondit-il, en secouant lentement la tête. Tout d'abord, Juanita ne se porte jamais volontaire pour quoi que ce soit. Elle exigerait d'être payée, et je doute qu'il y ait assez d'argent dans tout l'État du Texas pour la convaincre de garder trois bébés à la fois.

Il but une gorgée de thé glacé, avant de remarquer :

— *Toi*, tu sais y faire avec les enfants. Tu pourrais m'aider.

— Je n'ai jamais dit que…

— Tu ne t'en crois pas capable ? coupa-t-il, rivant son regard au sien. C'est cela ?

Son ton de défi la mit immédiatement sur la défensive. Il n'était pas question de laisser passer une pareille remarque.

— Je suis certaine que je m'en tirerais mieux que toi, répliqua-t-elle.

— Dans ce cas, pourquoi ne pas nous mettre à l'épreuve ? suggéra-t-il. En allant récupérer Sunnie, tout à l'heure, je proposerai à Sadie de garder les jumelles afin que Rick et elle puissent disposer de leur soirée demain.

Abby ouvrit la bouche pour refuser, mais le challenge de Brad et la perspective de passer toute une soirée en compagnie des adorables jumelles et du bébé qui avait conquis son cœur étaient une combinaison irrésistible. De plus, ses week-ends lui paraissaient interminables, et s'occuper des enfants serait une agréable distraction à son ennui.

— D'accord, répondit-elle d'un ton décidé. Je relève le défi. On verra bien qui s'arrachera les cheveux le premier.

Un sourire malicieux s'épanouit sur les lèvres de Brad, et il proposa :

— Pourquoi ne pas intéresser un peu ce pari ?

— Comment cela ?

— À la fin de la soirée, celui de nous deux qui se sera plaint de fatigue ou qui aura réprimé un bâillement préparera un dîner pour l'autre.

Devant son air assuré, elle ne put s'empêcher d'éclater d'un rire moqueur.

— Tu sais déjà que tu vas perdre, n'est-ce pas ?

— N'en sois pas aussi sûre, Abby. On verra bien qui sera encore debout en fin de soirée.

— Oui, répondit-elle, se piquant au jeu. On verra bien.

Sa nature compétitive s'était réveillée, et une nouvelle partie venait de commencer. Elle allait se délecter de voir l'indomptable M. Price mordre la poussière. Il allait apprendre à ses dépens que s'occuper d'enfants était une activité dont elle ne se lassait jamais.

Trois heures après avoir ramené Abby chez elle et récupéré Sunnie chez sa sœur, Brad explorait la montagne de sacs débordant de toutes les décorations de Noël possibles et imaginables posés sur le sol de son salon. Il cherchait un sac précis, celui qui contenait suffisamment de gui pour décorer la moitié de la ville de Royal.

— Je sais qu'il est ici quelque part, marmonna-t-il.

Il trouva enfin ce qu'il cherchait, et un sourire s'épanouit sur ses lèvres. Lorsque Abby arriverait, tout à l'heure, il comptait bien avoir terminé le plus gros de la décoration.

Il alla jeter un coup d'œil au bébé et constata, satisfait, qu'elle dormait encore. Sortant une petite boîte de punaises du tiroir de son bureau, il se mit aussitôt au travail.

— Juste à l'heure, dit-il en ouvrant la porte.

— À l'heure pour quoi ? s'étonna Abby.

— Entre, je vais te montrer.

Il la prit par le coude et l'entraîna dans le salon, s'arrêtant au centre de la pièce.

— Lève les yeux, chérie.

Elle obtempéra et découvrit, incrédule, le lustre décoré.

— Voilà une étrange façon de commencer la décoration, observa-t-elle. Pourquoi avoir accroché le gui avant de décorer le sapin ?

Il la prit dans ses bras et déposa un baiser sur son menton.

— C'est l'élément le plus important de la décoration, chérie, expliqua-t-il en souriant.

— Ah, vraiment ? Et d'après qui ?

— D'après moi, précisa-t-il en effleurant ses lèvres. Tu sais, c'est l'une des plus vieilles traditions des fêtes de fin d'année.

— Et quand l'as-tu décidé ?

— Je crois que la première fois que j'ai pris conscience de l'importance du gui, c'était il y a un peu plus d'une semaine, dans le club-house du TCC, répondit-il en la serrant un peu plus fort dans ses bras. Lorsque je t'ai embrassée.

— Brad… c'est une folie, balbutia-t-elle.

— Pourquoi ? murmura-t-il, se délectant de la sensation de son corps souple et mince sous ses doigts. J'aime t'embrasser, et tu aimes que je t'embrasse. Qu'y a-t-il de mal à cela ?

— Je… ne peux pas être celle que tu désires que je sois, répondit-elle d'un ton hésitant.

Elle n'avait pas nié qu'elle aimait être embrassée, c'était un bon début. Brad leva une main pour repousser une boucle auburn sur sa joue satinée.

— Et comment la vois-tu, Abby ?

— Je n'en suis pas entièrement sûre, avoua-t-elle, frissonnant à son contact. Mais je sais ce que je ne peux pas être. Je ne peux pas être une de tes aventures d'un soir. Cela ne me ressemble pas. Ce n'est pas la femme que je suis.

— Je le sais, chérie, murmura-t-il, emmêlant les doigts dans ses boucles soyeuses pour l'attirer doucement à lui. Tout ce que je désire, c'est que tu sois celle que tu as toujours été — Abby Langley, la femme qui a représenté un challenge constant pour moi durant toute ma vie et qui m'a toujours poussé à donner le meilleur de moi-même. Et qui, plus récemment, est devenue une grande amie.

Sans lui laisser le temps de s'interroger davantage sur ce qu'il attendait d'elle, Brad posa la bouche sur la sienne. Il n'avait pas envie de penser aux directions où cette amitié pouvait les entraîner, ni au fait que le désir d'embrasser ces lèvres adorables devenait une obsession pour lui. Il avait le vague pressentiment qu'il ne serait pas très à l'aise avec ce qui risquait d'être l'une des découvertes les plus fondamentales de toute sa vie.

À l'instant où leurs lèvres se rencontrèrent, une merveilleuse onde de chaleur irradia dans tout son corps et presque immédiatement, leur baiser prit un tour passionné. Brad retrouva avec délices le goût unique de sa bouche, qui était son essence même. Il prit ses mains dans les siennes et les posa sur ses épaules, se ménageant un accès à sa poitrine généreuse. Recueillant les rondeurs douces et fermes dans ses paumes, il sentit les pointes durcir sous ses caresses.

Il aurait adoré pouvoir pousser son exploration plus loin, l'entendre gémir de plaisir lorsqu'il entrerait en elle. Mais, outre que la barrière de leurs vêtements rendait ce rêve impossible, Abby n'était pas encore prête à franchir ce pas, et il n'avait jamais été homme à insister pour obtenir d'une femme davantage que ce qu'elle désirait donner. D'ailleurs, souhaitait-il vraiment que leur amitié prenne cette direction ?

Au même instant, il entendit dans l'Interphone que Sunnie s'était réveillée pour son biberon, ce qui lui évita d'avoir à répondre à sa propre question, et lui fournit une raison supplémentaire de mettre fin à leur baiser.

Il releva la tête avec regret et plongea le regard tout au fond de ses yeux azur voilés de désir.

— Pendant que je prépare son biberon, pourrais-tu monter la voir avant qu'elle se mette à hurler ?

Abby le fixa plusieurs secondes, puis acquiesça et, sans un mot, se dirigea vers l'escalier. Brad la suivit des yeux jusqu'à ce qu'elle ait disparu, subjugué par le spectacle de ses hanches qui ondulaient, étroitement moulées dans un jean, tandis qu'elle montait les marches.

Il n'y avait plus aucun doute dans son esprit. Un jour, ils franchiraient ce dernier pas et deviendraient amants. Il espérait seulement ne pas être devenu fou à lier avant que ce jour tant espéré arrive.

- 6 -

— Cela a été un peu laborieux, mais tu t'en es très bien tiré, reconnut Abby, berçant Sunnie dans ses bras. Ces guirlandes lumineuses sur le sapin sont du plus bel effet. À présent, il ne reste qu'à y accrocher les autres décorations.

— Tu n'as pas l'intention de m'aider ? demanda-t-il, tendant la main vers une boîte de boules argentées. C'était ton idée de me faire acheter un sapin aussi immense. Le moins que tu puisses faire, ce serait de participer aux réjouissances.

Abby ignora son ton sarcastique. Elle était parfaitement satisfaite de diriger les opérations tout en berçant Sunnie.

— J'ai trop de plaisir à tenir ce petit ange dans mes bras, répondit-elle, baissant les yeux vers le bébé serré contre elle. Elle est absolument fascinée par toute cette activité.

Enjambant une pile de guirlandes, Brad s'approcha pour chatouiller le petit ventre du bébé, qui rit aux éclats et s'empara de son doigt.

— C'est pour toi que nous faisons tout cela, bout de chou. J'espère que tu apprécies nos efforts.

Abby voyait bien que Sunnie l'adorait, et à l'idée qu'elle ne vivrait jamais l'expérience d'être ainsi aimée d'un enfant, elle sentit son cœur se serrer.

— Je crois que je vais installer Sunnie dans sa balancelle, et préparer deux tasses de chocolat chaud pendant que tu finis de décorer le sapin, déclara-t-elle, ressentant le besoin de s'isoler quelques minutes.

— Bonne idée, répondit-il en consultant sa montre. J'aimerais terminer afin qu'on ait un peu de temps pour se détendre avant de coucher Sunnie.

Abby installa le bébé dans sa balancelle et passa dans la cuisine de Brad. S'appuyant contre le plan de travail, elle ferma les yeux et s'efforça de contrôler le flot d'émotions qu'elle sentait monter en elle.

La vie dont elle avait rêvé, qu'elle avait toujours désirée depuis aussi longtemps qu'elle s'en souvienne, était là, dans la pièce voisine. Mais ce n'était pas la sienne. Ici, elle n'était qu'une invitée. Brad lui avait seulement demandé de l'aider à préparer son premier Noël avec le bébé. Elle était en dehors de leur cercle, contemplant un bonheur auquel elle n'aurait jamais droit.

Elle prit une profonde inspiration et essuya d'un revers de main impatient l'unique larme qui avait roulé sur sa joue. L'apitoiement sur soi-même était une perte de temps, décida-t-elle. Elle n'aurait jamais une famille à elle. C'était la dure réalité, et il était grand temps qu'elle l'accepte.

Elle retrouva peu à peu sa sérénité en préparant le chocolat chaud et décida de prendre congé aussi rapidement que possible. Il aurait été insensé de s'attarder dans cette maison et de continuer à se torturer de cette façon. Sunnie n'était pas son enfant, et il ne lui appartenait pas de l'aimer. Quant à Brad, avec ses baisers dévastateurs et son charme facile, il pourrait rapidement devenir une addiction contre laquelle il n'existait probablement pas d'antidote. Et elle était bien décidée à éviter cela coûte que coûte.

À l'évidence, il était dans son intérêt de prendre un peu de recul et de laisser Brad et son adorable nièce former leur petite cellule familiale sans elle. Sinon, elle risquait fort de trop s'attacher à eux et d'avoir le cœur brisé. Elle ne pouvait pas se le permettre. C'était une question de survie.

Lorsqu'elle revint dans le salon, deux grandes tasses

fumantes à la main, elle avait retrouvé un semblant de calme, et elle se sentait prête à résister à la tentation.

— Où est Sunnie ? s'enquit-elle, notant immédiatement que le bébé n'était plus dans sa balancelle.

— Je l'ai couchée dans son berceau, là-haut dans sa chambre, expliqua Brad, prenant la tasse qu'elle lui tendait. Je suppose que le mouvement de la balancelle et le spectacle pitoyable de son oncle se battant contre les guirlandes du sapin ont dû finir par lui donner sommeil.

— Tu es trop modeste, répliqua Abby, contemplant la décoration. Que tu y aies ou non pris plaisir, c'est très réussi. Ce sapin est magnifique.

Il lui enleva sa tasse des mains et la posa près de la sienne sur la petite table au bout du canapé, puis il prit la jeune femme dans ses bras.

— Merci, chérie, répondit-il. Je n'y serais jamais arrivé sans toi.

Elle sentit son cœur s'emballer, et toutes ses bonnes résolutions s'évaporèrent comme la rosée sous les rayons du soleil matinal. Elle aurait peut-être pu résister s'il ne l'avait pas touchée. Cette force qui l'enveloppait et cette voix de baryton grave et caressante lui firent oublier l'importance de garder ses distances.

— Je suis sûre que tu te serais très bien débrouillé sans moi, répondit-elle, s'efforçant désespérément de trouver la volonté de se dégager de son étreinte.

— Probablement, murmura-t-il tout près de son oreille. Mais cela n'aurait pas été aussi amusant.

Un frisson d'excitation la parcourut tout entière, et elle faillit en oublier de respirer.

— Je t'ai entendu ronchonner en te battant avec les guirlandes, remarqua-t-elle.

Son rire grave résonna contre sa poitrine.

— Je vais te révéler un secret. Il m'arrive souvent de ronchonner en faisant des choses qui me plaisent bien.

Abby avait soudain l'impression que ses genoux s'étaient transformés en gelée, et elle se cramponna à la taille de Brad pour conserver son équilibre.

— Pour… pourquoi ? balbutia-t-elle.

— C'est un truc de garçons, répondit-il d'un ton suave. C'est ce qu'on attend de nous.

Abby ferma les yeux, et elle ne put s'empêcher de se blottir contre lui.

— Qu'attend-on encore de vous ?

— Ceci, répondit-il, en effleurant ses lèvres des siennes.

Il mordilla ses lèvres sans vraiment l'embrasser, et Abby sentit sa tension monter en flèche. Plus que tout au monde, elle désirait qu'il lui prodigue une nouvelle fois ses caresses, qu'il l'entraîne de nouveau dans son univers de passion.

— Tu as envie que je t'embrasse, Abby ? murmura-t-il tout en continuant sa douce torture.

Elle savait que c'était une erreur, mais c'était exactement ce qu'elle désirait, et elle répondit dans un souffle :

— Oui.

Lorsque sa bouche vint enfin se poser sur la sienne, elle l'accueillit avec délices et leur baiser prit immédiatement un tour passionné. Abby avait l'impression que la terre s'était mise à trembler. L'anticipation, le besoin désespéré que Brad éveillait en elle n'avaient rien de comparable avec ce qu'elle avait vécu jusqu'à présent dans sa vie. Si ses baisers précédents l'avaient enivrée, ils n'étaient qu'un pâle aperçu du savoir-faire qu'il démontrait aujourd'hui.

Oubliant toutes les bonnes raisons qu'elle avait de s'extirper de l'étreinte de ses bras et de fuir sans se retourner vers le sanctuaire de son ranch, elle se blottit davantage contre lui et tira l'ourlet de son T-shirt hors de la ceinture de son jean. Plus tard, elle aurait tout le temps de regretter ce moment de folie. Mais, en cet instant, ce qu'elle désirait — ce dont elle avait besoin —, c'était de se sentir de nouveau désirée. Adorée.

— J'ai peine à croire… à ce que je m'apprête à te dire, murmura-t-il d'une voix un peu essoufflée. Mais… je crois… qu'on devrait ralentir un peu.

Il fallut un instant à Abby pour comprendre ce qu'elle venait d'entendre. L'effet sur elle fut celui d'une douche glacée.

Qu'avait-elle fait ? songea-t-elle, atterrée. Pourquoi avait-elle renoncé au strict contrôle d'elle-même qui la caractérisait ?

Humiliée, incapable d'expliquer son comportement éhonté, elle demeura silencieuse. Elle s'écarta de Brad et, évitant son regard, elle se précipita dans le couloir pour récupérer son manteau dans le placard. Elle avait besoin de rentrer chez elle, de se glisser sous sa couette et de prier pour que, demain en se réveillant, tout ceci n'ait été qu'un mauvais rêve et qu'elle ne se soit pas couverte de ridicule devant Brad.

— Abby, mais enfin où vas-tu ? lança Brad, arrivant derrière elle.

Lorsque ses grandes mains la saisirent aux épaules et qu'il la força à se retourner vers lui, elle s'efforça de concentrer son regard sur les nervures du col de son T-shirt.

— Je… rentre chez moi, marmonna-t-elle.

— Pourquoi ?

— J'ai… j'ai besoin de rentrer, répondit-elle, tentant de s'écarter de lui.

— Pas du tout, répliqua-t-il en la maintenant dans une étreinte ferme. Tu as besoin de rester ici et de me parler. As-tu seulement idée de ce qui m'a poussé à mettre fin à ce baiser ?

Pourquoi ne la laissait-il pas partir ? songea-t-elle,

désespérée. Ne pouvait-il au moins lui laisser conserver une petite parcelle de sa dignité ?

— Je ne pense pas qu'il soit nécessaire que tu l'exprimes avec des mots, murmura-t-elle.

Elle n'avait toujours pas osé croiser son regard, et elle n'était pas sûre de pouvoir le faire. Elle était une femme respectée de tous et n'avait jamais une fois dans sa vie perdu le contrôle d'elle-même devant un homme — pas même devant feu son mari.

— Regarde-moi, Abby, ordonna-t-il.

Constatant qu'elle continuait à fixer le plastron de son T-shirt, il lui releva doucement le menton.

— Si je t'ai arrêtée, poursuivit-il, ce n'est pas parce que je ne te désire pas. En cet instant, je donnerais ma vie pour te conduire dans ma chambre et t'aimer toute la nuit comme tu mérites d'être aimée. Mais tu n'es pas prête.

Il y avait une telle tendresse dans le baiser qu'il déposa sur ses paupières qu'elle fut à deux doigts de fondre en larmes.

— Lorsqu'on fera l'amour, ajouta-t-il, ce sera très long et très doux, et quand l'aube se lèvera, aucun de nous deux n'aura de regrets.

La détermination qu'elle lisait dans ses yeux noisette lui donna un coup au cœur. Qu'était-elle censée répondre ? Que pouvait-elle répondre ?

Devait-elle le remercier de l'avoir empêchée de se couvrir de ridicule, ou de son intention de lui faire l'amour comme aucun autre homme ne l'avait fait ? Outre que c'était totalement inapproprié, ce serait aussi des plus humiliant.

— Je… heu… je devrais vraiment rentrer, Brad, parvint-elle enfin à articuler.

Il déposa un baiser sur son front et la serra brièvement dans ses bras.

— On se voit demain soir, chérie.

— Je ne crois pas…

— Chut, Abby ! l'interrompit-il en posant un doigt sur ses lèvres.

Il lui décocha un sourire qui la liquéfia.

— Rassure-toi, précisa-t-il, on ne sera pas seuls. On aura trois enfants pour nous chaperonner.

Elle avait totalement oublié sa promesse de garder les jumelles de Rick et de Sadie, mais elle ne pouvait pas renier cet engagement et laisser Brad s'occuper seul de trois fillettes en bas âge. Elle ne s'en sentait pas le droit. Sans compter que Sadie était sa meilleure amie, qui méritait bien de passer un peu de temps en tête à tête avec son mari.

Résignée, elle hocha la tête.

— On se voit demain.

— Je suis impatient, assura-t-il avec un sourire qui aurait pu faire fondre les glaces du Pôle.

Elle enfila sa veste et se dirigea vers la porte. Il était inutile de raisonner avec lui et de lui rappeler que plus ils passaient de temps ensemble, plus la situation devenait risquée pour elle. De toute façon, il ne l'écouterait pas. En outre, elle devait prendre le temps d'analyser son propre comportement, si saugrenu. Comprendre pourquoi il lui avait été si facile de s'abandonner dans les bras de Brad et de se sentir plus libre avec lui que cela n'avait jamais été le cas avec Richard.

Dès qu'elle aurait trouvé la réponse, elle était décidée à organiser ses défenses afin d'éviter que cela ne se reproduise. Elle risquait fort, sinon, de tomber amoureuse de Brad.

Et de se couvrir de ridicule plus encore qu'elle ne l'avait fait ce soir.

— J'ai pris la liberté de commander pour nous deux, dit Sadie lorsque Abby se glissa en face d'elle dans un box du Royal Diner.

— Désolée pour le retard, s'excusa Abby. Juste après que tu m'as appelée pour m'inviter à déjeuner, mon contremaître est venu m'annoncer qu'une de mes juments avait commencé à mettre bas pendant la nuit. Le poulain est né il y a une heure à peine.

— J'espère que tout s'est bien passé, observa Sadie en souriant.

Elle attendit que la serveuse ait posé leurs assiettes sur la table et qu'elle se soit éloignée.

— C'est un étalon ou une pouliche ?

— Une pouliche, répondit Abby d'un ton animé. J'avais déjà choisi son nom, qui n'aurait pas vraiment convenu si cela avait été un étalon.

— Ne me laisse pas dans l'ignorance, dit son amie en riant. Quel nom as-tu choisi ?

— Elle sera inscrite sous le nom de « Danseuse de Sunnie » dans le registre de l'association américaine du Quarter Horse.

Sadie, qui portait son verre de thé glacé à ses lèvres, interrompit son geste.

— Tu lui as donné le nom du bébé ?

— J'ai trouvé que c'était joli. D'ailleurs, lorsque Sunnie sera plus grande, j'ai l'intention de lui faire cadeau de cette pouliche.

La question de savoir si le bébé monterait à cheval dès qu'elle en aurait l'âge ne se posait même pas. Tout le monde à Royal et dans les alentours possédait un cheval, ou tout du moins savait monter.

— C'est très joli, déclara Sadie, l'air pensif, en reposant son verre sur la table. Tu es tombée amoureuse de mon frère et de notre nièce, n'est-ce pas ?

Abby sentit les battements de son cœur s'accélérer, et une vague de panique monta en elle. Il lui était impossible de nier les profonds sentiments qu'elle éprouvait pour le bébé. Mais… pour Brad ? Était-ce pour cette raison qu'elle cédait constamment à ses appels à l'aide ? Qu'elle perdait toute volonté de résistance lorsqu'il la prenait dans ses bras, lorsqu'il l'embrassait ?

Non, trois fois non. Elle ne pouvait pas se permettre d'aimer un autre homme. Le risque était trop élevé. Elle souffrirait trop si elle le perdait à son tour comme elle avait perdu Richard — ou le bébé qu'elle avait cru pouvoir adopter avant que sa mère change d'avis.

— Heu… non, répondit-elle d'un ton hésitant. J'adore Sunnie, bien sûr. Qui ne l'aimerait pas ? Mais Brad ? Je ne crois pas. Il est très gentil, mais je ne suis pas amoureuse de lui. Nous sommes seulement des amis.

— Bien sûr, répondit Sadie avec un sourire entendu.

En voyant l'expression de son visage, Abby comprit que sa meilleure amie n'avait pas cru un seul mot de son discours, et elle se sentit obligée d'insister :

— Je t'assure, nous sommes amis, c'est tout.

— Je suppose que c'est ce qui explique que vous soyez devenus inséparables depuis une semaine.

— Je ne fais que l'aider à organiser le premier Noël de Sunnie, précisa Abby.

Elle se rendit compte qu'elle avait répondu d'un ton défensif et s'en voulut aussitôt. Ses explications devaient avoir l'air d'un disque rayé, mais elle se trouvait dans l'incapacité de trouver une excuse plus plausible.

— Tu ne me dois aucune explication, Abby, la rassura Sadie avec un sourire plein d'indulgence. Je ne te condamne pas, loin de là. Dieu sait que j'étais une catastrophe ambulante lorsque Rick et moi essayions de comprendre où nous en étions.

— Je suis sincèrement heureuse que tout se soit arrangé pour vous deux, déclara Abby. Mais il n'y a absolument rien entre…

— Épargne-moi la suite, coupa Sadie en riant. Je connais la chanson, et je n'ai pas besoin de la réentendre. Je ne t'ai pas invitée à déjeuner pour te questionner au sujet de tes sentiments pour mon frère.

— Pourquoi tenais-tu à me voir ? s'enquit Abby.

Cette invitation impromptue l'avait un peu surprise. Généralement, lorsqu'elles convenaient de déjeuner ensemble, rendez-vous était pris bien à l'avance afin que Sadie ait le temps de trouver une baby-sitter.

— En réalité, il y a plusieurs raisons à cela, répondit Sadie en sirotant son thé. J'ai pris quelques décisions concernant le centre culturel familial, et j'aimerais te les soumettre.

Soulagée de revenir sur un terrain moins dangereux, Abby reprit sa fourchette.

— Alors, qu'as-tu décidé ?

— Je veux que ce soit un lieu où les familles puissent non seulement familiariser leurs enfants avec l'art, mais aussi recevoir l'aide dont elles ont besoin en temps de crise.

Elle se tut, l'air pensif.

— Les temps sont durs pour beaucoup de gens, aujourd'hui, reprit-elle, et je souhaite que les familles aient un interlocuteur vers qui se tourner lorsqu'elles ont besoin d'aide pour payer une facture d'électricité ou un mois de loyer en retard.

— Je pense que c'est une merveilleuse idée, déclara Abby. Tu n'as qu'à me dire où et quand je peux me porter volontaire pour vous aider. Où se trouvera le centre culturel ? Tu espères encore que le TCC fera don de son ancien club-house si l'on vote pour construire les nouveaux locaux, ou bien comptes-tu te mettre à la recherche d'un terrain à bâtir ?

— J'espère toujours que nous pourrons récupérer le club-house, répondit Sadie, le regard perdu dans l'espace comme si elle imaginait les possibilités offertes par ce bâtiment. Il y a là tout ce dont nous avons besoin, des bureaux, une salle de bal qui pourrait facilement être transformée en auditorium pour accueillir des concerts ou des expositions d'art, ainsi qu'une salle de sport pour les activités physiques. Mais si cela s'avère impossible, j'envisagerai de faire construire un centre tout neuf.

— J'espère que tu pourras disposer du club-house, déclara Abby avec enthousiasme. Ce serait vraiment idéal.

Elles demeurèrent un moment silencieuses. Abby lui posa alors la question qui lui brûlait les lèvres :

— Pour quelle autre raison tenais-tu à me voir ?

— Certains membres du TCC se posent des questions, répondit Sadie d'un ton hésitant. Quelques-uns ont approché Rick pour lui demander ce qu'il se passait entre Brad et toi, et pourquoi vous passiez tant de temps ensemble.

Abby sentit son cœur se serrer. Elle avait prévenu Brad de ce qui allait arriver lorsqu'on les avait vus déjeuner ensemble, la veille.

— Qu'a-t-il répondu ? s'enquit-elle d'une voix faible.

— Tu connais Rick, répondit Sadie en souriant. Il leur a répondu, poliment mais fermement, que s'ils s'occupaient un peu plus de leurs propres vies, ils n'auraient pas le temps de s'occuper de celles des autres.

Réprimant un gémissement, Abby repoussa son assiette. Elle qui était affamée en arrivant ici s'apercevait tout à coup que son appétit l'avait abandonnée.

— Je me réjouis qu'il les ait remis à leur place, mais je déteste qu'on colporte des ragots à mon sujet.

— Je sais ce que c'est, assura Sadie. Si tu te souviens

bien, Rick et moi étions au centre de toutes les rumeurs en ville il y a cinq ou six mois.

— C'est un côté de la vie à Seattle qui me manque plus que tout, observa Abby en soupirant. C'est une ville suffisamment grande pour que personne ne se préoccupe de savoir qui sont vos amis ou ce que vous faites.

— Les commérages sont un inconvénient de la vie dans une petite ville, c'est certain, convint Sadie. Mais j'ai pensé que tu devais en être informée.

— Merci.

En son for intérieur, Abby ne pouvait s'empêcher de se demander s'il n'aurait pas mieux valu qu'elle demeure dans une bienheureuse ignorance. Au moins, elle n'aurait pas eu l'impression que tout le monde chuchotait derrière son dos lorsqu'elle entrait dans une pièce.

— Il y a une autre question que je souhaitais te poser, dit Sadie, reposant sa serviette de papier sur la table. Tu es certaine que Brad et toi êtes disponibles pour garder les jumelles, ce soir ?

— Bien sûr, répondit Abby sans hésiter, consciente que si ce tête-à-tête avec Brad risquait de s'avérer délicat, elle n'avait pas le droit de décevoir son amie. Je suis impatiente d'y être. Tu sais combien j'aime tes filles.

— Merci, répondit Sadie, visiblement soulagée. J'ai vraiment envie de passer un peu de temps seule avec mon mari.

— Je ne peux pas t'en blâmer. Brad et moi avons fait un petit pari, à celui qui se fatiguera le premier.

— Tu as déjà vu les jumelles en action, répliqua Sadie en souriant. Je crains fort que Brad et toi ne soyez tous deux épuisés à la fin de la soirée. Quel est l'enjeu de votre pari ?

— Le perdant devra préparer un dîner pour l'autre, expliqua Abby, riant pour la première fois depuis qu'elle avait appris qu'on jasait à son sujet dans toute la ville de Royal. Et ce pari, je suis bien décidée à le gagner.

— Bravo, Abby !

Sadie consulta sa montre, posa quelques dollars sur la table pour la serveuse, et ramassa sa veste et son sac.

— Je dois filer, annonça-t-elle. Un de mes voisins a découvert les flamants roses dans son jardin en se réveillant ce matin. Comme il s'apprêtait tout juste à partir pour Houston en voyage d'affaires, il m'a demandé de porter sa donation au foyer d'accueil Helping Hands.

— Je n'ai rien à y voir, cette fois-ci, répondit Abby en riant. J'ai souvent participé à l'installation des flamants roses sur les pelouses de nos concitoyens, mais je n'ai aucune idée de qui d'autre est sur la liste.

— Cela ne me dérange vraiment pas, assura Sadie. C'est pour la bonne cause. Mais plus vite j'aurai apporté la contribution de M. Higgins, et plus vite ils pourront les installer dans une autre propriété et collecter d'autres donations pour le foyer.

— Je m'attends à trouver ces oiseaux sur ma pelouse d'un jour à l'autre, remarqua Abby, se glissant hors du box.

— Rick et moi amènerons les jumelles chez Brad ce soir vers 19 heures, dit Sadie alors qu'elles se dirigeaient vers la caisse pour régler leur repas.

— Cela me convient très bien. Mais je pensais qu'on les garderait chez toi.

— Les jumelles seront probablement encore debout à notre retour, mais Sunnie dormira très certainement. J'ai pensé que ce serait plus facile pour vous de la coucher dès qu'elle aura sommeil, plutôt que de devoir la réveiller pour la ramener chez Brad.

— Tu as sûrement raison, convint Abby en serrant son amie dans ses bras. Je te verrai ce soir chez Brad.

En route vers le ranch, Abby repensa à l'avertissement

de son amie. La dernière chose qu'elle souhaitait, c'était devenir une fois de plus le centre des conversations au TCC. Certains des membres plus âgés n'avaient jamais accepté qu'une femme soit admise dans ce club prestigieux et ils s'étaient montrés scandalisés lorsqu'elle avait décidé de briguer le poste de président. À présent que le vote avait eu lieu, les critiques semblaient s'être un peu calmées, et tout le monde attendait le résultat du scrutin. C'était tant mieux, et elle espérait que les choses en resteraient là.

Elle allait devoir évoquer ce sujet avec Brad, et lui dire qu'il n'était pas question qu'ils se rendent ensemble au gala de Noël. De toute façon, elle cherchait une excuse pour ne pas donner suite à ce projet, et celle-ci en valait bien une autre. Elle ne tenait pas du tout à s'afficher avec lui à un tel événement, car elle savait que cela ne ferait que nourrir les rumeurs à leur sujet. À présent, il ne lui restait plus qu'à convaincre Brad lui-même du bien-fondé de ses réticences.

Abby soupira. Sa tâche n'allait pas être facile. Si ces deux dernières semaines lui avaient apporté un enseignement, c'était que Brad Price était un homme déterminé à faire les choses à sa façon.

Confortablement installée dans le fauteuil à bascule, Abby donnait le biberon à Sunnie tout en observant Brad en train de jouer avec ses nièces, Wendy et Gail, et ce spectacle lui arracha un sourire. Il avait été leur poney pour les promener sur son dos, les avait aidées à construire des tours de cubes de bois pour les démolir aussitôt, et avait tenu le gros lapin en peluche pendant que les fillettes faisaient semblant de le nourrir. En cet instant, il était assis sur le canapé, les jumelles blotties contre lui. Le trio regardait un classique de Disney en vidéo, et Brad paraissait aussi absorbé par l'histoire que les petites filles.

Wendy et Gail, visiblement, adoraient leur oncle, et celui-ci le leur rendait bien. Chaque fois que l'une des jumelles commentait une scène à l'écran, Brad lui accordait toute son attention, et il l'écoutait comme si son opinion était de la plus haute importance pour lui.

Il serait un père merveilleux pour Sunnie et pour ses autres enfants.

Son cœur se serra à l'idée qu'elle ne ferait jamais partie de cette histoire. Pour elle, il n'y aurait jamais de soirées avec les enfants devant la télévision à regarder des films, pas de bébés à bercer sur sa poitrine jusqu'à ce qu'ils s'endorment, et... pas de Brad.

Elle eut un coup au cœur. D'où lui était venue cette idée ?

— Abby, chérie, tu te sens bien ? demanda Brad, la ramenant brusquement à la réalité.

— Bien sûr, répondit-elle précipitamment. Pourquoi cette question ?

Brad esquissa un sourire.

— Tu avais l'air à des années-lumière d'ici, expliqua-t-il. J'espère que tu n'es pas sur le point de jeter l'éponge et de concéder que tu as perdu notre petit pari ?

— Jamais de la vie, répliqua-t-elle en riant.

— Je te demandais si tu pensais qu'il était l'heure de mettre ces petites filles en pyjama et de leur donner leur petit en-cas, dit-il en souriant, indiquant les jumelles qui bâillaient contre lui.

— Tu veux que je m'en occupe, ou te sens-tu de taille à le faire ?

Abby sourit en se rendant compte qu'ils évitaient tous deux de prononcer les mots « dormir » ou « lit ». Ayant déjà assisté au coucher des jumelles chez Sadie, elle avait pu constater de ses yeux que la seule mention de certains mots déclenchaient des crises de rébellion chez elles.

— Que ce soit toi ou moi importe peu, répondit-il avec un haussement d'épaules nonchalant. Sunnie s'est-elle endormie ?

— Oui, répondit-elle en se levant, le bébé dans les bras. Je vais la monter dans sa chambre et la coucher dans son berceau. À mon retour, j'aiderai Wendy et Gail à enfiler leurs pyjamas pendant que tu prépareras les snacks que Sadie a apportés.

Il étendit son bras sur le dossier du canapé et la considéra avec un sourire de défi.

— Que le meilleur gagne.

— Tu as l'air un peu fatigué, remarqua-t-elle.

— Attends seulement de me voir, chérie. C'est *moi* qui vais gagner notre pari.

— Tu peux toujours rêver, lança-t-elle par-dessus son épaule tout en se dirigeant vers l'escalier.

Vingt minutes plus tard, dans leurs pyjamas roses identiques, les jumelles finissaient leurs biscuits au fromage et leur verre de lait lorsqu'on sonna à la porte.

— Je ne m'attendais pas à ce qu'ils rentrent aussi tôt, dit Abby en rassemblant les blocs de bois dans un filet.

— Sadie m'avait dit qu'ils allaient seulement dîner en ville, rappela Brad en riant. Je crois qu'ils désiraient seulement savourer un bon repas en amoureux.

— Pense seulement à ce qui t'attend avec Sunnie, observa Abby, réprimant un sourire.

Une demi-heure plus tard, après avoir souhaité bonne nuit à Sadie, à Rick et aux jumelles, Abby se retrouva seule avec Brad pour la première fois depuis l'humiliant incident de la soirée précédente. Il s'était bien gardé d'évoquer le sujet, et elle lui en était reconnaissante. Mais le temps était venu d'aborder une autre question tout aussi embarrassante.

Elle s'assura d'un coup d'œil qu'elle ne se tenait pas directement sous un bouquet de gui. Connaissant son nouvel enthousiasme pour la tradition, il aurait probablement insisté pour l'embrasser, et elle avait besoin de garder toute sa tête.

— Il y a un sujet dont nous devons discuter, déclara-t-elle.

Il la dévisagea quelques instants, s'efforçant de deviner ce qu'elle allait lui dire.

— Si c'est au sujet de ce qui s'est passé lorsque je t'ai embrassée…, commença-t-il.

— Ce n'est pas cela, l'interrompit-elle. Enfin, pas exactement.

— Très bien, dit-il en posant sa main au creux de son dos pour la pousser doucement en direction de la cuisine. Je vais nous préparer un peu de café.

Secouant la tête, elle s'immobilisa au milieu du vestibule.

— Je te remercie, mais je ne vais pas rester très longtemps.

Elle prit une profonde inspiration.

— Je n'irai pas au gala de Noël avec toi, déclara-t-elle.

— Pourquoi ? demanda-t-il, contrarié.

— Au TCC, certains membres jasent, répondit-elle sans détour. Il paraîtrait que nous passons trop de temps ensemble. Je n'aime pas ces rumeurs, et je veux qu'elles cessent. En nous rendant au gala de Noël ensemble, on ne fera qu'encourager les ragots.

— Je me fiche bien de savoir ce que les gens racontent, et tu ne devrais pas non plus t'en préoccuper, répliqua-t-il. Premièrement, cela ne les regarde pas, et deuxièmement, si on ne va pas au gala ensemble, c'est à ce moment-là que les gens se mettront vraiment à jaser.

— Comment en es-tu arrivé à une telle conclusion ?

— Réfléchis une seconde, chérie, dit-il en capturant son visage entre ses mains. Si la rumeur raconte qu'on nous voit toujours ensemble et que ce n'est pas le cas ce soir-là, on ne manquera pas de se demander pourquoi. Tu ne comprends pas, Abby ? Quoi qu'on fasse, les gens vont jaser. On ne peut rien faire pour les en empêcher.

— Malheureusement, marmonna-t-elle, se sentant prise au piège.

— Il existe cependant un moyen d'affronter la situation, ajouta-t-il, son regard rivé au sien. On n'a rien à cacher. On peut arriver ensemble au gala la tête haute et leur montrer ainsi qu'on fait bien peu de cas de leurs racontars et qu'on a bien l'intention de continuer à vivre comme on veut.

Exposé en ces termes, elle ne pouvait nier que l'argument paraissait sensé. En ignorant les colporteurs de ragots, Brad et elle les privaient de tout leur pouvoir. Mais cela ne l'empêcherait pas de ressentir de la gêne.

Elle acquiesça, la mort dans l'âme.

— Je suppose que tu as raison.

— Je le sais, chérie.

Il inclina la tête pour poser les lèvres sur les siennes et, comme elle l'avait craint, son désir de résistance s'évapora instantanément. Elle s'était répété mille fois qu'elle ne lui permettrait plus de l'embrasser, qu'elle ne courrait plus jamais le risque de se couvrir de ridicule. Mais la vérité, c'était qu'elle désirait qu'il l'embrasse, elle désirait sentir son corps vigoureux contre le sien. C'était sûrement une folie, mais elle le désirait de toutes ses forces.

Ce seul fait aurait dû suffire à la convaincre de prendre ses jambes à son cou et de s'enfuir aussi loin de lui que possible. Au lieu de quoi, elle noua les bras autour de son cou et, emmêlant les doigts dans les cheveux de sa nuque, elle s'abandonna au flot incandescent de sensations qu'elle savait pouvoir attendre des baisers de Brad.

Lorsqu'il glissa une main sous son chemisier, le contact de sa paume tiède remontant de sa taille vers son buste la fit frissonner de la tête aux pieds. Mais, lorsque, en même temps que son baiser devenait plus profond, cette même main vint effleurer son sein, la vague de chaleur qui l'envahit priva ses genoux de toute force, et elle crut qu'elle allait défaillir.

Elle se laissa aller dans ses bras tandis qu'il la caressait à travers le tissu du soutien-gorge, et une merveilleuse onde de chaleur se répandit dans tout son corps. Bientôt, elle regretta de tout son cœur que la barrière de leurs vêtements l'empêche de sentir ses muscles durs sur sa peau. Elle brûlait de le caresser, d'être caressée, d'explorer son corps et de le sentir explorer le sien.

Perdue dans l'univers de sensations que Brad avait éveillées en elle, elle ne put réprimer un gémissement de frustration lorsqu'il mit progressivement fin à leur baiser et ôta sa main de son chemisier. Posant son front contre le sien, il prit une profonde inspiration avant de murmurer d'une voix rauque :

— Je sais que je vais le regretter, mais je pense qu'il est temps que tu rentres chez toi. Une bonne nuit de sommeil te fera du bien. Tu as l'air aussi épuisée que moi.

Il alla chercher son manteau dans le placard et l'aida à l'enfiler. Abby, commençant à se détendre un peu, glissa les bras dans les manches. Elle se dirigea vers la porte et se retourna sur le seuil, sourire aux lèvres.

— Je t'ai bien entendu dire que tu étais fatigué ?

— Oui, répondit-il, fronçant les sourcils. Pas toi ?

— Un petit peu, convint-elle. Mais c'est toi qui l'as dit le premier. Maintenant, tu me dois un dîner.

Un sourire aux lèvres, il vit la porte se refermer derrière elle. Il n'avait pas oublié leur pari. Il avait mis un point d'honneur à la laisser gagner. Ce renoncement avait été largement récompensé par l'expression de triomphe qu'il avait vue sur son ravissant visage.

Mais, alors qu'il songeait à toutes les manières de rendre

sa soirée vraiment spéciale lorsqu'il remplirait les termes de leur pari, l'idée que certains membres du TCC colportent des ragots à leur sujet et qu'elle en souffre commença à le ronger. Il soupçonnait qu'une majorité de ces mauvaises langues appartenait à la faction qui s'accrochait à la tradition — ceux-là même qui avaient milité pour que le club demeure une organisation réservée aux hommes et qui n'avaient jamais accepté qu'Abby soit admise dans leurs rangs.

Ce n'était pas un détail dont il était très fier, songea-t-il en réprimant un soupir, mais jusqu'à tout récemment, il avait été de leur avis. Mais, aujourd'hui ?

Les temps avaient changé, et la seule façon de garantir que le club demeure une institution hautement respectée à Royal, c'était que ses membres s'ouvrent au progrès. Abby était membre du club depuis le début de l'année, et il pouvait affirmer que la mission du club était restée exactement la même. Tous ses membres, y compris Abby, travaillaient à perpétuer les valeurs chères à Tex Langley plus d'un siècle auparavant.

C'est pourquoi ces rumeurs devaient cesser. Outre qu'elles mettaient Abby mal à l'aise, de tels comportements finiraient par détruire le TCC de l'intérieur. Heureusement, il pensait avoir trouvé le moyen de mettre un terme à ces médisances.

Le lendemain après-midi, Brad était assis au bout de la lourde table d'acajou dans l'une des salles de réunion privées du TCC, attendant ses deux amis pour leur présenter son plan.

— Quoi de neuf, Brad ? le salua Chris en entrant dans la pièce, suivi de Zeke.

— Certains membres du club répètent à qui veut les

entendre qu'Abby et moi passons trop de temps ensemble, et j'entends que cela cesse, déclara-t-il d'un ton coupant.

Hochant la tête, Zeke tira une chaise et prit place près lui.

— C'est vrai, dit-il. Deux d'entre eux parlaient de vous au Royal Diner, l'autre jour, mais ils ont eu le bon sens de se taire en me voyant entrer.

Brad ne lui demanda pas ce qu'ils se disaient. Cela ne l'intéressait pas. Le simple fait qu'ils soient devenus le sujet des commérages chagrinait Abby, et cela suffisait pour qu'il en fasse une affaire personnelle.

— Mon beau-père a remarqué également que vous deveniez inséparables, déclara Chris en s'asseyant à son tour. Harrison m'a demandé si je savais quelque chose à ce sujet, et je lui ai répondu que même si j'étais au courant je ne lui en dirais rien.

— Merci, dit Brad. J'apprécie votre loyauté, à tous les deux. Je crois savoir comment faire taire les mauvaises langues, mais je vais avoir besoin de votre aide.

— Tu sais que tu peux compter sur nous, déclara Zeke d'un ton solennel.

— Nous sommes avec toi, confirma Chris. Qu'as-tu en tête ?

— J'aimerais faire circuler l'idée qu'Abby et moi travaillons ensemble à restaurer l'unité au sein du club, expliqua Brad.

Chris acquiesça.

— Voilà qui me semble raisonnable. Quel que soit le résultat de l'élection, les partisans du perdant risquent d'être mécontents.

— Et comment comptes-tu t'y prendre pour faire passer cette information ? s'enquit Zeke.

— Si chacun de vous en glissait un mot à l'oreille des cancaniers les plus notoires, je pense que la rumeur se répandrait assez vite, expliqua Brad. Avec un peu de chance, lorsque les résultats du scrutin seront annoncés au gala de Noël, les membres seront plus enclins à préserver l'unité du club et à faciliter la transition pour le gagnant de l'élection, quel qu'il soit.

— Ce plan me semble solide, opina Chris.

— Loin de moi l'idée de critiquer Abby, remarqua Zeke en souriant, mais cette polémique est exactement la raison pour laquelle tu dois être élu président. Si quelqu'un a une chance de remettre le TCC sur la bonne voie, c'est bien toi.

— Je vais commencer par parler à Harrison Reynolds, déclara Chris d'un air inspiré. D'ici ce soir, toute la ville sera au courant. Harrison est la plus grande mauvaise langue de la ville.

— Je croyais que ton beau-père et toi aviez finalement fait la paix, observa Brad.

Chris venait d'un milieu modeste et avait réussi par ses propres moyens, mais il n'avait jamais trouvé grâce aux yeux d'Harrison Reynolds qui, durant des années, lui avait manifesté une froide animosité, ne le trouvant pas digne d'avoir épousé sa fille Macy.

— Nous avons fait la paix, c'est vrai, reconnut Chris. Mais seulement jusqu'à un certain point. Il s'oublie encore de temps à autre, et il ne perd pas une occasion de me rappeler que nous ne sommes pas du même monde.

— Ce type ne t'arrive pas à la cheville, Chris, assura Zeke avec une moue méprisante.

Chris haussa les épaules.

— Nous ne serons jamais les meilleurs amis du monde, c'est certain. Mais nous aimons tous deux Macy, et nous avons appris à tolérer nos différences pour son bien.

— Autre chose ? s'enquit Zeke.

— Mitch Hayward a appelé ce matin pour me demander quelques informations sur la gestion du club de football, répondit Brad en souriant. J'ai eu l'impression qu'il était sur le point d'accepter notre offre.

— Fabuleux ! s'exclama Zeke.

— Tu penses qu'il aura pris sa décision avant le gala de Noël ? demanda Chris d'un ton plein d'espoir.

— Tout semble le suggérer, répondit Brad. Ce serait formidable de pouvoir annoncer la création de notre club de football durant le gala. D'ici là, nous devrions avoir un engagement ferme de la part de deux des anciens équipiers de Mitch en ligue professionnelle pour les deux autres postes de gestion que nous proposons.

Zeke consulta sa montre et se leva.

— À cette heure-ci, je devrais pouvoir trouver un ou deux membres du TCC en train de boire un café au Royal Diner, déclara-t-il. Je crois que je vais mettre notre plan en œuvre sans plus attendre.

— Quant à moi, je vais faire un saut au bureau de mon beau-père pour lancer l'opération de ce côté-là, dit Chris, se levant à son tour.

En suivant ses amis hors du club-house, Brad était convaincu que, le soir venu, plus personne en ville ne se demanderait pourquoi Abby et lui passaient tant de temps ensemble. Ou, s'ils y pensaient encore, ce serait sous un angle plus positif.

- 7 -

Durant les quelques jours qui avaient suivi leur soirée de baby-sitting avec les jumelles de Sadie, Abby n'avait pas revu Brad ni le bébé, et elle ne s'était entretenue au téléphone avec Brad qu'en de rares occasions. Elle était très occupée par les préparatifs de la fête de Noël du foyer d'accueil pour femmes Helping Hands, où elle avait offert de travailler comme bénévole. En outre, elle se levait aux aurores depuis plusieurs jours pour placer les flamants roses sur les pelouses des résidents les plus fortunés de Royal.

En arrêtant sa voiture devant chez Brad, elle sentit son cœur s'affoler par anticipation. Elle était fière d'avoir contribué à la collecte de plusieurs centaines de milliers de dollars pour l'association caritative qui gérait le foyer, mais, en consacrant ainsi son temps aux bonnes œuvres, elle s'était privée de la compagnie de Sunnie et de son oncle au charme dévastateur. Son attachement croissant pour le bébé et l'homme était sans doute une imprudence qui finirait par lui coûter bien des larmes, mais elle se sentait incapable d'y mettre fin. Brad et sa précieuse petite nièce étaient devenus une partie essentielle de sa vie.

Avant qu'elle ait même le temps de frapper, Brad ouvrit la porte et la serra dans ses bras.

— Tu es prête pour l'événement culinaire de l'année ? s'enquit-il, accompagnant sa question d'un baiser qui lui fit tourner la tête.

— Je… suppose que oui, répondit-elle d'une voix mal assurée.

— Parfait, dit-il en la prenant par la main. Ferme les yeux.

— Que manigances-tu, cette fois ?

— On avait fait un pari, et le perdant devait préparer un bon dîner pour le vainqueur, tu te souviens ? Maintenant, ferme les yeux.

Elle obtempéra, et il la conduisit par la main jusqu'à la grande salle à manger.

— Tu peux les rouvrir maintenant, murmura-t-il tout près de son oreille.

Elle obéit et contempla la table devant elle avec une expression émerveillée.

— Oh ! Brad ! C'est magnifique !

Les sets de table rouges et les serviettes vertes formaient un contraste parfait avec la nappe d'un blanc immaculé. Deux bonnes douzaines de roses rouges dans un élégant vase d'argent occupaient le centre de la table. À chaque bout, des bougies brûlaient dans des chandeliers d'argent.

Elle n'avait pas imaginé qu'il se donnerait autant de mal pour remplir les termes de leur pari. Elle s'attendait plus ou moins à ce qu'il lui prépare un dîner simple et rapide, des spaghettis peut-être, qu'ils dégusteraient à la table de la cuisine. Et elle était touchée par les efforts évidents qu'il avait déployés pour la recevoir.

Arrivant derrière elle, il lui enlaça la taille et l'attira contre lui.

— Tu mérites le meilleur en toute chose, chérie.

Son souffle tiède dans son cou et son corps pressé contre son dos déclenchèrent une série de décharges électriques dans tout son corps. Tout au début de leur relation, elle aurait peut-être pu lutter contre ce qui se produisait entre eux, mais, au cours de ces deux dernières semaines, il avait usé sa résistance, et elle en était venue à attendre avec impatience ces moments qu'ils vivaient ensemble, ces gestes d'affection. Il lui semblait que Brad ne manquait pas une occasion de caresser sa joue, ses cheveux, ou de l'embrasser jusqu'à ce qu'ils soient tous deux à bout de souffle. Elle le regretterait peut-être un jour, mais, d'ici là, elle savourait la moindre de ses caresses.

Elle savait qu'elle jouait à un jeu dangereux, et cette idée l'effrayait un peu. Mais tant qu'elle garderait un peu de distance, tant qu'elle se souviendrait qu'elle ne devait pas perdre le contrôle de ses sentiments, elle devrait pouvoir maintenir leur nouvelle amitié tout en protégeant son cœur.

La difficulté viendrait peut-être lorsqu'il lui faudrait mettre ces belles idées en pratique. Mais, en cet instant, serrée dans les bras de Brad qui couvrait son cou d'une multitude de baisers, il lui était de plus en plus difficile de se rappeler pourquoi il était aussi vital pour elle de s'interdire de lui donner son cœur.

— Où est le bébé ? s'enquit-elle, s'efforçant désespérément d'écarter ces pensées dérangeantes.

— Elle passe la nuit chez Sadie et Rick, murmura-t-il tout contre sa peau. J'ai pensé que, pour une fois, il serait agréable d'avoir une soirée tout à nous.

L'idée de passer toute une soirée en tête à tête avec Brad sans la présence protectrice du bébé entre eux aurait dû la faire se précipiter aussitôt vers la porte. Le fait qu'elle n'en ait pas du tout envie ne fit que l'inquiéter davantage.

— Tu es sûr que ce soit raisonnable ? demanda-t-elle dans un souffle, la question s'adressant davantage à elle-même qu'à lui.

Il prit son visage entre ses mains et, plongeant son regard noisette dans le sien, murmura d'un ton suave :

— Je te donne ma parole qu'il ne se passera rien que tu ne souhaites, chérie.

Elle ne se donna pas la peine de lui expliquer que c'était justement ce qui l'inquiétait. C'était inutile. Ils savaient l'un et l'autre que l'alchimie entre eux était plus forte que tout ce qu'ils pouvaient imaginer.

— Que dirais-tu de savourer le délicieux dîner que tu m'as promis ? suggéra-t-elle, évitant prudemment le sujet relatif à la tournure que pourrait prendre la soirée.

Brad la dévisagea un long moment, puis, esquissant un sourire, tira l'une des chaises de la table.

— Installe-toi, je t'en prie, et prépare-toi à goûter le meilleur steak Bourbon Street que tu aies jamais goûté.

Elle ne fut pas surprise qu'il ait choisi ce type de dîner. La plupart des hommes, au Texas, préféraient un bon steak à tout autre menu.

— Où l'as-tu commandé ?

— Chez Price, répondit-il, posant une assiette garnie devant elle.

— Tu les as fait mariner et griller toi-même ?

— Pourquoi sembles-tu si étonnée ? demanda-t-il en prenant place au bout de la table. Il était convenu que le perdant de notre pari préparerait un dîner pour l'autre.

— Je sais, mais la plupart des hommes que je connais sont persuadés qu'il suffit de jeter un steak sur le grill. Ils ne songent même pas une seconde à le faire mariner.

— Chérie, répondit-il avec un sourire charmeur, tu n'as pas encore compris que je ne suis pas un homme ordinaire ?

En portant à ses lèvres la première bouchée de son steak qui semblait succulent, Abby devait convenir qu'au cours de ces deux derniers mois Brad n'avait cessé de la surprendre. D'abord, il avait accepté la responsabilité d'élever la fille de son frère comme si elle avait été sa propre enfant. C'était un comportement plutôt inattendu chez un play-boy notoire. Il l'avait encore étonnée le jour où il lui avait annoncé qu'il travaillerait à domicile parce qu'il ne pensait pas qu'il soit dans le meilleur intérêt de Sunnie qu'il la confie aux soins d'une nounou. Abby était parfaitement consciente que c'était une attitude totalement inédite dans le milieu des affaires qui était le sien. Mais là où il l'avait vraiment laissée sans voix, c'était la nuit où Sunnie avait eu de la fièvre après son vaccin. Brad s'était inquiété non seulement pour le bébé, mais aussi pour elle : connaissant son état de profonde fatigue, il avait refusé de la réveiller afin qu'elle ne prenne pas le risque de rentrer chez elle en voiture.

— Que penses-tu de ton steak ? s'enquit-il, interrompant ses réflexions.

— Il est absolument délicieux, répondit-elle en toute sincérité.

— Je me réjouis qu'il te plaise, dit-il en prenant son verre de thé glacé. Y a-t-il de bons restaurants de viande, à Seattle ?

— Bien sûr, répondit-elle en souriant. J'en connais un à Redmond, le Stone House, où l'on sert des steaks fabuleux.

— Est-ce là-bas que tu vivais ?

— Non, répondit-elle. Redmond est une banlieue de Seattle où mes associées et moi avons créé notre société d'informatique. Nous dînions là lorsque nous devions travailler tard.

— J'ai entendu dire que ton logiciel de gestion a été adopté par toute l'industrie des assurances et qu'il est considéré comme le plus performant. Tu crois que tu retourneras un jour travailler dans le développement de logiciels ?

— J'y ai songé au moment de la mort de Richard, reconnut-elle. Et, tout récemment, mes anciennes associées m'ont approchée pour me proposer de créer une nouvelle société. Mais je devrais pour cela retourner m'installer dans la région de Seattle, et je ne suis pas sûre d'en avoir envie. J'ai un ranch dont je dois m'occuper, et…

Elle marqua une pause avant d'ajouter en souriant :

— Lorsque j'aurai été élue présidente du TCC, les membres du club préféreront certainement que je réside un peu plus près de Royal.

Brad se leva en riant, et il rassembla leurs assiettes pour les porter dans la cuisine.

— Tu ne manques pas de confiance en toi, n'est-ce pas ?

— Toi non plus, rétorqua-t-elle, se piquant de nouveau à leur ancien jeu.

Brad réapparut un instant plus tard, et il lui tendit la main.

— J'ai pensé qu'on pourrait prendre le dessert devant la cheminée.

— Excellente idée.

Elle plaça sa main dans la sienne et, se levant de table, elle se laissa guider jusqu'au salon, où il avait préparé un plateau d'argent avec deux flûtes de champagne ainsi qu'un grand bol de fraises nappées de chocolat. Dans un seau d'argent, sur la même table basse, la bouteille de champagne attendait au frais. Les flammes de la cheminée et les guirlandes lumineuses du sapin de Noël constituaient le seul éclairage de la pièce qui, sinon, était plongée dans la pénombre.

Sans lui laisser le temps de commenter ce qui était visiblement une mise en scène savamment orchestrée, Brad la prit dans ses bras.

— Je veux que tu saches que je souhaite seulement passer une soirée agréable avec toi. Tout ce qui pourrait dépasser ce cadre serait forcément de ton fait, chérie.

Abby appréciait sa franchise, ainsi que son souci de lui laisser le contrôle de la situation. Mais, compte tenu du fait qu'elle fondait littéralement dans ses bras lorsqu'il l'embrassait, elle n'était pas certaine que lui laisser l'initiative des événements soit une protection suffisante.

— Je pensais que tu ne buvais jamais d'alcool, remarqua-t-elle, décidant de ne pas aborder ce sujet avant d'y être absolument obligée.

— En règle générale, non, répondit-il, frottant doucement sa joue contre ses cheveux. Mais, ce soir, je fais une exception.

— Pour… pourquoi cela ? s'enquit-elle, troublée par la sensation de son souffle tiède effleurant sa peau et de son grand corps vigoureux pressé tout contre le sien.

— C'est un moment spécial, dit-il en s'écartant pour tirer la bouteille de champagne de son seau de glace.

Il fit sauter le bouchon et versa le breuvage pétillant dans les deux flûtes, puis il lui tendit la sienne.

— Demain soir, poursuivit-il, l'un de nous deux sera le prochain président du Texas Cattleman's Club, et, dès que les résultats seront annoncés, le vainqueur sera appelé à faire un petit discours. Après, on sera entourés par la foule des membres venus féliciter le nouvel élu. Je préfère de loin passer un moment tranquille avec toi, et cette soirée est notre dernière occasion de le faire.

Cette marque de prévenance la toucha au plus haut point. Levant sa flûte de champagne, elle la fit tinter contre celle de Brad.

— À la santé du vainqueur, dit-elle.

— À nous, corrigea-t-il, sirotant une première gorgée.

Il tendit la main vers le bol et, prenant une fraise au chocolat entre ses doigts, il la porta délicatement aux lèvres d'Abby.

— Sache que, si tu gagnais l'élection, il n'y a aucun autre adversaire au monde devant qui je m'inclinerais d'aussi bonne grâce que devant toi, Abby.

— Pareillement pour moi, assura-t-elle en mordant à belles dents dans la chair juteuse du fruit.

Il se pencha pour boire une goutte de jus rouge sur ses lèvres, et Abby cessa de respirer.

— Tes lèvres ont un goût exquis, murmura-t-il.

— Le champagne et les fraises au chocolat font toujours cet effet-là, convint-elle.

Le regard brûlant de Brad se planta dans le sien, causant une minitempête dans son cœur.

— Je ne parlais pas des fraises et du champagne, chérie, rétorqua-t-il d'un ton suave.

Lorsqu'il lui prit sa flûte des mains pour la poser avec la sienne sur la table basse, elle vit dans son regard quelles étaient ses intentions, et, sans être vraiment consciente de ce qu'elle faisait, elle se blottit contre lui lorsqu'il la serra dans ses bras.

À l'instant où leurs lèvres se joignirent, Abby sut que les jeux étaient faits. Elle désirait que Brad l'embrasse, elle désirait sentir son corps contre le sien, elle désirait savourer sa passion. Et, contre toute raison, elle désirait lui rendre toutes ses caresses au centuple.

Attirant Abby à lui, Brad se délecta du goût du champagne, des fraises et du chocolat sur ses lèvres de corail. Durant ses trente-deux ans de vie, il ne croyait pas avoir jamais goûté de saveur plus délicieusement érotique et sensuelle.

Il augmenta l'intensité de leur baiser, et le désir brûlant qu'il sentit dans la réponse d'Abby dépassa ses meilleures espérances. Dans les débuts de leur relation, Abby avait pu tenter de lutter contre cette incroyable attirance qui les poussait l'un vers l'autre, mais, aussi sûrement que le soleil se levait le matin, il savait qu'elle avait été aussi impuissante que lui à s'en libérer.

Lorsqu'elle noua les bras autour de sa taille et prit l'initiative de l'exciter à son tour comme il l'avait fait avec elle, son cœur se mit à battre follement dans sa poitrine, et il eut l'impression que tout son sang se retirait vers une zone précise de son corps, juste en dessous de la boucle de son ceinturon. Sa réponse physique fut quasiment instantanée et, sans réfléchir davantage, il laissa glisser les mains jusqu'à ses hanches, et il l'attira tout contre lui. Il voulait qu'elle sente l'effet qu'elle avait sur lui et l'intensité de son désir.

Il la sentit frissonner de la tête aux pieds, puis elle se blottit plus étroitement contre lui. Il sut alors avec certitude qu'à cet instant elle le désirait autant qu'il la désirait.

— Tu me rends fou, chérie, murmura-t-il d'une voix rauque.

— Je crois… que c'est mutuel, répondit-elle dans un souffle.

Emmêlant les doigts dans ses longues boucles auburn, il s'écarta un peu pour plonger le regard tout au fond de ses yeux d'azur.

— Je ne vais pas te mentir, Abby, murmura-t-il. Je te désire comme je n'ai jamais désiré aucune autre femme avant toi, mais je jure que je n'ai pas organisé cette soirée dans le but de te séduire. Si tu préfères qu'on reste tranquillement assis à bavarder, je suis d'accord.

Si elle choisissait cette option, il en serait incroyablement malheureux. Mais il respecterait sa décision si c'était le prix à payer pour qu'elle se sente bien en sa compagnie.

Mais, à sa grande jubilation, elle posa un doigt sur ses lèvres en secouant la tête.

— Non, répondit-elle d'une voix douce. Je n'ai plus la force de lutter contre l'inévitable, et je n'ai pas envie de bavarder. Je te désire à en mourir, Brad.

— Tu es sûre ? se surprit-il à lui demander.

Si elle changeait d'avis à ce stade, il savait qu'il en mourrait probablement. Mais il n'avait aucune intention de la pousser au-delà de ce qu'elle souhaitait lui donner.

— Il y a beaucoup de choses dans ma vie dont je ne

suis pas sûre, dit-elle d'un air grave. Mais celle-ci ne fait pas partie du nombre. Oui, j'ai envie de toi.

Il prit son visage dans ses mains et la contempla un instant.

— Lorsque nous serons montés dans ma chambre, murmura-t-il, il sera trop tard pour reculer, chérie. On aura passé la ligne rouge, et les choses ne seront jamais plus les mêmes entre nous.

— Je le sais.

— Et je ne voudrais pas que tu aies des regrets, ajouta-t-il sans la quitter du regard.

Elle ferma les yeux une seconde, puis les rouvrit pour plonger son regard au fond du sien.

— La seule chose que je pourrais regretter, ce serait qu'on ne fasse pas l'amour, dit-elle presque à voix basse.

La sincérité qu'il lisait dans ses yeux bleus lumineux si expressifs était le seul encouragement dont il avait besoin. Il s'écarta d'elle et alla éteindre la cheminée à gaz, puis il débrancha les guirlandes du sapin de Noël.

Ni l'un ni l'autre ne prononcèrent un mot lorsqu'il revint vers elle, prit sa main dans la sienne et l'entraîna vers l'escalier au bout du couloir. Les paroles étaient inutiles. Ils savaient tous deux qu'ils prenaient un risque, et qu'ils ne pourraient jamais plus revenir à ce qu'ils avaient été.

Ils entrèrent dans sa grande suite, et il referma la porte derrière eux avant d'allumer la lampe dans l'antichambre. Puis il se retourna et la prit dans ses bras. Il était décidé à prendre tout son temps, à savourer chaque seconde de sa première nuit d'amour avec elle. Il ne doutait pas un instant qu'il y aurait d'autres nuits. Il n'aurait su dire d'où lui venait cette certitude, mais il le savait, tout simplement. Et il ne doutait jamais de son instinct.

Il l'embrassa avec une lenteur gourmande, puis, s'écartant un peu pour plonger son regard tout au fond du sien, il entreprit de déboutonner son chemisier avec des doigts fiévreux.

— Tu ne peux pas savoir combien de fois j'ai rêvé de cet instant au cours de ces deux dernières semaines.

— Probablement pas plus souvent que moi, murmura-t-elle en s'attaquant à son tour aux boutons de sa chemise.

Lorsque les derniers boutons cédèrent de part et d'autre, Brad eut l'impression d'avoir parcouru des kilomètres. Il glissa les mains sous le tissu de soie, sur la peau tiède et satinée du dos d'Abby tandis qu'elle effleurait ses pectoraux. Au moment où ses doigts fins entrèrent en contact avec sa peau, il ressentit une brûlure, comme s'il avait été marqué au fer rouge.

— Pourquoi ne pas se débarrasser de tout ceci ? dit-il d'une voix un peu essoufflée, faisant glisser le chemisier sur ses épaules minces et le long de ses bras.

Il jeta le léger vêtement de soie sur le tapis et ferma les yeux, se délectant de la sensation des mains délicates d'Abby qui exploraient la musculature de ses épaules tout en lui ôtant sa chemise.

— Je n'avais jamais imaginé que ton corps était aussi magnifique, dit-elle en suivant du bout des doigts le tracé de ses abdominaux.

Luttant de toutes ses forces pour contrôler le flot impétueux du désir qui rugissait dans ses veines, Brad cessa de respirer alors que sa main fine arrivait à la ceinture de son pantalon. Les doigts tremblants, il défit l'agrafe de son soutien-gorge de dentelle, qui alla bientôt rejoindre le chemisier et la chemise sur le tapis.

— C'est toi qui as un corps parfait, murmura-t-il, recueillant ses seins fermes et généreux dans ses paumes avant d'y poser les lèvres. Et si doux…

Il fut immédiatement récompensé par un gémissement,

et il la prit dans ses bras et la serra, douce et vibrante, tout contre lui.

— Ne trouves-tu pas qu'on est encore un peu trop habillés pour l'occasion ? s'enquit-elle d'une voix de velours qui provoqua une onde de chaleur dans tout son corps.

— Un désagrément qui peut facilement être corrigé.

Il abandonna ses seins pour descendre les mains jusqu'à la ceinture de son pantalon de lin, puis défit le bouton et le fit glisser sur ses hanches voluptueuses en même temps que sa culotte de soie noire. Puis il se déshabilla rapidement.

Lorsqu'ils furent nus, face à face, il ne se précipita pas pour la reprendre dans ses bras. Il était déterminé à prolonger leur plaisir, à faire de cette nuit le souvenir le plus magique de toute leur vie. Mais ce n'était pas chose facile, vu qu'au même moment la femme la plus sexy, la plus excitante qu'il lui ait jamais été donné de connaître, caressait chaque centimètre carré de son corps de ses yeux. Elle le désirait aussi fort qu'il la désirait, et cette idée lui coupait le souffle.

Il lui ouvrit les bras sans un mot, et, à son immense satisfaction, elle fit un pas et se blottit contre lui. À présent, leurs deux corps étaient joints depuis les épaules jusqu'aux genoux, et le feu qui couvait dans son corps devint un incendie ravageur.

Il s'écarta un peu, et leurs regards se fondirent l'un dans l'autre. Puis, sans un mot, il la souleva dans ses bras et l'emporta jusque dans sa chambre pour la déposer au centre du grand lit.

Levant les bras vers lui en un geste d'invitation, Abby lui offrit alors un sourire qui illumina chaque recoin de son cœur.

— Fais-moi l'amour, Brad, murmura-t-elle.

Le cœur battant à tout rompre, Brad s'allongea près d'elle et la serra de nouveau dans ses bras.

— Je voudrais que nous prenions tout notre temps, dit-il d'une voix rauque, luttant pour contrôler la vague de désir qui menaçait de le submerger. Mais je ne suis pas sûr que cela soit possible, chérie.

— Pour moi non plus, répondit-elle dans un souffle. Cela fait si longtemps…

Il posa tendrement les lèvres sur la veine qui palpitait à la base de son cou, pour empêcher que l'ombre de son mari disparu vienne s'interposer entre eux. Richard Langley ferait toujours partie de son passé, mais il désirait qu'elle pense à Brad Price comme à l'homme de son avenir.

Cette idée aurait dû le terroriser, mais, à son grand étonnement, il n'en fut rien. Décidant de repousser à plus tard l'analyse de ce curieux phénomène, il souda sa bouche à la sienne.

Il retrouva avec délices la douceur de ses lèvres, et il laissa glisser lentement sa main vers le creux de sa taille, l'arrondi de sa hanche, descendit le long de sa cuisse. Sa peau parfaite était lisse et satinée sous les doigts. Jamais il ne se lasserait de la toucher. Il la sentit frissonner sous ses caresses et sut qu'elle ressentait la même excitation que lui. Sa main glissa vers l'intérieur de la cuisse, puis s'immobilisa.

— Tu veux que je te donne du plaisir, Abby ?

— Oui, répondit-elle dans un soupir.

Tout en couvrant son épaule et son cou d'une pluie de baisers légers comme les caresses d'une plume, il poursuivit sa tendre exploration, et ses doigts descendirent jusqu'à son sexe, caressant, effleurant, s'assurant qu'elle était prête pour lui. Elle eut un petit gémissement, et cette douce plainte déclencha un torrent de feu dans ses veines. Mais lorsqu'elle laissa glisser les mains de son torse vers son ventre et commença à se livrer à sa propre exploration, Brad eut l'impression que sa tête allait exploser.

— Chérie, murmura-t-il, capturant sa main dans la sienne, j'adore la sensation de tes mains sur mon corps, mais si tu continues comme ça, tu risques d'être rapidement déçue, et moi terriblement embarrassé.

— J'ai envie de toi, Brad.

— Maintenant ?

— Oui, confirma-t-elle d'une voix vibrante.

L'intensité du désir qu'il entendait dans sa voix était tout l'encouragement dont il avait besoin, et il se redressa pour se placer au-dessus d'elle. Lorsqu'elle le guida en elle, il eut l'impression que son cœur cessait de battre, et il dut s'accrocher de toutes ses forces au peu de contrôle qu'il lui restait.

Graduellement, avec des précautions infinies, il poussa les hanches en avant, et il sentit que le corps d'Abby l'acceptait avec une ardeur qui faillit faire échouer toutes ses bonnes résolutions de lenteur. Serrant les dents, il lutta de toutes ses forces contre son besoin impérieux de se perdre immédiatement en elle. Cela faisait plus d'un an qu'Abby n'avait pas fait l'amour, et elle avait besoin de temps pour retrouver ses sensations.

Il scruta son ravissant visage à la recherche de la moindre trace de douleur ou de gêne, mais vit ses lèvres esquisser un sourire voluptueux, et elle noua les bras autour de son cou.

— C'est tellement bon de te sentir en moi, Brad…

Il la serra plus fort dans ses bras, et, avec une lenteur sensuelle, plongea profondément en elle. Puis il se tint parfaitement immobile, la bouche posée sur la sienne. Il aurait voulu prolonger leur plaisir indéfiniment, repousser les limites de cet instant magique. Mais son désir d'elle dépassait tout ce qu'il avait pu imaginer, et apparemment elle le désirait avec la même force. Lorsqu'elle noua les jambes autour de ses hanches et creusa les reins pour venir à sa rencontre, il s'enfonça encore plus loin en elle et, malgré sa détermination, il ne put s'empêcher d'entamer un lent mouvement de va-et-vient en elle.

La combinaison de son intense désir et de son acceptation fiévreuse de cette douce invasion ne tarda pas à engendrer une fulgurante spirale de plaisir qui échappa bientôt à tout contrôle, et il sut qu'ils approchaient du pic vertigineux qu'ils recherchaient l'un et l'autre.

Un instant plus tard, il l'entendit gémir et se convulser dans ses bras, l'entraînant avec elle dans une éblouissante explosion de tous leurs sens.

Ils demeurèrent longtemps immobiles dans les bras l'un de l'autre, revenant très lentement à la réalité. Ce qu'ils venaient de partager était plus puissant, plus incroyable que tout ce qu'il aurait pu imaginer.

— Comment te sens-tu ? murmura-t-il.

— C'était fabuleux, répondit-elle en souriant.

— *Tu* es fabuleuse, répliqua-t-il, déposant un baiser sur le bout de son nez. Reste avec moi cette nuit.

— Je ne suis pas sûre que…

Il la fit taire en posant doucement un doigt sur ses lèvres. Il savait qu'il devait être extrêmement difficile pour elle de renoncer à se préoccuper des critiques après toutes ces années, mais il était temps qu'elle comprenne que leurs faits et gestes feraient l'objet de commentaires quoi qu'ils fassent.

— Je me fiche bien de savoir ce que les gens pensent, et tu ne devrais pas t'en préoccuper non plus. Nous sommes des adultes.

Il lui offrit un sourire pour adoucir ses paroles, avant de conclure :

— Nous n'avons pas besoin de leur permission ni de leur approbation pour être ensemble.

— Je sais que tu as raison, reconnut-elle d'un air songeur.

— À présent, déclara-t-il, la serrant contre lui avec un sourire enjôleur, je te propose que nous nous concentrions davantage sur ce que je pense, et moins sur ce que pensent les autres.

- 8 -

Abby acheva de mettre les dernières touches à son maquillage et contempla un instant la femme qui lui faisait face dans le miroir. Moins de vingt-quatre heures auparavant, elle s'était tenue devant ce même miroir, s'apprêtant à se rendre chez Brad pour un bon dîner, une conversation stimulante, et peut-être un ou deux de ces baisers torrides dont il avait le secret. Rien de plus. Mais il avait suffi qu'il l'embrasse une seule fois pour qu'au lieu de rentrer à la maison en fin de soirée comme elle l'avait prévu, elle passe la nuit entière chez lui.

Elle soupira et passa dans sa chambre pour ôter son peignoir et enfiler la longue robe de soirée noire qu'elle avait étalée sur le lit avant d'aller prendre sa douche. Après qu'ils eurent fait l'amour pour la seconde fois, il l'avait convaincue, à renfort de mots doux et de caresses, de se rallier à ses arguments, et elle ne comprenait toujours pas comment elle avait pu accepter. Personne n'avait jamais réussi à la convaincre de faire quelque chose dont elle n'avait pas envie. Mais, mystérieusement, Brad semblait toujours trouver les arguments nécessaires pour faire pencher la situation en sa faveur.

Elle respira profondément et ferma les yeux. Elle devait cesser de se mentir à elle-même. La vérité, c'était que, même si c'était déraisonnable, même si cela lui compliquait singulièrement l'existence, elle n'avait pas eu envie de rentrer chez elle, la veille. Elle désirait se délecter de ses baisers, sentir sa passion et, plus que tout, faire l'amour avec lui.

Lorsqu'elle se glissa dans la longue robe de soirée très moulante, la caresse du tissu sur sa peau lui rappela celle des mains de Brad sur son corps, déclenchant des ondes de plaisir exquis. Un frisson de désir la parcourut tout entière. La seule idée de faire l'amour avec lui lui coupait le souffle.

Elle chaussa ses escarpins noirs à talons hauts et ouvrit sa boîte à bijoux pour en sortir ses boucles d'oreilles. Il aurait été rassurant de se convaincre que ce qu'elle avait partagé avec Brad n'était rien d'autre qu'un peu d'intimité qui leur manquait à tous deux dans leur vie de célibataire. Mais elle n'était pas dupe.

Son regard alla se poser sur l'anneau que Richard avait passé à son doigt le jour de leur mariage, anneau à présent rangé dans un coin du coffret à bijoux, et elle sut avec certitude que son désir de faire l'amour avec Brad allait bien au-delà du simple besoin d'être de nouveau désirée par un homme. Cette pensée ne fit qu'aggraver sa confusion.

Depuis aussi longtemps qu'elle s'en souvienne, elle avait aimé celui qui avait été son mari. Ils étaient ensemble depuis leur première année de lycée, mais, que ce soit avant et après leur mariage, la passion et le désir n'avaient jamais atteint l'intensité de ce qu'elle avait connu avec Brad. Ce que Richard et elle avaient vécu ensemble était plus tranquille, plus… confortable.

Abby fronça les sourcils. Quelle drôle de façon de décrire un mariage, songea-t-elle. Sûrement, Richard et elle avaient partagé davantage que ce…

Le tintement du carillon de la porte d'entrée vint interrompre ces troublantes réflexions. Elle finit de mettre ses boucles d'oreilles, prit son sac et sortit de la chambre. Elle avait l'intention de faire un bilan honnête de son mariage, mais cela devrait attendre. Une soirée de gala n'était pas le moment idéal pour se livrer à ce type d'introspection.

En se dirigeant vers le vestibule, elle ne put s'empêcher de remarquer que son cœur battait la chamade, et qu'elle courait presque dans son impatience de revoir Brad. Elle s'en inquiéta un peu, mais chassa vite cette sensation, toute à l'anticipation de revoir Brad.

Quand elle le découvrit sur le pas de la porte, elle eut un pincement au cœur. Sans un mot, il s'avança et l'enveloppa dans la douce étreinte de ses bras. Il lui donna un baiser qui la laissa haletante, puis recula pour l'admirer.

— Tu es magnifique, Abby.

— Je pourrais te renvoyer le compliment.

Elle était sincère. Dans son smoking noir, chemise blanche à jabot et nœud papillon noir, il était digne de faire la couverture d'un magazine de mode.

Il ouvrit alors une petite boîte de fleuriste qu'elle n'avait pas remarquée jusque-là et en sortit une magnifique orchidée blanche.

— Que dirais-tu de la fixer à ta robe ?

Il épingla l'orchidée sur son corsage de dentelle délicate et, dans ce geste, ses doigts effleurèrent sa poitrine, la faisant frissonner de la tête aux pieds.

— Merci, Brad, murmura-t-elle. Elle est très belle.

— Sa beauté n'est qu'un pâle reflet de la tienne, chérie. Prête pour la plus grande soirée de l'année à Royal ?

— Je suis aussi prête que je le serai jamais, répondit-elle en souriant, alors qu'il l'aidait à passer son châle sur ses épaules.

Ils descendirent ensemble les marches de la véranda et se dirigèrent vers la limousine qui les attendait.

— Qui garde Sunnie ce soir ? s'enquit-elle.

— Juanita est rentrée de Dallas juste après ton départ,

ce matin, et elle a accepté de garder le bébé et les jumelles toute la soirée.

Il l'aida à s'installer à l'arrière de la limousine.

— À cette date, l'année dernière, dit-il en riant, j'étais loin de m'imaginer que je devrais négocier des arrangements pour faire garder un bébé ou laisser des numéros de téléphone où l'on peut me joindre en cas d'urgence.

— Un bébé vient tout bouleverser, observa Abby, regrettant une fois de plus de n'avoir pas de bébé pour donner un sens à sa vie.

Tandis que le chauffeur les conduisait au grand gala de Noël du Texas Cattleman's Club, ni l'un ni l'autre n'évoqua l'issue imminente de la compétition. Pourtant, dans quelques heures, l'un deviendrait le nouveau président du TCC, tandis que l'autre rentrerait, battu.

— Sais-tu à quel point tu m'as manqué lorsque tu es partie, ce matin ? demanda-t-il de sa voix grave aux accents caressants.

— Euh… non, répondit-elle avec l'impression que la température venait de grimper de plusieurs degrés dans la voiture.

— Je ne cessais de penser au bonheur de t'avoir eue dans mes bras toute la nuit, à la douceur de ton corps, à mon désir de te faire encore l'amour, murmura-t-il.

Soulagée de constater que la vitre qui les séparait du chauffeur était relevée, Abby esquissa un sourire.

— La nuit dernière a été merveilleuse, reconnut-elle.

Le feu qu'elle voyait brûler au fond de ses prunelles la fit frissonner de la tête aux pieds. Brad se pencha plus près pour lui murmurer à l'oreille :

— Je te donne ma parole que la nuit prochaine le sera encore plus.

À la seule idée de passer une nouvelle nuit dans ses bras, elle sentit son cœur s'emballer dans sa poitrine.

— Mais, objecta-t-elle, Sunnie…

— Sunnie dormira à poings fermés, assura-t-il alors que le chauffeur engageait la voiture dans l'allée conduisant au club-house du TCC.

Avant qu'elle puisse répondre, le chauffeur ouvrit la portière arrière de la limousine, et Brad mit pied à terre afin de l'aider à descendre à son tour.

— Nous allons devoir reparler de cela plus tard, l'avertit-elle alors qu'ils passaient devant le portier en livrée.

— J'attends cette conversation avec impatience, répondit Brad d'un ton suggestif.

Deux ou trois fois dans l'année, l'atmosphère détendue du club-house se faisait plus formelle à l'occasion d'événements particuliers, dont le gala de Noël, le plus important et le plus fastueux. Outre les traditionnelles décorations de Noël, on avait ajouté à la façade une marquise faite de lucioles clignotantes qui créait une ambiance magique dans l'entrée, décorée pour la circonstance d'une multitude de poinsettias en pot.

— C'est magnifique, remarqua Abby, impressionnée par le soin que les organisateurs avait apporté à la préparation de cet événement. Je n'avais jamais vu ce club-house aussi bien décoré.

— Je sais que tu étais absente pour le gala de Noël de l'an dernier, dit Brad alors qu'ils se dirigeaient vers la grande salle de bal, mais je suis surpris que tu n'aies pas assisté aux autres soirées du TCC.

— Si, répondit Abby. Mais cela fait des années, et je crois que je n'avais jamais remarqué le charme de ce vieux bâtiment.

— Raison pour laquelle il serait dommage que les membres votent en faveur du nouveau club-house, observa-t-il, reprenant son sérieux. Je suis favorable au progrès, mais il doit exister un moyen d'avancer tout en préservant le meilleur de nos traditions.

Ce n'était un secret pour personne que Brad avait compté parmi les partisans les plus déterminés de la préservation de l'ancien club-house, et qu'il était opposé au projet de construction d'un bâtiment moderne.

— Sadie t'a-t-elle expliqué ce qu'elle aimerait faire de l'ancien club-house si les membres votaient en faveur de la nouvelle construction ? s'enquit Abby.

— Non, répondit-il en la dévisageant d'un air étonné. A-t-elle un projet en tête ?

Levant les yeux, Abby aperçut Sadie et Rick Pruitt qui s'avançaient vers eux.

— Pourquoi ne lui poses-tu pas la question toi-même ? suggéra-t-elle. Je suis sûre qu'elle saura t'exposer ses idées beaucoup mieux que moi.

Abby serra son amie dans ses bras et se recula pour l'admirer.

— Sadie, tu es absolument ravissante, dit-elle. J'adore ta robe.

— Et moi, je te trouve aussi très en beauté ce soir. Rick et moi remarquions justement que vous faisiez un très beau couple, tous les deux, lorsque nous vous avons vus descendre de la limousine.

Brad intervint avant qu'Abby n'ait le temps de rectifier et de lui faire remarquer qu'ils étaient seulement deux amis venus ensemble à la soirée.

— Il paraît que tu as des projets pour l'ancien club-house ?

Sadie tourna un regard étonné vers Abby, qui hocha la tête, un peu embarrassée.

— Durant une conversation avec Brad, je lui ai dit que tu serais peut-être intéressée par ce bâtiment.

Alors que Sadie exposait ses idées pour transformer l'ancien club-house en centre culturel familial, Zeke et Sheila Travers vinrent les rejoindre.

— Etes-vous prête à devenir la première femme présidente du Texas Cattleman's Club ?, chuchota Sheila à son oreille.

Abby esquissa un sourire.

— Je n'ai pas encore été élue, mais la réponse est oui. Je me sens tout à fait à la hauteur du challenge.

Se souvenant que, lors de leur dernière rencontre, Sheila ne se sentait pas très bien, Abby remarqua :

— Vous semblez remise de cette vilaine grippe. Je vous trouve resplendissante, ce soir.

— Il y a une excellente raison à cela, déclara Zeke avec un sourire lumineux.

Il se pencha pour déposer un baiser sur la joue de son épouse.

— Veux-tu le leur annoncer, poursuivit-il, ou préfères-tu que je le fasse ?

— Vas-y, toi, l'encouragea Sheila en levant un regard d'adoration vers son mari.

— Apparemment, la grippe n'avait rien à voir avec les malaises de Sheila, durant ces deux dernières semaines, dit-il, glissant son bras autour des épaules de son épouse. Nous venons d'apprendre que ma chère moitié est enceinte.

— J'en suis heureuse pour vous deux, dit Abby en serrant dans ses bras la jolie femme au teint café au lait.

Sheila était l'une des femmes les plus douces et les plus agréables qu'Abby ait jamais rencontrée, et elle savait combien elle avait envie de devenir maman. C'était un rêve qu'elles partageaient toutes les deux, et, aujourd'hui, il semblait que le rêve de Sheila se soit transformé en réalité. Abby s'en réjouissait véritablement. Elle aurait seulement aimé que, par un miracle, cette joie lui soit accordée, à elle aussi.

Brad arriva derrière elle et glissa les bras autour de sa taille.

— Tout va bien ? murmura-t-il à son oreille.

— Ou… oui, bien sûr.

Elle se sentit touchée par cette marque d'affection. Il savait combien elle désirait un bébé, et il avait dû deviner qu'elle souffrait en secret de voir que ce rêve était sur le point de se réaliser pour d'autres, alors qu'elle ne connaîtrait jamais cette joie.

— Chérie, je crois que Summer Franklin essaie d'attirer ton attention, observa Rick, indiquant un petit groupe de personnes de l'autre côté de la salle, qui faisaient cercle autour de Darius Franklin, l'associé de Zeke.

— Je reviens tout de suite, s'excusa Sadie en se hâtant en direction de la coordinatrice du foyer Helping Hands.

Alors qu'ils attendaient que Sadie revienne se joindre à eux, Mitch Taylor et son épouse, Jennifer, s'approchèrent pour les saluer.

— Vous êtes prêts pour l'annonce du résultat de l'élection ? s'enquit Mitch.

Mitch Taylor faisait fonction de président du TCC par intérim, et il semblait soulagé d'être relevé de cette fonction.

— Cela fait des mois que j'attends cet instant, répondit Brad d'un ton jovial.

— Abby, pendant combien de jours encore ces flamants roses apparaîtront-ils sur les pelouses de nos concitoyens ? demanda Jennifer en riant. J'ai cru que notre voisin, M. Hargraves, allait avoir une attaque, l'autre matin, lorsqu'il les a découverts devant chez lui.

L'homme en question était un pingre notoire, et il avait dû se trouver fort marri d'avoir à se délester de son précieux argent pour se débarrasser des affreux volatiles en plastique fluorescent.

— Je crois que la campagne de cette année s'achève le

jour de la Saint-Sylvestre, répondit Abby, riant avec elle. À l'évidence, M. Hargraves a déjà dû faire une donation, car je les ai vus sur une autre pelouse, ce matin.

Abby remarqua que Brad et Mitch échangeaient un regard.

— Un problème ? s'enquit-elle.

Brad secoua la tête alors que Mitch et Jennifer s'éloignaient pour aller saluer d'autres amis.

— Nous avons travaillé ensemble sur un projet, et nous avons l'intention de l'annoncer publiquement un peu plus tard dans la soirée, expliqua-t-il.

Elle avait une assez bonne idée de la teneur de cette prochaine annonce. Durant la campagne, Brad n'avait pas ménagé ses efforts pour faire savoir autour de lui qu'il comptait faire venir une équipe de football semi-professionnelle à Royal. Comme il avait attendu que la campagne soit bien lancée avant d'exposer son idée, certains avaient pu penser qu'il ne s'agissait que d'un stratagème pour gagner des votes et remporter la présidence. Apparemment, il n'en était rien, même si Abby soupçonnait que cela avait dû jouer en sa faveur auprès de certains membres du club.

— Il s'agit de l'équipe de football, n'est-ce pas ? s'enquit-elle.

Il acquiesça et posa un doigt sur ses lèvres.

— Zeke, Chris et moi sommes copropriétaires de l'équipe, et Mitch a accepté d'en être le directeur général, lui chuchota-t-il à l'oreille. Mais nous avons décidé d'attendre que les résultats de l'élection soient communiqués pour l'annoncer.

— C'est merveilleux ! s'exclama-t-elle. Cette ville avait besoin d'un projet de ce genre depuis des années.

Pour la majorité des habitants de Royal, les villes de Houston et Dallas étaient trop éloignées pour assister à un match de football professionnel plus d'une fois ou deux par saison. La présence d'une équipe semi-professionnelle sur place leur permettrait de s'adonner plus souvent à ce loisir.

— Très bien, dit Sadie en revenant. La liste des heureux futurs destinataires des flamants roses est complète jusqu'à la fin de l'année !

— J'espère que mon nom n'y figure pas, répliqua Brad en riant. C'est une cause juste, et je la soutiens à cent pour cent. Mais je vous promets de vous faire deux dons au lieu d'un si vous passez devant ma maison sans vous arrêter.

— Ta générosité sera la bienvenue, répondit Abby en lui tapotant la joue, mais nous ne pouvons pas te promettre que tu ne trouveras pas les flamants roses sur ta pelouse un beau matin.

Tout le monde éclata de rire, et le groupe passa dans la salle de bal, où des tables élégantes étaient disposées autour du parquet de chêne ciré de la piste de danse. Une longue table avait été dressée à un bout de la salle pour les élus sortants du conseil d'administration du club, et un groupe de musiciens d'Austin très connu achevait de s'installer sur une petite scène.

Ils trouvèrent les places marquées à leur nom à une table bordant la piste de danse, et Abby constata avec plaisir que Brad et elle avaient été placés avec les Travers, Chris et Macy Richards, ainsi que Daniel et Elizabeth Warren. Tous étaient des amis, et elle était impatiente de savoir ce qu'ils avaient prévu pour les fêtes de fin d'année.

Une heure plus tard, après avoir fait honneur aux meilleurs steaks du Texas, les dames quittèrent la table pour se rafraîchir dans les toilettes. Lorsqu'elles retournèrent à la table, les musiciens venaient d'attaquer un air très populaire, et plusieurs couples gagnaient la piste de danse, main dans la main.

Drapant son châle sur le dossier de sa chaise, Abby s'assit près de Brad pour observer les évolutions des danseurs sur la piste. Au Texas, on dansait presque à tous les événements mondains, et Abby s'attendait donc à ce que les convives dansent avant et après l'annonce du résultat de l'élection.

Lorsque le premier morceau prit fin, l'orchestre entama une chanson d'amour lente et langoureuse. Brad se leva et prit sa main.

— J'aime beaucoup les slows, lui confia-t-il en se penchant pour qu'elle puisse l'entendre par-dessus la musique. C'est une excellente occasion de te serrer dans mes bras.

— Tu es sûr que ce soit une bonne idée ? observa-t-elle en se levant pour le suivre.

Jusque-là, elle ne s'était pas sentie au centre des regards. Ce qui ne signifiait nullement que les convives n'aient pas remarqué que Brad et elle étaient arrivés ensemble, ou qu'ils paraissaient beaucoup plus proches qu'ils ne l'avaient jamais été par le passé.

— J'en suis tout à fait certain, assura-t-il en la serrant très fort contre lui. J'ai attendu ce moment toute la soirée.

D'un geste automatique, elle posa les mains sur ses larges épaules, et ils commencèrent à évoluer au rythme de la musique.

— Je ne te savais pas aussi passionné par la danse, remarqua-t-elle.

— Je ne faisais pas allusion à la danse, chérie, corrigea-t-il en lui offrant un sourire qui ne laissait aucun doute sur le sens véritable de sa remarque. Je brûlais d'envie de te serrer à nouveau dans mes bras depuis l'instant où tu m'as ouvert ta porte.

Abby frissonna au contact de ses mains sur son dos nu, et elle ne put s'empêcher de se demander si le choix d'une robe aussi échancrée avait été judicieux. Elle se sentait irrésistiblement ramenée à la nuit passée, à ces mains qui l'avaient caressée comme elle brûlait de l'être à cet instant.

— Je meurs d'envie de te ramener chez moi, murmura-t-il d'une voix rauque. Tu es incroyablement sexy dans cette robe noire moulante, mais je n'ai qu'une idée en tête, te l'enlever.

— Je ne me souviens pas d'avoir promis de rentrer avec toi, rappela-t-elle, malgré le picotement d'excitation que ces propos passionnés avaient fait naître dans tout son corps.

— Mais tu le feras.

Ce n'était pas une question. À l'évidence, Brad était convaincu qu'elle accéderait à tous ses désirs.

Pour être honnête, c'était exactement ce qu'elle désirait aussi, et cette idée l'effrayait. Elle avait adoré s'endormir dans ses bras après avoir fait l'amour comme elle ne l'avait jamais fait de sa vie, et adoré aussi se réveiller dans ces mêmes bras. Et elle avait envie de répéter cette expérience, encore et encore. Durant tout le reste de sa vie.

Elle s'aperçut qu'elle avait cessé de respirer. Qu'avait-elle fait ? Comment avait-elle pu laisser une pareille chose se produire ?

Elle avait lutté, elle avait tenté de se voiler la face, elle avait nié l'évidence. Mais il ne servait plus à rien de se mentir à elle-même. Elle avait commis l'impensable. Elle était tombée amoureuse de Brad Price, et cette idée la terrifiait.

C'était le comble de l'ironie. Elle, qui savait parfaitement tenir sa place dans un conseil d'administration, était terrifiée par l'amour.

Que se passerait-il si, comme son mari disparu et le bébé qu'elle était censé adopter, elle perdait aussi Brad ? Dans le passé, ceux qu'elle aimait ne lui avaient-ils pas toujours été arrachés ?

Une vague de panique déferla sur elle. Elle avait besoin de temps pour réfléchir, pour analyser ce qui s'était produit et pour comprendre pourquoi ce qu'elle ressentait pour Brad était tellement plus fort que ce qu'elle avait pu ressentir pour Richard.

En regagnant leur table, à la fin de la danse, Brad ne manqua pas de remarquer sa pâleur.

— Tu te sens bien ? murmura-t-il.

Elle le dévisagea un instant, avant d'acquiescer.

— Oui… heu… tout va bien.

L'intense panique qu'il lisait au fond de ses yeux d'azur vibrant lui prouvait le contraire, et il secoua la tête.

— Qu'y a-t-il ?

Elle s'efforça de sourire, mais le résultat ne fut guère convaincant. Elle n'en paraissait que plus effrayée.

— Je suis seulement… un peu fatiguée, c'est tout, répondit-elle, parcourant la salle des yeux comme si elle cherchait une issue pour s'échapper.

Il l'avait déjà vue totalement épuisée, mais l'expression sur son visage n'était pas de la fatigue. Elle paraissait… désespérée ?

Fronçant les sourcils, il l'aida à se rasseoir à leur table, puis il prit place près d'elle. Il n'avait aucune idée de ce qui avait bien pu se produire pour qu'elle ait ainsi l'air d'un animal pris au piège, mais il était bien déterminé à le découvrir. Si quelqu'un dans la salle l'avait dévisagée de façon insultante, ou si elle avait surpris des commentaires désobligeants à leur sujet, il ferait en sorte que les coupables regrettent le jour où ils étaient nés.

Hélas, Mitch Taylor choisit cet instant pour s'avancer jusqu'au micro et s'adresser à l'assistance, privant Brad de l'occasion de lui poser les questions qui lui brûlaient les lèvres.

— Bonsoir à tous, dit Mitch d'un ton plein d'entrain. Je crois que l'heure est venue de vous dévoiler le nom de la personne qui dirigera les destinées du Texas Cattleman's Club durant les deux prochaines années.

Il attendit que les applaudissements aient cessé, avant de poursuivre :

— Tout d'abord, je dois vous informer que les voix étaient partagées à soixante-quarante. C'est le plus petit écart entre deux candidats que nous ayons eu lors d'un vote pour la présidence du club depuis des années.

Brad cessa d'écouter le reste du discours et se concentra sur la jeune femme assise à son côté. Abby était sans nul doute la femme la plus belle, la plus séduisante qu'il lui ait jamais été donné de connaître. Avec ses longs cheveux auburn sombre attachés en un nœud lâche sur sa nuque, ses pendants de diamants scintillant à ses oreilles délicates, elle avait la grâce d'une reine, la sophistication d'une *lady* et la séduction d'une beauté fatale. Il avait dû batailler toute la soirée contre lui pour ne pas dévoiler devant toute la salle le désir qu'elle éveillait en lui.

Comme mue par sa propre volonté, sa main alla se poser sur son épaule. La soie noire de sa longue robe de soirée épousait son buste comme une seconde peau avant de s'évaser à partir des hanches, ondulant à chacun de ses mouvements. Ce seul fait aurait suffi à lui faire oublier toute raison, mais, lorsqu'il l'avait prise dans ses bras pour danser, la sensation de son dos nu sous ses paumes avait failli lui faire perdre ce qui lui restait de contrôle. Elle avait fait resurgir le souvenir érotique de leur nuit, du contact de sa peau satinée sous ses doigts, toute brûlante de l'incendie qu'il avait allumé en elle.

—… Bradford Price, entendit-il annoncer, puis un tonnerre d'applaudissements éclata dans la salle.

Totalement concentré sur Abby, Brad mit un moment à comprendre qu'il venait d'être élu président du Texas Cattleman's Club. Lorsque l'information arriva enfin jusqu'à son cerveau, il ne put s'empêcher de penser que sa victoire avait un goût amer. Il avait gagné, mais cela signifiait qu'Abby avait perdu.

— Félicitations, dit-elle en lui offrant la poignée de main de rigueur.

Ignorant son geste, il l'attira à lui et la serra très fort dans ses bras.

— Je suis désolé, chérie. Je sais combien tu tenais à devenir la première femme présidente du TCC.

— Crois-moi, je m'en remettrai. Tu as gagné, et le combat était loyal. À présent, je crois que tu devrais monter sur scène et remercier tous ces gens qui ont voté pour toi.

Il savait qu'elle avait raison. L'assistance attendait le discours du vainqueur de l'élection. Mais, en ce moment précis, la dernière chose au monde dont il avait envie, c'était de faire face à ses concitoyens pour les remercier de lui avoir confié l'avenir du club. Il aurait de loin préféré rester avec Abby et découvrir ce qui la tracassait.

Il se leva et lui adressa ce qu'il espérait être un sourire encourageant.

— Dès que ce sera possible sans froisser personne, nous partirons, murmura-t-il.

— Nous verrons.

Mitch l'accueillit sous les projecteurs de la petite scène, et, lorsqu'il lui remit le marteau de bois sculpté qui avait ouvert toutes les séances du conseil d'administration du TCC depuis plus d'un siècle, Brad se sentit à la fois humble et profondément honoré.

— Merci à vous tous d'être venus ici ce soir et de m'avoir choisi pour défendre les principes qui sont au cœur de la devise de notre prestigieuse organisation : *Leadership, Justice et Paix.*

Il marqua une pause et, parcourant la foule du regard, il comprit qu'il était temps de commencer à guérir les blessures du passé — de combler le fossé entre la vieille garde et la nouvelle génération du TCC.

— Pour ma première action en tant que président, je vais renoncer au protocole un petit instant et vous proposer de voter sur un petit nombre de points qui, je le crois, assureront le succès du Texas Cattleman's Club dans les années à venir, et que Tex Langley, notre estimé fondateur, aurait approuvés sans aucune réserve.

Il sentit que la foule était intriguée. Encouragé, il poursuivit :

— J'aimerais proposer à Daniel Warren de dessiner un projet intégrant notre vieux club-house dans un ensemble architectural moderne, mariant la tradition et les nouvelles technologies.

Il y eut un moment de silence tandis que la foule assimilait ce qu'il venait de dire. Puis, à son immense satisfaction, la salle entière se leva, et les applaudissements fusèrent.

— À présent, je demande un vote à main levée des membres du club sur cette proposition. Qui est pour ?

Toutes les mains se levèrent dans un bel ensemble. Visiblement, il n'y avait aucune objection au projet, mais afin que ce vote soit officiel, il devait poser cette question :

— Qui est contre ?

Personne ne leva la main, et il abattit son marteau de président pour la première fois.

— La proposition est votée à l'unanimité, déclara-t-il.

— Que faire des plans du nouveau bâtiment que nous avons déjà commandés ? demanda quelqu'un au fond de la salle.

— Ce sera justement l'objet de ma seconde proposition, répondit Brad en souriant. Il a récemment été porté à mon attention que ma sœur, Sadie, projette de créer un nouveau centre culturel familial — une structure qui non seulement proposera des expositions et des spectacles dont les familles de Royal pourront profiter ensemble, mais qui fournira également soutien et assistance à ces familles en temps de crise. Elle souhaite que la fondation travaille en liaison avec le foyer d'accueil pour femmes Helping Hands de Somerset. J'aimerais proposer que les plans du nouveau bâtiment soient offerts à la fondation Pruitt afin d'aider à la construction du centre culturel familial Tex Langley. Et, pour résoudre le problème de son implantation, j'ai décidé de faire don d'un terrain que je possède à l'orée de la ville, ainsi que d'un million de dollars pour financer la construction du centre.

Avant même qu'il ait terminé d'exposer sa proposition, des mains enthousiastes se levèrent pour proposer d'autres contributions au projet. Il procéda ensuite au vote pour officialiser la décision, et, lorsqu'il se tourna vers la table où Sadie était assise, Brad vit des larmes de bonheur ruisseler sur ses joues.

— Quelques mots encore avant de vous parler d'un projet qui me tient à cœur, puis nous pourrons continuer à célébrer comme il se doit cette soirée de Noël, déclara-t-il au micro. Je voudrais saluer les nombreuses contributions des femmes de Royal. Sans leur aide et leur soutien sans faille, nous n'aurions jamais trouvé Daniel Warren, l'architecte dont les brillantes réalisations vont faire entrer notre organisation ainsi que notre ville dans le futur. J'aimerais aussi exprimer plus personnellement ma sincère gratitude aux femmes — et tout spécialement à Sheila Travers — pour le soutien et le dévouement dont elles ont fait preuve lorsque ma nièce a été abandonnée devant la porte du club.

Tous les hommes se levèrent alors pour une bruyante ovation à leurs compagnes, alors que Brad poursuivait d'une voix ferme :

— Je crois que nous serons d'accord pour déclarer que

toutes ces femmes sont dignes des critères d'excellence fixés par le fondateur du club, Tex Langley.

Brad nota que certains des représentants de la vieille garde qui étaient les plus férocement opposés à l'entrée des femmes au TCC jetaient des regards embarrassés à leurs épouses, et il faillit éclater de rire. La rumeur qui laissait entendre que certaines femmes se refusaient à leurs maris en signe de protestation contre leurs positions conservatrices semblait fondée.

— Par conséquent, conclut-il, j'aimerais proposer qu'après le nouvel an nous votions pour accueillir les femmes comme membres à part entière du Texas Cattleman's Club, avec tous les droits et les privilèges s'y rattachant.

Dans le tonnerre d'applaudissements qui suivit, Brad tourna son regard vers la table où Abby était assise et, à sa grande surprise, il s'aperçut que sa chaise était vide. Où était-elle passée ?

Il poursuivit en annonçant officiellement l'arrivée d'une équipe de football semi-professionnelle à Royal et le projet de construction, en partenariat avec Chris et Zeke, d'un stade pouvant accueillir des matchs ainsi que d'autres événements festifs, et il conclut son discours en souhaitant à tous de bonnes fêtes de fin d'année.

Lorsqu'il descendit de scène, il lui fallut un temps interminable pour se frayer un chemin dans la foule de tous ceux qui tenaient à le féliciter et à lui souhaiter bonne chance dans l'exercice de son mandat.

— Où est Abby ? s'enquit-il sitôt qu'il eut atteint leur table.

Le front soucieux, Sadie lui tendit une feuille de papier pliée.

— Elle m'a fait remettre ce mot par l'un des serveurs à ton intention, dit-elle d'un ton embarrassé. Je crois qu'Abby est partie, Brad.

Il n'avait pas encore posé les yeux sur la feuille, mais savait déjà qu'il n'apprécierait pas la teneur du message qu'il contenait. La dernière fois qu'on lui avait remis un mot similaire, quelqu'un essayait de le faire chanter, et, dans son esprit, ce genre de billet était annonciateur de mauvaises nouvelles. Réprimant un juron, il le froissa et le fourra dans sa poche sans lui accorder un regard.

— Je crois connaître ses intentions.

Il se retournait déjà pour partir lorsque sa sœur l'arrêta, posant une main sur son bras.

— Ne la suis pas si tu n'es pas sincère, Brad. En ce moment, c'est elle-même qu'elle fuit, plus que toi.

— Je dois lui parler, insista-t-il, tenaillé par une angoisse sourde. Cela pourrait prendre un peu de temps. Pourrais-tu…

— Rick et moi allons passer chez toi pour libérer Juanita de sa corvée de baby-sitting, coupa Sadie en ramassant son sac et sa capeline de satin. Nous resterons avec Sunnie jusqu'à ton retour.

— Prends mon pick-up, proposa Rick en lui tendant ses clés. Elle a probablement demandé au chauffeur de la limousine de la ramener chez elle. Sadie et moi rentrerons avec Zeke et Sheila. Bonne chance, mon vieux.

— Merci, Rick. Je te suis redevable.

Il se précipita vers la sortie la plus proche. Il trouva facilement le luxueux pick-up de son beau-frère dans le parking, se glissa au volant et démarra dans un crissement de pneus. Il devait trouver Abby avant qu'elle quitte la ville, et lui demander pourquoi elle quittait Royal, pourquoi elle l'abandonnait *lui*.

Dès qu'il fut sorti de la ville, il appuya sur l'accélérateur et fonça vers son ranch dans la plaine. Il se souvenait de l'offre que lui avaient faite ses anciennes associées, une offre qu'elle avait déclinée en attendant le résultat de l'élection. Était-elle plus déçue qu'elle ne le laissait paraître de n'avoir pas été choisie ?

Il ne le pensait pas. Lorsqu'on avait annoncé le nom du vainqueur, elle avait semblé presque soulagée. L'issue de l'élection pouvait-elle lui avoir simplement fourni un prétexte pour le quitter et couper les liens qui s'étaient tissés entre eux ?

Le cœur serré, il tourna dans l'allée qui conduisait au ranch Langley. La grande maison était plongée dans l'obscurité, et la voiture d'Abby n'était pas garée à sa place habituelle. Sachant tout au fond de son cœur que c'était inutile, il descendit, monta les marches de la véranda et frappa à la porte. Personne ne répondit. La porte était verrouillée.

Tiraillé entre colère et tristesse, il retourna jusqu'au pick-up de Rick et se glissa derrière le volant. Elle avait dû partir dès qu'il s'était levé pour faire son discours. Ce qui signifiait qu'elle avait une bonne demi-heure d'avance sur lui, et il était fort probable qu'elle avait dû emprunter le jet privé des Langley pour retourner à Seattle. Il était inutile d'espérer la retrouver ce soir. Mais si elle s'imaginait qu'il lui suffisait de partir pour que tout soit fini entre eux, elle allait au-devant d'une belle surprise.

Aussi longtemps qu'il s'en souvienne, il y avait toujours eu entre eux une sorte de tension dont il n'avait compris la nature que tout récemment. Mais, au cours de ces dernières semaines, ce sentiment avait atteint un pic d'intensité qu'il ne pouvait plus ignorer et, aujourd'hui, il le reconnaissait pour ce qu'il était : il était tombé amoureux d'Abby. À vrai dire, il l'avait peut-être aimée toute sa vie, et il avait été trop obtus pour le comprendre.

Mais qu'en était-il pour elle ? Et que pouvait-il faire, alors qu'elle était déjà partie se cacher à Seattle ?

Glissant la main dans la poche intérieure de son smoking,

il sortit son téléphone portable et appela le numéro de sa résidence. Lorsque sa sœur décrocha, il avait pris sa décision.

— Sadie, s'il te plaît, demande à Rick de commencer à appeler les compagnies aériennes pour me réserver des places sur le prochain vol vers Seattle pendant que tu prépares les affaires de Sunnie et tout ce dont elle pourrait avoir besoin.

— Combien de temps comptes-tu t'absenter ?

— Je l'ignore, reconnut-il. Mais une chose est sûre. Sunnie et moi ne reviendrons pas avant qu'Abby ait accepté de rentrer avec nous.

- 9 -

Plantée devant l'immense baie vitrée dans un confortable pull de laine, Abby observait les évolutions d'un aigle pêcheur au-dessus des eaux du lac Washington. Son jet avait atterri un peu après l'aube et, même si elle s'était couchée dès que le taxi l'avait déposée devant chez elle, il lui avait été impossible de trouver le sommeil. Pis encore, elle avait le sentiment qu'elle n'était pas au bout de ses nuits d'insomnie.

Renonçant à trouver le repos, elle s'était affairée toute la journée dans la maison, lavant le linge qu'elle gardait dans cette résidence et ôtant les housses antipoussière de tous les meubles. Dès l'ouverture de l'agence, elle avait loué un véhicule en attendant de faire expédier sa voiture, qu'elle avait laissée au parking de l'aéroport de Dallas. Toute la journée, elle s'était trouvé suffisamment d'occupations pour éviter d'avoir à trop penser, mais, à présent que le crépuscule approchait, elle n'avait plus rien à faire. Sauf retourner inlassablement les mêmes pensées dans son esprit.

Elle soupira et regagna la cuisine pour se préparer une autre tasse de café. Elle avait toujours adoré sa maison sur l'eau, adoré ce paysage qui lui rappelait le lac à proximité de Royal. Mais, en cet instant, il lui rappelait seulement Brad, et la première fois où il l'avait embrassée. Ils n'avaient que six ans, mais il y avait quelque chose dans ce baiser innocent — une sorte de magie — qui avait marqué son âme, probablement pour la vie entière.

Durant des années, elle avait attribué sa nervosité, ce sentiment d'inquiétude qu'elle ressentait chaque fois qu'elle se trouvait près de lui, à la compétition qu'ils se livraient constamment. Il l'obligeait à rester en alerte, attendant ses défis pour préparer sa contre-attaque. Aujourd'hui, elle comprenait que tout cela n'avait été qu'un vernis, un masque pour dissimuler l'attirance latente qui s'exerçait l'un sur l'autre.

Pourquoi lui avait-il fallu aussi longtemps pour le comprendre ? Pourquoi n'avait-elle rien vu jusqu'à cet instant ?

Elle se pelotonna sur le canapé, sa tasse de café à la main, et ferma les yeux, s'efforçant de démêler l'écheveau de ses émotions. Elle avait aimé Richard, et, s'il n'était pas décédé, elle aurait vraisemblablement passé le reste de sa vie auprès de lui. Il avait été son ami, son confident, son abri dans la tempête. Leur confortable relation lui avait apporté la sécurité dont elle avait eu besoin, sinon la passion. Abby savait aujourd'hui qu'elle l'avait épousé parce qu'il était rassurant et responsable, qu'il ne regarderait jamais une autre femme et qu'il ne l'abandonnerait jamais comme son père avait abandonné sa mère.

Mais sa relation avec Brad était d'une tout autre nature. Ils n'avaient jamais été amis dans le sens classique du terme, et elle doutait même que cela eût été possible. Brad était une constante incitation à se dépasser, à réussir davantage, et il y avait trop de passion entre eux pour que leur relation soit jamais sereine et tranquille. Elle n'avait jamais éprouvé envers un autre homme le désir qu'il faisait naître en elle. Jamais non plus elle ne s'était sentie aussi heureuse que dans ses bras, aussi entière, aussi vivante. Pour dire les choses simplement, elle l'aimait.

Mais cet amour qu'elle découvrait l'effrayait plus que

tout. Et si elle le perdait, comme elle avait perdu tous les êtres qu'elle avait aimés ?

Avec le recul, elle comprenait que tout avait commencé par la perte de son père, lorsque celui-ci avait abandonné sa famille sans jamais plus donner de nouvelles. Jusque-là, elle avait été la petite fille chérie de son père, et sa trahison l'avait dévastée. Puis, six mois à peine après leur mariage, elle avait eu la douleur de perdre Richard. Elle avait même perdu le bébé qu'elle croyait pouvoir adopter lorsque sa mère biologique était revenue sur sa décision.

Secouant tristement la tête, elle reposa sa tasse, puis se leva et ouvrit les portes coulissantes pour sortir sur la terrasse. La lune avait tout juste commencé à s'élever dans le ciel au-dessus des pics des Cascades. En temps ordinaire, elle était toujours fascinée par son reflet dans les eaux noires du lac, mais, ce soir, c'est à peine si elle la remarquait.

Si elle aimait de tout son cœur Brad et son adorable nièce, il lui semblait impensable de s'infliger une nouvelle fois ce type de souffrance. Que ferait-elle lorsqu'il déciderait de la quitter pour la prochaine femme qui capterait son attention ? Que resterait-il d'elle ? Ou, pis encore, que ferait-elle si l'un d'eux venait à disparaître ?

Même s'il n'avait pas été facile de quitter de nouveau Royal, elle savait qu'elle avait pris la bonne décision. Elle souffrirait moins à Seattle, où elle ne risquerait pas de les croiser chaque jour comme un rappel constant de ce qui ne serait jamais à elle. Et, avec le temps, elle cesserait peut-être de penser à eux à chaque heure du jour et de la nuit.

Alors qu'elle tentait encore de se convaincre que tout cela était possible, elle entendit un bruit de pas sur la passerelle de bois menant à la maison. Elle soupira et attendit que l'intrus arrive jusqu'à la terrasse. Elle aurait dû se douter que cette solitude dont elle avait tant besoin ne durerait pas longtemps. Mme Norris, sa voisine, était dehors en train de promener son caniche tout à l'heure, lorsqu'elle était rentrée de faire quelques courses, et elle n'était pas du tout surprise que la vieille dame ait eu envie de venir la saluer après sa longue absence.

— Mme Norris, je suis désolée, lança-t-elle, mais je viens tout juste d'arriver, et ce n'est pas un très bon moment.

Avec un peu de chance, sa charmante vieille voisine comprendrait à demi-mot qu'elle n'avait pas envie d'être dérangée, et lui accorderait au moins un jour supplémentaire de tranquillité.

— Peut-être pourriez-vous repasser demain matin ? ajouta-t-elle d'un ton aimable. Nous prendrons une tasse de café et nous échangerons les derniers potins.

— Je ne suis pas Mme Norris, et il n'est pas question que j'attende jusqu'à demain matin, déclara Brad en surgissant au coin de la maison. Toi et moi allons avoir une longue conversation. Maintenant.

Lorsqu'elle se tourna pour lui faire face, Abby, le souffle coupé, sentit un sanglot monter à sa gorge. Debout à quelques pas d'elle, le couffin du bébé dans une main, un gros sac de voyage dans l'autre et le sac à langer suspendu à une épaule, il n'avait jamais paru aussi séduisant, ni aussi furieux.

Il était inutile de lui demander comment il l'avait retrouvée. À l'évidence, il avait obtenu son adresse par Sadie.

— Que… fais-tu ici, Brad ? balbutia-t-elle, s'efforçant désespérément de reprendre le contrôle de ses émotions.

— Sunnie et moi avons décidé de découvrir pourquoi tu as disparu comme une voleuse dans la nuit, répondit-il, posant le sac de voyage à ses pieds. Ce n'était pas très poli de ta part, chérie.

Un brusque coup de vent balaya ses cheveux sur son

visage. Elle les repoussa derrière son oreille et indiqua la maison.

— Entrons, dit-elle, il risque de faire trop frais pour Sunnie.

Elle esquissa un geste pour le débarrasser du couffin, mais elle se ravisa en voyant le regard de Brad. Elle se dirigea vers les portes coulissantes et les ouvrit de ses mains qui tremblaient un peu. Lorsqu'il la suivit dans le salon, elle eut tout à coup l'impression que la pièce, pourtant vaste, avait rétréci. Elle n'avait jamais remarqué combien il était grand. *Gigantesque* était le mot qui lui venait à l'esprit. Et dans cet état de colère, il était aussi un peu intimidant.

Alors qu'elle réfléchissait à ce qu'elle allait bien pouvoir lui dire pour qu'il reparte et la laisse reconstruire sa vie — une vie sans lui et sans Sunnie —, Brad posa son sac de voyage et le sac à langer du bébé sur le sol. Dans le lourd silence, le claquement se répercuta dans la pièce et la fit sursauter.

— Imagine ma surprise, hier soir, lorsque j'ai regagné notre table après mon discours pour m'apercevoir que ma cavalière m'avait laissé tomber.

Il posa le couffin sur le canapé, abaissa un peu la couverture et déboucla les sangles qui maintenaient le bébé en sécurité dans la voiture. Il prit Sunnie contre lui.

— Tu aurais pu au moins rester pour me dire au revoir, ajouta-t-il.

Il se tourna vers elle, plantant dans ses yeux son regard qui semblait lire au plus profond d'elle.

— Tu me devais au moins cela, Abby, conclut-il.

— Je… suis désolée, murmura-t-elle, incapable de trouver une meilleure réponse.

L'homme qu'elle aimait au-delà de ce qu'elle aurait cru possible était là, devant elle, tenant dans ses bras le bébé qu'elle adorait, et cette scène lui brisait le cœur. Au bout du compte, quelle que soit la réponse qu'elle lui ferait, le résultat serait le même. Ils rentreraient au Texas et elle ne les reverrait plus jamais.

— Non, répliqua-t-il d'un air sombre. Être « désolée » ne suffit pas. Je n'ai pas fait plus de trois mille kilomètres avec un bébé pour repartir d'ici sans avoir obtenu une réponse franche. Tu me dois une explication sur ce qui s'est passé hier soir. Je veux savoir pourquoi tu t'es enfuie jusqu'ici.

Au même instant, Sunnie commença à gémir et à s'agiter dans ses bras, permettant à Abby de gagner un peu de temps. Elle savait qu'elle ne faisait que retarder l'inévitable, mais peut-être trouverait-elle les arguments pour le convaincre que sa décision de quitter Royal était la seule raisonnable.

— Donne-la-moi, suggéra Abby, tendant les bras vers le bébé. Je vais la changer pendant que tu te reposes du voyage.

Il la dévisagea un instant, puis hocha lentement la tête.

— Nous attendrons que Sunnie soit couchée avant de reprendre cet entretien. Mais sois tranquille, chérie. Nous aurons une longue conversation à cœur ouvert, je te le promets.

Dix minutes plus tard, installée dans un coin du canapé, Abby donnait le biberon à Sunnie. Brad était assis dans le fauteuil en face d'elle. Ni elle ni lui ne disaient mot, et la tension dans la pièce était devenue presque palpable.

— Je suis sûre que tout le monde a dû être très excité d'apprendre l'arrivée en ville d'une équipe de football, remarqua-t-elle, incapable de supporter une autre seconde de silence.

— La nouvelle a été bien accueillie, convint-il simplement.

Constatant qu'il n'en dirait pas davantage, elle fit une nouvelle tentative.

— Qu'est-ce qui a été décidé, concernant le club-house ?

— Les membres ont voté pour faire don des plans de Daniel Warren à la fondation de Sadie afin qu'elle construise le centre culturel familial qui lui tient tant à cœur, répondit-il d'une voix aussi dénuée d'expression que son visage. Et de faire bâtir une extension au TCC qui inclura l'ancien club-house dans un ensemble moderne.

— Qui avait soumis cette proposition ? s'enquit-elle, levant le bébé jusqu'à son épaule pour qu'elle fasse son rot.

— Moi.

— C'est une excellente idée, opina-t-elle.

Il haussa les épaules, mais ne fit aucun commentaire.

En terminant de donner son biberon à Sunnie, Abby avait l'impression que ses nerfs allaient céder. Durant toutes ces années, elle n'avait jamais vu Brad aussi dénué de toute émotion, aussi détaché. On eût dit qu'il jaugeait un adversaire, cherchant ses faiblesses pour mieux les utiliser à son avantage. Et l'adversaire, c'était *elle*. Cette idée ne faisait qu'accroître son anxiété.

— Tu penses que les membres finiront par voter l'admission des femmes au sein du club ? demanda-t-elle, s'accrochant à la moindre idée pour qu'il continue à lui parler.

— Tu aurais dû rester jusqu'à la fin, répondit-il froidement. Après le nouvel an, il y aura un vote sur le sujet. Je suis persuadé que le « oui » l'emportera.

— C'est merveilleux, dit-elle d'une voix faible.

Elle se réjouissait que les femmes soient enfin admises de plein droit au TCC, mais ses nerfs éprouvés ne lui permettaient pas de montrer davantage d'enthousiasme. En outre, Sunnie venait de s'endormir dans ses bras.

Le moment qu'elle redoutait depuis qu'elle avait aperçu Brad sur la terrasse venait d'arriver. Le temps de la conversation mondaine était révolu. Rien ne pouvait plus empêcher la confrontation à laquelle il semblait tant tenir.

— Je vais coucher Sunnie dans son couffin, dit-il en tendant les bras vers le bébé.

Abby sursauta. Elle avait été à tel point concentrée sur leur explication à venir qu'elle n'avait pas remarqué qu'il s'était levé pour venir se planter devant elle.

Lorsqu'il souleva Sunnie dans ses bras, ses doigts frôlèrent sa poitrine, faisant naître une onde de désir qui irradia dans tout son corps.

— Je... je crois que je vais aller préparer du café, déclara-t-elle, ressentant un besoin impérieux de mettre un peu d'espace entre eux. Si tu le souhaites, tu peux coucher le bébé dans ma chambre.

— C'est une bonne idée, dit-il avec un hochement de tête approbateur. Je ne voudrais pas que notre conversation la réveille.

Elle se leva et lui indiqua le chemin de la chambre, au bout du couloir. Puis, pendant qu'il installait l'Interphone pour bébé qu'il avait apporté avec lui, elle se retira dans la cuisine pour préparer du café. Ce n'était pas vraiment que la caféine soit une bonne idée, vu l'état de ses nerfs et la tension qu'elle sentait chez lui, mais Brad ne buvait pas d'alcool, et elle ne pouvait donc pas lui offrir de vin. Elle sortit tout de même une bouteille de chardonnay et entreprit de la déboucher. Il n'avait peut-être pas besoin d'un remontant plus fort que du café, mais elle, si.

Brad installa rapidement l'Interphone pour bébé, vérifia que Sunnie dormait paisiblement et retourna dans le salon. Debout devant les portes de la terrasse, les mains au fond des poches de son jean, il contempla un moment les eaux du lac. Ses doigts effleurèrent l'objet qu'il transportait avec lui depuis le Texas, et il sentit sa détermination se renforcer encore davantage.

— Pourquoi t'es-tu enfuie, Abby ? demanda-t-il alors qu'elle arrivait derrière lui.

— Je… j'ignore ce que tu veux dire, se défendit-elle.

Au léger tremblement de sa voix, il sut qu'elle lui mentait.

— Tu ne crois pas qu'il est grand temps d'arrêter ton petit jeu, et de cesser de nous mentir, à toi et à moi ? répliqua-t-il en se retournant.

Ce qu'il vit lui coupa le souffle. Elle était certainement la plus belle femme sur laquelle il ait posé les yeux de toute sa vie. Même avec ces cheveux fous qui s'étaient échappés de sa queue-de-cheval et ce pantalon de jogging informe beaucoup trop grand pour elle, il devait lutter de toutes ses forces pour ne pas la prendre dans ses bras, la serrer très fort et l'embrasser jusqu'à ce qu'elle lui avoue la vraie raison pour laquelle elle s'était enfuie, à savoir qu'elle était terrorisée par ce qui se passait entre eux.

— Brad, je pense que… mon retour ici était la meilleure solution pour nous deux, finit-elle par avouer d'un ton hésitant.

— Qu'est-ce qui te le fait penser ? insista-t-il, bien décidé à obtenir la réponse qu'elle s'efforçait si visiblement de taire.

— Ma place n'est plus au Texas, dit-elle en évitant soigneusement son regard.

— Pourquoi ?

Il lui suffisait de continuer à lui poser les bonnes questions, songea-t-il. Il savait que ce n'était qu'une question de temps. Tôt ou tard, elle céderait et lui dirait toute la vérité.

— Tu as habité Royal une bonne partie de ta vie, observa-t-il. Tu n'aimes plus cette ville ?

— Si, répondit-elle. Non… enfin…

— Dis-moi, chérie, quelle est la bonne réponse ? s'enquit-il en s'approchant d'un pas. Est-ce oui ? Est-ce non ?

Elle le dévisagea un long moment en silence, puis hocha la tête.

— Oui, répondit-elle d'une voix tremblante. J'aime beaucoup Royal. C'est le lieu où je suis née. Mais... ma place... n'est pas là-bas.

— Et *où* est ta place, Abby ?

Il vit réapparaître sur son visage cette expression d'animal traqué qu'il y avait surprise le soir du gala de Noël.

— Ma place... est ici, répondit-elle en détournant les yeux.

— Tu mens, dit-il en se rapprochant encore. Tu veux savoir où je pense qu'est ta vraie place ?

— Non, répondit-elle, évitant toujours son regard.

— Eh bien, je vais tout de même te le dire, chérie.

Il s'approcha encore et l'attira doucement à lui.

— Ta vraie place est dans mes bras.

— Non, Brad ! protesta-t-elle.

— C'est la stricte vérité, Abby, insista-t-il, repoussant délicatement une boucle auburn sur sa joue d'ivoire. Tu ne crois pas qu'il est grand temps que tu cesses de t'enfuir et que tu m'expliques pourquoi tu m'as abandonné au gala de Noël pour venir te réfugier ici ?

— S'il te plaît... ne fais pas ça, Brad, le supplia-t-elle.

Il vit les larmes briller dans ses yeux d'azur, et, tout à coup, il eut l'impression d'être le plus grand imbécile que la terre ait jamais porté. Il lui souleva doucement le menton pour l'obliger à le regarder.

— Pourquoi, Abby ? insista-t-il.

Elle ferma les paupières et répondit dans un souffle :

— Parce que... je t'aime et que je ne veux pas courir le risque de te perdre, toi aussi. Je perds tous ceux que j'aime. Mon père... Richard... le bébé. Je ne pourrais plus le supporter. Je... je ne pourrais plus, c'est tout.

— C'est tout ce que j'avais besoin d'entendre, chérie, déclara-t-il en la serrant très fort dans ses bras.

Il déposa une pluie de baisers sur ses cheveux tandis

qu'elle sanglotait, blottie contre sa poitrine. Il s'en voulait de lui avoir infligé une telle souffrance, mais il n'avait pas eu le choix. Pour que leur relation puisse s'épanouir, Abby devait partager avec lui cette peur secrète qui l'empêchait d'avancer. Et il savait qu'elle s'y serait refusée s'il ne l'avait pas poussée dans ses retranchements.

Lorsque ses sanglots cessèrent enfin, il prit tendrement son visage entre ses mains.

— Chérie, la vie n'offre aucune garantie, aucune promesse de lendemain. C'est valable pour nous tous. Mais je peux t'assurer une chose. Je t'aimerai à chaque minute de ma vie, aussi longtemps que je respirerai.

— Je ne peux plus perdre quelqu'un que j'aime, répéta-t-elle avec obstination. C'est trop de souffrance.

Il aurait dû deviner qu'Abby ne se rendrait pas sans combattre jusqu'au bout. C'était l'un des traits de caractère qui l'irritait le plus chez elle, mais, en même temps, c'était pour cela qu'il l'aimait.

— Chérie, je ne pense pas que tu aies le choix, observa-t-il d'une voix douce. Tu m'aimes, n'est-ce pas ?

À son immense soulagement, sa réponse fut instantanée :

— Oui, répondit-elle. J'ai essayé de résister, mais je ne peux pas m'empêcher de t'aimer.

Brad éclata de rire. Il reconnaissait bien là son Abby, fidèle jusqu'au bout à ses convictions.

— Dans ce cas, tu nous dois à tous trois de courir le risque. Rentre avec moi, chérie. Deviens ma femme et la mère de Sunnie.

— Tu me demandes de t'épouser ?

Il acquiesça, puis s'écarta d'elle pour aller récupérer l'écrin de velours dans le sac à langer de Sunnie. Il en tira le solitaire qu'il contenait et mit un genou à terre devant la femme qu'il aimait.

— Veux-tu m'épouser, Abigail Langley ? Veux-tu

m'aider à élever Sunnie et tous les autres enfants que nous choisirons éventuellement d'adopter ?

Il la dévisagea anxieusement, espérant que les larmes qu'il voyait ruisseler sur ses joues étaient des larmes de bonheur. Il la vit fixer la bague un instant, puis elle releva les yeux vers lui et hocha lentement la tête.

— Comment pourrais-je refuser ? Oui, je t'épouserai, Brad. Mais où as-tu trouvé cette bague ?

— Sunnie et moi avons fait un peu de shopping dans le centre de Seattle avant de venir ici, expliqua-t-il, sentant son amour pour elle grandir à chaque seconde.

Il glissa la bague à l'annulaire de sa main gauche, puis il se releva et la prit dans ses bras pour l'embrasser, sentant que ce baiser scellait leur union pour toujours.

— Je t'ai aimée depuis notre baiser au lac, lorsque nous avions six ans, dit-il d'un air grave. Ce jour-là, tu as volé mon cœur, et il n'a plus jamais appartenu à personne d'autre.

Fouillant la poche de son jean, il en tira le mot froissé qu'elle lui avait laissé avant de partir, et le plaça d'autorité dans sa main.

— Tiens, chérie, dit-il. J'ai parcouru plus de trois mille kilomètres pour te rendre ceci. Je ne l'ai pas lu et je n'ai pas du tout l'intention de le lire.

— Pourquoi ? murmura-t-elle, un tel amour rayonnant dans son regard qu'il en fut ému jusqu'au fond de l'âme.

— Parce que je savais que rien n'était terminé entre nous, répondit-il, déposant un baiser sur son front lisse. Tu es mon âme sœur — ma moitié. Quelques mots griffonnés sur un bout de papier ne peuvent rien y changer.

Heureux d'être enfin ensemble, dans les bras l'un de l'autre, ils demeurèrent silencieux un long moment, puis elle s'écarta un peu pour lever son regard vers le sien.

— Tu es certain de vouloir m'épouser, Brad ? Je ne peux pas te donner d'enfants, tu le sais.

— Je veux que nous adoptions Sunnie ensemble, répondit-il. Et nous pourrons aussi adopter autant d'enfants qu'il te plaira. Je ne suis pas un de ces hommes qui ne peuvent se sentir pères que si leur sang coule dans les veines d'un enfant.

— J'ai essayé d'adopter un bébé l'été dernier, l'informa-t-elle d'une voix douce. Je n'avais mis personne au courant parce que je craignais qu'un événement imprévisible vienne l'empêcher.

Il comprit soudain sa réticence à discuter avec lui des diverses options qui lui étaient offertes pour devenir mère, le jour où elle lui avait confié qu'elle était stérile. Elle avait déjà tenté par d'autres moyens d'obtenir le bébé qu'elle désirait si ardemment, et, à l'évidence, ses espoirs avaient été déçus.

— Que s'est-il passé pour que l'adoption de ce bébé ne puisse avoir lieu ? s'enquit-il, sentant qu'elle était enfin prête à en parler.

— Lorsque le bébé est né, sa mère biologique a changé d'avis, expliqua-t-elle d'une voix voilée de tristesse. Je me suis rendue à l'hôpital pour ramener mon fils à la maison, et j'ai dû rentrer sans lui.

En moins d'une année, Abby avait donc subi deux pertes dévastatrices. Elle avait perdu un mari ainsi que l'enfant qu'elle croyait pouvoir adopter, et elle avait été impuissante à l'empêcher.

— Tu n'as pas à t'inquiéter qu'une pareille mésaventure se produise avec Sunnie, murmura-t-il, s'efforçant de trouver les mots susceptibles de la rassurer. À mes yeux, tu es déjà sa mère. Tu t'es occupée d'elle autant que moi. Tu l'as changée, nourrie et mise au lit le soir. Tu as été là pour la soigner et pour veiller sur elle lorsqu'elle était fiévreuse, après son vaccin. Il me semble, chérie, que cela fait de toi une mère.

— Il est vrai que je l'aime de tout mon cœur, reconnut-elle, esquissant un sourire.

— Oh ! et je suppose que ton amour pour moi est une idée de dernière minute, parce que Sunnie et moi sommes un ensemble indissociable ? la taquina-t-il.

Elle répondit par un sourire qui le réchauffa comme un soleil.

— Disons simplement que j'ai envie de vous garder tous les deux, et n'en parlons plus.

À cet instant, un événement extérieur attira son attention, et elle tourna la tête.

— Regarde ! Il neige !

Brad fronça les sourcils.

— Est-ce inhabituel, ici ?

— Normalement, il ne neige pas beaucoup dans la région, répondit-elle en le prenant par la main. Viens. J'ai quelque chose à te montrer.

Il la suivit sans se faire prier sur la grande terrasse à l'arrière de la maison flottante. Et il comprit alors pourquoi elle aimait tant vivre sur ce lac, et pourquoi celui-ci lui rappelait l'autre lac près de Royal.

La neige avait saupoudré de blanc les sapins sur les pentes des collines sur l'autre rive du lac Washington, et les lumières des habitations se reflétaient sur la surface du lac comme une myriade de diamants dansant sur l'eau mouvante.

— La beauté de ce paysage égale presque la tienne, chérie, murmura-t-il.

— Tu le dis seulement parce que tu m'aimes, répondit-elle en passant un bras autour de sa taille.

Brad la serra un instant contre lui, se délectant du contact tiède de son corps.

— Je suis bien décidé à ne jamais te laisser l'oublier, répondit-il. Je veux dormir toutes les nuits en te serrant dans mes bras et me réveiller de la même manière.

— Je t'aime, Brad.

— Moi aussi, je t'aime, chérie. Pour toute la vie.

Épilogue

— Brad, tu as vu la tétine de Sunnie ? demanda Abby alors qu'ils regagnaient leur voiture après avoir assisté à la cérémonie de pose de la première pierre du nouveau centre culturel familial Tex Langley, le jour de la Saint-Sylvestre. Elle l'avait dans sa bouche il y a seulement une minute.

Secouant la tête, il plongea la main dans la poche de sa veste de complet.

— En voici une toute neuve, répondit-il en riant. Si tous les bébés perdent autant de tétines que notre fille, je crois que je vais songer à acquérir quelques milliers d'actions dans la société qui les fabrique. Nous gagnerons une fortune en un rien de temps.

Abby se contenta de sourire. Sur le vol de retour depuis Seattle, ils avaient eu une longue discussion sur la meilleure façon de s'organiser avec Sunnie, et ils avaient décidé que le plus simple était de la considérer comme leur fille biologique. Ils allaient l'élever comme si elle avait été la leur, et ils étaient décidés à ce qu'elle sache qu'ils l'aimaient et qu'ils désiraient très fort être ses parents. Tous les enfants avaient besoin d'un père et d'une mère, et c'était exactement ce qu'ils entendaient être pour Sunnie.

Lorsqu'il lui prit le bébé des bras pour l'installer dans le couffin de transport, Brad effleura sa poitrine de ses doigts. Malgré l'épaisseur de son manteau de laine, Abby sentit un frisson d'excitation la parcourir tout entière. Leurs regards se rencontrèrent, et face à la promesse brûlante qu'elle lisait dans ses yeux noisette, elle eut l'impression d'être la femme la plus aimée au monde.

— Prête à prendre le chemin du club-house ? s'enquit-il, déposant un bref baiser sur ses lèvres.

— Je n'ai jamais été aussi prête de toute ma vie, répondit-elle avec sincérité. Mais toi ? Tu vas renoncer à beaucoup de choses. Es-tu certain de vouloir t'engager à ce point ?

Il l'aida à s'installer sur le siège passager, puis fit rapidement le tour de la voiture pour se glisser derrière le volant.

— Tu sais, répondit-il en se tournant vers elle, j'ai beaucoup pensé à toutes les femmes que j'ai connues au cours des années, et je suis arrivé à la conclusion que je cherchais à savoir si l'une d'elles pourrait me faire ressentir même une fraction de ce que je ressentais pour toi.

Il porta la main d'Abby à ses lèvres et déposa un baiser sur la bague de fiançailles qu'il lui avait offerte deux semaines plus tôt.

— En toute honnêteté, poursuivit-il, je dois reconnaître qu'aucune d'elle n'a jamais pu rivaliser avec l'original, chérie.

— Excellente réponse, Price, opina-t-elle.

— C'est la stricte vérité, assura-t-il en démarrant pour sortir du parking. Ma sœur t'a-t-elle prévenue que Rick et elle gardent le bébé, ce soir ?

Abby acquiesça.

— Sadie m'a demandé d'apporter les affaires du bébé à la cérémonie, de façon à ce que Rick et elle puissent ramener Sunnie directement chez eux. C'est le sac supplémentaire que tu as chargé dans le coffre avant notre départ de la maison.

— Tu sais que nous n'allons pas rester très longtemps à la réception, n'est-ce pas ? s'enquit-il, la couvant d'un regard qui ne laissait aucun doute sur ses projets.

Alors qu'ils passaient devant la maison de Brad, en

route vers le TCC, Abby se tourna vers sa vitre et ne put s'empêcher d'éclater de rire.

— Regarde, Brad ! Je suppose que ton nom était le dernier de la liste, pour cette année.

Riant aux éclats, elle le vit freiner brusquement au beau milieu de la rue et contempler d'un regard sidéré les flamants roses en plastique éparpillés sur sa pelouse. Sur le fond blanc de la mince couche de neige qui était tombée sur la ville, ce troupeau d'un rose fluorescent paraissait d'autant plus saugrenu. Et plus laid que jamais.

Brad redémarra et, secouant la tête d'un air sombre, se remit en route vers le club-house.

— Je ne veux pas penser à une horde de…

— Tu veux dire une colonie, corrigea-t-elle. Et cela aurait pu être bien pire. Ils auraient pu poser des éléphants roses sur ta pelouse.

— Oublions tout cela. Nous avons de meilleurs sujets d'intérêt, aujourd'hui.

Il prit sa main dans la sienne et lui sourit.

— Rien n'est plus important pour moi que de te retrouver sous la devise *Leadership, Justice et Paix*, dans la salle de bal du TCC, à 14 heures précises.

— Je t'aime plus que la vie elle-même, Brad Price, murmura-t-elle, le cœur débordant d'amour. Je serai là.

Une heure plus tard, au bras de Zeke Travers, Abby traversait la grande salle de bal en direction de la plaque de marbre arborant la devise qui rappelait au monde les principes qui avaient guidé le TCC depuis des générations, sous laquelle Brad l'attendait près du pasteur. Il était incroyablement séduisant dans son smoking noir, avec un bouton de rose épinglé au revers de sa veste.

Il était l'homme qu'elle aimait de tout son cœur, l'homme qui lui avait fait comprendre que l'amour était plus fort que la crainte de la perte, et celui grâce à qui son rêve d'avoir une famille bien à elle allait devenir une réalité.

— Tu es prête à commencer l'année en tant que Mme Price ? murmura Brad lorsqu'elle fut devant lui sous la devise du club.

— Je crois que j'ai été prête pour cet instant toute ma vie.

Ils se tournèrent vers le pasteur.

PASSIONS

HARLEQUIN

Ne manquez pas dès le mois prochain
dans votre collection

PASSIONS

l'intégrale de la nouvelle série

De retour au Texas

Quand les éléments s'en mêlent, la flamme du désir n'est pas en reste…

Une série intégrale à découvrir
en juillet 2021

HARLEQUIN
www.harlequin.fr

Retrouvez prochainement,
dans votre collection

PASSIONS

Ce secret entre eux, de Karen Booth - N°929

Dani n'a jamais pu apaiser sa colère contre Cole Sullivan, son ancien petit ami, et elle sait que jamais elle ne pourra lui pardonner non plus. Six ans plus tôt, ce dernier lui a brisé le cœur… Cependant, de retour à Royal pour le travail, elle ne peut plus continuer à lui cacher le secret qui les lie intimement, les jumeaux nés de leur amour, comme elle ne peut davantage nier le désir brut qui coule dans ses veines en sa présence, bien malgré elle…

Un chantage si imprudent, de Joss Wood

« Ne l'épouse pas, Emily. Tu le regretterais. » Quoi que Matt Velez, l'homme qui l'a rejetée il y a six ans, dise ou fasse, Emily n'a pas le choix : elle doit épouser Nico Morris. Ce n'est pas l'amour qui la pousse à se marier avec lui mais bien l'odieux chantage qu'il exerce sur elle à cause de photos compromettantes prises aux dépens de son père. Pourtant Emily rêverait de se réfugier entre les bras protecteurs de Matt, même si le bien-être de sa famille doit rester prioritaire…

Un candidat si charmant, de Jules Bennett - N°930

Depuis que le fond d'investissement Black Crescent cherche un nouveau P-DG, Haley, assistante de direction, reçoit de nombreux cadeaux de la part des candidats. Mais l'un des prétendants au poste se détache du lot : Chase Hargrove. Ce dernier déploie tout son charme pour attirer son attention. En plein doute, Haley ne peut faire taire la petite voix qui la tiraille : Chase la séduit-il parce qu'il la trouve vraiment désirable ou uniquement parce qu'elle a l'oreille de son patron ?

Pour une nuit avec son rival, de Katherine Garbera

Au mariage de sa nièce, Piper passe une délicieuse soirée en compagnie de Brian Cooper. Le désir entre eux est toujours aussi palpable, pourtant il est hors de question pour Piper d'envisager une relation avec lui ! Tout d'abord, leurs familles ont toujours été rivales. Mais, plus encore, Piper est désormais d'une extrême prudence en amour, car elle refuse de souffrir à nouveau à cause d'un homme…

HARLEQUIN PASSIONS

Au cœur de la tempête, de Sara Orwig - N°931

SÉRIE : DE RETOUR AU TEXAS TOME 1

Qui est donc ce bel inconnu qu'Ava a sauvé d'une terrible tempête? Il a perdu la mémoire et a oublié jusqu'à son nom ! Le temps que la météo se calme, Ava décide de le recueillir chez elle pour qu'il se repose et renoue avec ses souvenirs. Mais la seule présence de cet homme suffit à ébranler l'univers d'Ava, fait de solitude et de quiétude. Ce trouble nouveau pourrait-il redonner de la saveur à sa vie, ou la plonger dans un tourment sans fin ?

Un si brûlant désir, de Sara Orwig

SÉRIE : DE RETOUR AU TEXAS TOME 2

Claire est désespérée : un incendie a ravagé son ranch, et elle se trouve piégée par les flammes ! Heureusement, Jake la sauve à temps et lui propose son hospitalité. Claire a bien du mal à l'accepter car Jake est son ennemi de toujours, mais, après avoir tout perdu, elle ne peut certainement pas refuser. Pourtant, depuis qu'ils sont réunis dans la cabane de Jake, le désir crépite dangereusement entre eux, faisant taire les querelles familiales... pour le moment.

Un play-boy énigmatique, de Janice Maynard - N°932

SÉRIE : LES HÉRITIERS DE STONE RIVER TOME 3

Frances ne sait pas si elle a bien fait d'accepter la mission que lui a confiée Zachary Stone consistant à tester la sécurité informatique de son entreprise... Le play-boy qu'elle a autrefois rencontré au lycée est aussi séduisant que difficile à cerner. Frances en a pourtant bien conscience : elle doit se concentrer sur sa mission et juguler l'attirance qu'elle ressent pour lui...

Mariée à son patron, de Jayci Lee

Natalie doit absolument décrocher une promotion et s'installer à New York si elle veut obtenir la garde de sa nièce orpheline. Pour cela, il lui faut convaincre son patron, le magnétique Garrett Song, de lui donner une chance. Quelle n'est pas sa surprise alors quand elle découvre la proposition de Garrett : il accepte à condition qu'elle devienne... son épouse !

Promesse aux Caraïbes, de Kate Carlisle - N°933

Ellie, abasourdie, tente de se ressaisir. Aidan lui a-t-il vraiment dit qu'il est prêt à lui faire un enfant ? Aidan, son patron ? D'accord, un bébé c'est ce qu'elle veut à tout prix et, elle le lui a annoncé, elle va abandonner pour cela sa carrière sur l'île d'Alleria et rentrer aux États-Unis. Mais tout ce qu'Aidan veut, lui, c'est la garder ici, en raison du rôle essentiel qu'elle joue dans son entreprise. Accepter sa proposition? Inconcevable. Et pourtant...

Un mari à tout prix, de Fiona Brand

Face à l'ultimatum auquel elle est confrontée, Eva enrage : si elle ne se marie pas dans le mois, elle ne touchera pas l'héritage de son père... Pressée de trouver un époux au plus vite, elle déchante pourtant en constatant que tous ses prétendants sont mis en déroute par un homme. Et pas n'importe lequel ! Kyle Messena, son amour de jeunesse. Reste à savoir s'il est animé par les sentiments qu'il éprouve à son égard ou par le simple désir de lui faire du mal...

Le rêve d'une mère, de Michelle Celmer - N°934

Sierra n'a jamais été aussi émue. Retrouver ses bébés, qu'elle a été contrainte de confier à l'adoption quelques mois plus tôt, est un bonheur infini. Un bonheur fragile, hélas ! Car, si elle a réussi à se faire embaucher comme nounou de ses propres enfants, le plus dur reste à faire. En effet, Cooper Landon, le tuteur des jumelles, ignore son identité et ne doit surtout pas découvrir la vérité...

Le dilemme d'un patron, de Rachel Bailey

Un rendez-vous avec la délicieuse Faith... voilà qui n'est pas pour déplaire à Dylan, curieux de découvrir quels mystères se cachent derrière la silhouette de rêve de l'inconnue. Mais Dylan comprend qu'il s'est lourdement trompé... Faith n'a aucune intention de le séduire, elle est simplement l'une de ses employées et souhaite mettre en avant son travail ! Dommage que la politique qu'il a lui-même instaurée interdise les relations entre collègues...

AZUR

GLAMOUR. INTENSE. IRRÉSISTIBLE.

Poussez les portes d'un monde fait de luxe, de glamour et de passions. Ici, les hommes sont beaux, riches et arrogants ; les femmes impétueuses, fières et flamboyantes. Entre eux, le désir est immédiat… et l'amour impossible.

11 romances à découvrir tous les mois, à seulement 4,50 €.

DIVERTIR • INSPIRER • ÉMOUVOIR

HARLEQUIN
www.harlequin.fr

Vous êtes fan de la collection Passions ?
Pour prolonger le plaisir, recevez gratuitement

◆ 1 livre Passions gratuit ◆
et 1 cadeau surprise !

Une fois votre colis de bienvenue reçu, si vous souhaitez continuer à recevoir nos romans Passions, cela se fera automatiquement. Vous recevrez alors chaque mois 3 volumes doubles inédits de cette collection au tarif unitaire de 7,70€ (Frais de port France : 2,49€).

➡ LES BONNES RAISONS DE S'ABONNER :

Aucun engagement de durée ni de minimum d'achat.
◆
Aucune adhésion à un club.
◆
Vos romans en avant-première.
◆
La livraison à domicile.

➡ ET AUSSI DES AVANTAGES EXCLUSIFS :

Des cadeaux tout au long de l'année.
◆
Des réductions sur vos romans par le biais de nombreuses promotions.
◆
Des romans exclusivement réédités notamment des sagas à succès.
◆
Des points fidélité échangeables contre des livres ou des cadeaux.

REJOIGNEZ-NOUS VITE EN COMPLÉTANT ET EN NOUS RENVOYANT LE BULLETIN !

R1ZEA3

N° d'abonnée (si vous en avez un) ☐☐☐☐☐☐☐☐

Mme ☐ Mlle ☐ Nom : .... Prénom : ....

Adresse : ....

CP : ☐☐☐☐☐ Ville : ....

Pays : .... Téléphone : ☐☐☐☐☐☐☐☐☐☐

E-mail : ....

Date de naissance : ☐☐ ☐☐ ☐☐☐☐

Renvoyez cette page à : Service Lectrices Harlequin – CS 20008 – 59718 Lille Cedex 9 - France

Date limite : **31 décembre 2021**. Vous recevrez votre colis environ 20 jours après réception de ce bon. Offre soumise à acceptation et réservée aux personnes majeures, résidant en France métropolitaine. Prix susceptibles de modification en cours d'année. Vous pouvez demander à accéder à vos données personnelles, à les rectifier ou à les effacer. Il vous suffit de nous écrire en nous indiquant vos nom, prénom et adresse à : Service Lectrices Harlequin - CS 20008 - 59718 LILLE Cedex 9. Harlequin® est une marque déposée du groupe HarperCollins France – 83/85, Bd Vincent Auriol – 75646 Paris cedex 13. Tél : 01 45 82 47 47. SA au capital de 3 120 000€ - R.C. Paris. Siret 31867159100069/APE5811Z.

RESTEZ CONNECTÉ AVEC HARLEQUIN

Harlequin vous offre un large choix de littérature sentimentale !

Sélectionnez votre style parmi toutes les idées de lecture proposées !

www.harlequin.fr

- **Découvrez** toutes nos actualités, exclusivités, promotions, parutions à venir...
- **Partagez** vos avis sur vos dernières lectures...
- **Lisez** gratuitement en ligne
- **Retrouvez** vos abonnements, vos romans dédicacés, vos livres et vos ebooks en précommande...

L'application Ha

- Des **ebooks gratuits** inclus da l'application
- **50 nouveautés tous les mois** et + de 7 000 ebooks en téléchargement
- Des **petits prix** toute l'année
- Une **facilité de lecture** en un clic hors connexion
- Et plein d'autres avantages...

Téléchargez notre application gratuitement

Télécharger dans l'App Store

DISPONIBLE SUR Google Play

SUIVEZ-NOUS !

facebook.com/HarlequinFrance
twitter.com/harlequinfrance